ANNE JACOBS

LA VILLA AUX ÉTOFFES

Traduit de l'allemand
par Anne-Judith Descombey

10/18

CHARLESTON ÉDITIONS

Titre original :
Die Tuchvilla

ISBN : 978-2-264-07804-9
Dépôt légal : juin 2021

I

AUGSBOURG, AUTOMNE 1913

Chapitre premier

Passé la porte de Jakob[1], elle avait marché de plus en plus lentement. Ce quartier de l'est était un monde nouveau pour elle. Au contraire de la ville basse aux ruelles étroites et paisibles, tout ici était bruyant et violent. Telles des forteresses médiévales, les bâtiments de l'usine se dressaient dans les prés entre des ruisseaux, cernés d'un mur destiné à tenir les intrus à distance et à s'assurer que nul ouvrier n'échappe à la surveillance. À l'intérieur, le vacarme et les vibrations étaient incessants, les cheminées crachaient des nuages de fumée noire dans le ciel et dans les ateliers, les machines pétaradaient jour et nuit. Marie savait d'expérience que ceux qui travaillaient là se muaient en galets gris, rendus sourds par le grondement des machines, aveugles par la poussière en suspension dans l'air et muets par l'hébétude.

C'est ta dernière chance !

Éblouie par le soleil, Marie s'arrêta pour contempler l'usine textile Melzer. On aurait pu croire qu'un feu

1. La porte de Jakob (*Jakobertor*) est l'une des cinq anciennes portes d'Augsbourg, celle qui marquait autrefois la limite orientale de la ville. (*N.d.T.*)

flambait derrière certaines fenêtres étincelantes dans la lumière du matin. Les murs étaient pourtant gris et, dans leur ombre, les ateliers paraissaient presque noirs. Mais, à l'autre extrémité du terrain, la villa de briques rouges avait l'éclat féerique d'un château de la Belle au bois dormant au milieu d'un parc aux chaudes couleurs de l'automne.

C'est ta dernière chance ! Pourquoi Mme Pappert le lui avait-elle répété trois fois la veille au soir ? À l'entendre, on aurait cru que Marie n'aurait plus le choix qu'entre la prison et la mort si elle était de nouveau renvoyée. Elle examina plus attentivement la belle villa, mais cette vision devint floue et se fondit dans le paysage du parc : rien d'étonnant, puisque la jeune fille était encore affaiblie par son hémorragie, trois semaines auparavant, et puisque le matin elle s'était sentie trop nerveuse pour manger.

Très bien, se dit-elle. *Au moins, c'est une belle maison et je n'aurai pas de travaux de couture. Et, si on m'envoie travailler à l'usine, je me sauverai, voilà tout. Je ne m'éreinterai jamais plus douze heures par jour sur une machine à coudre noire et huileuse dont le fil casse sans arrêt.*

Elle rajusta son balluchon sur son épaule et se dirigea lentement vers l'entrée du parc. Le portail désuet aux entrelacs de vrilles de fer forgé était ouvert comme pour l'inviter à s'approcher. L'allée sinuant à travers le parc débouchait sur une place pavée ornée d'une plate-bande circulaire. Il n'y avait pas un chat, mais vue de près, la villa était encore plus intimidante, en particulier son porche à hautes colonnes qui s'élevait sur deux étages. Ces dernières soutenaient un balcon à balustrade de pierre du haut duquel le directeur de l'usine devait adresser pour le Nouvel An son discours à ses employés, remplis de respect devant ce monsieur flanqué de son épouse enveloppée dans un manteau de fourrure. Peut-être leur offrait-on de l'eau-de-vie ou de la bière les jours de fête. Sûrement pas du mousseux : le vin était généralement réservé au directeur et à sa famille.

En réalité, elle n'avait aucune envie de travailler là. Quand elle leva les yeux vers les nuages filant dans le ciel, il lui sembla que la haute construction de briques allait s'abattre sur elle pour la broyer. Mais c'était sa dernière chance. Elle n'avait pas le choix. Elle examina de nouveau la façade. Le porche était flanqué de deux portes, une entrée de service pour les domestiques, une autre pour les livreurs.

Alors qu'elle se demandait laquelle elle devait utiliser, elle entendit derrière elle les détonations d'un moteur d'automobile. Une limousine noire la frôla en pétaradant. Quand elle s'écarta, effrayée, elle vit un bref instant le visage du chauffeur. Il était jeune et coiffé d'une casquette bleue ornée d'un écusson doré.

Tiens, tiens, se dit-elle, *il est venu chercher le directeur pour l'emmener au bureau. L'usine est à deux pas d'ici, à dix minutes à pied tout au plus, mais un monsieur si riche ne marche pas afin de ne salir ni ses chaussures de luxe ni son beau manteau.*

Avec une curiosité teintée d'envie, elle contempla le portail de la villa, qui s'ouvrit à cet instant. Elle vit surgir une bonne en robe noire et tablier clair, les cheveux relevés sous une coiffe blanche. Elle précédait deux dames en manteau long à col de fourrure, l'une en rouge sombre, l'autre en vert clair. Leurs chapeaux étaient des visions de rêve, tout en fleurs et en voiles, et quand elles montèrent dans la limousine, Marie entrevit leurs délicates bottines de cuir brun. Un monsieur les suivait

– non, il était bien trop jeune pour être le directeur de l'usine. Peut-être le mari de l'une de ces dames ou le fils du patron ? Il portait un paletot de voyage marron et un sac, qu'il déposa vivement sur le toit de la voiture avant de monter dedans. Le chauffeur avait vraiment eu l'air bête quand il s'était précipité pour ouvrir les portières à ces dames et leur offrir sa main, comme si elles étaient incapables de s'asseoir seules sur les sièges capitonnés… Ces belles dames devaient être en sucre. Il aurait suffi d'une bonne averse pour les faire fondre. Par malchance, il ne pleuvait pas ce jour-là.

Quand tout ce beau monde fut entassé dans la limousine, le chauffeur démarra et fit le tour de la plate-bande semée d'asters rouges, de dahlias et de bruyère. Après ce virage majestueux, l'automobile repartit en pétaradant vers le portail du parc. Elle passa si près de Marie que le marchepied frôla sa jupe. Des yeux d'homme gris l'effleurèrent avec une vive curiosité. Le jeune monsieur avait ôté son chapeau, et ses cheveux bouclés négligemment coupés ainsi que sa moustache blonde lui donnaient l'allure insouciante d'un étudiant. Il sourit à Marie, puis se pencha en avant et dit à la dame en rouge quelque chose qui fit rire les trois passagers. Se moquaient-ils de la jeune fille mal vêtue chargée d'un balluchon ? Marie ressentit un pincement douloureux et dut réprimer l'impulsion de faire demi-tour pour regagner l'orphelinat. Elle n'avait pas le choix.

La fumée de la voiture qui puait l'essence et le caoutchouc brûlant la fit tousser. Elle contourna la plate-bande pour se diriger vers la porte de gauche, dont elle fit retentir le heurtoir de fer noir. Pas de réponse : ils devaient tous être au travail car il était déjà 10 heures. Ayant frappé deux fois en vain, elle allait tourner la poignée quand elle entendit enfin des pas dans l'entrée.

— Jésus, Marie, c'est la nouvelle… Pourquoi personne n'est-il venu lui ouvrir ? La gamine n'ose pas entrer seule…

La voix était jeune et claire. Marie reconnut la bonne qui avait ouvert la porte aux dames. Elle était rose, blonde, saine et vigoureuse, et un sourire bienveillant s'épanouissait sur son visage rond. Elle devait venir d'un village des environs, car elle n'avait rien d'une fille de la ville.

— Entre donc, n'aie pas peur, dit-elle. Tu es bien Marie ? Moi, je m'appelle Augusta. Je suis la deuxième bonne depuis plus d'un an.

Elle en paraissait très fière. Quelle maison ! Ils employaient deux bonnes ! Dans ses postes précédents, Marie avait dû faire tout le travail, y compris la cuisine et la lessive.

— Bien le bonjour, Augusta, et merci, répondit-elle.

Marie descendit les trois marches menant à un étroit vestibule. Comme c'était curieux… alors que la villa avait une foule de fenêtres, petites et grandes, ici, à l'étage des domestiques, il faisait si sombre qu'on voyait à peine où on mettait les pieds. Mais elle devait être encore éblouie par le soleil.

— Voici la cuisine. La cuisinière t'offrira sûrement une tasse de café et un petit pain. Tu as l'air affamée…

À côté d'Augusta, si éclatante de santé, Marie devait ressembler à un spectre. Elle avait toujours été mince, mais depuis sa maladie, ses joues s'étaient creusées et les os de ses épaules saillaient. Ses yeux paraissaient en revanche deux fois plus grands, et ses épais cheveux châtain foncé, rebelles au peigne, évoquaient les crins d'un balai ; c'était du moins ce qu'avait encore affirmé Mme Pappert la veille au soir. Cette demoiselle dirigeait l'orphelinat des Sept-Martyres, et à la voir, on aurait juré que, ces martyres, elle les avait tous endurés. Cela ne l'avait pas rendue meilleure ; elle était méchante comme une sorcière et irait probablement griller en enfer. Marie la détestait.

La cuisine de la villa était un refuge, un havre chaud et lumineux rempli d'odeurs merveilleuses. Elle évoquait le jambon fondant, le pain et les gâteaux frais, les pâtés, les savoureux bouillons de poule et de bœuf. Elle embaumait le thym, le romarin, la sauge, l'aneth, la coriandre, les clous de girofle et la muscade. Plantée devant la porte, Marie contemplait la longue table sur laquelle la cuisinière préparait toutes sortes de plats. Elle sentit seulement alors combien elle avait eu froid, et frissonna. Qu'il aurait été bon de s'asseoir près du poêle, une tasse de café au lait à la main, pour s'imprégner de la chaleur et de l'odeur de cette confortable villa tout en buvant lentement le breuvage chaud !

Un cri aigu la fit sursauter. Il avait jailli de la gorge de la femme âgée et frêle qui venait d'entrer dans la pièce par une autre porte et reculait d'effroi à la vue de Marie.

— Sainte Vierge ! gémit-elle, les mains crispées sur la poitrine, c'est elle ! Exactement comme dans mon rêve ! Seigneur Jésus, protège-nous du mal…

En s'adossant au mur, elle heurta un fait-tout de cuivre qui se décrocha et atterrit avec fracas sur le carrelage. Marie en resta pétrifiée.

— Êtes-vous devenue folle, Jordan ? lança la cuisinière, furieuse. Vous avez flanqué par terre mon meilleur fait-tout ! Que Dieu vous garde s'il est cabossé ou seulement fêlé…

La femme répondant au nom de Jordan parut à peine entendre les vociférations de la cuisinière. Haletante, elle s'éloigna du mur et plongea les mains dans ses cheveux ornés d'un ruban noir comme son chemisier et sa jupe. Elle portait également une broche, une gemme à monture d'argent sur laquelle était gravée une délicate tête de jeune fille.

— Ce… ce n'est rien, chuchota-t-elle, les mains sur les tempes comme si elle avait mal au crâne.

— Encore un de vos rêves ? grommela la cuisinière en ramassant le fait-tout. Un de ces jours, ils vous rendront célèbre et l'empereur vous engagera pour lui prédire l'avenir !

Elle éclata d'un rire évoquant le bêlement d'une chèvre, un rire moqueur mais sans méchanceté.

— Oh, épargnez-moi vos stupides plaisanteries ! riposta Jordan.

— Mais si vous ne rêvez que de malheurs, poursuivit la cuisinière sans se troubler, l'empereur vous renverra !

Marie était appuyée contre la porte. Son cœur battait violemment et elle eut soudain la nausée. Aucune des deux femmes ne prêtait attention à elle. Jordan annonça que Mademoiselle voulait du thé et des biscuits, et sur l'heure.

— Mademoiselle devra patienter : je dois d'abord faire chauffer de l'eau, rétorqua la cuisinière.

— C'est toujours la même histoire : on lambine en cuisine et quand Mademoiselle se fâche, c'est moi qui prends.

Un sifflement couvrit leurs voix et les bruits de la cuisine. Si la cuisinière devait encore faire chauffer de l'eau, pourquoi la bouilloire sifflait-elle déjà ?

— On lambine ? répéta la voix de la cuisinière. Moi, je dois préparer le déjeuner, des gâteaux et, pour ce soir, un dîner pour douze personnes, et seule parce que cette petite dinde de Gertie nous a plantées là. Si Augusta ne me donnait pas un coup de main de temps en temps… Dieu du ciel !

— Sainte Vierge, nous voilà bien !

Marie avait tenté de s'asseoir, mais trop tard. Les dalles de la cuisine s'étaient ruées vers elle et tout était devenu noir. Le silence l'enveloppait à présent, ainsi qu'une agréable sensation de légèreté. Elle planait dans une obscurité douce et accueillante. Seul son stupide cœur battait à se rompre. Elle tremblait et claquait des dents, les poings crispés.

— Il ne nous manquait plus que ça : une épileptique ! Mieux valait encore cette coureuse de Gertie…

Marie n'osait pas rouvrir les yeux. Elle avait dû s'évanouir, ce qui ne lui était pas arrivé depuis son hémorragie. Avait-elle encore craché du sang ? Mon Dieu, tout mais pas ça… Ce jour-là, elle avait été terrifiée par la quantité de sang vermeil ruisselant de sa bouche. Elle en avait tant perdu qu'elle avait dû rester couchée.

— Ne dites pas d'âneries, gronda la cuisinière. Cette fille est affamée, pas étonnant qu'elle tourne de l'œil. Tenez, prenez cette tasse.

Des mains la saisirent sans douceur sous les bras et l'assirent. Elle sentit contre ses lèvres le bord chaud d'une tasse, puis une odeur de café.

— Bois, ma petite. Ça va te remettre sur pied. Allez, une petite gorgée.

Marie cilla. Elle voyait à présent, tout près du sien, le gros visage rouge de la cuisinière, un visage laid et suant, mais bienveillant. À l'arrière-plan se tenait la silhouette efflanquée de la Jordan, sa broche étincelant sur son chemisier. Le dégoût se lisait sur son visage.

— Pourquoi la bichonnez-vous ? demanda-t-elle à la cuisinière. Si elle est malade, Mlle Schmalzler la renverra et ce sera très bien. Si elle reste ici, elle nous portera malheur. De grands malheurs frapperont cette maison, je le sais…

— Versez donc le thé : l'eau bout.

— Ce n'est pas dans mes attributions !

Marie se contraignit à boire quelques gorgées de café alors qu'elle aurait préféré rester immobile, les yeux fermés, mais elle devait faire un effort pour cette cuisinière si gentille. Heureusement, elle n'avait pas craché de sang.

— Eh bien voilà, murmura la femme d'un air satisfait. Ça va mieux ?

Ce café fort et amer soulevait le cœur de Marie. Elle laissa retomber sa tête en arrière et s'efforça de sourire.

— Oui, ça va… merci pour le café…

— Reste encore allongée un moment. Quand tu te sentiras mieux, je te donnerai quelque chose à manger.

Marie acquiesça docilement alors que l'idée d'un petit pain beurré ou même d'un bouillon de poule lui soulevait le cœur. Les deux femmes l'avaient allongée sur l'un des bancs en bois où les domestiques prenaient leurs repas. Marie avait honte de cet évanouissement. Les femmes avaient dû s'y mettre à deux pour la soulever et l'étendre. Et les discours de cette Jordan… elle devait avoir une araignée au plafond. Dire que Marie était épileptique et porterait malheur à la maison… C'était plutôt cette villa qui portait malheur, elle venait d'en avoir la preuve dès son arrivée, et cela lui donnait à réfléchir. Dernière chance ou pas, elle ne resterait là à aucun prix. Cette maudite Pappert pourrait radoter tout son soûl…

— Mais qu'est-ce que vous fabriquez ? glapit la cuisinière. Il ne faut jamais remplir la théière à ras bord.

Bon sang, maintenant, ça déborde et Mademoiselle va s'en prendre à moi !

— Si vous aviez fait votre travail, ça ne serait pas arrivé. Je ne suis pas là pour préparer du thé. Je suis une femme de chambre, pas une souillon de cuisine !

— Une souillon de cuisine ? Ne le prenez pas de si haut, ma toute belle !

— Mais que se passe-t-il ? demanda la voix claire d'Augusta. Mademoiselle a déjà sonné trois fois pour avoir son thé et elle est dans une belle colère. Elle veut que Jordan monte tout de suite…

Marie vit le visage pâle de la femme de chambre blêmir un peu plus. Quant à elle, elle pouvait à présent lever la tête car sa nausée était passée.

— Je l'avais pressenti, murmura sombrement Jordan.

Alors que la femme de chambre quittait la cuisine dans un bruissement de jupes, Marie sentit son regard peser sur elle : Jordan la dévisageait comme si elle était un insecte dangereux.

Chapitre 2

Eleonore Schmalzler était une femme imposante. Ses quarante-sept années au service de la famille avaient fait grisonner ses tempes, mais ses épaules et son dos étaient aussi droits qu'aux plus beaux jours de sa jeunesse. Elle avait été la femme de chambre de Mlle Alicia von Maydorn en Poméranie et, après le mariage de sa maîtresse, elle l'avait suivie à Augsbourg. Ce mariage était à vrai dire une mésalliance : Johann Melzer était un industriel, le fils d'un enseignant de province, un ambitieux qui avait réussi. Les nobles von Maydorn étaient en revanche presque ruinés, deux de leurs fils officiers leur coûtaient sans rien leur rapporter, et le domaine de Poméranie était lourdement hypothéqué. Lorsqu'elle s'était fiancée, Alicia approchait de la trentaine : elle n'était donc plus toute jeune. Et une chute dans un escalier quand elle était enfant lui avait laissé à la cheville une raideur qui avait encore fait baisser sa valeur de fille à marier.

Au début, Mlle Schmalzler avait été engagée comme gouvernante à titre temporaire. Alicia Melzer se méfiait des domestiques des villes qui, d'après elle, faisaient passer leurs propres intérêts avant ceux de leur employeur. À son arrivée à Augsbourg, la maison comptait deux majordomes et une gouvernante, qu'elle avait renvoyés un peu plus tard. Mlle Schmalzler, au contraire, avait brillamment fait ses preuves. Elle alliait attachement à sa maîtresse et autorité naturelle sur le personnel. Elle était fermement convaincue que tout employé de la villa devait considérer sa fonction comme un privilège, la récompense de vertus telles que l'honnêteté, le zèle, la discrétion et la loyauté.

Il était presque 11 heures. Madame et Mlle Katharina allaient rentrer d'un instant à l'autre. On avait conduit M. Paul à la gare, car il étudiait le droit à l'université de Munich depuis quelques années. Madame s'était ensuite rendue avec sa fille chez le Dr Schleicher pour une consultation. Ce genre de visite durait rarement plus d'une demi-heure. La gouvernante n'en pensait rien de bon, mais Madame plaçait de grands espoirs en ce médecin. Katharina Melzer, qui venait d'avoir dix-huit ans, souffrait d'insomnies, des nerfs, et de violents maux de tête.

— Augusta !

La gouvernante avait reconnu le pas de la bonne dans le couloir. Augusta poussa la porte avec circonspection. Elle portait sur un petit plateau en argent une tasse à thé sale, un pot de crème et un sucrier.

— Oui, mademoiselle Schmalzler ?

— Cette fille se sent-elle mieux ? Si oui, envoie-la-moi.

— Avec plaisir, mademoiselle Schmalzler. Elle est revenue à elle. C'est une gentille petite, mais elle est affreusement maigre et n'a pas de…

— J'attends, Augusta.

— Oui, mademoiselle Schmalzler.

Il fallait traiter chaque domestique en fonction de son caractère. Augusta était pleine de bonne volonté, mais peu futée et bavarde comme une pie. Elle avait toutefois été engagée comme bonne sur la recommandation de Mlle Schmalzler. Augusta était honnête et dévouée à la famille. Contrairement à d'autres filles, qui cherchaient un emploi à l'usine pour prendre la clef des champs quelques mois plus tard, elle tenait à la villa et à sa situation, dont elle tirait une grande fierté.

La porte grinça et s'ouvrit lentement sur la nouvelle arrivante. La gouvernante vit apparaître une créature maigre et blême aux yeux immenses. Elle avait tressé ses cheveux bruns en une natte dont une multitude de petites mèches s'échappaient : Marie Horfgartner, dix-huit ans, se tenait devant elle. Orpheline, probablement de naissance illégitime. Elle était restée avec sa mère jusqu'à l'âge de deux ans puis, à la mort de celle-ci, était entrée à l'orphelinat des Sept-Martyres. À treize ans, on lui avait trouvé une place dans une maison de la ville basse dont elle s'était enfuie un mois plus tard. Deux autres tentatives de placement comme bonne avaient également échoué. Elle avait tenu un an dans un emploi de couturière pour un magasin de mode et six mois à l'usine textile Steyermann. Et, voilà trois semaines, elle avait fait une hémorragie…

— Bonjour, Marie, dit-elle avec une cordialité appuyée à la misérable petite silhouette. Comment vas-tu ?

Les yeux bruns l'observaient avec une intensité surprenante, et ce regard scrutateur la mettait mal à l'aise. Soit cette fille était simple d'esprit, soit c'était tout le contraire.

— Je vais bien, merci, mademoiselle Schmalzler.

Elle avait du cran, cette petite. Elle n'était pas du genre à gémir. Un instant plus tôt, elle s'était évanouie sur le carrelage de la cuisine – si l'on en croyait Jordan, du moins –, mais à présent, elle se conduisait comme si de rien n'était. Jordan avait affirmé que Marie était épileptique, mais la femme de chambre avait tendance à divaguer. Eleonore Schmalzler ne se fiait jamais au jugement d'un employé. Elle reconnaissait même – en son for intérieur uniquement – ne pas se fier non plus sans réserve à celui de ses maîtres.

— Très bien, dit-elle à la jeune fille. Nous avons besoin d'une aide en cuisine et tu nous as été recommandée par Mme Pappert. As-tu déjà travaillé en cuisine ?

Cette question était à vrai dire superflue, puisque Mlle Schmalzler avait examiné le livret de travail et les certificats de la jeune fille, apportés la veille par un coursier.

Le regard de Marie errait sur l'ensemble fauteuils et canapé, les chaises sculptées à haut dossier et l'étagère murale chargée de livres et de dossiers. Il s'attarda un instant sur les somptueuses draperies des rideaux verts. La salle luxueusement meublée dans laquelle se tenait la gouvernante semblait l'impressionner. Mais, quelques secondes plus tard, un frémissement de ses paupières révéla qu'elle avait repéré ses papiers sur le bureau. Pourquoi me pose-t-elle des questions si elle a tout lu sur mon compte ? disait clairement son regard.

— J'ai été employée dans trois maisons où je faisais la cuisine, la lessive, le service à table, et où je surveillais les enfants, répondit-elle. Et, à l'orphelinat, il fallait laver les légumes, puiser l'eau et faire la vaisselle.

Elle n'était certainement pas niaise, au contraire, elle paraissait même un peu trop futée. Mlle Schmalzler n'aimait guère les employées trop intelligentes. Elles étaient trop promptes à faire passer leurs intérêts avant ceux de la maison et s'entendaient à vous rouler dans la farine. La gouvernante gardait le souvenir déplaisant d'un homme à tout faire qui, pendant plusieurs années, avait revendu en cachette une partie du vin de la maison, et elle se reprochait encore de s'être si longtemps laissé berner par ce vaurien.

— Dans ce cas, tu te feras vite à ton travail, Marie. En tant que fille de cuisine, tu seras placée sous l'autorité de Mme Brunnenmayer, notre cuisinière. Mais tu seras également aux ordres de tous les autres employés, et tu devras leur obéir quand ils te confieront une tâche. Je te le dis car, à ma connaissance, tu n'as encore jamais travaillé dans une maison aussi importante.

Elle s'interrompit pour observer la jeune fille d'un œil critique. L'écoutait-elle seulement ? Ses yeux étaient fixés sur un fusain encadré et exposé au-dessus du bureau. C'était un cadeau de Mlle Katharina, qui pour Noël avait offert ses dessins à tous les employés. Celui-là représentait les ateliers de l'usine, avec au premier plan les triangles aigus des toits en redents vitrés de la façade nord.

— Ce dessin te plaît-il ? s'enquit la gouvernante sur un ton incisif.

— Beaucoup. Tout y est, en quelques traits seulement, mais on reconnaît immédiatement. J'aimerais être capable d'en faire autant.

Mlle Schmalzler lut de l'enthousiasme et de l'ardeur dans les yeux bruns de la jeune fille. Un léger sourire illumina fugitivement son visage. La gouvernante réprimait soigneusement sa propre sensibilité, une faiblesse dont, à soixante ans, elle ne parvenait pas encore à se défaire entièrement. Rien ne nuisait plus à la paix de l'esprit nécessaire au travail que de pareils élans.

— Il vaut mieux que tu laisses le dessin à Mademoiselle. Tu as encore beaucoup à apprendre dans cette maison, Marie. Surtout en cuisine, où l'on prépare des plats raffinés, mais aussi dans d'autres domaines, notamment les relations avec les maîtres. C'est une grande maison où l'on donne souvent des dîners, des soirées et, une fois par an, un bal. Dans toutes ces occasions, nous suivons des règles bien établies.

Une lueur d'intérêt éclaira enfin le visage de la jeune fille. Malgré son intelligence, elle paraissait vraiment naïve et rêveuse. Elle lisait probablement des romans à deux sous et devait avoir la tête farcie d'idées romanesques sur l'amour.

— Vous voulez dire, un vrai bal ? Avec des danses, de la musique et toutes ces robes merveilleuses ?

— C'est exactement ce que je veux dire, Marie, mais tu n'en verras pas grand-chose car ta place est en cuisine, à l'étage inférieur.

— Mais… mais quand on servira le dîner…

— Dans les grandes occasions, ce sont des valets qui font le service. Cela fait partie des choses que tu dois apprendre. Bien, maintenant réglons les questions pratiques. Je t'engage d'abord pour un trimestre, à vingt-cinq marks par mois. Ce salaire te sera versé en deux fois : dix marks à la fin du premier mois, le reste deux mois plus tard. Si tu fais tes preuves, bien sûr.

Elle marqua une pause pour juger de l'effet de ses paroles. Marie parut indifférente. Elle n'était visiblement pas cupide. C'était un atout : une fille de cuisine ne pouvait rêver meilleur salaire.

— Nous te donnerons deux robes simples et trois tabliers. Tu devras les porter chaque jour et veiller à ce qu'ils soient toujours propres et présentables. Tu attacheras tes cheveux sous un fichu et tu devras te laver les mains régulièrement. Tu as sans doute des chaussures et des chaussettes de rechange. Et ton linge ? Montre-le-moi donc.

Quand la jeune fille défit son balluchon, Mlle Schmalzler constata qu'à cet égard aussi la jeune fille était mal lotie. Où passait donc l'argent collecté pour l'orphelinat les jours de fête ? Le balluchon contenait deux chemises élimées, une culotte, un jupon de laine plein de trous, plusieurs paires de chaussettes abondamment reprisées, mais pas de chaussures de rechange.

— Nous y pourvoirons si tu fais tes preuves. Noël est tout proche, conclut la gouvernante.

Les jours de fête, les employés recevaient des cadeaux, généralement du tissu pour confectionner des vêtements, du cuir pour des chaussures ou des chaussettes en coton. Aux plus haut placés dans la hiérarchie, on offrait de petits souvenirs de famille tels que des montres ou des tableaux. Il faudrait dépenser un peu plus pour la petite si elle le méritait : elle aurait besoin d'un manteau et d'un bonnet pour l'hiver. La colère de la gouvernante contre l'orphelinat se réveilla. La jeune fille n'avait même pas de pèlerine : on s'en était complètement remis au nouvel employeur.

— Tu dormiras au troisième étage, où sont les chambres des employés. Il y a deux femmes par chambre. Tu partageras la tienne avec Maria Jordan.

Marie, qui avait commencé à refaire son balluchon, se figea.

— Avec Maria Jordan ? La femme de chambre ? Celle qui porte une broche avec une tête de jeune fille gravée dessus ? demanda-t-elle d'une voix tendue.

Mlle Schmalzler savait que Jordan n'était pas une compagne agréable, mais cette gamine n'était pas en position d'exprimer des souhaits.

— Tu viens de faire connaissance avec elle. Maria Jordan est une personne respectée dans cette maison. Tu découvriras qu'une femme de chambre possède plus que tout autre employé la confiance de sa maîtresse et que, pour cette raison, elle occupe un rang élevé dans la domesticité.

Il lui arrivait personnellement de se sentir jalouse de Jordan, qui servait Madame, mais également les deux demoiselles. Ayant elle-même été femme de chambre, Mlle Schmalzler connaissait mieux que quiconque l'intimité entre maîtresse et domestique que créait cette fonction.

La mince silhouette de la jeune fille se raidit et parut grandir.

— Pardonnez-moi, mais je ne veux à aucun prix dormir dans la même chambre que Maria Jordan. Je préfère encore coucher sous les combles avec les souris. Ou dans la cuisine. Ou, au pire, à l'entresol.

Mlle Schmalzler dut faire un effort pour garder son sang-froid. Une telle insolence était inédite. Cette misérable orpheline, affamée et pourvue de médiocres certificats osait formuler des exigences ! La gouvernante, qui avait encore pitié d'elle un instant plus tôt, fut horrifiée par son arrogance. Mais c'était justement ainsi que la décrivaient presque tous ses anciens employeurs : arrogante, insolente, têtue, paresseuse, indocile… la sournoiserie était le seul défaut qu'elle n'avait pas, mais les autres suffisaient amplement. Mlle Schmalzler n'aurait pas demandé mieux que de la renvoyer à l'orphelinat. C'était malheureusement impossible car, Dieu seul savait pourquoi, Madame tenait à engager cette fille.

— Tu t'y feras, dit-elle sèchement. Autre chose, Marie. Tu as remarqué que Mlle Jordan se prénomme Maria. Tu porteras donc un autre prénom ici, afin d'éviter toute confusion entre vous deux.

Marie serra le deuxième nœud de son balluchon si fort que les jointures de ses doigts devinrent blanches.

— Nous t'appellerons donc Rosa, reprit la gouvernante sur un ton léger.

Dans d'autres circonstances, elle l'aurait laissée choisir entre deux ou trois prénoms, mais cette fille ne méritait pas tant d'égards.

— C'est tout pour l'instant, Rosa. Maintenant, va en cuisine : on a besoin de toi là-bas. Else te montrera ta chambre et te donnera tes robes et tes tabliers plus tard.

La gouvernante se détourna, puis s'approcha de la fenêtre, dont elle repoussa les rideaux de quelques centimètres. Ils arrivaient justement. Robert aidait Mademoiselle à descendre de voiture, et Madame était déjà sous le porche. Il semblait faire plus chaud : Mademoiselle avait ôté son manteau et prié Robert de le porter, une mission dont il s'acquittait avec un zèle évident. La gouvernante poussa un soupir. Elle allait devoir dire deux mots à ce jeune homme. C'était un garçon doué et plein de bonne volonté qui pouvait aller loin, peut-être même devenir majordome. Mais elle espérait que les rumeurs courant parmi le personnel étaient sans fondement.

— Else ! appela-t-elle. Dis à la cuisinière que ces dames sont de retour, pour qu'elle prépare le café et la collation habituelle.

— Oui, mademoiselle Schmalzler.

— Attends un instant. Tu iras ensuite chercher à la buanderie les affaires de la nouvelle fille de cuisine et tu les monteras dans sa chambre. C'est celle de Maria Jordan.

— Oui, mademoiselle Schmalzler.

La gouvernante était sortie dans le couloir pour donner ses instructions. Dans la cuisine régnait le chaos qui précédait toujours les dîners de fête. La cuisinière faisait merveille, mais, quand elle travaillait, elle n'était pas commode. Elle grommela en réponse au message d'Else que la gouvernante savait très bien que café et collation seraient servis à l'heure comme toujours. La gouvernante retourna dans la salle où, à sa stupéfaction, elle retrouva Marie. Ou plutôt Rosa, comme on l'appellerait désormais.

— Que fais-tu encore ici ?

La jeune fille avait remis son balluchon sur son épaule, et ses yeux avaient une curieuse expression, à la fois blessée et incroyablement dure.

— Je suis vraiment désolée, mademoiselle Schmalzler, dit-elle.

La gouvernante la dévisagea, perplexe. Elle ne comprenait rien à cette fille.

— Pourquoi es-tu désolée, Rosa ?

La gamine inspira profondément.

— Je voudrais qu'on me nomme par mon prénom, répondit-elle. Je m'appelle Marie, et non Maria, comme Mlle Jordan. Et, puisque je travaille en cuisine, je ne crois pas que Madame m'appellera. C'est sa femme de chambre et non la fille de cuisine qu'elle sonnera. Elle ne risquera donc pas de nous confondre.

Elle avait ponctué ces arguments de hochements de tête, parlant à mi-voix, mais avec aisance et sans crainte. La gouvernante songea que Marie n'avait pas tout à fait tort, mais n'était nullement disposée à l'admettre devant pareille effrontée.

— Ce n'est pas à toi d'en décider !

La coupe était pleine. Cette petite était tout simplement paresseuse ; elle cherchait un prétexte pour continuer à se faire entretenir à l'orphelinat au lieu de gagner sa vie.

— Vous ne comprenez donc pas ? s'écria la jeune fille, visiblement émue. Ce sont mes parents qui ont choisi mon prénom. Ils ont longtemps réfléchi avant de m'appeler Marie. Ce prénom, c'est tout ce qu'ils m'ont laissé et je n'en veux pas d'autre.

Sa détermination était dictée par le désespoir. Mlle Schmalzler avait assez d'expérience de la nature humaine pour comprendre que cette fille n'était ni paresseuse ni futilement entêtée. Sa réaction lui parut plutôt touchante, quoique la petite se raconte sûrement des histoires. Ses parents ! C'était une enfant illégitime qui n'avait probablement jamais vu son père. Cette petite créature têtue serait à coup sûr difficile à manier. Elle l'aurait laissée repartir sans le moindre regret, mais Madame en avait décidé autrement.

— Soit, dit-elle en se contraignant à sourire. Voyons d'abord comment ça marchera avec ton prénom.

— Oui, s'il vous plaît, mademoiselle Schmalzler !

Triomphait-elle ? Non, elle paraissait infiniment soulagée.

— Merci beaucoup, ajouta-t-elle au bout de quelques secondes.

Elle esquissa une révérence, tourna les talons et décampa enfin vers la cuisine.

La gouvernante ne put réprimer un soupir.

Il faudra briser cet esprit de contradiction, pensa-t-elle. Madame finira bien par le comprendre à son tour.

Chapitre 3

— Je t'en prie, Elisabeth… je suis morte de fatigue et par-dessus le marché j'ai la migraine.

Katharina s'était étendue sur son lit. Elle avait gardé son ensemble vert clair, mais défait son chignon et ôté ses bottines. Depuis des années, Elisabeth savait parfaitement à quoi s'en tenir quant à la santé de sa sœur. À ses yeux, Katharina était une simulatrice accomplie, dans le seul but de gagner la sympathie de son entourage.

— La migraine ? répéta-t-elle sur un ton neutre. Dans ce cas, tu devrais prendre cette poudre contre le mal de tête, Kitty.

— Non, elle me donne des crampes d'estomac.

Elisabeth haussa les épaules, nullement apitoyée, et s'assit sur le fauteuil bleu clair face à la coiffeuse. Sur la tablette régnait un fouillis de flacons de verre, de barrettes, de peignes d'écaille et de poudriers. Dès qu'Augusta avait tout rangé, Katharina semait de nouveau le désordre. Sa petite sœur était vraiment incorrigible.

— Je voulais seulement te dire ce que Dorothea m'a raconté, reprit Elisabeth. Elle vous a rencontrés hier soir à l'opéra, Paul et toi… tu t'en souviens ?

Elle se pencha vers le miroir, feignant de rajuster une

mèche de ses cheveux blonds pour mieux observer sa sœur, mais sans grand succès : la main posée sur le front et les yeux fermés, Katharina ne paraissait nullement disposée à répondre.

— C'était sûrement un très beau spectacle…

Sa sœur remua et la regarda en clignant des yeux. Dès qu'on parlait de musique, de peinture ou de niaiseries de ce genre, elle oubliait ses migraines.

— Oui, c'était admirable, dit-elle. La chanteuse qui interprétait Leonore, en particulier, était merveilleuse. *Fidelio* est du reste une histoire très émouvante, et cette musique…

Elisabeth attisa encore un peu son enthousiasme pour être sûre de faire mouche.

— Je regrette de ne pas être venue…

— Je ne comprends pas comment tu as pu y renoncer alors que nous avons une loge. Vraiment, Lisa, ton aversion pour les concerts et l'opéra…

Elisabeth esquissa un sourire satisfait. Katharina venait de s'asseoir sur le lit, toute migraine envolée. Elle radotait à présent sur les costumes et les décors. Cette petite folle en avait même dessiné.

— Dorothea m'a dit que vous avez reçu de la visite à l'entracte…

Katharina fronça les sourcils comme si elle devait faire un effort de mémoire, ce qu'Elisabeth considéra comme pure comédie, sa sœur sachant pertinemment qui était venu la voir.

— Oui, c'est vrai, répondit-elle. Le lieutenant von Hagemann nous a salués. Il avait appris que Paul passait le week-end à Augsbourg. Il a commandé du mousseux, c'était vraiment charmant de sa part…

Nous y voilà, pensa Elisabeth tout en observant son

reflet dans le miroir. Lorsqu'elle était en colère, son visage n'était pas beau.

— Le lieutenant von Hagemann est venu dire bonjour à Paul ? Comme c'est gentil à lui…

Ses paroles sonnaient faux, mais elle était trop furieuse pour feindre.

— Ça n'a rien de surprenant, Lisa, répondit Kitty en se laissant retomber sur les coussins. Après tout, le lieutenant et Paul étaient à l'école ensemble…

Certes, mais Paul étant de deux ans plus âgé que Klaus von Hagemann, jamais ils n'avaient été dans la même classe. Et si, le week-end, Paul avait passé beaucoup de temps avec ses amis, von Hagemann n'en avait pas fait pas partie.

— Dorothea m'a raconté que tu avais eu une longue et passionnante conversation avec le lieutenant, Kitty. Il paraît qu'il est resté dans notre loge tout le long du deuxième acte et qu'il était assis à côté de toi. C'est vrai ?

Katharina avait reposé sa main sur son front. Elle releva la tête pour dévisager Elisabeth d'un air indigné. Elle avait enfin compris.

— Si tu insinues que Klaus von Hagemann et moi…

— Parfaitement !

— Mais c'est ridicule !

Les yeux de Katharina brillèrent d'irritation. Elisabeth songea rageusement que, même en colère, sa sœur, elle, restait jolie. Avec ses yeux bien fendus, son petit nez, sa bouche voluptueuse et son visage triangulaire, elle était très séduisante. Elle avait en outre une abondante chevelure brune aux reflets cuivrés, tandis que celle d'Elisabeth était bêtement blonde. Blond cendré, blond filasse, blond paille… à désespérer.

— Ridicule ?! cria-t-elle, hors d'elle. Toute la ville ne parle que de ça ! La ravissante Katharina, la frêle fée aux boucles brunes, la reine de la saison du bal qui va s'ouvrir… a ensorcelé le lieutenant von Hagemann, ce jeune homme si intelligent et si raisonnable qui faisait la cour à sa sœur depuis un an…

— Je t'en prie, arrête, Lisa ! C'est absolument faux !

— Absolument faux ? Tu veux dire que Klaus von Hagemann n'était pas sur le point de demander ma main ?

— Mais non, je n'ai jamais dit ça ! Oh, ma tête !

Katharina pressait ses tempes, mais Elisabeth était trop furieuse pour avoir pitié d'elle. Et elle, qui se souciait de savoir comment elle se sentait ?

— Je ne te le pardonnerai jamais, Kitty ! Jamais !

— Mais… mais je n'ai rien fait de mal, Lisa ! Il s'est assis entre Paul et moi, c'est tout. Et nous avons parlé de musique, il s'y connaît si bien en musique, Lisa… Je n'ai fait que l'écouter, je te le jure.

— Espèce de sale petite menteuse ! Dorothea t'a vue rire avec lui et lui faire les yeux doux !

— C'est un mensonge odieux !

— Tout le monde l'a vu à l'opéra, et toi, tu prétends que je mens ?

— Oh, Lisa, nous n'avons fait que bavarder, rien de plus… Et tu oublies que Paul était tout le temps avec nous !

Elisabeth était allée trop loin. Cette garce de Doro avait dû exagérer. Comment avait-elle pu gober ses médisances ? Elle se regarda âprement dans le miroir à trois pans, qui lui renvoya son image de face et de profil : un visage bouffi de rage. Mon Dieu, qu'elle était laide ! Pourquoi le sort était-il si injuste ? Pourquoi avait-il fait don à sa sœur cadette de ce visage ravissant jusque dans la migraine ou la colère ?

— Ce sont des mensonges, Lisa, insista Kitty avec

l'énergie du désespoir. Dorothea est une vraie langue de vipère. Comment peux-tu la croire ? Tout le monde sait qu'elle…

Elle se tut, car on avait frappé à la porte. Leur mère entra et Katharina se calma aussitôt, mais Alicia Melzer avait entendu une partie de leur conversation.

— Que se passe-t-il, Kitty ? Le Dr Schleicher t'a pourtant recommandé de ne pas t'énerver.

— Ce n'est rien, Maman. Je suis tout à fait calme.

Alicia Melzer connaissait bien ses filles. Son regard se posa sur Elisabeth qui, un poudrier à la main, promenait une houppette sur son visage.

— Tu sais bien que tu dois laisser ta sœur tranquille, Lisa. Kitty a à peine fermé l'œil cette nuit.

— Je suis vraiment désolée, répondit Elisabeth d'une voix douce. Je suis juste venue la voir pour la distraire un peu.

Katharina s'abstint de la contredire. Au moins, on ne pouvait pas lui reprocher d'être une rapporteuse : même petite, elle n'avait jamais dénoncé sa sœur. Alicia Melzer poussa un soupir.

— Pourquoi ne vous êtes-vous pas encore changées ? demanda-t-elle. Le déjeuner sera servi dans un instant.

Elle portait une robe de soie bleu foncé et un rang de perles noué à hauteur de la poitrine. À cinquante ans passés, elle gardait une silhouette gracieuse. La légère claudication due à la raideur de sa cheville était la seule fausse note. Elisabeth aurait donné beaucoup pour être aussi mince que sa mère, mais le sort avait voulu qu'elle tienne du côté paternel sa rondeur et la largeur de ses hanches. Même dans un peignoir de dentelle à traîne ample et léger, sa silhouette n'avait rien d'éthéré. Et cette petite peste de Kitty lui avait un jour dit que, dans cette tenue, elle ressemblait à un cache-théière. Cela la consola un peu de l'entendre réprimander par leur mère pour avoir froissé son ensemble vert en s'allongeant sur le lit. Un beau gâchis, car la jupe étroite et la longue veste à basques étaient taillées dans un brocart que Papa faisait venir d'Inde.

— Le déjeuner ? s'exclama Katharina avec un gémissement. Mais nous aurons aussi du monde à dîner ce soir ! Comment peut-on encore avaler quelque chose après un déjeuner copieux ?

— Il le faut pourtant, Kitty : nous ne pouvons pas laisser le frère de Papa et ta tante déjeuner seuls. Ce serait impoli. Ils ont annoncé qu'ils repartiraient après le repas.

Le « tant mieux ! » qui échappa à Elisabeth lui valut un regard sévère, mais leur mère se réjouissait aussi peu qu'elle de ces visites. Papa avait trois frères et quatre sœurs, chacun ayant fondé une famille. Mais, comme aucun d'eux ne possédait ce qu'on pouvait appeler une fortune personnelle, leurs visites chez les Melzer étaient toujours assorties de demandes d'aide financière ou de recommandations. Johann Melzer était respecté à Augsbourg. Des hommes d'affaires, des banquiers, des artistes et des conseillers municipaux fréquentaient sa maison. Grâce à son épouse, ces réunions étaient toujours agréables et se déroulaient dans une atmosphère détendue. Leur mère s'occupait des dames avec dévouement, tandis qu'au fumoir les hommes buvaient du vin, du madère et du cognac français tout en savourant des cigares et causant d'affaires publiques et privées. C'était l'un de ces dîners qu'on donnerait le soir, et la présence à table de l'employé de bureau Gabriel Melzer et de sa femme grisonnante aux allures de pauvresse aurait été plus que déplacée.

— Changez-vous donc, mes petites, reprit Alicia.

Et ne portez rien de trop voyant. Vous savez que tante Helene n'a qu'une robe.

— Oui, gloussa Elisabeth. Même si elle met chaque jour un nouveau col en pensant que nous n'y verrons que du feu.

Alicia réprima un sourire. Elisabeth se montrait souvent impertinente. Il lui faudrait apprendre à tenir sa langue.

— Ils ont un enfant malade qui leur coûte cher, répondit-elle.

Elisabeth pencha la tête, sceptique, mais garda ses pensées pour elle. Aujourd'hui, c'était un enfant malade, quelques mois plus tôt, ç'avait été une caution pour un ami, puis un incendie qui avait provoqué de gros dégâts dans leur cuisine. Les membres de la famille de Papa trouvaient toujours de bonnes raisons pour lui soutirer de l'argent. Ceux de la famille de Maman ne valaient à vrai dire guère mieux, ils avaient seulement de meilleures manières, du moins tant qu'ils étaient sobres. Et, comme ils menaient plus grand train, leurs dettes étaient plus élevées, si bien qu'ils réclamaient davantage à Johann Melzer. Tous ces gens étaient de vraies plaies, et Elisabeth se serait très bien passée d'eux.

— Dois-je absolument déjeuner avec vous, Maman ? soupira Katharina. Je suis morte de fatigue et j'aurais grand besoin de faire un somme. Tu sais que le Dr Schleicher m'a prescrit ces pilules pour me faire dormir.

Alicia était déjà sur le seuil de la chambre. Elle fut brièvement tentée de faire passer la santé de sa fille avant la politesse et les conventions vis-à-vis des parents pauvres de son mari. Mais les bonnes manières et la discipline que son éducation lui avait inculquées l'emportèrent sur l'instinct maternel. Il fallait enseigner comme à ses autres enfants le savoir-vivre à Katharina – surtout à Katharina.

— Ce repas ne traînera pas en longueur, Kitty, dit-elle. Et tu pourras ensuite te reposer. Je t'enverrai Maria pour t'aider à t'habiller. Elisabeth, tu porteras ta robe marron aux manches bouffantes. Toi, Kitty, je veux te voir dans la robe grise, celle avec le boléro et les boutons de nacre.

Elisabeth se leva de mauvaise grâce et se dirigea vers sa chambre. Naturellement, Maria aiderait sa sœur à se changer tandis qu'elle-même devrait se tirer d'affaire seule. La femme de chambre passerait tout au plus en coup de vent pour lui relever les cheveux. Il était pourtant évident qu'une seule femme de chambre ne pouvait suffire à trois femmes. Cette brave Jordan avait en outre dépassé la quarantaine et ses idées sur la mode étaient aussi désuètes que celles de Maman. Mais pourquoi se ronger les sangs ? Dès qu'elle serait mariée, elle aurait une femme de chambre pour elle seule.

La robe marron avait déjà trois ans : Maman l'avait fait confectionner pour elle alors qu'elle avait dix-sept ans, estimant que cette couleur s'harmonisait bien avec les cheveux blonds de sa fille, qui était d'un tout autre avis. Le marron était une couleur ennuyeuse, aussi morne qu'un tas de terre. Elle passerait complètement inaperçue dans cette robe démodée aux manches beaucoup trop amples. Mais cette tenue serait toujours assez bonne pour un déjeuner avec le petit employé Melzer et sa fade épouse.

Maria l'avait sortie de la garde-robe et suspendue dans sa chambre. Il ne lui restait plus qu'à ôter son peignoir pour s'engoncer dans cette monstruosité. Mais, comme cette saleté de robe était devenue trop étroite pour elle, elle allait devoir se démener pour l'enfiler.

Elle aurait dû lacer son corset plus serré, mais sans l'aide de Maria c'était tout bonnement impossible. Et, ce soir, elle devrait porter cette robe de velours vert foncé qui la corsetait si étroitement qu'elle en avait mal au cœur à l'avance.

— Mademoiselle, puis-je relever vos cheveux ? Comme cette robe vous sied ! dit Maria avec un sourire.

C'était la femme de chambre idéale, toujours polie et réservée. Dans sa bouche, les flatteries les plus grotesques devenaient crédibles. Il suffisait à Elisabeth de se regarder dans le miroir pour voir qu'elle avait l'allure d'une saucisse dans un cocon d'étoffe. Mais entendre ces compliments était doux, et aussi agréable que de s'asseoir devant le miroir en une pose gracieuse pour abandonner ses cheveux aux mains expertes de la femme de chambre.

— Relevez-les juste ce qu'il faut. J'aurai besoin de vous vers 5 heures pour la soirée.

— Mais avec plaisir, mademoiselle. Faut-il les fixer avec le ruban de velours marron ?

— Non, pas de ruban, c'est très bien ainsi. Merci, Maria.

N'était-il pas injuste qu'elle ait tendance à l'embonpoint ? Maman avait toujours été mince et avait gardé un corps de jeune fille. Elle avait un jour passé devant ses filles stupéfaites une robe de sa jeunesse, une tenue démodée de futaine rouge foncé avec une jupe bouffante et une garniture de dentelle. Elle l'avait gardée parce qu'elle la portait le jour où elle avait rencontré leur père. Elisabeth trouvait cette robe affreuse, mais il fallait reconnaître qu'elle allait à sa mère comme au bon vieux temps. Malgré trois grossesses, son corps avait à peine changé.

Dans le couloir Kitty descendait l'escalier d'un pas

léger, comme marchant sur des nuages. Cette étrange créature semblait presque toujours vivre dans un rêve. Elle était mince, de la sveltesse idéale d'un mannequin de mode, mais se moquait de ses tenues comme de sa coiffure.

Elle avait exprimé le désir d'apprendre à peindre à Paris, un chevalet posé en pleine rue à la manière des jeunes peintres de là-bas. Maman avait comme toujours gardé son sang-froid, mais Papa s'était emporté et avait traité Kitty de « petite dinde ingrate ».

Elisabeth suivit sa sœur au premier étage, sur l'épais tapis du couloir et de l'escalier qui étouffait le bruit de ses pas. Katharina ne l'entendit pas, sans doute trop occupée d'elle-même. Elisabeth songeait que sa jolie petite sœur dînerait le soir avec tout le monde, notamment avec les von Hagemann, connaissances de sa mère et relations d'affaires de son père. Son cœur battit soudain plus vite, à l'idée que Klaus von Hagemann, qui viendrait ce soir avec ses parents, se déclarerait enfin.

Else ouvrit la porte de la salle à manger. La vieille bonne ferait probablement le service. Ce serait toujours assez bon pour les parents pauvres. Robert n'entrerait en scène que le soir, en livrée et en gants blancs. Elisabeth salua les invités avec une politesse étudiée et les pria de bien vouloir excuser son retard, car elle était la dernière arrivée. Tout le monde s'assit à la table et Else entra avec la soupe, un bouillon de bœuf aux girolles. Elisabeth toisa Katharina d'un air moqueur : sa sœur détestait le bouillon et ne mangeait presque pas de viande.

— Comment vas-tu, ma chère Kitty ? demanda tante Helene. Tu as l'air fatiguée.

Katharina touillait sa soupe, perdue dans ses pensées et les paupières à demi closes.

— Pardonne-moi, ma tante, dit-elle. Que me demandais-tu ?

Maman fronça les sourcils et lui lança un regard perçant. Katharina adressa un sourire gêné à son interlocutrice.

— Excuse-moi, ma tante, je n'avais pas écouté. Je suis très fatiguée aujourd'hui.

— C'est justement ce que je viens de dire, reprit tante Helene, légèrement agacée.

Elisabeth réprima un fou rire tandis que sa mère se hâtait d'expliquer que cette pauvre Katharina avait à peine dormi. Tante Helene feignit la compassion et parla de ses propres insomnies, qu'elle lia adroitement à ses soucis de famille, ramenant la conversation sur sa fille malade et les coûteux médicaments qu'il fallait lui acheter. Ces médecins, on ne savait jamais à quoi s'en tenir avec eux. Ils prescrivaient toutes sortes de potions et de cachets, mais Dieu seul savait si cela pouvait vous guérir.

— Nous devons tous nous en remettre à la volonté de Dieu, approuva aimablement Alicia.

Elisabeth savait sa mère sincère. On était de bons chrétiens dans la famille, on assistait chaque dimanche à la messe de l'église de Saint-Ulrich-et-Sainte-Afre.

— Comme il est regrettable que ce cher Johann n'ait pas le temps de déjeuner avec nous, déclara la tante Helene sur un ton de regret affecté. Il n'est certainement pas très bon pour sa santé de passer toute la journée au bureau sans même prendre le temps de manger.

Elisabeth savait que sa mère était également contrariée de l'absence de Papa. Prétexter son travail à l'usine pour laisser sa femme et ses filles subir sa famille était typique de lui. Mais, bien entendu, Alicia n'en laissa rien paraître. Elle approuva tante Helene avec un soupir et déplora la dévotion de son mari pour son métier. Il était pour ainsi dire marié à son usine, s'y rendant au petit matin pour ne rentrer souvent qu'à la nuit. Il portait un fardeau très lourd, chaque décision devait être dûment pesée et la moindre erreur dans les ateliers pouvait réduire à néant une commande cruciale.

— La fortune ne s'acquiert qu'au prix d'un dur travail, conclut-elle avec un sourire entendu, tout en regardant l'oncle Gabriel.

Ce dernier rougit : on était samedi, et il aurait dû être au bureau. Il avait probablement raconté un mensonge à son chef pour obtenir ce congé. Papa avait déclaré un jour que l'oncle Gabriel n'était pas un employé fiable.

Elisabeth avait pressenti ce qui arriva : la cuillère à soupe de Katharina glissa de sa main, tomba dans le bouillon, et son manche orné des initiales de la famille heurta le verre de vin, qui bascula et répandit son contenu sur la nappe. En tendant la main pour le retenir, l'oncle Gabriel renversa son assiette de soupe sur les genoux de son épouse. Une telle série de catastrophes était inédite.

— Else, apporte des serviettes ! Augusta, mène Mme Melzer dans la chambre d'amis afin qu'elle puisse se changer… ordonna Alicia.

Elisabeth ne leva pas le petit doigt. Voir tante Helene secouer frénétiquement sa jupe tandis que Katharina se répandait en excuses auprès d'elle était bien trop comique.

— Je… je suis vraiment désolée, tante Helene. Je suis terriblement maladroite… Je te prêterai une de mes robes.

Quand Augusta ouvrit la porte de la salle à manger pour en faire sortir la tante toute tachée, la voix de la cuisinière leur parvint de l'entresol. Fanny Brunnenmayer était dans une telle fureur qu'on entendait distinctement tout ce qu'elle disait.

— Je n'ai jamais vu une gourde pareille ! Tu n'es vraiment bonne à rien ! Sainte Vierge, comment peut-on être aussi bête ?

Alicia Melzer fit signe à Augusta de refermer promptement la porte.

— C'est la nouvelle fille de cuisine, dit-elle à Gabriel Melzer sur un ton d'excuse. Elle doit encore se faire à son travail.

Chapitre 4

C'était un travail infernal, un indescriptible fouillis de casseroles et de plats, un chaos de pièces de gibier, de pigeons plumés et vidés, de tranches de lard, de filets de bœuf et de poitrines de poulet marinées. Sans compter tout l'éventail des légumes : bettes, oignons, échalotes, carottes, céleris, pommes, et un bouquet de persil, de l'aneth, de la coriandre…

— Encore dans mes pattes ? File au fourneau ! Attise le feu, mais pas trop… qu'est-ce que je viens de dire ? Va-t'en, tu gâches tout !

Marie courait en tous sens, saisissant une casserole, apportant assiettes et cuillères, du bois pour le fourneau, lavant plats et couteaux, mais quoi qu'elle fasse, s'y prenait toujours mal.

— Pas la casserole de crème, nigaude, celle de bouillon ! Sers-toi de tes yeux ! Vite, ma sauce va bouillir…

Elle était trop lente. Quand elle voulait prendre quelque chose, elle se trompait à tous les coups, et quand elle apportait enfin le nécessaire la cuisinière s'était déjà tirée d'affaire sans elle. La cuisine lui faisait l'effet d'une mer houleuse et la table couverte de plats et de casseroles, du pont d'un navire ballotté par la tempête.

— Vas-y doucement avec les pigeons pour ne pas leur arracher une aile et mets les plumes dans ce sac, sinon elles s'envoleront. Sainte Vierge, qu'est-ce que je viens de te dire ?!

Quelqu'un venait d'ouvrir l'une des fenêtres et les plumes prenaient leur envol, dansant une valse lente au-dessus de la longue table tandis que Marie sautillait çà et là pour rattraper au moins les rémiges, mais les plumes légères comme de l'écume retombaient dans les casseroles et sur les plats. Marie en cueillit sur la selle de daim farcie, sur la crème à la framboise et surtout sur la mousse au chocolat, où elles s'étaient déposées comme une épaisse couche de neige.

— Alors, comment travaille notre petite Marie ? persifla la Jordan depuis le seuil de la cuisine.

— Mêlez-vous de ce qui vous regarde ! riposta la cuisinière. Et sortez de là, sinon ça va chauffer !

Il était impossible de satisfaire la cuisinière, entre autres parce qu'elle n'aurait pu expliquer précisément ce dont elle avait besoin. Pour bien l'assister, il fallait connaître le plan de travail qu'elle avait en tête et qui se réalisait sans qu'elle paraisse en avoir conscience. Tout ce qu'elle faisait se conformait à ce plan que Marie devinait sans faille. Chaque étape du travail devait se dérouler au bon moment afin que le chaos des plats et des assiettes, des mets crus, en cours de préparation et achevés s'ordonne pour former un ensemble grandiose, le dîner de huit plats qui devait être servi à 6 heures du soir précises.

Consommé aux poireaux à la crème, poisson, pigeons au miel, céleri sauce madère, selle de daim aux airelles, glace, tarte meringuée, fromage et, pour finir, café et thé, biscuits aux amandes et liqueurs.

Un monte-charge emportait les plats au premier étage

à côté de la salle à manger. Marie n'avait fait qu'entrevoir Robert quand il avait passé la tête par la porte de la cuisine pour poser quelques questions à la cuisinière au sujet du vin. Ces questions reçurent des réponses peu aimables quand elles n'étaient pas tout bonnement ignorées, et Robert s'éclipsa. Marie avait quand même eu le temps d'admirer sa livrée rayée de noir et de bleu aux boutons dorés et ses gants blancs immaculés.

Quelle maison ! Comment avait-elle pu envisager de repartir dès le premier jour ? Ç'aurait été l'erreur la plus stupide qu'elle ait commise. Jamais auparavant elle n'avait eu sous les yeux un tel luxe, une telle variété de mets. Les habitants de cette villa dépensaient sans compter. Rien n'était trop cher ni trop bon pour eux. Pigeons, sauce madère, trois poissons différents… Pour eux, vingt, trente œufs n'étaient rien. Les blancs d'œufs étaient battus en neige, sucrés, puis doucement chauffés au four pour les solidifier. On étalait sur des fonds en biscuit de la crème au beurre qu'on recouvrait de fruits, puis de meringue. Par moments, Marie n'avait fait que regarder, comme pour absorber toutes ces friandises par les yeux et tout noter afin de constituer un livre de cuisine comme celui que la cuisinière avait en tête. Mais Fanny Brunnenmayer gardait jalousement le secret de certaines recettes. Elle avait à plusieurs reprises ordonné à Marie d'apporter du bois pour le four, et, quand Marie était remontée avec son chargement, le plat était prêt.

Les mets montaient un à un au premier étage. Le tintement d'une clochette avertissait Robert de leur arrivée. Il tirait alors la corde du monte-charge et les mets couverts d'une cloche en argent montaient vers lui tandis qu'au rez-de-chaussée on préparait en hâte le plat suivant. Les pauses entre deux plats étaient parfois courtes, mais il arrivait que la conversation à table se prolonge. Alors la cuisinière se rongeait les sangs à cause de la viande et des légumes qui allaient refroidir ou de la glace qui commençait à fondre. Quand le dernier plat, des assiettes de fromage et de bretzels tout juste sortis du four ainsi que des corbeilles de fruits, s'éleva vers le premier étage, elle se détendit enfin. Se laissant tomber sur un banc, elle tira un mouchoir blanc de la poche de son tablier et essuya son visage en sueur.

— Apporte-moi la cruche, ma petite, dit-elle à Marie. La grande. Oui, celle-là.

Elle but la bière lentement et avec délectation, puis tamponna son front à plusieurs reprises. Un sourire de soulagement s'épanouit sur son visage.

— Tu ne t'en es pas trop mal tirée, petite, déclara-t-elle.

Chapitre 5

Elisabeth couvait des yeux les restes alléchants de la tarte meringuée que Robert débarrassait pour la remplacer par des corbeilles de fruits composées avec art. Des raisins noirs luisaient doucement à la lueur des bougies au milieu des oranges et des pommes en tranches reconstituées, des abricots secs et des amandes enrobées de sucre. Renonçant héroïquement au fromage et à la tarte, elle prit une tranche de pomme.

— C'était comme toujours délicieux, chère madame Melzer, déclara son voisin de table.

Klaus von Hagemann s'inclina légèrement en regardant l'hôtesse, qui lui répondit par un hochement de tête et un sourire.

— Je crois que ma mère échafaude des plans pour vous voler cette merveilleuse cuisinière, dit-il avec amusement à Elisabeth.

La jeune fille, qui mordillait sa tranche de pomme, s'offrit le plaisir de lui faire attendre sa réponse quelques secondes, de sentir sur elle son regard impatient et de savourer son incertitude quant au succès de sa plaisanterie. Elle lui sourit enfin et répondit que cette brave Brunnenmayer était à leur service depuis de nombreuses années.

— C'est un diamant brut, notre Brunnenmayer. Une apparence rugueuse, mais une âme fidèle, déclara-t-elle joyeusement. Elle ne nous abandonnerait pas pour tout l'or du monde.

Il prit son verre et, tandis qu'il buvait une gorgée de vin rouge, ses yeux se tournèrent vers Katharina, plongée dans une conversation avec Alfons Bräuer. Le fils de banquier trapu aux larges épaules, qui se montrait d'habitude peu loquace, bavardait comme une pie en se jetant sur toutes les absurdités que Katharina lui servait. Peut-être le vin et le copieux repas faisaient-ils monter le sang au visage de ce pauvre diable et lui inspiraient-ils ces divagations, mais Elisabeth soupçonnait plutôt la proximité affolante de sa sœur.

— Eh bien, estimez-vous heureuse, répondit Klaus von Hagemann. La fidélité est une qualité rare de nos jours. C'est pourtant l'une des plus belles vertus qui soient, ne croyez-vous pas ?

Elle l'approuva avec empressement. La fidélité était certes une vertu cardinale. Son père ne se lassait pas de répéter combien la loyauté de ses ouvriers lui tenait à cœur, affirma-t-elle.

Il reposa lentement son verre et saisit la corbeille de fruits pour la lui présenter. Elle prit à contrecœur un quartier d'orange. Jordan l'avait lacée si serré qu'elle étouffait presque.

— À vrai dire, je pensais plutôt à la fidélité entre deux personnes, reprit von Hagemann sur un ton pensif, les yeux fixés sur les flammes du chandelier en argent à cinq branches. La fidélité en amitié, par exemple. Ou le dévouement de parents à leurs enfants. Et, surtout, la fidélité conjugale.

Le cœur d'Elisabeth battit violemment. Le moment

était venu, ça ne faisait plus aucun doute, vu le sérieux avec lequel il la regardait : il allait se déclarer.

— Je pense que le mariage doit réunir deux opposés : le feu et la glace. La flamme ardente de l'amour d'une part, la douce constance des époux, de l'autre.

Elisabeth ressentit un frisson de plaisir d'autant plus exquis qu'il avait risqué un bref et timide regard vers son décolleté. Sa poitrine opulente était son unique avantage physique sur Katharina. Oh, elle saurait attiser le feu qu'il venait d'évoquer… si seulement il en venait enfin au fait !

— Je vous connais si bien, Elisabeth, dit-il à mi-voix, que je crois le moment venu de vous faire un aveu…

Elle n'aurait jamais cru que cette soirée aurait un dénouement si heureux. Elle le devait pour beaucoup à sa mère, qui avait établi le plan de table. Alicia Melzer était résolue à guider la destinée de ses enfants, et Elisabeth avait depuis longtemps compris que les projets de sa mère étaient en accord avec les siens. Katharina briserait plus d'un cœur au cours de l'hiver, mais peu importait à Elisabeth, puisqu'elle était sur le point de voir ses espoirs se réaliser. Comme elle était bête d'avoir cru aux commérages de Dorothea ! Klaus von Hagemann n'avait eu d'yeux que pour elle pendant toute la soirée. Ils avaient bavardé, gloussé, fait des remarques spirituelles, voire malveillantes, et il avait même frôlé sa main à deux reprises. Et, maintenant, le moment était venu. Elle retint son souffle. Quel dommage de ne pas pouvoir jouir d'un peu plus d'intimité ! À cette table, au milieu de ces invités jacasseurs, de tels aveux paraissaient bien moins romantiques que dans les rêves d'une jeune fille. Dieu du ciel, cette horrible Gertrude Bräuer était en train de décrire le hoquet dont elle avait souffert plus d'une heure la veille !

Ce genre de détail révélait son extraction commune et son manque de savoir-vivre en société.

— Il est dans l'existence des moments où l'on a l'impression que tout l'univers se fige, chère mademoiselle Elisabeth. Je viens d'en faire l'expérience, poursuivit le lieutenant sans se troubler.

Robert choisit cet instant pour présenter à Elisabeth une assiette de fromages garnie de raisin, d'ananas et de fruits déguisés.

— Prenez un peu de roquefort, mademoiselle, lui chuchota-t-il. Il est excellent.

Elle refusa d'un geste et le serviteur présenta l'assiette somptueuse au lieutenant, qui choisit avec soin ses fromages préférés, deux morceaux d'ananas et un bretzel encore tiède.

Le fil de la conversation était rompu. Le lieutenant se consacra en silence au contenu de son assiette et laissa remplir son verre de vin.

— On vous a interrompu, lieutenant, lui rappela-t-elle.

— Oui, c'est vrai, reconnut-il d'un air distrait. Où en étais-je donc ?

— Vous évoquiez un moment décisif de votre existence…

— C'est juste, mais je crois l'instant mal choisi pour en parler, mademoiselle. Pardonnez-moi.

Elle se sentit profondément déçue. Ce lâche se dérobait. C'était la faute de Robert, qui avait surgi au pire moment. Elle l'aurait tué avec joie.

La conversation languissait. La bonne chère rendait les invités somnolents. Alicia entretenait la conversation sur une chanteuse récemment engagée à l'opéra que Mmes von Hagemann et Bräuer jugeaient « divine ». Tilly Bräuer, une grande asperge de dix-sept ans en robe lie-de-vin au décolleté trop profond destiné à mettre en valeur sa peau blanche et ses clavicules saillantes, se bourrait de roquefort et de raisins secs. Seule Katharina, qui avait probablement à peine mangé, n'était pas gagnée par la lassitude générale. Elisabeth l'entendait décrire à son voisin de table la technique de la peinture sur soie chinoise. Alfons Bräuer l'écoutait, incapable de détacher les yeux d'elle, comme si elle avait proféré des vérités d'évangile. Cela tenait sans doute à la manière de parler de Katharina, à ses yeux brillants, aux mouvements de ses lèvres pleines, à ses gestes amples mais gracieux. Alfons Bräuer aurait été fasciné par elle même si elle lui avait récité l'annuaire.

— Messieurs, je vois que le fumoir vous appelle, déclara aimablement Alicia. Nous ne vous retiendrons donc pas davantage et, pendant ce temps, nous nous distrairons entre femmes.

— Avez-vous entendu, messieurs ? s'écria Bräuer père, qui n'attendait que ce signal pour échapper au bavardage incessant de sa douce moitié. Vos désirs sont des ordres, chère madame Melzer !

Les messieurs se levèrent à la suite du maître de maison. Même l'abbé Leutwien, un petit homme frêle au cheveu rare et à lunettes, se joignit à eux. Elisabeth n'aimait guère ce prêtre, sans trop savoir pourquoi. Peut-être cela tenait-il à ses épais verres de lunettes, derrière lesquels ses yeux paraissaient minuscules, lui donnant un air désemparé. Quand il les avait ôtés pour les nettoyer, elle avait remarqué que ses yeux étaient gris et d'une taille tout à fait normale : il n'avait plus l'air perdu. Il donnait au contraire l'impression de quelqu'un qui sait parfaitement ce qu'il veut.

— Je vais également passer un moment au fumoir, déclara le lieutenant von Hagemann en se levant.

Mon paternel serait stupéfait que je reste seul avec les dames comme un coq en pâte.

Il était bien entendu impossible de le retenir. Ils échangèrent les politesses d'usage et elle crut lire dans son regard un regret sincère.

Le rituel suivit son cours. Robert annonça à Madame que le couvert était servi. Les dames devaient passer au salon rouge, une pièce que la mère de la maîtresse de maison avait fait décorer d'après ses esquisses. Les tapisseries en soie à motifs chinois avaient à elles seules coûté une fortune. Les dorures du mobilier Louis XV venu de France étaient authentiques. On avait servi du café avec des pralines et des biscuits.

Mais les invitées semblaient peu disposées à interrompre leur discussion enflammée sur la liaison d'une dame de la bonne société avec son chauffeur. L'affreuse femme du banquier s'apprêtait à ajouter des détails croustillants sans voir les regards horrifiés de sa pauvre fille. Alicia tentait de calmer les esprits, aidée de Riccarda von Hagemann. La mère du lieutenant était une hôtesse accomplie et possédait tout le tact qui faisait défaut à l'épouse du banquier. Et, en dépit de ses cinquante ans, elle restait belle.

Une idée vint à Elisabeth. Ce n'était à vrai dire qu'une possibilité, mais des plus prometteuses. Elle se leva, sourit à sa mère et quitta la salle à manger. Personne ne verrait d'objection à ce qu'elle se rende au salon rouge car elle ne ferait qu'y précéder ces dames. Mais elle irait d'abord au fumoir pour prier Klaus von Hagemann de lui apporter un livre au salon. Si tout se déroulait selon ce plan ingénieux, elle pourrait s'isoler un instant avec lui. Ce serait alors à lui de se déclarer.

Elle s'éloigna rapidement dans le long couloir dont l'épais tapis étouffait le bruit de ses pas. Le fumoir était au fond. Elle devait se hâter sans pour autant s'essouffler à cause de son corset trop serré. Quel livre allait-elle prendre ? Un volume facile à trouver, un roman de préférence, peut-être le *Robinson Crusoé*. C'était un ouvrage anodin et à portée de main, dans la rangée du milieu de l'armoire vitrée…

— Jamais je n'ai été aussi sérieux de ma vie, mademoiselle…

C'était la voix du lieutenant ou se l'était-elle imaginée ? Elle resta figée sur place, ne percevant plus que le battement fébrile de son cœur.

— Vous vous moquez de moi, Katharina ? Comment pouvez-vous être si cruelle ? Je dépose mon cœur, mon existence entière à vos pieds, et vous riez…

Un froid glacial envahit Elisabeth. C'était bel et bien sa voix et elle venait du salon rouge. Comment avait-elle pu ne pas remarquer que Katharina avait également quitté la salle à manger ? Tremblante, elle s'appuya à une commode sculptée et tendit l'oreille, avide d'entendre les nouvelles phrases qui scelleraient son malheur.

— Cette révélation m'a frappé comme la foudre, comme un éclair dans un ciel serein. Je dois vous l'avouer, sinon j'en mourrai…

Et il prononça les trois mots qu'elle avait si longtemps attendus, il les répéta même, comme si son interlocutrice avait été sourde :

— Je vous aime. Je vous aime comme un fou, Katharina…

Répondait-elle ? Se moquait-elle de lui ? Le repoussait-elle ? Refusait-elle d'entendre un aveu si éhonté ? Elisabeth n'entendit rien de semblable. Ce fut seulement la voix rauque et précipitée du lieutenant qui lui parvint.

— Soyez mienne !

Elisabeth sentit une traînée brûlante sur ses joues. Bizarrement, tout son corps était froid et pétrifié, mais des larmes chaudes coulaient de ses yeux, laissant de vilains sillons sur ses joues poudrées et tachant sa robe.

— Vous n'êtes pas tenue de me donner votre réponse dès maintenant, Katharina. Je peux vous laisser le temps de réfléchir et de parler de ma demande avec vos parents. Mais, je vous en supplie, n'oubliez pas que j'attends votre verdict avec tout l'amour que je ressens pour vous…

C'en était trop. Elisabeth n'était pas du genre à rentrer sous terre après avoir reçu une telle gifle. Elle essuya ses joues d'un revers de main, redressa la tête et remit sa coiffure en ordre. Elle ouvrit alors à la volée la porte du salon. C'était un spectacle parfaitement ridicule : Kitty assise sur l'un des petits fauteuils tarabiscotés et le lieutenant agenouillé devant elle sur le tapis.

— Te voilà donc, Kitty ! s'exclama-t-elle. Je t'ai cherchée partout !

Von Hagemann se releva en hâte et, confus, esquissa une courbette avant de sortir du salon. Elle l'ignora comme s'il était invisible.

Chapitre 6

— Éteins immédiatement cette lanterne ! Tu peux te déshabiller dans le noir.

Marie était éreintée. Elle s'était trompée deux fois avant de trouver sa chambre. Elle était d'abord entrée chez Augusta et Else, puis dans un débarras où des caisses et des malles-cabine voisinaient avec des meubles. Elle avait enfin retrouvé son chemin : même en chemise de nuit, la Jordan était reconnaissable entre toutes à son nez pointu.

— Tu es sourde ? Éteins tout de suite !

Mais Marie ne l'entendait pas de cette oreille. Elle souleva la lanterne pour éclairer la pièce exiguë, les deux commodes, l'armoire que la Jordan et elle devaient partager, le lit qu'on lui avait attribué. C'étaient des meubles simples et solides, conçus pour des domestiques. Le sol était parqueté et un petit tapis rapiécé aux couleurs vives était disposé devant chaque lit. C'était merveilleux. Elle n'avait encore jamais connu un tel luxe. Elle trouva sur son lit un paquet de linge immaculé : des chemises, des culottes bordées de dentelle, des chaussettes et même des bas en laine. Une paire de chaussures en cuir un peu usées mais encore bonnes. Trois robes, la première en coton, la deuxième en flanelle et la troisième en laine bien chaude. Et des tabliers, pas les jolis festonnés de dentelles comme pour les bonnes, mais des carrés de tissu grossier bons pour le travail salissant en cuisine.

— Tu pourras regarder tes affaires demain matin ! lança la Jordan en relevant un peu la tête.

En plus d'un nez pointu, elle avait un menton en galoche. La chambre était merveilleuse et cette peste de Jordan était la seule ombre à son bonheur. Quel dommage qu'on ne puisse jamais être complètement satisfait dans la vie : il y avait toujours quelque chose qui allait de travers.

— Je les pose sur ma commode. Je les rangerai demain. Y a-t-il des toilettes ici ?

La Jordan leva les yeux au ciel et poussa un gémissement.

— Au fond du couloir. Éteins dès que tu reviens. Ici, on se lève à 5 h 30 du matin.

— J'éteindrai quand je serai au lit.

Qu'est-ce que cette vieille s'imaginait ? Qu'elle allait tâtonner dans l'obscurité d'une chambre inconnue pour ne pas déranger madame dans son sommeil réparateur ? Si elle croyait pouvoir mener Marie à la baguette, elle se faisait des idées. Bien d'autres avaient essayé avant elle, mais personne n'y était parvenu. Pas depuis longtemps, du moins. Marie en avait vu de dures autrefois, mais c'était fini. Elle prenait maintenant ce qui lui revenait, rien de plus, mais rien de moins.

Il faisait froid dans le couloir. Elle resserra son châle sur ses épaules et se dirigea vers la porte indiquée. Bien entendu, le parquet grinçait effroyablement : on aurait cru qu'un régiment marchait vers les toilettes. Comme la porte était coincée, elle crut d'abord que quelqu'un l'avait devancée. Elle se risqua néanmoins à la pousser plus fort, manquant de peu fracasser la lanterne contre le mur. Si la porte était rudimentaire, le siège des toilettes était en porcelaine de bonne qualité et flanqué d'un lavabo en métal. Seul le couvercle en bois était passablement usé et aurait eu besoin d'une nouvelle couche de peinture. À l'idée de la Jordan s'asseyant sur ce couvercle fraîchement repeint, elle gloussa.

Le lavabo faisait un boucan infernal. Celui ou celle qui dormait à côté des toilettes avait intérêt à avoir le sommeil lourd. Elle laissa la porte entrouverte, toute tentative pour la refermer semblant provoquer un tremblement de terre. Alors qu'elle faisait demi-tour, elle entendit un léger grincement. Effrayée, elle s'arrêta puis leva sa lanterne. Quelqu'un avait dû ouvrir une porte.

— Va au diable ! siffla une voix furieuse. Au début, tu voulais toutes les nuits, et maintenant, terminé !

Marie distingua les vagues contours d'une silhouette en chemise de nuit. Celle d'Augusta ?

— Je suis vraiment désolé…

C'était la voix de Robert. Marie en savait assez pour deviner de quoi il retournait. Ils avaient eu une amourette et, maintenant, c'était fini – pour Robert en tout cas… pauvre Augusta.

— Désolé ? glapit Augusta. C'est toi qui es désolant, Robert Scherer. Tu me fais vraiment pitié : tu crois peut-être que nous n'avons rien vu ? Depuis que Mademoiselle est rentrée du pensionnat, tu la regardes avec des yeux de merlan frit, pauvre crétin !

— Ça suffit ! Va-t'en !

— Tu finiras à l'hospice. Ou en prison. Et, si on te pend, je ne lèverai pas le petit doigt pour toi !

Marie comprit qu'elle avait intérêt à s'éclipser avant qu'Augusta ne la reconnaisse. Mais où était donc sa chambre ? Ce devait être la quatrième ou la cinquième porte à droite. Elle s'éloigna sur la pointe des pieds, poussa une porte et entra. À la vue du menton pointu et de la chemise de nuit de la Jordan, elle referma avec un soupir de soulagement.

— La prochaine fois, tu utiliseras le pot de chambre, déclara l'hostile femme. Si ce n'est pas honteux de réveiller tout l'étage !

Marie était trop épuisée pour riposter. Elle aurait préféré se déshabiller dans le noir car elle n'aimait pas l'idée que la vieille puisse l'épier pendant qu'elle ôtait ses vêtements, mais elle laissa sa lanterne allumée pour la faire enrager. Bonté divine, c'était un coussin de vraies plumes qu'elle avait sous la tête ! Le matelas épais et moelleux se creusait sous son corps à chacun de ses mouvements. Et elle avait une couverture en laine. Elle n'avait encore jamais connu un tel confort.

— Éteins !

Toute à sa joie, Marie obéit sans rechigner. Quel dommage qu'il faille se lever si tôt ! Elle aurait volontiers passé la journée au lit. Dormir et rêver… Se retourner voluptueusement et redresser le coussin moelleux. Lire un roman en toute tranquillité au lieu de se cacher sous les couvertures comme à l'orphelinat. Manger un petit pain et boire un café au lait. Rester immobile, s'imprégner de la chaleur de ce lit, les yeux levés vers le plafond, en pensant à quelque chose de beau…

Comme au temps de Dodo. Dodo, sa meilleure amie à l'orphelinat, une amie comme elle n'en aurait jamais plus. Dodo se glissait dans son lit tous les soirs, si discrètement qu'elle ne s'était jamais fait surprendre. Elle avait un an de moins que Marie et elle était mince comme un fil. Elle n'avait guère grossi, d'ailleurs, à cause de cette affreuse toux qui la secouait toujours. Quand elle se blottissait contre Marie, son petit corps était glacé et ne se réchauffait pas avant un bon moment, surtout les pieds. Elles se racontaient des histoires à voix basse pour ne pas déranger les autres. Des histoires purement imaginaires qui poussaient dans leur esprit comme des fleurs extravagantes, des histoires drôles et tristes, effroyables et absurdes. Tremblant de peur ou gloussant de joie, elles se serraient l'une contre l'autre et Marie se sentait moins seule et abandonnée. Elles pleuraient parfois aussi, mais même ces pleurs étaient bienfaisants car elles sombraient dans le sommeil sur une mer de larmes tièdes. À l'âge de treize ans, Dodo avait dû partir à l'hôpital et on l'avait envoyée ensuite dans un sanatorium en montagne pour soigner sa toux, leur avait-on expliqué à l'orphelinat. Marie avait souvent demandé de ses nouvelles, mais personne ne pouvait lui en donner. Elle lui avait écrit des lettres et avait demandé à Mme Pappert de les lui adresser, mais elle n'avait jamais reçu de réponse. Peut-être que Pappert n'avait pas posté ses courriers.

Qu'aurait pensé Dodo de ce lit merveilleusement moelleux ? Marie se tourna sur le côté et imagina son amie auprès d'elle, croyant même l'entendre chuchoter à son oreille. Mais, quand ce chuchotement se mua en un râle, puis en un léger sifflement, elle comprit que la Jordan entonnait sa sérénade. Dodo recula dans le lointain pour réintégrer le monde onirique de l'imagination, et Marie écouta les sons qui fusaient du lit voisin. Quand on a dormi à l'orphelinat, aucun ronflement ne peut plus vous troubler, mais Marie avait découvert qu'il n'en existait pas deux identiques. L'une soufflait, l'autre sifflait dans son sommeil, beaucoup poussaient un râle rythmique comme si elles allaient étouffer dans la minute. D'autres émettaient des bruits mouillés ou parlaient en dormant, d'autres encore se grattaient, se curaient le nez ou mâchonnaient des franges de leur couvre-lit.

La Jordan était de l'espèce souffleuse et siffleuse, ce qui était pénible, mais tolérable. Pourtant, alors que Marie s'assoupissait, elle entendit un bruit de bouchon qui saute, suivi d'un profond soupir et d'une toux prolongée. La Jordan se retourna plusieurs fois dans son lit, et le concert de sifflements et de soufflements reprit.

Pas étonnant qu'elle ait des cauchemars si sa gorge se bloque dans son sommeil : *Elle doit avoir l'impression d'étouffer*, pensa Marie. Mais cette découverte ne lui inspirait pas la moindre compassion : elle estimait au contraire que Maria Jordan méritait ces tracas. Elle s'étendit sur le dos avec un soupir de bien-être. Tous les employés de la maison dormaient donc en ce moment au troisième étage, Augusta et Else, Mlle Schmalzler, Fanny Brunnenmayer et Robert. Ce dernier avait certainement une chambre pour lui seul. La cuisinière avait-elle droit à ce luxe ? Sans doute, car il était peu probable que Mlle Schmalzler partage sa chambre avec quelqu'un.

Pourquoi ne pouvait-elle s'endormir ? Elle était sûrement la seule à être encore éveillée dans la grande villa. Sans doute était-ce la nouveauté, trop de choses à la fois pour une journée. Mais d'où venait cette étrange tension ? Et ce crépitement des murs, et ce léger grincement de l'armoire ? Marie avait l'ouïe fine. Elle entendait généralement de loin les pas de Pappert quand elle faisait sa ronde de nuit au dortoir, même quand ils étaient inaudibles. Peut-être y avait-il des souris à la villa ?

Elle se représenta le directeur de l'usine couché à côté de sa femme tandis que des souris couraient en tous sens sous leur lit. Elle gloussa dans l'obscurité en imaginant l'une des petites bêtes sautant sur le lit pour venir renifler les pieds nus de Madame, cette femme qui l'avait dévisagée depuis son automobile et avait ri d'elle. N'était-il pas étrange que, la nuit, tout le rez-de-chaussée et le premier étage de cette grande villa restent inoccupés ? Dans la ville basse, des gens s'entassaient, dormant à plusieurs dans un même lit, et à l'orphelinat, certains enfants couchaient dans la salle de séjour. Ici, la spacieuse cuisine était vide, ainsi que le salon et toutes les somptueuses pièces du premier étage qu'elle n'avait pas encore vues. Demain, de bon matin, elle devrait s'y rendre avec Augusta pour allumer les poêles. Alors elle verrait enfin, ne serait-ce qu'un instant, ces belles salles, la bibliothèque, les salons, la salle à manger et le reste.

Quelle chance avaient les Melzer ! Ils étaient riches, propriétaires d'une immense usine et d'une belle villa. Ils avaient probablement une salle de bains avec l'eau courante, une baignoire dorée et une toilette de porcelaine blanche bordée d'or. Ils ne se demandaient sûrement jamais s'ils auraient assez d'argent pour déjeuner le lendemain ou acheter un manteau et des bottes pour l'hiver. Et, en plus de tout ce luxe, Dieu leur avait donné deux filles belles et bien élevées et un fils intelligent, le jeune homme assis ce matin dans l'automobile. Marie avait appris depuis qu'il s'appelait Paul et étudiait à Munich. Il était beau et tout différent des jeunes messieurs tirés à quatre épingles qu'elle avait connus en ville. Il était vraiment regrettable qu'il soit arrogant et moqueur.

Les Melzer avaient décidément toutes les chances : se pouvait-il donc que la richesse et l'intelligence, la beauté et le succès aillent de pair, que le bon Dieu vous offre tout le lot, ou rien du tout ?

Elle perçut un léger choc : quelque chose était tombé au deuxième étage. Elle entendit ensuite ce qui ressemblait au crachement d'un chat, puis un miaulement, suivis d'un grondement et d'un cri aigu qui fit vibrer les vitres des fenêtres.

Des voix… des voix de jeunes filles. Elle ne connaissait que trop bien ces cris furieux, cette rage décuplée par l'impuissance ! À l'orphelinat, les filles avaient de violentes querelles : leur haine et leur désespoir éclataient alors. Des robes étaient réduites en lambeaux, des cheveux arrachés par poignées, et dents et ongles laissaient de vilaines plaies.

Elle écoutait en retenant son souffle. Non, ce n'était ni Augusta ni Else. Ces bruits venaient de l'étage inférieur, où ces demoiselles dormaient. Elles se querellaient donc, ces jeunes filles si bien élevées ? Elles s'empoignaient et crachaient des injures comme les pensionnaires de l'orphelinat ?

— Sainte Vierge, soupira la Jordan, que ce vacarme venait de réveiller, pourvu que Madame ne me tire pas du lit…

Mais il ne se passa rien de plus. Au bout d'un moment, le tumulte cessa et les ronflements de la Jordan reprirent. Marie s'endormit le sourire aux lèvres.

Chapitre 7

— Fais donc attention, nigaude ! siffla Augusta.

— Désolée !

Le seau en fer-blanc que Marie portait avait heurté la bordure laquée de la porte dans un tintement bruyant, laissant une vilaine traînée noire.

— Bon sang, c'est moi qui vais prendre parce que tu es empotée ! Tu es encore pire que les autres !

Marie entendait sans arrêt de telles remarques à la villa et, comme presque tous les autres domestiques les lui faisaient également, elle se disait qu'il devait y avoir du vrai là-dedans. Dire qu'elle s'était tellement réjouie de sa première ronde matinale dans ces belles pièces ! Mais jamais elle ne se serait attendue à ce qu'il y fasse si sombre. Elle n'avait pu discerner le mobilier que quand Augusta avait tiré les rideaux. Il ne faisait d'ailleurs guère plus clair à la lumière du jour, car il n'était que 5 h 30 du matin.

— Prends garde à ne pas renverser de braises !

Marie s'appliquait. Faire un feu était une tâche très simple : même un enfant aurait pu allumer un poêle à charbon avec une pelletée de braises et quelques feuilles de journaux roulées en boule. Les poêles de la villa étaient modernes et d'un usage facile, leurs portes ne se bloquaient pas et ils n'avaient pas de fissures laissant filtrer les saletés et les cendres. Certaines chambres étaient dotées de poêles en faïence hauts et étroits, sveltes et jolis comme des dames corsetées. Il fallait faire attention à ne pas les toucher quand ils étaient brûlants. Et, si l'on salissait l'un de leurs carreaux clairs avec des doigts maculés de charbon, il fallait aussitôt l'essuyer à l'aide d'un chiffon. C'était plus facile avec les poêles en fonte. Ils étaient couverts d'ornements et sûrement très coûteux, rien de comparable avec les petits « poêles à canons », les seuls que Marie ait connus avant son arrivée à la villa. Mais, au moins, les doigts ne laissaient pas de traces sur la fonte.

— Ne t'endors pas ! Mon Dieu, sans toi, ce serait fini depuis longtemps !

— C'est la première fois que je fais ce travail, je n'en ai pas encore l'habitude, Augusta.

Dire que, la veille, Augusta se montrait encore si gentille et compréhensive… Ce matin, ces égards avaient disparu. Elle s'était transformée en quelqu'un de froid et malveillant, prenant visiblement plaisir à l'humilier. L'avait-elle reconnue dans le couloir la nuit dernière ? C'était bien possible.

— Sers-toi de tes yeux, idiote ! Où est le poêle, à ton avis ? Devant la fenêtre, peut-être ? Là-bas, regarde, dans le coin à droite. Mon Dieu, Else doit se demander où je suis passée…

Les deux bonnes devaient encore ranger et nettoyer les deux salles de bains du deuxième étage avant le petit déjeuner. Monsieur avait l'habitude de prendre un bain la nuit. Cela arrivait aussi à Mlle Katharina. Après leur passage, le sol était presque toujours jonché de serviettes, le savon n'était plus à sa place et la chasse n'était pas tirée. Mais Madame exigeait que les salles de bains soient impeccables dès le petit matin.

Quand Augusta la renvoya au rez-de-chaussée par l'escalier de service, Marie avait l'impression décevante de n'avoir rien vu des belles salles de l'étage. Elle gardait seulement un vague souvenir du tapis rouge du salon, de la longue table en bois noir de la salle à manger, des armoires sombres en bois sculpté et des nombreux cendriers du fumoir. Quant à la bibliothèque, qu'elle était si curieuse de découvrir, elle n'avait pas eu la permission d'y entrer, car dans cette pièce il n'y avait pas de poêle, rien qu'une cheminée où l'on ne faisait jamais de feu le matin. À la cuisine, tous les autres domestiques étaient réunis pour le petit déjeuner. Augusta déclara avec un gémissement que Marie était trop gourde pour allumer les poêles.

— C'était couru d'avance, affirma la Jordan.

Elle buvait son café au lait dans une tasse bleu clair au bord doré qu'elle conservait comme un trésor. La veille, elle avait défendu à Marie de laver ce précieux objet.

— Elle a deux mains gauches, poursuivit Augusta. Elle a éraflé la porte de la salle à manger en entrant avec son seau. Je le dis pour qu'il soit bien clair que ce n'était pas moi. Répète à tout le monde que c'était toi, Marie. Allez, dis-le.

Marie posa son seau à côté du fourneau alors qu'Augusta était déjà assise à table.

— Tout n'est pas vrai dans ce que dit Augusta, répondit-elle. Mais c'est bien moi qui ai éraflé la porte de la salle à manger, parce qu'il faisait très sombre et qu'elle s'était refermée derrière moi…

— Ça, c'est le bouquet ! s'exclama Augusta furieuse. Vous avez entendu ? Elle m'accuse de mentir !

Ça débute dans le métier et ça ose vous reprocher de mentir : « Tout n'est pas vrai… »

Les têtes se tournèrent vers Marie. Robert, qui était assis à côté de la Jordan, la dévisagea avec un sourire ironique. La cuisinière, qui la veille au soir était encore si aimable avec elle, siffla qu'il était grand temps que cette gamine apprenne à se conduire. Même Else, de nature plutôt taciturne, se récria sur son insolence.

— J'exige qu'elle soit punie ! cria Augusta. Ce n'est qu'une souillon de cuisine et elle ose m'insulter !

Mlle Schmalzler jugea qu'il était temps d'intervenir. Elle posa fermement la cafetière sur la table.

— Silence ! Taisez-vous tous ! Augusta, arrête de crier comme une hystérique.

Son autorité était surprenante : tous se turent immédiatement.

— Au cas où l'un de vous l'aurait oublié, nous sommes dans une maison respectable et j'attends de tous les employés un comportement digne de ce nom, y compris en cuisine ! reprit-elle.

Son regard se posa sur Augusta, dont le visage et le cou étaient écarlates. Les commissures de ses lèvres frémirent ; elle refoula ses sanglots.

— Il est vrai que tu racontes toutes sortes d'insanités, lui dit la gouvernante.

Cette remarque fit jaillir les larmes d'Augusta, son menton trembla et un sanglot fusa de sa gorge.

— Mais… poursuivit la Schmalzler en haussant la voix.

Elle se tourna vers Marie, restée près du fourneau, le visage dur.

— Mais toi, Marie, tu es la dernière à pouvoir blâmer Augusta, surtout ici, en présence de tous les autres employés. Approche !

Marie s'avança lentement, arborant une expression d'indifférence. Elle savait depuis longtemps dissimuler ses sentiments, contrairement à cette idiote d'Augusta.

— Tu vas présenter tes excuses à Augusta.

Elle était piégée, comme cela lui était arrivé si souvent, à l'orphelinat notamment, mais aussi plus tard. Elle avait le choix entre s'humilier pour avoir la paix, et s'affirmer quitte à en subir les conséquences. Dans le cas présent, il était probable qu'on la renverrait, ce qu'elle ne souhaitait pour rien au monde, et surtout pas à cause de cette dinde d'Augusta.

— Je ne voulais pas t'offenser, Augusta, dit-elle.

— Mais c'est ce que tu as fait, sanglota la jeune femme.

— Je suis désolée. Tu as dit la vérité : j'ai éraflé cette porte. Et je le répète afin que tout le monde l'entende. C'est moi qui suis responsable. Ce n'est pas la faute d'Augusta si je suis si maladroite.

Elle sentit sur elle le regard perçant de la gouvernante. Que voulait-elle de plus ? N'avait-elle pas reconnu sa faute, même si elle avait adroitement escamoté le fond du problème ?

— Et perds l'habitude de contredire les autres, conclut la gouvernante. Tu dois obéir et te taire. C'est tout ce qu'une fille de cuisine peut se permettre.

— Oui, mademoiselle Schmalzler.

— Tâche de ne pas l'oublier !

— Oui, mademoiselle Schmalzler.

— Maintenant, viens prendre ton petit déjeuner.

La place de Marie était au bout de la table. À l'autre extrémité, près de la chaleur du fourneau, trônait la Schmalzler. La cuisinière était assise à côté d'elle et Robert en face. La Jordan, elle, se tenait à côté du valet et face à Else et Augusta. Le jardinier Bliefert et son petit-fils Gustav mangeaient également à la cuisine. Âgé de plus de soixante ans, le jardinier était un petit homme sec aux larges mains calleuses. Rien qu'à le voir on devinait qu'il travaillait la terre. Son petit-fils, qui le dépassait de plus d'une tête, était un colosse bonhomme et un peu maladroit. Il regarda fixement Marie pendant tout le petit déjeuner en souriant dans le vague.

— C'est une vraie demoiselle, dit-il finalement à son grand-père. Regarde comme elle est assise, droite comme une reine.

— Oh, oh, on s'enflamme, gamin ?

— Mais non, Grand-père. Je parle sérieusement. On dirait vraiment une demoiselle.

Ce discours attira un déluge de moqueries sur la tête de Marie. Une vraie demoiselle, cette Marie ! Maîtresse du seau à cendres, princesse des épluchures de patates, reine des pots de chambre !

Mlle Schmalzler mit un terme au petit déjeuner en frappant dans ses mains. Suivirent ses instructions pour la journée : Mlle Elisabeth recevrait trois amies cet après-midi : le thé avec du gâteau et des biscuits devrait être prêt pour leur arrivée. Madame avait rendez-vous chez le coiffeur à 14 heures, annonça la gouvernante en adressant un regard à Robert, qui s'empressa d'acquiescer. Madame comptait bien rentrer à temps pour la réunion de la société de bienfaisance qui aurait lieu à la villa. Ces dames de la société arriveraient vers 16 heures. Il faudrait disposer des rangées de chaises et un pupitre dans la bibliothèque, allumer un feu dans la cheminée et mettre des rideaux propres aux fenêtres. Madame avait invité un missionnaire qui avait passé plusieurs années en Afrique et souhaitait raconter à ces dames ce qu'il avait vu et vécu chez les nègres.

— Thé, café, vin blanc, du Moselle de préférence,

canapés et petits-fours. Les sandwichs à l'anglaise ont eu un grand succès lors de la réunion précédente chez l'épouse du directeur Wiesler.

— Leurs machins anglais, ils peuvent se les garder, grommela la cuisinière. Chez nous, c'est langue de bœuf, saumon fumé et œufs durs au caviar. Du vrai caviar russe, pas cette camelote de l'épicerie…

Mlle Schmalzler ignora cette remarque : de par sa position, la cuisinière jouissait de nombreuses libertés que la gouvernante n'accordait qu'à elle. Marie commençait à comprendre que, si on pouvait toujours remplacer une femme de chambre, une bonne cuisinière était bien plus rare.

— Et, maintenant, mettons-nous au travail avec zèle, dans la joie et avec la bénédiction de Dieu ! déclara la gouvernante.

Les domestiques répondirent par des murmures approbateurs, finirent leur café et se levèrent. Les ordres à l'adresse de Marie fusèrent de tous côtés.

— Marie ! Débarrasse la table, fais la vaisselle et va chercher du bois pour le poêle, lui ordonna la cuisinière.

— Marie ! Tu m'aideras à décrocher les rideaux de la bibliothèque et à les porter à la buanderie, lui annonça Else.

— Marie ! Prends un seau et la balayette. Dépêche-toi ! lui lança Augusta, qui aimait visiblement le rôle de maîtresse de maison.

Si elle devait ranger le fouillis de la chambre de Mlle Katharina, ce serait à Marie de balayer les débris et de laver le sol.

Marie était bien résolue à éviter de nouveaux ennuis, mais cela lui paraissait difficile, car tous les domestiques semblaient ligués contre elle. Peu importait qu'elle fasse bien son travail, on lui reprochait toujours sa maladresse. Elle n'avait pas le droit de toucher aux plateaux d'argent pour le petit déjeuner des maîtres. C'étaient toujours Else et Augusta qui les montaient à l'étage. Mais, dès qu'un balai tombait, on le mettait sur le compte de son étourderie. Si un bol glissait des mains de la cuisinière, elle reprochait à Marie de la rendre nerveuse. Si un pot de crème se renversait sur un plateau, c'était parce que cette gourde de fille de cuisine l'avait trop rempli.

Il leur faut un bouc émissaire dès que quelque chose va de travers, pensa rageusement Marie. *Et, comme je suis la fille de cuisine, tout est ma faute*. Voilà comment les domestiques se conduisaient dans cette respectable maison. Malveillants et mesquins, ils passaient leur temps à se critiquer les uns les autres et c'étaient toujours les plus faibles qui prenaient.

Chapitre 8

Alicia Melzer considérait d'un œil désapprobateur les chaises vides à la table du petit déjeuner. Ses deux filles n'étaient pas encore apparues. Elles attendaient probablement que leur père soit parti pour l'usine, mais ces précautions étaient inutiles, car Alicia était bien décidée à ne rien dire de ce qui s'était passé la nuit tant que Johann serait à table.

Il avait souhaité le bonjour à son épouse avec un baiser rapide sur le front. Plongé depuis un bon moment dans *Le Quotidien d'Augsbourg*, il mastiquait le petit pain tartiné de beurre et de miel qu'Alicia avait posé sur son assiette. Elle lui préparait ses tartines depuis leur mariage, car, lorsqu'il essayait de s'en acquitter lui-même, son journal, la nappe et les manches de sa veste finissaient tout gluants de miel.

— Mais où sont les filles ? demanda-t-il en levant les yeux de son journal pour boire une gorgée de café.

— Je n'en sais rien, et moi non plus je n'y comprends rien.

Alicia sonna pour ordonner à Augusta d'aller aux nouvelles. Ni Alicia ni Johann, qui avait grandi dans une famille de fonctionnaires, ne pouvaient tolérer le manque de ponctualité aux repas. L'industriel était parfois si pressé le matin qu'il partait avant l'arrivée de ses filles. Mais, ce jour-là, il paraissait avoir tout son temps.

— Je ne comprends pas pourquoi tu te montres si tolérante, dit-il, exaspéré, en repliant son journal d'un coup sec. Tu cèdes à Katharina bien plus que d'habitude. Si elle a des insomnies, elle devrait avoir une occupation qui la tienne éveillée la journée : le soir, elle serait fatiguée.

Alicia haussa les sourcils, agacée, n'ayant pas envie de se disputer à nouveau avec lui à ce sujet. Les insomnies de Katharina étaient d'origine nerveuse, comme l'avait confirmé le Dr Schleicher. De même que ses migraines. Mais Johann faisait malheureusement peu de cas du jugement du médecin.

— Hier soir, en tout cas, elle était gaie comme un pinson, reprit-il. Et elle a joliment tourné la tête au jeune Bräuer. C'est une vraie petite diablesse !

Alicia n'aimait guère cette expression, mais préféra éviter toute discussion. Puisque Johann prenait par extraordinaire un peu de temps pour son petit déjeuner, elle changea de sujet.

— Je pense qu'elle exagère un peu, dit-elle sur un ton conciliant. C'est du reste compréhensible, car elle a quitté son pensionnat cet été seulement et elle est encore surprise de l'effet qu'elle produit sur les jeunes gens. Mais elle devrait apprendre à ne pas abuser de son pouvoir.

Augusta réapparut pour annoncer que ces demoiselles arriveraient dans un instant. Alicia acquiesça, satisfaite, tandis que Johann, excédé, feuilletait brusquement son journal.

— Il n'est jamais bon pour les jeunes gens de rester oisifs ou occupés à des futilités, fit-il observer. Cela les incite à la paresse et leur gâte le caractère.

— Oui, bien sûr, approuva Alicia. Veux-tu encore une moitié de petit pain ?

Cette gentille attention fit perdre à Johann le fil de ses pensées, comme l'avait escompté Alicia.

— Et en ce qui concerne les filles, je suis tout à fait de ton avis, Johann, déclara-t-elle en s'emparant du couteau à beurre en argent. Elles se marieront bientôt et devront alors diriger leur foyer.

Melzer vida sa tasse de café et tira sa montre en or de la poche de son gilet. Il était presque 8 heures.

— Ah oui, bien sûr… tes projets de mariage, répondit-il avec un sourire. Où en sont-ils ? Le lieutenant a-t-il enfin mordu à l'hameçon ?

Encore et toujours cette ironie, cette raillerie si déplacée… Pourquoi tourner en ridicule son désir d'assurer le mieux possible l'avenir de leurs filles ? Le lieutenant von Hagemann, rejeton de l'une des plus anciennes familles d'Augsbourg, ne représentait-il pas un bon parti pour Elisabeth ? Elle savait toutefois ce qui gênait Johann : ce « von » dans le nom du jeune homme. Johann considérait l'ensemble des aristocrates comme des prodigues et des coureurs de jupons. En ce qui concernait ses beaux-frères, il n'avait hélas pas tout à fait tort, mais ce n'était en rien le cas du lieutenant.

— Je n'en sais rien, Johann. Elisabeth ne m'en a rien dit, du moins.

— Elisabeth ? lança-t-il en secouant la tête. De mon temps, le prétendant demandait la main de sa promise aux parents de la jeune fille. Mais aujourd'hui les jeunes gens règlent leurs affaires entre eux !

Alicia approuva sa critique des mœurs modernes, mais affirma qu'à cet égard Elisabeth et Katharina étaient « Dieu merci de la vieille école ». Paul, elle en était certaine, ne ferait rien lui non plus sans consulter ses parents.

Johann avait déjà jeté sur la table sa serviette en lin amidonné, car il devait partir. Mais, lorsque sa femme mentionna leur fils, il laissa libre cours à une colère trop longtemps accumulée.

— Il ne ferait rien sans nous consulter ? lança-t-il. Laisse-moi rire ! Au lieu de poursuivre ses études, monsieur mon fils paresse à la maison le week-end, se promène à cheval avec ses amis, se rend à l'opéra avec sa sœur et passe la nuit Dieu sait où, s'offrant tous ces divertissements avec mon argent ! Je sais bien qu'un jeune homme doit jeter sa gourme, comme on dit…

— Johann ! Pas devant les domestiques !

Il s'interrompit un instant, mais il avait besoin de vider son sac. Paul tournait au dandy, ne vivant que pour s'amuser, dépensant sans compter. Quant à ses études, elles paraissaient franchement mal parties.

— Si tu es mécontent de ton fils, Johann, permets-moi de te rappeler ce que tu viens de dire ! riposta sa femme, triomphante.

— Et qu'ai-je dit ? gronda-t-il.

— Qu'il n'était jamais bon pour les jeunes gens d'être oisifs.

Johann savait où voulait en venir Alicia ; ce n'était pas la première fois qu'ils en parlaient.

— Des études de droit me paraissent parfaitement raisonnables et devraient suffire à l'occuper, déclara-t-il.

Augusta ouvrit la porte de la salle à manger pour faire entrer Elisabeth et Katharina. Les deux jeunes filles étaient blêmes et paraissaient épuisées. Katharina avait le dos de la main éraflé et Elisabeth les avant-bras parsemés de bleus. Leur bonjour à leurs parents fut discret, et elles se sentirent franchement soulagées que leur père passe sa colère sur Paul, sachant d'expérience qu'il en aurait pour un moment.

— Il n'a sans doute pas échappé à ton attention, mon cher Johann, que Paul t'a demandé vendredi matin s'il pouvait t'aider à l'usine. Tu n'as malheureusement rien répondu. Comment veux-tu préparer ton fils à ses futurs devoirs si tu refuses de le laisser travailler avec toi ? Comment pourra-t-il s'initier à la fabrication, à la comptabilité et à la vente si tu ne lui donnes aucune chance de le faire ?

Johann Melzer dansait d'un pied sur l'autre. Il n'avait pas osé interrompre sa femme, la sachant particulièrement susceptible en matière d'éducation. Il l'avait assez souvent entendue déplorer son extraction petite-bourgeoise.

— Ce n'est pas faute d'avoir essayé, répondit-il pourtant. Mais si ce petit monsieur s'imagine qu'il peut jouer au directeur d'usine alors qu'il est encore novice, il devra en assumer seul les conséquences. Les employés de mon usine doivent apprendre à obéir, à se taire et à écouter. Et ça vaut pour mon fils comme pour n'importe quel ouvrier !

— Tu l'as réprimandé devant tout le service de comptabilité comme s'il n'était qu'un apprenti ! cria Alicia, ulcérée dans son instinct maternel.

Chez elle, dans le domaine de ses parents, en Poméranie, un jeune maître restait un jeune maître respecté de tous, y compris quand il tombait de cheval ou était ramené chez lui ivre mort.

— Il l'avait mérité, Alicia. Dans mon usine, c'est l'efficacité et non le rang social qui prime !

Sa femme se tut et pinça les lèvres, se reprochant d'avoir si mal entamé une conversation qui avait tout gâché et les ramenait au même point que d'habitude, le cœur lourd de s'être querellés.

— Bonjour, mesdames, lança ironiquement Johann à ses filles, qui s'étaient assises en silence.

— Bien le bonjour, mon petit Papa, répondit Katharina sur un ton câlin.

Malheureusement pour elle, son père, d'habitude indulgent envers ses gamineries, n'était pas disposé à se laisser attendrir.

— J'espère que ces demoiselles sont bien reposées. Si par hasard vous vous ennuyez pendant la journée, des machines à écrire sont à votre disposition. Cela ne vous ferait aucun mal de vous entraîner à taper à la machine, comme le font de nombreuses jeunes femmes pour gagner honnêtement leur vie !

Il avait prononcé ces paroles pour blesser Alicia et y était parvenu. Non sans mauvaise conscience, il sortit sur un « Bonne journée ! » à l'adresse de toutes.

Le silence régna un moment. Elisabeth mastiquait un petit pain aux raisins beurré. Katharina se resservit une tasse de thé. Alicia avait pris le journal et feignait de lire la rubrique mondaine, mais en réalité, elle luttait pour recouvrer son calme.

— Avez-vous quelque chose à me dire ? demanda-t-elle enfin en levant les yeux.

— Nous… nous nous sommes disputées hier soir, commença Katharina.

— Et nous nous sommes malheureusement un peu échauffées…

Alicia scruta ses filles, qui baissaient le nez sur leur assiette, penaudes. Ne s'était-elle pas donné du mal pour en faire des demoiselles convenables ? N'avaient-elles pas toutes deux passé plusieurs années dans un coûteux et honorable pensionnat en Suisse ? Et, cette nuit, elles s'étaient battues comme des gamines mal élevées.

— À quel sujet vous êtes-vous disputées ?

Elisabeth lança un regard haineux à sa sœur. Kitty pinça les lèvres et releva le menton.

— Pour un casse-noisettes, répondit-elle. Le petit soldat de bois que nous avions acheté au marché de Noël, tu te souviens, Maman ?

Alicia fronça les sourcils. Encore une des lubies de Katharina : un casse-noisettes en uniforme bleu et rouge aux allures vaguement britanniques. On lui fourrait une noix dans la bouche et on actionnait sa mâchoire inférieure à l'aide d'un levier pour briser la noix. Katharina l'avait vu dix ans plus tôt sur le marché de Noël et s'en était toquée.

— Je l'ai pris dans la chambre d'Elisabeth et ça l'a mise en colère, acheva-t-elle.

Chapitre 9

Le vacarme de l'atelier était tel qu'il fallait crier pour se faire entendre. Johann Melzer remarqua que les trois membres de la délégation américaine faisaient la grimace. À quoi s'étaient-ils donc attendus ? Les machines qu'ils examinaient, des métiers renvideurs, étaient composées d'un banc d'étirage et d'un chariot automatique animé par un mouvement de va-et-vient qui disjoignait les éléments pour torsader les fils. Quand le chariot reculait, les fils s'enroulaient autour des bobines. Ces manœuvres s'effectuaient dans une pétarade et un crissement continus, ponctués du sifflement des fils et d'autres bruits mécaniques. S'il fallait les déconseiller aux oreilles sensibles, les ouvriers y étaient habitués. Bien que loin d'être neuves, ces machines fonctionnaient à la perfection. Cinq ouvriers étaient affectés à chacune. Le fileur se tenait près de la commande principale et régulait la tension des fils. Le rattacheur et son second suivaient le mouvement de la machine pour renouer les fils rompus et remplacer les bobines pleines par des vides. Le garnisseur et son assistant nettoyaient la machine en marche, car elle était toujours couverte de poussière. La qualité du travail, et par conséquent le salaire des ouvriers, dépendait en grande partie du fileur, car tous étaient payés à la bobine.

— Très impressionnant ! hurla à l'oreille de Melzer Mr Peters, le chef de la délégation. Bonne machine, bons ouvriers !

Mr Peters parlait un allemand correct parce que ses parents avaient émigré de la Frise-Orientale. Ses ancêtres, qui avaient porté autrefois le nom de Petersen, avaient été de misérables pêcheurs de la côte. Les deux autres membres de la délégation ne parlaient que l'anglais, mais semblaient bien connaître leur métier. Ils s'approchaient sans crainte des machines sifflantes pour en examiner la mécanique et tâter les bobines pleines. Ils demandèrent si les mécanismes fonctionnaient uniquement à l'eau.

— Autrefois, oui. Mais maintenant nous avons aussi deux machines à vapeur, l'une pour le filage, l'autre pour le tissage, répondit Melzer.

Ils parurent impressionnés, ce qui le surprit un peu. Comme toutes les usines de la ville possédaient des machines à vapeur, il n'avait aucune raison d'en être particulièrement fier. Quand il vit Mr Peters adresser la parole à des ouvrières, il s'interposa.

— Merci de ne pas distraire mes employées, lui dit-il.

Mr Peters haussa les sourcils, visiblement agacé, mais n'insista pas. Au fond de l'atelier, où se trouvaient les métiers continus, il oublia sa contrariété. Cette technique employée dans de nombreuses usines n'en était qu'à ses débuts, mais les métiers continus de Melzer travaillaient sans heurt. Leur rotation incessante permettait de torsader et d'enrouler le fil sans interruption. Melzer devait la perfection technique de ces métiers à un ancien associé hélas décédé.

— Vraiment merveilleux, monsieur Melzer ! *Great. Wonderful*…

Mr Peters et ses deux compagnons se pressèrent autour de l'un des métiers, se montrant ce qui frappait leur attention et hurlant en anglais devant les ouvrières perplexes. Des regards interrogateurs rencontrèrent celui de Melzer, et le contremaître Huntzinger observait ces messieurs d'un air méfiant. Il lissa plusieurs fois sa moustache, signe chez lui de mécontentement.

Melzer lui adressa un signe de tête apaisant. Ces messieurs avaient pris contact avec lui par câble plusieurs semaines auparavant, au nom de la délégation de la Cotton Textiles Ltd de New York, pour lui demander un rendez-vous. C'était une relation d'affaires très prometteuse, car ces messieurs s'intéressaient à des textiles comme le satin de coton et le damas et proposaient en retour du coton à un prix avantageux. Il fit signe à Huntzinger de les prier de s'écarter afin de ne pas gêner les ouvrières qui remplaçaient des bobines. Il prit amicalement le bras de Mr Peters et l'entraîna plus loin.

— Nous allons maintenant voir les ateliers de tissage ! lui annonça-t-il.

— Ah, très bien, très bien !

Quand ils sortirent dans la cour, le silence se déposa sur eux comme une épaisse couverture, leur donnant l'impression d'être à moitié sourds. Melzer avait depuis peu un sifflement léger et intermittent dans les oreilles, mais ce jour-là, il n'avait pas le temps de ménager son ouïe. Dès qu'ils entrèrent dans l'un des ateliers bas de plafond, ils replongèrent dans un vacarme assourdissant. Les toits en redents qui, vus de l'extérieur, avaient l'allure de canines géantes, étaient vitrés au nord afin que les ateliers bénéficient d'un éclairage naturel tout en restant à l'abri du soleil.

Le directeur de l'usine était salué de tous côtés. En présence de la délégation, il fut frappé par l'obséquiosité avec laquelle les ouvriers ôtaient leur bonnet pour souhaiter le bonjour à monsieur le directeur. Les sourires et les saluts des femmes étaient empreints de la même servilité. Il appréciait les marques de respect de ses ouvriers, ce qui était bien naturel, mais il y avait toutefois une différence entre le respect et la servilité, qu'il ne supportait pas.

Les visiteurs examinaient attentivement les textiles finis. Les métiers à tisser paraissaient également les intéresser. Ils firent glisser la futaine entre leurs doigts avec une certaine indifférence, car cette étoffe était de moins en moins demandée, y compris en Allemagne. Mais le satin de coton brillant avec lequel on confectionnait depuis peu la literie les enchanta. C'était du premier choix, aucun autre fabricant de textile d'Augsbourg n'arrivait à la cheville de Melzer. On s'arrachait littéralement ce satin. Les trois hommes restèrent bouche bée devant les Dobby commandées par des cartes perforées qui tissaient des motifs compliqués sur les étoffes. Celles-là confectionnaient du damas destiné à des nappes comme celles qui avaient orné autrefois les tables des plus riches notables et de la noblesse. Grâce à la fabrication industrielle, une famille bourgeoise pouvait à présent s'offrir ce luxe.

— C'est bien mieux qu'en Angleterre ! cria Mr Peters à l'oreille de Melzer. Cette machine est *so easy* ! Rien de compliqué. Travail parfait !

— C'est tout à fait juste, répondit laconiquement Melzer.

Ces messieurs voulurent savoir pourquoi ces machines, qui tombaient si souvent en panne et causaient tant de tracas dans d'autres usines, fonctionnaient depuis toujours sans heurt chez lui. Melzer se montra flatté du compliment, mais ne répondit pas à leur question. Ce fonctionnement parfait tenait à de subtils détails techniques qui demeuraient son secret.

Pendant qu'ils traversaient la cour, il montra à ses invités le parc des voitures à chevaux qui acheminaient les étoffes à la gare de fret la plus proche. Il possédait également trois automobiles, mais uniquement pour un usage privé. Il était fou de ces merveilles techniques toujours plus rapides et plus perfectionnées. Sans l'éducation austère qu'il avait reçue, il aurait possédé plusieurs voitures de course, mais on lui avait inculqué qu'un tel luxe était indécent. Il pouvait justifier ses trois limousines par l'usage qu'en faisait sa famille, surtout sa femme, qui ne pouvait marcher longtemps à cause de sa cheville raide. Il ne donnait libre cours à ses rêves réprimés qu'avec son fils, qui ne s'imposait aucune limite dans ce domaine. Benz avait fabriqué une voiture de course sensationnelle, mais Opel marchait sur ses pas, disait-il. Il valait donc peut-être mieux patienter encore pour s'en offrir une.

— Maintenant que notre visite est terminée, puis-je vous inviter à prendre une petite collation ?

— Mais avec joie, monsieur Melzer, vous êtes trop aimable.

— C'est un honneur pour moi : après tout, nous ne recevons pas si souvent des visiteurs d'outre-mer dans notre bel Augsbourg.

On leur servit du boudin blanc avec des bretzels encore tièdes, des œufs durs, des cornichons et des petits pains au fromage. On pouvait boire du riesling, de la bière d'Augsbourg ou de la limonade. Les invités se servirent largement. Melzer se contenta de quelques saucisses et de limonade, car il avait bu trop de cognac la veille.

On échangea des politesses. Mr Peters assura à Melzer qu'on avait été très favorablement impressionné par son usine. Elle était certes moins grande que d'autres dans la région – ils avaient donc vraisemblablement fait le tour des industries textiles de la ville –, mais on y faisait du bon travail. Belles étoffes. Bonnes machines. Excellente organisation. Ouvriers zélés. Leur avait-il fait construire des logements ?

Ils ne voulaient visiblement pas prendre de décision définitive, ayant sans doute prévu de visiter d'autres usines. Melzer sentit l'agacement le gagner : il perdait son temps en bavardages inutiles, car ce jour-là on essayait à l'imprimerie une série de nouveaux motifs. Il répondit que, comme la plupart des directeurs d'industrie, il mettait des logements à la disposition de ses employés, des maisons pour deux familles avec un jardin dans lequel ils pouvaient cultiver fruits et légumes. Certains élevaient aussi des lapins et des chèvres. Bien entendu, on ne proposait pas ces logements à n'importe qui. Melzer ne supportait ni l'ivrognerie ni la violence et ne tolérait pas davantage les ouvriers adhérant à un syndicat ou à une association de travailleurs. Après tout, il pourvoyait à tous leurs besoins. Il avait même fait construire pour eux une crèche et un établissement de bains.

Enfin, après beaucoup de bavardages futiles, les invités en vinrent au fait : ils s'engagèrent à commander de grandes quantités de satin de coton et de damas pour des nappes. Ils auraient bien acheté en supplément l'un des métiers continus et furent très déçus par le refus de Melzer. Ils hochèrent la tête, exprimèrent leurs regrets et firent allusion à la concurrence locale, qui saurait certainement apprécier une relation d'affaires si avantageuse. Melzer resta poli, mais inflexible. Il avait besoin de toutes ses machines. Aucune ne sortirait donc de son usine. Mais, bien entendu, le commerce du satin et du damas l'intéressait : il suffirait de se mettre d'accord sur les prix.

— Nous reprendrons contact avec vous…

Ils prirent congé rapidement et avec une certaine froideur. Melzer savait que cette relation qui avait paru si prometteuse ne se concrétiserait pas. Et peut-être en serait-il mieux ainsi, car ces messieurs ne lui paraissaient pas tout à fait francs du collier.

— Débarrassez-moi tout ça ! grommela-t-il à sa secrétaire en désignant les assiettes et les verres.

Il employait deux secrétaires pour sa correspondance. Elles n'étaient plus jeunes, portaient des lunettes et se serraient étroitement la taille sous leurs chemisiers aux couleurs claires. Mlle Hoffmann gloussait bêtement, mais elle était si fiable pour la frappe qu'il n'avait repéré que deux fautes dans son travail en quinze ans. Mlle Lüders était très raisonnable, peu loquace, travailleuse et douée d'un sens de l'humour limité. À ses débuts, Melzer avait engagé deux jeunes gens, mais découvert rapidement qu'il s'en tirait bien mieux avec un personnel féminin. Les femmes travaillaient plus vite, se montraient plus dociles et coûtaient moins cher. Et elles ne rechignaient jamais aux tâches d'ordre pratique comme la préparation de café et d'en-cas, l'entretien du feu dans le poêle et le soin des plantes vertes.

Il s'apprêtait à se rendre au tout nouveau service d'impression quand Mlle Lüders lui annonça une visite. Elle parlait toujours à mi-voix, gardait toujours son sang-froid et n'annonçait rien ni personne à la légère.

Elle savait distinguer les importuns de ceux qu'il fallait recevoir.

— La directrice de l'orphelinat des Sept-Martyres vous attend dans l'antichambre.

Melzer se figea et son humeur s'assombrit encore. La Pappert… rapace comme elle l'était, elle venait probablement mendier des subsides, mais elle repartirait bredouille. Il s'était laissé berner assez longtemps. Si elle s'obstinait, il exigerait un examen serré de ses livres de comptes.

— Faites-la entrer, mais j'ai peu de temps devant moi, dit-il.

— Je l'en informerai, monsieur le directeur.

Ertmute Pappert portait un ensemble gris quelque peu froissé, sans doute confectionné pour une femme plus robuste, car il était bien trop large pour elle. Le chapeau qu'elle avait épinglé sur ses cheveux teints d'un jaune sale était en revanche trop petit et faisait l'effet d'un bateau perdu sur une mer de vagues jaunes. Son immuable sourire irradiait la douceur et la compassion. Elle avait voué son existence aux orphelins. L'établissement qu'elle dirigeait, y compris dans la ville basse, avait le soutien de l'Église catholique. Elle avait constitué un cercle de généreux donateurs pour ses bonnes œuvres, parmi lesquels le directeur de l'usine Melzer.

— Bonjour, cher ami, lui lança-t-elle. Ne vous inquiétez pas, je ne vous retiendrai pas longtemps.

Melzer déglutit péniblement, n'appréciant guère que cette dame l'appelle « cher ami », d'autant moins depuis qu'il avait vu l'orphelinat de l'intérieur, et encore moins depuis que cette orpheline était entrée à son service affamée et malade. En fait, elle avait survécu de justesse.

— S'il s'agit d'une nouvelle donation, madame

Pappert, je dois malheureusement vous avertir que ma situation financière actuelle est plutôt difficile…

— Loin de moi cette pensée, cher ami ! s'exclama-t-elle avec un air horrifié.

C'était une remarquable comédienne. À son expression, on aurait juré qu'elle était injustement accusée d'un crime. Melzer demeurait néanmoins persuadé qu'elle était venue lui demander de l'argent.

— Je viens seulement prendre des nouvelles de ma petite Marie, expliqua-t-elle. Comment s'est passée sa première journée chez vous ? J'espère que… pardonnez-moi, je dois m'asseoir. Mon anémie, vous comprenez. J'ai le vertige.

Bien joué : elle était maintenant assise dans l'un des fauteuils de cuir réservés aux visiteurs, d'où il serait plus difficile de la déloger.

— Voulez-vous un verre d'eau ? demanda-t-il, contraint et forcé.

— Ce serait bien aimable à vous, cher ami.

— Mademoiselle Hoffmann !

La Pappert but quelques gorgées et reposa le verre d'eau pétillante sur la table en ébène. Melzer restait debout, n'ayant pas l'intention de prolonger cet entretien une seconde de plus que nécessaire.

— Vous sentez-vous mieux ?

Lui-même se rendit compte que, dans sa bouche, cette question était dépourvue de compassion et sonnait comme une menace. Mais Mme Pappert en avait vu d'autres. Elle le remercia avec un doux sourire : oui, grâce à sa prévenance, elle se sentait mieux.

— En ce qui concerne Marie, à ma connaissance, elle a travaillé consciencieusement en cuisine. Elle s'en est même très bien tirée, dit-il.

— Dieu soit loué ! s'écria la Pappert en joignant les mains. Cette fille est du reste fort adroite…

— Ce qui nous a surpris, coupa-t-il, c'est la maigreur de son bagage. Ma gouvernante a dû lui fournir, outre les robes et les tabliers d'usage, des chaussures, des chaussettes et même des sous-vêtements. Comment est-ce possible ?

Ermute Pappert leva les mains au ciel, assurant que Marie avait quitté l'orphelinat avec tout le nécessaire dans son balluchon, elle y avait elle-même veillé…

— Et où sont donc passées ces affaires, à votre avis ?

Cela, Dieu seul le savait. Marie savait tirer parti de tout, et les fripiers ne manquaient pas dans la ville basse. Mais elle ne voulait rien affirmer, Dieu l'en préserve, car elle n'était certaine de rien.

Melzer n'en crut pas un mot, mais il n'avait hélas aucune prise sur cette femme. On l'avait informé, plus de trois semaines auparavant, que la jeune fille avait fait une hémorragie. Effaré par cette nouvelle, il était venu la voir à l'orphelinat, mais la malade était alors à la clinique. Il avait déjà visité l'établissement, mais avait insisté pour voir les chambres, les salles de séjour sombres et défraîchies, le dortoir, véritable palais des courants d'air, et la cuisine crasseuse. Il avait examiné avec la même attention les orphelines aux robes reprisées, aux souliers troués et au visage blême. Où étaient passés les dons récoltés par cette maudite Pappert ? Sûrement pas dans l'entretien de ses pensionnaires. Que faisait donc l'évêque, censé avoir la directrice à l'œil ?

— Il est malheureusement avéré que Marie Hofgartner est une forte tête, reprit la Pappert avec un sourire bienveillant. À cet égard, elle ressemble beaucoup à sa mère…

Melzer eut un pincement au cœur. Les petits yeux

bleu clair de la Pappert l'épiaient, tandis que sa bouche souriait sans désemparer.

— Sa mère ? Que voulez-vous dire ?

— Eh bien, chaque enfant a une mère, n'est-ce pas ? répondit-elle.

Marie était encore toute jeune quand elle avait perdu la sienne, la pauvre enfant. Elle avait néanmoins le droit de savoir qui était sa génitrice…

— Ce bon curé Leutwien et moi-même avons fait des recherches à ce sujet afin de pouvoir au moins montrer sa tombe à cette pauvre petite. Le curé n'a eu aucun mal à se souvenir de Luise Hofgartner. Il a alors consulté le registre de la paroisse, et devinez ce qu'il a découvert…

Melzer était devenu livide. Il aurait bien bu un verre d'eau à son tour. Ou, mieux encore, un petit remontant.

— Je n'ai pas envie de jouer aux devinettes, madame Pappert !

Elle feignit la frayeur, puis répondit avec contrition qu'elle ne voulait pas lui faire perdre davantage de son temps si précieux. Melzer réprima son envie d'expédier cette vieille sorcière dans l'escalier d'un bon coup de pied.

— Mais parlez donc !

— Monsieur le curé a découvert dans ce registre que Luise Hofgartner s'était mariée à l'église. Son époux…

— Taisez-vous ! Ces choses-là ne regardent personne ! Marie en a-t-elle eu connaissance ?

Si la Pappert paraissait toujours toute douceur et toute bonté, en y regardant de plus près, on pouvait surprendre une lueur de triomphe dans ses yeux.

— Certainement pas, répondit-elle. Nous ne voulons pas accabler cette enfant sous le poids de tels souvenirs… du moins, tant qu'elle est encore mineure. Elle sait seulement que sa mère est enterrée dans la fosse commune du cimetière Hermann. Il n'y a pas de pierre tombale à son nom.

— Et qui d'autre que vous et monsieur le curé sait cela ?

— Personne d'autre, Dieu m'en préserve, je sais tenir ma langue, mon cher ami. Sauf peut-être de vieilles personnes, des voisins qui l'auront vue peiner pour survivre…

Le souffle manqua à Johann, une sensation qu'il ressentait parfois tard le soir, très éprouvante car elle lui faisait perdre son sang-froid. On pouvait heureusement la combattre grâce à de l'alcool et à une volonté inflexible.

— Je vais réfléchir au moyen de faire une donation à l'orphelinat, madame Pappert.

— Le Seigneur soit loué ! exulta-t-elle en frappant dans ses mains. Je savais bien que vous n'abandonneriez pas mes pauvres petites innocentes ! Puis-je donc espérer que nous continuerons… ?

C'était une extorqueuse rusée et impitoyable. Pourvu que personne ne découvre ses manigances… Cette vieille garce cupide devait avoir quelque part un compte en banque bien garni.

— Vous le pouvez, madame Pappert.

Il en toucherait deux mots au curé dès que possible. Leutwien était un homme intègre, qui n'abuserait pas de ce qu'il savait. Cela dit, en digne homme de Dieu, il radoterait peut-être sur le devoir de confession et le soulagement que cela procure, avant de mendier à son tour.

Quand Pappert eut enfin pris congé après s'être confondue en remerciements, Melzer trouva dans l'antichambre Alfons Dinter, le jeune contremaître du service d'impression.

— Alors ? demanda-t-il. Qu'est-ce que ça a donné ? Satisfait ?

Mais, à la mine soucieuse du jeune homme, il devina aussitôt que quelque chose n'allait pas.

— Non, monsieur le directeur, répondit le contremaître. Il m'est impossible d'être satisfait du résultat. Il s'en faut de très peu, d'un millimètre seulement, mais le motif est coupé juste au bord du tissu. C'est vraiment décourageant…

Melzer accueillit cette mauvaise nouvelle avec un certain calme. Il n'en restait pas moins que trois mois de travail venaient de se révéler inutiles, et qu'ils devraient tout reprendre depuis le début. *Sacré nom de Dieu ! Une chose pareille ne serait jamais arrivée autrefois*, se dit-il.

Chapitre 10

Marie travaillait consciencieusement, mais sans hâte. Elle prenait le temps nécessaire à chaque tâche, qu'elle effectuait à fond et sans faille, si bien qu'il devenait de plus en plus difficile de lui reprocher sa maladresse ou son étourderie.

— Si tu continues à cette allure, tu y seras encore demain. Pose le bois là-bas et viens éplucher les pommes.

— Je dois d'abord aider Else à remettre des rideaux propres.

— Elle peut se les accrocher dans les trous de nez !

— Je dois aussi apporter le seau et la balayette à Augusta…

— Si tu n'es pas revenue dans cinq minutes, c'est moi qui te ramènerai par les cheveux. Je vais leur apprendre à me souffler ma fille de cuisine…

— Je reviens tout de suite.

Marie prit l'escalier de service jusqu'au premier étage et remonta le couloir au moelleux tapis vert. Où était la bibliothèque ? Elle tendit l'oreille. À sa gauche, elle repéra la salle à manger où Madame prenait le petit déjeuner avec Mesdemoiselles. Pas de voix d'homme. Soit Monsieur se taisait, soit il était parti pour l'usine.

À côté de la salle à manger se trouvait le salon rouge. Le fumoir et le bureau de Monsieur étaient situés de l'autre côté du couloir. La bibliothèque devait donc être à gauche, juste après le salon rouge. Quand elle appuya l'oreille contre la porte à caissons, elle entendit un tintement. Else devait ôter les rideaux de la tringle : c'était le bruit des anneaux métalliques. Elle avait vu juste.

— Comme c'est amusant !

Marie se retourna, effrayée, et vit l'une des demoiselles tout juste sortie de la salle à manger.

— Je… je voulais seulement… bredouilla-t-elle.

— … écouter à la porte, hein ?

— Non, je le faisais juste pour savoir si la bibliothèque était là.

La demoiselle éclata d'un rire clair et moqueur.

— Tu guettais le bruissement des pages, c'est ça ? Voilà bien l'excuse la plus étrange que j'aie jamais entendue.

Elle était blonde et vêtue d'une ample robe de chambre rose pâle garnie de dentelles. Elle devait être plutôt grassouillette, car elle avait un début de double menton.

— Mais non, mademoiselle, je voulais seulement savoir si Else décrochait les rideaux. J'ai écouté à la porte pour éviter d'entrer dans une autre pièce et de déranger quelqu'un.

Ses explications volubiles se heurtèrent à un hochement de tête sceptique.

— Tu es la nouvelle fille de cuisine, pas vrai ?

— Oui, mademoiselle. Je m'appelle Marie.

Elle esquissa une petite révérence, se réjouissant de porter la robe en flanelle neuve qu'on lui avait donnée. Elle avait bien meilleure allure dans cette tenue que dans sa robe reprisée de l'orphelinat.

— Écoute-moi bien, Marie, lui dit la demoiselle sur un ton froid. Si je te reprends à écouter aux portes, je te ferai renvoyer sans traîner. Me suis-je bien fait comprendre ?

— Oui, mademoiselle.

La demoiselle pinça entre deux doigts l'un des pans de sa robe de chambre et se détourna avec élégance. L'étoffe légère bouffa comme un nuage de dentelle rose.

— Eh bien, au travail, alors, lança-t-elle à Marie par-dessus son épaule. Et en vitesse, petite paresseuse !

Elle ne vit pas la révérence obséquieuse de Marie. En revanche, Marie, elle, avait entrevu les mollets de Mademoiselle, que l'étoffe avait dévoilés un bref instant. La jeune maîtresse était grasse et blanche comme un asticot.

Elle n'a rien d'une beauté, se dit Marie en redescendant à la buanderie une corbeille bourrée de rideaux poussiéreux. *Mais elle trouvera toujours un bon parti parce qu'elle est la fille du directeur de l'usine Melzer.*

Elle dut faire trois allers et retours entre la buanderie et la bibliothèque, une lourde corbeille sur les bras, en prenant garde à ne pas s'érafler les mains contre les murs chaulés de l'étroit escalier de service. Alors qu'elle remontait chercher une quatrième cargaison, Augusta l'intercepta.

— C'est là que tu étais fourrée ! Va chercher le balai et le seau dans la remise. Et la balayette. Allez, ouste !

Marie dut monter au deuxième étage, où Augusta faisait le ménage dans les chambres des maîtres. C'était un travail qu'Augusta accomplissait d'habitude avec Else, mais comme celle-ci devait décrocher les rideaux, elle ne pourrait venir l'aider que plus tard.

— Regarde-moi cette porcherie, marmonna Augusta.

C'était visiblement la chambre dans laquelle la querelle de la nuit avait éclaté. Marie resta prudemment sur le seuil et observa Augusta, qui se dirigeait vers la fenêtre. Elle devait faire des enjambées de cigogne pour éviter tous les objets qui jonchaient le sol. Quand elle eut tiré les rideaux et ouvert les vantaux, Marie discerna d'élégants dessous, pêle-mêle avec toutes sortes de débris, lambeaux de papier, pinceaux, tubes de peinture et crayons.

— Qu'est-ce que tu fais plantée là ? Tu comptes prendre racine ? Ramasse les débris et mets-les dans le seau. On ne pourra rien recoller. Quel gâchis, des statuettes si chères…

Augusta cessait enfin de rudoyer Marie. Il lui fallait une oreille attentive, sans quoi elle aurait explosé face à un tel désordre. Et dire que Mademoiselle avait fait venir d'Italie ces statuettes blanches ! Vraiment indécentes d'ailleurs : un tas d'hommes et de femmes nus et dans toutes les positions ! Incroyable qu'on ait permis à une demoiselle bien élevée d'avoir ces horreurs dans sa chambre. Mais à présent elles étaient en miettes, et ce n'était peut-être pas plus mal.

Marie n'était pas de cet avis. Elle ramassa à regret les éclats blancs. Si certains étaient irrécupérables, on aurait peut-être pu en recoller d'autres avec du plâtre.

— Mlle Elisabeth devait vraiment être folle de rage, jacassait Augusta. Ça n'a rien d'étonnant, d'ailleurs : Else a dit qu'elle a vu le lieutenant à genoux devant Mlle Katharina au petit salon rouge. Et ils étaient seuls…

Augusta secoua le drap de lit couvert de bouts de papier et de fusains. Avec un soupir, elle examina le drap taché de noir, puis décida de le changer.

— Rassemble tous les crayons utilisables et pose-les sur la petite table à côté du chevalet ! ordonna-t-elle à Marie.

Mais la jeune fille était plongée dans la contemplation d'un dessin déchiré. Il représentait un jardin ceint d'une grille en fer forgé derrière laquelle on entrevoyait, à peine esquissés, des buissons, des arbres et une prairie. Le portail et tout le côté droit du dessin avaient été arrachés. Quel dommage…

Elle reposa la feuille pour exécuter les ordres d'Augusta. Le dessin… quel art merveilleux… quelle chance de posséder tant de papier et de crayons, et d'avoir tout le temps pour dessiner ! Comme le sort de Mlle Katharina était enviable…

Chapitre 11

Vers 11 heures du matin, un cavalier mit pied à terre devant l'entrée de la villa. Le vieux Bliefert, occupé à tailler un rosier, jeta son sécateur pour saisir au vol la bride du cheval. Le cavalier était un lieutenant et, si ses vieux yeux ne le trompaient pas, il avait souvent été invité à la villa.

— Attachez-le quelque part, je n'en ai pas pour longtemps ! ordonna l'homme.

— Oui, monsieur.

Bliefert s'inclina profondément, comme on le lui avait appris pendant sa jeunesse au domaine des parents de Madame. Lui aussi était venu de Poméranie avec Alicia. Autrefois, on avait encore du respect pour les maîtres. Là-bas, au pays, des aristocrates de vieille souche méritaient ce respect. Ce blanc-bec, en revanche, ne lui avait même pas accordé un regard et s'était contenté de lui jeter les rênes avant de se ruer vers la villa comme s'il avait eu le diable aux trousses.

Augusta lui ouvrit la porte et lui fit sa plus gracieuse révérence. Ce joli lieutenant lui avait plu au premier coup d'œil. Il était svelte et nerveux, avait des joues roses et des yeux brillants, et son uniforme lui allait à la perfection.

— Klaus von Hagemann. Je viens à l'improviste, mais je demande à Madame de bien vouloir m'accorder un entretien, déclara-t-il.

Pauvre jeune homme, comme il était pâle ! Plus aucune trace de rose sur ses joues ; il donnait même l'impression de ne pas avoir fermé l'œil de la nuit. Augusta le fit entrer dans une pièce au mobilier sombre, de style colonial, au cœur d'une profusion de plantes vertes.

— Si vous voulez bien vous asseoir un instant…

Augusta monta l'escalier, le cœur battant, inquiète pour lui. Où était donc passée Madame ? On avait depuis longtemps débarrassé la table de la salle à manger. Était-elle dans la bibliothèque, à surveiller la disposition des chaises pour la soirée ? Non, sa voix lui parvint du salon rouge. Malgré sa hâte, Augusta écouta un instant à la porte, afin de ne pas faire irruption dans une conversation personnelle, bien entendu.

— J'attends davantage de discipline de ta part, Elisabeth. Tu es l'aînée et tu devrais mieux te maîtriser. Tu sais que Katharina a les nerfs fragiles…

— Oui, Maman.

— Ce qui s'est passé cette nuit dans sa chambre est inadmissible. Vous devriez avoir honte vis-à-vis des domestiques qui ont dû nettoyer vos dégâts.

— Oui, Maman.

— Si jamais ce genre de scène se reproduit, je devrai vous séparer. Quelques mois au domaine de tes grands-parents en Poméranie te feraient beaucoup de bien, Elisabeth.

— Quoi ? Mais la saison des bals va commencer ! Non, Maman, je t'en supplie… répondit la voix horrifiée de la jeune fille.

La Poméranie… sûrement un coin perdu où on devait mourir d'ennui.

— Je n'en ferai rien tant que mes filles resteront en bons termes, déclara Madame.

— Et pourquoi moi ? Pourquoi pas Katharina ?

Aïe, Mademoiselle avait manqué une occasion de se taire ! À présent, Madame était furieuse et, dans ce cas, c'était toujours Mlle Elisabeth qui prenait.

— Katharina fait ses débuts dans le monde cette année, alors que tu as fait les tiens il y a deux ans. Et maintenant, je ne veux plus entendre un mot, Lisa.

Augusta jugea le moment venu d'ouvrir prudemment la porte pour annoncer la visite de monsieur le lieutenant. Madame la dévisagea, perplexe, tandis que cette nouvelle paraissait surexciter Mademoiselle.

— Le lieutenant von Hagemann ? demanda Madame sur un ton radicalement différent, tandis qu'un sourire éclairait fugitivement ses traits. Faites-le entrer.

Augusta referma la porte. Alors qu'elle s'éloignait vers l'escalier, elle entendit encore la voix de Madame :

— Quelle bonne surprise… m'aurais-tu caché quelque chose, Lisa ?

— Maman, c'est… ce n'est pas ce que tu…

Augusta n'entendit pas la réponse de Madame. Au rez-de-chaussée, le lieutenant allait et venait entre les plantes vertes comme un lion en cage.

— Mme Melzer vous prie de la rejoindre au salon.

Il grimpait toujours les marches quatre à quatre. Augusta lui fit une nouvelle révérence devant la porte et lui adressa son plus beau sourire, qu'il ne remarqua même pas. Elle ne lui en souhaita pas moins bonne chance en son for intérieur.

Alicia s'était rendue dans la salle à manger, voulant faire attendre un peu le visiteur, pour le tenir en haleine, mais aussi, puisqu'il venait à l'improviste, afin qu'il ne croie pas qu'on n'avait rien d'autre à faire que de le recevoir. Il était assis au bord d'un fauteuil et, à son entrée, il se leva d'un bond. Elle scruta son visage, mais n'y lut que la pâleur et l'épuisement.

— Pardonnez-moi cette irruption, madame…

Il esquissa un baisemain et elle remarqua que ses doigts étaient glacés.

— Je suis en effet surprise de votre visite, lieutenant. Mais, comme j'ai quelques questions à vous poser, elle vient à point nommé. Asseyez-vous donc, je vous prie. Thé ? Café ?

Il refusa tout et, à la stupeur d'Alicia, se mit à faire les cent pas, peinant à respirer, les bras croisés sur la poitrine. Il s'immobilisa enfin devant elle et la regarda d'un air si implorant qu'elle en fut émue.

— Pardonnez-moi, madame, dit-il. Je dois vous faire l'effet d'un fou et j'avoue que, depuis hier soir, je ne me reconnais plus.

— Mon Dieu, calmez-vous, je vous en prie…

— Aidez-moi, je vous en supplie ! Sinon, je ne sais pas ce que je ferai…

Alicia avait assisté à plus d'un orage dans sa famille. Ses frères, en particulier, s'étaient complu dans ce genre de scène, surtout quand ils avaient besoin d'argent. À ce souvenir, elle recouvra son sang-froid et incita fermement le jeune homme à se reprendre, sans quoi elle devrait le prier de quitter sa maison.

L'effet de cette injonction fut immédiat. Le lieutenant inspira à fond, puis parla à mi-voix mais avec assurance :

— Hier soir, j'ai eu l'audace de suivre votre fille dans ce salon, déclara-t-il. Nous sommes restés un instant seuls, mais je vous jure que je n'ai pas abusé de la situation, pas plus que je ne l'ai provoquée. Au contraire…

— Je suis outrée, lieutenant. Vous avez abusé de ma confiance et de celle de mon mari, et foulé aux pieds notre hospitalité !

— Madame, l'interrompit-il fébrilement, j'ai demandé la main de votre fille. Je ne pense pas qu'une alliance entre nos familles soit contraire à vos intérêts. Mais je voulais d'abord faire part de mes intentions à l'élue de mon cœur et sans témoins, pour savoir si elle accepterait de devenir mon épouse…

Alicia observait le jeune homme avec méfiance. Elisabeth ne lui avait rien dit de cet incident.

— Et qu'a répondu ma fille ?

Il poussa un profond soupir et eut un geste de découragement.

— C'est bien ce qui me tourmente, madame : elle n'a rien répondu. Pas un mot, pas un signe, rien. Et, un instant plus tard, quelqu'un a mis fin à notre entrevue.

— Je suppose que c'était ma gouvernante.

— Non, c'était votre fille Elisabeth, avoua-t-il, penaud. C'était extrêmement gênant, comme vous pouvez l'imaginer.

Alicia le dévisagea, ahurie. Que racontait-il ? Avait-il bu ?

— Elisabeth ? Je ne comprends pas, lieutenant : ne venez-vous pas de me dire que vous lui aviez proposé le mariage ?

— Non, madame, je parlais de votre fille cadette, Katharina.

Tout s'éclaira soudain : l'empoignade des sœurs la nuit précédente, la haine d'Elisabeth pour sa cadette et sa curieuse réaction à l'annonce de la visite du lieutenant. Quelle histoire ! Mais ce qui blessait le plus Alicia était qu'Elisabeth ne se soit pas confiée à elle.

— Aidez-moi, madame, je vous en supplie, l'implora le lieutenant, tout à fait inconscient du bouleversement d'Alicia. Parlez à Katharina. Je suis prêt à accepter le verdict quel qu'il soit, mais je ne supporte plus cette incertitude. Je dois rejoindre mon régiment dans quelques jours…

— Je comprends…

— Pourrais-je voir Mlle Katharina un court instant ?

— Non, j'en suis navrée !

Il baissa les bras, résigné. *Quelle tête brûlée !* songea Alicia. *Il n'a pas encore perdu son duvet, mais il est tout feu, tout flamme ! aurait dit mon père.* Comme tous ces jeunes gens qui autrefois étaient venus en visite au domaine en Poméranie, mais qui hélas n'avaient jamais demandé la main d'Alicia von Maydorn.

— Mon cher lieutenant, reprit-elle doucement, permettez-moi, en tant que mère d'un garçon et de deux filles, de vous donner un conseil maternel. Si honorable que soit votre entreprise, elle me semble un peu trop précipitée. Katharina n'a que dix-huit ans. Elle fera ses débuts dans le monde cet hiver, et…

— C'est précisément ce qui m'inquiète, l'interrompit-il. Quand Katharina sera la reine de la saison et que tous les jeunes gens seront à ses pieds, comment fera-t-elle la différence entre ceux qui ont des intentions sérieuses et les autres ? Ne risque-t-elle pas de céder à de mauvaises influences, de s'engager sans réflexion… ?

Alicia s'était ressaisie. Si dur que ce soit pour Elisabeth, l'intérêt de la famille devait passer en premier.

— À cet égard, vous pouvez compter sur moi, lieutenant. Pour parler franchement, rien ne me plairait plus qu'une alliance entre nos familles. Et je suis certaine que ma fille trouvera en vous un époux prévenant et compréhensif…

Le jeune homme rayonna littéralement de bonheur.

— Madame… je ne sais que dire. Si seulement Katharina m'adressait un signe… un regard, un sourire, quelques lignes de sa main…

Alicia réfléchit rapidement. Kitty pourrait toujours lui écrire un petit mot. Rien de définitif, bien entendu. Seulement quelques amabilités.

— Laissez-lui un peu de temps, ainsi qu'à vous-même, lieutenant. Je veillerai à ce qu'elle vous écrive, mais il faudra patienter : Katharina devra vaincre sa pudeur de jeune fille pour vous adresser de tels encouragements et les confier à la poste.

— Comme vous êtes bonne, madame ! Je vous promets d'attendre patiemment cette lettre. Mais, je vous en prie, pensez que chaque seconde qui passe est un véritable supplice pour moi…

— Je tâcherai de m'en souvenir, jeune homme.

La conversation prit fin sur ces paroles. Le lieutenant ne pouvait en demander davantage, et Alicia avait peut-être fait des promesses qu'elle ne pourrait tenir. Si seulement Kitty avait moins la tête dans les nuages… Un peu du réalisme d'Elisabeth lui aurait fait le plus grand bien. Alicia tendit la main à Klaus von Hagemann pour prendre congé, et il l'effleura d'un baiser malheureusement mécanique et formel, mais, bien entendu, elle n'était pas Kitty.

Robert entra dans la salle à manger avec un plateau. Il devait emporter à la bibliothèque les tasses à thé et à café pour la réunion. Voyant Mlle Elisabeth plantée devant la porte de communication avec le salon, il s'éclaircit poliment la gorge.

— Ne pouvez-vous donc pas frapper avant d'entrer ? lui lança-t-elle.

Elle était mortifiée que Robert l'ait surprise à écouter à la porte. Mais, à tout prendre, il arrivait au moment idéal.

— Pardonnez-moi, mademoiselle, dit-il.

Elle attendit qu'il ait posé son plateau sur la table et vint se placer de l'autre côté, face à lui. Elle s'appuya des deux mains sur la table, offrant son décolleté à sa vue.

— Voulez-vous savoir de quoi on parle dans la pièce voisine ? demanda-t-elle.

Le regard du domestique papillota. Naturellement, il avait envie de voir ses seins – c'était un homme, après tout –, mais il détourna les yeux.

— Ce serait indiscret de ma part, mademoiselle, répondit-il.

Elle se pencha un peu plus et lui adressa un sourire mauvais. Comme tous les hommes, il était fou de sa sœur, mais lorgnait quand même son décolleté… édifiant !

— Je vous le dirai quand même : ma mère vient d'arranger le mariage de von Hagemann et de ma sœur. Qu'en pensez-vous ?

Il devint livide et ses lèvres perdirent leur couleur. Pauvre diable… il était incapable de dissimuler. Tous les habitants de la villa qui n'étaient ni sourds ni aveugles savaient qu'il était éperdument épris de Kitty. Mais il n'avait pas l'ombre d'une chance, et il souffrait comme un damné. Elle comprenait d'ailleurs fort bien ce qu'il ressentait, mais, contrairement à lui, elle avait les moyens de réaliser ses désirs.

— Cela… cela ne me regarde pas, mademoiselle, bafouilla-t-il.

— Je suis d'un tout autre avis, dit-elle fermement. Le sort de ma pauvre petite sœur nous regarde tous, vous comme moi. Nous devons faire en sorte qu'elle n'épouse pas un homme incapable de la rendre heureuse.

Il la regarda en silence, chancelant, mais ce fut le seul signe de son émoi.

— M'aiderez-vous à veiller sur elle ? demanda-t-elle.

— Je ne saurais comment…

Il se tut, car la porte du salon se refermait. L'entretien du lieutenant avec la mère venait de se terminer.

— C'est tout simple, chuchota Elisabeth.

Robert ne répondit pas. Son menton tremblait. En se prêtant aux projets d'Elisabeth, il jouerait sa situation et son avenir.

— C'est bien vous qui mettez les lettres à la poste ? s'enquit-elle.

— Oui, mademoiselle.

Le sourire d'Elisabeth fut triomphant et deux fossettes creusèrent ses joues.

— Il vous suffira d'échanger une lettre contre une autre, rien de plus, déclara-t-elle.

Chapitre 12

On aurait pu croire que ces dames de l'œuvre de bienfaisance avaient jeûné plusieurs semaines. Les canapés et les petits-fours avaient été fort appréciés. Quand l'orateur avait achevé son discours, elles s'étaient littéralement arraché ces friandises. Pour soutenir l'attention de ces dames pendant la conférence, on avait servi thé, café et vin, qui avaient été consommés en quantité surprenante.

— Terminé, déclara énergiquement la cuisinière lorsque le dernier plat joliment garni eut quitté la cuisine. Il ne reste plus que des canapés au jambon et aux cornichons.

— De toute façon, on peut leur servir ce qu'on veut, elles ont tellement bu qu'elles mangeraient même du pain sec.

— Augusta ! protesta Else, qui portait deux cafetières au monte-charge. Si la Schmalzler t'entendait !

— Quoi, c'est vrai, non ? grommela Augusta. On a renversé deux verres et, bien entendu, le vin a coulé non seulement sur le tapis, mais aussi sur le sofa. Mme Gutwald a laissé tomber son assiette de canapés au caviar et Mme Lüderitz, qui a la vue basse, a marché dedans. Du caviar noir écrasé sur le tapis rouge, vous voyez le tableau…

— Dire que ces dames sont censées venir ici pour aider les nègres qui meurent de faim en Afrique…

Marie, qui avait préparé thé et café et lavé la vaisselle sans souffler un instant, s'assit avec un soupir de soulagement sur un tabouret près du fourneau. Augusta bêtifiait souvent, mais ce qu'elle venait de dire était juste. Marie avait déjà vu ce genre de conférence à l'orphelinat. La Pappert invitait de temps en temps ses bienfaiteurs et donateurs à une petite fête. On préparait en cuisine d'extraordinaires friandises, du café et des gâteaux, on racontait un tas de boniments et, enfin – et c'était le pire –, quelques orphelines devaient réciter un poème ou chanter devant l'assistance. Comme elles étaient adorables, ces petites orphelines si innocentes et si gentiment vêtues ! Il allait sans dire qu'elles ne portaient ces jolies robes que lors de ces réjouissances. Mais toutes les personnes présentes, excepté les orphelines, mangeaient, buvaient et se donnaient du bon temps ces jours-là.

— Qu'est-ce que tu fabriques, Marie ? lança la cuisinière. Tu pourras te reposer plus tard. Attaque-toi à la vaisselle et, surtout, fais bien attention aux assiettes en porcelaine.

Marie savait à présent qu'une tasse de première qualité coûtait vingt marks, une assiette vingt-cinq. Le pot à café était hors de prix. Si elle le cassait, elle devrait travailler gratuitement chez les Melzer jusqu'à la fin de ses jours. Elle bâilla. Il était près de 9 heures du soir et elle était déjà morte de fatigue.

— Tiens, puisque tu t'ennuies, lave-moi ça et étends-la sur la corde à linge !

La Jordan profitait de l'absence des dames Melzer pour inspecter leur garde-robe. Il y avait toujours quelque chose à repriser, à repasser, ou une tache passée inaperçue. Sans parler du linge de corps dont on changeait tous les jours. Le gros ouvrage, les nappes et la literie, était envoyé chez une lingère. Deux femmes venaient chaque semaine à la villa pour laver le linge fin. Mais, bien entendu, il y avait toujours des urgences. Il fallait parfois recoudre un vêtement pour le lendemain, comme cette chemise de Madame en baptiste très fine. Elle l'avait souvent portée, l'étoffe en était ternie et la manche gauche avait une vilaine tache, peut-être du café ou du thé. La femme de chambre essaierait de la faire partir avec du jus de citron.

Marie savait que la Jordan aurait pu laver cette chemise elle-même mais, assise à la table de la cuisine avec les autres, elle se plaignait d'être débordée. La saison allait commencer et Mlle Elisabeth ne rentrait plus dans aucune de ses robes. Madame lui ferait sûrement confectionner une ou deux tenues de bal, mais, cette année, c'était Mlle Katharina qui serait rhabillée. Même un industriel cossu devait tenir son rang.

— Je pourrai peut-être reprendre sa robe en soie vieux rose avec l'aide de la couturière, conclut-elle.

— Et les autres ? demanda Augusta, le regard rêveur. La robe verte aux motifs d'Atlas ? Et la robe crème avec toutes ces dentelles si fines… elle est belle comme une robe de mariée !

Maria Jordan devinait où Augusta voulait en venir. Madame faisait parfois cadeau aux employées des robes dont ses filles et elle ne voulaient plus. Mais, telle qu'elle connaissait Mlle Elisabeth, elle ferait tout pour que ses domestiques ne portent pas ses robes de bal.

— Pourquoi, tu comptes te marier, Augusta ? lança-t-elle pour changer de sujet. As-tu également trouvé un mari ? Robert, peut-être ?

Toutes éclatèrent de rire. Augusta rougit, la traita d'imbécile et lui conseilla de balayer devant sa porte.

Marie se demanda si elles en viendraient aux mains, mais cet espoir fut déçu. La gouvernante surgit sur le seuil de la cuisine et les réprimanda. Plusieurs de ces dames avaient pris congé et leurs voitures les attendaient devant la villa.

Augusta et Else allèrent chercher les manteaux des invitées. Robert ouvrit un parapluie sous lequel quatre personnes auraient pu s'abriter. Marie s'essuya les mains sur son tablier et suivit Augusta et Else, non dans l'entrée, où elle n'avait rien à faire, bien entendu, mais jusqu'à la porte entrebâillée. Elle pourrait au moins entrevoir les dames guillerettes qui s'enveloppaient dans des vestes et des manteaux et fixaient leurs chapeaux sur leurs coiffures à l'aide de longues épingles. Comme elles gesticulaient ! Comme elles s'étreignaient et s'embrassaient ! Même le curé qui avait fait le discours était très cordialement salué, deux des dames les plus âgées osèrent même le serrer dans leurs bras, mais personne ne l'embrassa.

Ce monsieur à la barbe brune et aux sourcils broussailleux était-il le directeur de l'usine ? Elle ne l'avait encore jamais vu, mais c'était sûrement lui. Il prenait congé de l'une des plus jeunes dames, souriant d'un air gêné et acquiesçant à ses paroles. Il était curieux qu'un homme aussi riche et puissant soit si timide… Mais, à l'usine, il devait se conduire tout autrement.

— Qu'est-ce que tu fais plantée là, les yeux comme des soucoupes ? Retourne à ton travail !

Il avait fallu que ce soit la Jordan qui la surprenne.

Cette femme avait des yeux de lynx, mieux valait se méfier d'elle comme de la peste.

Vers 10 heures du soir, la cuisinière, Else et Augusta allèrent se coucher. La Jordan devait encore aider Madame et ces demoiselles à se déshabiller. Mlle Schmalzler sortit à 10 h 30 de la chambre de Madame, avec laquelle elle avait parlé de l'emploi du temps pour le lendemain. Elle jeta un coup d'œil dans la cuisine, où Marie lavait encore la vaisselle, et déclara qu'elle était inquiète pour Robert. Ce nigaud était parti faire une promenade nocturne, ce qui par un temps pareil était de la folie pure et simple. Marie leva les yeux au ciel.

— Bonne nuit, Marie, dit la gouvernante. Laisse la vaisselle propre sur la table, Robert la rangera demain. Et vérifie bien que toutes les fenêtres de cet étage sont fermées avant d'aller te coucher.

— Oui, mademoiselle. Bonne nuit.

Elle avait presque fini. Il ne lui restait plus que deux assiettes, quelques tasses à essuyer et de l'argenterie à astiquer. Si seulement elle n'avait pas eu cette saleté de chemise à laver, elle aurait pu être au lit dans la demi-heure. Elle se pencha pour prendre un torchon propre sur une étagère et le déplia.

— Bonsoir…

Marie faillit s'évanouir de frayeur. Sur le seuil de la cuisine se tenait… Mlle Katharina.

— Excuse-moi, je ne voulais pas te faire peur, dit-elle à Marie. Je sais bien que je n'ai rien à faire ici.

Marie avala sa salive et pressa le torchon propre contre son ventre. La cuisine était en effet le domaine des employés. Les maîtres n'y entraient que le plus rarement possible.

Mademoiselle portait un peignoir blanc en mousseline très simple, sans ruchés ni dentelles, mais Marie la trouva belle comme une reine.

— Tu es Marie, la nouvelle fille de cuisine, n'est-ce pas ? demanda-t-elle.

La gorge serrée, incapable d'émettre un son, Marie hocha la tête et enfouit ses doigts dans le torchon.

Mademoiselle entra dans la pièce d'une démarche étrange, un peu comme celle d'une somnambule. On racontait qu'elle fermait à peine l'œil la nuit. Quels cheveux splendides elle avait… châtain foncé avec des reflets cuivrés. Comme elles étaient légères, les boucles et les ondulations dont le flot tombait dans son dos ! Et ces yeux… ces yeux surtout. Ils étaient d'un bleu profond comme l'eau d'un lac ou un ciel d'été limpide.

— Je t'ai tout de suite reconnue, Marie. Nous nous sommes déjà vues, tu te souviens ? J'étais assise dans l'automobile et toi tu marchais dehors, dans le pré.

Marie acquiesça. Évidemment, elle s'en souvenait…

— Je portais un ensemble vert et un chapeau à voilette.

Marie s'éclaircit la gorge et fut soulagée d'entendre sa propre voix, car elle avait cru devenir muette de saisissement.

— Oui, je m'en souviens, mademoiselle.

— J'en étais sûre !

Le sourire de Mademoiselle illumina la cuisine lugubre et réchauffa le cœur craintif de Marie. Personne ne lui avait jamais souri ainsi. Ne disait-on pas que Mlle Katharina était une magicienne ? Marie lui rendit timidement son sourire.

— J'aimerais te poser une question, Marie.

— Je vous en prie…

Son cœur battait violemment. Peut-être avait-elle besoin d'une femme de chambre pour elle seule ?

— J'aimerais faire ton portrait.

Marie dut avoir l'air particulièrement stupide, car Mademoiselle éclata d'un rire clair et joyeux.

— Ne te fâche pas : je ne me moque pas de toi. Je sais bien que ma demande sort de l'ordinaire, mais tu as exactement le genre de visage que je veux dessiner. Un visage en harmonie avec ces ateliers gris et ces bâtiments sinistres, tu comprends ?

Non, et elle ne tenait pas à y comprendre quoi que ce soit, car cette idée lui déplaisait. Elle savait que Mademoiselle n'avait pas voulu la blesser, mais si quelqu'un d'autre lui avait dit la même chose, elle en aurait été furieuse.

— Tes yeux, Marie, reprit Mademoiselle d'une voix douce et caressante, tu as des yeux magnifiques. Ton âme transparaît en eux. Tant de tristesse et de désir. Tant de soif de bonheur, tant de lassitude et tant de force…

Ces paroles troublèrent Marie. Mais on racontait bien que Mademoiselle était un peu étrange.

— Si vous y tenez tant, vous pouvez faire mon portrait, répondit la jeune fille.

— Tu veux bien ? s'exclama joyeusement Mademoiselle. Merveilleux ! À partir de demain, tu viendras poser dans ma chambre deux heures par jour…

— Mais… c'est impossible, mademoiselle, balbutia Marie effrayée.

— Pourquoi donc ? demanda-t-elle, visiblement contrariée. Rien de plus simple !

— J'ai mon travail à faire, mademoiselle.

— Mais tu travailleras avec moi puisque tu seras mon modèle. Je devrais même te payer, mais je n'ai malheureusement aucun argent personnel, dit Mademoiselle avec un sourire contrit.

Marie lui rendit son sourire. Comme les deux sœurs

étaient différentes… L'aînée était une chipie arrogante, la cadette une aimable rêveuse. Marie se sentait très attirée par cette jeune fille, mais sa raison lui soufflait de se méfier des deux sœurs.

— Si Mlle Schmalzler est d'accord, je serai volontiers votre modèle, déclara-t-elle.

— Merveilleux ! Nous commencerons dès demain, Marie. Comme je suis contente !

Mademoiselle se dirigea vers elle, saisit ses mains, les pressa et les relâcha. Le torchon tomba à terre. Marie le ramassa. Quand elle se releva, Mademoiselle avait disparu.

Elle regarda un instant la porte entrebâillée de la cuisine, puis se mit à polir machinalement les couverts. Quand elle fut enfin couchée, elle était persuadée d'avoir rêvé cette rencontre.

II

DÉCEMBRE 1913

Chapitre 13

Alors qu'il montait l'escalier exigu à l'arrière de la maison munichoise, Paul avait un mauvais pressentiment. Deux femmes sales et négligées le croisèrent. L'une d'elles était en pantoufles. Elles encadraient un tout petit enfant, et ne firent aucun effort pour s'effacer devant Paul. Agacé, il s'adossa au mur vert olive pour les laisser passer. La chambre d'étudiant d'Edgar était tout en haut, sous le toit.

— Edgar ! Ohé ! C'est moi, Paul !

Il frappa doucement à la porte, puis plus fort. Silence. Bon sang, était-il sorti ? Peut-être s'étaient-ils croisés et Edgar était-il en train de frapper à la porte de sa chambre de la Mariengasse ? Non, c'était plus qu'improbable. Edgar lui avait promis de lui apporter l'argent à 10 heures, et il était 2 heures de l'après-midi.

— Edgar ! Ouvre, à la fin !

Il avait saisi la poignée pour la secouer, mais, à sa stupéfaction, la porte s'ouvrit en grinçant et une odeur déplaisante de bière éventée, de renfermé et d'urine de chat le frappa au visage. Un matou gris efflanqué se glissa dans l'embrasure en frôlant le bas de son pantalon et fila comme une ombre dans l'escalier.

Paul distinguait mal l'intérieur de la petite chambre

plongée dans la pénombre. Il n'y était monté qu'une fois auparavant, avec quelques autres camarades, pour y transporter Edgar après une nuit de beuverie. Ce jour-là, il avait à peine regardé la pièce.

— Edgar ? Tu es là ?

Un mouvement se fit entendre, puis le bruit d'un verre se brisant sur le sol, suivi d'un juron étouffé.

— Entre, Paul ! l'appela son ami d'une voix éraillée. Et ferme la porte, sinon j'aurai encore la voisine sur le dos. Cette abrutie a déjà râlé toute la nuit.

La chambre était remplie de bouteilles de bière, de cruches et de verres vides. Paul aperçut sous la table de la liqueur de gentiane, un morceau de pain rassis et un livre d'anatomie. Edgar étudiait la médecine.

— Quel bon vent t'amène ? demanda ce dernier avec un sourire gêné tout en repoussant ses cheveux sur son front. Assieds-toi donc sur cette chaise. Pose les verres sur la table. Attends… il doit bien rester quelque part une bouteille de genièvre.

Paul n'avait guère envie de suivre les instructions d'Edgar, car une flaque de bière empoissait le fond de la chaise. Tandis que son camarade se levait à grand-peine et s'avançait en titubant, il se dirigea vers la fenêtre et l'ouvrit. Un air froid s'engouffra dans la pièce, qui puait le renfermé, et une stalactite se détacha du bord du toit pour tomber comme une flèche.

— Tu es fou ? Ferme cette fenêtre ! Tu crois que j'ai envie de crever de froid ? lança Edgar.

— Il vaut mieux geler qu'étouffer dans cette puanteur !

Edgar se rua vers la fenêtre, la referma et déclara que Paul était vraiment de mauvaise humeur ce matin.

— Ça t'étonne ? Tu devais venir chez moi à 10 heures, mais tu l'as peut-être oublié ?

Le visage de son camarade exprima la surprise la plus totale.

— À 10 heures ? Chez toi ? Première nouvelle !

Il regardait Paul si ingénument que ce dernier fut saisi d'un doute. Y avait-il eu malentendu ? Mais non, ils avaient bien pris rendez-vous l'avant-veille. Il avait rencontré Edgar au marché, devant l'éventaire des volailles, et lui avait expliqué que c'était urgent.

— Écoute, Edgar, j'ai mis au clou ma montre en or pour te prêter ces trois cents marks. Tu sais aussi bien que moi qu'elle vaut dix fois plus, et si je ne peux pas la dégager aujourd'hui, elle reviendra au prêteur, tu comprends ?

— C'est bon, c'est bon, marmonna Edgar avec un geste d'apaisement. Ne te fais pas de bile, mon vieux. Il suffira que tu donnes un petit quelque chose au prêteur pour le faire attendre, et tu récupéreras ton argent après Noël. Je n'ai jamais fait faux bond pour régler une dette…

— Non, Edgar, j'ai besoin de cet argent tout de suite, comme nous en étions convenus ! Je dois à tout prix récupérer ma montre. Que diront mes parents si je rentre sans elle ?

Edgar posa les verres vides sur la table, puis essuya sur la chaise, à l'aide d'un chiffon qui avait été une chemise, la flaque de bière.

— Assieds-toi, mon petit vieux, et bois un coup, dit-il. Je vais tout t'expliquer en détail. Tu me connais, Paul : si j'avais cet argent, je te le donnerais…

Paul avait redouté d'entendre ces paroles, mais s'était raccroché à un dernier espoir.

— Tu n'as pas d'argent ? s'écria-t-il, furieux. Pourquoi ? Tu m'as pourtant dit que ton oncle t'en enverrait de Stuttgart. Tu me l'as même juré !

Comment avait-il pu être assez bête pour gober ces discours ? Il suffisait de regarder cette minable chambre d'étudiant pour comprendre que l'oncle de Stuttgart n'avait jamais existé. Edgar lui avait menti, il avait joué au bon camarade amusant, serviable et prêt à faire les quatre cents coups, mais c'était toujours Paul qui avait réglé la note.

— Je suis vraiment désolé, mon vieux, reprit Edgar d'une voix larmoyante. J'ai reçu une lettre hier et je suis encore sous le choc de cette nouvelle. Ma pauvre mère, qui a passé sa vie à trimer pour ses enfants, est gravement malade et les affaires de mon père vont mal, alors j'ai dû leur envoyer cet argent. Mais je connais ton sens de l'honneur et ton bon cœur…

Quelques semaines plus tôt, Edgar lui avait demandé de lui avancer ces trois cents marks en lui racontant qu'il s'était porté garant pour un ami qui n'avait plus un sou. Cet ami était fragile, instable et parlait même de mettre fin à ses jours. Quelle comédie ! Edgar aurait pu faire carrière au théâtre. Écœuré, Paul écouta un instant le mélodrame que dévidait ce vaurien, honteux de s'être laissé berner par lui. Dieu du ciel, comment pourrait-il expliquer la perte de cette montre à ses parents ? Il l'avait héritée de son grand-père maternel. Sa mère l'avait fait réparer avant de la lui remettre pour son vingt et unième anniversaire. Et elle avait fait remplacer les rubis et les brillants sertis dans le couvercle qui, au fil du temps, avaient été perdus.

— Ça suffit ! trancha-t-il. Épargne-toi la peine de mentir. La seule chose que je crois, c'est que tu n'as plus cet argent parce que tu l'as claqué depuis belle lurette.

Edgar ne répondit pas : son numéro s'avérait inutile.

— Les voyous comme toi, on devrait les traîner devant un tribunal ! lança Paul.

L'air éploré d'Edgar céda la place à une expression sournoise et mauvaise.

— Essaie un peu, siffla-t-il. Tu as un papier ? Des témoins ? Tu n'as rien de rien !

Edgar avait malheureusement raison. Paul se maudit d'avoir agi au mépris des règles les plus élémentaires du prêt, d'avoir cru qu'une poignée de main entre amis avait valeur de contrat. Il n'avait aucune preuve écrite et personne d'autre n'était au courant de cette transaction car son camarade lui avait fait jurer de garder le silence.

— Ne crois pas que tu t'en tireras ainsi ! Tu me le paieras ! menaça-t-il.

— Mais pourquoi tu t'énerves ? répondit Edgar. Ton père est cousu d'or. Qu'est-ce que trois cents marks représentent pour lui ? Tu m'as bien dit que ta montre valait dix fois plus ? Et combien coûte une robe de bal pour ta chère petite sœur ? Et les perles que madame ta mère porte au cou ?

Paul mourait d'envie de lui envoyer son poing dans la figure, mais cela aurait fait du bruit, des voisins seraient accourus et auraient peut-être alerté la police. Un scandale était la dernière chose qu'il pouvait se permettre dans sa situation. La porte en bois vermoulu trembla quand il la claqua derrière lui. Il vit des ombres grises détaler dans l'escalier : on avait visiblement épié leur conversation. Il se sentit d'autant plus soulagé de ne pas s'être emporté.

Dehors, il inspira à fond l'air pur et froid. De minuscules flocons dansaient dans les airs et un orgue de Barbarie jouait un chant de Noël.

Il repartit d'un pas rapide vers le centre de la ville, les mains enfouies dans les poches de son manteau doublé.

La seule solution pour conserver sa montre était de négocier avec le prêteur et de lui verser une petite somme pour repousser l'échéance.

Son père ne devait pour rien au monde apprendre ce qui était arrivé, sinon il le lui reprocherait jusqu'à la fin des temps, et avec raison. Paul hésita à se confier à sa mère. Il en parlerait tout au plus à Kitty, mais sa sœur cadette était la dernière à pouvoir lui venir en aide.

Sur l'artère principale, les acheteurs se pressaient devant les vitrines. La neige tombait plus dru et se déposait sur les feutres des messieurs, les chapeaux ornés des dames, les capuchons en velours fourré des enfants et le châle en laine à carreaux de la marchande de marrons. Des gamins gagnaient quelques pfennigs en déblayant la neige devant des magasins.

Paul enfonça son chapeau sur sa tête et se fraya un chemin dans la foule. Il aurait aimé acheter quelques cadeaux pour ses parents et ses sœurs, mais c'était désormais hors de question. Peu avant la porte de l'Isar, il s'engagea dans l'étroite ruelle où le prêteur avait son magasin. Il dut attendre un moment, car une vieille femme qui voulait mettre au clou des bijoux en grenat marchandait âprement. Pour tuer le temps, il examina les objets exposés en vitrine : montres, chaînes, bagues, chandeliers et ustensiles en argent, couverts gravés de monogrammes. Tous ces objets que leurs propriétaires n'avaient pu dégager seraient vendus aux enchères. Le prêteur, un homme âgé et chauve aux longues moustaches roussâtres, était absent ce jour-là. C'était sa femme (ou peut-être une employée ?) qui le remplaçait, une créature maigre aux cheveux gris, au visage blême et aux petits yeux clairs et durs.

— Mais je vous en prie, jeune homme, c'est tout

naturel, dit-elle quand Paul lui eut exposé sa requête. Nous ne mettrions pas un si bel article en vente de sitôt.

Pourquoi le feraient-ils, en effet ? se dit-il rageusement. *Ils me saigneront d'abord en espérant que la prise atterrira dans leur filet à la prochaine occasion.*

Il devait régler cinquante marks.

— C'est bien cher… marmonna-t-il.

La femme ne cilla pas. Elle était aussi dure en affaires que le chauve aux moustaches rousses.

— Voici ce que je vous propose : donnez-moi vingt marks et laissez-nous votre manteau, répondit-elle. C'est un bel article de bonne étoffe anglaise et fourré… du renard, n'est-ce pas ?

Voilà qu'il devait maintenant joindre à la montre son bon pardessus d'hiver. Sa mère l'avait fait confectionner pour lui l'an dernier et il s'était moqué d'elle à cause de la fourrure de renard. Le prenait-elle pour un vieillard ? Mais il avait appris à apprécier sa chaleur lors de ses promenades hivernales dans la région de l'Isar.

Sa colère contre son père se raviva. Toutes ces dépenses n'auraient pas été nécessaires s'il ne l'avait pas tenu aussi serré. Loyer, nourriture, visites de temps en temps à l'auberge, il avait sans cesse besoin d'argent. Mais son père se montrait inflexible et répétait que, pendant sa jeunesse, lui s'était nourri de pain et de fromage pendant des semaines parce qu'il ne gagnait presque rien en tant qu'apprenti à l'usine de fabrication de machines. Paul songea alors qu'il n'avait pas le droit de passer sa colère sur son père. S'il était dans le pétrin, il ne pouvait s'en prendre qu'à lui-même : il s'était conduit comme le dernier des imbéciles.

— Soit. Je viendrai dégager la montre et le manteau après Noël, dit-il.

— Mais bien entendu, répondit la femme sur un ton signifiant : « Je n'en crois pas un mot. »

Il ôta son manteau et vida ses poches. Jamais il ne s'était senti si humilié, et d'autant plus sous le regard curieux des deux jeunes femmes qui venaient d'entrer dans la boutique.

— Mince alors, ici on laisse même sa chemise ! dit l'une d'elles avec commisération. Vous allez vous enrhumer par ce froid !

— Ne vous inquiétez pas, mesdames : j'ai assez d'ardeur pour faire fondre la neige, rétorqua-t-il.

Cette plaisanterie médiocre lui permit au moins de garder une contenance. Dehors, il remonta le col de sa veste et s'éloigna aussi rapidement qu'il le put dans les rues bondées en direction de la Mariengasse. Il n'avait pas froid, car il bouillait de fureur en pensant à cette malencontreuse histoire. Ce fut seulement à son arrivée dans la cour de sa logeuse qu'il frissonna. Il fit tomber la neige de sa veste et passa la main dans ses cheveux mouillés.

— Bonjour, monsieur Melzer ! croassa la vieille dame. C'est aujourd'hui que vous rentrez à Augsbourg ?

Elle louait des chambres à des célibataires et à des étudiants et semblait passer tout son temps à épier ses locataires et leurs visiteurs, car elle ne quittait jamais sa chaise longue devant sa fenêtre.

— Bonjour, madame Huber, répondit-il. Oui, je pars pour Augsbourg aujourd'hui. Je vous souhaite un joyeux Noël.

Merci bien, mon jeune monsieur. À mon âge, hélas, les jours de fête ne sont plus qu'un souvenir…

À tout prendre, pensa-t-il en montant l'escalier, *je ne m'en suis pas trop mal tiré cette fois encore*. Sa montre ne serait pas vendue aux enchères et il avait encore son manteau d'automne, moins chaud que le pardessus, mais également en tweed. Il ne lui restait plus qu'à vendre sa vieille selle. Quelques-uns de ses amis la guignaient depuis longtemps, mais il doutait de pouvoir en obtenir trois cent cinquante marks. Peut-être que, tout compte fait, il aurait intérêt à en parler à sa mère pour qu'elle lui prête la différence, mais il était bien résolu à la rembourser jusqu'au dernier pfennig.

Il s'arrêta court sur la dernière marche. Une silhouette attendait devant sa porte. Ce n'était quand même pas Edgar ? Non, c'était une jeune fille. Bon sang… Mizzi ! Il ne manquait plus qu'elle.

— Bonjour, Paul. Tu as l'air surpris de ma visite.

— Oui, un peu…

Il remarqua qu'elle frissonnait de froid et se hâta d'ouvrir la porte. Il avait allumé le poêle à midi et il devait bien rester un peu de chaleur. Elle se glissa dans la pièce, resta plantée au milieu, puis se tourna vers lui.

— Tu veux que je mette un peu d'ordre ? proposa-t-elle.

— Non, Mizzi. Tu peux tout au plus m'aider à faire mes bagages : je rentre chez moi aujourd'hui.

La déception se peignit sur le visage de la jeune fille. Elle n'était pas vraiment jolie, mais quand elle riait, elle devenait très séduisante. Elle se donnait à un étudiant pour un repas chaud ou quelques sous, et par-dessus le marché elle rangeait sa chambre et préparait ses repas. C'était une amante experte et plus d'un avait tiré profit de son savoir-faire, mais personne ne lui en était reconnaissant. On l'envoyait acheter de la bière, des bretzels et des cigarettes, ou porter un message à un camarade. Elle ne se fâchait jamais, se montrait docile et se laissait congédier sans un murmure.

— Je m'en doutais, répondit-elle avec un sourire.

Presque tout le monde fête Noël en famille. C'est bien normal, d'ailleurs. Est-ce que je dois ranger tes affaires dans ton sac de voyage ?

Elle savait où il avait laissé le sac en cuir. Elle alla le chercher et plia soigneusement les vêtements qu'il lui tendait. C'était du reste inutile, car ils étaient sales.

— Et toi, Mizzi ? Tu passeras aussi Noël en famille ?

Elle haussa les épaules.

— Peut-être chez ma mère, mais elle a un nouveau petit ami et je ne l'aime pas parce qu'il a de grandes oreilles.

Elle éclata de rire, puis elle lui demanda s'il avait une demi-heure de libre.

— Je ne te demanderai rien en échange : c'est seulement parce que je t'aime bien, précisa-t-elle. Et parce que c'est bientôt Noël.

— Non, Mizzi, je n'ai pas le temps. Je dois prendre mon train…

Elle lui faisait vraiment de la peine. Pourquoi n'avait-il jamais pensé à elle jusqu'ici ? Mizzi faisait partie intégrante de la vie estudiantine, comme les cours, les soirées à la fraternité Teutonia ou les quelques duels à l'épée qu'il avait eus. Maintenant, il se demandait si elle avait seulement un logement et de quoi se nourrir.

— Tiens, c'est mon cadeau de Noël, dit-il en tirant dix marks de son porte-monnaie.

Il ne pouvait lui donner davantage, car il devait encore acheter son billet de train. Il achèterait les cadeaux à Augsbourg. Il devait bien lui rester un peu d'argent là-bas dans son secrétaire, ou sinon, il aurait une inspiration géniale. Kitty avait la chance de pouvoir offrir ses dessins. Peut-être pourrait-il écrire des poèmes ?

— Merci, Paul. Tu es vraiment gentil. Je te souhaite…

Il se sentit soulagé lorsqu'il descendit l'escalier avec elle. Il avait au moins fait une bonne action et se sentait presque fier de lui. Il n'eut un doute qu'au moment où il vit Mizzi disparaître dans une auberge. *Et alors ?* pensa-t-il. À la maison, le sapin devait être dressé dans l'entrée et les femmes en train de le décorer de rubans rouges et de biscuits. Le parfum des aiguilles et des pains d'épice l'accueillerait à son arrivée, comme chaque année.

Assis dans le train, il se réjouissait par avance de la fête, mais encore plus à l'idée que, dans deux semaines seulement, il rentrerait à Munich.

Chapitre 14

Mon cher lieutenant,

Je vous écris cette lettre en espérant de tout mon cœur que vous ne vous méprendrez pas sur mes intentions.

La vie réserve à chacun de nous des épreuves et des moments d'égarement. Personne n'est à l'abri de ces moments difficiles, pas même les plus intelligents d'entre nous. Et vous pas plus qu'un autre, mon cher lieutenant...

Elisabeth s'interrompit dans sa rédaction pour se relire, raya « de tout mon cœur » pour remplacer ces mots par « sincèrement ». Elle barra également la dernière phrase. Inutile de souligner son erreur plus que nécessaire. Mieux valait renforcer son estime de lui-même. Le pauvre diable avait dû être au désespoir quand il avait lu la lettre exprimant froidement un refus sans équivoque qu'elle lui avait envoyée à la place de l'inoffensive missive de Kitty.

Ne pouvant malheureusement répondre à vos sentiments, je vous prierai de ne pas renouveler votre demande, avait-elle déclaré au lieutenant, se substituant à Kitty.

On était resté sans nouvelles du lieutenant depuis. Mais si elle faiblissait à présent, tous ses efforts se révéleraient vains. Elle revissa le bouchon de son encrier et regarda par la fenêtre, perdue dans ses pensées. De lourds flocons de neige tombaient du ciel gris. On discernait au loin le parc enneigé dont le chemin déblayé par le jardinier serpentait comme un ruban gris entre les arbres. Un couple vêtu de noir se promenait sur l'allée. Maman portait un chapeau à large bord et son voile noir, Papa son manteau d'hiver et des bottes. Il était rare qu'il prenne une heure entière de loisir le samedi après-midi. Elisabeth tenta de scruter leur visage, mais ils étaient trop loin. Au vu de leurs gestes, ils avaient une discussion animée. Peut-être même se querellaient-ils. Elisabeth poussa un soupir, puis revint à sa lettre.

... J'ai connu ces dernières semaines des moments difficiles, et j'ai longuement réfléchi aux voies du Seigneur. Mais je sais à présent que les ténèbres ne doivent pas vaincre la lumière et que Dieu nous pardonne nos erreurs quand nous sommes sincèrement disposés à suivre le droit chemin...

Elle se relut. Mieux valait remplacer « connu » par « traversé », plus expressif, et « suivre le droit chemin » par « prendre un nouveau départ ». Sa lettre ne devait surtout pas avoir l'allure d'un sermon. Elle devait lui faire comprendre qu'elle tenait encore à lui sans pour autant perdre la face. Sa lettre était désormais un vrai brouillon, et elle serait obligée de la recopier lorsqu'elle aurait fini.

Comme les arbres exotiques avaient l'air étrange sous la neige ! Les minces cyprès ployaient sous leur charge comme des vieillards faméliques et les pins évoquaient des parapluies géants. Ses parents s'étaient arrêtés sous l'un d'eux. Maman parlait à Papa comme si elle avait voulu le convaincre et il l'écoutait en silence, les mains enfouies dans les poches de son manteau et son chapeau enfoncé sur la tête. *Dieu, qu'il est difficile de réussir un mariage !* pensa Elisabeth avec angoisse. Maman et Papa semblaient pourtant très attachés l'un à l'autre, mais ils se disputaient sans arrêt. Elle avait souvent eu l'impression que Maman aimait tandis que Papa se laissait aimer. Maman avait assez répété avec des soupirs ironiques que tout l'amour de leur père allait à son usine.

Elisabeth chassa ces pensées démoralisantes. Elle ferait en sorte d'éviter toute querelle avec son futur époux. Elle relut son brouillon d'un œil critique et s'attaqua à la conclusion.

Cette découverte m'a incitée à vous écrire, mon cher lieutenant. J'ai eu pendant un an le bonheur de ne jamais douter de votre intégrité. Je sais donc que vous ne me mépriserez pas si je vous parle à cœur ouvert.

Maman vous a certainement envoyé une invitation à notre bal de janvier. Je serais très heureuse de vous revoir à cette occasion

Bien cordialement,

Elisabeth Melzer

Peut-être « très heureuse » était-il excessif ? Elle ne voulait pas se jeter à sa tête. « Heureuse » devrait suffire. Ou plutôt « enchantée » ? Mais peut-être valait-il mieux écrire…

— Lisa !

Kitty frappait à la porte de sa chambre. Irritée par cette interruption, Elisabeth dissimula son brouillon dans son porte-cartes.

— Qu'est-ce que tu veux ? Je suis occupée.

— Il faut que tu m'aides, Lisa… s'il te plaît !

Sans attendre l'invitation d'Elisabeth, elle entra et s'approcha de sa sœur, qui fit disparaître le porte-cartes dans le tiroir de son secrétaire.

— Oh ! Qu'est ce que c'est ? Un secret ? demanda Kitty avec curiosité.

— Noël approche, sœurette.

Cette explication parut satisfaire Kitty, mais Elisabeth se demanda si elle avait bien fait d'exciter sa curiosité. Les deux sœurs avaient autrefois fouillé toute la villa à la recherche de cadeaux de Noël, sans oublier leurs propres chambres ni celle de leur frère. Mais cela ne datait pas d'hier…

— Figure-toi que ce monsieur Alfons Bräuer nous rend visite sans crier gare, reprit Kitty.

— Il n'avait donc prévenu personne ?

Si, il avait annoncé sa visite une semaine plus tôt, répondit Kitty avec un gémissement. Et Maman l'avait condamnée à recevoir « ce gentil jeune homme » et à prendre le thé avec lui… en sa présence, bien sûr, mais maintenant, Maman s'attardait dans le parc.

— Je ne peux pas le recevoir seule, Lisa.

— Pourquoi ? demanda méchamment Elisabeth. Il est si beau garçon… un véritable Hercule. Les manches de sa veste peuvent à peine contenir ses muscles. Et ne parlons pas de ses cuisses…

— Ce n'est pas drôle, Lisa. S'il te plaît, viens… Si tu me laisses choir, je le dirai à Maman.

Lisa savait que sa chère petite sœur en serait capable. Depuis que Kitty courait les bals et les soirées, des jeunes gens se présentaient régulièrement à la villa pour lui proposer une promenade en carriole, en automobile ou à cheval. On recevait des invitations à des fêtes, et Maman les examinait soigneusement, les triant sur le volet. En tant que sœur aînée, Elisabeth était également conviée, mais comme chaperon. Oh, qu'elle haïssait ce rôle !

— Je ne suis pas habillée pour recevoir des visiteurs, grommela-t-elle.

Elle portait une robe d'un vert sombre qui avait trois ans de retard sur la mode et que Jordan avait reprise à la taille en dissimulant adroitement les coutures sous des galons de dentelle.

— Pourquoi ? Tu es très jolie dans cette robe, Lisa, reprit Kitty. Ce vert te va vraiment bien. Allez, viens, s'il te plaît. Nous ne pouvons pas le laisser attendre trop longtemps.

— Laisse-lui le temps de boire un peu de thé. Ça le réchauffera.

Elisabeth se leva à contrecœur, jeta un regard au miroir puis, avec un soupir, suivit sa sœur. Depuis la naissance de Kitty, l'univers semblait tourner autour de cette dernière. Petite, elle ensorcelait déjà tout le monde de ses grands yeux bleus. En fin de compte, Elisabeth n'avait-elle pas toujours été sa bonne ? Lisa, fais bien attention que Kitty ne tombe pas dans l'escalier. Lisa, il ne faut pas pousser ta petite sœur. Pourquoi cette pauvre petite Kitty pleure-t-elle ? L'aurais-tu pincée,

Lisa ? Comme tu es vilaine ! Va dans ta chambre, nous ne voulons plus te voir. Elle l'avait pincée parce que cette petite peste l'avait mordue, mais ça, personne ne s'en souciait.

Pendant qu'elles descendaient au salon, l'apitoiement d'Elisabeth sur elle-même s'accrut. Sans Kitty, elle aurait eu le temps de mettre sa lettre au propre et de la donner à Robert. Mais si elle devait jouer les chaperons, elle ne pourrait jamais la finir à temps. La lettre partirait seulement le lendemain et n'arriverait peut-être qu'après Noël. Or Klaus devait la recevoir au plus tôt, sans quoi il pourrait prendre d'autres engagements pour le jour du bal.

Augusta leur ouvrit la porte du salon. Elle avait une mine de papier mâché : les domestiques mettaient les bouchées doubles pour préparer les festivités de Noël.

À leur entrée, Alfons Bräuer jaillit littéralement de son fauteuil. Comme il était très grand, il devait faire attention à ne pas heurter sa tête aux pendeloques du lustre en cristal. Il semblait du reste embarrassé par sa haute taille.

— Mesdemoiselles… vous me voyez ravi… j'espère que je ne vous dérange pas, bafouilla-t-il.

— Mais non, ne dites pas de bêtises ! répondit Kitty dans un éclat de rire, pendant qu'il lui baisait la main. Nous sommes au contraire ravies de vous voir. Maman n'est malheureusement pas encore rentrée. Figurez-vous qu'elle est partie se promener avec Papa dans le parc…

Elisabeth reçut également un salut et un baisemain plus distraits. On s'assit, et Kitty se mit à parler sans interruption, comme un jouet mécanique tout juste remonté. Ce pauvre Alfons n'avait bien entendu d'yeux que pour sa petite princesse, dont chaque geste, chaque regard, chaque éclat de rire semblait le captiver. Elisabeth se contentait de servir le thé et de tendre les tasses.

— Combien de morceaux de sucre, monsieur Bräuer ?

— Je vous demande pardon ?

Elle dut répéter sa question pour apprendre qu'il ne prenait jamais de sucre. Il semblait d'ailleurs faire peu de cas du thé, car il gardait sa tasse à la main sans en boire une gorgée. Kitty gazouillait comme un petit oiseau, s'étendait sur les peintres français du siècle précédent et décrétait que des artistes comme Monet, Cézanne ou Renoir étaient de la vieille garde. Avait-il entendu parler de Georges Braque ou de Pablo Picasso ? Ces deux merveilleux peintres avaient exposé quelques-unes de leurs œuvres à la galerie Thannhauser de Munich. Les avait-il vues, par hasard ? Non ? Elle non plus, malheureusement. À l'époque, elle n'avait que quinze ans et commençait seulement à s'intéresser à l'art. Savait-il que les meilleurs et les plus grands peintres vivaient en France ?

Elisabeth but son thé avec deux morceaux de sucre et prit un biscuit dans l'assiette avant de la tendre aux autres. Spéculoos aux amandes, pommes de terre en pâte d'amandes, pains d'épice, sablés à la vanille… la Brunnenmayer était également une fine pâtissière. Elisabeth avait l'eau à la bouche à l'idée du gâteau de Noël servi la veille du réveillon, une pâtisserie à la crème et au pain d'épice fourrée aux noix caramélisées et aux amandes, avec un glaçage au chocolat… Elle ne pourrait malheureusement en manger qu'une tranche, au risque de ne plus pouvoir entrer dans sa robe de soirée. Or il fallait à tout prix qu'elle soit jolie quand Klaus von Hagemann ferait son apparition au bal. Enfin, s'il venait…

— Je suis malheureusement incapable de tracer un

trait droit, disait le jeune Bräuer, mais je n'en suis pas moins un grand admirateur des beaux-arts. Et vous en parlez de manière si vivante et si exaltante, chère mademoiselle Melzer…

— Je compte bien entretenir cette exaltation pour en faire une flamme brûlant éternellement sur l'autel de l'art, répliqua Kitty en riant.

C'est vraiment complet, songea Elisabeth. Dieu savait combien d'âneries Kitty pouvait débiter, mais ce jour-là elle se surpassait. L'autel de l'art… Heureusement que monsieur le curé Leutwien ne l'entendait pas. Et d'où sortait cette passion soudaine pour les peintres français ? De la rencontre avec ce jeune Français, peut-être ? Gérard Du… Dutrou ? Dufour ? Non, Duchamps, le fils d'un invité de leur père venu de Lyon, ville de la soie. Il avait des yeux sombres pailletés d'or et d'épais cheveux noirs. Son nez était un peu trop pointu, mais il avait belle allure et avait déjà tourné la tête à toutes les dames d'Augsbourg. Il avait rencontré Katharina au bal de la Saint-Nicolas chez les Riedinger, et elle l'avait visiblement impressionné. Ils avaient plusieurs fois dansé ensemble.

— Il paraît qu'il y aura des expositions très intéressantes à Munich en janvier, disait Alfons Bräuer.

— Je n'en doute pas. Hélas, les Augsbourgeois sont effroyablement vieux jeu et casaniers. Munich, au contraire, est une ville ouverte sur le monde, sans parler de Paris, le berceau des arts : peinture, littérature, musique…

Bräuer posa enfin sa tasse de thé sur la table basse sculptée. Le malheureux devait être dans un drôle d'état : ses oreilles rougeoyaient, il suait abondamment dans son complet de laine épaisse et Else avait veillé à bien chauffer la salle.

— Si votre mère et mademoiselle votre sœur me le permettent, je serais très heureux de vous inviter toutes trois à une petite excursion à Munich après les fêtes. Là-bas, nous pourrions…

Un cri dans le couloir l'interrompit.

— Augusta ! Grand Dieu !

C'était la voix de Paul. Elisabeth laissa choir le biscuit dans lequel elle avait mordu et Katharina se leva d'un bond.

— C'est la voix de Paul !

— Mais pourquoi appelle-t-il Augusta ?

Katharina ouvrit la porte, dévoilant un spectacle effrayant : la pauvre Augusta était étendue de tout son long dans le couloir et Paul, agenouillé auprès d'elle, prenait son pouls.

— Elle est en vie, annonça-t-il en regardant Kitty d'un œil hagard. Pendant un instant, j'ai cru qu'elle était morte.

— Bonté divine ! La pauvre est blanche comme un linceul et ses joues sont glacées… murmura Kitty.

Agenouillée à côté d'Augusta, elle lui passa doucement la main sur le front, tandis qu'Alfons Bräuer restait planté devant la porte, désemparé.

— Elle est évanouie, constata Elisabeth. Ce sont des choses qui arrivent.

Lisa était la seule à garder son sang-froid ; elle sonna pour faire venir l'un des domestiques. Else surgit de l'escalier et, horrifiée, plaqua ses mains sur sa bouche, puis repartit alerter la cuisinière et Robert.

Viens donc au salon, Paul, lui ordonna Elisabeth. Tu n'as plus besoin de jouer le Bon Samaritain. Mais enfin, pourquoi vous mettez-vous dans un état pareil ? Mlle Schmalzler saura sûrement quoi faire et Maman va rentrer d'un instant à l'autre.

Robert apparut, suivi d'Else, de Maria Jordan et de la cuisinière.

— C'était couru, murmura cette dernière. La pauvre… pourvu qu'elle ne se soit pas fait mal !

Augusta revenait à elle. Elle cilla, se redressa pour s'asseoir et regarda, ahurie, les visages qui l'entouraient.

— Qu'est-ce qui se passe ? Qu'est-ce que je fais par terre ? demanda-t-elle.

— Doucement, lui dit la cuisinière. Tiens, bois un peu d'eau. N'avale pas de travers…

— Eh bien, tu nous as fait une de ces peurs, Augusta ! s'exclama Paul, soulagé.

Le petit groupe s'égailla. Robert aida Augusta à se relever, la Jordan ramassa les serviettes propres et repassées que la bonne devait apporter à la salle à manger, et la cuisinière redescendit l'escalier en se lamentant sur son rôti de porc qui allait brûler. Ces dames et ces messieurs regagnèrent le salon, laissant Augusta aux soins des domestiques.

— Ça, c'est du Paul tout craché, persifla Kitty. Dès qu'elles te voient, les filles tombent à la renverse !

Elle se pendit au cou de son frère et l'embrassa tendrement sur les joues. Il se laissa faire en riant. Elisabeth trouvait pareilles effusions excessives en présence d'un invité, mais c'était typique de Kitty. Pendant ces démonstrations d'amour fraternel, Bräuer avait contemplé ses bottines vernies d'un air gêné. Il aurait sûrement aimé être à la place de Paul qui repoussa doucement Kitty, enlaça Elisabeth, puis tendit la main à Bräuer.

— Ça fait une paie qu'on ne s'est pas vus, mon vieux, lui dit-il avec un sourire. Tu ne voulais pas me rendre visite à Munich ?

Ces manières amicales dissipèrent la gêne du jeune Bräuer. Oui, il avait effectivement pensé le voir à

Munich en octobre, mais il y avait tant à faire à la banque qu'il n'avait pas eu un instant à lui.

— Tu es déjà le chef, je parie ? demanda Paul avec une pointe d'envie. Encore quelques années, et c'est toi qui dirigeras la banque.

Il embrassa d'un geste le canapé et les fauteuils pour inviter tout le monde à s'asseoir. La conversation devint plus aisée et l'atmosphère plus détendue.

— Tu connais mal mon paternel, répondit Alfons à Paul avec un sourire. Il est incapable de lâcher les rênes. Et même quand, le plus tard possible je l'espère, il sera au ciel entouré d'angelots, il consultera encore chaque matin les cours de la Bourse.

Même Elisabeth trouvait cette conversation plaisante. Quand le jeune Bräuer se conduisait en homme normal et non comme un pauvre niais transi d'amour, il pouvait être très drôle.

— S'il continue à geler, un de ces jours on pourra peut-être chausser nos patins, proposa Paul, adepte de tous les sports.

Cette idée ravit Kitty, Alfons un peu moins, et Elisabeth haussa les épaules : le patinage, très peu pour elle.

— Je préférerais une sortie en traîneau à quatre ! lança Alfons.

— Merveilleux ! s'écria Kitty en battant des mains.

— Ou une petite promenade matinale à cheval dans la neige fraîche, lança Paul. Tiens, ça me rappelle quelque chose : tu n'avais pas envie de récupérer ma selle ? Je voudrais la revendre pour m'en acheter une neuve. Elle est sur mesure, tu te souviens ? Mais elle irait très bien à ta jument.

— Ta selle ? Oui, bien sûr. Je t'avais dit qu'elle m'intéressait.

Alfons montait correctement à cheval, c'était même le seul sport qu'il maîtrisait à peu près.

— Parfait ! conclut Paul, réjoui. Tu sais, j'y suis attaché et je ne la vendrais qu'à l'un de mes meilleurs amis.

Alfons rougit, n'ayant jamais pensé jusque-là faire partie des meilleurs amis de Paul. Il ne le souhaitait pas vraiment, du reste, la frivolité de ces jeunes gens lui étant parfaitement étrangère. Mais, la sœur cadette du jeune homme lui ayant fait forte impression, il se sentit tout fier de passer pour l'un des « meilleurs amis » de Paul.

— J'ai une idée sensationnelle !

Paul était lancé, ses yeux étincelaient d'enthousiasme. Elisabeth se demanda ce qu'il leur réservait.

— Pour profiter de ce temps merveilleux, nous irons nous promener tôt demain matin, les dames en traîneau et nous à cheval, ce qui te permettra d'essayer ma selle…

Cette proposition ne parut ravir ni Kitty ni Elisabeth, qui avaient d'autres projets pour la matinée. Le jeune Bräuer hésita, n'aimant guère l'improvisation, mais c'était l'occasion rêvée de passer quelques heures auprès de l'élue de son cœur.

— Le matin, je dois travailler, répondit-il sur un ton égal, mais je pourrai prendre quelques heures en début d'après-midi.

— Vers 2 heures, ça ira ? Je t'attendrai à l'écurie, conclut Paul.

Chapitre 15

Une âcre odeur d'ammoniaque, de citron et de vinaigre aux relents métalliques emplissait la cuisine. Sur la longue table couverte de plusieurs épaisseurs de papier journal était disposée, au milieu d'une batterie de chiffons et de flacons, une partie de l'argenterie des Melzer : théières et pots à crème ventrus, corbeilles à pain et à fruits au treillis délicat, assiettes, salières, sucriers, assiettes en argent et chandeliers hérités des von Maydorn. Ces beaux objets devraient reluire pour Noël, tout comme les couverts, notamment les cuillères de service, les couteaux à découper et les cisailles à volaille, parfaitement inutilisables mais très décoratives.

Maria Jordan et Augusta étaient les seules à polir l'argenterie. Pour se chauffer le dos, elles s'étaient assises à côté du grand poêle où ronflait le feu. Une cafetière à l'émail bleu clair chauffait sur le fourneau, ainsi qu'une bouilloire, car Madame réclamait souvent du thé le soir.

— Mais où sont-ils tous passés ? gémit la Jordan. Sommes-nous censées faire ce travail toutes seules ? Cette puanteur me donne la nausée.

Augusta fit la grimace et frotta énergiquement le sucrier déjà miroitant. Si d'habitude elle n'était pas particulièrement sensible aux odeurs, à cet instant la vue du lait sur le feu lui soulevait le cœur.

— C'est cette saleté d'ammoniaque, répondit-elle en fronçant le nez. Ce liquide blanc venu d'Angleterre est bien meilleur.

— Et bien plus cher. Madame n'en a commandé que deux flacons dont nous devrons nous contenter.

Mlle Schmalzler leur avait recommandé de ne pas le gaspiller.

— Où est donc passée la Brunnenmayer ? Elle fait la sieste ? s'enquit Maria Jordan.

— Non, elle est à l'économat, en train de faire la liste des courses.

— Misère ! Les sacro-saints achats de Noël…

Maria Jordan éleva une petite salière dans un rai de lumière pour mieux l'examiner. Elle l'avait tellement polie qu'elle étincelait. Mais ce nettoyage permettait aussi de repérer des imperfections.

— Regarde-moi ça, Augusta : on l'a égratignée avec la pointe d'une fourchette. Là, là, et là-dessous.

Certains invités ne respectaient rien, et c'étaient parfois des personnes de la meilleure société. Augusta raconta qu'elle avait vu M. von Wittenstein rouler des boulettes de mie de pain pour les jeter par-dessus son épaule. Un diplomate russe en avait fait autant avec un verre d'eau, par dépit de ne pas y trouver d'eau-de-vie. Et une grande dame, dont Maria Jordan refusait de dire le nom parce qu'elle fréquentait encore la villa, avait fait avec sa canne des crocs-en-jambe au domestique qui servait de la soupe brûlante.

— Une vraie sorcière, celle-là ! À la place de Robert, je lui aurais versé une louche de soupe dans le cou, déclara-t-elle. Où est-il, au fait ? Il devrait être en train de polir ces couverts avec nous.

— Il est à la remise, gloussa Augusta après avoir repris une gorgée de café au lait. Comme Mesdemoiselles et Monsieur veulent faire une promenade en traîneau cet après-midi, il faut briquer ce petit bijou.

— Malheur ! Voilà près d'un an qu'il est dans la remise. Les patins sont sûrement rouillés.

Augusta acquiesça et ajouta que le cuir des sièges devait également être graissé. Ils étaient trois à l'ouvrage : Bliefert, son neveu Gustav et Robert.

— Ça ne doit pas être une partie de plaisir dans cette remise glaciale.

La Jordan prit une autre salière. Les Melzer en possédaient vingt-quatre du même modèle, assorties de vingt-quatre minuscules cuillères. Chaque salière devait être disposée à gauche de son couvert afin que chaque convive puisse saler ses aliments à son aise.

— Les parents pauvres arriveront le 24, fit observer Augusta sans la moindre compassion. Avec leur marmaille, comme toujours. C'est Madame qui va être contente…

Maria Jordan poussa un soupir. Aucun domestique de la villa n'aimait les frères et sœurs de Monsieur ; on les recevait à Noël uniquement par charité chrétienne et par devoir. L'envie et la cupidité se lisaient sur leur visage, ils se tenaient mal à table, supportaient mal le vin et commandaient le personnel comme s'ils étaient les maîtres. Les deux femmes firent en revanche l'éloge des invités du deuxième jour de Noël, pour la Saint-Stéphane. Les frères et sœurs de Madame étaient nobles et savaient traiter les domestiques. Eux n'ordonneraient jamais à une femme de chambre d'allumer un poêle.

— On dirait bien que les autres nous ont laissées en plan, pesta Augusta en regardant ses doigts noircis. Else pourrait quand même nous aider !

Mais Else était à la buanderie, où le linge à repasser s'était accumulé au cours des semaines précédentes. Madame veillait à ce que tout soit propre, repassé et rangé la veille de Noël, car on racontait que faire la lessive entre Noël et le Nouvel An portait malheur.

— Mais il est inutile de demander où est Marie… grinça la Jordan.

— En effet, répliqua Augusta sur un ton acide.

Le silence régna un instant, chacune étant perdue dans ses pensées. Maria se leva pour leur resservir du café.

— Je l'avais pressenti, dit-elle, maussade, la main enveloppée dans un torchon pour saisir la poignée de la cafetière brûlante. Je l'avais vue en rêve avant même qu'elle n'arrive ici.

Augusta reposa le sucrier sur la table et contempla avec satisfaction ses flancs miroitants. Quel dommage que cet éclat ne dure que quelques semaines avant que l'argent ne se ternisse et ne noircisse à nouveau !

— Ah, vous et vos rêves ! s'exclama-t-elle.

— Tu peux rire si tu veux, mais ils se sont réalisés.

— À d'autres !

Dans sa fureur, la Jordan répandit sur la table un peu du précieux liquide lustrant, qu'elle essuya en hâte à l'aide du torchon.

— N'avais-je pas prédit que Gertie ne resterait pas avec nous ? Et c'est exactement ce qui est arrivé !

Augusta poussa un soupir excédé et déclara qu'on aurait pu le prédire sans faire appel à la magie.

— N'avez-vous pas prédit l'an dernier à Else qu'elle allait rencontrer le grand amour ? lança-t-elle. Vous l'aviez lu dans le marc de café. Et où est passé ce grand amour ?

— Elle le rencontrera un jour mais si elle ne tente rien, elle n'aura rien ! protesta la Jordan.

— Dans ce cas, moi aussi, je peux prédire l'avenir, ricana Augusta. Qui ne tente rien n'a rien, et après la pluie le beau temps ! Défense de rire !

La Jordan serra les dents et étala du liquide sur un chandelier. Augusta n'avait hélas pas tout à fait tort. Elle n'avait lu dans le marc de café que parce que Else lui avait donné deux marks pour le faire. Elle avait besoin d'argent pour des raisons qui ne regardaient personne. Ses rêves, en revanche, c'était une autre histoire.

— Je sais que Marie nous portera malheur, repritelle, butée. Je l'ai vue en rêve marcher dans le parc, tenant un chien noir en laisse. Un chien noir, ça n'annonce jamais rien de bon.

Augusta haussa les épaules. Si Marie et elle-même n'éprouvaient aucune hostilité l'une envers l'autre, elles n'étaient pas amies pour autant. Else, elle, se cramponnait à Marie parce qu'elle n'avait aucune personnalité. Et la Brunnenmayer protégeait la jeune fille. Quant à Robert, il se tenait soigneusement à l'écart des « affaires de bonnes femmes », et Mlle Schmalzler avait comme toujours la bouche cousue.

— Je n'avais encore jamais vu une chose pareille, gronda la Jordan. C'est inouï : une fille de cuisine qui passe des heures à boire du thé dans la chambre de Mademoiselle !

C'était Augusta qui avait raconté cette scène aux autres employés, et sans mâcher ses mots. Marie passait chaque jour, y compris le dimanche, une heure entière là-haut. Et il arrivait que Mademoiselle la fasse monter également le soir. Pas même pour la servir, ce qui n'était pas le rôle d'une fille de cuisine, non, Mademoiselle et elle se livraient à une mascarade. Marie passait des vêtements choisis par Mademoiselle, nouait un foulard autour de sa tête et défaisait ses cheveux. Elle portait tantôt d'affreux haillons et des galoches de bois, tantôt des étoffes bariolées et des écharpes de soie. Elle avait tour à tour l'allure d'une mendiante et d'une bohémienne.

— Tu ne les aurais pas un peu épiées par le trou de la serrure ? s'enquit la Jordan avec un sourire en coin.

— Il suffit de voir les œuvres de Mademoiselle. Elle dessine au fusain, au crayon, ou elle peint…

C'était vrai : Maria Jordan avait vu certains de ces dessins elle aussi, quoique, la plupart du temps, Mademoiselle prenait soin de les cacher dans un carton et de couvrir son chevalet d'un morceau de tissu.

— Un jour, Marie a même passé une robe de Mademoiselle. Une fille de cuisine qui porte des robes de soie et se laisse coiffer par Mademoiselle… Je crains de devoir bientôt servir Son Altesse la princesse Marie des Sept-Martyres !

— Des quoi ? s'étonna Augusta.

— C'est le nom de l'orphelinat dont elle vient.

— Elle n'a pas de parents ? C'est une bâtarde, alors ?

— Pour ça, oui !

— Comment pouvez-vous en être si sûre ? demanda Augusta, reprise par le doute.

La Jordan haussa les épaules et prit un air mystérieux. Elle le savait grâce à la magie, ou peut-être pour avoir fouillé la chambre de Mlle Schmalzler, où les livrets et papiers des domestiques étaient conservés dans des dossiers.

— Bah, il n'y a pas de quoi s'agiter pour si peu, fit remarquer Augusta. Nous connaissons assez Mlle Katharina : elle s'enflamme vite, mais se fatigue tout aussi vite. Elle a trouvé un beau jouet tout neuf, qui l'ennuiera sous peu, et alors Marie ne sera plus qu'un souvenir pour elle. Moi, Marie me ferait presque pitié : elle ne sait pas encore à quel point Mademoiselle est capricieuse.

Maria Jordan polissait en silence le pied sculpté d'un chandelier. Ces parties étaient plus difficiles à blanchir, il fallait même parfois utiliser une allumette ou une épingle pour en nettoyer les creux, ce qui demandait une attention soutenue, mais malgré tous les efforts, il restait toujours une trace noire.

— Moi, elle ne me fait pas pitié, répondit-elle à Augusta. Qui veut monter trop haut tombe de haut, c'est dans l'ordre des choses. Et si Mademoiselle l'envoie promener, ce ne sera que justice : qui fait son travail pendant qu'elle prend le thé et pose pour Mademoiselle ? Qui d'autre que nous ?

— Là, je dois dire que vous avez raison.

Elles furent interrompues par la cuisinière, qui déboula dans la pièce, fulminante, et se mit à ouvrir fébrilement les tiroirs d'un placard pour faire l'inventaire des épices.

— Un bouquet d'oignons a moisi au grenier à grains, se lamenta-t-elle. Et on a trouvé des crottes de souris ! Ce qu'il faudrait au grenier, c'est un chat. Les souris détaleraient vite fait !

— Vous pouvez toujours rêver : Madame a horreur des chats, répliqua Maria Jordan.

La cuisinière nota quelques mots sur une feuille de papier, lentement et laborieusement, en tirant la langue.

— Co… ri… andre. Mus… cade. Clous de girofle…

— Nous avons besoin d'aide pour nettoyer l'argenterie, annonça Augusta.

— Ce n'est pas mon rayon, grommela distraitement la cuisinière. Allez donc chercher Marie. Coriandre, clous de girofle, muscade, cannelle… cumin ! J'ai failli l'oublier.

Elle l'ajouta à sa liste et leva les yeux vers le plafonnier, perdue dans ses pensées.

— Allez donc chercher Marie, la singea Maria Jordan quand elle fut repartie. Mais oui, allez frapper à la porte de la chambre de Mademoiselle pour lui dire que Marie doit nettoyer l'argenterie…

Elle éclata d'un rire moqueur et regarda Augusta, qui s'était levée pour ouvrir la fenêtre.

— Encore un malaise ?

La jeune fille prit appui des deux mains sur le rebord de la fenêtre et inspira profondément. Quelques flocons s'engouffrèrent dans la cuisine, où ils fondirent aussitôt.

— Tu es enceinte, hein ?

Augusta ne répondit pas. Elle avait ces affreuses nausées depuis deux semaines. Au début, elles avaient surgi seulement le matin, mais à présent elles pouvaient avoir lieu n'importe quand. Ces malaises étaient si violents qu'il lui arrivait de s'évanouir. Et elle n'avait plus ses règles depuis plusieurs mois.

— Tu peux le dire, tu sais, insista la Jordan. Il y a longtemps que nous l'avons compris.

Augusta se sentait mieux. Elle referma la fenêtre et s'approcha lentement du poêle pour se réchauffer.

— Est-ce que la Schmalzler en a parlé ? demanda-t-elle à Maria, qui secoua la tête.

Non, dans ce genre de situation, la gouvernante se montrait discrète. Elle ne parlait jamais d'une employée avec des tiers, mais elle avait l'œil. Elle convoquerait tôt ou tard Augusta dans sa chambre. Une grossesse était un motif de renvoi.

— Si tu parviens à t'entendre avec elle, tu pourras peut-être faire garder l'enfant par tes parents. Il y a plusieurs années que tu es en service ici et on a toujours été satisfait de toi.

Augusta tendit ses mains froides au-dessus de la plaque du fourneau et frotta ses paumes l'une contre l'autre.

— Mes parents ? murmura-t-elle. Si je reviens chez eux avec un enfant, ils me tueront.

La Jordan reposa le chandelier, plongée dans ses réflexions, puis se décida.

— Je connais un bon moyen, dit-elle. Je peux te procurer ce qu'il faut. Tu devras le prendre le soir, et le lendemain tu n'auras plus de souci à te faire.

— Merci, mais je ne veux pas, répondit Augusta.

La Jordan se sentit irritée, car elle aurait pu exiger vingt marks pour ce service. Dans ce genre de situation, les hommes se montraient généreux, mais il fallait agir vite.

— Et que comptes-tu faire ? s'enquit-elle. Perdre ta situation et courir les rues avec un bâtard ?

Augusta se rassit et but une gorgée de café. Il était froid et amer, mais peu lui importait.

— Me marier, répondit-elle.

La Jordan partit d'un rire moqueur.

— Te marier ? Avec Robert ? Car c'est lui le père, hein ?

— Parfaitement, et vous pouvez glousser tant que vous voudrez, ça m'est égal.

— Regardez-moi ça… Se marier ! Avec Robert !

— Riez toujours, lança Augusta, furieuse. Vous verrez ce que vous verrez !

— Et tu crois qu'il sera assez bête pour t'épouser ?

Augusta se mordit la langue, car dans sa rage elle avait failli se trahir. Robert serait contraint de l'épouser, car ce qu'elle savait sur son compte risquait de lui coûter sa situation.

Chapitre 16

Ce matin-là, le ciel était aussi bleu et limpide qu'en été, mais d'une nuance plus sombre, et la lumière était plus intense. Les rayons de soleil obliques faisaient étinceler la croûte de neige recouvrant les arbres et les prés. Depuis quelque temps, la température était descendue nettement au-dessous de zéro la nuit et ce matin encore, malgré l'éclat du soleil, le froid restait mordant. On s'en était réjoui à la villa : cette féerie blanche durerait certainement jusqu'en janvier.

— C'est bon, vas-y, grommela la cuisinière à l'intention de Marie. Tu éplucheras le reste à ton retour.

Marie jeta la pomme de terre épluchée dans le fait-tout et alla se laver les mains. Elle avait toujours mauvaise conscience de monter chez Mademoiselle, car pendant ce temps elle laissait son travail aux autres. Mais les heures qu'elle passait là-haut lui étaient précieuses, car elle y entrevoyait un monde tout à fait nouveau pour elle. Un monde qui ne pouvait exister qu'en rêve, quelque chose d'aussi beau ne pouvant être réel.

Elle croisa dans l'escalier la dernière personne qu'elle aurait voulu voir à cet instant : la Jordan portait sur le bras des vêtements de Madame qu'elle devait probablement détacher. La femme de chambre possédait toute une batterie de produits détachants dont elle gardait jalousement le secret.

— Tiens, la belle et noble Marie des Sept-Martyres ! ricana-t-elle en toisant la jeune fille. Sous quel aspect la peindra-t-on aujourd'hui ? En duchesse ou en fille des rues ? Peut-être même en nu : on sait comment sont les peintres…

Marie ne se donna pas la peine de lui répondre. Bien entendu, les autres domestiques l'enviaient, surtout la Jordan, qui la détestait. Quand Mademoiselle avait informé ses parents qu'elle voulait prendre Marie pour modèle, elle avait fait sensation. Monsieur, surtout, à en croire Robert, s'était emporté et avait tenté de le lui interdire sans autre forme de procès. Quant à Madame, elle s'était montrée très contrariée à l'idée que le travail de Marie puisse en pâtir. Mais au bout du compte, ils avaient cédé par égard pour les nerfs de Mademoiselle. On avait fait venir Marie dans le salon rouge et Madame lui avait tenu tout un discours pour bien lui faire comprendre que ces séances de pose ne devraient pas lui monter à la tête, qu'elle devrait travailler le soir pour rattraper le temps perdu, ne serait pas payée comme modèle et, surtout, ne soufflerait pas un mot sur ce qui se passerait dans la chambre de Mademoiselle.

— Entre !

Marie avait frappé quelques coups légers à la porte, mais Mlle Katharina avait l'oreille fine. Son chevalet était placé devant la fenêtre aux rideaux ouverts. La jeune fille pestait souvent contre ces « draperies idiotes » qui empêchaient la lumière d'entrer dans les pièces.

— Assieds-toi devant la fenêtre, Marie. Enlève ce fichu. Dénoue tes cheveux et laisse quelques mèches pendre devant ton visage. Oui, très bien. Encore un peu à gauche. Voilà, c'est parfait. Je vais te peindre en couleurs. Le soleil allume dans tes cheveux des étincelles jaunes, rouges, et même vertes.

Au début, Mlle Katharina lui avait paru franchement bizarre. Marie s'était même demandé si elle n'était pas un peu dérangée, et puis elle avait compris que cette jeune fille voyait tout d'un œil différent. Mais quand on y regardait de plus près, on se rendait compte qu'elle avait toujours raison. Elle n'inventait rien, seul son regard était différent. Il en allait ainsi des étincelles jaunes, rouges et vertes que le soleil allumait dans ses cheveux : Marie était sûre qu'on pouvait les voir.

— Prends le bloc à dessin, les crayons rouges, et essaie de faire ce que je t'ai montré hier, lui dit Katharina.

— Merci, mademoiselle.

— Tu peux m'appeler mademoiselle Katharina.

Marie alla chercher bloc et crayons, puis regagna sa place. S'il n'y avait eu que ces séances de pose, elle se serait vite ennuyée, mais les conversations avec Mademoiselle lui ouvraient de nouveaux horizons. Et les dessins qu'elle avait le droit de faire, sur du vrai papier à dessin, avec des fusains, de la sanguine ou de l'encre de Chine… Dessiner avait été pour Marie un rêve longtemps caressé, et voilà qu'il se réalisait fugitivement. Car ce bonheur ne pourrait durer, elle en avait bien conscience, mais tant qu'il s'offrait à elle, elle le saisissait avidement.

— Tu es vraiment douée, Marie ! Si tu continues à travailler aussi bien, peut-être deviendras-tu une véritable artiste. La manière dont tu as rendu ces ombres… qui te l'a apprise ?

— Personne : c'est simple comme bonjour.

Mlle Katharina s'exaltait un peu vite. Jamais Marie Hofgartner ne deviendrait une véritable artiste et c'était très bien ainsi, même si Mademoiselle ne tarissait pas d'éloges sur les artistes. Ce Michel-Ange dont elle lui avait montré des dessins dans un gros livre était quasiment un dieu pour elle, ce qui était plutôt sacrilège puisqu'il avait peint des femmes et des hommes nus. Mais Marie devait reconnaître que ses dessins étaient plus grandioses et splendides que tous ceux qu'elle avait pu voir auparavant.

Mademoiselle lui posait de temps en temps des questions sur l'orphelinat, sur son travail de couturière, sur ses autres places de domestique. Elle exprimait à ce sujet les opinions les plus surprenantes, déclarant qu'être indépendante était une chance, que devoir affronter le monde seul vous rendait plus fort et que mieux valait gagner son pain que vivre dans le luxe.

— Il est humiliant de dépendre des autres et de leur argent, dit-elle à Marie. Pourquoi suis-je au monde, au juste ? Pour être jolie et me conduire en demoiselle distinguée ? Pour épouser un homme qui sera un bon parti pour la société et pour les affaires de Papa ?

Mlle Katharina affirma que seul l'art lui rendait cette vie supportable. Marie lui aurait volontiers ri au nez si elle en avait eu le droit. Cette jeune fille vivait dans une maison de rêve, où elle avait une chambre somptueuse pour elle seule, elle portait des vêtements magnifiques, passait l'hiver bien au chaud et mangeait toujours à sa faim. Et elle se plaignait… Quel mal y avait-il donc à épouser un homme raisonnable qui conviendrait à sa famille et lui permettrait de passer sa vie dans le bien-être et la sécurité ? Marie n'aurait même pas osé rêver pareille chance pour elle-même.

— Je t'ai observée, Marie, dit Mlle Katharina. Et je t'ai souvent admirée pour ta capacité à t'affirmer. Comment dire ? Même si tu n'es qu'une fille de cuisine, tu sais préserver ta dignité. Et tu as du cran.

— Je n'ai pas le choix, mademoiselle. Soit on se

respecte, soit on se perd. Qui se fait tout petit et rampe devant les autres est perdu d'avance…

Ces réflexions étaient tirées de sa propre expérience, mais elle ne les avait encore jamais formulées.

— Comme tu es intelligente, Marie…

Comme elle était naïve, la fille du riche industriel ! Elle considérait l'orphelinat comme un lieu protecteur préparant à affronter l'existence. Elle avait raconté à Marie qu'elle avait passé deux ans dans un pensionnat pour jeunes filles de la haute société afin d'apprendre les bonnes manières, les langues étrangères, la direction d'un ménage et encore une foule d'autres choses.

— Tu ne peux imaginer à quel point on était sévère avec nous là-bas, dit-elle à Marie. Nous devions travailler à nos ouvrages de broderie le dimanche compris, et la moindre erreur était punie.

— On vous punissait ?

— Oui, nous devions écrire de longues compositions et parfois même nous coucher sans dîner.

Marie hésita : fallait-il détruire la vision tout en rose que Mademoiselle avait de l'existence ? Devait-elle lui parler des coups qu'on recevait à l'orphelinat quand on désobéissait et lui montrer les cicatrices qu'elle en avait gardées sur les bras ? Devait-elle parler de la faim, des longues heures passées dans la cave glaciale où l'on enfermait les enfants indociles ? Et de ce que les pensionnaires s'infligeaient entre elles, et qui était encore pire que les mauvais traitements de la Pappert et de ses employés ? Trop tard : elle était lancée.

— Le pire, c'était pour les plus petites, dit-elle à voix basse. Personne ne les protégeait de la méchanceté des grandes.

— Qu'est-ce qu'elles faisaient ? Elles les pinçaient ? demanda Mlle Katharina.

— La nuit, au dortoir, elles leur faisaient subir un tas d'horreurs. Au début, elles ont voulu m'en faire autant, mais comme je me suis défendue, elles ont dû me laisser tranquille.

— Mais qu'est-ce qu'elles leur faisaient ? Elles leur volaient leurs couvertures ?

— Tenez-vous tant à le savoir ?

Mademoiselle la dévisagea, les yeux agrandis par l'horreur. Que croyait-elle donc ? Marie craignit un instant d'être allée trop loin. Si Madame apprenait ce qu'elle venait de révéler à sa fille, elle interdirait à Marie de poser et de dessiner dans cette belle chambre. Mais Mademoiselle se ressaisit plus vite que Marie ne l'aurait cru.

— C'est répugnant, déclara-t-elle, mais de telles horreurs font partie de l'existence.

Marie songea qu'il était toujours plus facile d'en parler avec détachement quand on ne les avait pas vécues. Et puis elle comprit que Mademoiselle avait écouté son récit sans vraiment en saisir le sens. Il en allait de même pour la condition de domestique : malgré la précision avec laquelle Marie avait évoqué son travail, le manque de sommeil, les tâches éreintantes aux fourneaux d'un entresol étouffant, Mlle Katharina aspirait toujours à une vie simple et austère.

— Quelle chance j'ai de t'avoir rencontrée, Marie, dit-elle. Personne ne m'avait encore décrit la réalité de manière si vivante, comme tu sais le faire. C'est parce que tu connais la vraie vie. Et tu es une artiste très douée. J'ai mis un temps fou à savoir rendre la perspective, mais toi, il suffit que tu prennes un crayon pour que tout soit parfait. Oh, Marie, si seulement tu pouvais être mon amie…

Mlle Katharina avait en effet peu d'amies. Sa sœur, au contraire, invitait sans cesse d'autres demoiselles à prendre le thé. Cela tenait sans doute à ce que les bavardages sur la mode, les hommes et les autres jeunes filles ennuyaient Katharina à périr. Elle préférait de beaucoup parler de la vie et de l'art, et Marie imaginait sans difficulté à quelle incompréhension ses opinions excentriques devaient se heurter.

— Marie ?

Mademoiselle tenait encore son pinceau, mais ne regardait plus la toile posée sur le chevalet.

— Oui, mademoiselle Katharina ?

Fascinée, Marie contempla l'assemblage de points et de taches multicolores sur la toile. On aurait cru un feu d'artifice démentiel.

— As-tu déjà été amoureuse ? demanda Mademoiselle.

Troublée, Marie garda le silence. *En voilà une question !* pensa-t-elle.

— Oui, ça m'est arrivé, répondit-elle calmement, mais je pense que l'amour fait plus de mal que de bien.

Mademoiselle posa son pinceau dans un verre d'eau et essuya ses doigts à l'aide d'un chiffon, visiblement mécontente.

— Pourquoi le penses-tu ? demanda-t-elle.

— Parce qu'il ne cause que des chagrins.

Mademoiselle secoua la tête et affirma que Marie se trompait.

— Ce dont tu parles n'était sûrement pas de l'amour, Marie, rien qu'un petit béguin. Le grand amour, le véritable amour vous procure un bonheur indicible. Il n'y a rien de plus beau en ce monde qu'aimer de toute son âme…

Misère ! Mademoiselle devait être toquée de ce Français pour parler ainsi. À en croire Augusta, qui connaissait la femme de chambre des Riedinger, c'était d'ailleurs un beau gars.

— Peut-être est-ce ainsi, dit Marie en choisissant ses mots. Mais moi, je n'ai jamais rien connu de semblable.

Mademoiselle lui sourit et la regarda avec commisération. Marie était encore très jeune, affirma-t-elle, mais un jour, elle aussi connaîtrait l'amour, et avec lui le bonheur.

— Aimer, c'est comme être au ciel, poursuivit-elle. Où qu'on soit, l'être aimé nous accompagne, car il vit dans nos pensées. Il est toujours à notre côté, nous murmure de douces paroles, et d'autres encore plus belles et plus fascinantes…

— C'est plutôt effrayant. Un peu comme si on était possédé ? demanda Marie, hésitante.

— Mais c'est l'essence même de l'amour ! s'écria Mademoiselle. On se donne tout entière et on reçoit en échange quelque chose d'infiniment précieux : le cœur de l'aimé, son âme, tout son être…

Marie fut soulagée d'entendre frapper à la porte, car sa réponse à cet étrange discours aurait sûrement déplu à Mademoiselle. Mais la porte de la chambre s'ouvrit sur… M. Paul.

— Te voilà enfin, sœurette ! s'exclama-t-il. J'espérais te trouver en bas, dans l'entrée. Ces dames sont en train de décorer l'arbre de Noël.

— Oh, j'avais complètement oublié ! s'écria Mademoiselle. Viens, Marie, il faut vite descendre les aider. Il ferait beau voir que je manque la décoration du sapin cette année ! Chez nous, c'est une tradition : toutes les femmes de la villa décorent le sapin.

Elle déboutonna en hâte la blouse de peintre qu'elle portait pour ne pas tacher sa robe d'intérieur.

— Prends tout ton temps, dit son frère en riant. Robert et Gustav viennent seulement d'installer le sapin dans l'entrée. Présente-moi plutôt à ton ravissant modèle.

Marie demeura pétrifiée sur son siège. Seul le bloc à dessin qu'elle tenait sur ses genoux frémissait. Bien entendu elle était au courant que M. Paul était rentré de Munich, mais son entrée dans la chambre l'avait transformée en statue, comme au coup de baguette magique d'une mauvaise fée.

— Je te présente Marie, répondit Mademoiselle en jetant sa blouse par terre. N'est-elle pas un merveilleux modèle ? Je l'ai trouvée à la cuisine.

Marie leva les yeux vers M. Paul. Il avait naturellement oublié qu'ils s'étaient déjà vus. Pourquoi se serait-il rappelé cette brève rencontre ? Elle essaya de se ressaisir mais, furieuse, elle sentit le sang lui monter aux joues. Elle se leva en hâte ; il aurait été impoli de rester assise devant lui.

— Dans la cuisine ? répéta-t-il en la regardant avec un sourire. Quand même pas ici, chez nous ?

— Je suis la fille de cuisine, monsieur, répondit-elle, soulagée de pouvoir enfin prononcer un mot. Je travaille chez vous depuis octobre.

Elle se rappela soudain qu'elle se tenait devant lui les cheveux dénoués. Elle remit son fichu et noua sur sa nuque sa chevelure rebelle. Elle était d'autant plus troublée qu'il suivait tous ses gestes avec un mélange de surprise et de ravissement.

— Tu es vraiment trop jolie pour une fille de cuisine, Marie, déclara-t-il d'une voix métamorphosée.

Elle avait déjà entendu cette phrase. Son précédent maître de maison lui avait dit à peu près la même chose, en donnant lui aussi à sa voix un accent séducteur qu'elle avait jugé ridicule. La voix douce et enjôleuse du jeune Monsieur, en revanche, était dangereuse : elle la faisait frissonner.

— Vous vous trompez, monsieur, je ne suis nullement jolie, dit-elle.

Il partit d'un rire moqueur, puis examina avec curiosité la toile posée sur le chevalet, qui parut le déconcerter. Il plissa les yeux et deux rides se creusèrent sur son front. Il était vraiment amusant ainsi. Ce n'était pas un bellâtre comme tant de jeunes messieurs qui mettaient de la pommade sur leurs cheveux et avaient chez eux un fixe-moustache. Il se souciait peu de son apparence, et c'était ce qui faisait son charme.

— Sais-tu ce que signifie ce feu d'artifice, Marie ? Non, ne te sauve pas : je te parle !

Il avait prononcé ces paroles sur un ton plus énergique et presque impérieux. Elle obéit et s'arrêta devant la porte.

— Pardonnez-moi, monsieur, mais Mademoiselle m'a demandé de la suivre, répondit-elle.

Elle se retourna et osa le regarder droit dans les yeux. Son regard teinté de reproche le déconcerta un peu. Il écarta les bras et répondit sur un ton légèrement ironique que les désirs de sa sœur passaient bien entendu avant les siens.

— Je suis à vos ordres, monsieur, répliqua-t-elle.

Elle lui fit une petite révérence et sentit elle-même que ce geste exprimait moins la docilité que la coquetterie. Alors qu'elle descendait l'escalier de service, elle dut faire un effort pour calmer les battements désordonnés de son cœur.

Ce n'est rien, se dit-elle. *Et ça n'ira pas plus loin. Je ne m'abaisserai pas à ça.*

Chapitre 17

Un désordre joyeux régnait dans l'entrée. Un sapin d'au moins trois mètres trônait à gauche du grand escalier et Else dissimulait son support sous des branches. Perché sur une échelle, Robert fixait les dernières bougies en suivant les instructions de Madame. Augusta, la Jordan et la cuisinière avaient déposé au milieu de l'entrée des cartons qui devaient contenir les décorations de Noël.

— Je crois que ça ira, Robert, déclara Madame. N'oubliez surtout pas de placer les seaux d'eau dans les angles de la salle. Un jour, une maison en Poméranie a pris feu…

— Écoute, Maman, tu nous racontes cette histoire chaque année…

— On ne répète jamais assez de telles histoires, Lisa.

Marie s'était précipitée hors de la cuisine et avait ouvert la porte donnant sur l'entrée pour admirer le magnifique sapin. Il exhalait un parfum intense de résine et d'aiguilles qui lui rappelait la messe de Noël à la basilique de Saint-Ulrich-et-Sainte-Afre. Ce jour-là, les orphelines dans leurs robes du dimanche avaient traversé les ruelles sombres en rang deux par deux, se tenant par la main pour se rendre à la messe. Elle avait marché à côté de son amie Dodo quelques Noëls durant. Comme tout cela était déjà loin…

— Non, Kitty, je ne veux pas que tu montes à l'échelle. Laisse Robert le faire. Mais tu peux lui passer les boules.

Pauvre Robert ! Quand Mademoiselle lui tendit une boule rouge, il la prit comme si elle était en feu. L'amour était décidément à fuir.

— Marie ? Que fais-tu plantée là ?

C'était Mlle Schmalzler. Elle la saisit par les épaules et la poussa vers les cartons ouverts. Les boules rouges et or, les étoiles de papier doré et les guirlandes argentées qu'on avait conservées toute l'année dans du papier journal rutilaient.

— Prends une boule et suspends-la à l'arbre, lui ordonna Mlle Schmalzler. Et retourne ensuite en cuisine.

— Oui, mademoiselle Schmalzler.

Elle saisit avec précaution l'une des boules dorées et surprit un sourire de Madame. Alicia Melzer savourait cet instant. Elle ne cessait de donner des instructions sur les décorations et les endroits où il fallait les accrocher, allait et venait pour observer l'arbre sous tous les angles et ordonnait au malheureux Robert de déplacer l'échelle ici et là. C'était lui qui devait faire le gros du travail, car les autres ne pouvaient atteindre que les branches les plus basses. Le lendemain, à la veille de Noël, on y suspendrait les pains d'épice que la cuisinière et Marie avaient découpés et fait cuire. On ne le faisait jamais avant ce soir-là, car on savait par expérience que, sinon, ces délicieuses décorations disparaissaient mystérieusement : le jour de Noël, il n'y avait plus un seul petit cheval ni le moindre cœur brun parmi les branches de sapin.

— N'oubliez pas d'aller porter ensuite leurs cadeaux aux nécessiteux, Robert, reprit Madame, examinant l'arbre d'un œil critique.

— Pardonnez-moi, madame, mais j'ai reçu l'ordre

de conduire le traîneau pour ces demoiselles. M. Paul et M. Bräuer nous accompagneront à cheval.

— Allons bon ! s'exclama Alicia agacée. Puis-je savoir pourquoi personne ne m'en a rien dit jusqu'à maintenant ?

— C'était une brillante idée de Paul, Maman, répondit Mlle Elisabeth. Kitty et moi n'avons même pas été consultées, n'est-ce pas, Kitty ?

Mlle Katharina, perchée sur un tabouret pour accrocher des guirlandes argentées, acquiesça.

— Ah, c'est Paul qui a pris cette initiative ? demanda Madame, radoucie. Ma foi, c'est une très bonne idée par ce temps splendide. Mademoiselle Schmalzler, dites à Gustav de porter les paquets aux pauvres. Et s'il y en a trop pour lui, voyez qui d'autre pourrait être disponible.

— Mais naturellement, madame.

Marie devina qui serait désigné. Mais elle devrait d'abord éplucher les patates pour le dîner, laver les légumes, hacher les oignons pour le bœuf braisé et nettoyer les plaques à pâtisserie. Et, quand le sapin décoré resplendirait, il lui faudrait balayer et laver le sol. Quand ce fut fini, Marie regarda avec un soupir les dalles reluisantes que ces demoiselles et ces messieurs saliraient de leurs bottes détrempées en rentrant de leur promenade.

— Marie ! Viens ! Il faut que tu ailles porter des paquets ! cria la Brunnenmayer depuis la cuisine.

On y avait rassemblé les cadeaux la veille au soir sur la table pour les emballer. Les paquets contenaient tous la même chose : dix gâteaux de Noël soigneusement dénombrés dans un petit sac en papier aux motifs colorés, une saucisse de foie et un boudin dans du papier sulfurisé, une petite bouteille de vin rouge que Robert appelait de la « limonade premier cru », et une pièce de tissu bariolé qui, à en croire la Jordan, était trop petite pour tailler une robe, mais trop grande pour une chemise : des chutes de l'usine que l'on aurait dû jeter, mais qui pouvaient ainsi encore faire de l'usage.

— Tiens, il faut porter ces trois paquets dans la ville basse. Tu connais le chemin, non ?

La cuisinière avait tout placé dans une grande corbeille et noté les adresses sur une feuille de papier. Marie déchiffra les noms des rues et vit aussitôt qu'elles étaient dans le quartier le plus pauvre.

— Et ne te laisse rien voler, lui recommanda la cuisinière. Il y a beaucoup de malfrats dans les rues la veille de Noël.

— Je ferai attention.

Marie enfila de grosses chaussettes et drapa autour de ses épaules le châle en laine qu'on lui avait donné. Elle n'avait pas peur du froid, auquel elle était accoutumée, seule l'idée de rencontrer d'anciens maîtres lui déplaisait.

Quand elle sortit dans la cour, de légers flocons flottaient dans l'air glacé. Un tintement régulier de grelots lui parvint du parc, suivi de voix sonores et joyeuses et du piaffement de chevaux. Un cavalier surgit sur le chemin du parc et prit l'allée de la villa, suivi du traîneau rouge resplendissant tiré par deux chevaux. Un second cavalier fermait la marche. Le cortège semblait parti pour faire un tour d'honneur sur le rond-point enneigé devant l'entrée de la villa avant de poursuivre sa marche joyeuse et bruyante dans les bois et les prés des alentours.

— Ohé, Marie ! lança la voix de Mlle Katharina. Monte, il reste de la place !

Marie n'avait encore jamais vu un traîneau si magnifique : on aurait dit une calèche découverte. Robert trônait à l'avant sur un banc et les deux jeunes filles étaient assises face à face, enveloppées dans des fourrures.

— Je t'en prie, Kitty ! s'exclama Mlle Elisabeth. La fille de cuisine a sûrement mieux à faire que de venir se promener avec nous.

M. Paul adressa un salut joyeux à la fenêtre du premier étage, d'où Madame devait contempler le cortège hivernal. Les patins du traîneau crissaient sur l'allée de graviers que le jardinier avait déblayée le matin. Marie ne voyait déjà plus le second cavalier, car le vent soulevait la neige en rafales et elle devait plisser les yeux pour s'en protéger. Elle abaissa son fichu sur son front et resserra son châle sur sa poitrine.

— Et fais bien attention à ne pas prendre froid en route ! lui avait ironiquement lancé la Jordan.

Tous les autres domestiques se réjouissaient de rester au chaud à la cuisine ou à la buanderie.

Marie s'éloigna d'un pas rapide. Le portail de fer forgé du parc n'avait pas été fabriqué à la demande de M. Melzer. Le grand parc de la villa avait été au siècle précédent un jardin aménagé par un riche commerçant d'Augsbourg. Melzer avait fait bâtir son usine à proximité et, quelques années plus tard, avait racheté le terrain à l'héritier du commerçant.

Comme c'est étrange, songea Marie en s'approchant de l'usine. La villa de briques et le parc planté d'arbres exotiques avaient été achetés grâce à l'argent gagné par les lugubres ateliers de l'usine. Comment des choses si belles pouvaient-elles naître d'une telle saleté ?

Après la porte de Jakob, les rues devenaient plus étroites, les bâtiments se délabraient et le pavé était criblé de nids-de-poule. Comme personne n'avait déblayé la neige, on se frayait un chemin comme on le pouvait entre les maisons. Les automobiles et les voitures évitaient ce quartier de crainte d'y laisser leurs roues. Des enfants couraient et se lançaient des boules de neige, d'autres, plantés à l'angle de rues, grelottaient en échangeant des secrets à voix basse. Quelques autres, plus âgés, fumaient fébrilement des cigarettes qu'ils partageaient. Au passage de Marie, ils échangèrent des coups de coude.

— Hé, toi, fais voir ce que tu as dans ton panier ! lui lança l'un d'eux.

Des éclats de rire retentirent. Elle connaissait ce genre de loustics. Ils étaient bruyants, mais inoffensifs.

— Pas de poil au menton, mais déjà un mégot au bec ! riposta-t-elle. Bas les pattes, sinon gare !

Elle trouva rapidement la première adresse. Une grosse femme débraillée ouvrit la porte et lui arracha le paquet des mains.

— Ben c'est pas trop tôt ! lança-t-elle dans une bouffée d'alcool. Dites merci de ma part à Mme Melzer. Joyeux Noël !

— Joyeux Noël à vous aussi !

Derrière la femme s'était glissé un homme qui réclama énergiquement le colis.

— C'est à moi ! Ôte tes sales pattes de là, espèce de soiffard !

Marie repartit en hâte. Pour le deuxième paquet, elle dut chercher plus longtemps. La numérotation de la rue avait été chamboulée par la démolition d'un immeuble. Elle monta enfin un escalier branlant, passa devant des toilettes puantes et frappa à une porte.

Deux enfants lui ouvrirent, un gamin blond et une fillette brune tenant dans ses bras un gros chat noir et blanc.

— Maman n'est pas là…

— Je veux juste vous remettre un cadeau. C'est pour Noël. Posez-le sur la table de la cuisine, mais ne l'ouvrez pas avant que Maman soit rentrée, compris ?

Ils ouvrirent de grands yeux et promirent ce qu'elle voulait. Marie regarda une dernière fois la porte sur laquelle ne figurait aucun nom, puis décida que c'était la bonne adresse.

Soulagée, elle redescendit l'escalier. Encore un paquet et elle aurait fini. Oh, comme elle avait envie de retrouver le poêle bien chaud de la cuisine ! De boire un café au lait brûlant et de manger un cœur en pain d'épice…

Dans la rue, un homme qui poussait une brouette chargée d'un petit tonneau faillit la renverser.

— Gare ! grommela-t-il.

Il repartit dans la même direction qu'elle et, quand il s'arrêta devant une auberge, elle vit qu'elle était arrivée à destination. Elle avait lu : *À l'Arbre vert* sur l'enseigne usée au-dessus de l'entrée.

— Mme Deubel, c'est ici ? demanda-t-elle à la patronne débraillée qui examinait le tonneau d'un œil critique.

— C'est là-haut.

Tandis qu'elle montait l'escalier étroit, Marie entendit derrière elle les vitupérations de la patronne, mécontente de l'eau-de-vie qu'on venait de lui livrer. La cage d'escalier était froide et pleine de courants d'air. Devant la porte des Deubel, elle fut tentée de déposer le paquet sur le paillasson, puis de s'éclipser. Mais la porte s'ouvrit en grinçant et le nez crochu et le menton pointu d'une vieille femme apparurent dans l'embrasure. Son fichu en laine avait glissé sur son front, mais ses petits yeux clairs étaient alertes.

— Tu viens de la part de la dame du directeur ? C'est le cadeau de Noël ? Alors entre, ma petite. Tu es à moitié gelée, dit-elle à Marie.

— Merci, madame Deubel, mais je devais seulement vous remettre le paquet. Je dois rentrer maintenant.

Peut-être que la vieille voyait mieux qu'elle n'entendait, car elle ne tint aucun compte de l'objection de Marie et fit demi-tour pour rentrer chez elle. Marie la suivit d'un pas hésitant dans la petite pièce, bizarrement meublée, mais où un feu brûlait dans le poêle et où il faisait merveilleusement bon.

— Pose ça sur la commode, ordonna la vieille en s'asseyant dans un fauteuil. Je sais très bien ce qu'il y a dedans. C'est chaque année la même chose. Les saucisses sont bonnes et je donne le vin à mon gendre. Ma fille n'en veut pas. C'est elle qui dirige l'auberge du dessous. Elle s'y connaît en bière et en vin… Assieds-toi sur le tabouret, petite. Tu auras quand même bien quelques minutes pour une vieille femme.

— En fait, je devais rentrer tout de suite…

Marie s'assit néanmoins et écouta le bavardage de la vieille en s'imprégnant de la chaleur du poêle. Quels drôles d'objets elle avait chez elle… des bouts de bois dans lesquels on avait sculpté des hommes et des animaux sans les finir, et qui donnaient l'impression que les pauvres créatures tentaient de se libérer du bois dans lequel elles étaient emprisonnées. Sur la commode était posée une tête de jeune femme en pierre également inachevée. Si le visage était fini, les cheveux n'étaient que grossièrement esquissés. Marie la contempla avec le sentiment étrange de l'avoir déjà vue. Sans doute étaient-ce la chaleur du poêle et le bavardage de la vieille qui l'étourdissaient. Elle savait que si elle ressortait trop vite dans le froid, elle serait prise de vertige.

— J'ai l'impression de t'avoir déjà vue, petite. Tu es d'Augsbourg ?

— Oui, je… j'ai été domestique ici. Vous m'avez peut-être déjà vue dans la rue. Je faisais les courses et j'accompagnais les enfants.

— Non, non, il y a des années que je ne sors plus. Je reste devant mon poêle et j'attends que ma fille m'apporte à manger. Dis-moi, est-ce que par hasard tu serais une Hofgartner ?

Le cœur de Marie cessa de battre une fraction de seconde. Comment cette femme connaissait-elle son nom ?

— Oui, je m'appelle Hofgartner. Marie Hofgartner.

— Marie, répéta la vieille, et elle hocha la tête d'un air satisfait. Oui, bien sûr. C'était le nom de la petiote. Marie. Pauvre mioche… personne n'a voulu d'elle, alors on l'a envoyée à l'orphelinat…

— De qui parlez-vous ? bredouilla Marie.

La vieille la jaugea de son regard vif en hochant la tête.

— Je t'ai tout de suite reconnue parce que tu as les yeux de ta mère. Elle était à moitié française et ses yeux brillaient comme de la soie noire. On aurait pu se voir dedans comme dans un miroir.

— Vous avez connu ma mère ? chuchota Marie.

On lui avait dit que sa mère était morte de la tuberculose et qu'elle était enterrée au cimetière Hermann. Comme elle était pauvre, elle ne lui avait rien laissé, pas même le nom de son père. Marie n'en savait pas davantage. Et, ce qu'elle ne savait pas, elle l'avait déduit, supposé ou inventé.

— Si tu es Marie Hofgartner, j'ai à coup sûr connu ta mère. Elle a habité ici autrefois. Au début, elle louait aussi les deux pièces voisines, mais ensuite elle ne pouvait plus payer que cette chambre et elle réglait souvent le loyer en retard parce qu'elle achetait de la peinture, du papier et des crayons.

Tout cela fit l'effet d'un rêve à Marie : cette vieillarde à l'allure grotesque, cette étrange pièce dans laquelle sa mère aurait vécu lui parurent irréelles. La vieille se trompait peut-être. Hofgartner était après tout un nom assez courant, comme le prénom Marie. Il ne pouvait s'agir que d'une confusion ou d'une lubie de la vieille. Qu'est-ce qu'elle racontait encore ?

Luise Hofgartner était peintre. Au début, elle avait fréquenté de bonnes maisons, où elle avait gagné sa vie en faisant des portraits d'enfants. Plus tard, quand elle était tombée malade, les commandes avaient diminué. Comme elle toussait beaucoup, on ne la laissait plus entrer dans les belles maisons.

— Elle t'emmenait toujours quand elle allait peindre chez les gens. C'était une bonne mère. Elle était au désespoir quand elle a compris qu'elle allait mourir et que personne ne recueillerait son enfant. Mais elle était également têtue et orgueilleuse, elle refusait de travailler pour les gens qui lui déplaisaient. Elle préférait encore s'endetter et demander crédit. Et, un jour, des hommes sont venus et ont emporté presque tous les meubles, qui appartenaient à son…

La porte de la chambre s'ouvrit dans un grincement et la vieille femme se tut. Sur le seuil se tenait la patronne de l'auberge. Elle portait sur un plateau une assiette de pain et de fromage ainsi qu'un bol fumant.

— Qu'est-ce que tu racontes à cette fille ? pesta-t-elle en poussant le paquet pour poser son plateau sur la commode.

— Tu ne vois donc pas, Mathilde ? C'est la fille de la Hofgartner, Marie. Elle est grande, maintenant, et aussi jolie que la Luise…

La patronne dévisagea Marie, sa mère, puis de nouveau Marie, qui restait figée sur le tabouret.

— C'est bien toi, Marie Hofgartner ? demanda-t-elle.

— Oui, c'est mon nom, mais je ne sais pas si…

La patronne n'écouta même pas sa réponse. Son visage se durcit et elle regarda Marie avec méfiance.

— Tiens donc, Marie Hofgartner, reprit-elle. Et tu

nous apportes notre colis de Noël ? Tu travailles donc chez Melzer, le directeur de l'usine ?

Marie acquiesça et expliqua qu'elle était employée en cuisine.

— Allons bon, en cuisine, marmonna la patronne. Mais pourquoi pas, au fond ?

— Tu te souviens, Mathilde, quand ces hommes sont venus prendre ses affaires ? caqueta la vieille. Les meubles, les vêtements et même le lit ! Et tout ce qu'il lui fallait pour peindre. Elle n'a pas bronché, elle a seulement serré son enfant contre elle et les a laissés faire. Ce n'était pas bien de la part de…

— Tais-toi ! la coupa la patronne. Ça ne nous regarde en rien, nous ne savons rien et nous n'avons rien vu.

La vieille lança un regard maussade à sa fille et marmonna quelque chose. Il ne lui restait presque plus de dents.

— Mais ce n'était quand même pas juste, insista-t-elle, butée. C'était un péché et le Seigneur, lui, l'a bien vu.

Alors que Marie allait demander qui avait fait enlever les affaires de sa mère, la patronne l'empoigna par le bras.

— Va-t'en, lui ordonna-t-elle. Et ne reviens plus, compris ? Je ne veux plus jamais te revoir ici, Marie Hofgartner.

Sa poigne de fer lui laisserait probablement un bleu, mais plus dure encore était l'expression de son visage.

— Je ne comprends pas… protesta Marie.

— Tu n'as pas besoin de comprendre. Dehors !

Marie lança un regard interrogateur à la vieille occupée à manger son pain, qu'elle trempait dans le café pour le mâcher plus facilement. La colère s'empara de la jeune fille. Après lui avoir raconté toutes ces choses sur sa mère, on la jetait dehors.

— Merci pour votre aimable accueil, ironisa-t-elle, et joyeux Noël !

Elle reprit la corbeille vide et claqua la porte. Dans l'escalier, elle entendit la patronne réprimander la vieille.

— Tu n'es pas folle de tout lui déballer ?

— Ce qui est vrai reste vrai. Ça m'est égal que le Melzer voie rouge. Un jour, le Seigneur le punira de ses péchés. Moi, je suis vieille et je vais bientôt mourir.

— Et ça t'est égal de me faire des ennuis ? Tu crois peut-être que j'ai envie de casser ma pipe moi aussi ? Et quoi encore, vieille…

Marie s'était arrêtée dans l'escalier. Avait-elle bien entendu ? La vieille femme avait-elle vraiment dit « le Melzer » ? Était-ce de M. Melzer qu'il s'agissait ? Avait-il vraiment fait saisir tous les meubles de cette pauvre femme ? Lui devait-elle de l'argent ?

Au rez-de-chaussée, la porte de l'auberge s'ouvrit à la volée, plusieurs hommes s'engouffrèrent dans la salle et réclamèrent de la bière à grands cris. Marie dévala l'escalier et ressortit en vitesse.

Un froid mordant l'accueillit. Elle se coiffa de son châle pour protéger ses oreilles et sentit une bise glaciale monter le long de ses jambes. Mais peu importait : au bout d'une demi-heure de marche rapide, elle pourrait se réchauffer devant le poêle de la cuisine. Elle préférait oublier les insanités que la vieille lui avait racontées. Sa mère n'avait jamais vécu dans la misère, elle avait au contraire été riche et heureuse et avait passionnément aimé son père. Ils avaient vécu dans une belle maison de la ville haute jusqu'à leur mort. Elle savait que c'était vrai. Il fallait que ce soit vrai, puisqu'elle l'avait imaginé ainsi.

Mais si la vieille avait raconté des mensonges, cette sale aubergiste ne se serait pas mise dans une telle colère. « Ce qui est vrai reste vrai », avait affirmé la Deubel. Le directeur Melzer avait donc fait saisir les meubles de la chambre dans laquelle avait vécu Luise Hofgartner parce qu'elle lui devait de l'argent…

— La revoilà ! lança une voix d'homme joyeuse derrière elle.

Perdue dans ses pensées, elle n'avait pas entendu le tintement des grelots. Quand elle se retourna, elle vit approcher les chevaux, les naseaux fumants dans l'air glacé. La veste et la casquette de Robert étaient saupoudrées de neige.

— Marie ! La pauvre, elle est à moitié morte de froid !

C'était la voix de Mlle Katharina. Elle se pencha en avant et tira sur la veste de Robert.

— Arrêtez les chevaux, Robert, et laissez-la monter.

— Bonté divine, Kitty, gémit Mlle Elisabeth qui, dans son manteau de fourrure, ressemblait à une poule rouge aux plumes hérissées. Elle peut bien faire ce tout petit bout de chemin à pied !

Marie était à vrai dire du même avis, mais personne ne la consulta. Le jeune Monsieur ordonna à Robert de rester assis, puis descendit de son cheval gris pommelé. Il ouvrit la portière du traîneau et abaissa le marchepied.

— Montez donc, mademoiselle, lança-t-il à Marie sur un ton espiègle, et il lui offrit même le bras. Il fait bon sous la couverture en fourrure et, si vous avez encore froid, nous avons une bouteille de vin chaud et la moitié d'une boîte de biscuits de Noël pour vous !

Marie fut contrainte d'accepter, car un refus aurait été impoli. Ignorant le bras que Paul lui tendait, elle monta, mais il prit sa corbeille vide, que Robert posa à côté de lui sur le banc.

— Viens à côté de moi, Marie, lui dit Katharina. Oh, mais tu es gelée ! Tu n'as que ce châle tout mince pour te protéger du froid ? Mais comment est-ce possible ? J'en parlerai à Maman dès demain. Couvre-toi bien, là, prends aussi un bout de ma couverture et mets la fourrure par-dessus. On est bien ainsi, non ? Les bouillottes que la cuisinière nous a données sont malheureusement refroidies. Oh, c'est merveilleux que tu puisses faire un bout de chemin avec nous ! N'êtes-vous pas de cet avis, monsieur Bräuer ?

— Certainement, certainement, mademoiselle…

La voix d'Alfons Bräuer était un peu oppressée. Il n'avait sans doute pas l'habitude des longues chevauchées hivernales. Le traîneau s'ébranla dans une secousse, puis glissa doucement. Ses grelots tintinnabulaient et on entendait à peine le crissement des patins sur la neige tassée.

— On croirait voler ! s'écria Mlle Katharina. Quel dommage que tu n'aies pas été avec nous quand nous avons pris un chemin forestier ! Nous sommes passés sous des branches basses couvertes de neige et nous avons longé le ruisseau gelé. Tout était silencieux… C'était impressionnant.

Marie sentit son sang fourmiller douloureusement dans ses jambes et ses pieds, mais c'était moins pénible que le regard scrutateur dont l'enveloppait Mlle Elisabeth.

— Tout était silencieux… sauf les grelots du traîneau, fit-elle observer, et Mlle Katharina éclata d'un rire argentin.

— Tu as raison, Marie. Mais, imagine un peu, nous avons vu un daim ! Il était immobile dans un pré et nous regardait. Il s'est enfui en bondissant dans la forêt seulement lorsque nous sommes arrivés tout près de lui. Nous devrions jouir plus souvent de la nature ! Cette vie artificielle que nous menons en ville, entre quatre murs, est beaucoup trop loin de l'état naturel ! On devrait fonder à Vienne une secte dont les membres construiraient des cabanes en forêt et se baigneraient nus dans les cours d'eau…

— Kitty… je t'en prie ! s'exclama Mlle Elisabeth, rougissante.

Mlle Katharina se remit à rire. Elle portait un manteau de fourrure blanche dont elle avait relevé le col et avait noué un châle de laine autour de son chapeau à large bord pour le maintenir. Ses joues étaient roses, ses yeux brillaient et elle était plus ravissante que jamais.

— Faisons un dernier tour dans le parc ! s'écria-t-elle. J'adore voir les vieux arbres sous la neige. On dirait des créatures d'un autre monde, des géants et des elfes des bois…

Marie vit Mlle Elisabeth lever les yeux au ciel, mais sans faire de commentaires, sachant probablement qu'elle n'aurait aucune chance d'être écoutée. De fait, M. Paul décida qu'on pouvait bien accorder ce plaisir à Marie. Et Alfons Bräuer n'aurait jamais osé contrarier sa Katharina adorée.

— Regarde, Marie, n'est-il pas merveilleux de glisser ainsi sur la neige ? Oh, mon Dieu, le soleil se couche ! Regarde, nous nous élançons vers les nuages roses !

Le couchant teintait d'écarlate les nuages gris derrière lesquels transparaissait le soleil déclinant. Mais quand ils s'écartèrent, une lumière rouge inonda le parc.

— Comme c'est beau ! chuchota Mlle Katharina.

Même Mlle Elisabeth se tourna pour contempler le spectacle, fascinée. M. Paul tira sur les rênes de son cheval et le traîneau s'arrêta afin que tous puissent admirer le ciel en feu et la neige illuminée dans le parc métamorphosé.

— C'était le point d'orgue, déclara Mlle Katharina. Je n'avais encore jamais vu un tel coucher de soleil.

Comme je vous suis reconnaissante de nous avoir proposé cette promenade, mon cher monsieur Bräuer !

— Et moi, alors ? demanda M. Paul en riant. C'était aussi mon idée, non ?

— Je vous décorerai tous les deux !

Le traîneau reprit l'allée de la villa, et Robert l'arrêta juste devant le porche afin que les demoiselles puissent monter les marches sans se salir. Au moment de descendre du traîneau, Mlle Katharina remarqua que Marie pleurait.

— Que se passe-t-il ? Te sens-tu mal ? Est-ce qu'on t'a fait de la peine ? Dis-moi, Marie…

— C'est… je ne sais pas pourquoi je pleure, bredouilla cette dernière.

M. Paul lui prit le bras pour l'aider à descendre du traîneau. Ses yeux gris l'observaient avec une expression inquiète et compatissante.

— C'est moi qui t'ai fait de la peine ? demanda-t-il à voix basse. Je ne voulais pas me moquer de toi, j'avais seulement envie que tu t'amuses avec nous.

— Non, non, répondit-elle, effrayée, ça n'a rien à voir avec vous. Ce sont… ce sont sûrement mes nerfs.

— Tes nerfs ? J'ignorais qu'une fille de cuisine en avait, persifla Mlle Elisabeth.

Marie resserra son châle autour de ses épaules, fit une révérence et s'enfuit vers la cuisine, priant pour que personne ne l'ait vue.

Chapitre 18

— Bonsoir, Robert.

— Bonsoir, monsieur le directeur. Je vous souhaite d'heureuses fêtes.

— Vous allez un peu vite, Robert. Elles n'ont pas encore commencé. Merci quand même.

Robert acquiesça, embarrassé, attendit que le directeur soit assis dans la voiture pour refermer la portière le plus doucement possible, puis contourna l'avant de la voiture et se glissa derrière le volant. Melzer jeta un regard à l'horloge de l'usine, dont le grand cadran rond au-dessus de l'entrée des bureaux était visible de loin. La journée finirait dans cinq minutes, une heure plus tôt que d'habitude, comme c'était l'usage le jour de Noël. Dans un instant, la large allée menant au portail de l'usine serait noire de monde, car les ouvriers seraient pressés de rentrer chez eux.

— Démarrez, qu'attendez-vous donc ? lança-t-il à Robert.

— Oui, monsieur le directeur.

Le portier se précipita pour leur ouvrir le portail. Melzer lui adressa ses vœux et l'homme arracha sa casquette pour le saluer. Melzer n'entendit pas sa réponse, noyée dans le bruit du moteur, mais elle était certainement bien intentionnée. La foule de femmes et d'enfants attendant de l'autre côté du portail s'écarta respectueusement devant l'automobile. Melzer savait ce qui les amenait là. Les ouvriers avaient reçu une gratification pour Noël, et les femmes voulaient empêcher leur mari de la dépenser à l'auberge.

Melzer se renversa sur la banquette capitonnée, mécontent : normalement il rentrait à pied de l'usine. Il faisait d'un pas rapide ce trajet de vingt minutes en inspirant profondément pour remplir ses poumons d'oxygène. Par cette radieuse journée d'hiver, il aurait été heureux de s'offrir en supplément un petit tour dans son parc, mais il n'en avait malheureusement pas le temps. La sirène de l'usine hurlait dans son dos et, à la villa, Alicia devait regarder l'horloge avec impatience.

Il n'aimait pas l'opulence de ces festivités. Peut-être cela lui venait-il de son enfance : chez lui, on avait toujours célébré les fêtes frugalement, sa famille étant plus riche en enfants qu'en argent. Alicia n'avait évidemment pas les mêmes souvenirs. Au domaine de Poméranie, on cultivait les vieux usages de Noël, on buvait et on festoyait sans retenue, on organisait dans le domaine et en forêt de joyeuses promenades avec les invités, même quand les factures impayées s'accumulaient sur le bureau du maître de maison.

Johann repoussa cette pensée, ne voulant pas se fâcher encore contre Alicia. Après tout, elle n'était en rien responsable de la prodigalité de sa famille. Il regarda la rue éclairée devant lui et se réjouit à la vue des nouveaux réverbères enfin obtenus de la municipalité. Il faisait déjà sombre. On ne distinguait plus que vaguement, dans le lointain, les lumières de la ville, on discernait la coupole de la tour de Perlach à côté de l'hôtel de ville, ainsi que les contours de la basilique

Saint-Ulrich-et-Sainte-Afre. Derrière lui, les lumières de l'usine brillaient. L'heure de la sortie allait sonner dans d'autres usines et les machines tournaient au ralenti.

La villa était tout illuminée, et des flambeaux plantés dans la neige encadraient le portail. Le lendemain, sur les instructions d'Alicia, le jardinier ornerait également de flambeaux l'allée et le portail du parc pour l'arrivée des invités. Melzer n'avait émis aucune objection. Tout ce qu'elle organisait avait de l'allure, impressionnait les invités, et il avait souvent entendu leurs compliments. Il lui en était secrètement reconnaissant, car il n'entendait rien à ces préparatifs. Alicia était une épouse loyale, sur laquelle il pouvait entièrement compter.

Si seulement elle se montrait un peu plus sévère avec les enfants… On laissait à son avis beaucoup trop de liberté à Kitty, mais Paul, surtout, le préoccupait. Il pouvait commettre toutes les bêtises possibles et imaginables, Maman protégerait toujours son fils bien-aimé. Melzer poussa un profond soupir.

— Si monsieur le directeur veut bien…

Robert s'était garé juste devant le porche et avait ouvert la portière. Melzer descendit de voiture et salua son employé d'un signe de tête amical. Ce Robert était doué. C'était un bon chauffeur et il s'y connaissait en automobiles, car il avait déjà effectué plusieurs réparations sur les limousines. À la maison, on était également satisfait de lui. Alicia avait même affirmé qu'il fallait le garder et que, dans quelques années, il pourrait succéder à la Schmalzler. Il avait l'étoffe d'un bon intendant ou d'un majordome, comme on disait de nos jours. Un majordome valait mieux qu'une gouvernante, car il conférait davantage de prestige à une maison.

Dans l'entrée, on attendait déjà monsieur le directeur. Il remit son chapeau et ses gants à Augusta, laissa Else l'aider à ôter son manteau, puis s'arrêta un instant pour admirer le grand sapin. On avait allumé les bougies et éteint l'éclairage électrique, et, grâce au reflet des flammes sur les boules et à leur douce lueur, le spectacle était un rien mystérieux et solennel.

— N'est-ce pas merveilleux, Johann ?

Alicia s'était approchée et lui souriait. Il n'eut pas le cœur de lui dire qu'à son avis ces ornements étaient bien trop fastueux. Il acquiesça et murmura que c'était parfait, comme chaque année. Il lui offrit son bras et ils s'avancèrent vers l'arbre rutilant, devant lequel les domestiques s'étaient rassemblés, comme chaque année.

On le salua. Robert, Gustav et son grand-père inclinèrent la tête et les femmes esquissèrent des révérences. Seule la Schmalzler le salua comme les hommes, jugeant la révérence désuète. Tout au fond, en partie dissimulée par la grosse Brunnenmayer, il entrevit une silhouette qui devait être celle de Marie. Melzer l'avait croisée parfois quand Kitty la faisait monter dans sa chambre le soir. Elle était devenue jolie et avait perdu son air affamé. Elle ressemblait incroyablement à sa mère, ce qui lui parut soudain de mauvais augure. Il chassa cette désagréable sensation, afficha un sourire jovial et entama le traditionnel discours de Noël.

— Mes chers employés, ou devrais-je plutôt dire : les bons esprits de cette demeure ? Que serait notre famille sans votre travail et les soins dont vous nous entourez ? Nous serions depuis longtemps morts de faim et de froid…

On rit poliment de ce bon mot, ce qui le réjouit. Il en fit d'autres, appela la Schmalzler l'« honorable gardienne du trésor domestique », le jardinier le « souverain de mille arbres », et la Brunnenmayer reçut le titre de « virtuose des plaisirs du palais ». Le discours s'acheva sur des remerciements à toute la domesticité et le souhait que cet équilibre harmonieux perdure. Alicia se dirigea alors vers la table couverte de paquets cadeaux bariolés. Il était d'usage d'appeler en premier les employés figurant au bas de l'échelle, en l'occurrence Marie. La gamine s'était en effet un peu remplumée, elle avait une allure plus féminine et, comme elle ne portait pas son fichu, on voyait ses épais cheveux bruns. C'était une beauté gracile en robe à carreaux. Et sa démarche… elle ne se tenait pas comme une fille de cuisine, la tête entre les épaules, gênée d'être au centre de l'attention. Non, elle restait bien droite et quand elle reçut son cadeau des mains d'Alicia, son sourire était aussi radieux que celui d'une princesse. Melzer fut repris d'un mauvais pressentiment qui se mua en colère. Pendant que la cérémonie suivait son cours, il songea qu'à tout prendre cette petite personne était incroyablement gâtée. Elle avait une attitude impérieuse, comme si elle était la gouvernante de cette maison. S'il ne remettait pas les pendules à l'heure, cela risquait de mal finir.

Eleonore Schmalzler prit la parole comme chaque année pour exprimer les remerciements de la domesticité, faire l'éloge de la bonté et de la prévenance des maîtres de la maison et déclarer combien les domestiques étaient fiers de servir à la villa. Au souvenir des projets de sa femme, Melzer eut pitié de la gouvernante. Elle avait toujours scrupuleusement tenu son rang, et sa retraite serait une dure épreuve pour elle. Mais, telle qu'il connaissait Alicia, elle y avait certainement pourvu.

Après ce discours, les employés regagnèrent leurs quartiers et on put passer à la suite du programme. On monta à la salle à manger, où un buffet froid était prêt pour la famille, une tradition de la maison permettant aux employés d'assister à la messe de Noël. Après ce dîner, la famille irait à la messe de minuit dans la limousine que le directeur conduirait lui-même.

— As-tu vu comme leurs yeux brillaient ? demanda Alicia avec un sourire.

Elle s'était soigneusement apprêtée pour la soirée. Ses cheveux étaient bouclés et teints pour masquer les mèches grises. Malgré ses cinquante-cinq ans, elle avait encore l'allure d'une jeune fille, ce qui séduisait et émouvait Johann la plupart du temps, tout en l'agaçant parfois aussi.

— C'est normal, tu les as vraiment gâtés, ma chérie, répliqua-t-il avec un soupçon de mauvaise humeur.

Il n'aimait guère les cadeaux, car on lui en avait rarement fait pendant son enfance, et même plus tard. Tout ce qu'il avait désiré, il avait dû lutter pour l'obtenir.

— On ne fête Noël qu'une fois l'an, Johann.

— Certes. Mais ce sont souvent les petites attentions qui font le plus grand plaisir…

Alicia avait certainement compris l'insinuation, mais elle ne réagit pas et il en fut soulagé. Pas de querelles le jour de Noël… C'était à lui de se maîtriser. En réalité, il était de mauvaise humeur parce qu'à l'usine les machines devraient rester à l'arrêt une journée entière alors qu'il avait des commandes urgentes, et une étoffe imprimée à livrer début janvier.

La salle à manger était également décorée pour Noël. On avait sorti l'argenterie des grands jours et des plats froids s'alignaient sur le buffet. À la vue du bœuf en gelée et du poulet froid, il se sentit de meilleure humeur. Il n'avait pas mangé depuis le matin. Elisabeth, qui avait attendu ses parents, sauta au cou de son père en lui souhaitant un joyeux Noël.

— Autrefois, nous devions toujours réciter des vers

et chanter des chants de Noël, plaisanta-t-elle. Comme je suis contente que ce soit du passé !

C'était la première fois de la soirée qu'il riait de bon cœur. Les tentatives de chanter en chœur avaient toujours échoué, sa fille et lui en étant aussi incapables l'un que l'autre. Alicia avait toujours stoïquement ignoré les fausses notes, mais Kitty qui, comme sa mère, avait l'oreille musicale, se plaignait à chaque fois qu'elles lui donnaient la migraine.

— Où sont donc Paul et Kitty ?

— Dans la chambre de Kitty, en train d'emballer des cadeaux, répondit Elisabeth.

— Ils devraient avoir fini depuis longtemps, grommela le père, qui s'en tint là mais se promit d'en parler avec Alicia dès le lendemain.

Les jeunes gens devaient prendre l'habitude d'être ponctuels. Il souhaitait également qu'ils soient présents lors de la cérémonie de Noël pour les employés, car après tout ses enfants faisaient partie de la maison.

— Je vais voir où ils en sont, dit Elisabeth.

Elisabeth sortit pendant qu'Alicia allumait les bougies sur la table, un sourire inquiet sur les lèvres car elle sentait son mari tendu, ce qui donna mauvaise conscience à Johann. Il ne voulait pour rien au monde lui gâcher sa soirée et la joie enfantine avec laquelle elle préparait ces festivités.

— C'est magnifique, Alicia. Et le bœuf en gelé embaume jusqu'ici…

Un sourire joyeux le récompensa. Sachant que c'était le plat préféré de son époux, elle avait commandé un supplément de bœuf.

— Peux-tu allumer les deux chandeliers sur le buffet ? Je trouve bien plus joli de dîner à la lueur des chandelles.

— Bien sûr, ma chérie.

À quoi bon avoir fait installer l'électricité dans toutes les pièces si elle préférait la lumière des bougies ? Mais il ravala sa mauvaise humeur grandissante car Kitty et Paul entraient à cet instant, suivis d'Elisabeth.

— Joyeux Noël, Papa ! Comme c'est beau, Maman ! Et que ça sent bon ! Le pin et le poulet froid, le parfait mélange de Noël !

Comme ses deux filles différaient l'une de l'autre ! Elisabeth, plutôt calme, potelée, tenait physiquement de sa grand-mère paternelle. C'était une jeune fille peu attirante à première vue, mais, outre son apparence, elle avait hérité de cette aïeule une forte personnalité. Il en allait tout autrement de Kitty, qui avait tout d'une von Maydorn, un vrai tourbillon, une créature ensorcelante mais très sensible et versatile.

— Une surprise vous attend au salon rouge, Papa !

Le tourbillon le serra dans ses bras et l'embrassa en pressant contre sa joue ses boucles parfumées, puis affirma qu'elle se réjouissait de cette soirée depuis plusieurs semaines. Paul se contenta de souhaiter un joyeux Noël à ses parents. Son père n'aurait du reste guère apprécié ses effusions car, depuis leur altercation à l'usine quelques semaines auparavant, leurs relations étaient plutôt tendues.

— Maintenant, voyons ce que cette brave Brunnenmayer nous a préparé de bon. Passe-moi ton assiette, Johann.

Il se laissa volontiers servir par Alicia, voyant quel plaisir elle y prenait. Les enfants remplirent eux-mêmes leurs assiettes et s'assirent à leur place. Il préférait cette manière de manger, bien plus agréable que les dîners guindés qui vous imposaient de faire la conversation à votre voisine en attendant que le valet vous tende le plat.

— C'est comme toujours merveilleux, Maman ! Cette salade au poulet… un vrai délice. Mais je ne peux pas prendre une seule bouchée de ce rosbif : il est à moitié cru !

— Il est délicieux, Kitty, déclara Paul. Il est exactement comme il faut. Sais-tu que les Tatars plaçaient la viande crue sous leur selle pour qu'elle soit bien tendre ?

— Merci ! Maintenant, tu peux être sûr que je n'y toucherai pas !

— À propos de selle, Paul, intervint Melzer entre deux bouchées de bœuf, j'ai entendu dire que tu avais vendu la tienne à Alfons Bräuer.

Paul se serait giflé pour cette bévue. Oui, répondit-il, il avait voulu faire plaisir à ce brave Alfons qui lui avait souvent demandé s'il pouvait lui céder sa selle. Lui-même en possédait une autre, celle de son grand-père, que Maman lui avait rapportée de Poméranie.

Melzer se demanda s'il n'y avait pas anguille sous roche, d'autant plus lorsque Alicia lança un regard interrogateur à son fils, mais n'insista pas. Si même sa mère ne savait rien, cela signifiait sans doute que Paul avait décidé d'affronter seul les conséquences de ce qu'il avait pu commettre. Ce qui pouvait être positif ou négatif. Il espéra seulement que Paul n'avait pas de dettes comme certains des von Maydorn.

Quant à Kitty, elle chantait les louanges du jeune Bräuer. C'était vraiment un homme charmant et de bonne compagnie, avec qui on s'était follement amusé. C'était du reste lui qui avait eu l'idée de cette promenade en traîneau.

— Un jeune homme fort capable, confirma Melzer.

Alfons Bräuer s'était déjà rendu indispensable dans

la banque de son père. Malgré sa jeunesse, il était ingénieux et avait acquis de l'expérience grâce à son père.

— Bien, bien… est-ce qu'il te plaît ? T'a-t-il demandée en mariage ? s'enquit Johann.

Alicia l'avait informé des trois demandes en mariage que Kitty avait refusées. *Il serait vraiment dommage qu'elle éconduise pareillement le jeune Bräuer*, songea-t-il.

— Mais non, Papa ! Et, s'il le faisait, je crois que je n'accepterais pas. Je le considère comme un frère, comme Paul, mais en plus doux et en plus fiable.

— Merci, chère petite sœur ! On ne peut donc pas compter sur moi ?

Kitty haussa les épaules et fit la moue. Dieu qu'elle était séduisante… pauvre Bräuer.

— Tu n'es jamais là, répondit-elle. Toujours fourré à Munich…

Melzer aurait volontiers interrogé son fils au sujet de ses études, mais ç'aurait été perfide de sa part, puisqu'il s'était renseigné sur son compte. Non, pas le jour de Noël. Il reporta cette conversation à plus tard.

— Pourrais-tu me resservir un peu de bœuf, ma chérie ? demanda-t-il à sa femme.

— Mais avec plaisir, Johann.

Il se consacra à son assiette, laissant sa femme et ses enfants faire les frais de la conversation, joyeuse et animée. On porta des toasts à Maman, à lui et enfin à Noël. Après le repas, Kitty et Paul les entraînèrent au salon rouge.

— Fermez les yeux et ne les rouvrez que sur mon ordre !

On entendit un frottement d'allumettes, le chuchotement de Kitty et la réponse fébrile d'Elisabeth.

— Ouvrez les yeux !

Ils avaient dressé et décoré dans le salon un petit sapin qui resplendissait dans la lumière des bougies et déposé des cadeaux sur la table et au pied de l'arbre.

— Comme c'est beau ! Tu as vu, Johann ? Autrefois, c'était nous qui faisions des surprises aux enfants. Maintenant, c'est l'inverse…

— C'est tout à fait juste, ma chérie.

Il s'éclaircit la gorge, ému par la joie de ses enfants. Oui, ils pouvaient être fiers de leur progéniture, même si les surprises qu'elle leur réservait n'étaient pas toujours au goût de leur père. Cette manie de décorer les sapins, par exemple ! Il n'avait jamais vu une chose pareille dans son enfance, seulement des guirlandes de feuilles sur la porte et peut-être un bouquet de branches de sapin à l'intérieur.

— Pour toi, Papa !

Elisabeth lui avait acheté un étui à lunettes en cuir de première qualité, sur lequel ses initiales étaient imprimées en doré, un cadeau pratique et ingénieux. Il sentit combien elle était heureuse qu'il lui plaise, et il lui tapota maladroitement le bras. Elisabeth avait besoin de réconfort, car elle avait été amoureuse de ce lieutenant : même lui l'avait remarqué.

On échangea d'autres cadeaux. Johann avait offert à Alicia un collier de brillants et d'aigues-marines, et à chacune de ses filles un bracelet en or serti de rubis. Paul avait reçu de lui un stylo plume, un modèle américain qu'un associé lui avait rapporté des États-Unis. Alicia n'avait bien entendu pas lésiné sur les dépenses. Elle lui avait fait confectionner des boutons de manchettes et une épingle de cravate assortis. Sur la pierre bleu foncé, son monogramme était joliment ceint d'une guirlande dorée.

— Est-ce que nos œuvres d'art te plaisent ? lui demanda Kitty.

Paul devait vraiment être sans le sou car il avait rédigé dans son écriture élégante des poèmes qui n'étaient pas mal du tout, et les avait placés sous les dessins de sa sœur. Melzer ravala un sarcasme. Son fils s'était au moins montré inventif. Quant à la qualité des dessins de Kitty, il avait du mal à en juger, étant lui-même incapable de tenir un crayon.

— C'est très joli, ma petite fille, la complimenta-t-il. Surtout ce dessin de notre parc. Je l'accrocherai dans mon bureau.

Il fut surpris de voir une ombre passer sur le visage de Kitty, mais elle lui adressa aussitôt un sourire espiègle… quelle comédienne !

— Ce dessin n'est pas de moi, Papa, mais il a tellement plu à Paul que nous l'avons gardé.

— Il n'est pas de toi ? s'étonna Alicia. Mais de qui, alors ? Pas de Paul, quand même ?

Kitty éclata de rire. Non, pour le dessin, Paul avait deux mains gauches, déclara-t-elle.

— C'est un dessin de Marie, dit-elle.

Melzer crut avoir mal entendu.

— Marie ? Quelle Marie ?

— Marie qui pose pour moi. Elle est très douée, Papa. Nous devrions l'aider à faire des études artistiques, elle est…

— C'est bien de notre fille de cuisine que tu parles ?

La voix coupante et vibrante de colère de Johann jeta un froid. Kitty se tut, et ses grands yeux bleus le regardèrent avec un air de reproche. Mais la fureur qui envahit Metzler était irrépressible. Une artiste très douée… elle tenait donc de sa mère. Et il était censé l'aider par-dessus le marché ?

— Kitty, je n'aime pas cette étrange relation que tu entretiens avec Marie, dit-il, et quand elle voulut émettre une objection, il lui imposa le silence d'un geste. À partir d'aujourd'hui, ces séances de peinture avec elle sont terminées. Une fille de cuisine n'a rien à faire dans ta chambre. Et si quelqu'un s'avise d'enfreindre mes ordres, elle sera renvoyée sur-le-champ.

Un ange passa. Les yeux de Kitty se réduisirent à deux étroites fentes. Elle était furieuse contre lui. Paul se mordait la lèvre. Elisabeth souriait.

— Il est l'heure de partir pour la messe, annonça Alice à l'issue d'un silence tendu. Pensez à éteindre les bougies, les enfants.

Chapitre 19

Marie était allée à la messe de Noël avec les autres domestiques. Pour la première fois de sa vie, elle ne grelottait pas à genoux sur le prie-Dieu, car elle avait trouvé dans son paquet cadeau un manteau d'hiver et des bottes fourrées. C'étaient sans aucun doute d'anciennes affaires de Mlle Katharina. À peine avait-elle posé le pied dans la cour illuminée de la villa qu'elle avait entendu la voix indignée de la Jordan :

— Non mais, regardez-moi ça : Mademoiselle s'était fait confectionner ce manteau il y a tout juste deux ans. De la laine de première qualité, doublée de fourrure. Et les bottes sont presque neuves. Une tenue princière pour une fille de cuisine !

— Votre opinion n'intéresse personne, Jordan, répliqua Mlle Schmalzler, qui marchait à côté de Marie. Nous fêtons ce soir la naissance de Notre-Seigneur Jésus-Christ, qui a prêché la bonté et l'amour du prochain.

— Je le dis seulement afin que cette petite sache apprécier ce cadeau à sa juste valeur.

— Elle n'a nullement besoin de vous pour le faire !

Marie était en effet fière et reconnaissante de ce cadeau. Quel luxe de posséder un tel manteau, non seulement chaud, mais comme taillé sur mesure pour elle ! Et ces ravissantes bottes fourrées lui allaient à la perfection. C'était donc ainsi que les dames distinguées se sentaient en hiver. Quel dommage qu'elle n'ait pas de chapeau assorti et doive se contenter d'un fichu en laine ! Quand les domestiques arrivèrent à la villa, les maîtres montaient dans l'une des limousines. Ils paraissaient pressés, car ils saluèrent leurs employés à la hâte. Seul le jeune Monsieur sourit à Marie et esquissa une courbette. Elle sentit un pincement au cœur, à la fois doux et lancinant, et s'en inquiéta car elle s'était crue capable de mieux se maîtriser. *Il plaisante*, pensa-t-elle, regrettant soudain qu'on ne lui ait pas donné de grosses chaussures de cuir et un manteau de laine grise, l'uniforme d'une fille de cuisine.

Les jours de Noël étaient laborieux pour les domestiques. Il fallait servir à manger aux invités, mais aussi les loger. On préparait des chambres en tenant compte des désirs de chacun. Madame avait établi pour les séjours de la famille à la villa un emploi du temps précis sur lequel étaient notés les promenades, heures de conversation, visites de l'usine, la messe de Noël et, naturellement, les horaires des principaux repas. Personne à la villa ne se réjouissait de ces visites de la famille, mais Madame était une femme d'habitudes. Au premier jour de Noël, elle reçut la famille de son mari. Le lendemain, les von Maydorn remplirent la maison. Comme les parents nobles étaient ceux qui faisaient le plus long voyage, ils restaient quelques jours de plus. Alicia veillait soigneusement à ce que les deux familles ne se rencontrent pas, car on savait depuis longtemps qu'elles ne s'appréciaient guère.

— Nous avons souvent des invités ici, soupira Else, mais ces gens-là croient avoir le droit de fouiner partout. J'ai rencontré hier l'une des sœurs de Monsieur à la buanderie.

— Oh, mais ce n'est rien encore ! s'écria Augusta. Ce gros aux oreilles décollées m'a suivie jusqu'au troisième étage et a insisté pour savoir où était ma chambre.

— Et alors ? Tu l'as renseigné ? demanda Robert, sarcastique.

— Et quand bien même je l'aurais fait ? riposta-t-elle.

— Ce sont tes affaires, répondit-il avec un haussement d'épaules.

Le soir, Marie se glissait dans son lit éreintée, mais avait du mal à dormir. Elle était trop agitée et des images dansaient dans son esprit. Des souvenirs longtemps oubliés resurgissaient de sa mémoire, aussi vivants que s'ils avaient daté de la veille. Le visage d'une jeune femme, encadré de cheveux bruns et au sourire si tendre que le cœur de Marie se serrait à sa vue et en pleurait sur son oreiller. Un lit d'enfant aux barreaux blancs – un souvenir de l'orphelinat ? Redevenue enfant, elle secouait ces barreaux et les frappait à coups de pied pendant qu'une femme peignait une toile posée sur un chevalet. Était-ce Kitty ? Elle lui ressemblait, mais ce n'était pas elle. Grise comme une ombre et pourtant pleine de vie, elle riait, parlait à Marie et s'approchait d'elle. Alors elle devenait transparente, puis disparaissait. Marie voyait souvent aussi la tête de jeune fille sculptée dans la pierre. Elle passait les doigts sur le visage lisse, palpait le front, le nez, les lèvres. Sa main était toute petite – une main d'enfant.

Il faut en finir, se dit-elle avec désespoir en se levant le lendemain matin, une fois de plus fatiguée. *Il faut que j'en aie le cœur net, sinon je vais retomber malade.*

Était-ce vraiment sa mère qui avait habité cette pauvre chambre ? Une artiste ne recevant plus de commandes, vivant seule avec sa fille sans père, s'endettant pour au bout du compte perdre tous ses biens, et débitrice du directeur Melzer de surcroît ?

Marie espérait de tout son cœur qu'il n'en était rien, mais pourquoi cette tête en pierre de jeune fille lui paraissait-elle alors si familière ? Et pourquoi la vieille Mme Deubel avait-elle affirmé que Marie ressemblait à sa mère à s'y méprendre ?

Si tel était le cas, elle voulait en savoir plus, même si cela devait se révéler douloureux, même si tout ce qu'elle avait imaginé sur sa mère, ces visions qu'elle chérissait, devait partir en fumée. Un hasard lui avait permis d'entrevoir un fragment de vérité, à elle de découvrir le reste.

Mais comment faire ? Qui interroger ? On avait défendu à la vieille Mme Deubel de lui en dire davantage, alors qu'elle en savait visiblement long. Peut-être valait-il mieux s'adresser aux voisins ? Mais elle devrait prendre garde à ne pas se laisser surprendre par la fille de Mme Deubel. Et si elle demandait à M. Melzer s'il se rappelait l'artiste Luise Hofgartner, dont il avait fait saisir les meubles voilà bien des années ? Mais le temps de cet homme était sûrement trop précieux pour qu'il le perde à répondre aux questions d'une fille de cuisine. La Pappert ! Peut-être savait-elle quelque chose ? Mais Marie doutait qu'elle lui dise quoi que ce soit. La vieille la détestait, et cette aversion était réciproque.

La source de renseignements la plus prometteuse était à coup sûr Mme Deubel. Marie devrait donc prendre le risque de retourner la voir. Elle avait un après-midi de congé entre Noël et le Nouvel An. Et, si la vieille refusait de parler, Marie avait reçu pour ses étrennes, outre des vêtements, cinq marks qui pourraient lui délier la langue.

Deux jours après Noël, pour la fête de la Saint-Stéphane, la neige avait commencé à fondre. Au petit matin, les flaques d'eau sale sur le chemin étaient couvertes d'une mince couche de glace. La neige se tassait et, sur les bords de route, son blanc virginal tournait au brun ou au jaune sale. Dans le parc, on entrevoyait par endroits le vert terne des prés. Une cascade de neige tombait parfois d'un arbre pour se dissoudre au soleil tandis que la branche libérée de ce poids se redressait.

Marie avait revêtu sa vieille pèlerine car, dans la ville basse, son beau manteau aurait éveillé la méfiance. Il faisait du reste moins froid, de l'eau gouttait des arbres et des toits et le soleil d'hiver se reflétait dans les flaques.

— Alors, tu vas voir ton chéri ? persifla Augusta. Donne-lui bien le bonjour de ma part.

Depuis quelques jours, la jeune femme se portait de nouveau à merveille, ses nausées étaient passées ainsi que ses évanouissements. Elle s'était seulement un peu arrondie, mais elle était rose et florissante.

— Alors, Mademoiselle t'a donné congé ? poursuivit-elle. Elle ne t'a pas fait monter une seule fois dans sa chambre depuis le réveillon.

— Mademoiselle est malade.

Augusta rit comme si elle en avait su plus long que Marie, mais la laissa tranquille et rentra dans la cuisine. Marie avait beau éviter de son mieux les grandes flaques de la rue, elle eut les pieds mouillés avant d'avoir franchi la porte de Jakob. Cela ne la gêna pourtant guère, car elle était perdue dans ses pensées. Pourquoi la fille de Mme Deubel avait-elle peur de Melzer ? Il y avait sans doute un secret que personne, et surtout pas Marie Hofgartner, ne devait découvrir. Il régnait dans les ruelles un calme inhabituel, comme si les habitants s'étaient reposés de la fatigue des jours de fête. Seuls quelques enfants sautillaient sur les pavés trempés, lançant des pierres dans les nids-de-poule remplis d'eau, ravis par les gerbes sales qu'elles soulevaient. Un ivrogne dormait dans l'entrée d'une maison, adossé à la pierre froide. Un chien hirsute étendu à côté de lui gronda à l'approche de Marie. Elle s'arrêta à quelques mètres de l'auberge pour examiner les lieux. La rue paraissait déserte et les fenêtres de l'établissement étaient malheureusement trop petites pour lui permettre de regarder à l'intérieur. Marie espéra que quelques clients occupent la patronne.

Elle avança en se dissimulant régulièrement sous les portes d'entrée des maisons, mais elle dut parcourir les derniers mètres à découvert avant d'atteindre la porte donnant sur l'étroit couloir. L'escalier était au fond, l'entrée de l'auberge à droite. Par ce temps, la patronne devait allumer le poêle dans la salle et fermer toutes les portes pour garder la chaleur. Avec un peu de chance, Marie pourrait passer inaperçue. Les marches branlantes de l'escalier grinçaient effroyablement, mais elle eut la chance de pouvoir rejoindre l'étage sans se faire repérer.

— Entre, Marie, dit la voix de Mme Deubel derrière la porte.

Elle avait dû l'apercevoir depuis sa fenêtre. La jeune fille poussa la porte dont le grincement la fit sursauter, et la referma en hâte derrière elle. La vieille était assise. Elle portait la même robe que la fois précédente et le même châle en laine sur la tête.

— Bonjour, madame Deubel. Je… je suis venue parce que je…

— Parce que tu es devenue curieuse, pas vrai ? l'interrompit la vieille femme. Tu portes malheur, petite, mais le péché entraîne toujours le malheur. Et je ne veux plus avoir de tels péchés sur la conscience, car ils pèsent lourd devant le tribunal de Dieu. Ils pourraient bien m'ôter le repos de l'âme…

Dans son impatience, Marie dansait d'un pied sur l'autre. Si la vieille radotait à n'en plus finir, sa fille arriverait tôt ou tard et tous ses efforts pour savoir la vérité auraient été inutiles. Elle l'interrompit par une question :

— Je vous en prie, madame Deubel, parlez-moi de ma mère. Est-ce elle qui a sculpté cette tête de jeune fille ? Et ces statues de bois ? Pourquoi avait-elle des dettes auprès du directeur Melzer ?

La vieille femme l'observait de ses yeux clairs et attentifs.

— Auprès du directeur Melzer ?

— Oui.

Allait-elle mentir par peur de sa fille ?

— C'est lui qui a fait saisir les meubles de ma mère, poursuivit la jeune fille.

— Comment le sais-tu ? siffla la vieille femme.

— Je le sais, c'est tout.

Mme Deubel marmonna quelques mots et ses mains noueuses palpèrent son châle, puis le repoussèrent de son front, découvrant ses cheveux blancs clairsemés.

— Ça, c'était seulement à la fin, répondit-elle. Au début, tout allait bien pour elle quand elle est arrivée ici, son bébé rose dans les bras. Elle avait la belle vie avec ses meubles, ses tapis, ses tableaux aux murs et tout ce dont elle avait besoin pour son travail, les morceaux de bois et de marbre. Elle sculptait et peignait pendant que son bébé dormait, tranquille comme Baptiste.

— Mais pourquoi a-t-elle fait des dettes ?

Un étrange sourire passa sur le visage de la vieille. Elle avait eu des dettes dès le début, comme tous les artistes. Quand elle n'avait plus le sou, elle empruntait à ceux qui voulaient bien prêter. Mais monsieur le directeur Melzer avait racheté toutes ses dettes, puis exigé un jour qu'elle les lui règle.

— Elle aurait dû être moins étourdie, moins fière et moins têtue, ne serait-ce que pour toi. Mais il est arrivé ce qui devait arriver. Quand il est venu réclamer son argent, ils se sont disputés violemment. Elle l'a jeté dehors et lui a même lancé une casserole à la tête. Alors il a envoyé ses hommes. Ils ont pris tout ce qu'elle avait, l'ont entassé sur une charrette et sont partis. Ils ne lui ont laissé qu'un matelas et une couverture dans laquelle elle t'a enroulée.

La vieille parlait sans compassion, jugeant Luise Hofgartner responsable de ses malheurs. Marie se mordit les lèvres afin de ne rien dire qui puisse la contrarier, mais elle bouillait intérieurement. Sa mère était-elle tombée malade parce qu'elle avait été réduite à la misère ? Avait-elle eu faim et froid parce que Melzer lui avait tout pris ?

— De quoi est-elle morte ? Elle était encore jeune, non ?

— De la tuberculose, voyons. Elle avait la fièvre et elle crachait du sang. Ça n'a pas traîné, et c'était peut-être mieux ainsi : elle n'a pas souffert longtemps.

La vieille femme respirait plus difficilement, comme si ces souvenirs l'oppressaient. Elle se renversa dans son fauteuil, les mains crispées sur les accoudoirs usés.

— Quand son heure est venue, elle nous a demandé d'appeler un prêtre, et nous l'avons fait car, après tout, nous sommes de bons chrétiens. Alors elle lui a confessé ses péchés, puis elle est morte dans la paix du Seigneur.

Marie frissonna. Elle savait que la vie pouvait être cruelle. Elle lui avait pris Dodo et sa mère. Peu importait à la mort qu'on soit jeune ou vieux, aimé ou haï, qu'un tout jeune enfant reste sans mère…

— Et monsieur le curé Leutwien t'a emmenée à l'orphelinat…

Marie dressa l'oreille. Elle avait déjà entendu ce nom. C'était le prêtre qui venait prier avec les pensionnaires aux Sept-Martyres pour le carême et la veille de Noël.

— Monsieur le curé Leutwien connaissait donc ma mère. Alors pourquoi n'a-t-il jamais…

Elle reçut une violente poussée dans le dos : on venait d'ouvrir la porte de la chambre à la volée.

— J'en étais sûre ! glapit la patronne. Le Franz l'avait vue, mais au début je ne voulais pas le croire. Dehors, bâtarde ! Fille de putain !

Elle se jeta sur Marie et voulut l'empoigner par les cheveux, mais la jeune fille poussa un tabouret entre elles. La patronne trébucha, tomba à genoux et se mit à jurer comme un charretier.

— Je vais te démolir, saleté ! La police viendra te chercher et tu finiras devant le juge, petite traînée, raclure, voleuse…

Marie l'esquiva, sortit et dévala l'escalier. Elle l'entendit invectiver sa mère, qui ripostait sur le même ton, et s'arrêta net devant la porte d'entrée : l'homme qui avait apporté le tonneau d'eau-de-vie dans la brouette lors sa première visite lui barrait le passage.

— Laisse-moi sortir ! lui ordonna-t-elle à bout de souffle.

Il ne broncha pas et l'empoigna par le bras. Elle hurla de douleur. Il la plaqua le dos contre la porte.

— Tu es venue fouiner, hein ?

Il la maintint d'une main et leva l'autre pour la frapper au visage. Marie sentit dans son dos la poignée de la porte et la tourna à la hâte. La porte s'ouvrit et le coup porta dans le vide, mais Marie tomba sur le dos. Elle en resta un instant étourdie, puis tenta de se relever, mais il fut plus rapide. Il s'approcha et se pencha vers elle.

— Hé, toi ! cria une voix d'homme. Lâche-la, et en vitesse !

Marie hurla de douleur, car l'homme, loin de la lâcher, l'avait saisie par les cheveux pour la soulever. Mais il hurla à son tour : un adversaire lui avait fait une clef de cou en plaquant sa tête contre sa poitrine. Son étreinte était si vigoureuse qu'il se mit à suffoquer.

— C'est ce qu'on appelle l'« étuve », cher ami. Tiens-toi bien tranquille, sinon ta santé en souffrira.

Marie comprit immédiatement qu'elle avait intérêt à décamper. Elle se releva, ramassa sa pèlerine, puis se figea.

— Marie ! Au nom du ciel… toi ici ?

— Monsieur…

Dieu, pourquoi le sort lui jouait-il de tels tours ? Pourquoi fallait-il que son sauveur soit précisément le jeune Melzer ? Il ne l'avait pas reconnue tout de suite. Il aurait probablement secouru n'importe quelle femme dans une situation semblable.

— Tu es fou, Franz ? glapit la patronne plantée sur le seuil. Laisse-le tranquille ! C'est le jeune M. Melzer, crétin !

— Je le laisserai tranquille s'il me lâche ! croassa Franz.

Paul le lâcha, et l'homme regagna l'auberge en titubant, toussant et jurant.

— Mais que fais-tu ici, Marie ? demanda M. Paul, horrifié.

Que pouvait-elle lui dire ? Certainement pas la vérité. Mais comment improviser un mensonge convaincant ?

— Je… je cherchais une amie de l'orphelinat. Elle s'appelle Dodo, affirma-t-elle, désemparée.

Cette pauvre Dodo lui pardonnerait bien ce mensonge, qu'elle soit en vie ou non.

— Ici ? demanda-t-il, sceptique.

— Oui, elle m'a dit qu'elle travaillait dans une auberge du quartier…

Il secoua la tête comme s'il ne pouvait en croire ses oreilles, mais passa doucement un bras autour de ses épaules et lui demanda avec inquiétude si elle était blessée.

— Non, je ne suis pas douillette, monsieur.

— Viens, je te raccompagne jusqu'à la porte de Jakob. De là, tu pourras rentrer sans danger à la villa.

— Vous ne devriez pas, monsieur : on nous verrait ensemble.

— As-tu un tel souci de ta réputation ? s'enquit-il, légèrement irrité. Dans ce cas, tu ne devrais pas courir ces rues malfamées.

Elle marcha à son côté en silence. Il se montra prévenant, prenant sa main quand ils devaient enjamber un nid-de-poule, la laissant passer en premier quand la rue devenait plus étroite. Marie avait mal au dos et aux épaules, mais c'était bien moins douloureux que le sentiment d'avoir déchu aux yeux du jeune Melzer. Que devait-il penser d'elle ? Il n'avait sûrement pas cru à son mensonge et devait imaginer qu'elle avait un amoureux dans ce sale mastroquet, lieu de rendez-vous typique d'une fille de cuisine en congé…

Des passants se retournaient sur eux : ce jeune homme bien vêtu et cette fille en pèlerine sale formaient un couple étrange. Elle avait renoué ses cheveux pour les dissimuler sous son châle, mais le vent faisait voleter des mèches devant son visage. Quand ils arrivèrent à la porte de Jakob, la nuit tombait. Les réverbères n'étaient pas encore allumés, mais on voyait au loin les lumières de l'usine. Il s'arrêta dans l'ombre de la porte et elle en fit autant.

— Je te laisse repartir seule, Marie, dit-il à voix basse. Puis-je te demander quelque chose ?

Il n'avait jamais été aussi proche d'elle qu'en cet instant. Envahie d'un désir inconnu, elle sentit la chaleur de son corps, l'odeur de ses cheveux et de sa peau, qui la firent frissonner.

— Tout ce que vous voudrez, monsieur.

À son regard plus intense, elle comprit qu'il avait peut-être mal interprété sa réponse, mais elle s'inquiétait à tort.

— Promets-moi de ne plus jamais te montrer si imprudente, Marie, lui dit-il en posant doucement la main sur son épaule. Je remercie Dieu d'avoir pu arriver à temps pour te protéger.

— Pardonnez-moi, monsieur, chuchota-t-elle. Je vous suis bien reconnaissante de m'avoir secourue.

— Je l'ai fait de bon cœur, Marie, et je ferais bien davantage pour toi si je le pouvais.

Elle eut l'impression fugace qu'il l'attirait à elle et elle n'opposa aucune résistance, fascinée par sa présence toute proche. Ses yeux gris lui semblèrent prendre possession d'elle tout entière.

— Pars, s'il te plaît, Marie, murmura-t-il. Pars avant qu'il ne soit trop tard.

Elle tressaillit, effrayée de ses propres réactions. Serrant son châle mouillé sur sa gorge, elle s'éloigna rapidement et sans se retourner.

Chapitre 20

Alicia sentit sur elle le regard anxieux et interrogateur du chauffeur qui venait de lui ouvrir la portière, et ce regard lui pesa. Il était naturel que le personnel se sente concerné par les affaires de la famille, car au bout du compte tous les habitants de la villa formaient une grande famille. Elle aurait pourtant préféré dissimuler cette pénible histoire à la domesticité.

— À la villa, Robert, dit-elle aimablement, mais avec une certaine réserve.

— Oui, madame.

Il referma la portière, fit le tour de l'automobile et s'assit au volant. L'Électrique fila à quelques mètres d'eux en grinçant et pétaradant. À bord de la locomotive, elle aperçut le contrôleur en uniforme bleu, mais n'entrevit que deux ou trois passagers. Elle n'aimait pas ces tramways bruyants et eut une pensée mélancolique pour les vieux omnibus tirés par des chevaux.

— Pardonnez-moi, madame… Je ne voudrais pas vous ennuyer, mais…

Robert s'était tourné vers elle. Pourquoi faisait-il tant d'embarras ?

— Qu'y a-t-il, Robert ? J'ai froid et j'aimerais bien que nous repartions au plus tôt.

Il déglutit et elle vit sa pomme d'Adam monter puis redescendre.

— Je croyais que le Dr Schleicher reviendrait avec nous. C'est une affaire urgente, n'est-ce pas ?

— Le Dr Schleicher n'est pas disponible, mais il viendra à la villa dans les prochains jours.

Elle lut sur le visage du jeune homme une profonde déception et remarqua que le pauvre diable avait même les yeux cernés. C'était plus que fâcheux, car elle plaçait de grands espoirs en lui. Mais le jeune homme semblait incapable de tenir la bride à ses sentiments. Il manquait de discipline alors que la Schmalzler, elle, en avait à revendre.

Par bonheur, il se contenta de sa réponse et démarra. Dans le centre d'Augsbourg, la circulation avait toujours été dense, mais à présent on voyait de plus en plus d'automobiles parmi les voitures à chevaux, tandis que les fiacres étaient devenus rares.

Au fond, Alicia était aussi déçue que Robert, ayant attendu bien davantage de cette visite au Dr Schleicher. Mais il s'était contenté de lui poser des questions sur un ton froid et pragmatique, sans le moindre égard pour son inquiétude.

— Depuis combien de temps ?

— Depuis trois… non, quatre jours. Je ne sais plus que faire, docteur. Elle refuse de m'ouvrir. Et elle ne mange rien.

— Et tout cela à cause de cette interdiction ?

— Je ne vois pas d'autre raison.

Elle avait espéré qu'il annulerait ses rendez-vous pour repartir avec elle à la villa. N'était-ce pas une question de vie ou de mort ? Sa fille avait des tendances à la mélancolie et, semblait-il, à l'autodestruction. Elle paraissait en tout cas résolue à se laisser dépérir.

— Il ne me semble pas nécessaire de venir, chère madame, répondit-il. Je crois que, dans ce cas précis, il faut faire preuve de patience. Tenez-moi au courant de la situation. En cas d'urgence, je viendrai, bien entendu.

Elle aurait volontiers affirmé qu'à son sens il y avait déjà urgence, mais le sourire légèrement ironique du médecin l'en avait dissuadée. Peut-être prenait-elle la situation trop au sérieux. Et elle ne voulait en aucun cas se ridiculiser devant lui.

— Je vous remercie de tout mon cœur pour votre aide, docteur.

L'homme s'était penché sur sa main pour esquisser galamment un baiser, mais ses yeux d'un bleu d'acier étaient demeurés fixés sur elle. Ce geste et ce regard intense, qui avaient beaucoup plu jusque-là à Alicia, puisqu'ils exprimaient un désir réprimé en tout bien tout honneur, un charmant hommage à sa féminité, lui parurent ce jour-là artificiels.

— Mon fils est-il là ? demanda-t-elle à Augusta, venue à sa rencontre dans l'entrée de la villa pour lui prendre son manteau, son chapeau et ses bottes.

Augusta lui répondit par un radieux sourire. Depuis peu, elle était inhabituellement joyeuse et rayonnante de santé. *Ma foi*, se dit Alicia, *si Robert et elle pensent se marier, c'est parfait. Cela mettra un peu de plomb dans la cervelle de Robert, tout en tissant un lien de plus entre la villa et lui.*

— Monsieur est dans sa chambre, répondit Augusta.

— Demande-lui de venir au salon rouge. Et donne ces gants à Maria : ils ont une tache d'huile.

— Oui, madame.

Le déjeuner n'aurait lieu que dans une heure et elle doutait que Johann puisse venir. Il avait des ennuis à l'usine, où deux machines étaient tombées en panne. Elle déjeunerait donc probablement seule avec Paul et Elisabeth.

Comme elle passait devant le sapin pour monter l'escalier, elle saisit l'extrémité d'une branche pour l'examiner et constata que l'arbre commençait à perdre ses aiguilles. Mieux vaudrait ne pas rallumer les bougies pour le Nouvel An. Le sapin avait rempli son office. On lui ôterait ses décorations dans les premiers jours de janvier et on le débiterait dans le parc pour en faire des bûches.

Le couvert n'était pas encore mis à la salle à manger. Robert devait encore s'occuper de l'automobile. Alicia referma la porte et monta à l'étage des chambres de la famille.

— Katharina ?

Elle avait peu d'espoir, mais elle frappa quand même à la porte de la chambre de sa fille. Comme elle s'y attendait, elle ne reçut aucune réponse. Au lendemain de Noël, Katharina s'était enfermée et ni prières ni menaces n'avaient pu la décider à rouvrir sa porte. Johann avait d'abord haussé les épaules, puis il était devenu furieux et avait annoncé qu'il enverrait chercher un serrurier.

— Ne t'énerve donc pas, Papa, lui avait dit Elisabeth. Moins on fera attention à elle, plus vite elle cessera cette comédie.

Johann s'était calmé aussitôt et avait paru se désintéresser de cette histoire. Ah, les pères ! s'était dit Alicia. Ils commencent par tempêter et terroriser tout le monde, pour laisser ensuite toutes les responsabilités aux femmes. Son père avait agi de même. Et si Katharina en venait à se faire du mal ?

— Katharina ! Réponds-moi, au moins. Je me fais vraiment du souci pour toi.

Silence. C'était à désespérer. De qui tenait-elle cette obstination ?

Paul l'attendait au salon rouge, assis dans un fauteuil, un journal sur les genoux. Le petit arbre de Noël était encore sur la table basse et il restait quelques cadeaux à son pied. À l'entrée d'Alicia, Paul jeta le journal à terre et vint à sa rencontre.

— Bonjour, Maman. Comme tu es pâle… Ta mission auprès du Dr Schleicher a-t-elle été couronnée de succès ?

— Malheureusement non.

Paul avait dormi en ville, chez l'un de ses amis qui fêtait son anniversaire. Il paraissait éreinté. Ces jeunes gens avaient dû passer une joyeuse nuit.

Il attendit qu'elle ait pris place sur le canapé pour se rasseoir, mais sans s'adosser à son fauteuil. Les jambes repliées et le buste penché en avant, il paraissait prêt à bondir.

— Ne te fâche pas, Maman, mais le docteur a raison. Tu sais que j'adore ma petite sœur, mais c'est une vraie tête de mule.

— Elle n'est pas en bonne santé, Paul. Ses nerfs sont fragiles et elle a une tendance à la mélancolie. Je crois que l'interdiction de votre père l'a durement éprouvée. Souviens-toi combien elle était joyeuse et calme tant que Marie avait le droit de poser pour elle.

Paul pouvait difficilement le confirmer puisque, durant cette période, il avait été à Munich. Mais si sa mère l'affirmait, c'était sûrement vrai.

— Papa avait sûrement ses raisons pour le lui interdire, avança-t-il prudemment, sachant que sa mère ne tolérait pas la moindre critique à l'encontre de son mari. Mais il aurait fallu montrer davantage d'égards envers elle. Tu as raison, Maman : Katharina est très sensible.

— C'est pire que ce que tu crois, Paul. Je suis très inquiète.

Paul regarda la porte de la chambre en plissant le front.

— Je crains qu'il ne faille recourir à la solution de Papa, dit-il.

Alicia inspira à fond. Il fallait prendre une décision. Katharina n'avait pas émis un son depuis le matin. Peut-être était-elle évanouie, ou même pire.

— Faire venir un artisan que nous ne connaissons pas pour ouvrir cette porte de force… dit-elle, angoissée. Je n'aime pas du tout ça. Et qui sait dans quel état nous la trouverons ? Non, mieux vaudrait faire appel à Gustav ou à Robert.

— Je crois que faire appel à Robert ne serait pas une bonne idée, Maman. Dans ce cas, je préfère m'en charger moi-même.

— Toi ?

Paul adressa un sourire espiègle à sa mère.

— Me crois-tu incapable de manier un marteau et des ciseaux ?

Ce dernier mot fit frissonner Alicia. Ils entreraient par effraction dans leur propre maison, comme de vulgaires cambrioleurs. Quelle honte !

— Non, Paul. Je préfère appeler Marie.

Paul tressaillit et adressa un regard interrogateur à sa mère.

— J'aimerais qu'elle parle à Kitty à travers la porte. Je suis certaine qu'elle lui répondrait… si elle est encore en état de le faire, expliqua Alicia.

Elle pinça les lèvres, mais malgré tous ses efforts pour se dominer, des larmes roulèrent sur ses joues. Elle les essuya d'un revers de la main.

— Je comprends que tu sois inquiète, Maman, dit

Paul, attristé à la vue de ses larmes, mais je suis tout à fait opposé à ce que tu impliques Marie dans cette histoire.

Alicia, qui avait tiré un mouchoir en batiste de sa manche pour se tamponner les yeux, se figea et regarda son fils, perplexe.

— Je ne te comprends pas, Paul. Cette fille est pourtant la cause de tous nos soucis ! Pourquoi devrais-je l'épargner ?

Paul fit un geste maladroit et sa main heurta le petit sapin de Noël, dont l'une des boules de verre se détacha et roula sur le tapis.

— Ce n'est quand même pas la faute de Marie si Kitty l'a choisie pour modèle, répondit-il. Marie a seulement fait ce qu'on lui ordonnait. Il serait irresponsable de la mettre dans le pétrin.

— Quel pétrin ? demanda Alicia, à bout de patience.

— Tu ne te rappelles donc pas la menace de Papa ? Il a dit que s'il revoyait une seule fois Marie chez Kitty, il la renverrait sur-le-champ.

Ce n'était pas ainsi qu'Alicia s'était imaginé cette conversation avec son fils. Jusqu'ici, Paul l'avait toujours soutenue et réconfortée ; ce jour-là, il lui faisait l'effet d'un étranger. Pourquoi prenait-il donc le parti de cette fille de cuisine ?

— Très bien, Paul, lui dit-elle en se contraignant à sourire. Je tiendrai compte de cet avertissement.

— Merci, Maman.

Il se leva d'un bond et se mit à arpenter fébrilement la pièce, s'arrêtant deux fois, se tournant vers elle comme pour parler, mais se ravisant. Il se dirigea enfin vers la porte et posa la main sur la poignée.

— Je vais encore essayer de parler à Kitty, annonça-t-il. Souhaite-moi bonne chance, Maman.

Elle resta figée tandis qu'il montait au deuxième étage. *Quel embrouillamini ! Pourvu qu'il n'agisse pas sans réflexion, qu'il n'enfonce pas la porte*... pensa Alicia.

— Pardonnez-moi, madame…

Eleonore Schmalzler était entrée sans bruit, comme à son habitude. Elle semblait posséder un sixième sens pour deviner quand on avait besoin d'elle, car Alicia comptait justement la faire venir.

— Vous arrivez au bon moment, mademoiselle Schmalzler. J'aimerais que vous appeliez Marie.

— Bien volontiers, madame. J'aurais seulement une petite remarque à ce sujet.

— Une remarque ? De quel ordre ?

Alicia avait parlé avec impétuosité et se reprocha ce manque de sang-froid. La gouvernante, elle, paraissait bien plus détendue. Elle souriait même.

— À vrai dire, ce serait plutôt une idée, madame. Une proposition. Voyez-vous, j'ai longuement réfléchi au moyen de venir en aide à Mademoiselle sans enfreindre l'interdiction de Monsieur. Et, cette nuit, j'ai eu une idée qui sort un peu de l'ordinaire…

Alicia poussa un soupir et tendit l'oreille. Avait-elle perçu à l'étage supérieur des coups de marteau ? Le craquement du bois sous la pression de ciseaux ? Non, tout était calme.

— Exposez-moi cette idée, mademoiselle Schmalzler, mais soyez brève, dit-elle.

Chapitre 21

— Peut-être qu'elle s'est tailladé les veines. Ça arrive aux gens trop nerveux… déclara Augusta.

La froideur de cette remarque choqua les autres domestiques. Else, assise à côté d'Augusta à la table de la cuisine, lui envoya un coup de coude dans les côtes et la cuisinière déclara qu'elle n'était qu'une petite garce sans cœur. Robert, tassé sur lui-même, avait l'air misérable, et il se contenta de lancer un regard morne à Augusta.

— Ce n'était qu'une plaisanterie, protesta-t-elle. On n'a plus le droit de rire un peu ?

— Une très mauvaise plaisanterie, Augusta ! s'exclama Else.

La cuisinière retourna à ses casseroles, le déjeuner devant être prêt une heure plus tard : filets de porc aux pruneaux, purée de pommes de terre et salade de choux. Le dessert était une crème à la vanille et à la mousse de café. Alors que ce repas était prévu pour cinq personnes, trois seulement prendraient place à la table de la salle à manger.

— Mademoiselle n'est pas malade, Robert, intervint la Jordan. Ne te fais donc pas de souci.

Elle avait toujours eu un faible pour Robert. Augusta

lui lança un regard mauvais, puis se pencha pour prendre un pain d'épice sur l'assiette. La tradition voulait que le personnel finisse les restes des biscuits de Noël. Else regarda la femme de chambre avec curiosité.

— Elle n'est pas malade ? Mais Madame a dit à tout le monde que Mlle Katharina était souffrante ! s'exclama-t-elle.

La Jordan haussa les sourcils, ce qui donna à son visage une expression hautaine. En tant que femme de chambre, elle en savait toujours plus que les autres domestiques.

— En tout cas, il n'est pas normal qu'elle ne mange plus rien depuis plusieurs jours, déclara la cuisinière. Tout ce qu'on m'a commandé pour cette pauvre Mademoiselle est revenu en cuisine intact.

— Si elle n'est pas malade, pourquoi ne mange-t-elle rien ? demanda Robert à la Jordan.

— Tout ça, c'est la faute de Marie, affirma celle-ci avec un haussement d'épaules.

Cette déclaration jeta un froid. Sortie chercher du bois pour le fourneau, Marie ne pouvait se défendre. Mais elle avait désormais des amis sûrs parmi les domestiques.

— Laissez Marie en dehors de ça ! gronda la cuisinière. Ce n'est certainement pas sa faute !

Elle ôta du feu les filets de porc et les disposa avec leur sauce sur un plat en porcelaine posé juste à côté de la tasse de café de Maria Jordan.

— Faites donc attention ! Vous aspergez ma robe !

— Poussez-vous un peu : ici, on travaille !

— Que se passe-t-il avec Mademoiselle ? demanda la cuisinière à Robert. Et qu'est-ce que Marie vient faire là-dedans ?

— Est-ce que tu as mis le couvert à la salle à manger ?

demanda Augusta au jeune homme, devançant la Jordan qui allait répondre.

— Mais oui ! grommela-t-il.

— Alors tu ferais bien de te préparer pour le service. Ils vont passer à table.

— Je sais très bien ce que je dois faire ! lança-t-il, furieux. Arrête de me commander, espèce de fouineuse !

Tout le monde se taisait, saisi de frayeur, car on n'avait encore jamais entendu Robert hurler ainsi. Ce fut à cet instant que Marie entra avec une grande corbeille remplie de bois. Elle déposa son fardeau, puis, remarquant que quelque chose n'allait pas, s'immobilisa devant la porte. Augusta était livide, mais ses yeux étincelaient de fureur.

— Fais attention, Robert Scherer. Fais très attention, sinon tu risques de le regretter, dit-elle.

Robert la regarda un instant, comme prêt à se jeter sur elle, mais se leva d'un bond et se rua vers la porte, où il faillit se heurter à Mlle Schmalzler qui entrait.

— Robert, vous êtes en retard ! On vous attend à la salle à manger, lui dit-elle.

— Pardon, j'y vais tout de suite !

Elle s'écarta pour le laisser passer et embrassa la cuisine d'un regard. Maria Jordan vida sa tasse de café et prit un biscuit avec une lenteur étudiée. Elle se leva ensuite pour se rendre à la buanderie, où elle devait nettoyer une tache d'huile sur le gant de Madame.

— Il faut ôter les décorations du sapin de la salle à manger et le descendre dans la cour, annonça la gouvernante.

Augusta et Else se levèrent et sortirent. Le regard de la gouvernante s'arrêta sur Marie. La jeune fille avait traîné la corbeille jusqu'au fourneau et commencé à entasser le bois dans l'alcôve où on le rangeait.

— Quand tu auras fini, Marie, lave-toi les mains et rejoins-moi dans mon bureau, lui dit-elle.

— Oui, mademoiselle Schmalzler.

La gouvernante hocha la tête, satisfaite, complimenta la cuisinière sur l'odeur alléchante de ses filets de porc et ressortit de la cuisine.

Marie entassa le bois en silence. La Brunnenmayer posa les plats et les saladiers sur le monte-charge, puis tira sur le cordon pour avertir Robert qu'il pouvait les faire monter. Marie écouta le cliquetis du monte-charge sans s'interrompre dans son travail.

— Pourvu qu'ils ne viennent pas te chercher des poux, petite, soupira la cuisinière. Est-ce que c'est ta faute si Mademoiselle s'est toquée de toi ? La Jordan en sait plus long qu'elle ne veut bien le dire. Elle te déteste parce qu'elle est jalouse, voilà pourquoi.

Marie l'écoutait à peine. Elle dormait mal depuis plusieurs nuits sans pourtant ressentir la moindre fatigue. Elle avait plutôt l'impression étrange de ne plus toucher terre. Elle n'était pas encore prête à accomplir le pas décisif : partir pour ne pas se perdre. Elle était tombée amoureuse, et de la manière la plus malencontreuse qui soit. Quand une fille de cuisine s'éprenait du fils de la famille, il ne pouvait en résulter que des malheurs, et pour elle seule.

À cela s'ajoutait la funeste histoire de sa mère, dans laquelle le directeur Melzer avait une lourde part de responsabilité. Il avait été dans son droit en lui réclamant l'argent qu'elle lui devait, qui pouvait le nier ? Mais il s'était montré cruel envers elle, car il lui avait tout pris, même le strict nécessaire pour survivre. Il avait péché, comme l'avait dit la vieille Mme Deubel. Non, mieux valait quitter la villa. Peut-être cette convocation dans le bureau de la Schmalzler était-elle un clin d'œil du destin.

Marie se lava les mains comme on le lui avait demandé et ôta son tablier crasseux. Devant la porte du bureau, elle se demanda si on lui laisserait son manteau et ses bottes fourrées en cas de départ. Elle devrait rendre les robes et tabliers, mais le manteau et les bottes étaient des cadeaux de Noël.

Mlle Schmalzler était assise à son bureau, et plusieurs papiers étaient étalés devant elle. Quand Marie entra, elle leva les yeux et reposa sa plume dans son porte-plume.

— Marie, enfin… Entre et ferme la porte, dit-elle. Assieds-toi et écoute-moi, car je dois t'annoncer quelque chose qui te surprendra certainement.

Marie demeura immobile malgré l'ordre de la gouvernante. Si elle ne trouvait pas immédiatement le courage de parler, ce serait encore plus difficile ensuite.

— Moi aussi, j'ai une nouvelle à vous annoncer, mademoiselle Schmalzler. Et je ne veux pas…

La gouvernante eut un geste d'impatience. Son affaire était trop urgente pour qu'elle prenne le temps d'écouter Marie.

— Tout s'arrangera, Marie. Maintenant, écoute-moi. Madame compte te proposer une nouvelle situation. Une situation bien meilleure, Marie. Je dois dire que c'est la première fois de ma vie que j'entends parler d'une offre si avantageuse.

Marie était résolue à refuser catégoriquement cette excellente situation. Elle voulait quitter la villa, cesser de ruminer la tragique histoire de sa mère et, surtout, se soustraire à la tentation de son cœur.

— En un mot, Madame t'offre une situation de femme de chambre. Bien entendu, tu n'as aucune expérience en la matière, mais comme tu as montré de remarquables dispositions jusqu'ici, je pourrai facilement t'initier à cette nouvelle fonction.

C'était effectivement inattendu. Marie avait tout au plus espéré se voir offrir une place de bonne, mais être hissée au rang de femme de chambre… était une tentation redoutable. Après tout, M. Paul retournerait sous peu à Munich pour ses études, et elle ne le verrait plus que pendant les vacances. Mais elle revint aussitôt à la réalité. Pourquoi lui offrait-on cette situation ? Pourquoi précisément à elle ?

Mlle Schmalzler en vint justement au fait.

— Tu seras surtout au service de Mlle Katharina. Je ne te cache pas que tu rendras ainsi un grand service à Madame, surtout à présent que Mlle Katharina s'est enfermée dans sa chambre et ne veut plus voir personne.

— Mais pourquoi ? s'exclama Marie, oubliant sa résolution de ne pas même écouter Mlle Schmalzler.

La gouvernante inspira profondément, puis jaugea la jeune fille.

— Si je te dis la vérité, Marie, j'attends que tu gardes le silence. Nous sommes-nous bien comprises ?

Marie acquiesça.

— Le soir de Noël, Monsieur a interdit à Mademoiselle ces séances de pose dans sa chambre. Il estime qu'une fille de cuisine n'a rien à faire dans la chambre de sa fille.

— Je… je comprends, dit Marie à mi-voix, mais en réprimant une envie de rire.

Mademoiselle s'était enfermée dans sa chambre par dépit de l'interdiction paternelle, mais Madame avait trouvé un moyen ingénieux de contourner cet interdit. Si une fille de cuisine n'avait rien à faire dans la chambre de Mademoiselle, il en allait tout autrement d'une femme de chambre.

Elle hésita un instant. Elle aurait dû annoncer son départ d'emblée, car sa résolution avait faibli. Pouvait-elle abandonner Mademoiselle alors qu'elle luttait pour préserver leur amitié au risque de sa santé, voire de sa vie ? C'était courageux et même héroïque de sa part. Marie décida de lutter à son côté. Après tout, elle pourrait toujours démissionner ensuite.

Quelques minutes plus tard, elle se retrouva au deuxième étage, devant la porte de la chambre de Mademoiselle, à côté de Madame livide d'angoisse. M. Paul était parti chez le jardinier pour lui emprunter des outils.

— Je ne veux en aucun cas qu'il enfonce cette porte, dit-elle à Marie. Je t'en prie, parle à ma fille. J'espère qu'elle te répondra.

Marie se sentit émue, n'ayant encore jamais vu Madame, toujours si maîtresse d'elle-même, en proie à un tel désespoir. Elle acquiesça et s'approcha de la porte à moulures laquée de blanc.

— Mademoiselle Katharina ? C'est moi, Marie. Je suis maintenant votre femme de chambre.

Des pas précipités se firent entendre, puis le raclement d'une chaise ou d'un tabouret, et enfin le bruit de la clef dans la serrure. Dans l'embrasure, Marie entrevit Mademoiselle en peignoir blanc, les cheveux en désordre sur les épaules.

— Marie ! Chère Marie ! Entre, j'ai tant de choses à te raconter… Femme de chambre ? C'est une idée merveilleuse ! Mais entre donc. Maman chérie, fais moi monter quelque chose à manger, s'il te plaît. Je n'ai vécu que de biscuits de Noël pendant quatre jours.

Mademoiselle était surexcitée et ne paraissait guère avoir souffert de son régime de gâteaux de Noël. Elle parla encore plus que d'habitude, sauta au cou de sa mère, puis attira Marie dans la chambre.

— Tu es la seule personne avec laquelle je puisse parler de lui ! s'écria-t-elle. Il est comme une vision de rêve, comme un prince lointain qui me sourit avant de disparaître dans la brume. Oh, Marie, si seulement tu savais combien je souffre et combien, en même temps, je suis heureuse…

Chapitre 22

— Cette Adele est divine, mes amis… Cette voix… Ce corps… La nature l'a comblée de grâces !

Paul éclata de rire, égayé par l'enthousiasme de son ami. Tous s'étaient levés et applaudissaient du haut de leur loge la scène où les chanteurs n'en finissaient plus de saluer le public. C'était une représentation de *La Chauve-souris*, une opérette de Johann Strauss dans laquelle on chantait les délices du champagne, un choix judicieux pour le Nouvel An.

— Pousse-toi un peu, je dois prendre mon élan pour lancer… Et voilà !

Julius Kammer, l'étudiant en médecine, avait voulu jeter un bouquet à sa bien-aimée Adele, mais, manquant d'élan, les fleurs atterrirent sur les musiciens de l'orchestre. Cette chute souleva des éclats de rire dans l'orchestre et dans la loge. Seul Julius était chagrin, car ces roses auraient dû lui ouvrir le cœur de la belle Adele ainsi que la porte de la garde-robe où elle se changeait.

— Voilà ce qui arrive quand on est trop avare pour faire porter des fleurs !

— Regarde, le joli garçon au tuba t'a lancé un regard langoureux ! Il est en train de repêcher une rose dans son instrument…

Face aux moqueries de ses amis, Julius fit contre mauvaise fortune bon cœur. L'ensorcelante Adele était du reste si couverte de fleurs qu'il n'aurait eu aucune chance même s'il avait mieux visé.

— Encore une demi-heure avant la nouvelle année... On descend ? proposa Alfons Bräuer. J'offre la première tournée de mousseux.

— Vous avez entendu ? Dis donc, c'est ton jour de bonté ?

Paul prenait un certain plaisir à taquiner ce garçon pendu à ses basques, sans toutefois en être particulièrement fier : Alfons était complètement désarmé parce qu'il était en adoration devant Katharina. Il avait payé sans sourciller le prix pourtant élevé que Paul lui avait fixé pour sa selle.

Le rideau se refermait à présent et le personnel débarrassait en hâte les coulisses pour y dresser les tables d'un buffet. Contrairement aux chanteurs, l'orchestre devrait rester afin de jouer pour le bal. Le théâtre Gögginger était renommé pour ses fêtes et ses représentations. Les bourgeois et les jeunes gens goûtaient son architecture moderne en fonte. Ç'avait été à l'origine un établissement thermal, reconverti en théâtre et en salle de concert par la suite. Les Augsbourgeois conservateurs, comme M. et Mme Melzer, n'aimaient guère cette salle aux grandes fenêtres en verre coloré. On se croirait au cirque, avait dédaigneusement commenté Alicia. Quant au public, mieux valait ne pas en parler...

Alors que le groupe d'amis s'apprêtait à descendre vers le parterre, un employé du théâtre ouvrit la porte de la loge.

— Vous permettez ? demanda Klaus von Hagemann tout joyeux. Nous nous invitons chez vous. Restez assis, mes amis ! Le mousseux nous suit !

Il était suivi d'un ami intime, le lieutenant Ernst von Klippstein de Berlin, un jeune homme mince aux yeux bleus et à la petite moustache, un modèle de Prussien. Tous deux escortaient deux ravissantes blondes, l'une vêtue d'une robe verte chatoyante, l'autre, de bleu ciel. À en croire von Hagemann, cette dernière était choriste.

Un serveur apportait sur un plateau des verres de mousseux, tandis que des spectateurs trinquaient déjà dans d'autres loges. Seul le public du parterre devait attendre pour boire, car on n'avait pas encore fini de débarrasser la scène.

— À tout ce que nous aimons !

— Aux ensorcelantes artistes, en premier lieu celles qui sont ici !

— À l'empereur et à la patrie allemande !

Ce dernier toast fut bien entendu porté par von Klippstein. Un Prussien ! L'un de ces jeunes gens qui mouraient d'impatience de partir faire la guerre pour l'empereur et la patrie, peu importait contre qui du moment qu'on pouvait se battre et récolter des médailles.

Paul sentit sur lui le regard de la choriste. Après avoir vidé son verre, il lui demanda dans quelle partie de l'opérette elle avait chanté. Oh, seulement dans le chœur, répondit-elle. Dans la scène chez le prince Orlovski, juste avant qu'Adele n'entonne sa grande ariette, elle se tenait sur le devant de la scène. Ne l'avait-il pas vue ? Paul se rappelait vaguement cette scène, mais il n'eut pas le loisir de répondre, car la choriste était lancée et lui parlait déjà du chef d'orchestre et des nombreuses répétitions, des méchantes solistes et des collègues qui chantaient dans le chœur depuis trente ans et feraient mieux de prendre leur retraite. Il fut soulagé par l'intervention de Julius, qui emmena la blonde, le soustrayant à ce flot de paroles.

— Encore dix minutes, annonça von Klippstein, qui avait tiré sa montre de sa poche. Quelle heure avez-vous à votre montre ?

— Elle est en réparation, marmonna Paul.

Von Klippstein rit et déclara qu'au jour de l'An ce n'était pas une tragédie de ne pas avoir de montre. Personne ne risquait de manquer minuit à Augsbourg.

— Ce sera une année marquante, poursuivit-il, les yeux brillants. Une année glorieuse pour notre patrie, et aussi pour ma famille et moi-même. Je me marierai en mai.

— Toutes mes félicitations…

Quelle ambition… à peine plus âgé que Paul, ce jeune homme entamait une carrière militaire et avait choisi sa promise avec discernement : Adele Deulitz, la fille d'un industriel de Berlin. Paul avait déjà entendu ce nom à propos d'une usine de fabrication de machines. Von Klippstein était seulement de passage à Augsbourg, sa famille ayant des liens de parenté avec les von Hagemann.

— Vous ne me croirez peut-être pas, reprit le lieutenant en faisant un pas de côté, car la salle devenait plus bruyante et, en bas, on se ruait sur le buffet. Vous ne me croirez peut-être pas, mais c'est un mariage d'amour.

Tiens donc, pensa Paul. Son interlocuteur lui parut soudain moins guindé et moins froid. Il était amoureux et son regard était illuminé de bonheur. Il allait épouser la jeune fille de ses rêves. C'était un sort enviable.

— Hé, Paul, il est presque l'heure ! Ouvrons l'une des fenêtres pour mieux voir le feu d'artifice ! hurla Julius.

Paul secoua un haut montant, mais il était impossible de les ouvrir. Alfons et lui en furent très dépités. Paul fit remarquer qu'ils étaient passablement échauffés, ayant déjà bu du vin à l'entracte. Paul savait que Julius aimait lever le coude, mais il était rare qu'Alfons, lui, boive autant. Peut-être était-il déçu que Kitty n'ait pas accompagné son frère. Mais elle s'était rendue avec Elisabeth et ses parents à une invitation chez le maire, où elle s'ennuyait sans doute à périr.

Un serveur fit irruption dans la pièce et pria ces jeunes messieurs de ne pas abîmer les fenêtres. On allait sur-le-champ ouvrir celles du rez-de-chaussée afin qu'ils puissent admirer tout à leur aise le feu d'artifice. Il dut se taire, car l'orchestre jouait une fanfare. Un monsieur en frac que Paul n'avait jamais vu leva les bras pour demander le silence, et le bruit reflua dans la salle.

— Dix… neuf… huit… sept…

On comptait en même temps que lui en se hâtant de remplir les verres. Paul sentit quelqu'un – la choriste – se blottir contre lui.

— … quatre… trois… deux… mille neuf cent quatorze !

Toute la salle hurla d'enthousiasme, noyant la fanfare sous ses clameurs.

— À la vôtre ! À une bonne, une merveilleuse, une grandiose nouvelle année !

La choriste passa les bras autour du cou de Paul, l'embrassa sans façon sur les joues et il fut bien obligé de l'embrasser à son tour. Elle se jeta ensuite au cou de ses amis et but en gloussant avec toutes les fraternités. Paul se rendit à la garde-robe pour réclamer manteau, chapeau et gants, puis descendit au parterre. On avait ouvert les portes du théâtre et une partie du public était sortie pour regarder le feu d'artifice. On tirait même devant le théâtre des fusées qui montaient dans le ciel hivernal en sifflant, explosaient et jaillissaient en bouquets d'étoiles jaunes et rouges. Elles se figeaient quelques secondes sur le fond noir du ciel comme des fleurs de feu avant de s'évanouir.

— C'est formidable, hein ? cria von Hagemann, qui avait suivi Paul. Quand elles éclatent là-haut, on voit les contours des maisons avec une netteté ! On dirait des arbres de Noël géants en plein ciel. Bon sang, je parie que ça sera une fameuse année !

Une fusée égarée fila devant eux et on entendit des cris d'effroi, suivis de rires.

— Est-ce que ta sœur t'a parlé de moi ? demanda le lieutenant à Paul.

— Laquelle ?

— La plus jeune, Katharina.

Paul grelottait malgré l'épaisseur de son manteau. Il était stupide de rester planté dehors par un tel froid. Et Kitty revenait encore sur le tapis… Il n'avait pas la moindre idée de ce qu'elle pensait de Klaus von Hagemann et ne tenait nullement à le savoir.

— Je ne me souviens pas au juste… Elle peint beaucoup en ce moment… Elle est comme possédée, répondit-il.

Ce n'était pas un mensonge : Kitty passait tout son temps à dessiner avec sa nouvelle femme de chambre. Marie femme de chambre ! Qui l'aurait imaginé ?

— On dirait qu'elle m'a pris en grippe, poursuivit le lieutenant. Ça m'a vraiment surpris car, il n'y a pas si longtemps, c'était tout différent. Comment expliquer un changement d'humeur si soudain ?

Paul haussa les épaules. Sa petite sœur avait encore fait des ravages, pas de doute. Pauvre diable, il avait l'air d'en avoir gros sur le cœur…

— Est-elle amoureuse de quelqu'un ?

Paul éclata de rire à cette idée. Ce matin même, Kitty s'était moquée de ses cavaliers au bal et avait déclaré que ce n'étaient que des pingouins moustachus. Mais, comme le lieutenant paraissait choqué par son rire, il se reprit.

— Oui, certainement, répondit-il avec un sourire. Elle tombe amoureuse chaque semaine. Cette semaine, elle ne jure plus que par un certain Raphaël. La semaine précédente, c'était Michel-Ange…

Von Hagemann suivit des yeux la trajectoire d'une fusée verte qui éclata et s'épanouit dans le ciel comme une araignée scintillante. Il lança un coup de pied dans le gravier d'un massif de sapins, puis regagna le théâtre sans un mot. On entendit les premières mesures d'une opérette, mais à en juger par le bruit et le tintement de verre à l'intérieur, personne ne devait l'écouter. Quand Paul se retourna, il vit dans l'entrée un jeune couple enlacé qui échangeait un long baiser.

— Te voilà, Paul ! Viens avec nous dans la loge.

Julius titubait légèrement, ce qui ne signifiait rien, car il pouvait boire comme un trou sans s'enivrer.

— Nous avons invité deux dames du corps de ballet… tu verras ce que tu verras ! dit-il avec un air de conspirateur. Et cette choriste blonde a déjà demandé deux fois où tu étais passé.

— J'ai rendez-vous, mentit Paul. Allez, amusez-vous bien.

— Toi aussi, mon vieux.

Paul remonta l'allée du parc vers les fiacres et les taxis avec un sentiment de libération. Il choisit un fiacre, indiqua son adresse au cocher et monta. Comme la villa n'était pas loin, il aurait pu aller à pied. En marchant vite, il serait arrivé en une demi-heure car il connaissait bien cette partie de la ville. Enfant, c'était là qu'il vagabondait avec ses amis. En été, ils se baignaient et pêchaient dans les nombreux ruisseaux. En hiver, on y faisait du patin à glace. Tous ces plaisirs étaient défendus, mais quel garçon respectait ces interdits ?

Il était assis dans ce fiacre depuis moins de cinq

minutes quand il comprit qu'il avait tiré le mauvais numéro. La voiture, qui n'était plus de première jeunesse, couinait et cahotait à travers les rues. Le cuir de la banquette était usé et dégageait une odeur de renfermé presque intolérable. Il ouvrit sa vitre et inspira profondément l'air nocturne glacé aux odeurs de soufre et de brûlé. Des fusées montaient encore dans le ciel, où elles déployaient l'éventail de leurs couleurs sans rivales, étant les seules lumières dans la voûte noire du ciel cette nuit du Nouvel An.

Alors que le vieux fiacre poursuivait son chemin cahin-caha, le moral de Paul redescendit en flèche. Dans quelques jours, il repartirait pour Munich, où il retrouverait sa petite chambre et reprendrait des études pour lesquelles il n'avait aucun goût. Mais il pourrait heureusement dégager sa montre. Il avait honte de sa crédulité. Et, à l'usine, son père l'avait traité d'imbécile. Ce moment avait été d'autant plus pénible que les employés l'avaient entendu et qu'il avait lu de la moquerie sur certains visages. Il sentit resurgir l'indignation qui l'avait saisi face à son ami. Il se redressa sur son siège inconfortable et ouvrit un peu plus la vitre.

Son père avait eu raison, bien entendu. Paul s'était trompé dans l'opération qu'il devait effectuer. Il n'avait pas tenu compte de certains facteurs. La déception qui avait percé dans la réprimande de son père lui avait été particulièrement douloureuse. Comment avait-il cru pouvoir faire ce calcul en cinq minutes ? Il avait largement surestimé ses capacités et en avait payé le prix.

Il tenta en vain de chasser ces déplaisantes pensées. Son père n'était pas quelqu'un de commode, mais Paul l'aimait. Depuis qu'il y avait des difficultés à l'usine et que son père rentrait tard à la villa, Paul souffrait de ne pouvoir l'aider. Deux machines étaient tombées en panne, le fonctionnement d'une autre était défectueux et il était impossible de les réparer. À cela s'ajoutait la pression des délais de livraison, le retard s'accumulait et les clients s'impatientaient. Son père n'en parlait jamais, mais Paul avait interrogé le contremaître Huntzinger à ce sujet.

— Autrefois, ça n'arrivait jamais ! avait vitupéré Huntzinger. M. Burkard contrôlait les machines et, quand l'une d'elles tombait en panne, il la remettait en marche aussi sec.

— M. Burkard ?

— Mais oui, il a construit presque toutes les machines de cette usine. C'était un brave homme qui s'y connaissait en mécanique.

Paul avait réfléchi. Ce nom lui était vaguement familier, et un souvenir lui était revenu : il devait s'agir de Jakob Burkard, l'ancien associé de son père, mort depuis plusieurs années.

Quand il aperçut la villa au bout de l'allée, il se sentit étrangement soulagé et de plus en plus impatient d'arriver. Les lampes étaient allumées devant l'entrée, ainsi qu'à plusieurs fenêtres du rez-de-chaussée, à l'étage des domestiques. Au premier étage, en revanche, tout était sombre. Au deuxième, une seule fenêtre était éclairée, celle de la chambre de Kitty. Son cœur battit plus vite et il eut envie de siffloter.

Le fiacre s'arrêta devant les marches du porche. Paul en descendit et donna un bon pourboire au cocher. Ce vieux avait bien droit à une dernière joie et son cheval à une gâterie : tous deux n'en avaient plus pour longtemps à sillonner ensemble les rues de la ville et ils avaient visiblement connu des temps meilleurs.

Son chapeau et ses gants à la main, Paul monta les marches et, au lieu de sonner, tira sa clef de sa poche.

Pourquoi ne pas tenter sa chance ? Il ne réclamerait rien d'elle. Rien qu'un peu de chaleur, une conversation aimable, la sensation de son regard sur lui, les profondeurs de ces yeux sombres et veloutés où il désirait se perdre l'espace d'un instant... L'entrée était noyée dans la pénombre. Au fond seulement, à côté de l'escalier, brûlait une lampe à pétrole afin que le personnel puisse retrouver le chemin du compteur pour l'éclairage électrique. Personne ne semblait avoir remarqué son entrée. Les domestiques étaient probablement en train de fêter le Nouvel An dans la cuisine. Il lui vint à l'idée que certains d'entre eux devaient avoir congé pour la soirée afin de fêter la nouvelle année avec des amis ou en famille. Mais n'étaient-ils pas depuis longtemps de retour à cette heure ? Il se rappela soudain l'horrible auberge dans la ville basse et Marie précipitée à terre par une brute... Elle n'allait quand même pas retourner là-bas ? Non, elle le lui avait promis. Mais tiendrait-elle parole ?

— Jamais ! Tu peux faire ce que tu veux, jamais je n'accepterai une chose pareille !

Paul était au pied de l'escalier quand ces paroles furieuses lui parvinrent depuis la cuisine. À la voix, il devait s'agir de Robert. Paul attendit un instant, mais comme il jugeait inconvenant d'épier les conversations des employés, il monta l'escalier, dont le tapis étouffait le bruit de ses pas.

— Tu préfères moisir en prison, c'est ça ? Ou te retrouver à la rue parce que personne ne voudra plus t'engager ?

C'était la voix d'Augusta. Comme elle paraissait mauvaise, alors qu'elle l'accueillait toujours avec un large sourire teinté d'obséquiosité !

— Arrête de divaguer. Personne ne pourra rien prouver contre moi, et toi encore moins que n'importe qui.

Paul s'arrêta et prêta l'oreille. Il y avait du louche là-dessous. Il n'aurait jamais cru cela de Robert.

— Je peux le jurer devant un tribunal, déclara Augusta à mi-voix. Tu as échangé la lettre de Mademoiselle contre une autre que tu as tirée de ta veste et mise à la poste.

— Ne sois pas ridicule, Augusta. Pourquoi aurais-je fait une chose pareille ? Qu'est-ce que ça peut donc me faire, les lettres de Mademoiselle ?

Paul entendit le petit rire sec d'Augusta.

— Pourquoi ? C'est pourtant assez clair. Parce que tu ne voulais pas qu'elle écrive une lettre d'amour au lieutenant von Hagemann. Parce que tu étais fou de jalousie, tu as échangé sa lettre contre une autre que tu as écrite, probablement en imitant l'écriture de Mademoiselle. Sais-tu que tu risques la prison si on l'apprend ?

— Tout ça n'est qu'un tissu de mensonges ! C'est toi qui es folle de jalousie et qui inventes des histoires. Qui croira à ces âneries ? Personne, et c'est sur toi que tout retombera, Augusta.

— Si tu te maries avec moi, on oubliera tout, Robert, reprit Augusta d'une voix changée et implorante. Je fais ça parce que je te vois courir à ta perte à cause de cet amour malsain. Crois-tu donc sérieusement… ?

— Chut ! Quelqu'un vient !

— Qui viendrait par ici ? Il fait tout noir.

Paul se sentit mal à l'aise quand Robert sortit de la cuisine et s'avança dans l'entrée. Il était ridicule de se cacher chez soi devant l'un de ses domestiques, mais il lui aurait été très pénible d'être surpris par Robert à épier cette conversation. Il s'accroupit lentement et se fondit dans l'ombre de l'escalier.

Quand Robert fut rentré dans la cuisine, Paul se releva et repartit en réfléchissant à ce qu'il venait d'entendre. Il n'y comprenait rien, sauf que ce pauvre Klaus von Hagemann n'avait pas reçu la bonne lettre. Il décida d'interroger Kitty quand l'occasion s'en présenterait, mais, telle qu'il la connaissait, elle n'avait sûrement pas écrit une lettre d'amour au lieutenant. Cette histoire était une farce, à ceci près que Robert s'était rendu coupable de tromperie. Les Melzer s'étaient mépris sur son compte. Il en parlerait à sa mère, mais plus tard. Dans l'immédiat, il avait autre chose en tête.

Il se rendit au salon rouge, alluma l'éclairage électrique du plafonnier et sonna. Robert arriva en moins d'une minute.

— Monsieur… nous ne vous avions pas entendu rentrer… je vous souhaite une bonne et heureuse année.

Le valet était nerveux. Paul l'accueillit aimablement pour le rassurer.

— Moi de même, Robert. Puisse cette nouvelle année exaucer tous nos vœux.

Robert s'inclina avec un sourire et garda le silence. Se demandait-il si Monsieur avait entendu une conversation qui n'aurait pas dû tomber dans l'oreille des maîtres ?

— Suis-je le seul de la famille à être de retour ? demanda Paul.

— Vos parents et ces demoiselles ne sont pas encore rentrés, mais ils ne sauraient plus tarder.

— C'est probable, dit joyeusement Paul. Apportez du mousseux et des verres afin que nous puissions boire à la nouvelle année dès leur retour.

— Mais bien sûr, monsieur.

Paul eut l'impression qu'une éternité s'était écoulée avant la réapparition de Robert, qui apporta le vin dans un seau en argent rempli de glace pilée.

— Posez-le ici, je le verserai moi-même. Merci.

Il attendit que Robert soit ressorti pour déboucher la bouteille et remplir deux verres. Le vin était encore tiède et moussait, si bien qu'il dut s'y reprendre à plusieurs fois. Il s'interrompit soudain pour se précipiter vers la fenêtre, fébrile : était-ce une automobile qui venait de tourner dans l'allée de la villa ? Non, il avait mal entendu, heureusement.

Les verres à la main, il sortit du salon, monta en vitesse au deuxième étage sans renverser une seule goutte et posa les verres sur une commode dans le couloir.

Le cœur battant, il frappa à la porte de la chambre.

Silence. L'idée atterrante lui vint que Kitty avait seulement oublié d'éteindre la lumière en sortant. Il frappa encore, un peu plus fort cette fois. Toujours rien. Décidé à en avoir le cœur net, il ouvrit la porte.

Elle était là ! Un bloc de dessin à la main, elle se tenait devant le chevalet sur lequel reposait un livre ouvert. Il vit avec stupéfaction qu'elle copiait une photographie du célèbre *David* de Michel-Ange.

— Pardon, monsieur, je… j'étais si absorbée…

Ses merveilleux yeux noirs le regardaient, horrifiés, comme ceux d'un daim acculé.

— N'aie pas peur, Marie. C'est moi qui devrais te faire des excuses : je ne suis pas censé être ici.

Elle l'avait sans aucun doute entendu frapper à la porte, mais avait cru qu'il repartirait si elle ne répondait pas. Il fit quelques pas dans la pièce, curieux de voir son dessin, mais elle le dissimula dans son dos et referma précipitamment le livre. Peut-être parce qu'elle dessinait un jeune homme nu ? Cette pudeur plut à Paul. Non, elle lui avait sûrement dit la vérité quand il l'avait rencontrée dans la ville basse.

— Une artiste ne dissimule pas son œuvre. L'art est destiné à tous, y compris à moi, badina-t-il.

— Mais je ne suis pas une artiste, monsieur. Je dessine seulement parce que Mademoiselle me l'a demandé. Elle me donne des cours et des devoirs.

Voilà qui lui révélait une nouvelle facette de sa sœur : Kitty, le sévère professeur de dessin. Décidément, elle n'en finissait pas de le surprendre.

— Mais, puisque nous sommes ici, nous pourrions boire ensemble à la nouvelle année, dit-il d'un air ingénu.

Il alla chercher les deux verres et tendit l'un d'eux à Marie, qui recula.

— Je vous remercie, monsieur, mais je préfère ne pas boire d'alcool.

Elle fait des manières, pensa-t-il. *Ça s'arrangera.*

Dieu, qu'elle était jolie dans cette nouvelle robe ! Est-ce qu'elle se serrait la taille ? Oui, bien entendu.

— Tu ne peux quand même pas refuser de boire juste une petite gorgée à une heureuse nouvelle année, dit-il. Allez, sois gentille et prends ce verre. Très bien…

Elle tenait si gracieusement le frêle pied du verre qu'il parut avoir été créé pour mettre en valeur son bras et sa petite main. Elle parvint à sourire, le dévisagea, et le regard intense de ses yeux sombres le laissa sans voix. Marie… Ce nom bruissait en lui. Marie…

— Dans ce cas, c'est à votre santé que nous boirons, monsieur, dit-elle d'une voix résolue. À votre santé et à celle de votre famille. Puisse cette année être paisible et heureuse pour vous tous.

— Et à la tienne aussi, Marie. Aux longues années heureuses que nous passerons ensemble dans cette villa.

Les verres émirent un tintement musical lorsqu'ils les entrechoquèrent. Paul remarqua avec amusement qu'elle buvait du mousseux pour la première fois. Elle fronça le nez et se contenta d'une toute petite gorgée.

— Parle-moi de ces cours de dessin, lui demanda-t-il. J'aimerais bien voir ce que tu fais.

— Avec plaisir, monsieur, mais quand Mademoiselle sera rentrée.

— Elle sera là d'un instant à l'autre. Nous l'attendrons ici en bavardant…

— Non, c'est impossible, monsieur.

Il vida son verre et lui barra le passage, car elle voulait pour de bon sortir de la chambre. Elle se figea devant lui, indécise, dans l'espoir qu'il la laisserait passer, mais il n'en fit rien. Cette fois, il voulait tenter le tout pour le tout. Le sang battait à ses tempes. Depuis des jours et des nuits il se répétait son nom et ne pensait qu'à elle : *Marie, Marie, Marie…*

Il leva les bras et l'étreignit, la sentit trembler contre lui et le désir de l'embrasser le submergea. L'éclat lumineux de son teint, ses lèvres rouges comme une blessure le fascinaient…

— Non ! lança-t-elle sur un ton sans réplique. Je ne veux pas de cela, monsieur.

Elle devint aussi dure et froide que le marbre de la statue qu'elle dessinait un instant plus tôt. Il la lâcha et recula, saisi par la fureur qui brûlait dans ses yeux.

— Je ne le veux pas parce qu'il n'en résultera rien de bon, reprit-elle. Bonne nuit !

Elle passa devant lui et il s'écarta par réflexe. Il s'attarda un instant sur le seuil de la chambre. Quand il l'entendit refermer derrière elle la porte de l'escalier de service, il se détourna et son regard se perdit dans la pénombre du couloir.

Elle l'avait bel et bien envoyé promener.

III

HIVER 1914

Chapitre 23

— Je ne pense pas que ce soit une bonne idée, Kitty.

Alicia toussota et but une gorgée de thé brûlant. Elle était enrouée depuis le matin, et avait à la fois mal à la gorge et à la tête. Malgré son épais manteau de fourrure, elle avait grelotté sur le balcon l'avant-veille. Mais elle aurait préféré geler sur place plutôt que de ne pas rester au côté de Johann pendant le discours qu'il adressait à ses employés pour le Nouvel An. Robert et Gustav avaient distribué de l'eau-de-vie, du chocolat chaud et des tartines. Il avait été merveilleux de voir tous ces gens acclamer leur directeur, souhaiter la bonne année à M. et Mme Melzer et boire avec eux à la nouvelle année. À quelques exceptions près, certes, mais il en était partout ainsi.

— Pourquoi, Maman ? demanda Kitty avec son obstination particulière. Robert n'aura qu'à nous déposer et nous rentrerons en taxi.

Bien entendu, elle énonçait cette idée saugrenue après le départ de son père. Johann aurait purement et simplement interdit cette sortie.

— Tu veux aller au musée avec Marie ? intervint Elisabeth.

— Je veux voir la collection d'œuvres d'art de

l'église Sainte-Catherine. Qu'y a-t-il de si extraordinaire à ça ? Marie est douée pour la peinture et je lui donne des cours. Il faut qu'elle étudie les différents styles de peinture.

— Notre fille de cuisine apprend à peindre, s'esclaffa Elisabeth. Je me demande parfois ce qui te passe par la tête, Kitty. Aurais-tu une araignée au plafond ?

Kitty riposta en déclarant que Marie était maintenant sa femme de chambre. Quant à Elisabeth, qui sortait sans arrêt avec ses amies, elle n'avait pas le droit…

— Pourrions-nous parler de tout cela calmement ? intervint Alicia. Ne serait-ce que parce que je n'ai presque plus de voix.

Ses deux filles s'inquiétèrent aussitôt de sa santé. Elisabeth lui conseilla de boire une citronnade bouillante, Kitty se rappela avec à-propos les cataplasmes et les infusions de sauge de leur enfance.

— Robert ! Mais où est-il fourré ?

— Laisse, Lisa, reprit Alicia. Je vais m'allonger un moment et boire une infusion de sureau.

Robert ouvrit la porte sans bruit, pour apporter sur un plateau une nouvelle théière et un pot de lait.

— Dites à la cuisinière de préparer une citronnade bien chaude avec du miel, ordonna Elisabeth.

— Oui, mademoiselle. Mais je ne suis pas sûr qu'il nous reste du citron. Nous n'en avions déjà plus pour le thé.

Il accomplit alors la prouesse que Kitty observait toujours avec intérêt ; gardant le plateau à la main, il prit de l'autre la théière vide sur le réchaud, la posa sur le plateau et plaça ensuite la théière pleine sur le réchaud. *Cette manœuvre ferait vaciller le bras de n'importe quel être humain normal*, se dit-elle, *mais Robert l'accomplit comme si c'était un jeu d'enfant, et il aurait probablement pu le faire les yeux fermés.*

— Au fait, Robert, pourriez-vous nous conduire en ville ? demanda-t-elle. Il a encore neigé cette nuit.

Elisabeth lança un regard indigné à sa mère, mais Alicia garda le silence : pas de querelles en présence des domestiques.

— Mais bien sûr, mademoiselle, s'empressa de répondre Robert, et la théière vide trembla sur le plateau. Gustav et moi-même avons déblayé la neige ce matin et tracé des chemins. Où dois-je vous conduire ?

— Merci, Robert, intervint Alicia, nous vous en informerons plus tard.

— Très bien, madame, répondit-il en dissimulant sa déception sous son zèle de bon serviteur.

Il reçut l'ordre de commander de l'infusion de sureau en cuisine. Avant de sortir, il débarrassa la tasse de Monsieur.

— Mais c'est parfait, Maman ! s'exclama joyeusement Kitty. Robert pourra nous déposer à l'église et aller acheter des citrons à l'épicerie ensuite. Tu as raison, Lisa : une citronnade bien chaude, c'est ce qu'il y a de mieux contre le rhume.

Elisabeth leva les yeux au ciel et Alicia s'avoua vaincue, se sentant trop affaiblie pour s'opposer à Kitty.

— Soit, dit-elle, mais, au cas où vous rencontreriez des connaissances, je te demanderai de traiter Marie comme une employée. Tes relations avec elle nous paraissent souvent beaucoup trop… libres.

Kitty était trop contente d'avoir obtenu gain de cause pour se disputer inutilement. Bien entendu, elle ne traiterait pas Marie en amie, pas en public du moins. Du reste, cela gênerait trop la jeune fille, qui savait rester à sa place. Et, oui, elle mangerait puisque sa mère vivait dans la peur qu'elle dépérisse.

Elisabeth se resservit une tasse de thé et regarda avec envie sa sœur mordre dans un petit pain beurré au jambon. Comment pouvait-elle manger tout ce qu'elle voulait sans prendre un gramme ? Pour sa part, il lui suffisait de regarder un petit pain beurré pour prendre un centimètre de tour de taille.

— Je monte dans ma chambre, annonça Alicia. Est-ce que quelqu'un veut le journal ? Non ? Alors je le prends.

Dès qu'elle fut sortie, Kitty se précipita vers la fenêtre pour vérifier que l'allée était praticable en voiture. On avait effectivement déblayé le chemin jusqu'au portail, et Gustav s'activait pour en déblayer un autre dans le parc. Il pelletait la neige avec vigueur et sans effort apparent. Comme il était musclé… Son souffle formait un nuage de vapeur. Robert était revenu dans la salle à manger pour débarrasser la table du petit déjeuner, et il le faisait si adroitement qu'on entendait à peine un léger tintement de temps à autre.

— Je voudrais être à l'église Sainte-Catherine à 11 heures, Robert, lui dit-elle.

— Alors nous devrons partir à 10 h 30, mademoiselle.

Elle se précipita dans le couloir, monta l'escalier et remarqua que son cœur battait bien plus rapidement que d'habitude. Elle avait couru trop vite, ou peut-être bu trop de thé. Le thé la rendait nerveuse. Elle se sentait surexcitée.

Elle fut surprise d'entendre dans sa chambre les voix de Marie et de la Schmalzler. Que faisait cette dernière dans sa chambre ? La Jordan était là aussi, qui glapissait. Incroyable ! Pourtant, quand Kitty entra, elle ne vit personne. Elles devaient être dans la garde-robe. Kitty regarda la petite pendule posée sur la commode de sa chambre. Il restait plus de deux heures avant le départ. Elle hésita, se demandant si elle avait le droit d'épier la dispute dans la garde-robe, mais jugea intéressant d'écouter un peu.

— La garde-robe de Mademoiselle est de mon ressort ! glapit la Jordan. Et ce, depuis que je suis ici !

— Il en a été décidé ainsi et vous devez respecter cette décision, Jordan, déclara la Schmalzler avec un calme étudié. Vous vous occuperez désormais de Madame et de Mlle Elisabeth, tandis que Marie servira Mlle Katharina.

— Elle va abîmer toutes ses affaires ! cria la Jordan. Elle ne sait même pas comment manier une robe en soie, une robe de bal, une tenue d'après-midi… et le linge ? Sait-elle seulement repasser ?

— Je vous ai déjà dit que je me chargerais de la former, répondit la Schmalzler, qui commençait à perdre patience. Vous n'avez donc aucun souci à vous faire.

Kitty s'assit sur l'un des fauteuils bleus. Cette conversation la divertissait au plus haut point. Elle n'aimait pas Maria Jordan, qui était sournoise et cancanière.

— Je suis loin d'être la seule à le penser, poursuivit la Jordan sur un ton belliqueux. Tous les employés de cette maison considèrent cette promotion comme une gifle. On travaille consciencieusement, on se forme pendant des années pour atteindre une position plus élevée, et voilà que quelqu'un comme Marie obtient la même chose en quelques semaines. Mais je n'en dirai pas plus. Je ne suis pas envieuse. Pas moi : je n'en ai nul besoin.

— C'est également mon avis, mademoiselle Jordan. Maintenant, pourriez-vous nous laisser faire notre travail ?

— Très bien, je m'en vais ! Mais je vous préviens qu'il ne faudra pas faire appel à moi si la nouvelle femme de chambre ne donne pas satisfaction. Sait-elle coudre, au moins ? Ce n'est pas moi qui me chargerai des travaux de couture à sa place !

— Je sais très bien coudre, mademoiselle Jordan, dit la voix de Marie.

La pauvre, ce qu'elle devait entendre comme méchancetés ! Kitty en était indignée. Si Maman avait moins tenu à la Jordan, elle-même aurait mis cette faux jeton à la porte. Mais la Jordan eut la peur de sa vie quand elle se retrouva face à Mademoiselle.

— À… à votre service, mademoiselle, bredouilla-t-elle, rouge de confusion. Je voulais voir si tout allait bien dans votre garde-robe et donner à Marie quelques conseils utiles.

— Mais certainement, répondit froidement Kitty. Je ne l'ai que trop bien entendu. Je vous serai reconnaissante de traiter désormais Marie avec égard, mademoiselle Jordan.

La Jordan devina que Kitty avait entendu le plus clair de leur conversation et son visage s'allongea.

— Bien sûr, mademoiselle. Pardonnez-moi, ce sont mes nerfs qui me jouent des tours…

Kitty acquiesça d'un air hautain. Le rôle de la princesse impérieuse l'enchantait.

— Je n'ai plus besoin de vous ici, ajouta-t-elle en montrant la porte. Ma mère, si : elle est montée dans sa chambre parce qu'elle couve un rhume.

— Alors veuillez m'excuser, mademoiselle…

La femme de chambre parut plus que soulagée de quitter le lieu de ses méfaits. La gouvernante se tira de cette pénible situation bien plus dignement. Elle fit ses excuses à Kitty pour le dérangement et eut même quelques bonnes paroles pour la Jordan.

— Ne prenez pas son accès d'humeur au tragique, dit-elle. Il n'est pas facile pour elle de renoncer si vite à une partie de ses fonctions, mais elle se fera une raison…

— Je l'espère bien !

Kitty attendit que la Schmalzler soit sortie pour tomber sur Marie avec ses projets. À partir de maintenant, elles visiteraient les musées d'Augsbourg, ainsi que l'hôtel de ville et quelques-unes des plus grandes églises. Elle avait l'intention d'enseigner l'histoire de l'art à Marie, un savoir fondamental pour quelqu'un d'aussi doué qu'elle. Marie devait emporter son bloc à dessin et ses crayons pour copier certains tableaux. Elle apprendrait beaucoup ainsi, elle-même en avait fait autant à l'école des beaux-arts. Elle fut tentée de prêter l'un de ses ensembles en tweed à son amie, mais se ravisa. Depuis sa promotion, Marie portait l'uniforme d'une femme de chambre : une longue jupe très sobre et un chemisier noir, avec tout au plus un bijou discret qui ne lui appartenait pas. Elle avait relevé ses cheveux, ce qui la faisait paraître plus âgée, mais plus séduisante. Non, aujourd'hui, elle ne devait à aucun prix être encore plus jolie, et surtout pas avoir l'allure d'une demoiselle. Kitty avait pour cela ses raisons, sans le moindre rapport avec les admonestations de Maman.

— Nous partirons à 10 h 30, annonça-t-elle en consultant la pendule pour la énième fois : se pouvait-il que, depuis tout ce temps, l'aiguille n'ait avancé que d'un quart d'heure ? Je vais prendre un bain et me coiffer. Donne-moi l'huile à la rose, Marie. Et le savon qui est dans l'armoire murale, avec la rose imprimée dessus.

Marie s'exécuta docilement. Kitty entendit dans le

couloir la voix enrouée de sa mère, qui semblait également vouloir prendre un bain. Elle poussa un soupir, car elle serait obligée de lui céder la place.

Les minutes coulaient comme du miel épais. Elle se mit à dessiner, mais avait le plus grand mal à se concentrer. Elle se rendit au salon rouge pour écouter l'air de *Turandot* sur le gramophone et jugea Enrico Caruso très surestimé. Il chantait d'une voix éraillée, mais cela était peut-être dû à un défaut du gramophone, ou à son impatience. Elle retourna dans sa chambre, ordonna à Marie de sortir de la garde-robe plusieurs ensembles, puis examina ses bottines sans parvenir à se décider. Les jaunes ornées de velours n'étaient-elles pas trop voyantes ? Ferait-elle mieux de porter sa jupe beige et la chemise assortie avec la longue veste bleu clair ? Non, là-dedans, elle ressemblerait à une employée de bureau. Plutôt du rouge foncé, la couleur qui lui allait le mieux, et son petit chapeau à voilette sur ses cheveux à demi relevés tombant en molles ondulations dans son dos.

Elles durent attendre dans l'entrée car la cuisinière remettait à Robert une longue liste de courses, et il devrait également aller acheter de l'aspirine à la pharmacie pour Madame.

— Je suis vraiment navré, mademoiselle, dit-il en apparaissant enfin, tout essoufflé. Mais ne vous inquiétez pas, nous arriverons à l'heure.

— Mon Dieu, nous ne sommes pas à quelques minutes près, ne put s'empêcher de répondre Marie. Après tout, personne ne nous attend, non ?

— Personne sauf le sacro-saint art, déclara Kitty, ravie de sa réplique.

Robert fit son possible. Il fonça vers le portail, puis vira avec toute la prudence requise sur la chaussée, où il fut contraint de ralentir. La neige commençait à fondre, mais le verglas qui s'était formé dans l'ombre faisait dangereusement cahoter la voiture.

— N'ayez pas peur, mademoiselle : ça ira mieux quand nous serons en ville, dit Robert à Kitty. Tenez-vous à la poignée pour ne pas vous faire de mal.

Des véhicules les croisaient avec leur chargement et on entendait jurer les cochers quand l'automobile frôlait les chevaux de trop près.

— Si mes canassons s'emballent, vous pourrez dire adieu à votre ferraille puante ! cria l'un d'eux.

Le cœur battant, Kitty saisit la main de Marie et se sentit rassurée par le calme de son amie. Quand ils eurent franchi la porte Jakob, le trajet fut plus paisible car la neige avait été aplanie par d'innombrables roues et pneus. Robert remonta la rue Jakob jusqu'à Perlachberg, où ils se retrouvèrent coincés dans un chaos d'automobiles, de charrettes, de fiacres et de piétons. Même le tramway ne pouvait plus avancer malgré les jurons du conducteur qui tirait en vain la sonnette.

— Que se passe-t-il ? Mais que font tous ces gens ici ?

— Il a dû y avoir un accident, mademoiselle. Je vais me renseigner, dit Robert.

— Non ! Ne descendez pas… s'écria Kitty atterrée.

— Il revient tout de suite, mademoiselle Katharina, lui dit Marie avec un sourire. Regardez, il parle avec le conducteur de cette automobile.

Kitty était bien décidée à aller à pied au besoin, mais Robert revint aussitôt et annonça qu'une charrette transportant des barriques de bière s'était renversée juste devant l'hôtel de ville. Les barriques avaient roulé en tous sens, endommagé deux voitures et blessé plusieurs passants.

— Et maintenant ? Faut-il faire demi-tour ? demanda anxieusement Kitty.

Robert repoussa sa casquette sur sa nuque et sourit d'un air conquérant. Il pria ces demoiselles de s'accrocher, car il allait faire un détour. Il tourna à gauche, passant entre un taxi et le tramway, pour s'engouffrer dans une ruelle étroite. L'automobile prit plusieurs virages et se retrouva comme par miracle quelques minutes plus tard sur la rue Maximilien. Robert avait adroitement contourné l'hôtel de ville. Plusieurs taxis et voitures l'avaient suivi, leurs conducteurs s'adressaient des clins d'œil en klaxonnant joyeusement, et Robert rayonnait de fierté.

— Vous vous en êtes très bien tiré, le complimenta Kitty. Regarde là-bas, Marie, la tour de Perlach et l'hôtel de ville. Ils sont jolis, non, ces clochers à bulbe ? On dit que c'est un édifice imposant mais moi, je le trouve massif et ennuyeux. Il est de style classique, ça se voit à ces petits triangles au-dessus des fenêtres. Bien droit et bien régulier, avec une aile de chaque côté, bref, ennuyeux à mourir, mais distingué…

Kitty se sentait si excitée qu'elle éprouvait le besoin de parler de n'importe quoi tant que les mots et les phrases pouvaient jaillir de sa bouche. Elle se rendit compte qu'elle divaguait complètement et riait sans retenue.

— Regarde, Marie, nous sommes maintenant dans la ville haute. Tu y allais rarement autrefois, non ?

— J'avais rarement à faire par ici…

Kitty lui laissa à peine le temps de répondre. Avait-elle vu la fontaine d'Auguste ? Non ? Auguste était un empereur romain, elle ne devait pas l'oublier. Et là-bas, au loin, on distinguait le mince clocher de la basilique de Saint-Ulrich. Ne trouvait-elle pas la rue Maximilien extraordinairement large et impressionnante ? L'hôtel de ville à une extrémité, la grande basilique de Saint-

Ulrich à l'autre. Tout un symbole, l'église et la bourgeoisie ayant fait la grandeur de cette ville. Du moins était-ce ce qu'on lui avait enseigné à l'école, conclut-elle en gloussant.

La voiture avançait sans heurt à présent. On voyait quelques gamins déblayer la neige des trottoirs, des femmes chargées de paniers de provisions enjamber soigneusement les flaques, et derrière eux tintinnabulait le tramway qui avait échappé à l'encombrement devant l'hôtel de ville.

— Nous y sommes presque, Marie. Là-bas, c'est la fontaine de Mercure. Après elle, nous tournerons à gauche dans la rue de la Halle. Sais-tu qui est Mercure ? Non, pas un empereur romain. Bien mieux que ça : un dieu. Le dieu des commerçants et des voleurs. C'était aussi un messager, et ses sandales étaient ailées. Tu dois te le rappeler, Marie, parce qu'il est jeune et beau. Il a des yeux noirs comme l'encre et des cheveux bouclés. Quand la passion s'empare de lui, des étincelles d'or dansent dans ses prunelles…

Kitty fut reprise par ces stupides gloussements. Mon Dieu, que racontait-elle ? Qu'est-ce que Robert pouvait penser d'elle ? Mais pourquoi se soucier de lui ? Ce n'était qu'un employé. Et Marie, cette chère Marie, elle, la comprendrait, elle en était sûre.

L'église Sainte-Catherine faisait presque figure de parent pauvre à côté du splendide palais Schaezler tout blanc. En descendant de voiture, Kitty expliqua que les Schaezler, des gens très arrogants, évitaient soigneusement les « nouveaux riches » qu'étaient à leurs yeux les industriels. L'intérieur du palais devait être comme celui d'un château de conte de fées, dans le style baroque, avec une profusion de dorures et de miroirs en cristal qui faisaient paraître les pièces plus grandes.

Elle fit signe à Robert de repartir. Non, il n'avait pas besoin de venir les chercher, elles rentreraient en taxi. Elle régla le prix de l'entrée à la caisse tenue par un homme à la moustache grise. Elles gardèrent leurs manteaux car il faisait froid. Les salles n'étaient pas chauffées afin de ne pas endommager les tableaux.

— Regarde, Marie, quelques-uns des plus beaux tableaux de l'église sont exposés dans cette salle. Ce sont les nonnes qui les ont commandés. Hans Holbein a peint deux d'entre eux. Les nonnes ? Cette église faisait autrefois partie d'un couvent, je crois que c'étaient des dominicaines. Comme leurs prières pouvaient libérer un pécheur de la damnation éternelle, elles sont devenues riches et ont pu commander ces splendides retables. En ce temps-là, l'art dépendait toujours de l'Église ou de l'argent. C'est parfaitement répugnant, Marie. L'art doit être libre, s'élancer dans le ciel comme un oiseau scintillant…

Un employé vêtu de bleu sombre lui fit signe de parler moins fort, et elle se tut, effrayée.

— Je crois que tu devrais copier l'un de ces retables, chuchota-t-elle à Marie. Rappelle-toi qu'ils ont été peints au XVIe siècle. Ils paraissent vétustes, mais ce sont les œuvres de grands peintres. Fais bien attention à l'expression du corps et du visage… Tiens, le mieux serait de t'installer ici.

Kitty n'avait pas la moindre idée de l'heure, sachant seulement que 11 heures avaient sonné depuis longtemps. Marie parut un peu surprise que sa compagne la mette au travail dès la première salle. Elle aurait aimé regarder l'exposition avant de commencer, mais ce n'était que partie remise. Les tableaux ne s'enfuiraient pas. Les tableaux, non…

— Maintenant, je te laisse seule, ma chère Marie,

afin que tu puisses dessiner en toute tranquillité. Prends ton temps, examine attentivement ce tableau avant de commencer…

Katharina fut un instant tentée d'ôter son lourd manteau et de le confier à Marie, mais il faisait vraiment trop froid, elle grelottait même dedans. Lentement, comme une visiteuse passionnée par l'exposition, elle s'avança dans la salle au plafond haut qui gardait l'allure de sa fonction d'origine : les piliers s'achevaient en ogives entrecroisées pour former la voûte. Elle adressa un signe de tête aimable au gardien avant d'entrer dans la deuxième salle, où elle ne vit que deux dames âgées. Son cœur se serra et elle eut envie de se précipiter dans les deux salles latérales pour voir s'il y avait quelqu'un d'autre, mais se maîtrisa. Qui était-elle ? Une fille stupide qui courait après la lune ? Sûrement pas. Elle n'avait nul besoin de se presser. Peut-être n'était-il pas plus mal qu'elles soient arrivées en retard, car ainsi il ne s'imaginerait pas qu'elle était amoureuse de lui. À ses pieds, comme toutes les autres. Oh, que non, elle était Katharina Melzer, celle que, depuis son premier bal, un mois auparavant, on appelait l'« ensorcelante petite princesse ». Et si elle lui accordait un rendez-vous, c'était une faveur qu'elle lui faisait.

Dans la salle latérale de droite était assise l'une de ces employées vêtues de bleu qui tricotait une chaussette violette. Incroyable : au milieu de tous ces merveilleux chefs-d'œuvre, elle restait juchée sur son tabouret et faisait cliqueter ses aiguilles ! Kitty revint dans la deuxième salle et tourna vers la droite. S'il n'y était pas non plus, soit il n'était pas venu, soit il était déjà reparti. Pourquoi ressentait-elle une telle déception à cette idée ? Après tout, qu'est-ce que ça pouvait lui faire ? Tant pis pour vous, monsieur Duchamps.

Mais il était là. Il lui tournait le dos, plongé dans la contemplation du tableau d'un maître souabe. Il se retourna seulement quand elle s'arrêta.

— Comme vous arrivez tard, mademoiselle, lui dit-il avec un sourire. Je commençais à craindre que vous ayez changé d'avis.

Son sourire la réchauffa. Mon Dieu, ses yeux étaient parsemés d'étincelles dorées… comment un homme pouvait-il être si merveilleux et si attirant ?

— Nous avons été retardées, répondit Kitty, se ressaisissant.

— Je n'en suis que plus heureux que vous vous soyez risquée jusqu'ici.

Les genoux de la jeune femme tremblaient tandis qu'elle s'approchait de lui. Il l'accueillit galamment par un baisemain qui lui fit l'effet d'une flamme. Ses lèvres avaient-elles effleuré sa peau ou l'avait-elle seulement imaginé ?

— Je devais me rendre en ville, du reste, lui dit-elle avec un sourire. Et cette exposition mérite d'être visitée régulièrement.

— Vous avez bien raison, mademoiselle Catherine…

Comme son nom sonnait joliment dans sa bouche… Il n'avait qu'une pointe d'accent français et son allemand était irréprochable, chose surprenante pour le fils d'un soyeux lyonnais. Mais sa mère était allemande, et il dirigeait depuis quelques années la succursale de l'entreprise lyonnaise à Augsbourg. Ils avaient fait connaissance lors du premier bal de Katharina et s'étaient régulièrement revus depuis, la dernière fois à cette réception mortellement ennuyeuse chez le maire.

Il lança un regard vers l'entrée de la salle, où un gardien apparut quelques secondes avant de repartir.

— Je sais combien je me montre audacieux, mademoiselle, reprit-il à mi-voix, mais je ne peux laisser passer cette occasion de vous dire l'impression profonde que vous m'avez laissée. Je pense à vous jour et nuit. Je garde votre image dans mon cœur, je vous parle, je crois entendre votre voix, oui, je crois même parfois sentir la chaleur de votre petite main…

Elle buvait ces paroles, qui la remplissaient de joie. C'était ce qu'elle désirait entendre depuis des jours et des jours. Ses yeux pailletés d'or, sa voix profonde et veloutée, mon Dieu… Ce qu'il venait de dire n'était sans doute pas de la grande poésie. Plus d'un lui avait tenu des propos semblables, mais il était merveilleux de l'entendre de cette bouche-là.

— Ne vous moquez pas de moi, je vous en prie, Catherine… Je vous ouvre mon cœur parce que je crois ne pas vous être indifférent non plus. Sinon, vous ne seriez pas maintenant devant moi…

Elle lut dans ses yeux une assurance qui l'irrita et lui plut en même temps. Ce n'était pas l'un de ces blancs-becs implorants qui faisaient cercle autour d'elle dans les réceptions, mais un homme qui savait ce qu'il voulait.

— Je dois avouer que vous avez éveillé ma curiosité, dit-elle avec coquetterie. Il se peut que nous ayons beaucoup en commun, à commencer par l'amour de l'art.

Deux dames d'âge mûr entrèrent dans la salle, passèrent lentement devant eux et s'arrêtèrent ici et là pour bavarder devant les tableaux. Elles s'attardèrent une éternité avant de ressortir. Pendant ce temps, Kitty et Duchamps restèrent face à face, silencieux, fascinés l'un par l'autre.

— L'amour, dit-il à voix basse, l'amour de la vie, de la beauté, de l'art… comme j'aimerais vous parler de tout cela et de tant d'autres choses encore… Depuis aujourd'hui, le monde m'apparaît comme neuf, comme si je venais seulement de naître… Ne riez pas, je vous en prie…

Elle gloussait, mais il s'agissait d'une réaction purement nerveuse. Elle sentit son haleine, l'odeur de son manteau, la pression de son bras. La bouche du jeune homme rechercha ses lèvres et il se produisit alors quelque chose d'incroyable.

— Pardonnez-moi, chuchota-t-il à son oreille. Je ne voulais pas cela. Pas maintenant, pas si vite…

Les étincelles d'or de ses yeux la transperçaient comme des flèches et son cœur battait violemment. Que s'était-il passé ? Et que racontait-il à présent ?

— Ne me prenez pas pour un séducteur sans scrupules, mademoiselle. C'est la passion qui m'a emporté. Mon Dieu, je suis tombé amoureux… Je vous jure que cela ne m'était pas arrivé depuis des années. Le coup de foudre… Pouvez-vous me pardonner de m'être montré si entreprenant ? C'était stupide et maladroit de ma part.

— Pardonnez-moi, l'interrompit-elle, mais tout est allé si vite… Pourriez-vous… pourriez-vous recommencer, s'il vous plaît ?

La salle se mit à tourner autour d'elle tandis qu'il exauçait son souhait. Les tableaux anciens défilaient devant elle comme un film en accéléré, en un tourbillon de formes et de couleurs, de saints et de pénitents, de paysages, d'animaux et de ruines. Mais ce fut l'odeur encore inconnue de sa peau et de ses cheveux qui l'enveloppa tout entière.

Chapitre 24

— C'est cette étoffe que je choisirais, mademoiselle, déclara Marie en montrant l'un des trois ballots de tissu posés sur la table de la salle de couture.

C'était un coûteux Atlas en soie d'un bleu tendre. Les deux autres étaient des satins, l'un d'un rose mat, l'autre vert clair.

— Pourquoi celui-là ? demanda Elisabeth, surprise.

— Parce que le bleu s'harmonise à votre teint, et surtout à la couleur de vos yeux. Regardez…

Marie prit le ballot et en déroula adroitement quelques mètres qu'elle drapa sur les épaules d'Elisabeth assise devant le miroir.

— Le côté mat à l'extérieur, le brillant pour les revers et le décolleté, reprit-elle. Une coupe très sobre avec des manches étroites pour lesquelles on emploiera de la mousseline dans le même ton. Des ruchés seulement au bas de la jupe, car ils épaissiraient trop la traîne, et peut-être une fleur au décolleté. Je la coudrai pour vous.

Elisabeth examina son reflet et dut donner raison à la nouvelle femme de chambre. Avec quelle adresse elle drapait l'étoffe sur ses épaules, marquant comme il le fallait le décolleté et la taille… Elle avait décidément du talent, cette petite Marie. Il suffisait de lui montrer quelques journaux de mode pour qu'elle trouve des idées de tenues toujours élégantes, à la mode et, ce qui comptait le plus, seyantes pour une silhouette replète.

— Vous pourriez porter avec cette robe un collier, des perles peut-être, ou une chaîne d'or très fine avec des pierres bleues.

Oui, elle pourrait porter le pendentif en aigue-marine que son père lui avait offert à Noël trois ans plus tôt. Cette idée lui plaisait vraiment.

— Je relèverais les cheveux à moitié, peut-être en les tressant pas trop serrés et en laissant quelques boucles sur le front. Si vous voulez, je pourrai coudre une parure pour vos cheveux, un nœud avec des perles et des plumes.

Elle fabriquait divinement ce genre de babiole. Elle avait travaillé un an chez une couturière où elle n'avait cousu que des fleurs. Les deux machines à coudre à pédale de la villa tournaient depuis plusieurs jours, car on confectionnait aussi les robes de bal de Kitty et de leur mère. On avait également fait venir la Zimmermann, une couturière fiable qui connaissait son métier. Mais les idées de Marie, son goût et l'aisance avec laquelle elle maniait étoffes et couleurs étaient incomparables. Au début, Elisabeth ne l'appréciait guère, la jugeant arrogante pour une fille de cuisine, et cette histoire avec Kitty était tout simplement scandaleuse. Mais elle avait changé d'avis ensuite. Cette fille était une perle dont on aurait gâché les dons en cuisine.

— C'est exactement ce que nous ferons, Marie, dit-elle. Dessine tout ça pour Mme Zimmermann.

— Oui, mademoiselle. Pourrais-je également ajouter quelques fleurs et ornements de cheveux, afin de vous montrer ce que j'envisage pour vous ?

— Oui, c'est une bonne idée, répondit Elisabeth avec un hochement de tête approbateur, et elle attendit patiemment que Marie la libère des flots d'étoffe.

Cette petite dessinait à merveille. Kitty pouvait suivre tous les cours de dessin qu'elle voulait, elle n'arrivait pas à la cheville de cette petite femme de chambre. Ses dessins avaient un je-ne-sais-quoi qu'Elisabeth aurait été bien incapable de définir, mais ça crevait les yeux et ça empoignait le spectateur. Étonnant pour une fille qui, comme leur mère le leur avait confié, avait été élevée dans un orphelinat.

Elisabeth se leva, puis jeta un dernier regard au miroir, qui lui renvoya son reflet. Elle était comme toujours pâle et avec un soupçon de double menton. Seuls ses cheveux avaient belle allure, grâce à la Jordan, qui depuis plusieurs semaines rivalisait avec la nouvelle femme de chambre, mais en vain.

Elle sortit de la pièce pour écrire avant midi un mot à une amie malade. Serafina était une compagne du pensionnat et, plus important, son père, le colonel von Sontheim, était le supérieur du lieutenant von Hagemann. Ce dernier avait regagné son régiment, et Elisabeth craignait qu'il n'ait pas de congé le jour du bal chez les Melzer.

— Pardonnez-moi, mademoiselle…

— Qu'y a-t-il, Robert ?

Le valet lança un bref regard vers la porte de la salle de couture derrière laquelle on entendait les cliquetis et les grincements des machines.

— Pas ici, dans le couloir, mademoiselle, murmura-t-il. C'est… une affaire confidentielle.

— J'ai peu de temps…

— C'est au sujet de cette lettre au lieutenant von Hagemann…

Elle le dévisagea, inquiète. Il paraissait tout à fait calme, mais elle voulait en avoir le cœur net.

— Entrez vite ici.

Elle inspecta le couloir, puis ouvrit la porte de sa chambre. Robert n'avait rien à faire dans cette pièce, mais il fallait régler cette affaire au plus vite.

— Que se passe-t-il ? demanda-t-elle.

— Augusta m'a vu échanger les lettres.

C'était une mauvaise nouvelle, mais au moins la fille avait gardé le silence jusqu'ici. Toutefois, pourquoi ne lui en parlait-il que maintenant ? demanda-t-elle.

— Elle ignore qui a écrit la lettre de substitution, mademoiselle. Elle me soupçonne et est capable d'y faire allusion devant votre sœur ou même devant votre mère.

— Pourquoi le ferait-elle ? Je croyais que vous vouliez vous marier.

Non, certainement pas, répondit-il. Augusta voulait l'y forcer, mais il ne céderait pas à un chantage.

— Elle vous menace de révéler cette histoire de lettre si vous ne la menez pas à l'autel, c'est ça ?

— C'est exactement cela, mademoiselle, mais soyez sans inquiétude. Même si elle bavarde, personne ne la croira.

Elisabeth ne répondit pas, mais n'était pas de cet avis. Elle arpenta la chambre, pensive, redressa machinalement un vase, pinça entre deux doigts les rideaux trop ornés. Il fallait faire taire cette petite garce sans plus attendre.

— Merci, Robert, dit-elle. Vous pouvez disposer. Je prends cette affaire en main.

Il s'inclina devant elle, mais hésitait encore à sortir. Quelque chose le tracassait.

— Comprenez-moi bien, mademoiselle : je suis très

fier de travailler à la villa. Madame a toujours été très bonne pour moi et je crois qu'elle me tient en grande estime. Il serait par conséquent désastreux pour moi que le petit service que je vous ai rendu…

— C'est bon, Robert, personne n'en saura rien.

Il aurait sans doute voulu insister, mais la note d'impatience dans sa voix le réduisit au silence. Avait-il eu raison de se confier à elle ? Un instant plus tôt, il croyait encore que c'était là le seul moyen de se libérer de ce piège sans grand dommage, mais à présent il en était moins sûr.

Il entrouvrit la porte et se figea.

Maria Jordan traversait le couloir, une pile de linge repassé dans les bras, tandis que la couturière arrivait en sens inverse. Il attendit qu'elles aient disparu pour sortir et redescendre par l'escalier de service.

Elisabeth lui avait à peine prêté attention car elle avait bien autre chose en tête. Elle prit dans le tiroir supérieur de sa commode un coffret en cuir vert qu'elle posa sur sa coiffeuse devant le miroir à trois pans. Le fond vert de ce coffret était orné de motifs dorés, fleurs, entrelacs de vrilles, oiseaux et papillons. Elle avait imploré sa mère de le lui offrir plusieurs années auparavant. Elle y conservait ses bijoux préférés : bagues, broches, rangs de perles qu'on pouvait enrouler trois ou quatre fois autour du cou. Elle était fière à l'idée de révéler un jour ce trésor à son futur mari. Peut-être n'était-elle pas très jolie, elle n'était pas de ces jeunes filles qui séduisent par leur sveltesse et leurs battements de cils, mais elle serait une épouse dévouée et fidèle. Et elle était loin d'être démunie. Klaus von Hagemann n'aurait aucune raison de se plaindre.

Le coffret contenait aussi l'aigue-marine. C'était un pendentif en forme de fleur à trois pétales bordés de brillants. Un autre brillant scintillait à l'emplacement du cœur. On le portait sur une longue chaîne en or enroulée plusieurs fois autour du cou. Elisabeth plaça le pendentif devant sa poitrine et se pencha pour s'examiner dans le miroir. Pourrait-elle plaire au lieutenant dans sa robe de bal bleue ? Face à Kitty, elle n'avait aucune chance. Sa petite sœur porterait une robe à motif d'Atlas blanche à la traîne en mousseline semée de roses dans laquelle elle aurait l'allure d'une fée. Kitty n'avait besoin d'aucun bijou pour briller. La peau de son cou délié et de son décolleté était sans défaut. Son éclat enfantin et séducteur se passait de parure.

Elisabeth se redressa avec un soupir, soupesa le pendentif, puis sonna.

La Jordan fit irruption dans sa chambre, pleine d'empressement.

— Dites à Augusta de m'apporter du thé, lui ordonna Elisabeth.

La déception se peignit sur le visage blême de la Jordan. Elle était mise à rude épreuve, car désormais seule Madame recourait à ses services, tout en faisant appel à Marie de temps à autre.

— Je peux vous l'apporter moi-même, mademoiselle.

— Mais c'est à Augusta que je le demande !

Cette réponse fut une humiliation supplémentaire pour Jordan, qui se retira d'un air ulcéré. Elisabeth était furieuse contre elle : cette enquiquineuse avait failli tout gâcher.

Augusta se fit attendre. On préparait le déjeuner en cuisine. Comme on n'avait pas encore engagé de nouvelle fille de cuisine, Else et Augusta devaient régulièrement donner un coup de main.

— Votre thé, mademoiselle.

Enfin ! Elisabeth regarda Augusta, qui tenait adroitement le plateau d'une main et ouvrait la porte de l'autre. Le devant de sa jupe était déjà bombé, même si le tablier dissimulait le plus gros. À combien de mois remontait sa grossesse ? L'enfant naîtrait-il dès le printemps ?

— Pose-le sur la table là-bas. Non, inutile de verser le thé. Laisse-le infuser encore un peu.

— Oui, mademoiselle, répondit Augusta avec une petite révérence et un sourire niais.

Elle avait plus d'un tour dans son sac, cette peste. Mais elle était à la fois perverse et stupide, et ce n'était pas avec de telles dispositions qu'on pouvait contraindre un homme au mariage. Non, il fallait l'amener à le proposer de lui-même.

— Viens par ici : j'ai quelque chose à te dire, reprit-elle alors qu'Augusta se dirigeait déjà vers la porte.

Peut-être la bonne avait-elle flairé quelque chose, pour se presser à ce point. Maintenant, elle se tenait les bras ballants devant Mademoiselle assise à la coiffeuse. Elisabeth avait repris le pendentif en aigue-marine dont la chaîne d'or traînait sur ses genoux.

— Ce bijou te plaît-il, Augusta ?

Cette question déconcerta la jeune fille. Elle regarda fixement les brillants, les pierres bleues, déglutit, puis hocha la tête d'un air idiot.

— Il est très beau, mademoiselle.

— C'est bien mon avis, répliqua Elisabeth en soulevant un peu le pendentif. C'est l'un de mes bijoux préférés, un cadeau de mon père.

Augusta ne sut que répondre. Elle sourit et attendit que Mademoiselle reprenne la parole.

— J'ai donc eu beaucoup de chagrin quand il a disparu il y a quelques jours, poursuivit Elisabeth. Heureusement, on l'a retrouvé aujourd'hui.

Augusta la dévisagea et, à ses yeux agrandis, on devinait que son esprit travaillait. Elisabeth referma le piège.

— On l'a retrouvé sous ton matelas, Augusta. Qu'as-tu à dire ?

Augusta ouvrit la bouche, bafouilla, gémit, jura sur la Vierge Marie et tous les saints qu'elle voulait bien aller en enfer si elle était capable d'une chose pareille. Elle était innocente, quelqu'un lui avait joué ce vilain tour pour la faire soupçonner…

— J'ai un témoin qui a découvert le bijou en même temps que moi, déclara Elisabeth.

— Un… témoin ?

— Robert.

La jeune fille devint si pâle qu'Elisabeth eut peur de la voir tomber en syncope.

— Assieds-toi sur cette chaise, ordonna-t-elle. Il faut que nous parlions calmement de cette malheureuse histoire.

— Robert, chuchota Augusta. Robert aurait trouvé ce bijou sous mon matelas ?

— Lui et moi, affirma froidement Elisabeth. J'avais décidé d'inspecter les chambres des employés.

— Robert…

Augusta se mit à pleurer. L'implication de son amoureux dans cette affaire semblait l'éprouver douloureusement. Elisabeth ne pouvait hélas produire d'autre témoin. Elle aurait intérêt à informer Robert au plus tôt afin qu'il ne commette pas d'impair.

— Cesse de pleurer, Augusta, ordonna-t-elle. Cette affaire est grave, très grave, même. Si une plainte est déposée contre toi, tu iras en prison.

— Je n'ai… rien… volé, sanglota Augusta. Je le jure sur tous les…

— Ça va, l'interrompit Elisabeth. Écoute-moi bien.

En raison de ton état actuel et de ton service qui jusqu'ici a été irréprochable, je suis prête à te faire grâce, mais à condition que tu te conduises loyalement. Par « loyalement », j'entends que tu n'accuses à tort aucun des employés de cette maison, Robert en particulier.

Observer le visage d'Augusta était savoureux. Elle avait compris. Elle était loin d'être aussi bête qu'elle le feignait.

— Après tout, vous voulez vous marier, ajouta perfidement Elisabeth. Il importe que ton enfant ait un père.

Augusta baissa la tête et, l'espace d'un instant, Elisabeth craignit qu'elle s'évanouisse, mais elle se ressaisit et se leva.

— J'ai compris ce que Mademoiselle m'a dit, murmura-t-elle.

— Très bien, répondit aimablement Elisabeth en laissant glisser le pendentif dans la boîte à bijoux. Dans ce cas, nous sommes bien d'accord ?

Augusta acquiesça.

— Verse-moi du thé avant de redescendre.

Chapitre 25

Comme tout était grisant ! La rumeur des voix, les notes légères des instruments, les effluves de parfum et de pommade, cette attente… Kitty s'arrêta sur le seuil de la salle de bal pour mieux s'imprégner du tourbillon des robes multicolores, des décolletés roses ou d'un blanc neigeux, des cheveux tressés ou bouclés avec art. Les jeunes filles étaient parées de couleurs tendres, les hommes élégamment vêtus de noir et presque tous en habit.

— Suis-je arrivé à temps, mademoiselle ? Une seule danse avec vous, et mon bonheur serait complet.

C'était Alfons Bräuer. Le gros, bonhomme et tout dévoué Alfons. Un garçon ennuyeux, mais ce soir-là Kitty était radieuse. Elle tira donc son carnet de bal de son sac à main argenté, un petit bijou que Marie avait dessiné et cousu pour elle, puis, les sourcils froncés, examina les noms qu'elle y avait notés.

— Le quadrille de fin de soirée est encore libre, répondit-elle.

Deux jeunes gens firent irruption dans la salle et se présentèrent à Kitty tout en essayant de chasser Alfons, mais il restait rivé sur le seuil, résolu à ne pas bouger avant d'avoir obtenu sa danse.

— Je vous prierai donc de m'inscrire pour cette danse, reprit-il en plongeant la main dans la poche de sa veste pour prendre son carnet de bal et un stylo. Mais je dois vous avouer que je suis un piètre danseur, surtout au quadrille, où je m'embrouille toujours dans les pas.

Kitty éclata de rire. Le voir s'excuser pour un oui ou un non était trop comique. D'autres messieurs vantaient leurs talents de danseur ou de cavalier, leur goût littéraire, certains prétendaient même connaître quelque chose à l'art, mais Alfons Bräuer, lui, ne se mettait jamais en avant.

— Ce n'est pas grave, déclara-t-elle joyeusement. Nous improviserons et tout le monde nous imitera.

— Vous êtes vraiment trop bonne, mademoiselle Katharina.

Il l'appelait « Mlle Katharina », ce qui était déjà familier. À l'autre bout de la salle, elle entrevit sa mère, qui adressait un sourire d'encouragement à Bräuer. Kitty en fut irritée : voilà que sa mère recommençait à faire des projets de mariage. Papa avait raison de dire qu'elle ferait mieux de s'en remettre au sort.

On entendit la voix de son frère, qui s'était imposé comme organisateur du bal. Tout le monde afflua dans la salle afin de ne pas manquer le discours d'accueil. Les bavardages et les rires se turent et même les musiciens cessèrent d'accorder leurs instruments. Kitty sortit dans le couloir, car elle savait ce que Paul allait dire. On ferait vers 10 heures une pause prolongée pour laisser les danseurs se reposer et reprendre des forces au buffet. Pour les dames qui ne danseraient pas – celles qui étaient trop vieilles ou trop laides –, on avait installé des fauteuils et des canapés dans la bibliothèque. Les messieurs qui ne danseraient pas, eux, se retrouveraient au fumoir, entre barbichus et goutteux.

Kitty pinça sa traîne entre ses doigts pour la faire bouffer un peu. Marie avait fini de coudre cette nuit les ruchés et les fleurs rose tendre. Cette robe était un poème. Kitty avait persuadé la jeune fille de la passer pour le plaisir de la contempler, car elles avaient la même silhouette. Marie avait eu l'air d'une fleur dans cette robe. Quel dommage qu'elle ne puisse danser au bal… mais, d'un autre côté, c'était mieux ainsi : qui savait si elle aussi ne plairait pas à cet homme ? Kitty souhaitait tout le bonheur du monde à sa chère Marie, mais pas avec lui.

Il arriverait assez tard, naturellement. Gérard Duchamps viendrait au bal pour un court moment seulement, et en retard comme à son habitude. Mais il viendrait, elle en était certaine. En attendant, elle devrait se contenter de tous ces amoureux transis ennuyeux à périr. Cette expression la fit glousser. Elle était de Paul, avec qui elle avait tellement ri le matin au petit déjeuner. Il était revenu de Munich pour la soirée.

L'un des extras lui présenta des petits-fours sur un plateau d'argent, et elle choisit l'une des minuscules friandises. Comme chaque année, la Brunnenmayer avait mis un point d'honneur à préparer elle-même tout le buffet. Ces exquises miniatures se composaient de biscuit léger, de crème au beurre, de fruits déguisés et de chocolat. Afin que les messieurs ne salissent pas leurs gants blancs, les petits-fours étaient présentés sur des napperons de papier.

— Encore en train de grignoter, sœurette ?

Kitty acquiesça et croqua joyeusement le petit-four, s'abstenant de répondre à Elisabeth que, contrairement à elle, elle n'avait pas dû se nourrir seulement de thé sans sucre plusieurs jours avant le bal. Au vu du résultat, ce régime était efficace, il fallait le reconnaître.

— Tu es très jolie ce soir, lui dit Kitty. Et cette robe d'un bleu pâle est un rêve. Marie est vraiment une perle, tu ne trouves pas ?

— Elle est douée, c'est certain.

Plusieurs jeunes messieurs convergèrent vers Kitty, qui dut subir un déluge de compliments éculés. Non, son carnet de bal était malheureusement rempli, mais elle serait toujours heureuse de bavarder sans cérémonie pendant la pause. Elisabeth salua quelques invités, mais ses yeux se tournaient régulièrement vers l'escalier. Leurs père et mère ouvriraient le bal d'un instant à l'autre, mais celui qu'elle espérait voir n'était pas encore apparu et il était peu probable qu'il vienne. Kitty avait mauvaise conscience à l'égard de sa sœur, sans être en rien responsable de la versatilité du lieutenant von Hagemann. Elle lui avait écrit sur l'injonction de sa mère qu'elle s'estimait très honorée de sa proposition, mais ne se sentait pas encore mûre pour le mariage. Le lieutenant était du reste sympathique, enthousiaste, plein d'ardeur, il s'exprimait bien et pouvait se montrer spirituel, mais il était falot en regard de Duchamps.

— Il doit être de service : dans ce cas, il ne pourra pas venir avant 9 heures, fit-elle observer en regardant l'entrée déserte.

Kitty avait voulu consoler sa sœur, mais elle était la dernière personne auprès de qui Elisabeth aurait cherché du réconfort.

— De qui parles-tu ? répliqua-t-elle sur un ton acide. De M. Duchamps, qui viendra de Lyon exprès pour toi ?

— De Lyon ?

Elisabeth rayonna de satisfaction. Quel plaisir de révéler elle-même cette mauvaise nouvelle à Kitty, alors qu'elle la croyait déjà renseignée par leur mère ou les domestiques.

— Mais oui, il est parti pour Lyon avant-hier. Tu ne le savais donc pas ?

Kitty se sentit cernée d'un brouillard gris et froid.

— Non, je ne le savais pas mais, cela dit, je n'attendais pas ce monsieur, Lisa, répondit-elle en feignant l'indifférence.

— Mais non, bien sûr ! persifla sa sœur.

Kitty fut soulagée d'entendre la musique et l'appel à la première danse. Une valse, naturellement. Maman adorait cette danse. Ses parents la danseraient sur un rythme lent, et surtout pas comme une valse viennoise, à cause de la cheville raide de leur mère, mais surtout parce que leur père était le pire danseur de la Création.

— Chère mademoiselle ! Je commençais à craindre de vous avoir perdue…

Le danseur de Kitty pour cette première valse s'était frayé un chemin jusqu'à elle dans la foule. C'était Hermann Kochendorf, héritier d'une lucrative maison de commerce et membre de la magistrature, un célibataire insipide mais convoité, qui avait depuis longtemps dépassé les quarante ans.

— Oh, je ne risque pas de me perdre : après tout, je suis chez moi ici, monsieur Kochendorf.

Il lui offrit son bras et la mena à la salle de bal où ses parents dansaient la valse de rigueur. La pièce en question réunissait la salle à manger et le salon rouge. On avait ôté la porte à double battant séparant les deux pièces, et les domestiques avaient débarrassé les meubles et les tapis, ne laissant que quelques chaises pour les spectateurs. Kitty repéra la grand-mère d'Alfons Bräuer en robe mauve très décolletée. *Vraiment, à cet âge-là, on ferait mieux d'en montrer moins !* se dit-elle. Quel beau paysage de plis et de rides… même le collier de diamants ne pouvait dissimuler les dégâts.

Mme Bräuer était assise sur un tabouret capitonné et observait attentivement son entourage par sa lorgnette. D'autres dames d'âge mûr ou avancé avaient tiré les leurs de leurs sacs brodés pour les braquer sur les toilettes de bal des jeunes filles. Kitty connaissait la plupart de ces dames par les réunions de bienfaisance de sa mère. Elle serait obligée d'aller saluer ces pies curieuses qui tendaient déjà le cou à la vue de l'« ensorcelante petite reine du bal ».

D'autres couples s'aventuraient sur la piste de danse et Kitty devina le soulagement de son père à leur vue. Il détestait « sautiller » devant tous les regards et ce soir, il semblait particulièrement maladroit : il avait marché deux fois sur la traîne de son épouse. Il avait des soucis, le pauvre. Paul avait raconté à Kitty que de plus en plus de machines tombaient en panne à l'usine et que la production en était retardée. Sans doute était-ce pour cette raison que leur père paraissait si absent depuis plusieurs semaines. Il ne s'était même pas fâché en apprenant la promotion de Marie au rang de femme de chambre. Il s'était contenté de secouer la tête et s'était désintéressé de l'affaire.

— Nous lancerons-nous, mademoiselle ?

— Maintenant ou jamais, monsieur Kochendorf !

Kitty glissa entre les couples avec son danseur. Son corps se mouvait sans effort au rythme de la valse. Elle avait la musique dans le sang. Le son d'un violon pouvait la bouleverser et elle jouait du piano, même si elle n'atteignait pas la perfection qu'elle aurait désirée. Dans son imagination, la musique avait une puissance et une beauté infiniment supérieures à ce qu'elle pouvait tirer de son piano.

— C'est vraiment un plaisir de danser avec vous, mademoiselle, lui dit Kochendorf lors d'une pause de l'orchestre. Puis-je vous apporter un rafraîchissement ? De la glace ? Des tranches d'orange au sucre ? Un verre de champagne ?

— Oui, merci beaucoup. Pas d'alcool, je vous prie. Là-bas, on sert de la limonade.

Comme Robert se dirigeait vers l'autre bout de la salle avec le plateau, Kochendorf se fraya un chemin entre danseurs et spectateurs pour aller chercher une limonade. Kitty fut ravie d'être débarrassée de lui. Kochendorf n'était ni jeune ni beau. Son visage maigre, ses favoris roux frisés et ses yeux enfoncés lui avaient valu parmi les amis de Paul le surnom de « Hermann le Mort-de-faim ». Elisabeth avait déclaré qu'elle ne voudrait pour rien au monde le rencontrer au crépuscule à proximité d'un cimetière. C'était pourtant un homme d'affaires exceptionnellement avisé et prospère qui, à la grande surprise de Kitty, s'y entendait en art.

— Alors, princesse, on apprécie cette petite sauterie ?

Elle se retourna et fit une grimace à son frère.

— Beaucoup, jusqu'à présent du moins, répondit-elle. Laquelle de ces dames as-tu élue comme danseuse pour la prochaine valse ?

— Aucune, dit-il avec un sourire. Je m'occupe seulement de l'organisation. C'est ma mission pour ce soir.

— Tu pourrais quand même danser, insista-t-elle. Ne sens-tu pas les regards enamourés des jeunes filles sur ton dos admirable ? Comment peux-tu être si cruel, frérot ?

Car il attirait les regards, son grand frère. Ses cheveux blonds étaient bien lissés, son complet de soirée lui allait à la perfection et son sourire effronté le rendait d'autant plus séduisant.

— J'ai persuadé Marie d'essayer ma robe hier, dit

Kitty tout à trac. Elle lui va comme si elle était faite pour elle, figure-toi. Dans cette robe, elle a l'air d'une…

— Ton porteur de limonade approche, sœurette, l'interrompit-il. Je te souhaite bien du plaisir pour la prochaine valse.

Kitty eut un sourire contraint. La danse, cette impression de planer au rythme de la musique, ce mouvement de deux corps en harmonie, pouvaient être divins, mais seulement dans les bras de l'unique, de l'élu, de l'aimé…

— Voulez-vous bien m'accorder la prochaine valse, mademoiselle ?

— Avec plaisir.

Danser dans les bras de Hermann Kochendorf n'avait rien de divin. Il sentait l'antimite et la pommade grasse dont plusieurs messieurs ici présents avaient enduit leurs cheveux. Tout en tournant et virant avec son danseur, elle entrevoyait en un éclair les visages des autres. Comme toujours, de nombreux jeunes gens la regardaient, la saluaient avec un sourire et paraissaient regretter du fond du cœur de ne pas danser avec elle. Elle sentait également sur elle les regards admiratifs ou haineux d'autres danseuses. Au bord de la piste, les verres des lorgnons et des faces-à-main des mères, des grands-mères et des tantes étaient braqués sur elle. Elle saisissait parfois un commentaire au-dessus de la musique.

— Une vraie petite princesse !

— Elle est beaucoup trop mince !

— Ensorcelante. Ravissante. Et si innocente…

— Elle ne doit pas être en bonne santé.

— Une taille de poupée…

— Comment pourra-t-elle avoir des enfants ?

Ces remarques qui auraient dû la faire rire l'attristaient. Pourquoi ces dames étaient-elles si méchantes ? Pendant les réunions de bienfaisance à la villa, elles arboraient toujours un sourire bienveillant. Et pourquoi Paul dansait-il avec cette petite dinde en vert tilleul, la fille d'un conseiller d'État ? Comme elle était gauche et avec quelle effronterie elle rejetait la tête en arrière et riait ! Elisabeth s'accrochait à Alfons Bräuer, qui dansait laborieusement la polka. Les voir se démener ainsi était à la fois comique et tragique.

— Ce fut vraiment un plaisir, mademoiselle. Je suis navré de devoir vous céder à un autre danseur.

Pourquoi le temps coulait-il si lentement ? Si seulement la pause avait pu arriver ! S'il devait venir ce soir, ce serait à ce moment-là. Mais oui, il viendrait ! N'avait-il pas déclaré au moment de prendre congé qu'il avait encore une foule de choses à lui dire ? Comment avait-il donc pu partir pour Lyon ?

Maintenant, elle dansait comme en rêve, suivant mécaniquement le rythme de la musique et les pas de son danseur, répondant à ses remarques sans réfléchir et riant sans savoir pourquoi. Il viendrait, bien entendu. Sinon elle en mourrait.

— Chers invités, nous allons faire une petite pause afin que l'orchestre puisse se reposer un peu. Le buffet vous attend dans la pièce voisine. Outre le vin et le punch à l'orange, nous avons notre bonne bière augsbourgeoise…

Enfin ! Avec un sourire elle se sépara de son danseur, un jeune avocat du nom de Grünling, et monta en hâte à l'étage pour se rendre dans l'une des salles de bains. On avait mis à la disposition des dames tout ce qu'il fallait pour se refaire une beauté : peignes, brosses, rubans, poudre et accessoires de maquillage. Et, surtout, en se hissant sur la pointe des pieds, on pouvait voir l'allée de la villa par la petite fenêtre de la salle de bains.

Là ! Kitty se dressa de toute sa hauteur. Une limousine approchait. Son cœur battit violemment. Ce ne pouvait être qu'un nouvel arrivant, car personne ne repartait à cette heure.

Trois jeunes filles entrèrent dans la salle, des amies d'Elisabeth auxquelles elle dut dire bonjour. Comme ce bal était merveilleux, et cette musique, et ces robes ! Son frère était-il amoureux ? Il leur paraissait bien distrait…

Cette supposition amusa beaucoup Kitty, mais, comme deux dames âgées venaient d'entrer, la conversation prit un tour tout différent. Autrefois, on savait encore danser la polka et la française avec grâce, mais maintenant, il n'y en avait plus que pour la valse. On n'avait pas encore entendu *La Valse de la lampe de mineur* ce soir. En revanche, on avait joué deux fois *Roses du sud* et au moins quatre fois *Valse d'Espagne*.

Quand il serait descendu de sa voiture, il déposerait son manteau et son chapeau dans l'entrée, monterait l'escalier et irait dire bonjour à Alicia. Ensuite, il traverserait la salle, parlerait avec des connaissances et baiserait la main de dames jeunes et plus âgées avant de la chercher. Mais elle prendrait tout son temps. Oui, qu'il la cherche un peu. Après tout, c'était elle qui avait dû l'attendre jusqu'ici. Kitty lia conversation avec l'une des amies d'Elisabeth, la suivit dans la chambre de sa sœur où quelques jeunes filles s'étaient réunies, et écouta un instant leurs bavardages. À présent, la salle de bains était pleine à craquer et une file d'attente s'était formée devant les toilettes.

L'avait-elle laissé assez longtemps sur le gril ? Elle aurait pu le faire attendre toute la durée de la pause, mais ç'aurait été stupide, car ensuite elle n'aurait pas eu le temps de parler avec lui. Mieux valait redescendre mine de rien et feindre la surprise quand il la verrait.

— Vous ici ? On m'avait dit que vous étiez en France…

— Oui, mademoiselle, mais je suis revenu pour ne pas manquer ce bal…

Prononcerait-il ces paroles ? Probablement pas. Il prétexterait plutôt une affaire à régler, un contrat à signer, une foire ou une excuse de ce genre. Gérard Duchamps n'était pas un flatteur comme les autres hommes qui briguaient ses faveurs.

Elle descendit lentement au premier étage, saluant aimablement les dames qu'elle croisait et priant pour ne pas rencontrer sa mère, qui l'aurait obligée à aller dire bonjour aux invités les plus importants. Mais Alicia n'était ni dans l'escalier ni dans l'entrée – pas plus que Duchamps. Kitty s'arrêta sur l'une des dernières marches de l'escalier pour embrasser d'un coup d'œil les va-et-vient des invités dans le couloir. La salle de bal s'était vidée, on se rendait au buffet en jetant au passage un coup d'œil dans la bibliothèque, on se retrouvait au fumoir et quelques audacieux allaient chercher chapeaux et manteaux pour prendre l'air dans la cour illuminée. Il faisait froid, les pelouses du parc brillaient comme si elles avaient été saupoudrées de sucre et le gravier des allées scintillait dans la lumière des lampes.

Kitty réfléchit un instant. Il pouvait être au fumoir ou à la bibliothèque. Sûrement pas au buffet. Il ressortirait tôt ou tard dans le couloir. Il suffisait qu'elle patiente un peu. Si seulement on avait pu la laisser en paix, si seulement ces messieurs avaient cessé de lui imposer leur présence…

— Bonsoir !

Elle eut un geste de surprise, car le lieutenant von Hagemann se tenait devant elle. Sa voix était étrangement distante. Il paraissait enroué.

— Monsieur von Hagemann… quelle joie que vous ayez pu venir…

Mais qu'avait-il ? Il la dévisageait d'un air sinistre. Lui en voulait-il tant de l'avoir éconduit ? Mon Dieu, il était pourtant loin d'être le seul…

— J'ai longtemps hésité, mademoiselle, dit-il à mi-voix, mais j'ai pensé que votre lettre méritait une réponse.

— Ma lettre ? Ah oui…

Elle scrutait le couloir derrière lui. Quel ennui qu'il ait choisi cet instant pour lui parler ! Pourquoi ne s'occupait-il pas plutôt d'Elisabeth ?

— Votre lettre, mademoiselle, m'a fait comprendre à quel point je m'étais trompé sur votre compte. Vous êtes aussi froide que belle, Katharina. Froide et sans cœur. Je vous souhaite de découvrir un jour ce qu'on ressent quand on est traité avec une telle froideur.

Elle fut si atterrée par sa réaction qu'elle en resta sans voix. Cela dit, il ne paraissait attendre aucune réponse. Il s'inclina ironiquement devant elle et s'éloigna. Qu'avait-il dit ? Froide et sans cœur ? Traité avec une telle froideur ? Elle avait pourtant essayé de lui écrire une lettre aussi aimable que possible…

Elle sentit la tristesse l'envahir de nouveau. Pourquoi l'offensait-il ainsi ? Elle n'avait rien fait de mal. Et pourquoi Duchamps tardait-il tant à apparaître ?

Non, comprit-elle soudain, ce n'était pas lui, mais von Hagemann qui était arrivé en retard au bal. Gérard Duchamps ne viendrait pas. Il était à Lyon.

Elisabeth passa devant elle en appelant quelqu'un.

Kitty resta plantée là, et répondit à un jeune homme sans même savoir ce qu'elle disait.

Von Hagemann s'était tourné vers sa sœur, dont le visage rayonnait. Elisabeth sourit au lieutenant et lui adressa la parole, mais il répondit avec le plus grand sérieux, aussi raide que s'il avait avalé une baïonnette. Il s'inclina devant elle et le sourire d'Elisabeth pâlit : il ne comptait pas rester au bal.

— Tu me le paieras, espèce de sorcière ! siffla-t-elle à Kitty tandis qu'il passait devant elles pour monter l'escalier.

Kitty l'entendit à peine, glacée à l'idée que l'homme qu'elle désirait voir plus que tout au monde ne viendrait pas. Cette soirée dont elle s'était tant réjouie devenait un supplice. Plus rien ne pourrait lui faire plaisir, pas même la musique. D'autres échangeaient des regards amoureux, des mots tendres, mais pour elle, le monde était morne et vide. Elle ferait bonne contenance uniquement pour sa mère.

— Chère mademoiselle, lui dit Alfons Bräuer, qui venait de surgir à côté d'elle, il faut que vous mangiez quelque chose. Venez avec moi, je vous en prie.

Quel drôle d'oiseau ! Il croyait sans doute qu'elle avait faim parce qu'elle était très pâle, mais peu importait. Elle prit machinalement son bras et se laissa mener au buffet. Si seulement cette soirée pouvait finir… Marie, où était sa chère Marie ? Elle ne souhaitait plus qu'une chose : se jeter à son cou pour donner libre cours à ses larmes.

Marie était la seule personne au monde qui pourrait la consoler.

Chapitre 26

— Paul ! Tu es déjà levé ?

On frappait quelques coups hésitants à la porte de sa chambre. Quand il ouvrit les yeux, il comprit que son mal de tête n'était pas un mauvais rêve, mais une pénible réalité.

— Pas encore, Maman, mais tu peux entrer, répondit-il.

Alicia ouvrit doucement la porte et s'approcha en claudiquant de la fenêtre pour en écarter les lourds rideaux de velours. Quand les rayons de soleil obliques tombèrent sur lui, Paul ressentit un élancement au crâne. Il regretta amèrement d'avoir voulu noyer sa mélancolie de la veille dans le vin rouge.

— Mal au crâne ?

Comment le savait-elle ? Sa mère repérait au premier coup d'œil ce qui allait de travers chez lui.

— Pire, répondit-il. J'ai dans le crâne vingt renvideuses qui tournent à plein régime.

Les renvideuses étaient ces métiers à filer qui faisaient un vacarme épouvantable. Alicia s'approcha de lui avec un sourire et posa sa petite main fraîche sur son front.

— Oui, ça se sent. Mon pauvre petit… Je vais t'apporter une poudre.

— Mais non ! Je vais me lever et ça ira tout de suite mieux.

Il n'y croyait pas, mais, à vingt-six ans, être dorloté comme un petit garçon ne lui plaisait plus guère.

— Comme tu voudras, dit-elle gentiment. Aujourd'hui, on prend le petit déjeuner dans la chambre car les domestiques sont en train de tout ranger en bas.

Il passa la main dans ses cheveux embroussaillés et repoussa sa couverture pour s'asseoir. Il eut soudain l'impression d'être rempli de plomb. Lui qui avait cru bien tenir l'alcool lors des soirées avec sa fraternité… décidément la bière munichoise ne faisait pas le poids face au vin rouge français.

— Ton père t'attend à 11 heures dans son bureau.

Il lui fallut quelques secondes pour saisir le sens de cette phrase. Son père avait-il décidé d'accepter sa proposition ? Souhaitait-il bel et bien lui demander conseil au sujet des difficultés actuelles à l'usine ?

— Est-ce qu'il a dit pourquoi ? demanda-t-il.

Alicia haussa les épaules en signe d'ignorance, mais paraissait préoccupée. Il ne fallait apparemment pas compter sur une réconciliation. Paul sentit la colère monter en lui et son estomac se rebella. Ce n'était vraiment pas le jour pour affronter son père, qui comptait probablement lui passer un savon pour avoir gâché ses études, dans son bureau qui plus est, pendant que les deux secrétaires curieuses écouteraient à la porte.

— Habille toi tranquillement, mon grand, et prends un solide petit déjeuner, lui recommanda Alicia. Je vais dire à Else de te monter quelque chose de bon.

— Merci, Maman.

Il passa sa robe de chambre en soie et se dirigea d'un

pas chancelant vers la salle de bains, où il fit une toilette sommaire, puis examina son reflet blême dans le miroir. Les mères croyaient toujours qu'un bon repas arrangeait tout, mais l'idée d'un petit pain beurré lui donna la nausée. Il fouilla dans sa commode à la recherche de linge propre et d'une chemise, puis découvrit qu'il n'était pas si facile d'enfiler des chaussettes quand on a mal au cœur. Quelle heure était-il, au fait ? Il chercha sa montre dans ses vêtements de la veille, la retrouva dans la poche de son gilet en soie gris et ouvrit le couvercle. Dix heures passées. Il lui restait peu de temps pour se retaper avant de comparaître devant son père. Du moins avait-il récupéré sa montre : de ce côté-là, pas de reproches à craindre. Il finit de s'habiller, mit des boutons de manchettes et un nœud papillon. Il voulait être habillé comme un jeune monsieur et non comme un employé de bureau sans veste et en manches de chemise.

Else frappa à la porte de sa chambre et entra, chargée d'un plateau bien garni. Café, petits pains encore tièdes, jambon, œufs brouillés, miel, plusieurs sortes de confitures, beurre… La Brunnenmayer devait le croire au bord de l'inanition.

— Merci, Else. Posez-le sur la table.

Il allait se détourner de ce plateau avec un frisson d'écœurement quand il découvrit le petit sachet de poudre contre la migraine et le verre d'eau. Peut-être valait-il mieux suivre le conseil de sa mère tout compte fait. Il se força à avaler un demi-pain sec car on ne devait pas prendre cette poudre à jeun, et fit passer le goût amer du médicament avec un verre d'eau.

Il se sentit immédiatement mieux, ce qui ne pouvait tenir au remède, qui n'agissait pas si vite, mais peut-être tout simplement à l'eau fraîche. Un bref coup d'œil à la fenêtre lui apprit que, malgré le clair soleil d'hiver, il devait faire un froid mordant, car les arbres et les pelouses étaient couverts de givre.

Givre et soleil éblouissant, l'alliance idéale pour un crâne douloureux. *Un malheur ne vient jamais seul*, pensa-t-il, démoralisé. Son père serait naturellement en pleine forme et débordant d'énergie, comme toujours quand il était aux commandes de son usine bien-aimée.

Tandis qu'il descendait l'escalier, l'intérieur de son crâne vibrait douloureusement à chaque pas. Au premier étage régnait un désordre effrayant. Des meubles étaient poussés, des rideaux accrochés, des tapis déroulés. Robert se démenait pour refermer la porte de communication entre la salle à manger et le salon rouge, mais le bois jouait et il devait s'adosser au battant pour le pousser. Else et Augusta emportaient vers le monte-charge une corbeille remplie d'assiettes et de verres sales et la Jordan passa en hâte devant lui, un tapis sur le bras. Seule la Schmalzler lui souhaita aimablement une bonne journée.

— Merci, mademoiselle Schmalzler, à vous de même.

Que racontait-il ? Les domestiques ne passaient sûrement pas une bonne journée, car ils peinaient pour tout ranger. Son souhait amical avait dû sonner ironiquement à leurs oreilles. Il se félicita de l'absence de Marie : dans son état il préférait ne pas être vu d'elle. Mais le sort était contre lui : elle le croisa dans l'entrée. Le facteur venait de lui remettre une enveloppe.

— Je vous apporte votre manteau, monsieur, dit-elle.

Comme elle était fraîche… Avait-elle remarqué son état lamentable ? Oui, bien sûr, cela se devinait au pli ironique de ses lèvres. Quelle jolie bouche elle avait ! Il avait beau se sentir malade comme un chien, il aurait aimé suivre du doigt le contour de ses lèvres, si doucement qu'elle l'aurait à peine senti. Une caresse légère comme un souffle…

— Attendez un peu, monsieur. Tenez, l'écharpe en laine, le bonnet – il fait un froid de canard ce matin – et les gants. Vous auriez dû mettre des chaussures fourrées.

— Tu es comme une mère pour moi, persifla-t-il.

Elle rougit, répondit que c'était son devoir de veiller au bien-être de ses maîtres, lui fit une révérence et s'éloigna, sa lettre à la main, légère comme un faon.

Il maudit le vin avec lequel il avait voulu noyer son chagrin et enfonça son bonnet sur sa tête. Elle avait raison : le froid mordait chaque centimètre de peau nue et son souffle formait une nuée blanchâtre devant son nez et sa bouche.

— Je vous amène la voiture dans cinq minutes, monsieur ! dit précipitamment Robert. Si vous voulez bien attendre dans l'entrée…

C'était sans doute sa mère qui l'envoyait. Cette idée l'agaça.

— C'est inutile, Robert. J'irai à pied, répondit-il.

Au bout de quelques pas seulement, il sentit les bienfaits de cette marche dans le froid glacial. Il inspira profondément l'air pur et expira les vapeurs de vin. Le gravier gelé crissait sous ses semelles et quelques moineaux se disputaient dans un petit abri pour les oiseaux que Kitty avait suspendu à une branche. Sur la route de l'usine, une voiture arrivant en sens inverse patinait sur les pavés verglacés. À cette vue, il se réjouit de n'avoir pas pris la voiture que sa mère avait eu la prévenance de lui envoyer. Il prit son élan pour une glissade sur la glace qui le ravit car elle lui rappela ses jeux d'autrefois avec ses camarades d'école. Bon sang, cette poudre lui avait vraiment fait du bien !

— Bonjour, monsieur Melzer.

— Bonjour, monsieur Gruber. Quel froid !

Le portier sourit et répondit qu'il y avait pire. Quand le baromètre descendait à moins vingt, il avait besoin de boire un petit coup pour se réchauffer.

Paul acquiesça avec l'air le plus compréhensif et traversa la cour pour se rendre aux bureaux de l'usine. Il vit qu'on déchargeait l'une des limousines de la villa. Son père ne s'était donc pas rendu au travail à pied comme d'habitude.

Son humeur joyeuse s'assombrit dans le morne bâtiment administratif. Il connaissait bien le long couloir et les petits bureaux dans lesquels on dressait des listes et tirait des machines à calculer de longues séries de chiffres. Il avait vécu son Waterloo personnel dans l'un de ces bureaux au deuxième étage : une petite erreur d'appréciation qu'il avait commise avait failli tout gâcher. Si l'on s'était servi de ses calculs pour une commande, l'usine aurait subi des pertes.

— Bien le bonjour, mesdames !

— Bonjour, monsieur Melzer, votre père vous attend.

La Hoffmann battit des cils comme si elle avait une poussière dans l'œil tandis que la Lüders tapait avec acharnement sur sa machine à écrire, signes que l'atmosphère dans le bureau du directeur était orageuse.

Henriette Hoffmann trottina jusqu'à la porte du bureau, à laquelle elle frappa doucement. Elle portait une jupe découvrant des bottines marron à talons carrés. Et elle se sanglait tellement sous son chemisier qu'on aurait pu croire que son buste était en fonte.

— Votre fils est là, monsieur le directeur, annonça-t-elle.

— Faites-le entrer !

Cette phrase sonna plus comme un ordre rageur que comme une aimable invitation, confirmant à Paul que l'entrevue serait loin d'être agréable.

— Dois-je apporter du café, monsieur le directeur ? s'enquit la Hoffmann.

— Non.

La secrétaire prit le manteau de Paul et referma si doucement la porte derrière lui qu'on aurait pu croire que le bâtiment croulerait au moindre grincement.

— Assieds-toi !

Johann Melzer désigna l'un des petits fauteuils en cuir réservés aux visiteurs. Lui-même resta assis à son bureau couvert de papiers. Il signa un document, referma le dossier et ôta ses lunettes.

— Onze heures et demie ! constata-t-il.

Il n'avait pas besoin de consulter sa montre, une horloge murale surplombant l'entrée.

— Je suis venu à pied, répondit Paul.

Cette réponse parut impressionner favorablement son père. Il s'abstint de lui faire remarquer qu'il aurait pu partir plus tôt et en vint droit au fait.

— J'ai choisi ce bureau pour te voir car je voudrais que nous ayons un entretien entre père et fils, dit-il.

Voilà qui en disait long. Il voulait éviter qu'Alicia intervienne dans la conversation, ce qu'elle avait fait auparavant à la villa.

— Je suis à ta disposition, répondit Paul avec une imperceptible ironie. S'agit-il de mes études ?

— Bien entendu.

Son père le laissa mijoter un instant, repliant soigneusement ses lunettes à monture d'or et les rangeant dans leur étui métallique doublé de cuir dont le couvercle se referma avec un déclic. Il le déposa dans le plumier contenant un stylo et un coupe-papier. L'encrier, le plumier et le rouleau à buvard vert foncé étaient un cadeau d'Alicia.

— Je préfère jouer cartes sur table, Paul. Je me suis renseigné auprès de tes professeurs.

Paul l'aurait parié. Son père avait au moins le mérite de ne pas tourner autour du pot.

— Tu dois bien te douter de ce que je pense du résultat, poursuivit Johann Melzer.

— Il te paraît peu satisfaisant, je suppose ? répliqua Paul avec un pâle sourire.

Son père n'avait jamais eu le sens de l'humour, et ce jour-là moins que jamais. Son visage se durcit et Paul fut soulagé de ne pas l'entendre hurler comme cela lui était arrivé par le passé. Il aurait pourtant eu de bonnes raisons de le faire. Il avait pendant trois ans réglé son loyer, son inscription à l'université, ses frais pour la fraternité, ses vêtements, ses livres et tout le reste. Et il venait d'apprendre que son fils n'allait presque plus en cours depuis des mois et que les résultats de ses examens étaient désastreux.

— C'est tout ce que tu as à me dire ?

Paul se ressaisit. Il aurait dû en parler à son père depuis longtemps, mais il avait toujours repoussé ce moment. Ce qu'il avait pu être bête ! Maintenant, il était trop tard et il se retrouvait en fâcheuse posture.

— Non, Père.

Il s'éclaircit la gorge. La sirène de l'usine se mit à hurler. Il était midi et une partie du personnel avait droit à une pause. Le reste mangerait plus tard car les métiers devaient tourner en continu.

— Le problème est le suivant, reprit-il quand cette maudite sirène se fut enfin tue. Les études de droit, ce n'est pas pour moi. J'ai un mal de chien à me fourrer toutes ces lois dans le crâne. Je ne suis tout simplement pas doué pour me plonger dans des bouquins.

— Allons donc ! lança Melzer, sarcastique.

Il se renversa dans son fauteuil et observa Paul, les yeux plissés. Son regard exprimait le mépris, la déception et une colère légitime.

Paul aurait aimé se lever. Il lui semblait qu'il pouvait parler plus librement quand il était debout, mais peut-être désirait-il seulement échapper à ce regard qui le transperçait.

— En fait, j'aimerais mieux étudier l'électrotechnique, reprit-il. Ce qui m'intéresse, c'est les machines, les nouvelles inventions, toutes les possibilités que l'électricité nous offrira à l'avenir. Je suis sûr qu'il n'y aura bientôt plus de machines à vapeur et que même les commandes par turbine hydraulique deviendront superflues.

— Oh, vraiment ? s'exclama son père. Personnellement, je ne partage pas ton euphorie. L'électrotechnique ! Penses-tu sérieusement que j'aurai encore assez confiance en toi pour financer tes nouvelles études ?

C'était un rejet pur et simple, mais Paul tint bon.

— J'ai assisté à quelques cours dans ce cursus, Père. C'est tout différent de ces textes de loi arides. C'est la technique de l'avenir ! Nous ne devrions à aucun prix laisser pa…

— Écoute-moi bien, Paul, l'interrompit son père, qui s'était redressé dans son fauteuil. Je n'ai ni le temps ni l'envie de discuter avec toi pendant des heures. À partir de maintenant, tu perfectionneras tes connaissances techniques ici, à l'usine. Je veux que tu apprennes tout dans les moindres détails : la filature, le tissage, l'impression. Tu devras te familiariser avec chaque étape du travail, manœuvrer à la main chaque machine, l'entretenir et au besoin faire les réparations les plus simples.

— Je n'ai rien contre ces travaux, Père. Un stage à l'usine, c'est exactement ce que je veux.

— Je pensais moins à un stage qu'à une formation complète. Au lieu de jouer au jeune monsieur, tu feras tes débuts comme apprenti qui doit obéir au contremaître, de 8 heures du matin à 6 heures du soir, six jours par semaine.

Paul se cabra. Son père envisageait moins une formation que l'humiliation de son fils afin de le purger de l'« ineptie » aristocratique des origines maternelles et de le refouler où lui-même avait débuté à son âge : tout au bas de l'échelle.

— Comment pourrais-je apprendre quoi que ce soit sur les machines si je passe dix heures par jour à renouer les fils cassés de bobines ?

— C'est ainsi que tu apprendras à travailler. À travailler dur, Paul. Quand on veut diriger une usine, il faut se mettre à la place d'un simple ouvrier.

Melzer saisit son étui à lunettes et l'ouvrit pour signifier qu'à ses yeux l'entretien était terminé.

— Réfléchis bien à ma proposition car il n'y en aura pas d'autre, dit-il. Si tu préfères mener la vie de patachon de messieurs tes oncles, tu devras t'arranger avec ta mère. Mais si tu souhaites me succéder un jour à la tête de l'usine, je veux la preuve que tu t'engages sérieusement.

— Je suis on ne peut plus sérieux, Père ! s'exclama Paul, découragé. Mais une telle proposition ne pourra jamais…

On frappa plusieurs coups précipités à la porte du bureau.

— Monsieur le directeur ! Monsieur le directeur !

La Hoffmann paraissait au bord de l'hystérie.

— Que se passe-t-il ? grommela Melzer. N'ai-je pas dit que personne ne devait me déranger ?

— Il y a eu un accident à la filature, monsieur le directeur, répondit la voix de Huntzinger, le contremaître.

Melzer se leva en hâte.

— Un accident ? Y a-t-il un blessé ? demanda-t-il.

Huntzinger prit l'initiative de passer devant la Hoffmann pour entrer dans le bureau du directeur, un signe que l'affaire était grave. Son visage raviné était inexpressif, mais sa moustache grise était hirsute. Malgré son émoi, il prit le temps d'ôter son bonnet.

— Une jeune fille a été happée par le chariot d'une renvideuse, monsieur le directeur, répondit-il.

Melzer blêmit et Paul lui-même fut saisi par l'effroi. Les machines à filer, dites renvideuses, étaient de véritables monstres d'environ trente-cinq mètres de long. Elles étaient équipées d'un chariot qui se propulsait sur plusieurs mètres afin que cinquante-quatre fils s'enroulent pour former une épaisse torsade. Le chariot effectuait ce trajet en huit minutes environ, se heurtant aux amortisseurs en fer, puis repartant quelques secondes plus tard dans un sifflement. Les fils achevés s'enroulaient autour des bobines et tout recommençait. La jeune fille avait dû être happée pendant le recul du chariot et se retrouver coincée entre lui et la machine.

— A-t-elle… A-t-elle été broyée ?

Huntzinger se tenait devant le directeur la tête basse, avec un air de chien battu, alors qu'il n'était certainement pas responsable de l'accident.

— Nous avons essayé d'arrêter le chariot, expliqua-t-il, mais comme la gamine était coincée, j'ai dû couper les courroies de transmission.

— La renvideuse est donc en panne ?

Huntzinger acquiesça d'un air contrit. Les pannes précédentes avaient provoqué du retard, il le savait, et voilà qu'une autre machine s'arrêtait…

Paul s'était levé d'un bond et approché de la secrétaire.

— Appelez un médecin, ordonna-t-il.

La secrétaire regarda d'un air désemparé le tout-puissant monsieur le directeur qui s'éloignait de son bureau.

— Faites ce que mon fils vous dit ! gronda Melzer.

— Bien sûr, monsieur… tout de suite…

Paul et son père passèrent leur manteau et suivirent Huntzinger à la filature. La première chose que Paul perçut à son entrée dans l'atelier fut le vacarme infernal, car les machines intactes poursuivaient leur travail malgré l'accident. Il remarqua ensuite que l'atelier était plongé dans la pénombre, puisqu'on n'allumait pas l'éclairage électrique afin de faire des économies. Les rayons obliques du soleil d'hiver éclairaient d'autant plus mal la salle qu'elle était exposée au nord.

— Où est-elle ?

— Là-bas, monsieur le directeur.

— Dites au personnel de cesser de regarder et de reprendre le travail.

— Oui, monsieur le directeur.

Malgré son agitation, Paul remarqua que son père était livide. S'inquiétait-il pour la machine en panne ou pour la jeune fille blessée ? Pour les deux, probablement.

Deux ouvriers, le fileur et le rattacheur en chef, se tenaient, désemparés, devant la machine inerte dont le chariot s'était arrêté à mi-chemin de son parcours. Paul et son père durent s'avancer entre la machine et le chariot afin de voir la blessée étendue à terre. Un sang vermeil s'était amassé sous le corps étrangement tordu de la jeune fille. Une jeune ouvrière accroupie à côté d'elle essayait d'étancher ce sang avec un mouchoir.

— Dieu du ciel ! s'écria Johann Melzer.

Il se figea et dut s'appuyer à la machine pour reprendre son souffle. Paul se précipita vers la jeune fille, se pencha sur elle et prit son pouls. Il était à peine perceptible. D'une profonde blessure à son bras se déversait le sang qui détrempait le mouchoir.

— Donnez-moi votre fichu, vite, dit-il à l'ouvrière. Il faut garrotter son bras, sinon elle se videra de son sang.

La jeune ouvrière essuya ses mains à sa robe et dénoua son fichu.

— Ne vous inquiétez pas, nous le remplacerons, lui dit Paul. Tenez fermement son bras. Oui, comme ça. J'ai besoin d'un petit bout de bois ou de quelque chose de ce genre…

Il fouilla dans les poches de sa veste, y trouva un crayon qu'il inséra sous le fichu noué au bras et fit tourner pour resserrer le garrot.

— Elle s'est précipitée pour rattacher un fil et elle est restée coincée là, bégaya la jeune ouvrière. La machine lui a écrasé les bras et les épaules. Je l'ai entendue hurler malgré tout ce bruit. Et son visage… jamais je ne l'oublierai. Les yeux lui sortaient de la tête et sa bouche était grande ouverte… Sainte Vierge Marie, ayez pitié de nous, pauvres pécheurs, et assistez-nous dans l'épreuve…

— Quel âge a-t-elle ?

Paul repoussa doucement le fichu de la jeune fille inconsciente pour regarder son visage. La colère le saisit. C'était encore une enfant. Elle n'avait certainement pas plus de onze ou douze ans. Pourquoi ses parents l'envoyaient-ils à l'usine alors qu'elle aurait dû aller à l'école ? Et pourquoi employait-on des enfants dans l'usine de son père ? On vantait pour la galerie les avantages sociaux des ouvriers, la crèche, les logements, l'établissement de bains, la bibliothèque…

— Mais que fait le médecin ? entendit-il son père lancer à la cantonade. Huntzinger, allez chercher le portier et faites venir un médecin !

— Oui, monsieur le directeur.

— Non ! cria Paul, et Huntzinger se figea, déconcerté. A-t-elle un manteau ? Allez le chercher, ordonna Paul à la jeune ouvrière.

Il dut prendre sur lui pour soulever la blessée ensanglantée. Heureusement, il avait tiré l'épée et vu des blessures au sein de sa fraternité. Et il ne s'évanouissait pas à la vue du sang.

Il prit la jeune fille dans ses bras et traversa l'atelier, suivi par des regards stupéfaits et curieux. La jeune ouvrière vint à sa rencontre dans la cour. Elle était la seule à garder toute sa tête.

— Tenez, voilà son manteau, monsieur Melzer, lui dit-elle.

— Posez-le sur elle. Très bien. Suivez-moi. Je l'emmène à l'hôpital en voiture.

— C'est impossible : je dois finir ma journée de travail, répondit-elle avec anxiété.

— Nous réglerons ça.

Il dut attendre un moment pour récupérer la clef de la limousine, car dans son émoi, son père ne se rappelait plus où il l'avait laissée.

— Que vas-tu faire, Paul ? demanda-t-il. La conduire à la clinique ?

— Oui.

Melzer hocha la tête. Paul remarqua que ses mains

tremblaient. Il semblait désemparé. Comme les rôles avaient changé… Paul lui disait ce qu'il fallait faire et son père suivait ses instructions.

La jeune ouvrière et la blessée firent le trajet sur la banquette arrière. La mère de la blessée, qui travaillait également à la filature, était arrivée entre-temps. C'était une femme grande et maigre au menton pointu et aux joues creuses, qui ne cessait de se lamenter en levant les bras au ciel.

— Quelle idiote… Je l'avais bien prévenue, mais elle n'a pas voulu m'écouter, je vous le jure, monsieur le directeur. Je l'avais prévenue, elle ne peut s'en prendre qu'à elle-même…

— Reprenez le travail ! lança Melzer.

Il tapota la vitre de la limousine, où Paul avait pris place au volant. Paul abaissa lentement la vitre : que voulait donc son père ? Il était pressé.

— Je te remercie, Paul, dit-il à mi-voix.

Ces paroles emplirent le jeune homme de fierté.

— Elle s'en tirera, Père, répondit-il. Je te donnerai des nouvelles dès que possible.

La voiture roula lentement vers le portail. Paul aperçut dans le rétroviseur la silhouette de son père en manteau sombre et tête nue. Il resta immobile et suivit la limousine du regard.

Chapitre 27

Marie retourna la lettre dans sa main. Le nom et l'adresse de l'expéditeur n'y figuraient pas, mais elle savait qui avait tracé d'une main énergique *Mademoiselle Katharina Melzer* sur l'enveloppe. Ce n'était pas la première missive de cette personne et, comme toutes les précédentes, elle n'était pas arrivée par la poste. C'était un messager qui l'avait portée à la villa et il avait reçu l'ordre de la remettre seulement à la femme de chambre Marie. Celle-ci lui donnait parfois une petite enveloppe rose tendre et parfumée de la part de Mademoiselle, mais ce jour-là il dut repartir les mains vides.

En montant au deuxième étage, Marie avait un mauvais pressentiment, mais que pouvait-elle faire ? Dénoncer cette correspondance secrète à Madame ? Ç'aurait été une trahison envers Katharina. Non, elle n'en avait pas le cœur, et maintenant moins que jamais, car la pauvre Mademoiselle avait passé la moitié de la nuit à pleurer. Du reste, ces lettres n'étaient que du papier. Pas d'étreintes ni de baisers, rien que Mademoiselle aurait pu regretter.

Elle frappa à la porte de la chambre. Comme personne ne répondait, elle tourna doucement la poignée et jeta un regard à l'intérieur. Le plateau du petit déjeuner était encore sur la table et la tasse de café qu'elle avait versée à Mademoiselle avait refroidi. Marie entra sans bruit et se dressa sur la pointe des pieds. Tiens, tiens, elle s'était recouchée et endormie. Marie ne put réprimer un sourire. Mademoiselle s'était roulée en boule comme un chat, elle serrait son oreiller dans ses bras et son visage avait disparu sous ses cheveux dénoués.

— Marie ? murmura-t-elle soudain. Marie, c'est bien toi ?

Son sommeil était incroyablement léger. Certaines nuits, surtout les nuits de pleine lune, elle ne fermait pas l'œil. C'était du moins ce qu'elle affirmait. Elle s'étira, bâilla et repoussa ses cheveux sur le côté.

— Oui, c'est moi, mademoiselle. Je vous apporte une lettre.

Katharina s'assit brusquement et rejeta la couverture.

— Une lettre ? Une lettre apportée par le messager ?

Marie la lui tendit en réponse. Katharina la lui arracha des mains, l'examina et un sourire radieux illumina son visage pâle.

— Je le savais, chuchota-t-elle. Oh, Marie… il ne m'a pas oubliée.

— Pourquoi vous oublierait-il, mademoiselle Katharina ? Lisez tranquillement votre lettre, je vais vous refaire du café.

— Non, non ! s'exclama Katharina en déchirant l'enveloppe, reste avec moi, Marie. Je veux que tu partages ma joie.

Marie s'assit docilement sur le sofa et attendit. Katharina lisait sa lettre et on entendait de temps en temps un profond soupir ou un rire clair. Elle chuchotait parfois : « Oh, mon bien-aimé », « Oh, comme tu me tourmentes ! » ou « Non, c'est vraiment trop osé ! ».

Marie suivit le cours de ses propres pensées. Comme M. Paul avait paru gêné ce matin quand elle lui avait donné son manteau, son écharpe et ses gants… Il était blême et épuisé, ce qui n'avait rien d'étonnant. Robert avait raconté en cuisine qu'après le bal M. Paul était resté avec deux amis au salon réservé aux messieurs et qu'ils avaient bu du vin rouge. Le lendemain matin, Robert avait dû reconduire les deux jeunes messieurs chez eux et une rangée de bouteilles vides s'alignait sur les rayons devant les livres. Marie n'avait aucune envie de plaindre quelqu'un qui buvait trop, mais M. Paul ne lui en avait pas moins fait de la peine. Son père l'avait convoqué à l'usine, or tout le monde à la villa, et surtout le personnel, savait que le père et le fils étaient en mauvais termes. Pauvre M. Paul, quel dommage qu'elle ne puisse pas l'aider…

— Oh, Marie, que je suis heureuse ! exulta Mlle Katharina. Veux-tu savoir ce qu'il m'écrit, les aveux qu'il me fait ? Attends, je vais te les lire. Ne sois pas fâchée si je ne te laisse pas lire cette lettre, mais il y a des passages si… intimes que je préfère ne pas te les montrer.

Marie ne s'intéressait guère à ces effusions. Katharina lui avait déjà lu des lettres de ce Français qui parlait et écrivait remarquablement bien en allemand. Elle lui avait expliqué que Gérard Duchamps avait une mère allemande et parlait couramment les deux langues.

— Il m'appelle « sa plus chère amie », Marie. Et il rêve de… non, c'est vraiment fou… il voudrait me montrer les jardins de Claude Monet. Il voudrait que nous nous promenions au milieu de jardins de fleurs et que nous contemplions ensemble des étangs limpides couverts de lotus…

Monet était un peintre français, comme Marie le savait depuis peu. Ces lettres évoquaient souvent des artistes, car M. Duchamps savait fort bien ce qui enflammait Katharina. Qu'entendait-elle par ces « passages intimes » ? Marie l'écouta patiemment. Ce jour-là, Katharina était si excitée qu'elle n'en finissait plus. Alors qu'un instant plus tôt elle était blême et se rongeait de chagrin sur son oreiller, elle était à présent assise en tailleur, les joues rouges et les yeux brillants.

Ce n'est sûrement pas normal, songea Marie avec inquiétude. Comment une simple lettre, même savamment écrite, pouvait-elle provoquer un tel changement d'humeur ? Quel pouvoir cet homme avait-il sur Mlle Katharina !

— N'est-ce pas merveilleux ? s'extasia Kitty, la lettre serrée sur son cœur. Ces mots à eux seuls me rendent divinement heureuse. S'il avait paru devant moi hier soir… Marie, je crois que j'en serais morte de bonheur.

Elle avait déclaré le matin même qu'elle se sentait mourir parce que M. Duchamps n'était pas venu au bal. Marie était restée plus d'une heure auprès d'elle pour la consoler.

— Non, je ne crois pas, mademoiselle Katharina, répondit-elle avec circonspection. Je pense plutôt que vous l'auriez accueilli le sourire aux lèvres.

Katharina la dévisagea avec stupeur, puis cette idée parut l'amuser follement.

— Oh, Marie ! gloussa-t-elle. Crois-tu que j'en aurais eu la force ?

— Mais oui, affirma Marie. Vous avez plus de force que vous ne le croyez, mademoiselle Katharina. Et c'est très bien ainsi, car il doit vous respecter.

Katharina eut un geste de dédain : pourquoi lui débiter ces fadaises ? La considération, le respect, la retenue pour garder la tête haute… comme c'était morne et ennuyeux !

— L'amour est un brasier, Marie, de hautes flammes qui consument tout autour de nous. Nous brûlons dans ce feu et, tel le phénix renaissant de ses cendres, nous nous élevons dans la joie divine de l'union avec l'être aimé.

Marie jugeait cette vision plutôt terrifiante, mais Mademoiselle en était comme possédée, affirmant que c'était la seule manière de ressentir l'amour dans toute sa puissance et toute sa profondeur, et que le reste n'était que futilités.

— Donne-moi du papier et un stylo. Et tu serais bien gentille de m'apporter du café. Ah, et aussi un petit pain avec de la confiture de fraises… et ensuite, tu seras libre pour un petit moment, ma chère Marie. Mon Dieu, il est déjà presque midi ! J'ai dormi la moitié de la journée. Serait-il donc possible de…

Assises à la cuisine devant une tasse de café au lait, Augusta et Else se reposaient du rangement. La cuisinière préparait le déjeuner avec les restes du buffet du bal.

— Mademoiselle veut du café ? Tout de suite ? Fais-le toi-même, je suis occupée, dit-elle à Marie.

— Oui, bien sûr.

— Misère, c'est moi qui dois tout faire maintenant !

La cuisinière ne s'était pas encore remise de ne plus avoir Marie en cuisine. Si seulement les maîtres avaient engagé une nouvelle fille de cuisine, mais elle pouvait attendre longtemps !

— La Brunnenmayer a les épaules solides, elle peut bien faire tout le travail, voilà ce qu'on pense !

Elle s'interrompit, car Mlle Schmalzler, qui venait d'entrer, ne tolérait pas de tels propos. La gouvernante demanda où était Robert.

— En bas, à la cave : il fait l'inventaire.

— Va le chercher, Else, et dis-lui qu'il doit conduire Madame à l'usine.

— À l'usine ?

La surprise fut générale. Qu'allait faire Madame à l'usine ? Quand s'y était-elle rendue la dernière fois ? Il y avait plus d'un an, pour fêter le trentième anniversaire de la maison, et elle était restée à peine une heure car elle ne supportait ni le bruit ni l'odeur des machines.

La Schmalzler s'abstint de tout commentaire, mais rappela que c'était urgent. Augusta devait se rendre dans l'entrée, où Madame attendait son manteau et son chapeau. Sur ces paroles, elle s'éclipsa, laissant le personnel stupéfait.

— Il n'est quand même rien arrivé de grave ? chuchota Marie.

— Peut-être que monsieur le directeur a eu une attaque, dit Augusta. Ce sont des choses qui arrivent quand on travaille trop. Il est déjà vieux : ils ont fêté ses soixante ans au printemps dernier.

— Tiens ta langue ! lui lança la cuisinière.

— C'était seulement une supposition…

Augusta se leva lourdement pour descendre dans l'entrée, mais Maria Jordan entra pour annoncer que Madame était montée en voiture.

— Quoi ? Sans manteau ni chapeau ?

— Qu'est-ce que tu racontes ? s'indigna la Jordan. Je lui ai bien entendu apporté sa fourrure et son chapeau noir. Après tout, c'est mon travail puisque je suis sa femme de chambre.

Augusta haussa les épaules. Depuis que Marie était femme de chambre, la Jordan vivait dans la crainte qu'on n'ait plus besoin de ses services et vantait de plus belle son expérience et la confiance que Madame lui accordait.

— Au fait, savez-vous ce qui est arrivé ? s'enquit-elle.

— Est-ce que quelqu'un est mort ? demanda Augusta, en mal de sensations.

— C'est bien possible !

— J'en étais sûre ! Jésus, Marie… ce n'est quand même pas Monsieur ?

La Jordan annonça d'un air sombre et mystérieux qu'on avait reçu un appel téléphonique de l'usine et que Madame avait pris la communication.

— Je ne l'avais encore jamais vue si bouleversée. Elle est devenue pâle comme la mort et a porté la main à son cœur.

— Dieu du ciel… chuchota Else.

— Mais parlez donc, Maria ! pesta la cuisinière. Faut-il vous tirer les vers du nez ? Qui a téléphoné ?

— Eh bien, Monsieur.

Le soulagement fut général. Monsieur le directeur était donc en vie. Seule Augusta était déçue.

— Et alors ? Qu'y a-t-il de si passionnant à ça ? demanda-t-elle.

La Jordan se leva pour se verser du café. Elle prit tout son temps en savourant le silence tendu qui régnait dans la cuisine.

— Monsieur a annoncé que M. Paul et lui ne rentreraient pas pour le déjeuner, conclut-elle avant de boire une gorgée de café brûlant.

On échangea des regards incrédules. Est-ce qu'elle se moquait d'eux ? Pourquoi Madame aurait-elle été bouleversée par une nouvelle si banale ? Maria Jordan comprit qu'elle ne devait pas pousser le bouchon trop loin.

— Ils n'ont pas pu venir parce qu'il y a eu un grave accident à l'usine. M. Paul est à l'hôpital…

Marie sentit le sol se dérober sous ses pieds. Paul avait eu un accident, Paul qui une heure plus tôt se tenait devant elle, si jeune et si séduisant dans son embarras…

— M. Paul ? Il est mort ? s'enquit Augusta, imperturbable.

— Personne ne le sait, répondit sombrement la Jordan. Mais si on l'a emmené à l'hôpital, il reste sûrement de l'espoir.

— Oui, bien sûr, sinon ils seraient partis direct pour la morgue…

— Est-ce qu'on sait comment c'est arrivé ?

— Il a été broyé par une machine. C'était horrible.

— Jésus Marie Joseph !

— Elle a dû lui rompre les os…

— Et lui briser le crâne…

— N'avais-je pas prédit qu'un malheur arriverait ? Personne n'a voulu me croire, mais c'est pourtant arrivé !

Marie eut le vertige. Elle regardait les autres, entendait leurs paroles, mais aurait été incapable de dire qui les avait prononcées. Quelque chose en elle se refusait à croire l'effroyable, mais des images terrifiantes l'assaillaient. Paul ruisselant de sang, prisonnier d'une machine trépidante et sifflante dont le métal se rapprochait inexorablement de son corps, centimètre par centimètre… Aucun être humain ne pouvait résister à ces monstres de fer. Pourquoi ne l'avait-on pas secouru ? Où étaient passés les ouvriers ? Et, surtout, pourquoi s'était-il montré si négligent ?

Pendant qu'elle ruminait ces questions, Augusta et Maria Jordan faisaient assaut de suppositions épouvantables, Else raconta l'accident mortel de l'un de ses oncles dans une mine de fer et la Brunnenmayer fit observer sombrement que le pire dans cette histoire était que père et fils étaient fâchés quand c'était arrivé. C'en fut trop pour Marie. Elle quitta la cuisine, prit l'escalier de service et monta au deuxième étage. Elle se rappela seulement devant la chambre de Mademoiselle qu'elle avait oublié le café en cuisine.

Pourquoi m'affoler ? pensa-t-elle. Ce n'est peut-être pas si grave : peut-être seulement une plaie ou un bras cassé…

Elle résolut de se ressaisir et de redescendre chercher le café. Et pas un mot de tout ça à Mlle Katharina tant que personne ne savait précisément ce qui était arrivé.

Mais, après quelques pas, le désespoir la submergea. Pourquoi s'était-elle montrée si dure avec lui le soir du Nouvel An ? N'avait-elle pas rêvé d'être auprès de lui, de parler avec lui, de sentir la tendresse de ses regards ? Et peut-être même d'être dans ses bras ? Mais elle avait eu peur de se perdre, de commettre une erreur qui aurait eu des conséquences désastreuses pour eux deux. Et pourtant, maintenant, peut-être ne saurait-il jamais qu'elle l'…

— Kitty ! Elisabeth ! Où êtes-vous ?

Elle dut s'adosser au mur car son cœur battait avec une violence terrifiante. Dieu du ciel… c'était sa voix !

— Est-ce que tout le monde a perdu la tête ici ? grommela Paul, mi-soucieux, mi-amusé. Kitty ?

Il avait monté l'escalier en courant et surgi dans le couloir comme une apparition. Marie ferma les yeux.

— Marie ? Tu te sens mal ? Marie !

Elle se ressaisit, mais son cœur battait toujours aussi fort. Il était sain et sauf. Tout cela n'avait été qu'une erreur.

— Monsieur… murmura-t-elle.

Son soulagement devait être audible car il s'approcha d'elle avec un sourire.

— Tu as eu peur pour moi, Marie ? Dis-le-moi. C'est vrai ? C'est pour cela que tu es si pâle ?

— Nous… nous étions tous très inquiets.

— Toi aussi ?

Il ne souriait plus et la regardait d'un air implorant, mais rempli d'espoir. Marie était si troublée qu'elle en oublia toute prudence. Elle parla sans réfléchir.

— On a raconté que vous aviez été happé par une

machine et que vous étiez à la clinique… et peut-être même mort, bredouilla-t-elle. J'ai eu si peur de ne plus jamais vous revoir…

Il la regarda sans oser faire un geste, de peur de détruire cet instant de bonheur. Il aurait sans doute dû lui expliquer mille choses, mais cela ne lui paraissait plus si important. Tout ce qui comptait en cet instant, c'était la douce frayeur qu'il lisait sur ses traits, le tremblement de son corps, les larmes qui brillaient dans ses yeux. C'était pour lui qu'elle avait eu si peur, et c'était plus éloquent que tous les discours.

— Tu n'as aucune raison de t'inquiéter, Marie, murmura-t-il enfin. Et à partir de maintenant nous nous verrons tous les jours, car je ne retournerai pas à Munich.

Cette nouvelle parut l'effrayer plus que la réjouir, mais c'était compréhensible. Comment pouvait-elle savoir qu'il était sérieux, si sérieux qu'il se reconnaissait à peine ?

— Écoute, Marie, commença-t-il, et il ressentit aussitôt l'incroyable difficulté de la convaincre de ce qu'il ressentait. Je te dois quelques explications. Cela te paraîtra certainement étrange, mais je peux t'assurer…

Une porte s'ouvrit brusquement et Kitty apparut dans un peignoir d'un blanc soyeux.

— Bonjour, mon petit Paul ! s'écria-t-elle joyeusement. Tu as bien dormi ? Ce bal d'hier était merveilleux, tu ne trouves pas ? Qui était cette grande asperge en vert avec qui tu as dansé la polka ? Dieu qu'elle était laide ? Est-elle riche, au moins ?

Elle éclata de rire, se jeta à son cou et le força à danser quelques pas de polka dans le couloir.

— On déjeune dans un instant, mon petit Paul. Il faut vite nous habiller, sinon Maman va perdre tout son sang-froid. Tu viens, Marie ?

Marie avait regardé le couple fraternel sautiller dans le couloir et surpris le regard désemparé de Paul. Elle éprouvait un curieux mélange de joie, de regret et d'espoir.

— Oui, bien sûr, répondit-elle à mi-voix.

Une fois dans la chambre de Mlle Katharina, Marie s'enquit de la toilette à préparer.

— La robe vert tilleul aux manches bouffantes ou la robe bleu foncé au col marin, mademoiselle ? demanda-t-elle.

Kitty se tenait face à son chevalet, la tête penchée sur le côté, comme toujours quand elle réfléchissait.

— Pas de col marin, répondit-elle. Je risquerais de renverser de la soupe dessus.

— Alors la robe verte…

— Marie ?

— Oui, mademoiselle ? demanda cette dernière en regardant Kitty par-dessus son épaule car elle venait d'ouvrir la porte de la garde-robe.

— Est-ce que Paul t'aurait fait des avances, par hasard ? Dis-le-moi franchement.

Marie se souvint que Paul et elle avaient été très proches dans le couloir. Il était naturel que Katharina en ait tiré certaines conclusions.

— Votre frère se montre seulement très aimable avec moi.

Kitty éclata d'un rire argentin. « Aimable » n'était pas le mot juste, déclara-t-elle. Paul était charmant, il faisait merveilleusement la conversation, c'était un garçon franc comme l'or et le meilleur frère du monde.

— Mais prends garde à lui, Marie, dit-elle en reprenant soudain son sérieux. Il y a plusieurs années de cela, il a séduit l'une de nos bonnes.

Chapitre 28

Elisabeth avait peine à croire que des adultes puissent se conduire de manière si ridicule. Surtout sa mère, qui avait toujours enjoint à ses filles de se maîtriser et de faire bonne figure. Cette dernière avait réagi de manière parfaitement inconsidérée et, ce qui était un comble, elle voulait maintenant faire porter le chapeau à son mari.

— Tu m'as fait mourir de peur, Johann ! Quand tu m'as dit que Paul était à l'hôpital, j'ai cru que mon cœur allait s'arrêter.

Papa tripotait nerveusement assiette et couverts sur la table comme toujours impeccablement dressée.

— Je suis vraiment désolé, Alicia, répondit-il, penaud. J'étais affolé et je me suis mal exprimé.

— Tu peux le dire, Johann ! Quel manque de tact… tu aurais pu me faire mourir. J'en tremble encore…

Elisabeth perdit patience. Elle savait qu'il valait mieux ne pas intervenir dans les disputes de ses parents, mais l'air coupable de son père lui faisait de la peine.

— Tu aurais pu lui poser des questions plus précises, Maman, dit-elle, ce qui lui valut de la part d'Alicia un regard chargé de reproches.

— C'était malheureusement impossible, car Papa a raccroché avant que j'aie le temps de dire un mot.

— Alors tu aurais dû le rappeler.

Comme prévu, cette remarque attira sur elle la colère maternelle. Croyait-elle que sa mère ne savait pas se servir d'un téléphone ? Elle avait essayé plusieurs fois de rappeler, mais personne n'avait pris la communication.

— C'est vraiment inconcevable, déclara Papa en secouant la tête.

— Je suis bien de cet avis, Johann. Deux secrétaires, et pas une seule qui soit capable…

Elle s'interrompit à l'arrivée de Kitty et Paul dans la salle à manger. Paul était rayonnant. Il s'assit à table et déplia sa serviette. Kitty se jeta au cou de sa mère et la serra contre elle en babillant comme à son habitude. Elisabeth poussa un léger soupir. C'était fou ce que sa petite sœur pouvait être émotive… C'en était à peine supportable.

— Ma pauvre Maman ! Comme tu as dû souffrir ! Non, Papa, c'est vraiment impardonnable de ta part : comment as-tu pu lui causer une telle frayeur ? Tu es parfois si… si brusque… Tu ne te rends pas compte à quel point tu peux blesser un cœur sensible. Oh, Maman, comme je te comprends… Pourquoi ne m'as-tu rien dit ? J'ai dû apprendre cette terrible histoire par Paul…

À la stupéfaction d'Elisabeth, leur mère défendit leur père, affirmant en lui souriant qu'elle avait réagi sans réfléchir et fait passer son cœur avant sa raison. Puis elle regarda Paul, qui déclara gaiement qu'elle pouvait se rassurer : il était sain et sauf et avait même très faim.

— Ce qui me surprend le plus dans cette histoire, c'est que pas un seul d'entre vous n'a demandé des nouvelles de cette jeune fille blessée, poursuivit-il. Elle n'a que treize ans et cet accident la marquera à vie !

Elisabeth fut ahurie de voir son père acquiescer et

déclarer que cette jeune fille méritait toute la compassion du monde.

— Elle n'a que treize ans ? s'écria Kitty, horrifiée. Elle ôta distraitement sa serviette de son assiette, car Robert allait servir le potage aux girolles.

— Oui, c'est vrai, la pauvre fille ! commenta Alicia. Comment se fait-il que des enfants si jeunes travaillent dans notre usine, Johann ? N'aurait-elle pas dû aller à l'école ?

Papa répondit avec un peu d'embarras à ces questions. Bien entendu, les enfants devaient aller à l'école jusqu'à quatorze ans, mais à vrai dire on gardait souvent à la maison des filles de treize ans, alors pourquoi ne pas les faire travailler à l'usine ? Ces filles avaient de bons yeux, des doigts agiles, elles étaient consciencieuses et fières de gagner leur vie.

— C'est ce que tu crois, Papa, l'interrompit Kitty, mais je sais par Marie combien c'est dur de travailler dix heures par jour sur une machine. On s'abrutit, les sens s'émoussent, le cerveau se racornit…

— C'est ce que Marie t'a raconté ? demanda Paul. Mon Dieu !

— Ça ne lui a pas fait tant de mal, intervint Elisabeth. Elle a appris à se servir d'une machine à coudre et ce travail lui a donné le goût des couleurs et des étoffes. Au fond, c'était plutôt une chance pour elle.

— Comment peux-tu dire une chose pareille, Lisa ! s'indigna Kitty. Tu as la sensibilité d'un bœuf de labour !

— Katharina ! la réprimanda leur mère, coupant court à la querelle qui menaçait.

Le silence régna un instant dans la salle à manger. Paul avait posé la main sur le bras de Kitty, dans un geste qui signifiait : je suis tout à fait de ton avis, mais ça ne sert à rien de s'énerver. Leur père était de nouveau en pensée à son usine et leur mère attendait que Robert ait servi pour reprendre la conversation.

— Je ne veux pas qu'on se dispute à table, et surtout pas à cause d'un employé, dit-elle quand il fut sorti.

— Puis-je te rappeler que c'est toi qui as voulu engager Marie et qui l'as promue femme de chambre ?

Une riposte de Johann à laquelle Alicia ne répondit pas. Elisabeth lança un regard curieux à Kitty, qui se taisait comme sa mère. Ce fut Papa qui reprit la parole :

— Je voudrais saisir cette occasion pour annoncer une nouvelle en famille. Elle te concerne, Paul.

Melzer repoussa son assiette et se redressa, si bien qu'il parut soudain plus grand. Paul reposa ses couverts et adressa à son père un regard empli d'espoir.

— J'ai dû te faire aujourd'hui certaines remontrances, Paul, mais le sujet de ces remontrances n'est pas ce qui compte ici. Tu sais bien que tu m'as donné de nombreux sujets de mécontentement…

Paul baissa les yeux. Kitty voulut intervenir en sa faveur, mais son père ne lui en laissa pas le temps.

— Mais, aujourd'hui, tu m'as stupéfié. Bien mieux : tu m'as impressionné, poursuivit-il. Tu m'as prouvé que tu es capable d'agir avec courage et résolution. Je reconnais volontiers que j'étais désemparé par cet accident. Sans la rapidité de ton intervention, cette jeune fille ne serait peut-être plus en vie à l'heure qu'il est…

Personne ne remuait à table. Il était rare que Johann Melzer s'adresse aussi solennellement à sa famille et il n'avait encore jamais reconnu aussi franchement ses propres faiblesses. Alicia ouvrait de grands yeux, éberluée par ce qu'elle venait d'entendre, mais il n'en avait pas fini.

— Je suis fier de toi, mon fils, déclara-t-il. Et je suis très heureux de pouvoir te le dire du fond du cœur.

Elisabeth eut l'impression d'assister à une pièce de théâtre. Était-ce bien son père qui parlait ainsi, lui qui n'était jamais satisfait de Paul et passait son temps à se plaindre de lui ? Et maintenant, il levait solennellement son verre pour boire à la santé de son fils, qui lui rendait la pareille.

— Tu m'embarrasses vraiment, Papa. J'ai seulement fait ce qui devait être fait, répondit Paul.

— C'est précisément ce que j'attends de mon fils !

Maman recouvrait lentement ses esprits. Encore incrédule, elle regarda tour à tour le père et le fils, et posa sa main sur celle de son époux.

— Cela signifie-t-il que ce malheureux désaccord entre vous deux… ? commença-t-elle à mi-voix sur un ton hésitant.

— Il est réglé, Alicia ! répondit Papa. Paul entrera à l'usine comme apprenti. Il se familiarisera avec chaque étape du travail et chaque service, et il sera présent lors de toutes les négociations.

Pourvu que tout se passe bien, pensa Elisabeth. Kitty, toujours aussi naïve, poussa des cris d'allégresse et affirma que Papa aurait dû prendre cette décision depuis longtemps. Maman dut tirer son mouchoir de sa poche pour essuyer des larmes de joie.

— Ah, Johann, bredouilla-t-elle, tu n'aurais pu me causer de plus grande joie… Comme votre mésentente m'a pesé !

C'était décidément un jour peu ordinaire. Même Elisabeth fut gagnée par l'émotion générale et réprima quelques larmes. Quand Robert reparut pour débarrasser la table et servir le dessert, il trouva la famille dans un tel attendrissement qu'il s'arrêta prudemment sur le seuil.

— Aujourd'hui, tu m'as rendu deux fois mon fils, Johann ! s'écria Alicia. D'abord quand j'ai su qu'il était vivant, et ensuite quand tu t'es réconcilié avec lui !

— Maman, Robert va servir le dessert, chuchota Elisabeth, que ces effusions embarrassaient.

Alicia fit signe au domestique de faire son travail comme si de rien n'était, puis s'adossa à sa chaise, ce qu'elle ne se permettait jamais d'habitude, car on lui avait inculqué de se tenir toujours bien droite. Mais ce jour-là était un jour exceptionnel, qui avait commencé dans l'effroi pour finir dans la joie. Elle observa pensivement Robert qui, vif et adroit comme toujours, débarrassait la table et servait le dessert, des poires cuites au cognac.

— Moi aussi, je dois vous faire part d'une décision, déclara-t-elle quand il fut ressorti. Elle concerne Augusta.

— Augusta ? Que lui est-il arrivé ? s'enquit Melzer.

Kitty leva les yeux au ciel et Alicia eut un léger sourire. Paul, hilare, dissimula son visage derrière son verre de vin. Elisabeth était la seule à faire de vrais efforts pour garder son sérieux. Leur père n'avait bien entendu rien remarqué de la situation intéressante d'Augusta. Il fallait porter au crédit de Johann Melzer son désintérêt vis-à-vis du personnel féminin.

— Cette pauvre Augusta attend un enfant de Robert, qui ne veut pas l'épouser, résuma Maman.

Il était d'usage de renvoyer une bonne qui s'était oubliée à ce point, si bien que personne n'aurait pu le leur reprocher. Mais, après un entretien avec Mlle Schmalzler, Alicia avait eu des scrupules à renvoyer Augusta, qui avait affirmé que sa famille ne voudrait pas d'elle. Sa mère, qui s'était remariée, avait déjà assez de bouches à nourrir.

— C'est vraiment dommage que Robert se conduise aussi stupidement, car Augusta et lui sont des employés sérieux et fidèles que je garderais volontiers, poursuivit-elle. S'il épousait Augusta, tous deux pourraient emménager dans l'une des maisonnettes du parc et continuer à travailler pour nous.

Melzer, visiblement perplexe, demanda pourquoi Robert ne voulait pas l'épouser.

— Personne n'y comprend rien, Papa, répondit Elisabeth. Je crois qu'il préfère garder sa liberté.

Sa mère lui lança un regard d'avertissement et elle se tut, vexée. Que croyait-elle donc ? Qu'elle révélerait à son père de qui ce pauvre Robert était si éperdument amoureux ?

— Mais peut-être que cet enfant n'est pas de lui ? insista Papa. Que sait-on au juste de la vie d'Augusta ? Peut-être avait-elle d'autres amourettes ?

Alicia fronça les sourcils : ce n'était pas le genre de question à poser en présence de leurs filles.

— Mlle Schmalzler m'a assuré qu'Augusta avait eu une… liaison avec Robert, expliqua-t-elle à mi-voix en se penchant vers son mari. Cette liaison a duré plusieurs semaines et tous les employés de la maison étaient au courant. Il est donc presque certain que Robert est le père de cet enfant.

— Alors dans ce cas…

Papa abandonna le sujet pour retourner à son dessert. Pour tout ce qui concernait le ménage et la domesticité, c'était Alicia qui avait le dernier mot.

— Mes très chers, reprit-elle en regardant Paul à qui Elisabeth cédait son dessert le cœur lourd, Notre-Seigneur m'a témoigné aujourd'hui toute sa bonté, dont je Lui serai éternellement reconnaissante. Je tiens donc à agir de la même manière envers ceux qui sont confiés à mes soins.

Non ! pensa Elisabeth, atterrée, car elle avait compté sur le renvoi d'Augusta.

— J'informerai donc Augusta que nous la garderons à notre service. Pour l'enfant, nous trouverons une solution. Qui sait si Robert ne changera pas d'avis à sa naissance ?

Le sourire aux lèvres, Alicia regarda son mari, qui haussa les épaules et acquiesça.

— Crois-tu qu'il soit bon de donner un tel exemple aux domestiques ? objecta Elisabeth. Il se pourrait que d'autres employées comptent sur ta générosité par la suite.

— Lesquelles ? demanda Kitty dans un éclat de rire. La Jordan, peut-être ? Ou la Schmalzler ? Non, c'est sûrement à la Brunnenmayer que tu as pensé, sœurette. Mais je ne crois pas qu'elle puisse encore nous faire cadeau d'un enfant illégitime…

— Katharina ! Quelle manière de s'exprimer ! la réprimanda sa mère.

— La Brunnenmayer, sûrement pas, riposta Elisabeth, mais Marie ? Même nos invités la lorgnent, les jeunes comme les vieux. Un faux pas est si vite fait dans ce genre de situation…

Kitty voulut répondre, mais son frère la devança.

— Surveille tes paroles, Lisa, dit-il sur un ton coupant. Marie est bien trop intelligente pour se laisser aller ainsi.

— Tu as bien raison, Paul, déclara Kitty en lui lançant un regard entendu. Marie a sa conception personnelle de l'amour. Pour être plus précise, elle n'en pense rien de bon. Et, dans sa situation, c'est ce qu'elle a de mieux à faire.

— Je crois aussi que Marie ne commettrait jamais une telle erreur, déclara Maman. Je chargerai Mlle Schmalzler d'annoncer ma décision à Augusta. Pour moi, je serais ravie d'entendre de nouveau des rires d'enfant dans cette villa.

Elisabeth leva les yeux au ciel. Kitty avait à coup sûr hérité sa sentimentalité de sa mère.

Chapitre 29

— Hanna Weber ? Un instant, je vous prie.

La sœur à la cornette blanche parcourut la liste en suivant les noms du doigt, puis repoussa ses lunettes sans monture sur le bout de son nez pour observer les deux messieurs. Ils avaient l'air de bons catholiques.

— Je l'ai amenée ici avant-hier, déclara Paul. Cette jeune fille a eu un accident : elle a été happée par une machine.

— C'est sœur Benedicta qui était à l'accueil avant-hier. Cette Hanna Weber serait-elle protestante ?

Paul interrogea du regard son père, qui haussa les épaules. Comme il employait plusieurs centaines de travailleurs dans son usine, comment aurait-il pu connaître la confession de chacun ?

— Pourquoi ? Où serait-elle si elle était protestante ?

— Dans l'aile ouest de l'hôpital, où sont logés les protestants.

— Bonté divine !

La sœur adressa un sourire compatissant à ce monsieur bien habillé aux sourcils broussailleux, puis se rassit pour lui signifier qu'elle ne pouvait malheureusement plus rien faire pour lui.

— Allons demander là-bas, Père, proposa Paul.

Ils traversèrent d'un pas rapide l'entrée du corps principal et se retrouvèrent devant une autre sœur également postée derrière un guichet. Au lieu de l'ample cornette à l'allure médiévale, elle portait une modeste coiffe blanche nouée sous le menton assez semblable à un bonnet de nuit soigneusement plié. C'était la coiffe des diaconesses.

— Hanna Weber ? Oui, bien sûr, la petite de l'usine. Un instant, je vous prie…

Nouvelle attente, nouvelle consultation d'une liste de noms. Si celui de Hanna Weber n'y figurait pas, cela ne pourrait signifier qu'une chose : la jeune fille n'avait pas survécu. Paul sentit la tension de son père, puis son soulagement quand la diaconesse releva la tête et lui répondit.

— Chambre 17, mais votre visite ne devra pas dépasser dix minutes. Vous pouvez prendre l'ascenseur, c'est au deuxième étage, à droite de la chapelle.

Ils prirent l'ascenseur avec deux dames, certainement la mère et la fille, et un monsieur âgé qui bougonnait. La fille portait l'une de ces robes modernes toutes droites et Paul l'observa avec curiosité, car elle ne portait apparemment pas de corset. Il n'y avait du reste rien à contenir : la poitrine de cette demoiselle était aussi plate que celle d'un garçon.

— La chambre 17… C'est par là, Père.

Johann Melzer tira son mouchoir et s'essuya le front. Les odeurs de désinfectant, de formol et d'autres liquides répugnants lui donnaient la nausée. Mais c'était toujours moins pénible que le souvenir de sa visite précédente, plusieurs mois auparavant, qui avait tourmenté sa conscience et s'était révélée lourde de conséquences.

La chambre n° 17 comprenait dix lits. Celui de la petite Hanna était du côté du mur, entre ceux de deux femmes âgées. Du côté de la fenêtre, où la pièce était un peu plus claire et plus accueillante, une femme replète en robe de chambre rose était assise sur son lit et bavardait avec un vieux monsieur maigre, probablement son mari.

Paul salua tout ce monde d'un signe de tête aimable avant de s'approcher du lit de la toute jeune fille. Elle était réveillée et, surprise, observa de ses grands yeux bruns ces messieurs qu'elle ne connaissait pas. Elle avait les deux bras dans un plâtre et sa poitrine et sa tête étaient bandées.

— Est-ce que tu te souviens de moi, Hanna ? lui demanda Paul. Je suis Paul Melzer. C'est moi qui t'ai amenée à la clinique avant-hier, mais je crois qu'à ce moment-là tu étais évanouie, non ?

Comprenait-elle ce qu'il disait ? Elle le dévisagea, plissant les yeux et remuant les lèvres. Mais elle avait parlé si bas qu'il dut se pencher vers elle pour l'entendre.

— Je… ne… sais… pas… répéta-t-elle.

Paul lui sourit joyeusement. Dieu merci, elle pouvait parler. Avait-elle compris ce qui lui était arrivé ? Mieux valait ne pas le lui demander maintenant.

— Est-ce que tu as mal ?

Elle voulut secouer la tête, mais son bandage la gênait.

— Je… vais… bien, souffla-t-elle.

— Je l'espère, répondit Paul. Nous nous occupons de toi, Hanna. Tu guériras. Et tu iras à l'école.

Elle ne comprit pas immédiatement le sens de ces paroles, mais s'arracha un bref sourire.

— Les garçons… vont à l'école. Erna et moi… allons avec ma mère… à… l'usine, murmura-t-elle.

Paul savait que, dans les familles nombreuses, les

filles étaient envoyées plus tôt à l'usine afin que les garçons au moins puissent aller à l'école.

— Maintenant, tu vas te reposer et guérir, dit-il.

— Oui… répondit-elle docilement.

Elle ferma les yeux. Cette brève conversation semblait l'avoir épuisée. Paul se redressa et interrogea du regard son père, qui s'essuyait de nouveau le front avec son mouchoir.

— Partons, déclara Johann Melzer. Il ne faut pas trop la fatiguer, elle est encore très faible.

Ils croisèrent un médecin dans le couloir, et Melzer s'informa de l'état de la malade, demandant si elle survivrait, si elle pourrait de nouveau se servir de ses bras, si elle avait des blessures internes. Le jeune médecin répondit seulement qu'il fallait attendre pour se prononcer. Mais la patiente était jeune et avait encore la vie devant elle.

— Rien ne doit lui manquer, déclara Johann Melzer d'une voix rauque. Je paierai tout.

Le médecin lui sourit. Ici, à la clinique, on ferait tout ce qu'on pourrait pour la patiente, comme monsieur le directeur Melzer le savait. On parviendrait cette fois encore à sauver sa protégée. Sur ces mots, le médecin inclina la tête, leur souhaita le bonjour et s'éloigna.

— « Cette fois encore » ? répéta Paul, surpris. Que voulait-il dire, Père ?

Johann Melzer hésita à répondre. Cette allusion stupide du médecin lui avait déplu, mais il ne voulut pas mentir à son fils. Du reste, Paul aurait appris la vérité tôt ou tard.

— Marie était dans cette clinique il y a six mois, répondit-il. Elle a eu une hémorragie. Elle était dans la même chambre que cette petite Hanna.

Paul en fut si stupéfait qu'il demeura figé devant la porte ouverte de l'ascenseur.

— Marie ? Tu veux dire notre femme de chambre ?

— Qui d'autre ?

Johann Melzer fut surpris à son tour : il ne s'était pas attendu à pareille émotion de la part de son fils.

— Une hémorragie ? Tu veux dire un début de tuberculose ?

Non, rassura-t-il son fils en l'entraînant doucement vers l'ascenseur. Non, ce n'était heureusement que l'effet de l'épuisement physique. Cette jeune fille était trop faible pour le dur travail en usine, lui avait expliqué le médecin. Elle avait travaillé six mois comme couturière chez Steyermann, où elle avait fait ses preuves. Mais elle s'était enfuie et était tombée malade peu après.

— Où habitait-elle quand elle était malade ? Quand même pas dans la ville basse ? demanda Paul.

Johann Melzer avait espéré s'en tirer avec une explication succincte, mais son fils lui faisait subir un véritable interrogatoire. Pourquoi s'intéressait-il tant au passé de Marie ? Bien entendu, c'était une jolie fille, et elle ressemblait beaucoup à sa mère. L'idée qu'elle puisse plaire à Paul le troubla et lui procura une sensation de malaise.

— Dans la ville basse ! Quelle idée ! Non, elle était à l'orphelinat.

L'ascenseur s'arrêta avec une secousse ; plusieurs visiteurs l'attendaient au rez-de-chaussée. Soulagé d'échapper à l'interrogatoire, Johann Melzer poussa la porte pour sortir, mais Paul n'était pas disposé à lâcher prise.

— Et pourquoi ce médecin a-t-il appelé Marie ta « protégée » ?

Voilà la question que Johann avait le plus redoutée.

Et, à présent, il lui fallait trouver une réponse satisfaisante sans pour autant révéler la pénible vérité.

— Je me suis un peu occupé d'elle car je connaissais son père, répondit-il. C'était un bon ouvrier.

Ils rencontrèrent dans l'entrée deux connaissances, deux dames membres de la société de bienfaisance d'Alicia qui, par pur altruisme, rendaient visite à des patients pour leur apporter un peu de réconfort, des biscuits et une bible. On échangea des salutations, et ces dames se révélèrent très bien informées au sujet de l'accident ; elles surent exprimer leur compassion avec tact. Dehors, Johann Melzer inspira l'air frais du matin et redevint aussitôt le sévère directeur de l'usine.

— Maintenant, dépêchons-nous ! dit-il en faisant signe à Robert, qui les attendait au volant de l'automobile. Nous avons rendez-vous à 10 heures chez l'avocat, à 11 heures avec les Français !

— Ah oui, les canuts de Lyon ?

— On pourra conclure de bonnes affaires avec eux si la guerre n'éclate pas, grommela Melzer.

Paul rit. Depuis peu, son père parlait sans arrêt d'une guerre imminente. Quelle absurdité ! Peut-être là-bas, dans les Balkans, où les peuples se battaient comme des chiffonniers. Mais l'empereur allemand était le petit-fils de la grande Victoria, la reine d'Angleterre, et il était en fort bons termes avec le tsar russe. Et puis les Français avaient pris une belle déculottée en 1871.

— Je te rejoins un peu plus tard, Papa, lança-t-il gaiement alors que Melzer montait en voiture. Je dois passer chez le gantier : Maman a besoin de gants en chevreau glacé pour aller à l'opéra ce soir.

— Bonté divine ! grogna son père, agacé. Fais vite : je veux que tu assistes à l'entretien avec l'avocat.

— J'y serai sans faute !

Comme ils étaient dans le faubourg de Jakob, à quelques pas du centre-ville, Paul décida de faire le trajet à pied. Il enfonça son chapeau sur sa tête et s'éloigna en hâte, pressé de retrouver les rues et ruelles animées du centre. Les Augsbourgeois étaient fiers du long bâtiment de briques immaculées de la clinique, une imposante construction de plusieurs étages et aux fenêtres à arches. Elle avait été dessinée par l'architecte Gollwitzer au milieu du siècle précédent, mais qui aimait s'attarder dans un tel lieu ?

Tandis qu'il montait, puis bifurquait dans la rue Barfüßer, il réfléchissait à ce que lui avait confié son père au sujet de Marie. Une hémorragie, diantre ! Sans être médecin, il savait que ce genre d'accident pouvait être mortel. Mais, Dieu soit loué, elle avait survécu. Comme cette frêle créature devait être résistante pour avoir enduré son travail de fille de cuisine alors qu'elle venait tout juste de se rétablir… S'il ignorait en quoi consistaient exactement les tâches d'une fille de cuisine, il savait qu'elle devait apporter du bois pour le feu et allumer tous les poêles de la maison le matin. Et, comme elle se trouvait tout au bas de la hiérarchie du personnel, elle devait faire tous les travaux que les autres domestiques jugeaient trop pénibles ou déplaisants.

Pourquoi ne l'avait-on pas ménagée davantage à la villa ? Son père savait pourtant qu'elle était convalescente ! Mais peut-être avait-on fait en sorte de lui adoucir la tâche. Lui-même pouvait difficilement en juger, car il avait été à Munich pendant cette période. Heureusement, Marie s'était vue promue femme de chambre et avait trouvé une protectrice en Kitty.

Il dut ralentir, car sa marche rapide l'avait échauffé. Pour un jour de janvier, le temps était d'une douceur inhabituelle. Le ciel était couvert et la tour de Perlach, dont le sommet apparaissait par intervalles entre les toits, était cernée de brouillard. Paul distinguait déjà le petit magasin d'Ernestine Sauerbier avec ses deux hautes fenêtres encadrées de colonnes vert pâle s'achevant en vrilles de fleurs. Maman se fournissait uniquement dans ce magasin, probablement parce que sa propriétaire réparait les gants abîmés.

Il s'arrêta devant la vitrine pour examiner les articles exposés, des gants pour de frêles mains de dames, tricotés à la main et ornés de dentelles. Certains, transparents et légers comme un souffle, couvraient le bras jusqu'au coude, d'autres découvraient en partie les doigts, d'autres encore, en chevreau blanc, épousaient leur forme comme une seconde peau. Une seule paire de ces gants coûtait ce qu'une ouvrière gagnait en un an, comme Paul le savait depuis peu. Il pensa aux mains de Marie, petites et admirablement formées, qui n'avaient certainement jamais été revêtues de gants aussi luxueux. Elle avait grandi dans un orphelinat, mené une existence sans joie et sans espoir, mais ne s'était pas laissé abattre. N'était-elle pas plus digne d'admiration que les jeunes filles de la bonne société, qui n'avaient en tête que de jolies robes, des promenades et de frivoles ouvrages de broderie ?

— Monsieur Melzer ? Je suis ravi de vous rencontrer ici. Vous intéressez-vous aux gants pour dames ?

Un léger accent français révéla à Paul l'identité de son interlocuteur avant même qu'il ne se soit retourné. M. Gérard Duchamps était de retour à Augsbourg.

— Bonjour, monsieur Duchamps, répondit-il sans enthousiasme. Non, les accessoires pour dames ne m'intéressent pas particulièrement. Je suis ici uniquement sur l'ordre de ma mère.

— Tout comme moi, alors, répliqua Duchamps avec un sourire. Je dois acheter des cadeaux pour ma mère et mes sœurs. Chez nous, on a un faible pour le chevreau glacé de ce magasin, tandis que les hommes d'affaires augsbourgeois s'intéressent de plus en plus à la soie lyonnaise. J'espère que cet intérêt aura des résultats positifs pour nous tous.

Bien sûr, il s'agissait des hommes d'affaires français auxquels son père avait fait allusion. Paul aurait dû s'en douter. Ma foi, s'ils livraient de la marchandise de qualité à des prix intéressants, il n'y trouverait personnellement rien à redire. On avait commencé à fabriquer de la soie imprimée qui avait un grand succès auprès de la clientèle. La soie d'outre-mer était certes meilleur marché, mais son transport était incroyablement onéreux.

— Pourquoi pas ? répondit Paul. Après tout, c'est à la fois dans notre intérêt et dans le vôtre, n'est-ce pas ?

Duchamps acquiesça en contemplant d'un air pensif les gants de dentelle blanche de la vitrine. Paul constata une fois de plus qu'il n'aimait guère ce Français. Pourquoi les femmes étaient-elles toutes à ses pieds ? Était-il beau garçon ? Nullement. Gérard Duchamps était de taille moyenne et, si ses gestes étaient assurés et souples, Paul était certain que ce n'était pas un sportif. Son nez fin était un peu trop pointu, ses yeux étaient noirs comme ceux d'un Tzigane et ses lèvres effrontément sensuelles. Peut-être était-ce justement ce qui fascinait ces dames. Ou peut-être son adresse à donner un point de vue original à chaque conversation. Ce bourreau des cœurs pouvait se montrer captivant sans pour autant débiter de sornettes, même Paul devait le reconnaître.

— J'ai été ravi de vous rencontrer, lui dit-il poliment mais sans en penser un mot. Eh bien, à plus tard…

Il souleva son chapeau pour prendre congé, mais Duchamps n'était pas disposé à le laisser partir.

— Pardon, mais j'ai une question à vous poser, dit-il.

Paul s'arrêta à contrecœur et sourit. De quoi s'agissait-il ? Pourquoi cet air grave comme s'il s'était agi d'une question de vie ou de mort ?

— C'est une question très personnelle, reprit Duchamps. Je vous la pose parce que je crois que vous me direz la vérité.

Il savait décidément se montrer très persuasif, ce Gérard Duchamps. Paul ressentit un début de sympathie et le désir de justifier sa confiance en lui.

— Dans la mesure où ce sera en mon pouvoir, volontiers, répondit-il.

Un groupe de jeunes dames vint se planter devant la vitrine du magasin et, comme il attirait leur regard, Duchamps s'éloigna avec Paul. Ils s'arrêtèrent dans une ruelle latérale.

— Cette question concerne votre sœur, expliqua le Français.

— Laquelle ?

— Mlle Katharina.

Naturellement. Une autre réponse aurait été surprenante. Il était vraiment condamné à communiquer des renseignements sur son ensorcelante petite sœur.

— Je préférerais ne pas répondre à votre demande, monsieur Duchamps, lui dit-il. Vous devriez plutôt en parler avec elle ou, mieux encore, avec mes parents.

— Il y a longtemps que je suis d'accord avec votre sœur, monsieur Paul.

Ce dernier le dévisagea, incrédule. Se pouvait-il que ce Casanova français ait conquis le cœur de Kitty, ou lui jouait-il la comédie ?

— Ma question est la suivante : votre famille

accepterait-elle un gendre français ? Comprenez-moi bien : j'aime votre sœur et mes intentions sont honnêtes. Je veux l'épouser.

Paul dut inspirer à fond pour se ressaisir. Ce garçon voulait épouser Kitty et, s'il avait dit vrai, elle lui avait donné son consentement. Mais elle avait également dû lui expliquer qu'il y avait un obstacle.

— Vous voulez donc connaître mon opinion ? demanda-t-il pour gagner du temps.

Duchamps fit signe que oui. Son regard pénétrant mit Paul mal à l'aise. Ce garçon était amoureux, et qui pouvait l'en blâmer ? Il épouserait Kitty et l'emmènerait à Lyon. L'idée de la villa sans elle, sa chambre vide… Fini les joyeuses conversations, les rires, les lubies extravagantes et tous les petits secrets qu'ils se confiaient. Bon sang, il n'avait pas envie de renoncer à sa petite sœur !

— Si vous avez parlé avec ma sœur, elle vous a sans doute expliqué que notre mère souffre encore de la mort prématurée de son frère aîné, dit-il. Il est mort pendant la guerre contre la France alors qu'elle était encore enfant.

Duchamps le savait. C'était certainement une perte très douloureuse, mais au bout du compte il y avait eu des morts des deux côtés. Et ce malheureux jeune homme n'avait pas été tué par une balle française : il était mort banalement, d'une septicémie, à la suite d'une blessure sans gravité.

— Vous avez parfaitement raison, mais ma mère se montre intraitable sur ce point. Si vous voulez demander la main de ma sœur, il faudra vous attendre d'abord à un refus.

Paul disait la vérité, et n'avait rien à se reprocher à cet égard. Au contraire, il passait poliment sous silence la haine virulente de sa mère à l'égard de la France, ennemi héréditaire, ainsi que de tous les Français. Elle détestait même le champagne qu'on buvait volontiers à la villa et l'avait remplacé par du vin pétillant de Crimée, une horreur sucrée qui donnait des maux de tête.

— Si vous avez l'intention d'épouser Kitty, vous devrez vous montrer persévérant, ajouta-t-il, l'expression tourmentée du jeune homme lui faisant pitié.

Duchamps le remercia et affirma qu'il était de cet avis.

— Je vous prie de bien vouloir oublier cet entretien, monsieur Paul, conclut-il.

Il souleva son chapeau, sourit et s'éloigna.

N'avait-il pas eu l'intention d'acheter des gants ? Ç'avait probablement été un prétexte. Paul eut vaguement mauvaise conscience envers Kitty, mais sa sœur méritait un meilleur mari que ce coureur de jupons français.

Chapitre 30

Marie était transie par le froid qui montait des dalles de l'église. Malgré son manteau et ses bottes fourrées, elle avait l'impression de se pétrifier. Elle priait pour que la messe finisse, tout en ayant honte de ces mauvaises pensées. Les trois femmes assises devant elle étaient moins bien protégées contre le froid. Elles suivaient pourtant la cérémonie avec recueillement, s'agenouillant ensemble, chantant les psaumes d'une voix éraillée et prononçant les prières latines sans la moindre faute.

La messe matinale de la paroisse Saint-Maximilien avait commencé à 6 heures. Il faisait encore nuit et seuls les réverbères et l'éclairage électrique de quelques magasins illuminaient la pénombre du petit matin. Marie avait marché une demi-heure pour se rendre à la messe et espérait pouvoir regagner le troisième étage de la villa sans se faire remarquer. Elle n'avait soufflé mot à personne de cette visite à l'église, car les autres domestiques se seraient livrés à des spéculations quant aux raisons qui la poussaient à s'y rendre si tôt. Sûrement un grave péché à confesser. Peut-être qu'au bout du compte elle avait un amoureux ? Augusta, en particulier, s'entendait à répandre des rumeurs.

Des filets de fumée d'encens montaient sous les

hautes voûtes éclairées et blanchies à la chaux de l'église. Marie s'efforçait de ne pas les inspirer, n'aimant pas leur odeur. On s'agenouilla pour communier. L'un des trois enfants de chœur au regard endormi agita la clochette et à travers les nuées d'encens Marie vit le curé Leutwien prendre l'hostie et boire au calice doré et ciselé. Elle se sentit soudain nauséeuse, soit à cause de l'encens, soit parce qu'elle n'avait rien mangé le matin. Ou parce que cet homme avait donné les derniers sacrements à sa mère.

Elle se ressaisit et se sentit soulagée lorsque vint la bénédiction avec les dernières notes de l'orgue. Curé et enfants de chœur se dirigèrent vers la sacristie. Les ouailles les plus pieuses, presque exclusivement de vieilles femmes, se levèrent, resserrèrent manteau et châle sur leur poitrine et rajustèrent leur fichu. Un vent glacial et chargé de minuscules flocons de neige soufflait dehors, et le trajet de retour ne serait pas une partie de plaisir.

Marie attendit que les bancs se soient vidés pour s'approcher de l'autel. Elle se signa devant la Vierge Marie, puis suivit le prêtre, qui venait de disparaître. Derrière lui, la sacristine, une femme replète au souffle court, ramassait sur les bancs les livres de psaumes oubliés et les rangeait dans la caisse de bois où on les récupérait.

Marie eut de la chance, car Leutwien allait quitter l'église par la porte de la sacristie quand elle le rejoignit. Lorsqu'elle lui adressa la parole, il se retourna et l'observa. Il distinguait mal ses traits, ayant éteint la lampe à l'instant même où la sacristine avait soufflé les cierges de l'autel. Mais il était certain de n'avoir encore jamais vu à la messe du matin cette jeune fille bien vêtue.

— Que puis-je faire pour vous ?

— Je… je voudrais commander un requiem, monsieur le curé.

Il avait d'abord cru qu'elle venait se confesser. Il arrivait que des jeunes femmes se rendent dans une autre paroisse, par réticence à se confesser à leur propre curé.

— Pour qui devrons-nous prier ?

— Pour ma mère. Elle s'appelait Luise Hofgartner, et elle est morte dans la ville basse il y a seize ans environ.

Se la rappellerait-il ? Tendue, Marie observait le prêtre qui allumait la lampe à pétrole posée sur la table.

— Serais-tu par hasard Marie Hofgartner ?

— Oui, c'est moi, monsieur le curé.

Il lui fit signe d'approcher, ôta ses lunettes et l'examina avec un étonnement visible.

— Tu es très bien habillée, Marie. J'ai failli ne pas te reconnaître, dit-il.

— Vous vous souvenez donc de moi ?

— Oui, bien sûr. Je t'ai assez souvent vue à l'orphelinat. Tu travailles à la villa Melzer comme fille de cuisine, n'est-ce pas ?

— Comme femme de chambre maintenant.

Il la regarda, perplexe, remit ses lunettes et parut se demander si elle disait la vérité. Aucune domestique ne passait de la position de fille de cuisine à celle de femme de chambre en si peu de temps.

— Comme femme de chambre, répéta-t-il. Eh bien, ça n'a pas traîné. À la veille de Noël, tu étais encore fille de cuisine…

Marie n'avait aucune envie d'aborder ce sujet avec lui. En tout cas, il paraissait plutôt bien renseigné sur son compte.

— Je ne sais pas combien coûte un requiem, dit-elle

prudemment. J'ai économisé vingt marks… est-ce que ça suffira ?

Il acquiesça. Pour quand voulait-elle cette messe ? Souhaitait-elle un texte en particulier ? Non ? Alors il la dirait dimanche prochain après la grand-messe, si cela lui convenait.

Elle donna son accord et déposa les vingt marks sur la table. Il lui parut étrange que ce prêtre qui, un instant plus tôt, avait l'air si solennel dans sa chasuble brodée d'or soit à présent assis devant elle, gris et falot, à compter la monnaie… Elle rassembla tout son courage.

— Vous avez connu ma mère, n'est-ce pas ?

Il leva la tête de ses comptes et ôta de nouveau ses lunettes. Ses yeux parurent plus grands et leur regard aigu.

— Oui, je l'ai connue, répondit-il.

— Comment était-elle physiquement ?

— Elle te ressemblait, dit le prêtre. Ses cheveux étaient noirs comme les tiens et ses yeux d'un brun foncé. Elle était peut-être un peu plus grande que toi. C'était une artiste, elle peignait et sculptait…

— Je me souviens d'une tête de jeune fille inachevée dont seul le visage était fini… l'interrompit Marie.

Il se tut, le regard fixe. Réfléchissait-il ? Tentait-il de se rappeler cette sculpture ? Il avait dû la voir autrefois, mais peut-être n'avait-il pas prêté attention à chaque détail de la petite chambre.

— Comment se fait-il que tu t'en souviennes si bien ? demanda-t-il enfin.

Comme les épais verres de ses lunettes déformaient ses yeux, il était difficile de savoir s'il était en colère ou seulement surpris. Le cœur de Marie battit plus vite.

— J'ai revu la chambre dans laquelle ma mère est morte, répondit-elle. Elle est dans la ville basse.

Elle attendit un instant, au cas où il aurait voulu faire une remarque, mais il garda le silence.

— Je sais aussi qu'elle avait des dettes et que le directeur de l'usine Melzer a fait saisir tous les meubles de sa chambre, reprit-elle.

— Tu sais donc cela ? Qui te l'a raconté ?

— La vieille Mme Deubel. Elle m'a dit que ma mère avait été l'artisan de son propre malheur parce qu'elle avait trop dépensé.

Le prêtre réagit enfin, inspira profondément, puis secoua la tête.

— Ta mère était une artiste, répondit-il. Elle n'était ni cupide ni dépensière. Simplement, l'argent ne signifiait rien pour elle.

Marie sourit. Entendre Leutwien défendre sa mère lui fit du bien, et elle fut heureuse d'apprendre que l'argent ne comptait pas pour elle.

— Est-ce que ce buste en marbre et ces sculptures sur bois sont bien d'elle ? Je veux dire, ceux qui sont restés dans cette chambre ?

Il réfléchit un instant, puis fit signe que oui. Il se rappelait surtout les bustes en marbre, ses dernières œuvres.

— Elle a peut-être emprunté de l'argent aux Deubel en échange de ces sculptures, supputa-t-il.

Cette explication parut plausible à Marie. Elle aurait aimé emporter l'une de ces œuvres, mais doutait que la vieille Deubel y consente…

— J'aimerais tellement avoir l'un des objets que ma mère a possédés, que ses mains ont touchés et qui représenterait un lien avec elle. Mais il ne me reste plus rien, dit-elle tristement.

Elle attendit encore, se demandant si le curé allait répondre, mais il se taisait. N'avait-il plus rien à dire ou refusait-il de parler ? Avait-il peur de Melzer lui aussi ? C'était peu probable, car, après tout, il s'agissait d'un prêtre, un homme d'Église. Qui aurait pu lui faire du mal ?

Il referma son calepin et se leva. Sans un mot, il se dirigea vers une armoire en chêne et en sortit un manteau et un chapeau sentant l'antimite.

— Quel âge as-tu, Marie ? demanda-t-il en passant son manteau.

— Dix-huit ans, bientôt dix-neuf.

Il se coiffa de son chapeau et prit à un crochet un gros trousseau de clefs.

— Viens avec moi au presbytère. Je veux te dire et te montrer ce que je sais au sujet de ta mère.

Stupéfaite, Marie sortit et attendit qu'il ait verrouillé la porte de l'église. Ils s'avancèrent dans la pénombre sur la neige fraîchement tombée qui crissait légèrement sous leurs pieds. Le presbytère faisait face à l'église. Du vestibule leur parvint une odeur âcre rappelant celle du bois brûlé. La gouvernante du curé préparait le petit déjeuner.

— Par ici, s'il te plaît, dit-il.

Il ouvrit une porte et la précéda pour allumer la lampe. La présence de l'éclairage électrique entre ces vieux murs était insolite. Marie discerna des armoires remplies de livres, comme dans la bibliothèque de la villa. Elles étaient moins ornées, mais pleines de gros volumes. Elle vit un bureau d'un bois rougeâtre, couvert de papiers et de livres. D'autres s'entassaient sur le sol, et elle dut faire attention à ne pas marcher dessus. Sur la cheminée trônaient une croix de bois et une petite statue de la Vierge, une belle jeune femme tenant un enfant dans ses bras.

— Assieds-toi là, Marie.

Leutwien ôta d'une chaise un gros dossier bourré de parchemins afin qu'elle puisse s'asseoir, prit son manteau couvert de neige et son chapeau pour les suspendre dans le couloir. Il revint un instant plus tard avec une pelletée de braises et alluma un feu dans la cheminée.

— Le sort de ta mère m'a profondément ému, dit-il à Marie par-dessus son épaule. C'était une nature franche, courageuse, mais remarquablement obstinée. Quand je l'ai rencontrée, tu n'étais pas encore née. C'est moi qui ai marié tes parents.

Marie tressaillit. Ses parents avaient été mariés, exactement comme elle l'avait rêvé. Cette sorcière de Pappert lui avait donc menti pendant toutes ces années. Marie n'était nullement une enfant illégitime. Et son père n'était pas un inconnu.

— Vous… avez-vous connu mon père ?

— Certainement…

Leutwien enjamba plusieurs piles de papiers et de livres pour aller prendre sur un rayon un grand volume relié de cuir sombre. Il repoussa des papiers sur le bureau afin d'y déposer le livre, qu'il ouvrit et parcourut.

— Viens voir, Marie. C'est consigné dans le registre de la paroisse, dit-il.

Elle le rejoignit et, avec vénération, déchiffra les lignes manuscrites.

En ce 25 janvier 1895, à 10 heures du matin, l'ingénieur et inventeur Jakob Burkard et l'artiste peintre Luise Hofgartner se sont présentés à l'église pour y recevoir le sacrement du mariage. Les témoins en ont été l'aubergiste Alwine Deubel et l'industriel Johann Melzer.

Elle relut ces lignes en silence et leur sens s'imposa à elle. Ses parents s'étaient mariés dans cette église et le directeur Melzer avait été leur témoin.

— Mais… si mes parents étaient mariés, pourquoi je ne porte pas le nom de mon père ?

Le prêtre poussa un soupir et tourna la page. Son doigt courut le long des lignes serrées, puis s'arrêta sur une brève note.

En ce 29 janvier de l'an 1895, l'ingénieur et inventeur Jakob Burkard a été inhumé. Il n'avait que trente-huit ans. Que Dieu ait pitié de son âme.

Son père était mort quelques jours après son mariage…

— J'ai célébré ce mariage par miséricorde, expliqua le prêtre. Mais il était illégal, car tes parents ne se sont pas mariés civilement. Ta mère a toujours refusé le mariage bourgeois, c'était l'une de ses convictions, que j'acceptais sans les partager. Mais, comme la fin de ton père était proche, elle a fait une concession en consentant à un mariage religieux. Je tiens à affirmer que tes parents étaient mariés devant Dieu, car les lois divines sont au-dessus des lois des hommes.

Il avait prononcé ces paroles avec une profonde conviction. Il ajouta que, dans ses meilleures années, le père de Marie avait été un inventeur de génie et qu'elle pouvait être fière de lui, car Johann Melzer lui devait beaucoup.

— Mon père a donc travaillé pour M. Melzer ?

Une juste colère envahit le prêtre. On avait dissimulé à cette jeune fille l'identité de son père. On l'avait internée dans un orphelinat, on lui avait menti sur le compte de ses parents et, pour finir – quelle grandeur d'âme ! –, on l'avait embauchée comme fille de cuisine.

— Ton père, Marie, a construit et perfectionné toutes les machines de l'usine Melzer. Sans Jakob Burkard, cette usine n'existerait pas.

Cela devait être dit, ne serait-ce qu'une fois. Que M. Melzer cesse ses dons généreux à la paroisse Saint-Maximilien et fasse jouer ses relations pour forcer le curé Leutwien à prendre une retraite anticipée si ça lui chante, pensa-t-il. La stupéfaction de la jeune fille, qui céda la place au bonheur puis au ravissement, le récompenserait largement de sa peine.

— C'est… c'est vrai ? bafouilla-t-elle. Mon père était donc un inventeur aussi doué… ? Toutes les machines… ? Mon Dieu !

Leutwien avait reculé sa chaise pour retirer du bureau l'un des tiroirs et le poser dessus. Son contenu était dans le même désordre que la pièce : papiers, objets de piété, boîtes en carton et en fer-blanc s'y entassaient pêle-mêle. Il fouilla dedans en bougonnant et finit par trouver ce qu'il cherchait. C'était une boîte en carton pas plus large que la main. Un papier orné d'un motif de roses était collé sur son couvercle. Elle était nouée d'une faveur rose pâle que Leutwien défit pour l'ouvrir.

— Voilà ce que ta mère m'a donné avant de mourir, dit-il à Marie. Je devais te le remettre seulement à ta majorité, mais je crois que Luise Hofgartner aurait été d'accord pour que je le fasse dès maintenant.

La boîte contenait un carré de coton blanc sur lequel reposait une petite chaîne en argent avec, en pendentif, une minuscule clef.

Les mains de Marie tremblaient quand elle la prit. Les mains de sa mère avaient touché cette boîte et y avaient déposé ce bijou. Elle avait certainement porté ce pendentif, et c'était tout ce qu'elle avait laissé à son enfant, qui devait s'avancer seule dans la vie, sans père ni mère. Comme cette femme avait été intelligente de confier ce bijou au prêtre ! Elle savait qu'il serait en sûreté chez lui… Si Mme Deubel ou la Pappert avaient pu mettre la main dessus, Marie ne l'aurait jamais vu.

— Ce n'est pas un bijou de valeur, Marie, dit le prêtre avec un sourire. Mais c'est un souvenir que tu dois garder soigneusement.

— C'est ce que je ferai, monsieur le curé. Je vous remercie de tout mon cœur.

Elle referma soigneusement la boîte, renoua son ruban et alla la ranger dans la poche de son manteau. Quand elle voulut s'agenouiller devant le prêtre pour lui baiser la main, il l'écarta en lui disant qu'il n'était qu'un être humain. C'était Dieu qu'elle devrait remercier et c'était à Lui qu'elle devrait s'en remettre.

Une femme maigre au nez pointu et aux petits yeux d'oiseau s'approcha de Marie dans la pénombre du couloir. La gouvernante apportait le petit déjeuner du prêtre sur un plateau : café, confiture, un minuscule morceau de beurre et un petit pain de la veille.

— Voulez-vous aussi prendre votre petit déjeuner ici ? demanda-t-elle sur un ton agressif.

— Merci beaucoup, mais je dois rentrer.

— Alors que Dieu soit avec vous !

Le vent était retombé, mais il neigeait à gros flocons, si bien qu'on distinguait à peine le trottoir de la chaussée. Quelle heure pouvait-il bien être ? La pénombre avait viré au gris blafard, mais il faisait encore trop sombre pour discerner les aiguilles du clocher. Il devait être 7 heures au moins. Marie aurait de la chance si elle pouvait rentrer à la villa sans se faire remarquer.

Sentant à peine le froid, elle avança comme dans un rêve, regardant sans les voir les nombreux ouvriers qui marchaient vers les usines éclairées. Dans sa poche, sa main droite était refermée sur la petite boîte, le legs de sa mère, la preuve concrète qu'elle n'avait pas rêvé. Les questions se bousculaient dans son esprit. Le directeur Melzer avait connu ses parents et son père avait joué un rôle capital dans l'existence de l'usine. Pourquoi Melzer avait-il fait saisir les meubles de sa mère ? Son père avait été un inventeur de génie, et elle pouvait être fière de lui ! Pourquoi ne lui avait-on jamais dit qui il était ?

Devant le portail du parc, la réalité reprit ses droits. Elle s'arrêta pour réfléchir. La lumière était allumée à l'entresol, dans la cuisine et dans les pièces réservées au personnel. Quelques lampes brillaient aussi au deuxième étage : M. Melzer, M. Paul et Madame étaient déjà levés. À 7 h 30, ils se retrouveraient dans la salle à manger pour le petit déjeuner. Mlle Elisabeth et Mlle Katharina prendraient leur petit déjeuner plus tard, car ni l'une ni l'autre n'aimait se lever tôt, surtout dans l'obscurité de l'hiver. Marie poussa un soupir à l'idée que Robert apporterait le petit déjeuner dans la salle à manger pendant que les autres employés boiraient un café en cuisine. Bien entendu, on avait depuis longtemps remarqué son absence.

Il ne restait plus qu'un moyen de l'expliquer de manière crédible : elle devrait faire croire que Mlle Katharina l'avait appelée au cours de la nuit et qu'elle était restée à son chevet jusqu'au petit matin. C'était déjà arrivé plusieurs fois, car Katharina avait du mal à s'endormir mais refusait de prendre les somnifères que le médecin lui avait prescrits. Marie se demanda ce qu'elle pourrait raconter à Mademoiselle. Tout simplement qu'elle était allée à Saint-Maximilien commander une messe à la mémoire de sa mère : c'était une excellente idée parce que c'était la vérité.

Elle se dissimula derrière les arbres de l'allée pour rejoindre la porte de la buanderie sans être vue. Par bonheur, la neige qui tombait toujours effacerait les traces de ses pas. Son plan fonctionna. Il faisait sombre dans la buanderie déserte. Elle avança en tâtonnant vers la porte et traversa sans bruit l'entrée éclairée par une unique lampe à pétrole à la lumière vacillante. Elle passa par l'économat pour rejoindre l'escalier de service en priant pour ne pas croiser Robert quand il monterait le petit déjeuner. Mais elle parvint au deuxième étage sans encombre. Elle ôta son manteau et ses bottes et suivit le couloir jusqu'à la chambre de Mlle Katharina. Si jamais elle rencontrait Madame ou Monsieur, ils croiraient qu'elle portait ses vêtements à Mademoiselle. Ils trouveraient seulement curieux que la femme de chambre soit déchaussée.

— Mademoiselle ? C'est moi, Marie, appela-t-elle.

Mademoiselle devait dormir profondément, car Marie ne reçut aucune réponse.

— Mademoiselle Katharina ?

Une porte grinça à l'autre bout du couloir. Quelqu'un sortait de la salle de bains. Marie ouvrit la porte de la chambre et se glissa à l'intérieur.

La petite lampe de chevet dont Katharina voilait la lumière à l'aide d'un foulard en soie était allumée comme d'habitude. La jeune fille ne pouvait s'endormir dans une lumière plus vive, mais avait peur du noir.

Le regard de Marie se posa sur le lit, comme toujours en désordre, mais vide.

Mlle Katharina était-elle déjà dans la salle de bains ? S'était-elle levée tôt ce matin, contrairement à ses habitudes ? Marie chercha des yeux son peignoir et c'est alors qu'elle découvrit le mot sur l'oreiller. Une feuille de papier à lettres sur laquelle Katharina avait griffonné quelques lignes.

Ma chère Marie,

J'aurais bien aimé t'emmener, mais Gérard pense que ç'aurait été trop compliqué pour nous. Pardonne-moi, ma très chère, mon unique confidente. Dès que nous aurons trouvé un domicile, je t'écrirai pour que tu viennes nous rejoindre.

Seul l'amour compte et tout le reste n'est qu'illusion.

Ton amie Katharina

Chapitre 31

— Je n'y comprends rien…

La feuille de papier tremblait violemment dans la main d'Alicia. Ce ne pouvait être qu'une plaisanterie stupide. Kitty avait souvent des lubies tout à fait déplacées, car c'était une jeune fille excentrique.

— Je crains qu'elle n'ait quitté la villa très tôt, madame. Peut-être même au cours de la nuit. Elle a emporté du linge, des chaussures et des vêtements, ainsi que ses fusains et un bloc à dessin. J'ignore ce qu'il manque d'autre.

Le visage de Madame était figé et paraissait terriblement vieilli.

— Elle sera allée se cacher quelque part et réapparaîtra plus tard en se moquant de nous, dit-elle d'une voix faible, mais il était évident qu'elle-même ne croyait pas ce qu'elle disait.

Marie se sentait infiniment coupable : elle aurait dû prévoir ce qui était arrivé. Elle aurait dû utiliser sa cervelle, mais avait été trop préoccupée par ses propres affaires. Elle portait la responsabilité du chagrin et du désespoir qui frappaient à présent les habitants de la villa.

— On pourrait aller à la gare pour tâcher de savoir quel train ils ont pris, madame…

— À la gare ? Tu crois donc qu'ils ont… mais qui est ce Gérard ? Ce n'est quand même pas…

— C'est un certain M. Duchamps, de Lyon, expliqua Marie.

La porte de la salle à manger s'ouvrit et M. Melzer entra.

— Je ne veux plus entendre ce nom dans ma maison, gronda-t-il. Pas avant le petit déjeuner, du moins.

Sa femme lui tendit le message.

— Je crains fort que notre Kitty n'ait fait une grosse bêtise, Johann, dit-elle à mi-voix.

Il lut, laissa retomber la feuille et dévisagea sa femme, désemparé. Il relut le mot, puis regarda Marie.

— C'est bien à toi que cette lettre est adressée ? lança-t-il.

— Oui, monsieur.

— « Ma chère, mon unique confidente », cita-t-il avec un accent de dérision. Allons, parle, maintenant. Que signifient ces cachotteries ?

Il s'était exprimé sur ce ton dur qui intimidait tant ses employés à l'usine.

— Je l'ignore, répondit-elle. Je ne l'aurais jamais crue capable d'une chose pareille.

— Ne nous mens pas ! hurla-t-il, hors de lui. Elle a écrit : « mon unique confidente ». Si tu es sa confidente, elle t'aura révélé où elle s'est enfuie avec ce maudit Français !

Marie, elle, ne se laissa pas intimider. On lui avait assez souvent hurlé des ordres par le passé. À présent, elle avait la peau dure. Mais il était gênant qu'on entendît ces hurlements jusque dans le couloir.

— À moi, non, monsieur, mais peut-être l'a-t-elle écrit dans l'une de ses lettres…

Melzer échangea un regard avec sa femme, puis jaugea Marie comme s'il avait eu l'intention de la dévorer. Il était effrayant, le visage rouge, les yeux exorbités sous ses sourcils noirs broussailleux et les lèvres bleuâtres.

— Ses lettres ? Quelles lettres ?

Le cœur lourd, Marie dut révéler la correspondance secrète. Du reste, on retrouverait tôt ou tard des missives, car Mademoiselle ne les avait certainement pas toutes emportées.

— Mademoiselle et M. Duchamps ont correspondu, non par la poste, mais par l'intermédiaire d'un messager.

Elle s'attendait à ce qu'il recommence à hurler, ou même qu'il la frappe, mais M. Melzer demeura étrangement calme.

— Une correspondance secrète entre notre fille et ce… ce matamore de Français qui pas plus tard qu'hier nous proposait sa marchandise à des prix éhontés… Comment se fait-il que tu n'en aies rien su, Alicia ?

— Moi ? protesta son épouse. Tu viens d'entendre comme moi que cette correspondance était secrète…

Mais M. Melzer était trop furieux pour écouter qui que ce soit. Il arpenta fébrilement la salle, tira sa montre de sa poche, l'y remit et se figea.

— Robert ! Sonne-le, Alicia !

La porte s'ouvrit, mais ce fut M. Paul qui apparut, en veste d'intérieur, frais, dispos et plein d'allant. À la vue de Marie, un sourire se dessina sur son visage, puis se figea.

— Que se passe-t-il ? demanda-t-il.

Son père lui tendit en réponse la feuille froissée. Paul lança un regard inquiet à Marie avant de parcourir les lignes.

— Bonté divine… murmura-t-il.

— Je suppose que toi non plus, tu n'avais aucune idée de… de cette liaison ? gronda Johann Melzer.

Paul n'eut pas le temps de répondre, car Robert fit son entrée, livide. Visiblement, il savait de quoi il retournait.

— Avez-vous conduit ma fille Katharina à la gare ce matin avec des bagages ? l'interrogea Melzer.

Marie eut pitié du valet, qui paraissait accablé. Oui, répondit-il, il avait conduit Mlle Katharina à la gare peu après minuit, croyant que ce voyage avait été décidé avec l'accord de ses parents et que Mademoiselle retrouverait à la gare les amies avec lesquelles elle devait partir pour une cure à Bad Tölz.

— À minuit ? Et vous avez avalé ça ? hurla Melzer, fou de rage. Sans même nous consulter ? Vous vous payez ma tête, Robert ?

— Oui, je l'ai cru, monsieur, avoua le valet tout déconfit. J'ai eu des doutes à la gare seulement, quand Mlle Katharina a refusé que je l'accompagne jusqu'au quai. Elle a pris un porteur, m'a salué de la main et a disparu. Mon Dieu, j'aurais dû la rattraper, mais j'avoue que j'ai manqué de courage… J'ai eu peur de me tromper et de me rendre ridicule. Je voulais…

— Taisez-vous ! le coupa Johann Melzer. Vous devrez supporter les conséquences de votre erreur. Et toi aussi, Marie. Tu partiras dès aujourd'hui…

— Attends un instant, Père, intervint vivement Paul. Nous devons agir avec réflexion et sans hâte. Mieux vaut que rien ne se sache de cette regrettable histoire…

— Paul a raison, intervint Alicia, qui s'était ressaisie. Si cette histoire s'ébruite, c'en est fait de la réputation dc Kitty.

Johann Melzer expira bruyamment par les narines. Que croyait donc Alicia ? Qu'on pourrait encore empêcher un scandale ?

— Je vais à la gare pour tâcher de trouver quel train

ils ont pris, annonça Paul. Si j'y parviens, j'informerai la police des chemins de fer pour qu'elle puisse les arrêter s'ils sont encore en Allemagne.

— La police ? s'écria Alicia, horrifiée. Surtout pas, Paul ! Tiens-tu à ce que ta sœur nous soit ramenée ici comme une criminelle ?

— Si ça ne tenait qu'à moi, ils pourraient la traîner ici en camisole de force, trancha Melzer en consultant sa montre. Tout ce qui compte, c'est de l'empêcher de s'enfuir avec ce Français. Je vais à l'usine demander une communication avec Lyon. Ça va chauffer pour Duchamps père !

Il parut soulagé de pouvoir s'échapper et de regagner son usine, où on l'attendait depuis un bon moment. Paul but une gorgée de café, mordit dans un petit pain et suivit son père dans l'entrée, où Else l'attendait avec son chapeau et son manteau.

— Robert, vous garderez le silence sur cette affaire, ordonna Alicia. Marie, tu vas me montrer les lettres que ma fille a laissées dans sa chambre.

— Oui, madame.

En ressortant, ils se retrouvèrent nez à nez avec Elisabeth, qui arrivait pour le petit déjeuner, gênée d'avoir dormi si longtemps.

— Que s'est-il passé ? Papa parlait si fort qu'on l'entendait du troisième étage…

— Ta sœur s'est sauvée avec M. Duchamps !

Elisabeth dut s'asseoir, car le saisissement lui avait coupé les jambes.

— Cette petite dinde va ruiner ma réputation ! lança-t-elle, furieuse.

Marie monta l'escalier. Comme Madame s'essoufflait derrière elle, elle ralentit en pensant à sa cheville raide.

— Dépêche-toi donc ! Inutile de m'attendre ! lui lança Alicia.

Marie s'exécuta, ouvrit la porte de la chambre et tira les rideaux. La lumière du matin était voilée, si bien qu'il fallut utiliser l'éclairage électrique.

— Où sont-elles ? Dans le secrétaire ? demanda Alicia.

— Oui, madame. Dans le tiroir du papier à lettres. Pas dans cette pochette verte : il doit y avoir une pochette beige au fond…

Marie espéra un instant que Kitty avait tout emporté ou détruit, mais Alicia trouva aussitôt la pochette, bourrée de lettres.

— C'est incroyable ! gémit-elle. Ça durait depuis des mois et tu ne m'en as pas soufflé mot !

Elle foudroya Marie du regard. La jeune fille baissa les yeux. Comment avait-elle pu croire que ces lignes sur ces bouts de papier resteraient anodines ? Kitty et le Français devaient avoir élaboré leurs projets de fuite grâce à cette correspondance. Pourquoi n'avait-elle pas eu l'idée de lire ces lettres en cachette ? Les occasions ne lui avaient pourtant pas manqué…

— Elle a bel et bien fait sa valise. Il manque sa fourrure… Les bottines beiges, l'ensemble gris… Mon Dieu, elle n'a même pas emporté de chemise de nuit…

Alicia fouillait la garde-robe, arrachant les tiroirs et jetant du linge à terre. Elle fit tomber un flacon en verre posé sur la commode, un parfum français qu'elle avait offert à sa fille pour son anniversaire.

Balaie moi ça et jette-le à la poubelle, ordonna-t-elle à Marie. Et pas un mot aux autres domestiques, tu entends ?

Marie acquiesça docilement, mais que croyait donc Madame ? Les murs de la villa avaient des oreilles.

— Qu'est-ce que c'est que ça ? Ce sont bien les affaires que… oui, bien sûr, le manteau et les chaussures que nous t'avons offerts pour Noël. Qu'est-ce que ça signifie, Marie ?

Un malheur ne vient jamais seul, pensa-t-elle. Dans la stupeur de sa découverte, Marie avait oublié ses affaires dans la chambre de Mademoiselle.

— Je… je suis allée à la messe ce matin, madame, et comme je suis rentrée en retard, je suis montée directement dans la chambre de Mademoiselle pour la réveiller.

Naturellement, Alicia n'en crut pas un mot. C'était la meilleure preuve de la connivence de Marie avec sa fille, déclara-t-elle. Elle avait mis son manteau et ses bottes pour l'accompagner à la gare, mais Kitty avait changé d'avis, comme elle le lui avait expliqué dans sa lettre.

— Non, ce n'est pas ce qui est arrivé ! protesta la jeune fille. Je vous jure que je ne savais rien de ces projets de fuite !

— Tais-toi ! Qu'y a-t-il dans la poche de ce manteau ?

Marie prit peur. C'était la boîte contenant le pendentif de sa mère.

— Cette boîte m'appartient, répondit-elle.

Alicia l'ouvrit, ôta le coton, puis examina la chaîne et le pendentif. Non, ce misérable colifichet n'appartenait certainement pas à Kitty. Elle referma le couvercle et lança la boîte à Marie.

— Mentir ne te sera d'aucun secours, lui dit-elle avec mépris. Tout ce qui pourra arriver à ma pauvre enfant sera de ta faute. Je ne te le pardonnerai jamais, Marie !

Malgré sa mauvaise conscience, Marie jugea cette réaction injuste. Pourquoi aurait-elle dû porter seule le poids de cette faute ? Et si elle demandait au curé de témoigner de sa présence à la messe le matin ? Mais elle se ravisa à l'idée qu'on pourrait lui confisquer le pendentif de sa mère, puisqu'il ne devait pas lui revenir avant deux ans, à sa majorité.

— Et maintenant, disparais de ma vue ! ordonna Alicia. Et malheur à toi si tu dis un mot de cette affaire hors de la villa !

Marie fit une révérence, prit manteau et bottes et sortit. Elle faillit se heurter de plein fouet à Augusta, l'oreille collée à la porte avec une explication toute prête : elle apportait des draps propres pour Mademoiselle et allait justement frapper…

Else, qui rangeait la chambre de ses maîtres, avait laissé toutes les portes grandes ouvertes afin de ne rien manquer de ce qui se passait.

Marie monta au troisième étage pour déposer manteau et chaussures dans sa chambre. Épuisée, elle s'assit sur son lit défait et enfouit sa tête entre ses mains. Ses pensées virevoltaient comme une flopée d'oiseaux lâchés. Pauvre Kitty… elle ne serait certainement pas heureuse avec un homme qui l'avait entraînée à commettre une telle bêtise ! Si seulement elle avait pu l'aider ! Mais comment ? Comment, alors qu'elle-même était dans de beaux draps ? On la renverrait, c'était sa seule certitude : on la mettrait à la porte sans préavis et avec un certificat défavorable. Elle devrait quitter la villa au beau milieu de l'hiver, sans autre place en vue et sans argent, car elle avait donné toutes ses économies pour le requiem. Mais peut-être était-ce mieux ainsi. Peut-être que sa mère veillait sur elle du haut du ciel. Elle ne reverrait jamais Paul. Plus de regards ardents, plus de rêves échevelés la nuit, plus de battements de cœur à sa vue dans le couloir. Elle serait délivrée, car cet amour absurde et malheureux ne pourrait être qu'une source de chagrin.

Elle tira la petite boîte de sa poche et en sortit doucement la chaînette et le pendentif, car elle voulait les passer à son cou avant qu'on puisse les lui prendre. Le bijou était invisible sous sa robe. Elle posa la boîte sur la commode laquée de blanc, ouvrit l'un des tiroirs et y prit le foulard dans lequel, cinq mois plus tôt, elle avait enfermé tous ses biens.

Je n'attendrai pas qu'on me jette dehors sous les injures et dans la honte, se dit-elle. *Oh que non, quelle que soit ma faute dans cette histoire ! J'ai le droit de poser des questions et c'est exactement ce que je vais faire avant de partir ! Ils devront m'expliquer pourquoi on ne m'a rien dit de Jakob Burkard, mon père ! Sans lui, l'usine Melzer n'existerait même pas !*

Elle prit son linge, les robes repassées dans la commode, ses affaires de toilette, une paire de chaussures et emballa tout dans le foulard.

Quand son estomac gronda, elle décida de descendre à la cuisine pour prendre au moins un repas chaud avant de partir. Elle regretterait la Brunnenmayer, ainsi que le jardinier Bliefert et son petit-fils Gustav, mais pas Else, qui était une véritable girouette, ni cette commère d'Augusta. Elle leur préférait la Schmalzler, qui s'efforçait de se montrer juste et l'avait protégée dès le début. Quant à la Jordan, ne plus entendre ses ronflements ne serait pas une grande perte.

Elle descendit lentement l'escalier en écoutant les bruits qui lui parvenaient, le battement de l'horloge au fumoir, le crépitement des flammes dans les poêles, les voix lointaines, le grincement du parquet dès que quelqu'un marchait. Comme c'était étrange… Le chagrin l'assaillit soudain. Elle s'était attachée à cette maison, et il lui semblait que chaque pièce, chaque meuble, chaque objet de la villa lui appartenait. Et elle se sentait proche de tous ses habitants.

Peut-être que M. Paul parviendra à rattraper les deux fugitifs à la gare, se dit-elle misérablement. *Peut-être qu'il ramènera Kitty à la villa et qu'alors tout ne sera plus qu'une stupide erreur.* Mais elle savait très bien que cet espoir était sans fondement.

La cuisine sentait le café et les petits pains chauds. De la viande cuisait dans un bouillon de légumes sur le fourneau. On attendait comme toujours des invités.

Augusta était assise à la table, le visage écarlate et ruisselant de larmes. À côté d'elle, Else tentait de la réconforter.

— Il ne fera pas une bêtise pareille, Augusta, dit-elle. Il n'est pas idiot. Dès qu'il sera calmé, il reviendra.

— Non, on… on va… le… renvoyer ! sanglota Augusta. Tout ça… tout ça… à cause de… cette sorcière !

— Ne parle pas des maîtres sur ce ton ! lança la Brunnenmayer. Je ne le tolérerai pas. Cette pauvre Mademoiselle est bien assez malheureuse…

Augusta renifla bruyamment, puis émit un gloussement qui sonna comme un sanglot.

— Elle ? s'exclama-t-elle. Elle n'est pas si malheureuse que ça dans les bras de son Français ! Vous savez qu'elle n'a même pas emporté une chemise de nuit ? Bien sûr, elle n'en aura pas besoin…

— Tu sais de quoi tu parles, ma foi ! commenta sèchement la cuisinière, qui se mit à râper du chou blanc pour la salade.

Marie s'était approchée du fourneau pour se servir du café. Sa tasse à la main, elle s'assit à la table et saisit avidement un petit pain.

— Qu'est-il arrivé à Robert ? demanda-t-elle, inquiète.

Augusta lui lança un regard haineux, Else avala une goulée de café et aucune ne daigna lui répondre. Else se sentait tiraillée, car c'en était visiblement fait de la situation privilégiée de Marie à la villa. Elle avait donc intérêt à se rapprocher d'Augusta et de la Jordan, qui avaient toujours été hostiles à Marie.

— Il a fichu le camp, répondit la cuisinière, qui s'était toujours moquée des alliances entre les domestiques. Monsieur était fou de rage car Robert devait le conduire à l'usine, mais comme il avait disparu, c'est Monsieur qui a dû prendre le volant.

Marie, oppressée, garda le silence. Augusta avait probablement toutes les raisons d'être inquiète pour Robert. Il était au désespoir d'avoir involontairement aidé Mademoiselle à s'enfuir. Marie imaginait très bien comment Katharina l'avait ensorcelé. Le pauvre garçon était si épris d'elle qu'il faisait ses quatre volontés. Katharina s'était mal conduite envers lui. Au fond, elle était aussi égoïste que sa sœur Elisabeth. Ni l'une ni l'autre ne se souciaient du mal qu'elles pouvaient causer à autrui.

— Ses affaires sont encore dans sa chambre, dit Else à Augusta pour la réconforter. Il reviendra sûrement tôt ou tard.

— Ou il se tuera, répondit Augusta, et elle se remit à pleurer.

Les autres devaient également s'essuyer les yeux, mais à cause des oignons que hachait la Brunnenmayer. Maria Jordan fit irruption dans la cuisine avec son lot de nouvelles palpitantes.

— Versez-moi un café en vitesse, Else, dit-elle. Mon Dieu, Madame est au désespoir ! Si je n'étais pas à ses côtés, je vous jure qu'elle se serait déjà jetée dans la

Wertach. « Ma chère Jordan, m'a-t-elle dit, comme je suis heureuse que vous, au moins, soyez restée loyale envers moi… » (Elle lança à Marie un regard triomphal et méprisant. Sa rivale était à terre et tout le monde lui tournerait le dos désormais.) Elle voulait à toute force aller à Lyon demander des comptes au père de ce jeune Français, mais j'ai réussi à l'en dissuader avec Mlle Elisabeth. « Madame, chère madame, lui ai-je dit, c'est à un homme et non à une faible femme de s'en charger. Et qui vous dit que Duchamps père est au courant des manigances de son fils ? Il se peut très bien qu'il en soit aussi surpris que vous… »

— Mais comme c'est romantique ! soupira Else. Deux jeunes gens épris voyageant en Europe, visitant Barcelone, Venise, Londres ou Édimbourg pour échapper à leurs parents qui s'opposent à leur amour…

— Tu as lu un peu trop de romans à l'eau de rose, grommela Augusta.

— Ils ont surtout agi sans le moindre égard pour autrui, déclara la Jordan en relevant son menton pointu.

— Et leur romance prendra fin quand ils se retrouveront sans le sou, acheva froidement la cuisinière.

Marie dut lui donner raison. Mais Else, butée, objecta que le jeune monsieur pouvait toujours travailler pour gagner leur pain s'il aimait vraiment Mademoiselle. Cette déclaration fut saluée par des gloussements ironiques de la Jordan. Elle riposta que ce Français se lasserait plus probablement de Mademoiselle et finirait par la planter là.

— Les Français sont comme ça, affirma-t-elle en mastiquant son petit pain beurré. Chacun sait qu'on ne peut pas leur faire confiance. Cette pauvre Mademoiselle rentrera tôt ou tard, malheureuse, sans un sou, perdue de réputation, et plus aucun homme ne voudra d'elle. Peut-être même qu'elle reviendra enceinte…

— Mademoiselle Jordan !

La Jordan s'arrêta net : la gouvernante était entrée dans la cuisine. Eleonore Schmalzler s'approcha de la table sans un regard pour la tasse de café qu'Else s'était empressée de lui apporter.

— Les commérages vont bon train, à ce que je vois, dit-elle avec mépris. Je me serais attendue à davantage de retenue, surtout de votre part, mademoiselle Jordan. En raison de son degré d'intimité avec ses maîtres, une femme de chambre doit faire preuve d'une discrétion sans faille, veuillez ne pas l'oublier…

Des taches rouges apparurent sur les joues blêmes et le cou de Maria Jordan. Dans une situation délicate, la Schmalzler serait toujours mieux placée qu'elle en raison de sa relation de longue date avec Madame.

— Oui, bien entendu, mademoiselle Schmalzler, je ne l'oublierai pas, répondit-elle en hâte.

— Robert est-il rentré ? demanda la gouvernante.

Non, lui répondit-on. Bliefert et Gustav étaient dans le parc, car un if qui s'était effondré sous le poids de la neige devait être abattu et emporté.

— J'aimerais vous faire part de quelques consignes très importantes que Madame et moi avons fixées ensemble, reprit la gouvernante. Premièrement, rien de ce qui concerne le départ de Mademoiselle ne doit se savoir à l'extérieur de la villa. Deuxièmement, nous avons des invités ce soir pour le dîner : M. et Mme Bräuer, le Dr Schleicher et son épouse, M. et Mme Manzinger et leurs deux filles. Tout devra être aussi irréprochable que d'habitude. Pas un mot sur les événements de cette nuit. Mlle Katharina ne pourra descendre dîner en raison d'une violente migraine, ne l'oubliez pas.

Tout le monde s'empressa d'acquiescer, même Marie, pourtant résolue à quitter la villa.

— Comment ferons-nous ce soir si Robert ne rentre pas à temps ? demanda-t-elle.

— J'ai engagé un extra, répondit la gouvernante. Marie, allez remettre de l'ordre dans la garde-robe de Mlle Katharina. Mlle Elisabeth vous attendra à 5 heures pour s'habiller.

Le visage de la Jordan s'allongea à cette nouvelle. Elle avait espéré que Mlle Elisabeth souhaiterait être servie uniquement par elle désormais, mais visiblement elle faisait passer ce qu'elle considérait comme le dernier chic avant la loyauté et l'honnêteté des domestiques.

Marie se sentit tiraillée entre deux impulsions contradictoires. Sa fierté lui dictait de quitter la villa après un entretien avec M. Melzer, mais elle ne voulait pas abandonner ses maîtres dans cette mauvaise passe. Et le fait que Mlle Elisabeth reste en sa faveur prouvait que tout le monde ne la jugeait pas coupable de la fuite de Katharina.

Elle y réfléchissait encore en montant au deuxième étage pour aller ranger la garde-robe de Katharina. Elle avait posé la main sur la poignée de la porte quand elle entendit derrière elle une voix familière qui la fit sursauter.

— Marie ! Attends un instant !

M. Paul avançait dans le couloir, le manteau déboutonné, le chapeau à la main. Il s'arrêta devant elle.

— Je suis bien content de te voir, reprit-il. J'avais peur que tu n'aies quitté la villa.

Elle garda le silence ; il n'avait pas tout à fait tort.

— Tu ne partirais quand même pas ? insista-t-il.

— Qu'est-ce qui pourrait m'en empêcher, monsieur ?

Il poussa un soupir d'exaspération et la pria de ne

plus l'appeler monsieur. Mais il se calma aussitôt, passa la main dans ses cheveux en désordre et expliqua que ces événements l'avaient mis sens dessus dessous.

— Avez-vous pu faire quelque chose à la gare ? demanda Marie.

— Si on veut, répondit-il, mécontent. Enfin, j'ai appris qu'ils étaient partis pour Paris. Comme ils avaient franchi la frontière, il était impossible de les retenir. Et pour faire arrêter deux voyageurs allemands dans une gare française il faut remplir cent formulaires.

— Et maintenant, qu'allez-vous faire ?

Il poussa un soupir, puis regarda le chapeau trempé qu'il tenait à la main. Il n'en savait rien pour l'instant, répondit-il. Il faudrait d'abord en discuter en famille.

— Est-ce difficile de retrouver quelqu'un à Paris ?

Il ne put réprimer un sourire, car elle avait posé cette question avec le plus grand sérieux.

— C'est comme de chercher une aiguille dans une botte de foin, déclara-t-il. Ils descendront certainement dans un petit hôtel, mais comment savoir s'ils le feront sous leur vrai nom ?

— Pourrait-on charger quelqu'un de les retrouver ? demanda-t-elle. De préférence un Français, qui serait en terrain familier.

— Tu veux dire un détective ?

Elle n'avait jamais entendu ce mot, ce qu'il trouva charmant. Comme elle était ignorante… et intelligente à la fois : son idée était loin d'être mauvaise, mais on pouvait être sûr qu'Alicia se cabrerait à l'idée qu'un Français parte à la recherche de son enfant.

— J'aimerais pouvoir faire quelque chose pour la ramener, dit tristement Marie. C'est en grande partie ma faute, ce qui est arrivé. J'aurais dû m'en douter.

— Mais non, protesta-t-il, personne n'est coupable,

excepté Kitty. Après tout, ce n'est plus une enfant et on ne pouvait pas l'attacher. Et, si tu tiens tant à chercher un coupable, tu en as un devant toi, car j'ai été assez bête pour apporter ma modeste contribution à cette histoire.

— Vous ?

Il lui narra sa rencontre avec Duchamps. Ce jeune homme n'était pas si mauvais, il avait sans aucun doute des intentions honnêtes.

— Dire que, comme un crétin, je l'ai plus ou moins découragé de demander la main de Kitty, conclut-il. C'est certainement ce qui l'a poussé à cet enlèvement absurde. Bon Dieu, Kitty et lui se conduisent comme des enfants butés et mal élevés… Si ça ne tenait qu'à moi, je leur botterais les fesses avec plaisir !

L'éclat de rire de Marie le déconcerta, puis sa gaieté le gagna.

— Ah, soupira-t-il, c'est merveilleux comme tu me rassures, tu me fais même rire, Marie… Tu n'as pas le droit de t'en aller, tu sais.

Elle aurait sans doute dû se taire et refuser d'entrer dans son jeu, mais quand il la regardait avec tant de désir, elle en était incapable.

— Pourquoi n'aurais-je pas le droit de m'en aller ?

Il la regarda intensément et elle se mit à trembler. Il aurait suffi d'un geste, d'un seul petit pas pour qu'elle tombe dans l'abîme, l'abîme exquis de son étreinte.

— Tu ne le sais vraiment pas, Marie ?

— Comment pourrais-je le savoir ?

Une seconde plus tard, elle se retrouva contre sa poitrine, et sentit son propre cœur battre comme un tambour pris de folie faisant tout danser autour d'elle. Était-ce là ce qu'elle avait tant redouté ? Cette étreinte à la fois tendre et brutale, sa bouche cherchant la sienne, sa langue brûlante qui effleurait ses lèvres, son souffle et la violence de son désir ? C'était à la fois effrayant et merveilleux, comme si elle s'envolait avec lui droit dans le ciel éblouissant du matin.

— Tu dois rester, chuchota-t-il à son oreille. Parce que je t'aime et parce que je ne supporterais pas que tu t'en ailles.

Elle s'abandonna à l'ivresse d'entendre ces paroles, le serra contre elle et écouta le battement précipité de son cœur.

— D'ailleurs, reprit-il, Kitty ne t'a-t-elle pas écrit qu'elle te donnerait son adresse dès qu'elle en aurait une ? Tu es notre dernier espoir, Marie.

IV

PRINTEMPS 1914

Chapitre 32

— Monsieur le directeur ?

La secrétaire avait entrebâillé la porte. Quand il leva les yeux, il reconnut son nez pointu et ses lèvres minces.

— Qu'y a-t-il ?

— Votre fils vous fait demander si vous rentrez à la villa avec lui pour déjeuner, répondit la Hoffmann à mi-voix.

Melzer poussa un soupir excédé et lui lança un regard désapprobateur. Depuis que Paul travaillait à l'usine, on lui posait cette question tous les jours. Son fils avait un solide appétit et il n'avait jamais sommeil après un copieux repas. Heureuse jeunesse ! Lui-même pouvait à peine manger à midi, trop préoccupé par l'usine. Mais il n'avait pas à se plaindre de Paul, au contraire. Son fils montrait un grand zèle et apprenait vite, s'intéressait à tout, posait des questions, proposait des solutions et ne ménageait pas sa peine. Il manquait seulement de sérieux. Il faisait le fou avec les secrétaires, plaisantait à la comptabilité et, lors des discussions d'affaires, il offrait aux invités du cognac ou de la gentiane bavaroise qui détendaient nettement l'atmosphère. Mais, en dehors de ces légers écarts de conduite qu'il fallait imputer à sa jeunesse, Paul était un collaborateur compétent et fiable qui pourrait bientôt l'épauler.

— Dites-lui que j'arrive et qu'il peut faire venir la voiture, répondit-il à la secrétaire.

La Hoffmann acquiesça et s'éloigna en hâte. Bien entendu, Paul avait immédiatement fait la conquête des deux secrétaires, qui se seraient jetées dans le feu pour lui.

Avec un soupir, Melzer repoussa les comptes qu'il était en train de lire. Ils n'étaient plus valables, du reste, car l'une des machines tombées en panne était rétive à toute tentative de réparation. Avant de rejoindre Paul, il jeta un regard par la fenêtre. Il pleuvait de nouveau. La neige avait fondu et, à la veille du printemps, les rues et les avenues étaient devenues des marécages, un désastre pour les voitures à chevaux et les automobiles. Le moyen de transport le plus sûr restait le chemin de fer. Et, en ce début de mars, le temps pouvait encore vous jouer bien des tours.

Paul gara lentement la voiture devant l'entrée du bâtiment administratif afin de ne pas éclabousser le manteau et le pantalon de son père.

— Je suis bien content que tu viennes, Père, lui lança-t-il par la fenêtre de la voiture. Ce midi, on aura des truites aux amandes et de la compote de poire.

Melzer s'assit à côté de Paul, lui laissant le volant pour le court trajet jusqu'à la villa. Ça lui faisait plaisir et c'était bien commode, car Humbert, le successeur de Robert, était un bon valet mais s'y connaissait en automobiles à peu près comme un bœuf en broderie sur soie. Il était vraiment dommage que Robert soit parti. Par désespoir d'avoir involontairement contribué à l'enlèvement de Kitty, il s'était enfui et n'avait plus reparu.

Tout cela remontait à un mois et, depuis, Melzer

était sans nouvelles de sa fille : pas une lettre, ni une dépêche, rien. Il avait eu une conversation téléphonique virulente avec Duchamps père, et la note avait été salée car il parlait à peine français et l'allemand de Duchamps était franchement médiocre. Ce vieil âne avait pourtant épousé une Allemande. Il était néanmoins ressorti de cet entretien que Duchamps ne savait rien des manigances de son fils et les désapprouvait. On allait retrouver les fugitifs et les ramener à la raison, avait-il déclaré à Melzer. Dans le pire des cas, son fils se conduirait bien sûr en homme d'honneur : il épouserait la jeune fille. C'était complet : jamais Alicia n'accepterait un Français pour gendre. Quant à lui-même, depuis ces négociations ratées en janvier, il considérait les Duchamps de Lyon comme des escrocs et des requins.

— Ne fais pas cette tête sinistre, Père : tu fais peur à voir !

Avec un joyeux sourire, Paul vira énergiquement et fit le tour du terre-plein devant l'entrée de la villa. Humbert vint à leur rencontre avec un parapluie. Sur le seuil, Augusta leur fit une révérence et prit manteaux, chapeaux et gants. Melzer remarqua que la jeune fille s'était arrondie et paraissait plus lourde. Quand cet enfant devait-il naître, déjà ? Il l'avait encore oublié, n'ayant aucune mémoire pour ce genre de choses, mais il n'y en avait sûrement plus pour longtemps. On élèverait donc le marmot illégitime de la bonne à la villa, puisque Alicia en avait décidé ainsi. Enfin, si la réputation de la famille Melzer devait être ruinée, on n'en serait plus à un bâtard près.

L'amertume l'envahit à cette idée et lui coupa le peu d'appétit qui lui restait. Elisabeth les attendait dans la salle à manger et parut se réjouir de sa présence. Il pouvait au moins compter sur sa fille aînée : Elisabeth était bien trop intelligente pour commettre le même genre de bêtise que Kitty. Il la salua avec un sourire et déclara qu'elle était particulièrement jolie dans cette robe verte.

— Merci, Papa. C'est une vieillerie que Marie a retapée, répondit-elle.

Marie… on ne pouvait plus dire deux mots dans cette maison sans prononcer son nom. Au début, il avait cru qu'Alicia la renverrait, mais il s'était lourdement trompé car on s'était réconcilié avec la jeune fille. Marie était irremplaçable, elle dessinait des modèles de robes, cousait, brodait, savait toujours ce qui était le mieux…

— Où est donc Maman ? s'enquit Paul.

— Elle arrive dans un instant, répondit Elisabeth. Elle est plongée dans l'une de ses interminables conversations avec Marie. Au sujet de Kitty, bien entendu. À les entendre, on croirait qu'elles parlent d'une sainte !

Melzer tira sa chaise avec colère et s'assit, une impolitesse, puisqu'il aurait dû attendre son épouse pour le faire. Mais pour une fois qu'il venait déjeuner à la villa il estimait qu'on devait s'adapter à ses horaires.

— Pardonnez-moi de vous avoir fait attendre.

Le visage d'Alicia était rougi et ses paupières légèrement gonflées. Elle avait naturellement encore pleuré sa fille perdue. Ces conversations avec Marie ne lui faisaient aucun bien, au contraire : elle se laissait ronger par son chagrin.

Il garda le silence pendant que Humbert servait la soupe. C'était un drôle d'oiseau : blond, svelte et tout en longueur, ses vêtements lui allaient à la perfection, comme s'ils venaient d'être repassés. Et cette souplesse, cette élégance dans tous ses gestes… Non, décidément, Melzer préférait de loin Robert.

— C'est un excellent bouillon de bœuf, commenta Alicia. L'aimes-tu, Johann ?

— Il n'est pas mauvais, merci.

Il prit encore quelques cuillères, puis un bout de pain, et regarda par la fenêtre tout en mastiquant. Il pleuvait toujours. Les gouttes d'eau formaient un réseau complexe sur les vitres avant de ruisseler sur le rebord des fenêtres.

— Kitty n'aimait pas le bouillon de bœuf, dit pensivement Alicia. Je n'avais jamais compris pourquoi avant que Marie ne m'ouvre les yeux. Kitty regardait beaucoup les vaches pendant nos promenades. Elle aimait les animaux et, à l'idée qu'on avait tué un bœuf pour faire un bouillon…

— C'est parfaitement grotesque, déclara Elisabeth. Faut-il nous laisser dépérir parce que ma petite sœur a pitié des vaches ?

Alicia redressa la tête, furieuse.

— Personne ne t'y oblige, Elisabeth, même si cela ne te ferait aucun mal de manger un peu moins, riposta-t-elle. Notre Kitty est extrêmement sensible et nous devrons en tenir compte quand elle sera de retour parmi nous.

Elisabeth devint écarlate et parut prête à fondre en larmes. Melzer comprit qu'Alicia avait mis le doigt sur la plaie. Elisabeth était replète, à rebours des canons de la mode, mais lui-même était d'avis qu'elle avait un joli corps.

— Nous l'avons mal traitée, Johann, poursuivit Alicia. Kitty avait besoin de compréhension, mais nous l'avons cernée d'interdits.

Il ravala une riposte, car Humbert débarrassait les assiettes à soupe pour servir les hors-d'œuvre. Il maniait plats et bols avec tant d'élégance et de précision qu'on aurait pu croire qu'il s'y était entraîné dès l'enfance. Et il annonçait chaque plat.

— Truite aux amandes, sauce au beurre, tranches de citron…

— Merci, Humbert.

Melzer chipotait sa truite. Il avait horreur du poisson parce qu'on perdait beaucoup trop de temps et d'énergie à le découper avant de pouvoir enfin le manger ; en outre, il restait toujours des arêtes. Il n'avait du reste aucun appétit. Maussade, il écoutait Paul expliquer à sa mère que Kitty n'était plus une enfant et n'avait besoin d'aucun traitement de faveur.

— Elle est responsable de ses actes, Maman !

— Et comment ! approuva Elisabeth.

— Non, Paul, je ne suis pas de cet avis, répondit Alicia. Kitty est une artiste, c'est ce que j'ai compris grâce à Marie. Elle aurait eu besoin de plus de liberté. Nous aurions dû encourager son talent et partir avec elle à Paris, comme elle en a toujours rêvé.

C'en fut trop pour Melzer.

— À Paris ? Et puis quoi encore ? Pourquoi pas à Rome ou à Venise ? Et peut-être que cette enfant gâtée pourrait s'adonner à son art à New York, pendant que nous y sommes ? Ma chère Alicia, je ne suis pas de ton avis. Kitty n'aurait pas eu besoin de davantage de liberté, au contraire : nous aurions dû nous montrer bien plus stricts avec elle. Nous avons oublié d'élever notre fille selon les commandements du Seigneur : « Qui aime son enfant le fait marcher droit afin qu'il puisse être heureux plus tard. » Ce sont les paroles de Jésus Sirach et elles restent valables.

— Enfin, Papa ! s'exclama Paul tandis qu'Alicia, blessée, se taisait. Jésus Sirach, Dieu du ciel… c'est complètement passé de mode !

Cette boutade tomba complètement à plat. Melzer

souffrait d'avoir encore gâché la joie des siens, mais certaines choses devaient être dites.

— Au diable ces discours sur la compréhension et la liberté ! pesta-t-il. Ce n'est pas ainsi qu'on enseigne l'obéissance à ses filles, Alicia. Et je tiens encore à te dire ceci : si Katharina ose réapparaître dans ma maison, je lui dirai que je ne la considère plus comme ma fille.

— Tu ne parles pas sérieusement, Johann ! murmura Alicia, horrifiée.

— Je suis on ne peut plus sérieux, Alicia. Je ne laisserai pas ma fille me mener par le bout du nez. Elle a décidé de quitter cette maison et de se soustraire à la protection de ses parents et de sa famille. Elle l'a fait dans notre dos, et avec un Français qui n'est qu'un escroc par-dessus le marché. Pour moi, Kitty est un chapitre clos !

Maintenant qu'il avait donné libre cours à sa fureur, il se sentit soulagé, mais la mauvaise conscience s'insinua en lui. Bien entendu, il se laisserait fléchir par sa famille, il n'était pas un monstre après tout. Mais cela, il ne pouvait le dire maintenant, sous peine de perdre toute crédibilité.

— Je comprends très bien, Papa, déclara Elisabeth en détachant adroitement l'arête centrale de sa truite.

— Tu sembles oublier que cette maison est également la mienne, Johann, dit Alicia en prenant sur elle. Et je te le dis en toute franchise : si ma fille Katharina veut revenir dans sa famille, je l'accueillerai à bras ouverts. Je suis et je reste sa mère, et je serai là pour mon enfant jusqu'à la fin de mes jours. Et, si tu tiens tant à citer la Bible, je te recommande la parabole de l'enfant prodigue !

— Crois-tu faire du bien à ta fille en la gâtant et en l'élevant si mal ? lança-t-il.

— Je ne laisserai pas mon enfant démunie et à la rue !

— Ai-je dit que je la laisserais mourir de faim ?

Il se mit à tousser car il avait avalé une minuscule arête, but un verre d'eau et s'adossa à sa chaise, épuisé.

— Tu sais quoi, Papa ? lui dit Paul, qui s'était levé en hâte pour lui tapoter le dos. Kitty a fait une grosse bêtise et je reconnais que je suis furieux contre elle. Mais c'est toujours ma petite sœur et, si elle revient, je lui laverai la tête, mais je la serrerai ensuite dans mes bras.

— Tu peux faire ce que tu veux, Paul, bougonna-t-il. En ce qui me concerne, j'ai fait part de ma décision et j'attends qu'elle soit respectée.

Alicia garda le silence, mais releva légèrement le menton pour exprimer sa détermination à résister. La guerre était de nouveau déclarée entre eux… Oh, comme il détestait cela ! Pourquoi avait-il donc foncé tête baissée ? Il n'avait jamais su faire preuve de diplomatie.

— J'ai à faire là-bas, annonça Johann, et il jeta sa serviette sur la table. Prends tout ton temps pour finir de déjeuner, Paul. Si tu as besoin de moi, je serai à la filature.

Sur le seuil, il faillit se heurter à Humbert, qui apportait deux saladiers, mais le valet parvint à éviter sans dommage le maître de maison sorti au pas de charge.

— Pardon, monsieur, dit-il.

— Ce n'est pas votre faute.

Pendant qu'il remontait le couloir, Johann s'efforça de chasser de son esprit cette pénible scène de famille pour penser à ses affaires. Une entreprise anglaise voulait acheter ses nouveaux tissus imprimés, une affaire qui accroîtrait le prestige de l'usine. Il éprouvait néanmoins la crainte stupide que la paix ne soit de courte durée. L'empereur allemand faisait construire des vaisseaux de guerre pour saper l'hégémonie de la marine anglaise. Les Anglais ne se laisseraient pas marcher sur les pieds indéfiniment…

Il s'arrêta net : une jeune domestique descendue du deuxième étage avait surgi dans le couloir. Elle se figea à son tour, peut-être par mauvaise conscience de ne pas avoir pris l'escalier de service.

Il l'examina plus attentivement, car par ce temps lugubre le couloir était plongé dans la pénombre. C'était une femme de chambre. Elle portait sur le bras des vêtements qu'elle allait probablement déposer à la buanderie. La Jordan ? Non, c'était Marie.

Quand il passa devant elle, elle lui fit une révérence qui, sans qu'il sache trop pourquoi, lui parut ironique.

— Marie ?

Comme elle s'était éloignée, elle dut s'arrêter et se retourner.

— Oui, monsieur Melzer ?

N'aurait-elle pas dû dire « monsieur », ou au moins « monsieur le directeur » ? Il aurait voulu la réprimander, mais quelque chose dans son expression l'en dissuada. Elle avait de beaux yeux sombres, mais son regard n'avait rien de rêveur, il était au contraire lucide et très attentif. Il connaissait ce regard. Bon sang, on aurait pu croire que le temps s'était figé !

— J'ai deux mots à te dire, dit-il. Allons dans la bibliothèque, personne ne nous y dérangera.

— Oui, monsieur Melzer.

Chapitre 33

Il la suivit, incapable de détacher les yeux d'elle. Comme sa démarche était assurée et légère… Elle se tenait droite, mais avec grâce, et sa jupe oscillait légèrement au rythme de sa marche, mais pas au point d'inspirer des pensées déplacées. Elle s'arrêta devant la bibliothèque, se retourna et voulut ouvrir la porte, mais il la devança. Sans pouvoir expliquer la raison de ce geste, il s'effaça devant elle comme si elle était une demoiselle. Et ce fut ainsi, avec le port altier d'une jeune dame, qu'elle le précéda dans la bibliothèque. *Incroyable*, pensa-t-il, *cette arrogance qu'elle tient de sa mère… Même l'orphelinat n'a pu l'en guérir.*

Il s'approcha de la cheminée dans laquelle aucun feu ne brûlait ce jour-là et alluma une lampe. Il voulait observer Marie avec précision pendant qu'il parlait avec elle. Elle s'était immobilisée au milieu de la salle. Elle posa sur l'un des fauteuils les vêtements qu'elle portait et attendit qu'il prenne la parole. Son regard était calme et, mystérieusement pour Melzer, résolu.

— J'aimerais parler de deux choses avec toi, dit-il. Toutes deux concernent ma fille Katharina.

Elle n'en parut nullement surprise : peut-être s'y était-elle attendue. Il l'observa un instant, ému par le contraste entre sa robe sombre de femme de chambre et sa jeunesse radieuse. Elle était à peine plus âgée que Kitty et lui ressemblait de manière frappante, de loin du moins. Et, pourtant, un monde séparait ces deux femmes. Aurait-il aimé avoir une fille comme Marie ? Il repoussa cette pensée folle.

— Premièrement, je veux que tu cesses de parler de Katharina avec ma femme. Ces conversations sont éprouvantes pour elle et ne font qu'accroître son chagrin.

Cette injonction parut déplaire à la jeune fille, dont les sourcils noirs s'abaissèrent. Mais il s'y était attendu.

— L'ennui, monsieur Melzer, c'est que je n'entame jamais ces conversations. Mais quand Madame me pose des questions, je suis bien obligée de répondre.

Elle émettait des objections. Il aurait pu s'en douter.

— Dans ce cas, fais en sorte que tes réponses soient aussi brèves que possible, compris ?

— Je vous ai très bien compris, monsieur Melzer, répondit-elle en inclinant la tête de côté. Mais je ne crois pas que ces conversations fassent souffrir Madame. Je suis au contraire certaine que parler de Mlle Katharina lui fait du bien.

— Ce n'est pas à toi d'en juger, trancha-t-il. Et, si tu ne suis pas mes instructions, je me verrai contraint de prendre des mesures.

Elle garda le silence, sans qu'il sache ce que cela pouvait signifier. Il s'en voulut : il était stupide de la menacer. Marie était sous la protection d'Alicia. Elle savait donc qu'on ne la renverrait pas si facilement.

— Le deuxième point concerne la lettre funeste que ma fille t'a écrite, reprit-il, et il crut percevoir une certaine nervosité chez la jeune fille.

Il fit quelques pas devant la cheminée, puis rebroussa chemin. Il avait des brûlures d'estomac. Il n'aurait jamais dû manger de ce poisson. Peut-être aussi digérait-il mal le bouillon. De la pitié pour des vaches… seule Kitty pouvait avoir une idée aussi ridicule.

— Ma fille t'a-t-elle fait signe depuis sous une forme ou une autre ? Elle t'avait promis de te donner son adresse afin que tu puisses la rejoindre, si je ne me trompe ?

Il resta immobile pour mieux observer Marie pendant qu'elle répondrait. Quand des gens avaient des comptes à vous rendre, on pouvait presque toujours lire leurs mensonges sur leur visage.

— Oui, c'est ce qu'elle m'a écrit, mais je suis sans nouvelles d'elle depuis, répondit la jeune fille. J'espère vraiment que c'est bon signe.

Non, elle disait la vérité. Elle n'était pas du genre à raconter des histoires. Il se pouvait tout au plus qu'elle mente par omission.

— Quoi qu'il en soit, au cas où ma fille entrerait en contact avec toi d'une manière ou d'une autre, je tiens à en être le premier informé, grommela-t-il.

— Mais… mais Madame va…

La moutarde lui monta au nez. Croyait-elle être en mesure de discuter avec lui ? Qui était-elle donc ? Une femme de chambre qui, quelques semaines auparavant, n'était pas plus qu'une misérable fille de cuisine !

— As-tu entendu ce que je viens de dire ? lança-t-il.

— Oui, monsieur Melzer.

— Alors j'attends que tu t'y conformes.

Elle se tut à nouveau. Croyait-elle pouvoir se jouer de lui ainsi, et affirmer ensuite qu'elle n'avait jamais promis de l'informer en premier ?

— Puis-je avoir une réponse ?

Elle serra les lèvres, baissa les yeux et les releva soudain. Johann vit en eux une lueur qu'il ne sut interpréter. Elle était probablement furieuse contre lui.

— Si cela vous tient tant à cœur, je le ferai, monsieur Melzer, répondit-elle.

Tiendrait-elle cet engagement ? Johann pouvait seulement l'espérer. Alicia était prête à monter dans un train dès qu'elle aurait cette adresse pour voler au secours de sa chère petite fille indocile. Cette pensée l'inquiétait, car il craignait que son épouse ne s'attire des ennuis en entreprenant un voyage précipité.

— Très bien, conclut-il alors qu'il pensait tout le contraire. Tu peux te retirer.

Il tendit la main pour éteindre la lampe, mais se figea, car Marie n'avait pas bougé d'un millimètre.

— Moi aussi, j'aimerais parler de deux choses avec vous, monsieur Melzer, répondit-elle.

Il crut avoir mal entendu. L'avait-elle bel et bien sommé de parler avec elle ? Impossible. Sa cervelle échauffée devait lui jouer des tours.

— Qu'est-ce que tu viens de me dire ?

Elle était toujours immobile, les bras croisés sur la poitrine, le visage calme et les yeux plissés.

— Je n'ai plus peur de vous car il m'est parfaitement égal que vous me renvoyiez ou non, déclara-t-elle. Mais je voudrais savoir pourquoi vous ne m'avez jamais dit que j'étais la fille de Jakob Burkard.

C'était donc cela. Qui pouvait bien le lui avoir raconté ? Cette vieille carne de la ville basse ? Quelqu'un à l'usine ? Tout de même pas la Pappert… ?

— Je le sais de source sûre, car monsieur le curé Leutwien m'a montré le registre paroissial, reprit-elle. Vous étiez témoin au mariage de mes parents.

C'était donc le prêtre qui le lui avait révélé. Il s'était trompé sur son compte : Leutwien n'était pas aussi discret qu'il l'avait espéré. Melzer sentit son cœur battre plus vite et la sueur ruisseler sur son corps. Que savait-elle au juste ? Qu'ignorait-elle ?

— Si tu as vu le registre paroissial, tu sais sûrement que tes parents se sont mariés à l'église, mais pas à la mairie, répondit-il. Leur mariage n'est donc pas valide.

— Qu'il soit valide ou non, Jakob Burkard est mon père. Alors pourquoi m'a-t-on toujours dit que j'étais née de père inconnu ?

Comme elle était têtue et volontaire… Elle se conduisait en plaignante et exigeait des explications de lui, son maître.

— Écoute-moi bien, Marie. Je n'ai pas le temps de parler de ça avec toi. Nous le ferons plus tard, quand tu seras majeure.

Il éteignit la lampe et se dirigea vivement vers la porte, mais Marie fut plus rapide. Elle s'interposa entre la porte et lui avec un regard si résolu qu'il recula.

— Je veux le savoir maintenant, et quand bien même vous devriez me mettre à la porte, monsieur Melzer, répondit-elle. Je ne bougerai pas d'ici tant que je n'aurai pas votre réponse.

Il aurait tout simplement pu appeler Augusta, Else ou la Jordan pour se débarrasser de cette insolente. Mais, dans ce cas, elle aurait probablement raconté toutes sortes d'insanités à sa femme, ce qu'il voulait éviter à tout prix : Alicia ne connaissait qu'une partie de la vérité.

— Si tu crois pouvoir me forcer… très bien, je vais te donner une réponse, mais elle ne te plaira guère, Marie Hofgartner. C'est du reste l'une des raisons pour lesquelles tu ne devais en être informée qu'à ta majorité.

La jeune fille blêmit mais fit front. Quel courage, ou plutôt quelle folle obstination fallait-il posséder pour se comporter ainsi ? Comme elle ressemblait à sa mère ! Il croyait revoir Luise Hofgartner, fière et arrogante dans sa fureur, sourde à tous les conseils bienveillants.

— Alors, pourquoi ? insista Marie. Pourquoi m'avoir dissimulé que mon père avait construit toutes vos machines et que, sans lui, l'usine textile Melzer n'existerait même pas ?

Qu'est-ce que ce prêtre lui avait encore raconté ? Melzer devait lutter contre ses brûlures d'estomac, mais son cerveau travaillait avec son efficacité et sa rigueur habituelles. Il fallait étouffer cette affaire dans l'œuf ; c'était le seul moyen de se débarrasser de la jeune fille.

— Jakob Burkard était un ingénieur compétent, mais ce n'était pas ton père, répondit-il lentement.

Ces propos étaient cruels de sa part, et il sentit le poids du péché sur sa conscience. Un péché en entraînait toujours d'autres plus graves, mais à présent il était trop tard. Il ne pourrait plus s'en tirer.

— Jakob Burkard était prêt à épouser ta mère, qui était enceinte, car il l'aimait et il voulait adopter son enfant à naître. Elle n'a révélé à personne qui était le père de cet enfant. Peut-être ne le savait-elle pas elle-même : c'était une artiste et elle menait une vie très libre…

Il lut de la souffrance dans les yeux de Marie, vit frémir ses lèvres et admira malgré lui sa maîtrise. Cette jeune fille était vraiment surprenante. Quel dommage qu'elle ne soit pas née sous une meilleure étoile…

— Est-ce la vérité ou venez-vous de l'inventer ? demanda-t-elle.

Elle l'avait percé à jour, cette petite futée, mais lui aussi savait éviter les questions trop précises.

— Écoute-moi bien, reprit-il. Jakob Burkard est mort quelques jours après son mariage, car il buvait depuis des années. Tu peux donc dans une certaine mesure t'estimer heureuse de ne pas être sa fille car de tels vices sont héréditaires.

Elle se mordilla la lèvre en le regardant méchamment. Ç'avait été une erreur d'accueillir cette créature dans son foyer. Il n'aurait pas dû écouter sa conscience. Il avait voulu protéger cette petite, veiller à ce qu'elle apprenne un métier, voire à ce qu'elle se marie plus tard. Mais, partout où elle allait, elle se rebellait, se butait et se faisait renvoyer.

— Je suis désolé de devoir te dire tout cela, Marie, déclara-t-il hypocritement, mais tu m'y as contraint. Es-tu satisfaite à présent ?

— Non !

Il s'était cru sorti de l'auberge, mais en digne fille de Luise Hofgartner, elle n'était pas disposée à lâcher prise si vite.

— Que veux-tu encore ? lança-t-il. Je n'ai pas tout mon temps devant moi. Crois-tu que je n'aie rien d'autre à faire que répondre à tes questions ?

— Pourquoi avez-vous pris à ma mère tout ce qu'elle avait ? Je sais qu'elle avait des dettes… mais fallait-il vraiment être si cruel ?

C'était cette maudite vieille qui le lui avait raconté. Elle avait dû perdre la tête, ou peut-être que, devenue pieuse sur ses vieux jours, elle craignait la damnation éternelle… en quoi elle n'avait pas tort, cette vieille sorcière.

— Je ne comprends pas de quoi tu parles, répondit-il.

— On a saisi tous ses meubles, y compris le lit de son enfant et ses vêtements, voilà de quoi je parle. À la fin, il ne lui restait plus que le lit dans lequel elle est morte.

L'image de la défunte resurgit dans la mémoire de

Johann, et il en eut la nausée. Leutwien l'avait averti ce jour-là et il s'était aussitôt rendu dans la ville basse. Il se rappela son visage figé et cireux, son abondante chevelure, l'enfant assise à côté d'elle sur la paillasse qui refusait de lâcher sa mère… On avait dû l'arracher à elle quand on était venu chercher le corps.

— Il doit s'agir d'un malentendu, grommela-t-il. Je l'ai aidée à vendre quelques meubles parce qu'elle avait besoin d'argent. Les voisins ont dû tout comprendre de travers.

Les yeux sombres de Marie le transperçaient littéralement. Il allait dire deux mots à la vieille Deubel. Il était inadmissible qu'elle répande pareils commérages. Il avait acheté la maison et les bâtiments voisins quelques années auparavant : elle avait donc intérêt à faire attention.

— Et maintenant, assez ! lança-t-il.

Il s'avança avec détermination, et la jeune fille lui céda le passage. Il s'éloigna dans le couloir comme s'il s'enfuyait.

Chapitre 34

Elisabeth poussa un soupir d'impatience et fit une nouvelle tentative.

— Voyons, Maman ! Comment peux-tu rester enfermée par cette merveilleuse journée de printemps ?

— Que veux-tu donc, Lisa ? protesta Alicia en fouillant dans sa boîte à ouvrage à la recherche de la couleur qui conviendrait. J'ai fait une longue promenade dans le parc pas plus tard qu'hier et, aujourd'hui, je veux finir cette broderie.

— Juste une petite heure, Maman, implora Elisabeth. J'ai besoin de gants brodés, ma dernière paire est déchirée, et de jarretières. Nous pourrions aussi voir ce qu'il y a comme fil à broder.

— Emmène Marie. Gustav se fera un plaisir de vous conduire en ville. Je vais te donner un peu d'argent.

Elisabeth poussa un gémissement audible. Pourquoi sa mère se coupait-elle de tout et passait-elle toutes ses journées à la villa ? Les commérages diminueraient-ils pour autant ? Sûrement pas. La nouvelle de la fuite de la ravissante Katharina Melzer avec Gérard Duchamps s'était depuis longtemps répandue dans Augsbourg et ses environs. À chaque visite, à chaque réunion et sans aucun doute à chaque séance de la société de bienfaisance, on chuchotait sur ce scandale et des voix moqueuses se mêlaient au chœur des compatissantes. Papa n'avait pas tort : on avait gâté Katharina plus que de raison. Elisabeth était bien placée pour le savoir, elle qui avait toujours dû passer derrière sa cadette. Elle songea à tout ce que sa jolie petite sœur avait obtenu : cours de dessin et de sculpture, visites d'expositions et toutes sortes de livres d'art, sans que Papa émette la moindre objection quant au coût. En revanche, dès qu'Elisabeth demandait une partition de sonates pour piano, on lui répondait que c'était trop cher et qu'elle pouvait en acheter chez des bouquinistes.

— À quand remonte ta dernière sortie en ville, Maman ? À plusieurs semaines, lui fit-elle observer, mécontente.

Alicia s'essuya les yeux et poursuivit ses recherches. Sur le canapé du salon rouge s'alignaient plusieurs bobines de fil à broder soigneusement assorties par nuances, mais la couleur convenant aux feuilles de la rose de sa broderie demeurait introuvable.

— Pour quelle raison devrais-je me rendre en ville plusieurs fois par semaine ?

— Et pourquoi ne recevons-nous presque plus d'invitations ? Pourquoi n'allons-nous plus aux réceptions ni au bal, ni même aux concerts ?

— Nous allons à la messe tous les dimanches, Lisa, et la saison des bals est depuis longtemps passée.

Alicia était irritée. Qu'escomptait Elisabeth en lui adressant ces reproches ? Elle avait déjà assez de mal à faire bonne figure et à dissimuler l'angoisse qui la rongeait pour sa pauvre enfant perdue. À chacune de ces invitations qui lui faisaient autrefois tant plaisir, elle avait l'impression de s'aventurer sur un terrain glissant. Derrière chaque phrase, elle soupçonnait une intention ironique, dans chaque sourire de la malveillance ou la pitié de rigueur pour les parents si durement éprouvés.

— Tu sais très bien pourquoi nous invitons peu d'amis, et seulement les plus proches, Elisabeth. Pourquoi des inconnus devraient-ils se repaître de notre malheur ?

— Et tu crois que ça ira mieux si nous nous dissimulons à tous les regards ?

— Nous devons garder nos distances vis-à-vis du monde, au moins pour les mois à venir. Plus tard, quand cette histoire sera à peu près oubliée, tout redeviendra comme avant, répondit Alicia avec un sourire implorant l'indulgence de sa fille.

Elisabeth réprima sa colère. Sa mère souffrait déjà assez de l'inconcevable égoïsme de Kitty.

— Il ne reste plus qu'à espérer que cette chère Kitty revienne à la raison sous peu, grommela-t-elle en saisissant un travail au crochet commencé depuis plusieurs semaines.

— Je prie chaque jour pour qu'il en soit ainsi, Lisa !

Elisabeth estimait par-devers elle que Kitty pouvait parfaitement rester où elle était. Qu'elle épouse donc ce Français et vive à Lyon avec lui, on serait enfin débarrassé d'elle à Augsbourg. Malheureusement, la petite princesse resurgirait tôt ou tard à la villa et Papa, qui avait tempêté contre elle, serait le dernier à la chasser. On la nourrirait, on la dorloterait, les visites régulières au Dr Schleicher reprendraient – à présent elle aurait une foule de choses à lui raconter –, et leur mère préviendrait chaque désir de sa pauvre petite Kitty. Papa tonnerait, puis pardonnerait. Paul lui dirait sa façon de penser, mais lui aussi passerait l'éponge. Et tout serait de nouveau comme avant, à cette différence que Kitty ne serait plus la coqueluche des jeunes gens à marier.

Plus aucun homme ne voudrait d'elle car elle s'était compromise, et laissé séduire par un Français qui plus est. *C'était bien mérité*, pensa Elisabeth avec amertume, car cette petite garce égoïste avait une fois de plus ruiné tous ses espoirs. Quelques jours avant que le scandale n'éclate, Elisabeth avait rencontré par hasard le lieutenant von Hagemann chez une amie. Il était de passage à Augsbourg car l'une de ses tantes venait de mourir. On avait un peu bavardé, on s'était rapproché et il avait même demandé la permission de rendre visite aux Melzer. Et ce n'était certainement pas pour Kitty, dont il parlait avec une froideur marquée, mais pour elle.

Dès que la nouvelle que l'une des filles de Melzer s'était enfuie avec un Français s'était répandue, des curieux s'étaient présentés à la villa, mais pas le lieutenant von Hagemann. Il avait bien trop de tact pour cela. Elle avait espéré le rencontrer à l'un des derniers bals de la saison, mais sa mère avait préféré renoncer à de telles distractions, et Elisabeth avait dû rester à la maison.

Furieuse, elle tira sur son fil, gâchant son ouvrage. On était fin mars, Kitty avait disparu depuis deux mois et nul ne savait où elle vivait.

Comme c'est injuste, pensa Elisabeth. *Aucun de nous n'a rien fait de mal, mais nous devons tous pâtir de la fuite de ma sœur. Et c'est moi qui en souffre le plus, parce qu'elle me prive de tout bonheur. Après un tel scandale, le lieutenant ira certainement chercher une fiancée ailleurs.*

Elle souleva son ouvrage pour l'examiner à la lumière et tenta de desserrer avec son aiguille les points trop rapprochés. Une idée effrayante lui vint soudain : elle finirait vieille fille et passerait ses journées à broder et à coudre pour de bonnes œuvres. Dans quelques années, elle serait assise ici à côté de Kitty et elles tricoteraient des bonnets aux couleurs vives pour de pauvres petits nègres pendant que les enfants de Paul s'ébattraient joyeusement autour d'elles. Car, étant un homme et le successeur de Papa à la tête de l'usine, Paul trouverait certainement un parti. Tante Lisa et tante Kitty étant restées demoiselles, elles seraient bien entendu hébergées à la villa. Chacune aurait sa petite chambre, Lisa mènerait une vie modeste et pleine de reconnaissance envers les siens, puis deviendrait vieille et grisonnante. Et elle n'aurait même pas son mot à dire à la villa, car ce serait bien entendu l'épouse de Paul qui tiendrait le ménage.

Quelle horrible perspective ! Elle fut heureuse de voir entrer Augusta, qui venait annoncer une visite. Dieu qu'elle avait enflé ! En haut, elle allait faire craquer sa blouse, et en bas, sa jupe était tendue sur son ventre. Voilà qui était intéressant : pendant une grossesse, la poitrine prenait également du volume. Mais elle-même n'en ferait pas l'expérience, puisqu'elle n'aurait ni mari ni enfant.

— De quoi s'agit-il, Augusta ?

La bonne tendit à Alicia le plateau rond en argent sur lequel une carte de visite était posée.

— Alfons Bräuer !

Alicia lança un regard hésitant à sa fille. Depuis le malheureux événement, on n'avait plus entendu parler de ce jeune homme, qui autrefois venait si volontiers à la villa. Comme d'autres connaissances de la famille, il avait disparu du jour au lendemain.

— Je me demande si nous devons le recevoir, interrogea Alicia. Que peut-il donc vouloir ?

Elisabeth haussa les épaules. C'était pourtant assez clair : il voulait probablement leur faire comprendre, afin de dissiper tout malentendu, que, même s'il avait pu donner l'impression de s'intéresser à Katharina, il ne la demanderait jamais en mariage. Il ne serait pas le premier à retirer ses billes : Kitty avait autrefois reçu plusieurs demandes en mariage.

— À vrai dire, je ne me sens pas très bien, reprit Alicia d'une voix mal assurée, mais elle secoua la tête et jeta sa broderie sur le sofa. Non, ce serait lâche de ma part. Fais entrer M. Bräuer, dit-elle à Augusta.

La jeune fille fit la révérence, spectacle étrange au vu de son corps déformé par sa grossesse, puis s'éloigna d'un pas lourd.

— Préfères-tu monter dans ta chambre, Lisa ?

— Non, Maman, je reste. Il est toujours intéressant de voir quels prétextes invoquent ces messieurs. J'ai hâte de savoir ce que ce brave Alfons va nous servir.

Le jeune Bräuer portait un complet gris clair d'après-midi qui paraissait follement printanier. Il avait sérieusement maigri et ce complet lui allait à la perfection, alors qu'autrefois on avait toujours peur qu'il fasse craquer les coutures s'il respirait trop fort.

— Chère madame, chère mademoiselle, pardonnez-moi cette irruption surprenante…

— Mon cher monsieur Bräuer, je vous en prie ! répondit Alicia avec un sourire étudié tandis qu'il lui baisait la main.

— C'est plutôt votre longue absence que nous devrions vous pardonner, intervint malicieusement Elisabeth. Vous nous avez manqué, cher monsieur.

— Je suis navré de ne pas vous avoir donné de nouvelles plus tôt, madame, déclara Alfons Bräuer. Mais je m'en suis abstenu dans la crainte d'ajouter à votre inquiétude.

Son front était moite d'excitation. Il tira un mouchoir de sa veste pour le tamponner, ignorant le geste d'Alicia qui l'invitait à prendre place sur l'un des fauteuils rouges.

— Je viens tout droit de la gare et mon bagage est encore dans la voiture, poursuivit-il. Mais il le fallait absolument car j'ai une question décisive à vous poser.

Face au regard perplexe des deux femmes, l'étincelle d'espoir qui avait illuminé ses yeux s'éteignit.

— Elle est… Mlle Katharina n'est pas revenue ? demanda-t-il.

Alicia hésita un instant à répondre, le comportement du jeune homme lui paraissant plus qu'étrange. Toute la ville savait que Katharina Melzer n'était plus à Augsbourg. Pourquoi posait-il donc cette question ? Enfin, quand le silence devint gênant, Elisabeth se décida à le rompre.

— Hélas non, monsieur Bräuer, répondit-elle. Nous sommes toujours sans nouvelles de ma sœur.

— C'est ce que je craignais, soupira-t-il en s'asseyant. Mon Dieu… j'en perds mon latin.

Il posa ses coudes sur ses genoux et enfouit son visage entre ses mains. Mais il releva les yeux aussitôt et adressa un sourire douloureux à Alicia.

— Nous les avons cherchés sans relâche. Nous sommes entrés dans chaque hôtel, dans chaque auberge, dans tous les petits bistrots. Nous avons parlé à la police. Nous avons engagé un détective local pour les retrouver, en vain. Pendant deux mois, nous avons à peine fermé l'œil, nous avons arpenté rues et ruelles, et nous sommes entrés dans les magasins pour demander si on l'avait vue, le tout sans résultat. Nous avons finalement abandonné les recherches. Mon père s'impatientait, car il a besoin de moi à la banque.

Alicia mit un instant à démêler le sens de ce flux de paroles. Elisabeth fut plus rapide.

— Vous êtes allé à Paris pour chercher Kitty ? demanda-t-elle.

— Oui, mademoiselle.

Alicia avait compris à son tour. S'il disait vrai, elle s'était montrée terriblement injuste envers ce brave jeune homme. Elle voyait à présent combien il était pâle et épuisé.

— Mon cher ami, je ne saurais vous exprimer mon émotion, dit-elle, bouleversée. Moi aussi, j'ai pensé à rechercher ma malheureuse enfant à Paris, mais ma famille m'en a dissuadée…

— À juste titre, chère madame. Cette ville est immense, ç'aurait été comme de chercher une aiguille dans une botte de foin. Seul un hasard nous aurait permis de réussir, mais hélas cette chance ne nous a pas été accordée.

— Vous n'étiez donc pas seul à Paris ? Qui vous y a accompagné ? intervint Elisabeth.

— Ne vous l'avais-je pas dit ? Pardon, je suis trop ému, mademoiselle. J'ai fait le voyage avec Robert, votre valet.

— Ça, par exemple ! laissa échapper Elisabeth. Dire que nous nous sommes fait un sang d'encre parce qu'il avait disparu du jour au lendemain…

Robert était apparu vers midi à la banque Bräuer & fils pour demander un entretien avec Bräuer fils. On l'avait d'abord éconduit, mais quand il avait affirmé qu'il s'agissait de Mlle Katharina Melzer et que c'était une question de vie ou de mort, Alfons l'avait fait appeler dans son bureau. Leur conversation n'avait pas duré plus de quelques minutes. Alfons avait ensuite pris toutes les mesures nécessaires et, deux heures plus tard, tous deux étaient assis dans un wagon à destination de Munich, où ils avaient pris le train de nuit pour Paris.

Quelle folle entreprise, songea Elisabeth. Deux jeunes gens épris de la même jeune fille assis au beau milieu de la nuit dans le même compartiment… de quoi avaient-ils pu parler ? Quelles confidences avaient-ils échangées ? Qu'avaient-ils passé sous silence ? Ils étaient sûrement unis dans leur haine contre ce jeune Français qui avait si bien su plaire à Kitty qu'elle s'était enfuie avec lui. Mais il ne leur était sans doute pas même venu à l'idée d'en vouloir à cette dernière. La petite princesse était pure et innocente, personne ne pouvait lui demander de comptes…

— Je suis profondément émue, mon cher ami, répéta Alicia pour la énième fois, les yeux humides. Que n'avez-vous entrepris pour rechercher ma fille ! Ah, comme j'aurais aimé que vos efforts soient récompensés… mais, au fait, où est Robert ?

— Robert ? Eh bien…

Alfons Bräuer, perdu dans ses pensées, dut se ressaisir pour répondre à la question de Mme Melzer.

— Mon fidèle compagnon Robert Scherer… je n'aurai jamais assez d'éloges pour lui, chère madame. Il a vraiment fait l'impossible pour retrouver votre fille, il a même risqué sa vie : il a reçu un coup de couteau alors qu'il traversait de nuit un quartier malfamé. Je lui ai remis une certaine somme, car il était sans situation. Il projetait de quitter l'Allemagne pour aller tenter sa chance outre-mer.

— Bonté divine ! s'exclama Alicia. Nous vous rembourserons cette somme, monsieur Bräuer. Nous devions par ailleurs un mois de salaire à Robert.

Elisabeth pensa à Augusta, qui ne reverrait jamais le père de son enfant. Ce départ définitif réglait tout de manière inespérée : ainsi, Robert ne pourrait plus rien raconter sur cet échange de lettres. Et Augusta tiendrait sa langue : après tout, elle avait une chance inouïe de garder sa situation malgré sa grossesse.

Alfons Bräuer était tout rouge. Il se tamponna le front et les joues, puis s'efforça sans succès de desserrer son col rigide. Il se leva et se campa devant les deux femmes, le souffle court.

— Je tiens à dissiper tout malentendu entre nous, chère madame, déclara-t-il sur un ton solennel en regardant d'abord Alicia, puis Elisabeth ahurie. J'aime votre fille Katharina, et ces malheureux événements n'ont rien changé à mes sentiments pour elle.

Il se tut. Elisabeth en resta stupéfaite. Ce genre de choses n'existait pourtant que dans les contes de fées.

— Je vous demande donc la main de votre fille Katharina, acheva-t-il.

Il prononça ces paroles d'une voix haute et solennelle, puis s'essuya de nouveau le front. Alicia était comme pétrifiée. Elisabeth réprima un fou rire nerveux, mais quand il reprit la parole à mi-voix, elle jugea sa situation plutôt tragique.

— Quel que soit le moment de son retour, quoi qu'il lui soit arrivé, je maintiens mon offre de mariage. Je veux aimer et honorer Katharina comme mon épouse, la protéger et la défendre de tout mal aussi longtemps que je vivrai.

Il était essoufflé par l'effort qu'il avait dû fournir pour prononcer cette phrase. Peut-être l'avait-il préparée dans le train, car il n'avait pas trébuché une seule fois.

— Je vous remercie, chuchota Alicia, encore sous le coup de la surprise qu'elle avait éprouvée. Je vous remercie de tout mon cœur, mon cher ami. Vous êtes un homme franc et courageux.

Elle eut à son tour besoin d'un mouchoir. Elisabeth

dut de nouveau prendre sur elle, car la colère montait en elle. Ou bien était-ce de l'envie ?

Incroyable ! Cette petite personne pouvait se compromettre, s'enfuir, partager le lit d'un Français, elle avait encore un prétendant. Alfons Bräuer était l'héritier d'un banquier et posséderait une fortune convoitée par de nombreuses jeunes filles de la bonne société.

— Si vous me le permettez, chère madame, je reprendrai mes recherches dès demain. Il ne faut jamais perdre espoir, l'entendit-elle dire.

J'aimerais que Kitty soit morte, pensa Elisabeth.

Dès qu'elle l'eut formulé, pourtant, la cruauté de ce souhait l'effraya.

Chapitre 35

Un quart d'heure, une demi-heure au plus, pensa Marie. Elle pressa le pas. Personne ne remarquerait rien.

Un peu plus loin dans le parc, on entendait les crissements d'une scie. Gustav avait adossé une échelle au tronc d'un cèdre vénérable dont il coupait les branches mortes. Il adressa à Marie un salut joyeux qu'elle lui rendit. Le vieux Bliefert ramassait les branches et les entassait dans une brouette.

Elle récapitula la liste des courses : une paire de gants tricotés de taille 7, de couleur claire et à petits points. Du fil à broder vert tilleul et rose pâle, des bobines de fil à coudre vert foncé, bleu clair et blanc mat, un paquet d'aiguilles, trois mètres de dentelle pour une chemise de nuit, et quoi d'autre ? Il y avait autre chose. Ah oui, un rouleau d'élastique.

Mlle Elisabeth aurait dû l'accompagner, mais depuis le déjeuner elle avait une violente migraine et s'était couchée. Marie ne l'aimait guère, mais en ce moment elle lui faisait pitié, car elle devait subir les conséquences de la fuite irréfléchie de Kitty. C'était Madame qui était la plus malheureuse, car elle se faisait un sang d'encre pour sa fille. Paul avait également du chagrin, même s'il le dissimulait. M. Melzer souffrait certainement aussi, mais Marie n'éprouvait aucune compassion pour lui.

Elle n'avait pas dormi de la nuit, s'était tournée et retournée dans son lit en essayant de se rappeler tout ce que le curé Leutwien lui avait dit. Il lui avait répété que Jakob Burkard était son père. Il n'avait été question ni d'adoption ni d'un autre père. Mais peut-être sa mère avait-elle dissimulé sa grossesse au prêtre ? Marie était née le 8 juin 1895, si ce qu'on lui avait raconté à l'orphelinat était exact. Sa mère était donc enceinte de quatre ou cinq mois à son mariage, mais de qui ?

Avec quel mépris Melzer avait-il parlé de sa mère ! Une artiste qui menait une vie très libre… Il semblait considérer Luise Hofgartner comme une femme légère passant d'un homme à un autre. Mais, dans ce cas, pourquoi aurait-elle pris la peine de se marier ? Et avec un homme qui avait déjà un pied dans la tombe de surcroît ? Ce mariage religieux n'était-il pas révélateur d'un grand amour ? Toutefois, cela ne prouvait pas que le père de l'enfant de Luise Hofgartner était bien l'homme avec lequel elle s'était liée devant Dieu par le mariage.

Mais son baptême devait figurer au registre de la paroisse et, avec lui, le nom de son père. Elle avait donc décidé de retourner voir le curé pour lui demander l'autorisation de consulter le registre.

Elle n'avait plus de congé ce mois-ci, mais comme elle était sortie seule ce jour-là, elle parviendrait peut-être à voir le prêtre. Elle devrait faire un détour pour se rendre à l'église Saint-Maximilien, mais ce n'était pas très loin et elle marchait vite.

Pourtant, tout semblait s'être ligué contre elle ce jour-là. À la ganterie d'Ernestine Sauerbier, elle dut attendre une éternité qu'une certaine Mme Wohlgemut accompagnée de sa fille se décide pour une paire de gants en soie d'un blanc immaculé. Un mariage paraissait imminent, ce qui expliquait le choix minutieux de chaque article. Au grand magasin, elle trouva du fil à coudre et de l'élastique, mais pas de fil à broder dans les couleurs qu'elle cherchait. Elle dut se rendre dans deux autres magasins pour le fil à broder et la dentelle, et, quand elle eut tout acheté, une heure s'était écoulée.

Marie décida qu'elle n'était plus à un quart d'heure près. Dans la lumière du jour, le presbytère avait un aspect un peu négligé, peut-être parce qu'en ce début d'avril les arbustes étaient encore nus : on remarquait davantage que la peinture s'écaillait par endroits. Elle gravit les trois marches de grès usées menant au portail et sonna. Des pas traînants se rapprochèrent de la porte en chêne sombre, qui finit par s'entrebâiller. Le visage d'oiseau de la gouvernante apparut dans l'embrasure.

— Bonjour, lui dit Marie aussi aimablement qu'elle le put. J'aimerais parler à monsieur le curé.

— C'est pour vous confesser ?

Cette question stupéfia Marie. De quoi la gouvernante se mêlait-elle ?

— Je suis Marie Hofgartner et j'aimerais parler à monsieur le curé, reprit-elle.

Avait-elle mis la vieille en colère ? Cette dernière inspira bruyamment et dévisagea Marie d'un air mauvais.

— Monsieur le curé n'est pas là.

Quelle malchance ! Décidément, c'était sa journée.

— Et quand reviendra-t-il ?

— Dans une heure ou deux, peut-être. Il doit faire le catéchisme et servir la messe du soir.

Ce qui revenait à lui dire que monsieur le curé n'avait pas un instant à lui consacrer ce jour-là.

— Et pour une confession ? s'enquit-elle, tentant une dernière fois sa chance.

— Si vous voulez vous confesser, le vicaire est à l'église.

Sur ces mots, la tête d'oiseau disparut à l'intérieur du presbytère et la porte se referma. Quelle horrible sorcière ! Déçue, Marie se dirigea vers l'église en cillant dans le soleil d'avril. Elle devrait retourner à la messe du matin : elle serait sûre de pouvoir parler au prêtre à ce moment-là. Elle ne renoncerait plus à poursuivre ses recherches désormais, car elle en savait trop – ou trop peu, ce n'était qu'une question de point de vue.

L'idée lui vint de retourner voir la vieille Mme Deubel. Ce n'était pas sans danger, mais comme l'aubergiste avait compris que Marie était sous la protection de M. Melzer fils, elle ne lancerait sûrement plus son garde-chiourme sur elle. Oui, pourquoi n'y avait-elle pas pensé plus tôt ? La vieille Mme Deubel en savait long sur sa mère et n'en avait sûrement pas encore raconté la moitié.

Elle rentrerait évidemment en retard à la villa et devrait inventer une excuse, mais, pour l'instant, elle s'en moquait. Elle pourrait prendre un raccourci par des ruelles étroites de la ville basse. C'était une chance qu'elle connaisse bien le quartier.

Le soleil qui illuminait la vieille auberge soulignait impitoyablement son délabrement. Personne ne semblait s'occuper de la maison. Ses poutres fléchissaient, leur bois était pourri par endroits et les moineaux avaient fait leur nid dans les trous. Du moins ces habitants-là étaient-ils joyeux ; ils voletaient, récoltaient de quoi nicher et se disputaient la moindre miette.

Marie avait compté se rendre à l'étage sans se laisser arrêter par personne. Mais, avant qu'elle ait seulement touché la porte de guingois, celle-ci s'ouvrit brutalement. Effrayée, Marie recula. L'aubergiste se tenait face à elle.

— Tu es revenue fouiner, Marie Hofgartner ? demanda-t-elle avec un sourire moqueur, et la jeune fille remarqua qu'elle avait perdu l'une de ses incisives.

— En quoi ça vous regarde ? riposta la jeune fille. Je veux voir votre mère. Laissez-moi passer.

Le sourire se mua en un rire inquiétant. Non seulement il était mauvais et haineux, mais il avait l'amertume de ceux qui n'ont connu que les aspects les plus sombres de l'existence.

— Tu arrives trop tard, répondit l'aubergiste. Tu peux monter si ça te chante, tu ne la trouveras pas. Il y a quinze jours que nous l'avons enterrée.

Morte ? Pourquoi n'avait-elle pas pensé plus tôt à revenir l'interroger ? Maintenant, il était trop tard.

— Je… je suis désolée, murmura Marie. Toutes mes condoléances.

— Bah, répondit l'aubergiste en repoussant une mèche grise de ses yeux, elle a vécu assez longtemps, la vieille. Il y a des années qu'elle ne sortait plus de sa chambre et que je devais tout lui monter. À la fin, elle était gâteuse, alors il valait mieux qu'elle s'en aille.

Ne sachant plus que dire, Marie hocha la tête, fit demi-tour et s'éloigna. Décidément, tout allait de travers. Elle avait perdu son temps, elle serait réprimandée pour son retard à la villa et devrait raconter des histoires pour se justifier. Elle avait au moins acheté tout ce qu'on lui avait demandé : les gants, le fil à broder, la dentelle, l'élastique, le fil à coudre… malheur ! Elle avait oublié les aiguilles !

Elle s'en rendit compte devant l'entrée du parc et se

figea : c'était complet ! Maintenant, il était trop tard pour retourner en ville et…

— Attention ! Marie… !

Elle entendit en même temps que cet avertissement un craquement soudain. Un objet volumineux et sombre tomba, la heurtant à l'épaule, et elle hurla de douleur.

— Regarde ce que tu as fait, crétin !

— Je croyais qu'elle tiendrait encore, Grand-père. Je ne pouvais pas savoir qu'elle était pourrie et qu'elle casserait si vite…

Marie se plia en deux, laissa choir le panier contenant ses achats et sa main se crispa sur son épaule endolorie. Une branche du grand chêne lui était tombée dessus, manquant d'un rien sa tête, et l'avait touchée à l'épaule gauche.

— Pourvu qu'elle n'ait rien de cassé, se lamenta le vieux Bliefert. Ça va, Marie ? Attends, je vais enlever cette saleté de branche…

— Ce n'est pas grave, murmura Marie.

Elle dut s'écarter en hâte, car le vieil homme avait soulevé la branche si maladroitement qu'il avait failli lui égratigner le visage.

— Attends, Grand-père, j'arrive… !

Gustav redescendit de l'échelle, s'approcha et souleva l'objet du délit comme s'il était aussi léger qu'une plume. Il le jeta rageusement dans l'herbe, puis, les bras ballants, regarda Marie d'un air penaud.

— Je suis vraiment bête, mademoiselle Marie. Est-ce que ça vous fait très mal ? Mon grand-père pourrait vous faire un cataplasme, c'est bon pour les contusions.

Marie remua son épaule avec précaution. Elle se sentait étrangement engourdie, mais elle pouvait encore lever le bras. Dans son malheur, elle avait eu de la chance.

— Ce n'est pas si grave, dit-elle avec un pâle sourire. Et garde le « mademoiselle » pour quelqu'un d'autre. Je m'appelle Marie et je ne suis pas une demoiselle.

Gustav fit la grimace, puis lui adressa un sourire entendu.

— Pour moi, vous êtes une demoiselle. Ces choses-là, c'est de naissance, affirma-t-il. Certaines filles de la noblesse ne sont que des paysannes lourdaudes, et certaines filles de cuisine sont de vraies dames.

— Tu vas béer encore combien de temps devant elle ? lui lança son grand-père. Cours à la villa prévenir qu'elle a eu un accident et que je vais la soigner avec mon baume.

— C'est bien aimable à vous, mais je suis déjà en retard, monsieur Bliefert, objecta Marie. Je préfère revenir vous voir plus tard. D'ailleurs mon épaule ne me fait plus si mal.

— Si je n'applique pas tout de suite mon baume, elle enflera cette nuit, tu te réveilleras avec un gros bleu et tu pourras à peine remuer le bras demain.

Cet avertissement donnait à réfléchir. Marie s'y connaissait en plaies et en bosses, car à l'orphelinat on se servait volontiers de ses poings. Elle savait que, quand on était atteint à un endroit sensible, il ne fallait pas le prendre à la légère.

— Bon, si c'est votre avis, dit-elle, hésitante. Mais seulement si ça ne prend pas trop de temps.

Gustav poussa un soupir : on lui poserait des questions sur l'accident à la villa. Pourvu que Madame n'en sache rien… il rêvait d'être promu jardinier depuis des années. Il s'éloigna, démoralisé, pendant que le vieux Bliefert empoignait la brouette et invitait Marie à le suivre.

La petite maison du jardinier datait de l'époque du

riche marchand, le créateur de ce petit paradis aux portes de la ville. C'était une bâtisse en pierre à un seul étage qui avait été autrefois une remise à outils. Johann Melzer en avait fait réparer le toit et fourni à Bliefert, qui avait emménagé dans la maison avec femme et enfants, tout le matériel nécessaire pour les travaux de rénovation.

— Cette maison était pleine de vie dans le temps, dit le vieux jardinier alors qu'ils pénétraient dans la cuisine. Quand je rentrais, tous les enfants accouraient et mon Erna avait toujours un repas sur le fourneau. On était dix ou douze à table parce que les enfants amenaient leurs amis. C'étaient des mioches de pauvres qui mangeaient leur content chez nous. Plus tard, les belles-filles et les petits-enfants sont arrivés, et avec eux les cris et les chamailleries, mais l'Erna prenait tout ce monde sous son aile. Quand elle ne devait plus s'occuper que de moi et de Gustav, le bruit et les cris des enfants lui manquaient… Et puis elle est morte en nous laissant seuls.

On voyait au premier coup d'œil que cette maison manquait d'ordre. Marie hocha la tête devant le fouillis de la cuisine, la vaisselle sale et les murs noirs de suie. Avait-on balayé le sol depuis la mort de la femme du jardinier ? En tout cas, personne n'avait lavé les vitres devenues opaques.

— Assieds-toi sur ce banc, Marie, dit le vieil homme, auquel le regard surpris de la jeune fille n'avait pas échappé. Et n'aie pas peur de la Minka : elle dort et ne s'occupe pas des visiteurs.

Il lui adressa un sourire timide comme pour s'excuser du désordre avant de se rendre dans une pièce voisine pour aller chercher son baume. Marie contempla Minka, une grosse chatte tigrée grise qui dormait roulée en boule sur un coussin. Quand la jeune fille s'approcha d'elle, ses oreilles tressaillirent, elle entrouvrit les yeux, éternua, puis s'étira. Marie remarqua qu'elle possédait des griffes imposantes et que ses oreilles étaient déchiquetées. C'était en réalité un chat. Quand Marie s'enhardit à passer la main sur sa fourrure soyeuse, il fit le gros dos et se mit à ronronner.

— Elle t'aime bien, commenta le vieux Bliefert. Assieds-toi donc, elle est contente quand on la caresse.

Ne savait-il donc pas que Minka était un mâle ? se demanda Marie. En tout cas, Minka adorait les caresses, ronronnait et pressait sa grosse tête contre la main de Marie pour en redemander. Il s'arrêta pourtant quand le jardinier déboucha le flacon qu'il avait apporté, leva le nez et la queue, puis posa une patte sur la table.

— Elle adore mon baume, gloussa le jardinier, mais elle n'a pas le droit d'en boire : ça la rendrait malade.

Marie n'en doutait pas : le liquide sentait si fort qu'elle dut retenir sa respiration.

— Qu'est-ce… qu'est-ce qu'il y a dedans ? demanda-t-elle.

Bliefert huma le contenu du flacon, hocha la tête et ouvrit un tiroir pour y prendre un torchon.

— Tout ce qu'il faut pour soigner les bleus et les foulures, répondit-il. De l'huile de lin, de la cire d'abeille, de l'arnica, de la camomille, de l'armoise et du plantain, et encore d'autres choses que je préfère ne pas te révéler.

Il posa le torchon sur le goulot du flacon ouvert, qu'il renversa. L'odeur du liquide brun devint plus âcre et Minka poussa de petits râles voluptueux. *Le jardinier avait dû ajouter à la mixture de la valériane, et peut-être autre chose qui devait être mêlé à de l'urine de cheval*, se dit Marie avec dégoût.

— Montre-moi ton épaule, petite, dit-il. Il vaut mieux en finir avant le retour de Gustav, sinon il va faire de ces yeux…

Marie ouvrit son manteau, puis sa chemise, qu'elle fit glisser sur son épaule, et constata que celle-ci était enflée.

— Aïe !

— Il faut bien faire pénétrer le baume pour qu'il agisse, expliqua Bliefert. Tu es une fille courageuse. Tiens le coup encore un petit moment, tu passeras une bonne nuit ensuite et demain, tu ne sentiras plus rien.

Elle ne sentait déjà plus qu'une douleur intolérable. Elle faillit se lever pour détaler, mais n'en fit rien par peur du ridicule.

— Là, grommela le vieil homme d'un air satisfait, et il se détourna pour prendre Minka et le déposer à terre. Maintenant, rhabille-toi vite pour que ça reste chaud. Tu verras, c'est un remède miraculeux.

Minka éternua et le regarda refermer le flacon avec dépit. Marie se rhabilla. Son épaule la brûlait. Quelle mixture maléfique ! Comment expliquerait-elle à la villa l'odeur âcre dont elle était imprégnée ?

— Ça sent l'écurie, fit-elle observer. Pourquoi ?

Bliefert sourit et enfonça le bouchon. Oui, c'était quelque chose qu'il se procurait chez une vieille connaissance qui avait une écurie. M. Melzer, lui aussi, avait quatre beaux chevaux : une jument alezane et trois hongres bais.

— Avant d'acheter son automobile, il sortait toujours dans l'une de ses voitures à cheval. Autrefois, avec les chevaux, on allait bien plus vite, et ils n'avaient pas les défauts des automobiles. J'ai souvent conduit les voitures de M. Melzer.

Il avait donc travaillé aussi comme cocher. Marie

remua avec précaution son épaule brûlante et dut reconnaître qu'elle n'avait plus mal. Bliefert avait pris le chat ronronnant sur ses genoux pour lui frotter affectueusement les oreilles.

— M. Melzer sortait beaucoup, dans le temps. Même le soir. Il allait parfois en ville, et j'ai souvent dû l'attendre…

Les pensées de Marie durent se lire sur son visage, car le jardinier ajouta que ces sorties avaient eu lieu avant le mariage de M. Melzer. Ensuite, ç'avait surtout été la jeune Mme Melzer que Bliefert avait conduite en ville, pour faire des courses ou rendre visite à des amies.

— Comme c'est l'usage chez les dames, conclut-il. Mon Erna, elle, ne sortait pas beaucoup. Elle restait à la maison avec les enfants, s'occupait du jardin et du ménage : elle avait toujours à faire.

Marie acquiesça poliment. Elle aurait voulu prendre congé, mais Bliefert était lancé.

— Le soir, les Melzer étaient souvent invités chez des amis, et j'ai dû les mener devant de belles maisons, puis attendre à l'auberge le moment de les ramener, reprit-il. Je me souviens encore de celle d'*À l'Arbre vert*. On y était bien, la bière n'était pas mauvaise, mais la patronne était une vraie charogne…

Qu'avait-il dit ? *À l'Arbre vert* ? Il devait confondre : il n'y avait pas l'ombre d'une belle maison dans les parages de cette auberge.

— *À l'Arbre vert* ? Ce n'était pas chez Mme Deubel ? demanda-t-elle.

— Oui, c'était ce nom-là. Il y avait deux Deubel, la vieille et la jeune.

— Vous avez donc conduit M. Melzer là-bas, dans la maison où se trouvait cette auberge ?

Il hocha la tête et repoussa sa casquette sur son front. Ça devait être l'âge : il devenait gâteux.

— Le directeur Melzer allait voir là-bas une certaine Luise Hofgartner, c'est bien ça ? insista Marie.

Il la regarda d'un œil vitreux, puis acquiesça. Oui, c'était une artiste peintre, une sacrée bonne femme. Elle aurait fait détaler Belzébuth en personne.

— Pourquoi donc ? demanda Marie, oppressée.

— Eh bien, grommela Bliefert en se grattant la nuque, un jour, M. Melzer et cette femme se sont disputés, et si fort qu'on pouvait les entendre jusque dans l'auberge. J'avais vraiment honte devant les gens qui étaient là, car M. Melzer hurlait si fort que tout le monde riait. Quand il est enfin redescendu, je ne l'avais encore jamais vu dans une telle colère. Il était tout rouge et on aurait cru qu'il allait avoir une attaque…

Ce récit déconcerta Marie. Pourquoi Melzer avait-il été si furieux ? Simplement parce que Luise Hofgartner n'avait pas pu régler ses dettes ? Il aurait pu s'y attendre. La réaction de Melzer lui parut pour le moins excessive.

— Il faut dire que c'était un coup dur pour lui, car il avait grand besoin de ces papiers, poursuivit Bliefert.

— Quels papiers ?

Le vieil homme haussa les épaules et poussa un soupir. Minka cessa de ronronner, sauta à terre et alla se recoucher sur son coussin.

— Des papiers, quoi, répondit le jardinier. Des plans. C'était très important pour M. Melzer. Je crois que c'étaient les plans des machines de son usine.

— Les plans des machines ? Et c'est à Luise Hofgartner qu'il était venu les réclamer ?

— Oui, des plans très détaillés pour la construction et le fonctionnement de ces machines. Il lui a offert une petite fortune pour qu'elle les lui remette, mais cette folle a refusé tout net.

— Mais pourquoi ?

— Par pure méchanceté, d'après M. Melzer.

Marie réfléchit. Si sa mère avait bel et bien eu ces plans en sa possession, il s'agissait à coup sûr de ceux de Jakob Burkard. Le prêtre n'avait-il pas dit qu'il avait créé et construit toutes les machines de l'usine Melzer ? Mais pourquoi sa mère avait-elle refusé de les vendre à Melzer alors qu'elle avait tant besoin d'argent ?

Une seule chose était sûre : si le vieux jardinier avait dit vrai, Melzer lui avait menti. Il n'avait pas vendu les meubles de sa mère pour lui venir en aide. Il les avait fait saisir pour faire pression sur elle. Mais pourquoi avait-elle refusé de lui remettre ces plans ?

— Mais je bavarde trop, dit le vieux jardinier, et il se leva. Je bavarde alors que nous devons encore scier tout ce bois pourri et l'entreposer pour l'hiver. Où est donc passé Gustav ?

Il avait soudain hâte d'en finir avec cette conversation qui semblait l'embarrasser. Il se pencha vers Marie pour lui confier que son petit-fils s'était entiché de cette bonne qui s'appelait Adele – ou Anna Maria ?

— Vous voulez dire Augusta ? Mais elle est enceinte.

Le vieux gloussa que c'était justement ce qui plaisait à Gustav. Il l'avait déjà surpris deux fois avec cette Augusta devant la porte de derrière, et il n'aurait jamais cru son balourd de petit-fils si dégourdi…

Marie se leva à son tour, soulagée de ressortir à l'air libre : la cuisine exiguë était saturée de l'odeur entêtante du baume. L'existence vous réservait parfois de drôles de surprises. Elle avait déjà joué de malchance par deux fois ce jour-là, au presbytère et à l'auberge, et voilà qu'une nouvelle énigme surgissait.

Le vieux Bliefert, qui venait de reprendre sa brouette, se figea soudain, puis se tourna vers Marie.

— Dis-moi, est-ce que tu ne t'appellerais pas Hofgartner toi aussi ? demanda-t-il.

— Si, Marie Hofgartner.

Il acquiesça et déclara d'un air satisfait qu'il avait encore toute sa tête.

— Quelle drôle de coïncidence ! murmura-t-il.

Chapitre 36

— Bon sang, je veux parler à monsieur le directeur, et tout de suite !

La voix suraiguë qui avait lancé cet ordre dans l'antichambre était familière à Paul. Quelle plaie, cette Grete Weber ! Il fallait malheureusement prendre des gants avec elle afin d'éviter que l'accident de sa fille ne s'ébruite, et d'autant plus que la petite avait tout juste treize ans.

— Monsieur le directeur Melzer est en rendez-vous. Il n'a pas le temps de vous recevoir maintenant.

C'était la voix de Mlle Lüders, qui se contraignait à rester froide et neutre, mais Paul savait que tous ses efforts seraient vains.

— Je m'en vais vous dire une chose, mes belles dames… riposta la Weber, redoublant d'agressivité. Même si vous vous bichonnez et vous vous pomponnez et si vous ne vous salissez pas les mains au travail, vous allez m'annoncer quand je veux parler à monsieur le directeur, parce que ma fille Hanna a eu un accident à la filature et qu'elle n'a que treize ans. Normalement, elle aurait dû aller à l'école et ça, je ne suis pas censée le crier sur les toits, compris ?

Paul décida que les deux secrétaires avaient besoin

d'un renfort masculin et ouvrit énergiquement la porte. Trois paires d'yeux se tournèrent vers lui. Mlle Lüders parut soulagée, Henriette Hoffmann rayonna comme s'il avait été un valeureux chevalier volant à leur secours. Seule la Weber le regarda peu aimablement, son entrée lui ayant gâché ses effets.

— Eh bien, mesdames ? s'enquit-il avec un sourire. La pause de midi serait-elle passée ? Non, j'insiste pour que vous preniez votre temps pour déjeuner !

Les joues des secrétaires rosirent et elles sourirent. Mlle Lüders remonta ses lunettes sur son nez. Mlle Hoffmann posa sur son bureau un petit pain au fromage entamé et déclara qu'elle était toujours à la disposition de son chef, y compris à midi.

Quand Grete Weber voulut parler, Paul la devança :

— Madame Weber ! Je voulais justement vous voir. Comment se porte Hanna ? Se rétablit-elle ?

Son ton était si franc et si amical que la Weber en fut gênée. Décidément, M. Paul n'était pas comme son père, mais il n'avait hélas pas encore son mot à dire.

— Se rétablir ? Doux Jésus ! Ce serait plutôt le contraire, monsieur Melzer, répondit-elle. Même si les médecins racontent qu'elle va mieux, une mère connaît tout de même mieux son enfant qu'eux, n'est-ce pas ?

Paul opina. L'instinct d'une mère ne pouvait la tromper, c'était bien connu.

— Mais qu'est-ce qui va mal ? demanda-t-il. Sa fracture ?

— Tout va mal ! s'exclama la Weber avec un geste de dédain. Il n'est pas question de guérir. Elle est toute raide, et si maigre… Et je n'ai plus d'argent, je ne peux plus lui apporter de sirops ni de douceurs. Elle dépérit à vue d'œil, ma pauvre petite fille…

Paul acquiesça à tout ce qu'elle disait et déclara en

être profondément touché. Il irait voir Hanna à la clinique le jour même et en parlerait à son père.

La Weber ouvrit de grands yeux. Elle avait imaginé tout autrement l'aboutissement de ses récriminations, vingt marks ou dix au minimum. Mais voilà que le jeune M. Melzer voulait se rendre à la clinique et parler avec les médecins.

— Vous comprenez, reprit-elle avec prudence, les médecins ne veulent qu'une chose : se débarrasser de Hanna. La renvoyer chez elle. Mais qui s'occupera d'elle ? Je dois travailler, les garçons vont à l'école et, l'après-midi, ils courent les rues avec leurs camarades. Et la grand-mère est retombée en enfance ; nous sommes obligés de l'attacher à son lit pour l'empêcher de se sauver et de se perdre.

— Et votre mari ?

Elle fit la grimace et renifla avec mépris. Surtout pas lui. D'ailleurs, il n'était presque jamais là et ce n'était pas plus mal.

— Ne vous inquiétez pas, madame Weber. J'ai amené Hanna à la clinique et je veillerai à ce qu'elle guérisse, affirma Paul.

Il avait saisi sa main et la secouait tout en lui parlant. Elle en fut si stupéfaite qu'elle le laissa faire comme si elle n'avait été qu'une poupée : il était tout à fait inhabituel qu'un monsieur lui prenne la main.

— Je… je vous remercie vraiment de vous occuper de Hanna comme vous le faites, bafouilla-t-elle… Je voulais encore vous demander, au sujet de ces vingt marks…

— J'en parlerai à mon père, chère madame Weber. Et, maintenant, au travail : la pause de midi est terminée. Mademoiselle Hoffmann, j'ai de la correspondance à vous dicter. Prenez le gros bloc.

Henriette Hoffmann saisit bloc et stylo pendant que la Lüders plaçait une feuille de papier dans la machine à écrire pour taper une lettre d'affaires. Elle s'entendait bien avec sa collègue, mais se sentait vexée que ce soit toujours à elle que M. Paul dicte la correspondance. La Hoffmann était-elle plus rapide qu'elle en sténo ? Impossible.

Elles entendirent avec soulagement la porte se refermer derrière Grete Weber.

— C'est vraiment scandaleux, commenta la Hoffmann en se préparant à prendre en sténo dans la pièce voisine. Monsieur le directeur est bien trop bon. Un autre l'aurait renvoyée depuis longtemps.

Paul ne releva pas cette remarque. Il se contenta de fournir de quoi écrire à la secrétaire, élabora des offres, rédigea la réponse à une plainte, dicta des propositions pour une campagne publicitaire, suggéra l'établissement de relations d'affaires avec Vienne, Saint-Pétersbourg et l'Amérique du Sud. Tout cela serait naturellement présenté au sévère M. Melzer père, qui devrait comprendre que son fils avait fait son apprentissage à l'usine et développait à présent ses propres idées. Il faudrait avoir une vision internationale, car c'était ainsi que se concluaient les affaires d'envergure. L'Angleterre, c'était très bien, mais il fallait aussi prendre pied en Russie, en France et en Italie. Et il y avait les marchés à conquérir outre-Atlantique. Son père ne parlait toutefois plus que de la guerre imminente. Le tsar russe avait rassemblé son armée… et alors ? L'Allemagne accroissait sa flotte de guerre et les Anglais construisaient des avions avec lesquels on pourrait espionner l'ennemi du haut du ciel. Les puissants de ce monde gonflaient leur jabot et se hérissaient, mais aucun n'oserait ouvrir le feu. Du reste, toutes les maisons royales étaient apparentées par le sang ou par des alliances.

Au bout d'une heure, la Hoffmann geignit que sa main allait exploser et demanda si monsieur ne voulait pas prendre un café.

— Nous avons presque fini, mademoiselle Hoffmann, répondit-il. Avec vous, tout va comme sur des roulettes. Vous aurez jusqu'à demain après-midi pour taper tout ça à la machine.

— Merci, monsieur Melzer. C'est toujours un plaisir de travailler avec vous.

Paul alla voir son père. Melzer ruminait d'un air morose sur une lettre, qu'il tendit à Paul : ce serait l'occasion de voir si ses études avaient servi à quelque chose. Il s'agissait de la lettre d'un avocat : un concurrent avait porté plainte contre Melzer au motif qu'il avait repris sans son autorisation des motifs imprimés de sa fabrication, bref, qu'il les lui avait volés.

— Il n'aboutira à rien ainsi, Père, déclara Paul.

— C'est quand même ennuyeux. Ça nous coûte du temps et de l'argent, comme si nous n'avions pas déjà assez de soucis…

Son père paraissait si nerveux et préoccupé que Paul commença à s'inquiéter pour lui. Melzer avait plus de soixante ans et avait encore vieilli au cours des derniers mois. Sa barbe était devenue grise et ses yeux étaient cernés.

— Je vais voir Hanna Weber à la clinique, annonça-t-il. Sa mère vient de passer à mon bureau.

Son père hocha la tête, visiblement soulagé qu'il assume cette responsabilité. Oui, il avait entendu la Weber depuis son bureau ; elle ne manquait pas d'air. Sans ce malheureux accident, il l'aurait mise à la porte depuis longtemps. Il avait commis l'erreur de lui donner un peu d'argent deux ou trois fois…

Paul sourit et s'abstint de dire à son père qu'il avait fait là une boulette : il paraissait déjà assez préoccupé.

— Ah, les bonnes femmes, grommela Melzer. As-tu lu l'article de ce matin dans le journal ? Ces suffragettes ! De vraies furies ! De la racaille ! En Angleterre, elles ont brisé les fenêtres du ministère de l'Intérieur. Elles se jettent devant les fiacres pour les arrêter, incendient des maisons, se baignent nues comme la main dans le fleuve…

— Holà ! s'exclama Paul amusé. Ça m'a tout l'air de te hérisser, Père. Ces dames veulent seulement obtenir le droit de vote et, franchement, je ne comprends pas pourquoi on ne le leur…

Melzer regarda son fils comme s'il le voyait pour la première fois. Ne comprenait-il pas que l'Europe courrait à sa perte si on laissait les femmes accéder aux urnes ? riposta-t-il.

— Il y a beaucoup de femmes intelligentes et raisonnables, comme Maman, par exemple, répondit Paul.

Il l'avait acculé. Son père répondit qu'il ne voulait pas entrer en guerre contre sa mère, mais que les femmes comme elle devaient employer leurs qualités au sein de leur foyer, pour le bien de leur époux et de leur famille, ce qu'Alicia faisait indéniablement. L'intelligence d'une femme – qu'on veuille bien lui pardonner de s'exprimer sans détour – ne pouvait saisir toute la complexité de la politique. Le destin de l'Empire devait reposer entre des mains d'homme, il en avait toujours été et en serait toujours ainsi, conclut-il.

Paul s'abstint de le contredire alors qu'il n'était pas entièrement d'accord avec lui. En réalité, Kitty soutenait avec véhémence la cause des suffragettes, cédant à son penchant de provoquer son entourage par des idées excentriques. Il y avait beau temps que son père ne parlait plus d'elle, mais cette explosion de fureur insolite exprimait peut-être son inquiétude pour le sort de sa fille.

— Je serai de retour dans une heure ou deux, Père, annonça Paul.

— Ne lambine pas !

Paul se rendit à la villa, gara l'automobile devant l'entrée et monta l'escalier quatre à quatre devant Else, ahurie. Dans le couloir du premier étage, la gouvernante vint à sa rencontre, toujours aussi impeccable, avec un sourire las.

— Ma mère est-elle au salon rouge, mademoiselle Schmalzler ?

— Madame est au lit : elle a une violente migraine.

— Oh, la pauvre ! dit-il en s'arrêtant tout net. Pourriez-vous lui transmettre un message quand elle se sentira mieux ?

— Mais certainement…

Tous deux ne purent réprimer un sourire. Aussi loin que remontaient les souvenirs de Paul, Mlle Schmalzler avait toujours été à la villa et en avait toujours su davantage que ses parents sur les escapades du jeune homme, ses premiers cigares et sa première amourette. Globalement, la bonne âme était toujours restée bouche cousue, même quand cela l'avait mise en difficulté.

— Je vais à la clinique voir la jeune fille qui a eu l'accident, lui expliqua-t-il. J'emmène Marie.

— Marie ? Mais que vient faire Marie là-dedans ?

Elle l'avait évidemment percé à jour. On pouvait dissimuler quelque chose aux parents, et même à Lisa, mais pas au personnel, et encore moins à la Schmalzler.

— Je voudrais qu'elle parle à cette fille, répondit-il.

Nous avons besoin d'éclaircissements sur ce qui lui est arrivé. La petite ne me racontera rien, mais peut-être que Marie pourra lui délier la langue.

— C'est bien possible, approuva la gouvernante avec le plus grand sérieux. Je vous envoie Marie.

— Merci, mademoiselle Schmalzler. Je l'attends dans la voiture, répondit-il avec un grand sourire et l'envie de lui sauter au cou.

Depuis ce baiser invraisemblable et merveilleux, il n'avait pas échangé un mot avec la jeune fille. Elle l'avait évité, utilisant l'escalier de service dès qu'elle l'entendait arriver et s'attardant dans des pièces auxquelles il n'avait pas accès. Il en avait d'abord été profondément déçu, et même furieux. Qu'avait-il donc fait pour qu'elle l'évite ainsi ? Il l'avait embrassée, rien de plus. Et il était certain de ne pas l'y avoir contrainte. Elle avait répondu à son élan, cette Marie si austère. Elle l'avait serré dans ses bras, il l'avait sentie s'abandonner contre lui et elle lui avait rendu son baiser. Un autre aurait tenté de profiter de la situation pour l'entraîner dans sa chambre. Peut-être était-ce ce qu'il aurait dû faire…

Non, se dit-il, pris de honte. Ç'aurait tout gâché, d'abord parce qu'elle aurait refusé, ensuite parce qu'elle m'aurait méprisé et traité en coureur de jupons. Il devait se montrer patient, lui laisser le temps et attendre le moment propice pour lui révéler ses intentions. Il ne voulait pas d'une simple amourette avec elle, il voulait… Lui-même n'était pas sûr de savoir quoi.

Il l'avait croisée parfois dans l'entrée, lui avait souri et dit bonjour. Elle lui avait rendu son bonjour sur un ton sérieux mais aimable, avant de poursuivre son chemin. Il l'avait vue à plusieurs reprises le soir au salon rouge avec Lisa et sa mère. Assise sur un tabouret, elle reprisait un chiffon en racontant une histoire qui faisait sourire les deux femmes. Mais, dès qu'il se joignait à elles, sa mère renvoyait Marie. Il comprit au bout de quelques semaines qu'il n'arriverait à rien ainsi. La patience, c'était bien joli, mais plus il repousserait une explication avec elle, plus le malentendu grandirait. Quoi d'étonnant ? Comment pouvait-elle deviner qu'il avait d'autres intentions que celles qu'elle lui supposait ? Lui-même avait été surpris par ce qu'il ressentait. Il devait lui parler sans témoins et sans oreilles indiscrètes. Pour cela, une sortie en automobile était la solution idéale.

Marie se faisait attendre. Impatient, il tapotait du bout des doigts sur le volant. Humbert lui avait raconté qu'elle s'était rendue la veille dans la maisonnette du jardinier. Elle s'était semble-t-il blessée dans le parc et le jardinier l'avait soignée. Humbert n'avait malheureusement pas précisé lequel des deux jardiniers, le jeune ou le vieux, s'en était chargé. Gustav Bliefert n'était ni un adonis ni une lumière, mais il était socialement plus proche que Paul de Marie. S'il existait une certaine distance entre une femme de chambre et un jardinier, elle était bien moindre qu'entre une femme de chambre et le fils de la maison.

— Je suis désolée de vous avoir fait attendre, monsieur.

Arraché à ses rêveries, il regarda son visage sérieux et inquiet. Elle était enfin là et lui expliquait avec un regret réel ou feint qu'elle avait dû coiffer sa sœur, qui voulait rendre visite à une amie.

— Monte à côté de moi, lui dit-il.

Elle avait déjà saisi la poignée de la porte arrière, mais elle obéit. Elle portait une robe sombre et une longue veste ajustée taillées dans la même étoffe, et il crut y reconnaître des affaires de Kitty. Mais ses cheveux étaient relevés sous un petit chapeau ravissant qu'il n'avait encore jamais vu.

— Tu es très jolie, Marie.

Elle le regarda de côté et la réprobation qu'il lut dans ce regard le décontenança. *Surtout pas de gaffe*, se dit-il nerveusement, et il mit en marche le moteur qui eut un raté, le forçant à répéter la manœuvre.

— Ce n'est pas facile de conduire une automobile, fit-elle observer. Les femmes en sont-elles capables ?

— Naturellement. Ce n'est pas si difficile, je suis seulement un peu maladroit aujourd'hui, répondit-il avec un rire gêné.

Il contourna le massif de jonquilles et de tulipes rouges du terre-plein. Le parc était couvert de crocus violets formant par endroits d'épais tapis.

Marie suivait chacun de ses mouvements avec curiosité, observant l'indicateur de vitesse et tâchant de comprendre ce qu'il faisait avec les pédales. Elle lui demanda où était le frein, ce qu'il entendait par le changement de vitesse, quelle force propulsait la voiture, si ce n'était pas dangereux, s'il n'y avait pas un risque d'explosion, par exemple.

— Si j'ouvrais le réservoir d'essence et y jetais une allumette enflammée, oui, à coup sûr, répondit-il.

Avait-il déjà eu un accident ?

— Non, heureusement. Mais toi, si j'ai bien compris, tu en as eu un hier et le jardinier t'a soignée ?

Elle le regarda, surprise, et il crut lire de l'amusement dans ses yeux.

— Les nouvelles vont vite à la villa, commenta-t-elle. Qui vous l'a raconté ?

— Je ne m'en souviens plus, j'en ai entendu parler, c'est tout. J'espère que ta blessure n'est pas trop grave ?

— Oh, ce n'est rien, dit-elle avec un sourire. Seulement une branche pourrie que j'ai reçue sur l'épaule.

— Une branche ? Dieu du ciel !

— Le vieux Bliefert m'a massé l'épaule avec son baume miraculeux.

C'était donc le vieux qui l'avait soignée, mais il ne lui avait sûrement pas appliqué le baume à travers sa robe. Paul sentit la colère l'envahir, mais mesura rapidement le ridicule de sa jalousie : Bliefert devait avoir dans les soixante-dix ans.

Il passa la porte de Jakob et tourna à gauche pour se diriger vers le faubourg du même nom. Des maisons basses d'allure misérable alternaient avec des bâtiments massifs de la municipalité, des hangars et des remises. Les premiers bourgeons perçaient dans les broussailles, dans les jardins devant les maisons et les parcs peu soignés. L'herbe poussait en touffes épaisses au milieu des taches blanc et jaune de pâquerettes et de pissenlits.

— Ce baume est vraiment diabolique, poursuivit Marie avec animation.

Il l'écouta décrire le fouillis de la cuisine, le chat Minka et les ingrédients insolites du remède. Elle était vraiment amusante dans sa manière de raconter ces choses.

Il devait néanmoins rester vigilant dans la conduite de l'automobile. Les cochers des voitures à cheval, en particulier, prenaient un certain plaisir à pousser vers le bas-côté les automobiles qu'ils croisaient, ces véhicules modernes commençant à les évincer.

Paul gara la voiture devant le long bâtiment en briques de la clinique et éteignit le moteur.

— Attends un instant, demanda-t-il à Marie alors qu'elle s'apprêtait à sortir. J'ai quelque chose à te dire.

Elle se figea et se raidit.

— Épargnez-vous cette peine, répondit-elle. Je sais déjà ce que vous voulez me dire.

— Ah oui ? Vraiment ?

Elle le toisa par-dessous ses paupières mi-closes.

— Vous voulez me dire que ça vous a plu de m'embrasser et qu'à votre avis c'était réciproque…

— Est-ce vrai ?

Elle le regarda droit dans les yeux et le jeune homme eut l'impression qu'un feu brûlait en elle.

— Oui.

La franchise de cet aveu lui coupa le souffle.

— Je vous le dis parce que c'est la vérité, poursuivit-elle. Et parce que je ne veux pas qu'il y ait de mensonges entre nous. J'ai vraiment de l'estime pour vous, monsieur Melzer, c'est pourquoi je vous demande de ne plus jamais refaire une chose pareille.

Quelle fille étonnante ! Où puisait-elle tant de force, de courage, de sérieux ? Et de confiance… Il aurait aimé la prendre dans ses bras et lui dire qu'il l'aimait, qu'il n'en voulait pas d'autre qu'elle pour l'éternité.

Mais que faisait-il donc ? Il débitait des âneries au lieu de lui avouer la profondeur de son amour. Il lui disait qu'il avait tout autant d'estime pour elle, qu'il s'était senti attiré par elle dès le début, dès le jour où elle était arrivée à la villa avec son balluchon. S'en souvenait-elle ? Il était assis dans l'automobile qui était passée devant elle. Il affirmait ne vouloir que son bonheur, si seulement elle demeurait auprès de lui…

Elle l'écouta, les sourcils froncés, perplexe, et déclara enfin que, puisqu'on était devant la clinique, on pouvait aussi bien entrer. À moins que cette visite n'ait été qu'un prétexte ?

— Mais non ! protesta-t-il.

Il ouvrit sa portière à contrecœur, descendit et

contourna l'avant de la voiture pour l'aider à descendre, mais elle était déjà dehors et il comprit qu'il aurait été déplacé de tendre la main à une employée pour l'aider à sortir d'une voiture. Lui, cela ne le gênait pas, mais Marie en aurait sûrement été embarrassée.

— Allons-y…

Il regarda droit devant lui d'un air morne, furieux de se montrer si maladroit. Pourquoi était-il incapable de parler franchement avec elle de ses désirs et de ses projets, au lieu de radoter comme un crétin ? Il n'avait pourtant pas sa langue dans sa poche, il savait prendre même les gens difficiles, mettre de l'huile dans les rouages et s'imposer. Seule Marie lui donnait l'impression de tomber de la Lune. Que pouvait-elle penser de lui ?

Que je suis un parfait abruti, se dit-il, découragé. *Si jusque-là elle me respectait en tant qu'homme et en tant qu'être humain, j'ai perdu tout droit à ce respect uniquement par ma faute, parce que je n'ai pas eu le courage de lui parler franchement.*

— L'heure des visites est presque finie, annonça l'infirmière à l'entrée de l'aile réservée aux protestants.

— Merci, ma sœur, nous nous dépêcherons.

Il monta par l'escalier afin de ne pas prendre l'ascenseur seul avec Marie. Il s'était tellement couvert de ridicule qu'il préféra pour l'instant échapper à son regard critique. Pendant qu'ils arpentaient le long couloir lugubre, il lui résuma ce que la mère de Hanna avait raconté.

— Si la petite est encore faible, il vaudra mieux qu'elle reste encore un peu à la clinique, fit observer Marie.

— Allons la voir. Peut-être pourras-tu parler avec elle, Marie.

La porte de la chambre n° 17 s'ouvrit à la volée, et trois gamins s'éloignèrent vers l'ascenseur en bavardant joyeusement.

— Regardez-moi ça, murmura Paul. On dirait les frères de Hanna…

L'atmosphère de la chambre était étouffante. On y avait amené une nouvelle patiente, si bien que onze lits s'alignaient dans la pièce exiguë. L'un d'eux était dissimulé derrière un paravent blanc. La bavarde intarissable qui avait occupé le lit devant la fenêtre avait été remplacée par une vieille femme décharnée vêtue d'une liseuse rose pâle qui regardait par la fenêtre d'un air absent.

— J'assiste à un enterrement, déclara-t-elle d'un air réprobateur à leur arrivée. Veuillez faire preuve d'un minimum d'égards, mesdames et messieurs.

— Je vous prie de bien vouloir nous excuser, répondit Paul, mais elle ne l'entendit pas.

Le lit de la petite Hanna était en désordre. Ses frères en avaient-ils fait le siège ? Sa tête n'était plus bandée, si bien qu'on voyait l'endroit qui avait été rasé. Seul son bras gauche était encore plâtré.

— Bonjour, Hanna, lui dit Paul. Te souviens-tu de moi ?

— Vous êtes monsieur Melzer.

— Tout juste, concéda-t-il avec un sourire. Je te présente Marie.

La fillette paraissait timide et toujours aussi maigre malgré le repos et les soins qu'on lui avait prodigués. Paul écouta un instant Marie s'entretenir le plus naturellement du monde avec elle. La jeune fille se montra calme, affectueuse et presque maternelle. Hanna semblait prendre plaisir à cet échange, ce qui n'étonna nullement Paul : Hanna n'avait pas dû recevoir beaucoup d'attention dans sa vie.

Dans le couloir, il put intercepter une infirmière pour l'interroger. Elle lui dit que Hanna était une gentille petite, bien docile, qui ne criait jamais et ne faisait jamais de difficultés. Ses frères, en revanche, c'était une autre histoire : on avait intérêt à les tenir à l'œil.

— Pourquoi ? demanda Paul.

Parce qu'ils venaient tous les jours, même en dehors des heures de visite. Ils se glissaient dans la chambre de Hanna et dévoraient tout ce qu'on lui donnait. L'infirmière avait perdu le compte des fois où elle les avait mis dehors, mais ils revenaient toujours, mangeant aussi ce que M. Melzer envoyait : les sirops, les pommes, les biscuits, tout finissait dans les ventres affamés de ces trois petits vauriens.

— C'est inconcevable ! pesta Paul.

Il comprenait mieux pourquoi Hanna restait si maigre et pourquoi sa mère ne voulait pas qu'elle sorte, sa couvée pouvant se nourrir à bon marché à la clinique.

— Et son bras cassé ? s'enquit-il. Ses contusions ? Sa blessure à la tête ?

— Demandez au médecin : il pourra vous donner des réponses plus précises.

— Mais, d'après votre expérience, ma sœur ?

Cette dernière sourit, flattée par l'estime qu'il témoignait pour ses compétences. Et, de fait, une bonne infirmière était souvent meilleure observatrice qu'un médecin.

— Il faut qu'elle fasse encore un peu attention à son bras cassé, sinon elle se rétablit. Je dirais qu'elle a eu beaucoup de chance, monsieur Melzer.

— Je vous remercie, ma sœur.

— Mais vous devez malheureusement partir : l'heure des visites est passée.

Paul retrouva Marie au chevet de Hanna. De quoi pouvaient-elles bien avoir parlé ? Les yeux de Hanna brillaient et elle paraissait presque joyeuse.

— J'assiste à un enterrement, répéta la vieille femme. Veuillez faire preuve d'un minimum d'égards, mesdames et messieurs.

Paul prit congé de Hanna en lui assurant que tout irait bien. Elle sortirait bientôt et, dès qu'on lui aurait ôté son plâtre, elle pourrait de nouveau se servir de son bras.

— C'est une fille vraiment étonnante, déclara Marie alors qu'ils se dirigeaient vers l'ascenseur. Cette vieille femme qui est près de la fenêtre n'a plus toute sa tête : elle essaie parfois de sortir de son lit et de s'enfuir, et Hanna l'a empêchée deux fois de tomber.

— T'a-t-elle aussi raconté que ses trois frères mangeaient tout ce qu'on lui donne ?

Paul ouvrit la porte de l'ascenseur et s'effaça devant Marie. Un couple âgé, également venu en visite, les y rejoignit, suivi d'une grosse femme au large chapeau de velours et d'un écolier maigrichon.

— Cet ascenseur ne peut contenir que quatre personnes ! s'indigna l'homme âgé.

— Oh, un de plus, un de moins… répliqua la femme au chapeau.

— Oui, mais vous pesez pour deux !

— Quelle insolence !

— Tout le plaisir est pour moi, chère madame.

Tout le monde fut soulagé que l'ascenseur arrive au rez-de-chaussée. Paul ouvrit la porte. Le couple, l'écolier et la grosse dame au chapeau sortirent en se bousculant. Marie fut la dernière à quitter la cabine. Paul et elle se regardèrent et éclatèrent de rire.

Quand ils passèrent devant son guichet, la sœur protestante les regarda avec effarement rire à en perdre haleine, un spectacle plutôt rare entre ces murs. Ils se ressaisirent seulement après avoir franchi le portail. Marie déclara qu'ils ne pourraient plus jamais remettre les pieds là.

— Bah, pourquoi ? répliqua gaiement Paul.

Il lui ouvrit la portière du passager avant et elle monta en voiture comme si elle l'avait fait toute sa vie.

— J'en ai appris long sur Hanna, dit-elle quand ils furent assis côte à côte. Sa mère doit trimer pour nourrir toute sa famille. Elle envoie les garçons à l'école et se saigne aux quatre veines pour les habiller correctement. Hanna est la cinquième roue du carrosse. À dix ans, elle faisait la lessive pour gagner un peu d'argent et dès qu'elle en a eu douze, sa mère l'a envoyée à l'usine en racontant qu'elle en avait treize.

Paul fut impressionné par tout ce que la fillette avait raconté à Marie en si peu de temps.

— Et il y a pire, poursuivit-elle. Le père de Hanna a bu presque tout l'argent destiné à sa fille. À cause de son ivrognerie, les Weber ont été expulsés du quartier ouvrier, car monsieur le directeur ne tolère pas qu'un ouvrier dépense son salaire en eau-de-vie.

— Bonté divine ! Mais pourquoi n'en a-t-elle rien dit ?

Marie le regarda avec commisération, comme s'il tombait de la Lune.

— Parce qu'elle avait peur, répondit-elle. Beaucoup d'ivrognes battent leur femme et leur fille, savez-vous ?

Elle regarda droit devant elle avec une moue et il l'observa, fasciné. Un instant plus tôt, elle riait encore aux éclats et, à présent, elle paraissait à la fois sombre et résolue.

— Si Hanna retourne dans sa famille, elle n'aura aucun avenir, déclara-t-elle.

Il poussa un soupir. Marie avait raison, mais Hanna était loin d'être la seule dans ce cas. Quel avenir pouvait avoir la fille d'une ouvrière ? Du moins Hanna se rétablissait-elle, et son accident ne lui laisserait-il heureusement aucune séquelle.

— On a besoin d'une fille de cuisine à la villa, reprit Marie en le regardant de côté.

Tiens donc, elle faisait déjà des projets… Il ne put réprimer un sourire. Ce n'était d'ailleurs pas une mauvaise idée, si ce n'est que Hanna était trop jeune pour ce genre de travail.

— Elle pourrait aller à l'école le matin et travailler l'après-midi, reprit Marie.

Cette répartition du temps de travail était inédite. Amusé, Paul démarra en promettant de soumettre cette proposition à sa mère. Ni lui ni son père n'avaient leur mot à dire là-dessus.

— Ah bon ? Je croyais que c'était votre père qui décidait de tout, s'étonna Marie.

Paul rit, mais cette remarque le mit mal à l'aise. Lui laissait-elle entendre qu'il se soumettait en tout à la volonté de son père, y compris en amour ? Y compris pour le choix de son épouse ?

Il lui lança un bref regard et crut lire une profonde tristesse sur son visage. Il comprit alors ce qu'il devait faire.

Chapitre 37

À la vue de la silhouette qui lui apparut dans l'escalier de service, Maria Jordan eut le souffle coupé. Dieu tout-puissant, elle avait pourtant espéré en être débarrassée pour toujours… Il n'y avait heureusement aucun témoin de leur rencontre : dans son malheur elle avait de la chance.

— Qu'est-ce que tu veux ? siffla-t-elle. Tu n'as rien à faire ici. Je t'ai payé !

Il se tourna vers elle et son visage congestionné, un visage de buveur, l'effraya. Son nez était enflé et un réseau de veines s'y dessinait, ses lèvres étaient bleuâtres, ses joues flasques sous sa barbe clairsemée. Dire que ç'avait autrefois été un bel homme…

— Pourquoi tu t'énerves, Mariella ? grommela-t-il. Dans le temps, tu étais toujours impatiente de me voir. Tu m'attendais sur ton lit, et sans chemise…

L'homme lui parlait sur un ton chantant et enjôleur supposé lui rappeler le bon vieux temps, mais elle ne ressentait plus que du dégoût, et d'autant plus à mesure qu'il exhalait des bouffées de sueur, de crasse et d'alcool.

— Ferme-la ! lui lança-t-elle. Tout ça c'est fini, compris ? Va-t'en et arrange-toi pour que personne ne te voie !

Un sourire à la fois grotesque et menaçant fendit son visage d'ivrogne. Maria Jordan comprit qu'il ne lui serait pas si facile de se débarrasser de lui.

— Oui, je m'en irai, Mariella, chuchota-t-il, mais pas avant d'avoir ce qui m'est dû.

— Rien ne t'est dû sauf l'enfer, espèce de pourriture, saleté de maître chanteur !

Il gloussa et fut aussitôt secoué par une quinte de toux. La Jordan prit peur. L'un des domestiques pouvait surgir dans l'escalier à tout moment – Humbert, Else, ou peut-être Augusta, même si cette dernière préférait rester à la cuisine. Heureusement, Marie n'était pas à la villa : il n'aurait plus manqué qu'elle au tableau !

— Monte en vitesse et sans traîner les pieds, sac à vinasse !

— Dis donc, autrefois, tu me parlais sur un autre ton…

Elle le traîna jusqu'au palier du troisième étage puis, après s'être assurée que le couloir était désert, l'y poussa.

— Entre !

Il entra en titubant dans la chambre et, tandis qu'elle refermait la porte avec précaution, il se laissa choir sans façon sur un lit. Furieuse, elle lui ordonna de se relever, lui rappelant sans ménagement d'où il sortait.

Il se releva avec un sourire malveillant et lui demanda si c'était son lit : Non ? Qui dormait donc là ? Sûrement une jolie fille ? Une fille jeune aux seins ronds et aux hanches étroites. Où était-elle ?

— Ferme ta grande gueule, espèce de vieil épouvantail, sinon je te fais reconduire par la police !

Cette menace le rendit pensif un bref instant, et elle comprit qu'il avait quelques raisons de craindre la police, mais il était trop malin pour se laisser prendre à des menaces en l'air.

— Si tu fais ça, Mariella, tes maîtres apprendront une foule de choses pas très jolies sur ton compte. Je me souviens très bien de toi sur la scène en robe courte, les jambes en l'air…

Il la tenait. Cela remontait pourtant à si loin que c'était presque irréel. À dix-sept ans, elle dansait dans un théâtre de variétés berlinois, chantait des couplets avec un acteur et avait même de petits numéros en solo. C'est cette année-là qu'avait commencé la liaison entre le beau caporal Josef Hoferer et la frêle danseuse qui se faisait appeler Mariella. C'était lui qui avait tout gâché : elle était tombée enceinte, elle avait dû abandonner le théâtre et fait une fausse couche. Il l'avait alors quittée en lui laissant seulement les yeux pour pleurer, le beau Josef. Mais il avait refait surface quand elle était devenue la femme de chambre d'une actrice. Pour quelques nuits d'amour, il lui avait réclamé de l'argent pendant des années. L'été dernier elle lui avait juré, folle de rage, qu'elle le payait pour la dernière fois.

— Soûle-toi à mort, lança-t-elle. Je n'ai plus rien à te donner.

— Que si, Mariella. Tu n'veux pas, c'est tout. Mais faudra bien, sinon je parlerai…

Ça ne peut plus durer, pensa-t-elle. *Il tient à peine debout.* Si elle ne le faisait pas sortir en vitesse, il s'écroulerait et resterait vautré dans sa chambre. Il lui en coûtait de lui céder encore, car l'argent qu'elle gardait dans un mouchoir au fond d'un tiroir de la commode représentait ses économies pour ses vieux jours.

Elle fouilla dans le tiroir, tournant le dos à Josef afin de dissimuler l'argent caché dans le mouchoir.

— Cinq marks ? Tu te paies ma tête ? lança-t-il.

— Tu n'en auras pas plus ! Basta !

Il empocha la monnaie et affirma qu'il serait obligé

de revenir lui en demander le lendemain. Elle le menaça d'appeler la police, mais capitula et lui donna encore cinq marks.

— Et maintenant, va-t'en, Sepp, dit-elle.

— Souhaite-moi bonne chance, Mariella.

— Tu en auras bien besoin. Allez, ouste !

Le mettre dehors avant d'inspecter le couloir était une erreur, comme elle le comprit lorsqu'elle entendit un petit cri aigu semblable à celui d'une jeune fille surprise par un intrus à sa toilette. Humbert, ce drôle d'oiseau, venait de se heurter à Sepp.

Médusé, Sepp perdit l'équilibre et se cramponna au valet effaré afin de ne pas s'effondrer. Humbert poussa des cris aigus, révulsé à la vue de ce vieil homme crasseux et puant. Maria Jordan empoigna Sepp et le tira vers elle pour libérer Humbert. Les deux domestiques se dévisagèrent, essoufflés et horrifiés.

— Qu'est-ce que… qu'est-ce qu'il fait ici ? bredouilla le valet, qui tentait de défroisser sa veste.

— Je ne le sais pas plus que vous ! s'exclama-t-elle. Il a dû entrer en douce.

Elle poussa Sepp vers l'escalier et déclara qu'on n'était plus à l'abri des cambrioleurs nulle part. Humbert était pétrifié. Il recula, tourna les talons et se précipita vers sa chambre.

— Va-t'en enfin, siffla Maria à Sepp. S'il me mouchardе auprès de Madame, tout est fichu.

Elle scruta la cage d'escalier déserte, priant pour qu'il ne fasse pas d'autre rencontre. Sa prière avait dû être entendue : Sepp descendit lentement l'escalier, mais elle finit par entendre la porte d'entrée se refermer derrière lui. Dieu soit loué, il était parti ! Avec un peu de chance, il se soûlerait à mort avec ces dix marks et elle serait définitivement débarrassée de lui.

Pendant qu'elle retournait dans sa chambre pour retaper le lit de Marie, elle médita sur la dégradation qu'un être humain pouvait connaître. Josef avait été autrefois un homme grand et mince, aux cheveux blonds et frisés et à l'épaisse moustache ; il avait fait bien des envieux. Né pauvre, il manquait de manières, et disait sans détour ce qu'il voulait. Et en ce temps-là, c'était elle, la gracile Mariella, qu'il voulait. Il venait la voir tous les soirs et restait jusqu'au lendemain midi. Il se laissait gâter par elle, buvait du vin à gogo et il lui faisait l'amour trois ou quatre fois par nuit. Voilà l'homme qu'il avait été, et voilà la misérable créature qu'il était devenu.

Elle se demanda si elle devait sortir de la garde-robe le manteau rouge sombre et le chapeau assorti de Madame pour les brosser. Madame en aurait besoin pour aller à la messe le lendemain, dimanche de Pâques. Elle se rappela alors que Madame était au lit avec la migraine : ce n'était donc pas le moment de la déranger. Mieux valait s'occuper des bottines marron de Mademoiselle, qu'elle avait ôtées dans l'entrée à son retour d'une visite. Ce nigaud de Gustav se montrait tout à fait à la hauteur comme chauffeur, qui l'eût cru ? Et il n'arrêtait pas de tourner autour d'Augusta. Il la guettait quand elle sortait par la porte de derrière avec le seau de la cuisine, qu'il allait vider à sa place sur le tas de fumier. Quand il rentrait avec le seau vide, il venait chercher tranquillement sa récompense. La grossesse d'Augusta ne semblait nullement le gêner. Elle était pourtant devenue si énorme qu'elle paraissait près d'éclater. Il y avait sûrement quelque chose là-dessous, et, un de ces jours…

— Maria ? Mademoiselle veut vous voir tout de suite, lui dit Else, qui venait d'entrer, sur un ton sans réplique qui parut de mauvais augure à Maria. Tout de suite, répéta-t-elle.

— Ça va, je ne suis pas sourde !

Y avait-il dans cette maison un être plus insignifiant qu'Else ? Cette vieille fille morose était toujours du côté de ceux qui étaient bien en cour. Deux heures plus tôt, elle avait demandé obséquieusement à Maria si elle voulait du café, et voilà que, maintenant, elle prenait de grands airs avec elle et croyait pouvoir la commander.

Mlle Elisabeth était assise sur le canapé bleu ciel, un livre ouvert à la main. Elle portait encore la tenue de ville dont Marie avait dessiné le modèle, avec une veste longue légèrement ajustée à la taille. Marie… il n'y en avait plus que pour Marie. Marie avait du goût, savait ce qui était chic, dessinait vestes et robes, Marie transformait de vieux chapeaux en modèles dernier cri, cousait fleurs, pochettes, fanfreluches…

— Humbert vient de me voir, Maria, dit Mademoiselle en insérant un signet entre les pages de son livre. Que s'est-il passé à l'étage des domestiques ?

Il fallait maintenant jouer serré. Cette affaire paraissait n'intéresser que modérément Mademoiselle. Quelle chance que Madame ait la migraine… Alicia Melzer n'aurait pas pris un tel incident à la légère.

— Ah oui, quelqu'un s'était perdu, éluda-t-elle avec un sourire apaisant. Vous savez comment Humbert réagit : il est hypersensible et peureux. Il fait toujours une montagne d'une taupinière.

Mlle Elisabeth demeura impassible : elle s'était elle-même moquée de Humbert en d'autres occasions, Maria Jordan le savait. Un jour que Mademoiselle se tenait avec Madame au salon rouge, Maria avait dû leur apporter la corbeille de fil à broder. On l'avait aussitôt renvoyée, mais Marie, elle, était restée assise avec ces dames, à raconter un tas d'insanités qui les avait fait rire aux éclats, notamment à propos de Humbert.

— Il me paraît anormal que des intrus traînent chez les domestiques, déclara Mademoiselle. Connaissez-vous cet homme, Maria ?

— Je ne l'avais encore jamais vu, mademoiselle, répondit-elle en gardant son visage d'honnête domestique sous le regard scrutateur de la jeune fille, car elle en avait vu d'autres.

— Comme c'est curieux, commenta Mademoiselle sans la quitter des yeux. Humbert m'a pourtant dit qu'il sortait de votre chambre.

La Jordan regretta amèrement que ce ridicule pantin ait pris la place de Robert. Quel bavard sans cervelle ! Robert aurait agi plus intelligemment. On ne racontait pas ce genre de choses aux maîtres avant d'en avoir parlé avec les intéressés.

— De ma chambre ?

Elle éclata d'un rire strident et affirma qu'à son âge on ne rencontrait plus de messieurs. Et celui-là était vraiment sale comme un peigne…

— C'est pourtant ce que Humbert a raconté, répondit Mademoiselle. Il a même affirmé que cet homme sentait très fort l'eau-de-vie.

— Je l'ai également remarqué, mademoiselle. Je l'ai fermement prié de quitter immédiatement la villa. J'aurais peut-être dû sonner l'alarme, mais j'ai pensé qu'il valait mieux ne pas faire d'éclat. Les gens sont déjà assez mauvaise langue…

Mademoiselle l'écoutait sans se laisser endormir par son flux de paroles. La partie aurait été plus facile avec sa sœur, car Mlle Katharina oubliait vite et sautait d'une idée à une autre. Mlle Elisabeth, en revanche, ressemblait beaucoup à son père.

— J'aimerais quand même bien savoir pourquoi cet homme était dans votre chambre et ce que vous faisiez là-haut à cette heure de la journée.

Pourquoi ne demandait-elle pas ce que Humbert fabriquait là-haut ? Mais Maria ne manquait pas de repartie. Elle répondit qu'elle était montée aux toilettes, et était ensuite allée chercher un mouchoir propre dans sa chambre pour remédier à un début de rhume.

— Et c'est alors que vous avez surpris un inconnu là-haut ?

La Jordan acquiesça. C'était la pure vérité, elle pouvait le jurer sur tous les saints et la Vierge Marie.

— J'ai même eu peur pour mes économies, mademoiselle, car je mets de l'argent de côté pour mes vieux jours, dit-elle.

— Et ensuite ? l'interrogea Mademoiselle. Je suppose que vous avez appelé au secours ?

— Oui, bien sûr, mais cet homme n'était qu'un lâche, mademoiselle. Quand j'ai crié, il a pris peur et s'est enfui. C'est à ce moment-là qu'il s'est heurté à Humbert.

Mlle Elisabeth inspira brusquement. L'agacement se lisait sur son visage. Elle aurait pourtant dû être satisfaite par cette explication, qui paraissait raisonnable et parfaitement crédible.

— Humbert ne m'a rien dit d'appels au secours : je crois que vous me dissimulez quelque chose, Maria, déclara-t-elle.

La Jordan en eut le souffle coupé. Elle avait sous-estimé cette fille : Mademoiselle était encore plus redoutable que Madame. Maria opta pour la fuite en avant.

— Je travaille depuis plus de dix ans dans cette maison, mademoiselle. Je ne mérite pas qu'on ne me fasse plus confiance !

Son indignation demeura sans effet. Mademoiselle ne fit que hausser légèrement les sourcils.

— Je crois que vous connaissez cet homme, Maria, dit-elle. Dans ce cas, il vaudrait mieux le dire franchement.

Incroyable : cette jeune personne l'avait acculée ! Devait-elle avouer une partie de la vérité ? Mais la vérité était comme une écharpe tricotée : on tirait sur un fil, et tout se défaisait.

— Je vous jure que je ne connais pas cet homme, mademoiselle, mais il est vrai que je vous ai dissimulé quelque chose. Je l'ai fait par charité chrétienne, et parce que je répugne à dénoncer une autre employée…

Le visage de Mademoiselle exprima une profonde satisfaction teintée de méfiance. Elle était loin d'être crédule. Il faudrait manœuvrer adroitement ; c'était la dernière chance de s'en tirer.

— Allons, parlez, ordonna Mademoiselle, impatientée. J'ai autre chose à faire que vous tirer les vers du nez.

Quoi donc ? se demanda Maria. Lire un livre, inspecter le contenu de sa boîte à bijoux, se promener dans le parc ?

— Cet homme n'est pas venu pour moi, reprit-elle. Il voulait voir Marie. Nous dormons dans la même chambre.

— Marie ? répéta Mademoiselle, incrédule. Que lui voulait-il donc ?

— Il ne me l'a pas dit, mademoiselle, et je ne le lui ai pas demandé. Je l'ai seulement mis à la porte.

— Très bien, j'en parlerai à Marie. D'ici là, gardez le silence. Je ne veux pas que ma mère apprenne cet incident. Ses nerfs la font trop souffrir en ce moment.

— Mais bien sûr, mademoiselle.

Il était difficile de savoir si Mademoiselle la croyait ou non. Mais une chose était claire pour la Jordan : elle était assise sur une poudrière qui pouvait exploser à tout moment.

— Vous pouvez vous retirer, Maria. Ah, j'oubliais : donnez un coup de brosse à ma cape bleue. Ne touchez pas au chapeau : Marie s'en chargera.

Chapitre 38

Henriette Hoffmann frappa à la porte du bureau, puis entra avant que Paul ne l'y ait invitée. Derrière ses lunettes, ses yeux bleu pâle étaient tout ronds d'indignation.

— Pardonnez-moi, monsieur Melzer. Un monsieur attend dans le couloir…

— Un monsieur ?

Elle tendit à Paul une carte de visite qui frémissait dans sa main. Paul déchiffra le nom du visiteur et bondit de son fauteuil.

— Dieu tout-puissant ! s'écria-t-il. Est-il seul ou accompagné de… ?

— Il est seul, monsieur Melzer. Dois-je le prier d'entrer ou préférez-vous attendre monsieur le directeur…

— Faites-le entrer ! lança Paul, impatient.

Gérard Duchamps n'avait guère changé. Il était comme toujours habillé à la dernière mode, ses cheveux noirs bouclés étaient coupés avec soin, et la petite barbe qui encadrait sa bouche sensuelle rappelait celle du Don Giovanni de Mozart. Seuls ses yeux étaient plus enfoncés : il semblait avoir peu dormi récemment.

— Vous n'attendiez certainement pas ma visite, monsieur Melzer…

Son sourire exprimait à la fois l'ironie, la honte et le chagrin.

— Certes non !

Paul se sentit oppressé. Devant lui se tenait le séducteur sans conscience qui avait ruiné la réputation de sa sœur cadette. Il eut une furieuse envie de lui envoyer son poing dans la figure, mais son étrange sourire l'en dissuada.

— J'ai déshonoré votre sœur, déclara Duchamps d'une voix basse et calme. J'ai compromis la réputation de votre famille. Si vous l'exigez, je suis prêt à vous offrir réparation.

C'était une offre honorable. Un lieutenant von Hagemann l'aurait acceptée sans hésiter. Ses oncles maternels en auraient été ravis. Paul, non.

— Vous voulez vous battre en duel avec moi ? Au pistolet ? À l'épée ? demanda-t-il avec ironie.

— C'est vous qui avez été offensé. À vous de choisir.

Paul scruta les yeux noirs du Français, où s'allumèrent des étincelles, et la fureur le saisit.

— Qu'est-ce que c'est que ces enfantillages ? hurla-t-il.

Il prit un presse-papiers en marbre sur son bureau et le jeta à terre, où il se brisa, laissant une vilaine marque sur le parquet.

Duchamps n'avait pas cillé alors que Paul aurait pu le prendre pour cible. Il contempla les fragments de marbre, puis leva les yeux vers Paul. Son regard était critique, mais exprimait aussi une certaine compréhension.

— Je regrette bien des choses, monsieur Melzer, mais j'assume pleinement la responsabilité de mes actes. Je suis prêt à épouser votre sœur même si mon père doit me déshériter.

Cette déclaration n'impressionna guère Paul. Quelle

grandeur d'âme ! Il était prêt à se dévouer, à épouser Kitty, comme si la famille Melzer avait besoin de quelqu'un comme lui… Mais il fallait tenir compte de Kitty.

— Où est ma sœur ? Je voudrais lui parler, dit-il.

Duchamps le regarda comme s'il divaguait.

— Je ne comprends pas… murmura-t-il.

— Je veux savoir où est Kitty. L'avez-vous amenée ?

Duchamps devint livide, puis ouvrit la bouche. Ses lèvres tremblaient.

— Mais… mais je croyais… qu'elle était ici, bafouilla-t-il.

— Ici ?

Lui jouait-il la comédie ? Ils étaient sans nouvelles de Kitty depuis des mois, et voilà que cet individu affirmait…

— *Mon Dieu ! Je l'ai accompagnée à la gare. Elle est montée dans le train, j'en suis sûr*[1]…

Paul se leva et secoua le Français par le col de sa veste.

— Parlez allemand, mon vieux. Vous l'avez accompagnée à la gare ? Vous l'avez mise dans le train ? Quand ? Où ?

Duchamps se dégagea et recula de quelques pas en titubant. L'effroi qui se lisait sur son visage n'avait rien de feint. Paul fut envahi d'une angoisse atroce. Kitty… sa petite sœur. Sa stupide petite sœur…

— À Paris. Nous nous étions disputés et Kitty voulait rentrer dans sa famille. C'est une véritable enfant et, quand elle s'est mis quelque chose en tête… Je lui ai donc acheté un billet de train et l'ai accompagnée à la gare. C'était le mardi après Pâques…

1. En français dans le texte. *(N.d.T.)*

Des dates et des données fusèrent dans la cervelle de Paul. Le dimanche de Pâques, le 12 avril ; le mardi, le 14. Et aujourd'hui on était le 25, bonté divine !

— Elle s'est peut-être rendue chez des amis, reprit Duchamps d'une voix faible. Ou chez des parents…

C'était une minuscule lueur d'espoir, mais si Kitty l'avait fait, elle en aurait certainement informé Marie.

Une porte se referma dans l'entrée.

— Quoi ? Qui est là ?

Les deux jeunes gens sursautèrent en entendant la voix de Johann Melzer, une voix rauque et menaçante.

— Je vous en prie, calmez-vous, monsieur le directeur… Votre fils est avec lui.

— Laissez-moi passer, Lüders !

— Ne faites rien d'irréfléchi, monsieur le directeur, je vous en supplie !

— Il ose venir ici ! Salir ma maison !

Paul se plaça par réflexe devant Duchamps, qui demeurait impassible face au danger. La porte du bureau s'ouvrit à la volée et Johann Melzer apparut sur le seuil, encore dans son manteau et coiffé de son chapeau. Derrière lui, les deux secrétaires étaient affolées.

— Où est ma fille ? Rends-moi mon enfant, ordure ! Ma petite fille, ma Kitty… !

Paul n'avait encore jamais vu son père dans un tel état. Le chagrin réprimé, l'amour paternel déçu, l'orgueil blessé… toutes ces émotions s'exprimaient à cet instant. Paul dut s'interposer pour l'empêcher de frapper Gérard Duchamps à coups de poing.

— Kitty n'est pas là, Père. Ressaisis-toi. Gérard Duchamps ne sait pas plus que nous où elle est.

Johann Melzer suffoquait d'épuisement. Il tenta encore de se dégager de la prise vigoureuse de son fils, puis renonça.

— Il ne vaut pas la peine que je me salisse les mains sur lui… chuchota-t-il, à bout de souffle.

— Assieds-toi, Père. Nous devons agir de concert pour retrouver Kitty. Calme-toi et bois un peu d'eau.

Mlle Hoffmann avait avec à-propos apporté un verre d'eau. Les mains tremblantes, Mlle Lüders époussetait le chapeau du directeur, qui avait roulé à terre pendant l'affrontement.

— Qu'est-il arrivé à Kitty ? Où est-elle ?

Johann Melzer, le redoutable directeur de l'usine, était affaissé dans le petit fauteuil en cuir, le souffle court, les yeux bordés de rouge et les lèvres bleuâtres. Comme les regards soucieux des deux femmes lui pesaient, Paul les remercia de leur aide et les renvoya. Duchamps resta adossé au mur, se mordant la lèvre. Quand le regard de Paul l'effleura, il posa la main sur son visage. Sous le coup de l'émotion, il perdit contenance à son tour.

— Ils se sont disputés, Père, expliqua Paul. Kitty a pris un train pour l'Allemagne juste après Pâques. Nous ignorons malheureusement où elle est descendue.

Melzer comprit à une vitesse surprenante ce bref résumé de la situation. Il se remit aussitôt et posa des questions sur le trajet du train, sur ses arrêts, demanda si Kitty avait de l'argent et combien. Il s'adressa même à Duchamps, quoique avec la plus grande froideur.

— Elle avait deux valises et un sac de voyage. Elle aura donc pris un porteur.

— Nous devrions interroger tous nos amis et nos parents, proposa Paul. Peut-être est-elle allée se cacher dans le domaine de son oncle en Poméranie ?

Johann Melzer se leva, refusant l'aide de Paul avec irritation. Les manigances de ce monsieur, dit-il en jetant un regard méprisant à Duchamps, n'apportaient que des tracas. Les questions aux amis et aux parents feraient jaser à n'en plus finir.

Duchamps s'était également repris et à présent il écoutait la conversation avec attention. Il répondit calmement et succinctement aux questions, puis inspira profondément, comme s'il avait dû se dominer.

— Mon désespoir n'est pas moindre que le vôtre, monsieur Melzer, dit-il. J'aime Kitty et j'étais venu pour me réconcilier avec elle, mais, à présent…

— Épargnez-moi vos épanchements !

— Nous devons prévenir la police, poursuivit Duchamps, ignorant Melzer. Publier un avis de recherche, en Allemagne comme en France. Kitty est si naïve… je n'aurais jamais dû la laisser partir seule. Mais elle avait refusé tout net que je l'accompagne.

Paul comprit où il voulait en venir, et un terrible sentiment d'impuissance l'envahit. Il se pouvait que Kitty ait été assassinée. Une jeune femme aussi jolie et aussi naïve seule dans un train… Bavarde comme elle l'était, elle était capable de raconter à tout le monde d'où elle venait, où elle allait, et de faire des confidences sur sa déception amoureuse.

— Oui, il faudra lancer un avis de recherche, répondit son père. Je le ferai à Augsbourg et vous, monsieur, en France. Donne-lui du papier et un crayon, Paul. Il doit tout noter dans les moindres détails : vêtements, bijoux, bagages, voisins dans le train, tout ce qui peut avoir de l'importance.

Il évitait soigneusement d'appeler le Français par son nom. Sans plus s'occuper de lui, il sortit du bureau, alla donner quelques instructions aux secrétaires et revint.

— Je vais au poste de police, annonça-t-il à Paul. En mon absence, c'est toi qui resteras au bureau. Dès mon retour, tu iras à la villa leur apprendre la nouvelle avec le plus de ménagement possible.

— Oui, Père. Ne veux-tu pas que je t'accompagne au poste de police ?

— Non !

Melzer prit sans un mot ni un regard pour lui la feuille que lui tendait le Français. Après l'avoir rapidement parcourue, il la replia et la glissa dans la poche intérieure de son manteau, prit son chapeau au portemanteau, le coiffa, salua Paul d'un signe de tête et sortit.

— Tout s'éclaircira, affirma Duchamps d'une voix mal assurée. Je repars pour Lyon. Je vous demande seulement de m'informer quand vous aurez retrouvé Kitty.

— Naturellement.

Paul hésita à lui adresser des paroles de réconfort avant de prendre congé de lui. En dépit de tout ce que Duchamps avait pu faire, il aimait vraiment Kitty, et Dieu savait qu'il n'était pas le premier à qui elle avait tourné la tête. Mais le visage fermé du Français l'intimida et il garda le silence.

Johann Melzer s'absenta à peine une heure. À son retour, il informa Paul par l'intermédiaire de Mlle Lüders qu'il avait garé l'automobile dans la cour de l'usine. Paul pouvait la prendre pour rentrer à la villa, lui-même ferait le trajet à pied : il avait besoin de prendre l'air.

Paul envisageait sa mission avec des sentiments mitigés. Depuis la fuite de Kitty, sa mère était maladive et en proie à des accès de mélancolie. Ses migraines autrefois peu fréquentes la tourmentaient désormais régulièrement. Il faudrait donc lui annoncer la nouvelle avec précaution. Pendant qu'il faisait démarrer le moteur, puis se dirigeait vers le portail de l'usine, il réfléchit à la manière dont il s'y prendrait.

— Bonjour, monsieur Grüber !

— Bonjour, monsieur Melzer ! Quel beau printemps, hein ?

Paul regarda le visage aux joues rouges du portier et acquiesça aimablement. Le soleil brillait dans un ciel sans nuages et faisait étinceler les fenêtres du bâtiment des bureaux. Mais dans les cours et les rues du quartier industriel, il n'illuminait que des murs gris et des flaques d'eau sale. Les prés dont l'herbe avait survécu à l'hiver étaient semés d'ornières boueuses. Seul le pissenlit fleurissait où bon lui semblait, même entre les pavés des rues.

Kitty s'était donc séparée de Gérard Duchamps. Eh bien, c'était plutôt une bonne nouvelle. Maman haïssait ce Français de tout son cœur. Et Kitty était montée dans un train pour rentrer chez elle. C'était sans doute vrai, du moins Duchamps l'avait-il affirmé de manière crédible. Mais pourquoi n'était-elle pas rentrée à Augsbourg ? Paul freina brusquement, car deux écoliers traversaient la rue en courant, leur cartable en cuir tressautant sur leur dos.

— Petits morveux ! hurla-t-il, furieux, car ils lui avaient fait perdre le fil de ses pensées.

Kitty avait eu peur de rentrer à la villa. Après tout, elle en était partie contre la volonté de ses parents. Il était donc tout à fait possible qu'elle se soit rendue chez une amie. À ceci près que, contrairement à Elisabeth, elle n'avait pas vraiment d'amies à Augsbourg.

Il ralentit et prit l'allée de la villa. Le plan d'action qu'il avait élaboré le laissait insatisfait. Sa mère le croirait peut-être, mais Elisabeth ne se contenterait pas de ses explications. Elle poserait des questions qui troubleraient leur mère. Et surtout il ne devrait rien dire de l'avis de recherche. Il vaudrait certainement mieux parler de tout cela avec Marie et lui demander conseil. Elle se montrait avisée dans ce genre d'affaire. Peut-être saurait-elle présenter la situation de manière à la fois convaincante et relativement anodine. Le son de sa voix, sa manière calme et franche d'envisager l'existence manquaient à Paul, tout comme son petit sourire narquois, qui formait un contraste surprenant avec ses yeux rêveurs.

Il s'arrêta devant les marches du porche et lança les clefs de la voiture à Humbert venu à sa rencontre.

— Dites à Gustav de ranger la voiture au garage, ordonna-t-il.

— Oui, monsieur Melzer.

— Où est Marie ?

— Auprès de Madame, monsieur Melzer.

Cette nouvelle contraria Paul, qui voulait parler avec Marie seul à seul. Agacé, il claqua la portière de la voiture.

— Ma sœur est-elle à la maison ? demanda-t-il.

— Elle est sortie avec deux amies. Elles apprennent à conduire une automobile.

— Et qui le leur apprend ? L'une de nos connaissances ?

Humbert hésita. Étant à la villa depuis peu, il avait encore du mal à se rappeler les noms.

— Un lieutenant von Hagen… pardon, von Hagenau. Non, von Hagensen…

— Le lieutenant von Hagemann ?

— Tout juste ! s'exclama Humbert avec soulagement. C'est la deuxième fois que Mademoiselle et ses amies ont rendez-vous avec ce monsieur.

— Merci, Humbert. Et, maintenant, allez remettre la clef de la voiture à Gustav.

Cette nouvelle assombrit encore l'humeur de Paul.

Von Hagemann ne s'était pas précisément bien conduit envers Elisabeth. Pourquoi le revoyait-elle ? N'avait-elle donc aucune fierté ?

Dans l'entrée, il remit chapeau, gants et manteau à Else avant de monter au premier étage. La porte de la salle à manger était grande ouverte et Augusta, censée mettre le couvert pour le déjeuner, écoutait à la porte de communication avec le salon rouge. À la vue de Paul, elle sursauta violemment, puis se rua vers la table pour y poser les assiettes. Son ventre était si gros qu'elle aurait pu faire tenir dessus une tasse à café sur une soucoupe.

Paul feignit de n'avoir rien remarqué. Ce n'était pas dans ses habitudes de réprimander le personnel, ce jour-là moins que jamais.

Allons-y, se dit-il en redressant sa cravate. *Tout ira bien. Marie est là, elle calmera Maman.* Il inspira à fond, frappa doucement à la porte, puis l'entrouvrit.

— Est-ce que je dérange ?

— Paul ! Comment pourrais-tu nous déranger ? Oh, Paul, c'est merveilleux, c'est providentiel… !

À sa stupéfaction, Alicia s'élança vers lui et le serra contre elle. Son visage était rouge d'excitation, elle riait et l'appela son petit Paul.

Désemparé, il regarda Marie, qui se tenait à côté du piano, une feuille de papier à la main. Une lettre ? Marie était radieuse et lui adressa même un clin d'œil.

— Voulez-vous bien me dire ce qu'il est arrivé de si merveilleux ?

— Assieds-toi, Paul, lui ordonna Alicia en le poussant vers le canapé. Écoute bien ce que Marie va te lire. Ah, maintenant, tout va s'arranger ! Je savais bien que Marie portait bonheur. Lis-la-lui, Marie. Reprends depuis le début.

Paul se sentit mal à l'aise, mais résolut d'attendre et

de se taire pour l'instant. Comme Maman était euphorique… Il y avait longtemps qu'il ne l'avait vue si heureuse.

— C'est une lettre que Mademoiselle m'a écrite de Paris, expliqua Marie. Comme elle m'est adressée, Madame n'a pas voulu l'ouvrir, mais elle m'a fait venir pour que je la lui lise.

— Une lettre de Kitty, Paul ! Le signe de vie que nous attendions depuis si longtemps ! exulta sa mère.

De Paris…

Paul dut faire un effort pour dissimuler sa déception. Kitty avait dû écrire cette lettre avant Pâques, car elle avait quitté Paris aussitôt après. Mais peut-être sa lettre donnerait-elle des indications sur l'endroit où elle s'était rendue.

Ma chère Marie,

Ne m'en veux pas de t'écrire si tard. Je suis toujours restée auprès de toi en pensée, mon amie, et je n'ai cessé de souhaiter ta présence pour partager avec toi la vie merveilleuse et passionnante que je mène. Non, je ne suis pas tout à fait honnête en écrivant ces mots. Au début, quand j'étais ivre de bonheur dans les bras de Gérard, je croyais n'avoir plus besoin de rien ni de personne d'autre que l'homme que j'aimais.

Ne t'avais-je pas dit que seul l'amour comptait en ce monde et que tout le reste n'était qu'illusion ? Ma chère Marie, je me trompais. L'amour est une flamme qui ne brûle qu'un bref instant et devient bien trop vite un petit feu auquel on peut à peine se réchauffer les mains. Il finit par s'éteindre et il ne reste plus qu'à balayer les cendres.

J'ai décidé de rester à Paris car cette ville

regorge d'art et de poésie, mais j'ai besoin de ta présence, ma douce amie, pour partager toutes ces richesses avec toi.

Je sais maintenant que ta place est ici. C'est une surprise que je te réserve et que je ne te dévoilerai qu'à ton arrivée.

C'est très simple : prends toutes tes économies et achète-toi un billet de train. Tu devras d'abord te rendre à Munich, où tu prendras le rapide pour Paris. Si tu n'as pas assez d'argent, prends mes bijoux dans mon coffret bleu et vends-les. À Paris, va à l'éventaire de la fleuriste dans l'entrée principale de la gare et demande Sophie. C'est une bonne amie qui t'indiquera comment te rendre à mon appartement.

Je t'attends avec impatience. La vie est belle, Marie.

Ton amie Kitty

— C'est tout ? demanda Paul, déçu, quand Marie se tut.

Le sourire joyeux de sa mère pâlit, puis elle hocha la tête, perplexe face à la stupidité de cette question. N'avait-il donc pas écouté ? Kitty allait bien, elle habitait un appartement à Paris et s'était séparée de ce Français.

— Ce sera tout simple de la trouver, Paul. Il suffira de faire ce qu'elle indique dans sa lettre. Marie nous accompagnera jusqu'à Paris et se rendra seule chez la fleuriste afin que cette Sophie ne puisse rien soupçonner.

— Oui, ça paraît tout simple, murmura-t-il, malheureux.

— Mais pourquoi êtes-vous si méfiant, monsieur ? s'enquit Marie.

Bien sûr, elle avait deviné qu'il en savait plus long

qu'il ne le disait. Il était certain que ses yeux sombres pouvaient lire dans ses pensées. Il s'efforça de sourire, puis entreprit avec précaution de dissiper l'espoir malheureusement fallacieux de sa mère.

— Maintenant, conclut-il sur un ton égal, ce plan ne pourra naturellement marcher que si Kitty est restée à Paris.

— Mais où veux-tu qu'elle soit ? demanda Alicia, irritée. Puisqu'elle attend Marie ! Et cette lettre n'a été postée que samedi dernier.

— Samedi ? Tu veux dire le samedi de Pâques, Maman ?

Alicia poussa un soupir, excédée par l'incrédulité de son fils. Non, le samedi de la semaine précédente.

— Pourquoi n'as-tu pas lu cette lettre depuis le début comme je te l'ai demandé, Marie ? demanda-t-elle.

— Excusez-moi, madame. Je ne pensais pas que la date était si importante…

Paul vit à cet instant l'enveloppe sur la table et s'en empara. Le tampon indiquait bien la provenance de Paris. Et la date de l'expédition était le 18 avril 1914, quatre jours après son départ supposé pour Munich !

Elle avait donc fait croire à Duchamps qu'elle rentrait en Allemagne, et elle était probablement redescendue du train juste avant le départ, pour rester à Paris. *Oh, Kitty ! Mon hypocrite petite sœur !* pensa-t-il.

V

AVRIL 1914

Chapitre 39

Marie se sentait très mal à l'aise et avait l'impression de commettre une imposture en portant le tailleur vert tendre et les souliers fins de cuir vert sombre de Mlle Katharina. Comble de malheur, Madame avait insisté pour qu'elle porte aussi le chapeau orné d'une plume de faisan assorti au tailleur.

— Est-ce la première fois ? demanda Paul avec un sourire en lui offrant galamment sa main pour monter dans le train à la gare d'Augsbourg.

Marie dut soulever sa jupe car les marches en métal étaient aussi raides que celles d'une désuète voiture à cheval.

— Oui, c'est la première fois que je prends le train, avoua-t-elle.

— Et pour Paris, qui plus est, ajouta Alfons Bräuer. Ça représente plus de quinze heures de voyage depuis Munich. Mais tout ira très bien. Vous n'aurez qu'à rester assise, c'est le train qui se déplace.

Alfons Bräuer avait appris la grande nouvelle la veille par Alicia, lors de l'une de ses visites hebdomadaires à la villa. On avait passé toute la soirée à échafauder des plans. Johann Melzer était finalement parvenu à dissuader sa femme de prendre le train. Lui-même ne voulait pour rien au monde « se lancer dans cette aventure », du reste sa présence à l'usine était indispensable. Mais Alfons Bräuer était fermement résolu à se rendre à Paris. Paul, qui avait espéré faire le voyage seul avec Marie, dut en prendre son parti.

On s'était retrouvé le matin à la gare d'Augsbourg. Marie avait observé avec méfiance la locomotive fumante et sifflante. Elle n'avait jusqu'ici vu de trains que de loin. Comme il était bruyant, ce monstre de fer dans les flancs duquel l'enfer brûlait... Elle fut réconfortée de sentir le bras de Paul se glisser sous le sien. Mais quand il l'entraîna le long du quai, elle prit conscience de l'incongruité de la situation. Ils allaient bras dessus bras dessous comme de vieux mariés. Qu'allait donc penser Alfons Bräuer ?

Ils voyagèrent en première classe. Les murs du compartiment étaient lambrissés et on était assis sur des coussins de velours aussi confortables que de bons fauteuils. Paul lui ouvrit la porte du compartiment, la pria de s'asseoir et donna un pourboire aux deux porteurs.

— À Munich, nous devrons nous dépêcher, déclara Alfons Bräuer, qui avait pris place en face d'eux. Nous n'aurons que dix minutes pour monter dans le rapide de Paris.

Sous le regard vigilant de Paul, il avait esquissé une courbette à l'intention de Marie et murmuré un « Vous permettez ? » avant de s'asseoir. Elle n'avait osé répondre que par un sourire timide et un hochement de tête.

— Dix minutes ? Ce sera un jeu d'enfant.

Elle admirait le naturel et l'assurance de Paul, l'aisance avec laquelle il s'était informé du quai, avait avancé à travers les nuages de fumée de la locomotive et repéré le compartiment qui conviendrait le mieux à

Marie… Rien ne pouvait le déconcerter. Il paraissait savourer ce voyage sans la moindre arrière-pensée. Elle-même avait du mal à dissimuler son excitation. Tout était insolite pour elle, à commencer par les habits qu'on lui avait fait revêtir, et jusqu'à ce compartiment luxueux où elle osait à peine remuer, de crainte de salir les coussins de velours. Mais elle sentait surtout le poids de la responsabilité qui pesait sur elle.

— Tu me ramèneras ma petite Kitty, n'est-ce pas ? lui avait dit Madame le matin, au moment des adieux. Je m'en remets entièrement à toi, Marie. Que Dieu te bénisse, ma fille.

Et si Kitty refusait de rentrer à Augsbourg ? Dans sa lettre, elle donnait l'impression de vouloir prolonger son séjour à Paris. Elle ne se réjouirait sûrement pas de voir arriver Marie avec Paul et Alfons Bräuer pour la ramener chez elle.

— C'est vraiment si grave ? lui demanda Paul, qui venait de s'asseoir à côté d'elle.

Elle se força à lui sourire et répondit qu'elle était un peu fatiguée.

— Tu te fais du souci, pas vrai ?

Elle acquiesça. Naturellement, il avait compris. Il était observateur et ne devinait que trop souvent ce qu'elle ressentait.

— Tu n'es pas seule, Marie, ajouta-t-il à mi-voix en posant la main sur son bras. Alfons et moi-même t'aiderons. Même si ma sœur est une petite fille têtue, nous réussirons à la convaincre.

Elle le regarda et, pour la première fois de sa vie, eut le sentiment d'avoir quelqu'un à son côté. Quelqu'un sur qui compter. Quelqu'un pour la protéger. Même si cela ne devait durer que quelques jours, jusqu'au retour de Kitty à la villa, c'était une sensation merveilleuse.

D'autres voyageurs s'installèrent dans le compartiment. On échangea des politesses. Un monsieur déplia le journal et disparut derrière ses pages. Une dame âgée observa Marie attentivement avant de lui demander où elle avait acheté le tissu de son tailleur.

— C'est de la soie sauvage d'Inde, madame, répondit la jeune fille.

Cette dame portait un chapeau noir à large bord orné de roses artificielles et de plumes de héron. Elle resta assise toute raide sur le bord de la banquette jusqu'à Munich afin de ne pas abîmer ce précieux ornement contre la cloison du compartiment.

À Munich, l'affolement saisit les voyageurs. Se barrant le passage, ils s'invectivaient et vitupéraient, trébuchant sur des valises, se heurtant avec leurs sacs de voyage pleins à craquer et appelant de tous côtés l'employé de service.

Marie suivit en tout les instructions de Paul, le plus dégourdi des trois voyageurs. Quand Alfons Bräuer se retrouva sur le quai, en sueur et fulminant, Paul avait déjà confié les bagages à deux porteurs.

— Par ici, lança-t-il à Marie et à Alfons. La locomotive est à quai et fume déjà.

— Bon sang de bonsoir, gémit Alfons en se remettant en marche.

Dix minutes se révélèrent plus que suffisantes pour monter dans le rapide. Ils eurent largement le temps de s'installer dans le compartiment et les porteurs de déposer leurs bagages dans les filets.

— À partir de maintenant, nous pouvons savourer ce voyage en toute tranquillité, annonça joyeusement Paul tandis qu'Alfons Bräuer se tamponnait le front d'un mouchoir brodé à ses initiales.

— Nous aurions dû prendre des couchettes, dit-il. Le voyage risque d'être inconfortable.

Marie devrait donc passer la nuit dans ce compartiment exigu en compagnie des deux hommes. Cette situation lui parut curieuse, mais c'était toujours mieux qu'un compartiment à couchettes, où elle aurait dû se déshabiller et s'étendre sur son lit en chemise de nuit. Combien de personnes logeait-on dans un compartiment à couchettes ? Séparait-on les hommes des femmes ?

Un peu plus tard, elle était assise dans le wagon-restaurant avec Paul et Alfons, mangeait une omelette aux champignons et buvait de l'eau minérale. Cette journée était aussi irréelle qu'un rêve. Était-elle vraiment en train de manger à cette jolie table à la nappe immaculée en regardant défiler forêts et prairies derrière la vitre ? Paul, en face d'elle, suivait chacun de ses mouvements, le sourire aux lèvres.

— Est-ce que ça te plaît ? Est-ce que cette omelette est bonne ? Nous devrions prendre l'assiette de fromages en dessert : les fromages français sont sans rival, déclara-t-il.

— Tout comme le vin rouge, commenta Alfons, dont l'humeur était devenue radieuse dès son deuxième verre de bourgogne.

— Merci, mais je préfère m'en tenir à l'eau minérale et je prendrai un café plutôt que du fromage.

— Garçon ! Une assiette de fromages, deux verres de bourgogne et un café pour madame ! ordonna Paul avec assurance.

Depuis qu'ils étaient dans le rapide, Alfons observait Marie avec la plus grande attention. Ses regards se tournaient fréquemment vers Paul. Marie avait conscience qu'il réfléchissait activement. Il ne pouvait concevoir que son ami Paul traite la femme de chambre de ses sœurs comme une demoiselle. Un jeune homme bien élevé devait certes se montrer poli avec une employée, mais il y avait des limites. On n'aidait pas une femme de chambre à monter des marches et on ne déjeunait pas à la même table qu'elle au wagon-restaurant. Alfons avait probablement l'intention d'en toucher deux mots à Paul dès qu'il en aurait l'occasion, mais après ce bon repas arrosé d'un vin capiteux, l'envie de dormir le saisit. De retour dans leur compartiment, il expliqua à ses deux compagnons de voyage qu'il n'avait pas fermé l'œil la nuit précédente parce qu'il était surexcité, croisa les mains sur son ventre et s'endormit. Un ronflement se mêla bientôt au vacarme du train.

Marie regarda un moment par la vitre, derrière laquelle on entrevoyait des falaises bleuâtres et de sombres forêts. Elle sentit que Paul l'observait à la dérobée et tourna la tête vers lui. Il lui sourit joyeusement en lui montrant le dormeur.

— Comme un bébé, affirma-t-il. J'aimerais pouvoir dormir aussi profondément.

— Vous auriez dû boire davantage de cet excellent vin rouge.

— Non, je ne le pense pas. Ou alors préférerais-tu que je ronfle à côté de toi en ce moment ?

— Pourquoi pas ? répondit-elle avec un haussement d'épaules. Nous en avons encore pour un moment jusqu'à Paris. Je crois que nous ferions mieux de dormir un peu pour être suffisamment reposés demain matin.

— Tu as tout à fait raison.

Ils se turent un instant et observèrent le paysage, puis Alfons qui ronflait, tout en évitant de se regarder.

— Monsieur… reprit Marie.

— Comment t'ai-je demandé de m'appeler ? grommela-t-il.

— Pardonnez-moi… monsieur Melzer…

— C'est déjà mieux, murmura-t-il. Mais j'aimerais mieux que tu me nommes par mon prénom.

À quoi pensait-il donc ? se dit-elle, effrayée. Comment pouvait-il exiger d'elle une chose pareille ?

— C'est ce que je ne ferai jamais, monsieur Melzer, répondit-elle.

Elle l'entendit inspirer profondément. Il devait être furieux contre elle à présent. Elle sursauta, car il venait de prendre sa main.

— N'aie pas peur, Marie, chuchota-t-il. Reste calme pour ne pas réveiller notre dormeur. Je dois te dire une chose à laquelle je pense depuis longtemps. Et je dois le faire dès aujourd'hui pour ne pas me reprocher ma lâcheté jusqu'à la fin de mes jours…

Le cœur de Marie bondit dans sa poitrine. Il voulait lui faire une déclaration, l'implorer de se donner à lui parce qu'elle avait conquis son cœur. Il prononcerait ces paroles ou même d'autres encore plus belles, car il parlait bien, ce jeune monsieur. Elle brûlait d'envie d'entendre ces paroles, même si elle refusait de s'y laisser prendre, jamais, quand bien même cela devrait lui briser le cœur.

— As-tu du courage, Marie ?

Cette question la prit au dépourvu après les mots tendres qu'elle avait attendus. Et il serrait sa main si fort qu'il lui faisait mal.

— Moi ? Non, je ne crois pas être très courageuse, monsieur Melzer, répondit-elle.

— Moi non plus, avoua-t-il. Mais il y a des moments de l'existence où il faut rassembler tout son courage, car c'est seulement ainsi qu'on réalise un grand projet.

— C'est tout à fait juste.

Quelle ingénieuse entrée en matière… Mais une

amourette avec une femme de chambre pouvait-elle être considérée comme un grand projet ? Peut-être le croyait-il parce qu'elle persistait à lui résister.

— Regarde-moi, demanda-t-il.

Elle obéit et regarda son visage bouleversé. Comme il paraissait souffrir… Ne comprenait-il donc pas ce qu'il lui faisait subir, ce qu'il voulait lui imposer ?

— Un grand projet ? répéta-t-elle. De quoi peut-il bien s'agir, monsieur Melzer ?

Son ton devait être moqueur, car elle vit frémir ses lèvres comme s'il était blessé ou furieux.

— Je ne plaisante pas, Marie, répondit-il. Je te demande le plus sérieusement du monde si tu consens à devenir ma femme.

Marie ressentit un léger vertige. Le rythme chantant du train se mêlait aux ronflements d'Alfons. La locomotive poussa un long sifflement strident. Les paroles du jeune homme résonnèrent en elle comme une ritournelle : « Si tu consens à devenir ma femme »… Était-elle devenue folle ? Impossible qu'il ait dit cela.

— C'est une proposition tout à fait sérieuse, mademoiselle Hofgartner, dit une voix à côté d'elle. Je crois donc qu'elle mérite une réponse de votre part.

Sa gorge se serra et les larmes lui montèrent aux yeux. Elle tourna lentement la tête vers lui.

— Votre proposition m'honore infiniment…

C'était bien ce qu'on disait dans ce cas, non ? Sa propre voix lui parut terriblement faible et comme étrangère. Une larme roula sur sa joue.

— … mais je ne puis l'accepter.

Il la dévisagea d'un air hagard et elle eut peur qu'il agisse impulsivement, qu'il la prenne par les épaules pour la secouer ou même pour l'embrasser, mais il se domina.

— Pourquoi, Marie ? Tu ne m'aimes pas ?

Que devait-elle répondre ? Elle l'aimait plus que tout au monde, mais il valait mieux ne jamais le lui avouer.

— Ce mariage ferait notre malheur à tous deux, monsieur Melzer. Un monsieur ne pourra jamais épouser une femme de chambre.

— Est-ce que tu m'aimes ? C'est tout ce que je veux savoir, insista-t-il en essayant de passer un bras autour de ses épaules. Si tu m'aimes comme je t'aime, nous vaincrons tous les obstacles.

— Non !

— Que signifie ce « non » ?

— Dois-je vraiment vous l'expliquer ? Tout le monde serait contre nous : vos parents, vos sœurs, votre famille, vos amis et vos relations, toute la ville…

— C'est de ça que tu as peur ? Mais moi je serai toujours avec toi, Marie. Personne n'osera offenser ma femme, pas même ma famille. Si tu tiens bon avec moi, nous nous en sortirons.

— Non, c'est impossible !

— Tu ne m'aimes donc pas, répondit-il, déçu, et il la lâcha. Oublie ce que je viens de te dire, Marie. J'ai cru comme un imbécile que tu éprouvais les mêmes sentiments que moi.

Elle fut déchirée de le voir se pencher en avant, abattu, les mains sur les genoux et les yeux baissés. Comme elle aurait aimé le serrer dans ses bras et lui dire combien elle l'aimait, tellement plus qu'il pouvait l'imaginer…

— Peut-être… commença-t-elle avec circonspection, mais elle s'interrompit.

Non, elle ne pouvait lui confier ce qui la tourmentait. Elle ne pouvait rien lui dire de ce qui était probablement arrivé dans la ville basse, dans la chambre au-dessus d'*À l'Arbre vert*, car ses craintes étaient peut-être sans fondement.

— Peut-être ? répéta-t-il. Que veux-tu dire ?

— Peut-être est-ce ma manière de vous aimer, en vous retenant d'agir sans réflexion ?

— Merveilleux, grommela-t-il. Moi, j'appelle plutôt cela de la lâcheté.

Chapitre 40

Il fallait continuer sur le trottoir de gauche jusqu'au Café Léon. *Entrez dans le café, mademoiselle.*

Prenez l'escalier et montez au cinquième étage, c'est sous les toits[1].

— *Bonne chance, mademoiselle*, lui dit le patron du café avec un clin d'œil complice.

— *Merci beaucoup, monsieur*, répondit Alfons à la place de Marie. *L'addition, s'il vous plaît.*

Paul le laissa régler leurs trois grandes tasses de café infect et la corbeille de croissants croustillants. Alfons était frais, dispos et piaffait d'impatience comme un poulain. Pourquoi ne monteraient-ils pas tous les trois chez Katharina ? suggéra-t-il. Ou, mieux encore, il pourrait s'y rendre seul, mais il craignait de l'effrayer.

— Je crois plus judicieux de laisser Marie la rejoindre seule, répondit Paul. Elle pourra sonder la situation et annoncer avec ménagement à Kitty que nous sommes venus pour la ramener en Allemagne.

Ne voulant pas se mettre à dos son futur beau-frère, Alfons acquiesça avant de s'attaquer à son cinquième croissant. Marie avait eu du mal à en avaler la moitié

1. En français dans le texte. *(N.d.T.)*

d'un. Paul, resté silencieux à son côté pendant le reste du voyage, avait déclaré qu'il n'avait pas faim. Il traitait toujours Marie avec la plus grande politesse, mais ne la regardait plus et ne lui adressait la parole que pour le strict nécessaire.

— Jusqu'ici, tout s'est passé pour le mieux ! se réjouit Alfons. C'était très astucieux de la part de Mlle Katharina d'avoir confié son adresse à cette marchande de fleurs. *Hé, patron ! Encore un café, s'il vous plaît !*

Maintenant, il pouvait montrer à son tour ce qu'il avait dans le ventre. Ses mois de recherches à travers Paris n'avaient pas été inutiles : il connaissait à présent la ville et son métro, le tramway souterrain de Paris, et il parlait français couramment. Contrairement à lui, Paul était laconique et si sérieux qu'il faisait de la peine à Marie.

— Bon, j'y vais, dit-elle. Où se retrouvera-t-on quand j'en aurai fini ?

Alfons interrogea du regard Paul, qui haussa les épaules, las de jouer les organisateurs.

— Vous pourrez laisser un message au patron, décida Alfons. Nous allons chercher un hôtel dans le coin et nous reviendrons ici ensuite.

— Parfait.

Marie se leva et prit sa valise et son sac de voyage. Paul la regarda d'un air morose et Alfons lui demanda obligeamment si la valise n'était pas trop lourde. Il lui proposa de la lui porter jusqu'au Café Léon, et même de la monter au cinquième étage.

— Merci, mais ça ira, affirma-t-elle.

Alfons se laissa retomber sur sa chaise, déçu, et prit le dernier croissant de la corbeille. Il se serait fait une joie de l'accompagner pour revoir sa chère Kitty.

Il était bien passé cent fois avec Robert devant le

Café Léon, juste en face de la bouche de métro. Peut-être même Kitty les avait-elle vus, mais ce Français avec qui elle était encore à ce moment-là, cet escroc, ce menteur, l'avait sans doute empêchée d'aller saluer ses amis d'Allemagne. Comme elle avait bien fait de l'envoyer promener…

Marie entendit sa voix encore un moment. Elle marchait vite en se tenant bien droite. Les passants qui la croisaient la regardaient avec étonnement avant de lui céder le passage. Les Français, eux aussi, trouvaient étrange qu'une jeune femme élégante traîne une grosse valise et un sac de voyage bien rempli. Presque tout le contenu de ces bagages était destiné à Kitty. Madame avait passé plusieurs heures à les faire la veille au soir. Marie devait également remettre à Katharina une coquette somme que Madame lui avait confiée et qu'elle portait autour du cou dans une pochette de cuir. Madame lui avait fait promettre de n'en souffler mot ni à Monsieur ni à Paul.

Comme ce boulevard était large ! Comment s'appelait-il déjà ? Le boulevard de Clichy. C'était une allée plantée d'arbres en son milieu, avec des colonnes Morris et de petits éventaires. Un tramway passa avec fracas. Un petit chien renifla Marie en passant et poursuivit son chemin. Au fond, les maisons de Paris n'étaient pas si différentes de celles d'Augsbourg, à l'exception de ces curieuses fenêtres tout en longueur qu'on ne voyait pas là-bas. Et il y avait moins d'ordures dans les rues en Allemagne, où on était tatillon sur la propreté.

Plusieurs hommes modestement vêtus étaient assis devant le Café Léon, buvaient de la bière et fumaient. Marie entra d'un pas incertain. Deux jeunes femmes assises à une table à côté du comptoir étaient plongées dans une conversation. Elles fumaient aussi et devaient exercer un certain métier, car une jeune femme comme il faut ne fumait jamais en public. Où Kitty avait-elle donc atterri ?

Une femme d'âge mûr debout derrière le comptoir bavardait avec un jeune homme. Ses cheveux châtains relevés en chignon étaient fixés par un peigne rond et un tablier plus très propre était noué autour de sa taille imposante.

— *Hé, mademoiselle ! Qu'est-ce qu'il y a ?* lança-t-elle à Marie.

Elle s'était adressée à elle sur un ton peu aimable, comme si elle lui avait demandé : « Qu'est-ce que tu viens faire ici avec cette grosse valise ? »

— *Mlle Katharina Melzer*, répondit Marie.

Elle dut répéter le nom. Un sourire se dessina sur le visage de la femme.

— *Vous êtes Marie ?* demanda-t-elle.

— *Marie... oui... Marie Hofgartner*, dit la jeune femme, toute fière d'avoir appris à dire « oui » en français.

— Marie Ofegartener... bien ! Hé, Marcel !

La patronne se retourna et lança en direction de la cuisine un flot de paroles qui fit à Marie l'effet d'un torrent tumultueux. Quelle langue ! Il était impossible de distinguer les mots les uns des autres. Un jeune homme brun surgit, empoigna la valise de Marie et s'éloigna. La patronne fit signe à Marie de le suivre.

Ils montèrent un escalier étroit aux marches de bois grinçantes qui parut interminable à Marie, puis traversèrent un couloir obscur et bas de plafond. Marie était à bout de souffle et le jeune homme aussi quand il déposa sa valise devant une porte.

— *Merci*, lui dit Marie, stupéfaite d'avoir pu retenir

encore un mot en français. Elle fouilla dans la poche de sa veste à la recherche de la petite monnaie française qu'Alfons, toujours prévoyant, lui avait donnée. Mais le jeune homme refusa d'un geste, prononçant quelques mots parmi lesquels Marie reconnut « mademoiselle Catherine », puis redescendit prestement l'escalier.

Il ne veut pas de pourboire. Lui aussi, Mlle Kitty l'aura ensorcelé, pensa Marie. Elle s'approcha de la porte à côté de laquelle elle ne vit ni un nom ni une sonnette, et frappa.

— Mademoiselle Katharina ? C'est moi, Marie !

Elle entendit de l'autre côté un mouvement, le bruit sourd d'un objet heurtant le sol, suivi d'un léger cri et d'un miaulement furieux.

— Marie ! Marie ! J'arrive tout de suite ! Mais pousse-toi donc, Séraphine, j'ai failli te marcher dessus, idiote de chatte…

La porte résista, Marie entendit Kitty haleter et pester, elle poussa de son côté et le battant céda enfin. Mademoiselle se tenait sur le seuil, toujours aussi jolie, mais ses cheveux étaient un peu ébouriffés et sa chemise de nuit blanche tachée de suie. Elle avait dû avoir des difficultés avec le poêle, car elle n'avait jamais appris à allumer un feu.

— Marie ! Mon amie ! Je savais que tu viendrais, dit-elle. Comme nous serons heureuses ensemble… Pourquoi arrives-tu si tôt ? Ah, oui, je me souviens : ce stupide train roule de nuit et on arrive au petit matin à Paris, c'est bien ça ?

— Oui.

— Entre donc. Quelle énorme valise ! Et ce sac de voyage ! As-tu apporté toutes tes affaires ? Tu as bien fait. Oh, tout ira bien maintenant que tu es avec moi… Je vais te montrer Montmartre. Et Montparnasse, le quartier des poètes et des Russes. Et le Louvre. Tu verras Monna Lisa, qu'on a volée et qui a repris sa place depuis peu…

Marie porta la valise tandis que Kitty prenait le sac, qu'elle jeta sur son lit en riant avant de déclarer que Marie avait dû emporter un tas de pavés d'Augsbourg. Elle s'excusa pour le désordre de la pièce, affirma qu'elle allait ranger mais voulait d'abord lui faire visiter les lieux.

— C'est un vrai nid d'oiseau, Marie. Deux chambres, une pour toi, l'autre pour moi, et la cuisine, qui est toute petite, mais il y a une table sur laquelle nous pourrons manger ensemble. Le seul ennui, c'est ce fourneau infect qui me brûle les doigts et qui s'éteint pour un oui ou pour un non…

Quel fouillis ! Chemises et serviettes, tubes de peinture, fusains, tasses à café, fleurs fanées, barrettes, un coussin déchiré, des dessins inachevés, des morceaux de pain rassis et mille autre choses gisaient pêle-mêle sur les lits, le sol et les meubles. Marie savait bien que Kitty n'avait pas le goût du rangement, mais elle ne comprenait pas comment on pouvait supporter un tel chaos. Et la pièce était d'une saleté répugnante, des toiles d'araignée pendaient des murs et le plafond et le papier peint autour du poêle étaient noirs de suie, mais Kitty était insensible à des détails si prosaïques.

— N'est-ce pas une vue de rêve, Marie ? s'exalta-t-elle. Regarde ! Là-bas, au loin, ces coupoles toutes blanches, c'est le Sacré-Cœur, l'emblème de Montmartre. Je te le montrerai de plus près.

Elle avait raison : la vue qu'on avait de ces petites fenêtres consolait de bien des choses. On voyait par-dessus les toits les rues et les ruelles de la ville, les pigeons gris et les moineaux effrontés qui sautillaient sur les gouttières, et les êtres humains en contrebas, gros comme des jouets. Le Sacré-Cœur était apparemment une église, mais cet édifice d'un blanc neigeux aux coupoles grandes et petites avait l'allure d'un palais oriental de conte de fées.

— Comme le ciel paraît proche, murmura Marie. On croirait qu'il suffit de tendre la main pour le toucher.

Elle se retourna en entendant derrière elle le rire argentin de Kitty. Un gros chat roux avait sauté sur son lit pour s'étendre sur le sac de voyage.

— Séraphine, tu es vraiment impossible, glousse Kitty. Tu sais, Marie, elle va et vient comme elle en a envie. Mais, quand il fait froid la nuit et qu'on se sent seul, il est merveilleux de sentir contre soi une Séraphine toute chaude qui ronronne.

Marie caressa l'épais pelage soyeux de l'animal en pensant à Minka, le chat du jardinier.

— Puis-je déballer ce qu'il y a dans ton sac de voyage, Marie ?

— Bien sûr, et aussi ce qu'il y a dans la valise. Ce sont vos affaires, mademoiselle Katharina. C'est votre mère qui les a emballées.

Le visage joyeux de Kitty s'assombrit.

— Maman ? Elle sait donc où tu es partie ? demanda-t-elle.

— Oui, je le lui ai dit. Elle... se fait beaucoup de souci pour vous et a pensé que vous auriez besoin de toutes ces affaires.

— Dieu du ciel...

Marie souleva le gros chat du sac de voyage, qu'elle ouvrit. Ses propres affaires étaient sur le dessus. Alicia avait disposé au-dessous tout ce qu'elle avait jugé indispensable à une existence bien ordonnée : une brosse à dents et de la poudre dentifrice, de la poudre contre les migraines, une brosse à habits, une petite boîte bariolée contenant des mouchoirs, plusieurs flacons de parfum, un savon parfumé, deux chemises en soie, un tricot en chaude laine d'angora, une lampe de poche, des piles, plusieurs livres…

— Cette chère Maman, dit Katharina avec un soupir en regardant Marie avec mélancolie. Comment va-t-elle ? Elle… elle n'a quand même pas trop de chagrin ?

— Elle serait bien heureuse si vous rentriez à la maison, mademoiselle Katharina.

Kitty allait-elle fondre en larmes ? Marie comprit soudain que la jeune fille souffrait profondément de ne plus voir sa famille, même si elle le dissimulait. Mais elle changea de sujet, balayant son chagrin d'un revers de la main.

— Il faut m'appeler Kitty, maintenant, déclara-t-elle. Nous ne sommes plus une demoiselle et sa femme de chambre, mais deux amies. Nous vivrons et travaillerons ensemble, et l'une vaudra l'autre !

— J'essaierai, répondit Marie. Mais c'est si inhabituel pour moi que je n'y arriverai sûrement pas tout de suite.

— Dans ce cas, il faut nous entraîner. Dis-moi comment tu dois m'appeler.

— Kitty…

Kitty fut enchantée et fit cadeau de trois flacons de parfum à Marie. Quand elle ouvrit la valise, elle découvrit que sa mère avait joint des provisions à ses affaires : un jambon fumé, une boîte de biscuits, des pralines, du chocolat et du pain d'épice, plusieurs conserves de viande et un paquet de café en grains.

— Maman a l'air de croire que je meurs de faim, s'étonna Kitty. Ce café vaut de l'or, Marie. Le café français est imbuvable.

— Tu manques beaucoup à ta mère, Kitty. Et à ton père aussi…

— Je leur écrirai.

Ces paroles plutôt froides mirent fin à la conversation. Mlle Kitty ne regrettait rien et préférait rêver à son avenir. Marie hésita à lui remettre l'argent. Alicia Melzer avait agi de manière vraiment stupide : tous ces cadeaux ne feraient que renforcer Kitty dans ses projets absurdes. Vivre et travailler à Paris ! À quoi pensait-elle donc ? Comment paierait-elle son loyer et sa nourriture ? En vendant ses dessins, peut-être ?

— Je vais m'habiller et te faire visiter Montmartre, annonça-t-elle à Marie. Nous pourrons manger un morceau en route, il y a un tas de restaurants et de cafés par ici.

Elle referma la valise, alla fouiller dans une commode et trouva enfin ce qu'elle voulait. Laissant en plan les tailleurs choisis avec amour par Alicia, elle passa une robe ample et froissée, serrée à la taille par une ceinture. Cette robe dotée d'une armature métallique s'élargissait à la hauteur des hanches pour se resserrer ensuite jusqu'aux chevilles, ce qui vous forçait à avancer à petits pas. Afin de pouvoir marcher normalement, Kitty l'avait fendue sur les côtés.

— Mais… mais on voit tes jambes jusqu'aux genoux quand tu marches, bafouilla Marie, horrifiée.

— Et alors ? Nous sommes à Montmartre, ma petite Marie, et non dans la prude Augsbourg. Ici, on s'habille dans le style tango !

Cette robe était en réalité un coûteux modèle du couturier Paul Poiret que Gérard Duchamps lui avait offert au début de leur voyage. Il avait dépensé sans compter pour son exigeante bien-aimée, non seulement en vêtements et en chaussures, mais aussi en séjours à l'hôtel, en matériel de peinture, en une foule de jolies choses dont Kitty avait envie : chapeaux, flacons de parfum, petites boîtes, tasses en porcelaine, ombrelles en soie et autres babioles.

— Au début, nous passions chaque nuit dans un nouvel hôtel, et toujours sous un faux nom, jacassait Kitty pendant qu'elles descendaient l'escalier. Il fallait faire très attention, car le père de Gérard le recherchait…

Marie apprit ainsi que Gérard avait présenté Kitty à son père comme sa future belle-fille. Cette entrevue avait été houleuse, car Gérard avait dissimulé à Kitty qu'il était fiancé depuis deux ans avec la fille d'un associé de son père. Béatrice Monnier comptait bien devenir Mme Duchamps, et la rupture de ces fiançailles aurait eu de lourdes conséquences sur l'avenir de l'entreprise Duchamps.

— Ce sont des gens épouvantables, Marie. Ils appelaient notre famille « les Boches », ce qui est une insulte.

Marie ne dit rien, mais Kitty lui faisait pitié. Elle avait certainement espéré être accueillie à bras ouverts par cette famille, et sa déception avait dû être terrible. Gérard Duchamps avait fait preuve d'un manque de tact inexcusable en lui dissimulant ses fiançailles. Il n'était guère surprenant que l'amour de Kitty pour lui ait refroidi. Mais était-ce réellement le cas ?

— Et pourtant, je fais des rêves idiots, poursuivit Kitty. Je rêve de Gérard alors que je l'ai rayé de ma vie. Mais pas moyen de le rayer de mes rêves : on dirait qu'il les hante… Tu ne trouves pas que c'est ridicule, Marie ?

— Non, c'est normal, répondit tristement Marie. Les rêves font de nous ce qu'ils veulent.

Alors qu'elles sortaient du café, la patronne les salua.

— *Une petite promenade, Solange*, répondit Kitty. *À bientôt !*

Kitty expliqua fièrement qu'elle parlait maintenant le français couramment. Le chaud soleil d'avril l'égayait et elle bavarda sans arrêt, parlant des peintres dont elle avait fait la connaissance, de poètes célèbres et de marchands d'art. M. Kahnweiler avait rue Vignon un magasin dans lequel il exposait des tableaux vraiment extraordinaires.

— Ces peintres se font appeler « cubistes ». Ils transforment tout ce qu'ils peignent en carrés et en cubes, n'est-ce pas merveilleux ?

Marie jugea cela plutôt saugrenu. Tandis que Kitty bavardait, elle observait les gens sur le boulevard. Les femmes n'étaient absolument pas vêtues dans le style tango, une extravagance probablement réservée aux plus riches. Les Françaises qu'elles croisaient étaient habillées de manière traditionnelle, portaient une longue jupe foncée avec une chemise de couleur claire, un châle sur les épaules et un petit chapeau. Un peu plus tard, Kitty les entraîna dans d'étroites ruelles. Elles examinèrent les vitrines de magasins d'alimentation exposant des tableaux au milieu de fromages, de jambons et de pâtés. C'étaient uniquement de petits tableaux représentant des fleurs, des prairies et parfois des personnages. Ils parurent naïfs à Marie, un peu comme des dessins d'enfant, mais Kitty affirma que c'était du grand art.

— Il est honteux que ces œuvres atterrissent entre des fromages puants et des pâtés gras, déclara-t-elle. Ces peintres sont pauvres et vendent leurs œuvres pour quelques sous parce qu'ils ont faim.

À la villa, elle avait déjà parlé à Marie des peintres qui devaient vivre sans argent et sans la moindre reconnaissance de leur talent, comme ce malheureux Van Gogh, qui n'avait vendu qu'un tableau de son vivant. Marie se demanda si elle devait en sourire ou s'inquiéter. Kitty avait déjà exalté auparavant la « misère sacrée de l'artiste » et l'« art authentique qu'on atteint seulement au prix d'un renoncement total ». Avait-elle l'intention de se conformer à ces idéaux en compagnie de Marie ? Elle en était bien capable.

— Ces rues sont plutôt sales et étroites, mais n'aie pas peur, dit-elle à Marie. Voilà la rue Gabrielle : on y trouve des établissements qu'une femme n'est pas censée fréquenter. Dans la rue Ravignon, qui la croise, tu verras une maison où des peintres vivent et travaillent comme dans une ruche. C'est au fond d'un jardin, une série d'ateliers avec de grandes verrières pour bien laisser entrer la lumière, pas comme ces minuscules fenêtres de mon appartement. Peut-être allons-nous déménager dans un grand atelier où nous pourrons peindre, Marie.

Marie avait peine à croire que la grande et merveilleuse liberté de l'art authentique puisse s'épanouir derrière ces maisons de bois délabrées et ces façades de pierre sales. Elle repéra quelques bistrots sans ornement ni confort et qui ne devaient s'animer qu'au soir. Le vin y était si bon marché que même un peintre sans le sou pouvait s'y enivrer. Au coin d'une rue, trois hommes en haillons se querellaient violemment. Devant une entrée d'immeuble lugubre, une vieille femme assise sur une chaise regardait droit devant elle de ses yeux aveugles. Ce quartier était-il si différent de la ville basse d'Augsbourg ? Est-ce qu'ici aussi, dès la tombée de la nuit, des filles arpentaient les ruelles pour se vendre aux passants ? Marie s'était réjouie de fuir cet affreux quartier. Mais, tout cela, la misère, la saleté, les prostituées et les voyous, semblait fasciner Kitty. Où étaient donc les peintres, les grands artistes ? Marie ne voyait dans ces rues que de pauvres diables, de petites bonnes et des silhouettes louches. Sans compter les groupes de touristes vulgaires et braillards qui flânaient dans les ruelles en parlant anglais ou hollandais. Ils entraient dans les bistrots, commandaient d'un ton autoritaire *de la bière* ou *du vin* et se comportaient comme si Montmartre leur appartenait.

— Tu ne vois pas beaucoup de peintres pour l'instant parce qu'ils travaillent tant qu'ils ont assez de lumière. Ils ne sortent que le soir, pour dîner et faire la fête, expliqua Kitty.

— Ah bon… Y a-t-il aussi des femmes qui peignent à part nous ?

Kitty affirma en connaître quelques-unes, mais c'étaient des chipies prétentieuses, toutes liées à des peintres qui les surveillaient jalousement.

— Il est temps de changer tout ça, Marie. Nous allons nous tirer d'affaire par nous-mêmes en nous serrant les coudes. Viens, suis-moi. Je t'avais promis une surprise, ma petite Marie. J'ai hâte de savoir ce que tu vas en dire !

Kitty saisit sa main et l'entraîna. Sur le boulevard de Clichy, une foule s'était rassemblée pour regarder passer un détachement de soldats. Elles durent s'arrêter faute de pouvoir avancer, et Kitty raconta que, la semaine précédente, le roi et la reine d'Angleterre étaient venus à Paris. Depuis leur arrivée, ces défilés militaires étaient réguliers. Peut-être que ces jolis soldats aux couleurs vives de casse-noisettes ne retrouvaient plus le chemin de leur caserne.

— De casse-noisettes ? répéta Marie.

— Regarde-les : ils sont habillés exactement comme le casse-noisettes en bois que Papa m'avait acheté sur le marché de Noël quand j'étais petite.

Elle n'avait pas tort : les soldats français n'étaient pas vêtus de vert comme les troupes bavaroises que

Marie avait pu voir. Ils portaient des manteaux bleus plus courts sur le devant et des pantalons rouge vif. Seuls leurs fusils et leurs baïonnettes ne ressemblaient nullement à ceux de jouets en bois.

— Oncle Rudolf, le frère de Maman, disait toujours que les Français étaient des soldats de papier : dès qu'il commençait à pleuvoir, ils détalaient pour se mettre à l'abri…

Marie fut soulagée que personne ne puisse comprendre les discours de Kitty. Avec quelle adresse elle fendait la foule, souriant aux hommes et saluant aimablement les femmes… Même les gamins pouilleux qui se tenaient sur le bord du trottoir la laissaient passer. L'un d'eux s'inclina même galamment devant elle comme un jeune monsieur.

La foule s'était déjà dispersée quand elles arrivèrent devant le Café Léon. Le patron avait disposé sur le trottoir plusieurs tables, dont certaines étaient occupées par un groupe de touristes anglais. L'opulente Solange apportait du vin, de l'eau et des vol-au-vent chauds. Quand elle vit Kitty et Marie, elle leur fit signe d'approcher.

— Elle nous a réservé une table, cette brave femme, commenta Kitty. Tu sais, Marie, je crois que sans Solange et Léon je serais rentrée à Augsbourg quand tout a été fini avec Gérard.

Marie ne répondit pas. À l'intérieur du café, Marcel, le jeune homme qui avait porté la valise de Marie au cinquième, se tenait derrière le comptoir. À côté de lui, une jeune fille aux cheveux cuivrés rinçait des verres à bière. C'était Susanne, la fille de Solange et Léon. Le patron était en cuisine et on voyait de temps en temps son visage rougi par la chaleur du fourneau surgir derrière le passe-plat.

— Quand il sortira enfin de sa cambuse, tu seras très surprise, déclara Kitty tandis qu'elles s'asseyaient à une table dans un coin de la salle. C'est un Breton, grand et blond comme un Viking. J'aurais bien aimé faire son portrait, mais il a refusé. Il est terriblement vaniteux, figure-toi.

Il faisait un peu sombre dans leur recoin et on ne voyait ni le boulevard ni les passants, mais Marie découvrit une foule de photographies sur les murs, peut-être la galerie de portraits de la famille de Bretagne ?

— Nous prendrons le menu n° 1, je suis sûre qu'il te plaira, poursuivit Kitty. Avec du vin ? Non ? Il faudra bien que tu apprennes à en boire, ma petite Marie. Tous les Français boivent du vin qu'ils coupent avec de l'eau, même les enfants. Nous prendrons donc un demi-litre de rosé et une carafe d'eau. *Hé, Marcel ! Deux n° 1, un demi-litre de rosé et une carafe d'eau...*

Comment réglerait-elle la note ? Avait-elle de l'argent ou lui faisait-on crédit ? Marie décida d'attendre et, au besoin, de sortir de sa pochette l'argent de Madame. Mais il s'agissait de marks allemands qu'il faudrait convertir en francs.

Marcel apporta le vin et l'eau et remplit les verres. Marie, indécise, observa le liquide clair dans son verre. Le vin rouge vous montait très vite à la tête, comme elle l'avait appris en travaillant dans la ville basse. Un jour, par curiosité, elle avait bu le fond d'une bouteille de vin rouge. La tête lui avait tourné et elle s'était sentie atrocement mal toute la nuit. Mais ce vin-là était du rosé et elle pouvait toujours le diluer.

— À nous deux, dit solennellement Kitty en levant son verre. À notre bonne entente, notre dur labeur et, tôt ou tard, notre gloire : qu'on s'arrache nos œuvres !

— À notre amitié, Kitty !

Marie n'avait pas eu le temps de diluer son vin. Elle avala une goulée et sentit l'alcool allumer un feu au creux de son estomac. C'était une sensation agréable. Elle but une deuxième gorgée pour chasser sa mauvaise conscience. « À notre amitié », avait-elle dit, alors qu'elle jouait la comédie à Kitty pour la retenir pendant que Paul et Alfons se préparaient à entrer en scène.

— N'est-ce pas merveilleux d'être ici ? exulta Kitty. Nous sommes libres, Marie ! Personne ne vient nous dicter notre conduite, nous faisons tout ce qui nous plaît. Nous déjeunons ici et, ensuite, nous irons au Louvre et nous promènerons le long de la Seine. Nous emporterons nos blocs à dessin pour faire des esquisses. Oh, j'ai hâte de voir ce que tu vas dessiner ! Tu es très douée et tu auras vite fait de me dépasser, j'en suis sûre !

Marie s'abandonna à la chaleur bienfaisante du vin et but encore une gorgée. Elle avait la sensation de planer, et c'était très agréable. *Quel dommage que les rêves de Kitty doivent bientôt éclater comme des bulles de savon !* songea-t-elle. Au fond, il était tentant de connaître une telle liberté. Kitty et elle, seules dans un nid d'oiseau au-dessus de la ville… Elle aurait pu embellir cet appartement en le nettoyant, en repeignant les murs dans une couleur claire et en y disposant des plantes en pots. Le jour, elles auraient flâné dans cette grande ville et dessiné les gens, les maisons, la Seine, la tour Eiffel… peut-être même les auraient-elles transformés en cubes et en carrés multicolores… Marie gloussa à cette idée. Kitty n'avait-elle pas dit que c'était de l'art moderne ?

— Attention, je t'apporte ma surprise !

Kitty s'était levée d'un bond et était remontée dans son nid d'oiseau, laissant Marie seule à la table. Quelle chance qu'elle ne soit qu'une femme de chambre, car être assise seule dans un restaurant aurait été fort inconvenant pour une demoiselle ! Kitty prit tout son temps. Le regard surpris de la patronne effleura plusieurs fois Marie. Quand Kitty réapparut enfin, sa robe avait deux grosses taches de suie que, dans son excitation, elle n'avait même pas remarquées. Elle tenait à la main une photographie qu'elle essuya sur sa jupe avant de la poser sur la table devant Marie.

— Mon Dieu, je l'ai cherchée partout alors qu'elle était très facile à trouver : je l'avais posée sur la table de la cuisine au milieu des tasses, expliqua-t-elle. Regarde-la bien, Marie. Tu ne remarques rien de curieux ?

La photographie devait être assez ancienne, car ses couleurs étaient passées. On pouvait néanmoins reconnaître un jeune homme et une jeune femme se tenant par la main dans une attitude empruntée à côté d'une petite table certainement ornée pour la circonstance. La femme portait une robe de couleur claire à la taille ample et ses cheveux étaient relevés. L'homme arborait un complet sombre et avait une moustache. On voyait sur la table une palette de peintre, des pinceaux dans un verre et plusieurs tubes de peinture. On avait pris ce cliché dans l'atelier d'un photographe.

— Très joli… laissa tomber Marie.

— Mais regarde donc au bas de la photographie, lui dit Kitty excitée. Bon sang, tu es aveugle ?

Marie but encore une gorgée de vin, puis remplit son verre d'eau. Quelques mots étaient inscrits au bas de la photographie dans une écriture également pâlie.

Luise Hofgartner, peintre allemande, et son fiancé Jakob Burkard, lut-elle.

Marie relut ces mots et les lettres devinrent floues

devant ses yeux. Elle entendit sans le comprendre le flux de paroles de Kitty.

— Figure-toi que Gérard et moi avons vu un dessin dans un petit magasin… où était-ce, déjà ? À Saint-Germain, peut-être ? Enfin, un dessin au fusain représentant une jeune fille, une Flora, je crois, la déesse du Printemps. Comme elle me plaisait, nous sommes entrés dans le magasin et nous avons demandé qui en était l'auteur et combien il coûtait. Et figure-toi que c'était une artiste peintre allemande qui portait ton nom. C'est peut-être une parente ? Ça n'aurait rien de surprenant : tu es très douée en dessin, Marie.

— Peux-tu me traduire les mots français, Kitty ?

Kitty s'interrompit, prit la photographie et traduisit.

— C'est son fiancé ? demanda Marie. Tu es bien sûre que c'est ce mot ?

— Tout à fait sûre. Gérard m'a tout traduit et il parle aussi bien le français que l'allemand. Le marchand avait plusieurs dessins d'elle. Il nous a dit que c'était une grande artiste et qu'elle avait travaillé comme une possédée, mais était retournée en Allemagne et que, depuis, on n'avait plus jamais entendu parler d'elle. Il était tellement ravi que nous ayons acheté ce dessin qu'il nous a offert cette photographie en prime. Comme ils ont l'air heureux, tu ne trouves pas ?

C'était indéniable. Sinon, ils ne se seraient pas tenus par la main. Marie reprit la photographie pour mieux l'examiner. Souriaient-ils ? Portaient-ils un anneau au doigt ? La robe de sa mère lui parut incroyablement moderne, mais peut-être ne portait-elle pas de corset parce qu'elle était déjà enceinte ?

— Avez-vous demandé quand cette photographie a été prise ?

— Non, nous n'y avons pas pensé, répondit Kitty.

Elle est sûrement très ancienne, mais figure-toi que nous avons découvert d'autres dessins de cette artiste. Trois d'entre eux sont exposés dans la galerie de Kahnweiler et j'en ai vu un autre dans un petit magasin sur un quai de Seine. Mais Gérard, ce misérable grippe-sou, a refusé d'en acheter un seul, tu te rends compte ? Et il prétend m'aimer…

— Et ce dessin, demanda Marie d'une voix tremblante, est-ce que tu l'as encore ?

Elle ne reçut pas de réponse. Kitty avait levé la tête et regardait fixement la porte grande ouverte du café : sur le seuil se tenaient Paul et Alfons.

— Oh, tu m'as joué la comédie, sale hypocrite ! chuchota-t-elle.

Chapitre 41

Ils n'auraient pu choisir pire moment pour réapparaître. Quelle mouche les avait piqués ? N'avaient-ils pas convenu d'attendre des nouvelles de Marie au café en face du métro ? Paul répondit au regard de reproche de Marie par un haussement d'épaules fataliste. Quant à Alfons, il était si enivré de revoir Kitty qu'il ne remarqua même pas la colère de Marie. L'air radieux, il s'approcha de la table des deux jeunes femmes.

— Chère mademoiselle ! Quelle chance ! Comme je suis heureux de vous revoir !

Kitty le toisa, les yeux plissés, et le regard avec lequel elle accueillit son frère fut franchement hostile.

— Quel heureux hasard ! ironisa-t-elle. On se promène sans penser à rien boulevard de Clichy et, tout à coup, on aperçoit sa petite sœur dans un café…

— Tout juste ! s'exclama Alfons dans son ravissement naïf. J'espère que nous ne dérangeons pas ces dames…

— Mais non, quelle idée ! riposta méchamment Kitty. Nous déjeunions et parlions tranquillement d'affaires personnelles entre femmes, mais je vous en prie, asseyez-vous à notre table : de toute façon notre tranquillité est gâchée, n'est-ce pas, Marie ?

— Je ne comprends pas ce que vous voulez dire, mademoiselle Katharina, répondit cette dernière, blessée, préférant ne plus tutoyer Kitty dans cette situation.

— Tu le sais très bien, sale petite menteuse !

Paul jugea venu le moment d'intervenir. Il avait mauvaise conscience d'avoir cédé à Alfons, qui avait tant insisté pour se rendre au Café Léon.

— Ce n'est pas une raison pour insulter Marie, Kitty ! dit-il, furieux. Balaie plutôt devant ta porte : qui nous a menti pendant des semaines pour disparaître ensuite ?

— Mon petit Paul, je me doutais bien que la famille t'enverrait en émissaire, mais si tu crois que je vais rentrer à Augsbourg avec vous, tu te trompes lourdement. J'irais plutôt en enfer !

— Voyons, voyons, intervint Alfons, les mains levées en un geste d'apaisement, nous n'allons quand même pas nous disputer ! Et qui parle d'Augsbourg ? Réjouissons-nous plutôt d'être à Paris, la ville de l'art et de l'amour !

Un silence suivit ce discours enthousiaste. Kitty observa Alfons, les sourcils levés, se demandant s'il était sérieux ou s'il la flattait comme à son habitude. Paul et Marie échangèrent un regard perplexe.

— *Ce sont des amis ?* s'enquit Solange, qui avait regardé la scène sans en comprendre un mot.

— *Mon frère Paul et son ami Alphonse*... répondit Kitty.

Solange proposa d'apporter deux chaises pour ces messieurs, mais Kitty déclina sa proposition en la remerciant.

— Je n'ai plus faim, déclara-t-elle en se levant. Prends ma part, Marie. Tu as sûrement faim après ce long voyage. Moi, j'ai besoin de prendre l'air.

— C'est ridicule de t'enfuir, Kitty, la coupa Paul. À cause de toi, nous avons dû tout planter là pour partir à ta recherche parce que nous étions vraiment inquiets pour toi !

— C'était tout à fait inutile !

L'arrogance de cette réponse exaspéra Paul. Il avait déclaré à Augsbourg qu'il avait envie de botter les fesses de sa petite sœur et, à cet instant, il l'aurait fait avec plaisir.

— Écoute-moi bien, ma petite demoiselle, reprit-il en se contenant pour ne pas se faire remarquer davantage. Notre mère est malade de chagrin depuis ton départ, mais je suppose que ça t'est parfaitement indifférent. Et ça ne t'intéresse sans doute pas davantage de savoir que notre père va mal, qu'Elisabeth souffre des conséquences de ton égoïsme et que, grâce à toi, notre famille est la risée d'Augsbourg, du moment que tu peux n'en faire qu'à ta tête…

Kitty se glissa derrière Marie pour sortir du café. Elle était au bord des larmes, mais ne l'aurait reconnu pour rien au monde.

— Tu aurais dû devenir prédicateur, Paul. Tu as vraiment raté ta vocation, lança-t-elle.

— Je vous en prie, mademoiselle Katharina, ne vous sauvez pas ainsi ! s'exclama Marie. Parlons plutôt comme des gens raisonnables…

Kitty inspira à fond, préparant sans doute une réplique cinglante, mais Alfons s'interposa. Face à cet obstacle massif, elle s'immobilisa, silencieuse et indécise.

— Chère mademoiselle Katharina, quelle merveilleuse idée d'aller faire un tour… Moi non plus je n'ai pas faim, dit-il benoîtement, et Marie admira l'aisance avec laquelle il mentait. Je préférerais visiter quelques galeries. Je dois vous avouer que je suis un fervent collectionneur d'art moderne.

Kitty haussa un sourcil. Cette passion d'Alfons Bräuer pour l'art moderne était inédite. Son père avait bien exposé des tableaux sur les murs de sa villa, mais nullement par amour de l'art : il s'agissait de placements, comme l'avait reconnu la mère d'Alfons avec un sourire.

— Ma foi, répondit Kitty sur un ton égal, les tableaux des cubistes, comme on les appelle ici, se vendent en ce moment pour une bouchée de pain, mais dans quelques années, ils vaudront une fortune.

Alfons lui adressa un sourire radieux. Marie le regardait, ahurie devant la métamorphose de ce balourd en adroit séducteur. L'amour pouvait vraiment faire des miracles…

— Si quelqu'un comme vous pouvait m'assister de ses conseils avisés, cela m'éviterait bien des bévues dans mes achats, dit-il. Connaîtriez-vous dans les parages une galerie qui mérite le détour ?

— Il y a celle de Kahnweiler rue Vignon, mais ce n'est pas tout près d'ici.

— Nous prendrons un taxi, mademoiselle Katharina. Ou le métro. Ce n'est qu'à trois ou quatre stations d'ici, si mes souvenirs sont bons…

Kitty le regarda avec une certaine admiration. Il connaissait bien Paris, qui l'eût cru ? Ce garçon devait être plus intéressant qu'elle ne l'avait pensé.

— Excellente idée ! s'exclama-t-elle. J'adore ces stations de métro : certaines ressemblent à des palais souterrains…

— Puis-je donc vous accompagner ? demanda-t-il en s'inclinant devant elle.

— Si cela ne vous dérange pas de vous encombrer

d'une ingrate et d'une égoïste comme moi, je suis à votre disposition.

— Vous plaisantez, mademoiselle Katharina... !

Elle dissimula sa mauvaise conscience sous des éclats de rire, sortit du café à son côté en bavardant avec animation, se retourna pour saluer Paul d'un air triomphant, puis, après avoir pris le bras de son cavalier, s'éloigna, altière. Sa jupe fendue sur les côtés dansait au rythme de sa démarche en dévoilant à chaque pas ses jolis mollets.

— Dieu tout-puissant, marmonna Paul, confondu, en la suivant des yeux.

— Ce n'est qu'une apparence, observa Marie. Elle refuse d'admettre qu'elle a commis une erreur stupide. Elle se conduit comme une enfant butée, mais en réalité elle est très malheureuse.

Paul poussa un soupir excédé et déclara que ce comportement puéril devrait cesser tôt ou tard, et d'autant plus qu'il nuisait à autrui.

— Vous avez raison, concéda Marie, mais elle me fait vraiment de la peine. Je crois qu'elle aime toujours ce Gérard Duchamps.

— Il ne manquait plus que ça !

Il lui demanda s'il pouvait s'asseoir à sa table.

— Avec plaisir, répondit-elle. Kitty a commandé deux menus et cette carafe de vin. Je n'en viendrai jamais à bout toute seule.

— C'est donc pour ça, conclut-il avec dépit. J'avais espéré que ça te ferait plaisir de bavarder avec moi.

Comme elle ne répondait pas, il remplit son verre de vin, le leva et but à sa santé avant de s'attaquer avec appétit à son hors-d'œuvre.

— Je n'ai rien contre votre conversation, monsieur Melzer. Mais nous devons avant tout convaincre Kitty de rentrer avec nous. Elle s'est mis en tête de vivre et de peindre avec moi à Montmartre.

— Eh bien, grâce à notre peu subtile entrée en scène, je ne crois pas qu'elle se laissera si facilement convaincre. Je suis vraiment navré, Marie. Je n'aurais pas dû écouter Alfons…

— Bah, j'aurais été obligée de tout lui avouer tôt ou tard. Enfin, maintenant que nous l'avons jetée dans les bras d'Alfons le bienheureux, tout espoir est permis, affirma Marie, mais Paul ne parut guère convaincu.

— Sait-elle qu'il l'a demandée en mariage ? demanda-t-il.

— Non, je ne lui en ai rien dit.

— Quel dilemme, murmura-t-il en regardant Marie d'un air chagrin. Si ça pouvait réussir, je serais bien content pour ce brave Alfons et je crois que ce serait une excellente chose pour Kitty. Mais si elle aime encore ce Français…

— C'est ce que je crois, même si elle ne me l'a pas dit de manière aussi directe.

— Lui aussi semble encore tenir à elle, hélas. Il est venu à Augsbourg pour se réconcilier avec elle et demander sa main.

Il ne l'avait confié à personne jusqu'ici, ni à Marie, ni à Alfons, ni à ses parents. On refuserait bien entendu cette demande en mariage, en admettant qu'il la renouvelle.

— Dans ce cas, il arriverait à ce monsieur exactement la même chose qu'à Kitty, fit observer Marie.

Elle raconta à Paul l'entrevue de Kitty avec les Duchamps et les fiançailles de Gérard avec Béatrice Monnier.

— Comment a-t-il pu entraîner Kitty dans pareille

situation ? pesta Paul. Il aurait dû se douter que ses parents ne consentiraient jamais à leur mariage !

Furieux, il jeta sa serviette sur la table et vida son verre. Quand il regarda Marie, il vit un sourire ironique se dessiner sur ses lèvres.

— Qu'y a-t-il de si drôle ? lança-t-il.

— Je me réjouis de votre discernement. Il est certain qu'on ne devrait jamais mettre la personne aimée dans ce genre de situation. Quand une union rencontre de tels obstacles, il ne peut en résulter que honte et chagrin.

Il la dévisagea, stupéfait, mais comprit où elle voulait en venir et secoua la tête. Ces deux situations n'étaient en rien comparables, affirma-t-il. Du reste, il avait depuis longtemps accepté sa réponse à sa demande en mariage prématurée. Il était donc inutile d'en parler davantage.

— Je suis bien contente que vous voyiez les choses ainsi, monsieur Melzer, répondit Marie. J'espère que nous pourrons rester amis malgré tout, si vous accordez quelque valeur à mon amitié…

— Mais certainement, affirma-t-il sans grande conviction. J'espère bien entendu que tu resteras chez nous, à la villa. Même quand… quand je serai marié et que… j'aurai une famille. Je serais heureux que tu élèves mes enfants…

Cette idée parut franchement absurde à Marie. Voilà qu'il se vengeait de son refus… croyait-il vraiment qu'elle servirait sa femme et élèverait ses enfants ? Jamais ! Plutôt chercher une nouvelle place dans une autre ville. Quelle dommage que Kitty lui en veuille maintenant… Peut-être aurait-elle dû rester avec elle à Montmartre et vivre de ses œuvres ? C'était après tout ce que sa mère avait fait, du moins pour un temps.

— Qu'est-ce que c'est ?

Marie sursauta ; elle avait oublié la photographie. À l'arrivée de Paul et d'Alfons, elle l'avait posée sur la table, et Paul venait de la saisir. Le front plissé, il examina l'image du couple et lança un regard interrogateur à Marie. Il allait reposer le cliché sur la table quand il découvrit l'inscription.

— Ce n'est rien, intervint Marie en tentant de reprendre la photographie, mais il l'écarta promptement.

— Rien ? répondit-il. C'est pourtant ton nom qui figure là : Hofgartner. Une artiste peintre allemande. Et cet homme est… comme c'est curieux… !

— Rendez-la-moi ! lança Marie, furieuse, se penchant par-dessus la table pour saisir la photographie.

— Doucement, doucement, mademoiselle Hofgartner. Cet homme s'appelle Jakob Burkard et ce nom me dit quelque chose. Il est pourtant peu probable qu'il s'agisse de la même personne.

— En effet, le coupa-t-elle. Maintenant, j'aimerais récupérer cette photographie, s'il vous plaît !

Il hésita, peut-être à cause du ton impérieux de Marie.

— Est-ce qu'elle t'appartient, Marie ?

— Elle appartient à Kitty, qui l'a trouvée dans un magasin de Saint-Germain-des-Prés.

— Attends un peu… je te la rends dans une minute.

Mon Dieu, faites crouler le plafond du restaurant ou envoyez-nous une éclipse de soleil, pensa Marie. *N'importe quoi pour qu'il cesse de poser des questions. Ou juste un petit accident de circulation, sans faire de blessés graves, bien sûr…*

— Est-ce que par hasard cette femme serait ta mère ? Luise Hofgartner… Elle te ressemble. Et elle est peintre… oui, évidemment. Kitty dit que tu es vraiment douée en peinture. Elle nous a même fait cadeau d'un de tes dessins à Noël. Dans ce cas, il est possible que cet homme soit Jakob Burkard, l'ancien associé de mon père.

— Son associé ? s'écria Marie, et elle comprit aussitôt qu'elle venait de se trahir.

— Jakob Burkard était l'associé de mon père, expliqua Paul en l'observant attentivement. Ils ont fondé l'usine ensemble, à ma connaissance. Burkard était un véritable génie pour l'invention et la construction de machines, et mon père s'entendait en affaires. Malheureusement, Burkard est mort jeune.

Il se tut et regarda Marie d'un air pensif. Quelque chose semblait le tracasser.

— Je ne savais pas qu'il était marié, reprit-il.

— Ils ne l'étaient pas vraiment. Ils se sont mariés seulement à l'église.

Leur mariage n'avait donc aucune valeur légale, pensa-t-il. Soudain, il regarda Marie comme s'il venait d'avoir une illumination.

— Si tu es la fille de Jakob Burkard, tu n'es plus une jeune fille pauvre : tu as droit à la part de ton père dans l'usine, et dans ce cas…

Il passa la main dans ses cheveux déjà ébouriffés, les yeux brillants.

— S'il en est ainsi, Marie, tu dois absolument devenir ma femme, dans l'intérêt de ma famille. Si tu épouses un autre homme, nous perdrons ta part…

Marie tendit lentement la main et prit la photographie. Ce qu'il venait de lui dire était si nouveau et si déroutant qu'elle n'en avait pas saisi tout le sens. Elle avait en revanche très bien compris ses dernières paroles, qu'elle jugea scandaleuses.

— Vous n'avez aucun souci à vous faire pour votre usine, monsieur Melzer, déclara-t-elle froidement. Jakob Burkard n'est pas mon père.

— En es-tu vraiment sûre ?

— Absolument, mentit-elle. Et quand bien même il le serait, il ne me viendrait pas à l'idée de m'enrichir sur le dos de la famille Melzer !

Il protesta que ce n'était pas ce qu'il avait voulu dire, qu'il savait bien qu'elle n'était pas intéressée, sans quoi elle aurait accepté sa demande en mariage.

— Tout juste, répliqua-t-elle, furieuse qu'il ait abordé ce sujet. Si je dois me marier un jour, ce sera uniquement par amour.

Paul se leva et s'inclina d'un air moqueur, mais la fureur et la souffrance se lisaient sur ses traits.

— J'ai compris ! riposta-t-il. Ce n'était qu'une amourette, pas vrai ? Un doux regard, des mots d'amour et un baiser. Mademoiselle a pris plaisir à exercer ses talents de séductrice sur un imbécile qui a mordu à l'hameçon !

Dieu du ciel, ce n'était pourtant pas ce qu'elle avait voulu dire ! Mais, sans lui laisser le temps de s'expliquer, il alla régler l'addition, puis enfonça son chapeau de paille sur son front et sortit sans se retourner.

Chapitre 42

Le métro était bondé. Kitty dut s'accrocher à l'une des barres métalliques de la rame pour ne pas être précipitée à terre par les trépidations. Comme ce train allait vite ! On en avait le vertige. Ces sifflements et ces crissements, et ces odeurs… Elle avait ignoré jusqu'ici combien des gens entassés pouvaient sentir mauvais – la graisse rance, la sueur, les dents gâtées et surtout l'ail.

— Vous sentez-vous mal ? demanda Alfons avec inquiétude. Peut-être ferions-nous mieux de descendre à la prochaine station et de prendre un taxi ?

— Non, ça ira.

Elle n'aurait pour rien au monde voulu se ridiculiser devant cet homme. Si Gérard avait été là, elle lui aurait avoué à quel point elle se sentait mal. Elle avait toujours été franche avec lui, lui confiant ses pensées et ses émotions les plus secrètes, et ç'avait été une erreur. Il lui avait plus tard reproché d'être changeante, de vouloir un jour une chose et le lendemain une autre. On ne savait jamais à quoi s'en tenir avec elle, avait-il dit.

— Nous sommes presque arrivés, mademoiselle Katharina, annonça Alfons.

Il se rapprocha un peu pour s'interposer entre elle et un jeune homme en tenue d'ouvrier qui la dévorait des yeux. Elle se rendit compte seulement alors de ce que sa tenue avait de provocant. Peut-être aurait-elle mieux fait de choisir l'un des tailleurs démodés que sa mère avait emballés dans sa valise. Ici, dans le métro, le coûteux modèle de Poiret était déplacé.

— Tu ne vois pas que tous les hommes te suivent des yeux ? lui avait demandé Gérard alors qu'elle s'habillait pour aller faire une promenade.

Elle avait ri et décrété sa jalousie ridicule, mais par la suite, alors qu'elle se promenait seule, on l'avait abordée plusieurs fois. Elle n'avait pas tout compris de ce que ces hommes lui disaient, mais c'était sordide et effrayant.

Alfons Bräuer n'était pas le genre d'homme dont on pouvait tomber amoureuse, mais il était agréable de l'avoir à son côté. Quand ils sortirent du métro, il lui offrit son bras pour monter l'escalier, et pas un seul de ces ouvriers n'osa l'aborder.

— Vous paraissez bien pensive, mademoiselle Katharina, lui dit-il. Voulez-vous manger un petit quelque chose ? Vous n'avez rien pris ce midi.

Elle avait en effet envie de s'asseoir dans un joli petit restaurant et de se laisser servir. Ces derniers jours avaient été éprouvants. Ce maudit poêle refusait de chauffer et les biscuits qu'elle avait retrouvés dans ses bagages n'étaient plus qu'un souvenir. Il était gênant de commander un repas chez Solange sans pouvoir le payer, mais ses timides tentatives pour vendre quelques-uns de ses dessins à des touristes avaient lamentablement échoué. On n'en voulait pas, on préférait inviter l'artiste à dîner… C'était vraiment une honte.

Alfons choisit un restaurant sur le boulevard des Italiens, non loin de l'Opéra. Ils s'assirent dans un décor Louis XV, sur des chaises aux coussins de velours, au milieu de miroirs à dorures étincelants. Mais elle s'y sentit à l'aise, bien plus que dans les rues misérables de Montmartre et, plus encore, dans le métro. Elle devait s'avouer franchement que la vie d'artiste ne lui plaisait plus. Peut-être qu'avec Marie ç'aurait été une belle aventure, car la jeune fille était intelligente et réfléchie. Avec elle, on se sentait en sûreté. Kitty lui avait même ouvert son cœur, lui avait confié sa déception amoureuse et s'était laissé consoler par elle, mais Marie l'avait trahie.

— *S'il vous plaît, madame...*

Un serveur en frac lui tendait le menu, qu'elle essaya de déchiffrer. Alfons, assis face à elle, parcourut la liste des plats à une vitesse surprenante et lui en indiqua quelques-uns qu'il jugeait particulièrement savoureux.

— Je vous recommande l'*escalope de veau* avec des haricots bien tendres et des *pommes de terre*, déclara-t-il. Il faut savoir qu'en France on considère la pomme de terre comme une sorte de légume…

À la vue de ses joues rouges et du pétillement joyeux de ses yeux tandis qu'il énumérait les plats, Kitty comprit qu'elle avait affaire à un gourmet. Mais comment avait-il appris à parler si bien français ?

— Je prendrai donc l'escalope en plat principal, dit-elle avec un sourire. Et, en hors-d'œuvre, un poisson, mais une petite portion. Pas de soupe. Et des fruits exotiques en dessert.

— Un verre de vin blanc avec le poisson ?

— Non, seulement de l'eau minérale, s'il vous plaît.

— Comme vous voudrez, mademoiselle Katharina. J'espère que ça ne vous gênera pas si je prends du vin ?

— Mais pas du tout. Cela ne fera qu'accroître votre envie d'acheter des tableaux dans cette galerie, mon cher Alfons.

Il lui adressa un sourire radieux, n'ayant jamais espéré qu'elle puisse l'appeler ainsi. Comme il était facile de le rendre heureux : il suffisait d'un sourire, d'un mot gentil, d'une attention aimable… Pourquoi tous les hommes ne pouvaient-ils être comme lui ? Pourquoi celui qu'elle aimait plus que tout au monde était-il si difficile à satisfaire ? Il restait allongé sur son lit à ruminer pendant des heures. Qu'allaient-ils devenir ? demandait-il. De quoi vivraient-ils ? Ne l'avait-elle pourtant pas tendrement caressé ? N'avait-elle pas tenté de l'apaiser en répétant que tout s'arrangerait, qu'il suffisait d'avoir confiance et de croire en leur amour ? Mais il lui avait reproché d'être puérile et naïve et l'avait conjurée de téléphoner à ses parents. Il était prêt à vivre en Allemagne, à travailler à l'usine de son père au besoin, mais pour elle, c'était hors de question. Elle n'avait pas fui la villa familiale pour revenir demander pardon à ses parents. Elle préférait de loin rester à Paris et vivre avec lui à Montmartre, mais il avait jugé cette idée extravagante.

Ne pouvait-elle donc pas se montrer un peu raisonnable ? Il lui avait alors parlé de Béatrice et de ses remords de l'avoir blessée, d'avoir abandonné sa famille et d'avoir causé du tort au commerce de son père. Cela l'avait rendue furieuse et elle lui avait demandé en quoi c'était sa faute à elle. Ce qu'ils avaient pu se disputer pendant ces derniers jours ensemble ! Ils ne se réconciliaient que quand leurs corps s'unissaient dans la joie de leurs étreintes. Oh, ces heures merveilleuses dans ses bras, quand plus rien ne les séparait, pas même l'étoffe légère de sa chemise…

— Cette soupe aux poireaux est vraiment excellente, mademoiselle Katharina. Il est dommage que vous ne l'ayez pas commandée. Voulez-vous y goûter ? Garçon ! Une deuxième cuillère, s'il vous plaît !

Pour lui faire plaisir, elle goûta à cette stupide soupe aux poireaux et déclara que c'était trop fort pour elle, ce qui le stupéfia car il n'y avait pas un grain de poivre dedans, mais il n'en dit rien.

Elle but un peu d'eau en observant dans l'un des miroirs un couple français qui s'asseyait à une table au fond de la salle. À en juger par l'habillement, il ne s'agissait pas de gens pauvres. Les tissus étaient coûteux, mais leur coupe paraissait terriblement vieux jeu. Ce qui n'avait rien d'étonnant, car ces gens devaient avoir cinquante ans. La dame teignait ses cheveux en blond, mais leurs racines étaient grises. Son mari, petit et mince, dissimulait adroitement sa calvitie sous ses cheveux blancs. Ils parlaient peu, mais Kitty eut l'impression qu'ils se comprenaient parfaitement. Était-ce tout ce qu'il restait de la passion après de longues années de mariage, un silence complice et une conversation triviale ? Dieu du ciel… dans ce cas, peut-être valait-il mieux que son grand amour se soit éteint alors qu'il était encore brûlant et vivace.

— J'espère que vous ne vous ennuyez pas, dit Alfons en repoussant son assiette vide. Je ne suis pas très doué pour la conversation, mademoiselle Katharina. Je n'ai pas ce talent et je le regrette infiniment.

Il paraissait vraiment triste, mais elle pouvait difficilement lui expliquer son silence.

— Voyez-vous, Alfons, répondit-elle, je ne peux oublier ce que mon frère m'a lancé à la tête tout à l'heure. C'était tellement injuste que j'en aurais pleuré. Comment peut-il croire que le chagrin de ma mère m'est indifférent ? C'est évidemment faux, mais je ne peux rien y changer pour l'instant. Dois-je repartir pour Augsbourg, où l'on me passera un savon avant de m'enfermer ? Maman en sera-t-elle plus heureuse ?

Alfons la contempla d'un air pensif et, alors qu'elle s'attendait à l'entendre proférer un lieu commun, sa réaction la prit complètement au dépourvu.

— Vous pourriez téléphoner à votre mère, mademoiselle Katharina. On peut obtenir des communications longue distance dans les bureaux de poste. Je peux vous aider à en obtenir une si vous le souhaitez. Votre mère serait très soulagée d'entendre votre voix.

— Ce... ce n'est pas bête comme idée, bafouilla-t-elle.

Bonté divine, ce serait presque aussi gênant que de reprendre le train pour Augsbourg, et puis que lui dirait Maman ? Et si c'était Elisabeth qui prenait la communication ? Cette idée l'effraya et elle fut soulagée de voir servir le poisson.

— Comment avez-vous appris à parler aussi bien français ? demanda-t-elle pour changer de sujet. Je dois dire que je vous admire beaucoup. Paul le parle aussi et j'ai appris à me faire comprendre dans cette langue, mais vous, mon cher Alfons, on pourrait vous croire Français de naissance.

— Oh, vous exagérez vraiment, mademoiselle Katharina !

Mais il était ravi de ce compliment. Quel drôle de garçon ! Quand il achetait un ticket de métro ou passait une commande au restaurant, quand il la guidait dans la ville ou demandait le chemin, il débordait d'assurance. Pourtant, dès qu'il parlait avec elle, il était aussi timide qu'un collégien et rougissait pour un oui et pour un non. Elle se demanda si cela lui plaisait. À vrai dire, non. Gérard n'avait jamais manqué d'assurance face à elle, il était toujours resté lui-même, tour à tour impétueux, fulminant, tendre, réconfortant et doux. Il pouvait s'emporter et l'invectiver, mais il le regrettait vite et lui demandait pardon. Oh, il était merveilleux de se réconcilier après une violente querelle, de s'unir à lui, de sentir ses mains sur sa peau nue, sa fougue, sa force…

— J'ai passé les mois de février et de mars à Paris, avoua Alfons.

— Vraiment ? demanda-t-elle distraitement. Étiez-vous en voyage d'affaires ?

Il hésita, se demandant s'il était judicieux de répondre, puis se décida.

— Non, mademoiselle Katharina. Je suis venu ici avec Robert pour vous chercher.

— Moi ? s'exclama-t-elle, stupéfaite.

— Certes. Nous avons parcouru la ville à votre recherche pendant deux mois, en vain. Je suppose que vous étiez bien cachée…

Kitty reposa sa fourchette et s'adossa à sa chaise. Disait-il la vérité ? Mais pourquoi lui aurait-il menti ? Dieu tout-puissant, Gérard et elle les avaient donc eus pendant deux mois à leurs trousses ! Comme Gérard avait été malin de les déclarer toujours sous un faux nom à l'hôtel…

— Cachée ? Disons que… nous avons souvent changé d'adresse. Mais vous venez de mentionner la présence de Robert à vos côtés… s'agit-il de notre valet Robert Scherer ?

— Votre ancien valet : il s'est enfui. Le pauvre diable se sentait coupable envers votre famille de vous avoir conduite à la gare.

— Mon Dieu !

Elle se serait volontiers enfuie à son tour. Pourquoi fallait-il qu'on lui donne toujours mauvaise conscience ? D'abord le chagrin de sa mère, et maintenant les remords de Robert. Devait-elle maintenant expier sa fuite ? Dans un instant, Alfons lui raconterait sûrement que la banque de son père avait fait de lourdes pertes parce qu'il n'avait pas pu travailler pendant son séjour à Paris et, bien entendu, ce serait encore sa faute.

— Nous avons agi dans la précipitation, pour ne pas dire bêtement, déclara Alfons. J'aurais dû avoir bien plus confiance en vous, mademoiselle Katharina.

Voyez-moi ça, quel flatteur ! pensa-t-elle. *Mais il avait raison : quelle idée stupide de se lancer à ma poursuite...*

— Vous avez maîtrisé la situation sans aucun secours extérieur, poursuivit-il. Vous avez pris congé du séducteur sans scrupules et vous êtes même parvenue à vous tirer d'affaire toute seule dans cette ville étrangère. Bravo, mademoiselle Katharina ! Je vous tire mon chapeau ! conclut-il en joignant le geste à la parole, ce qui amusa beaucoup Kitty.

Alfons était en réalité quelqu'un de très sensible, mais on ne le remarquait pas immédiatement, parce qu'il dissimulait ses émotions. Et, bien que le terme « séducteur sans scrupules » l'ait hérissée, Kitty se sentit flattée par cette vision des choses. Au fond, il en était bien ainsi. Gérard n'avait pas voulu la quitter, c'était elle qui, après une violente querelle, lui avait déclaré qu'elle voulait retourner en Allemagne. Elle avait bel et bien repris le train pour l'Allemagne, mais était redescendue au premier arrêt pour revenir à Montmartre, non par envie de retrouver Gérard, mais parce qu'elle avait peur de son père.

— Quelles sont vos occupations, mon cher Alfons, quand vous n'êtes pas aux trousses de jeunes filles en fuite ? Je veux dire, que fait au juste quelqu'un qui possède une banque ?

Pendant qu'ils mangeaient leur escalope, Alfons lui

expliqua de son mieux le travail d'un banquier. C'était en réalité très simple, mais fondamental. Les banques permettaient aux industriels et aux commerçants de faire des affaires fructueuses. Elles leur prêtaient de l'argent, les affaires se réalisaient et les banques récupéraient leurs prêts, avec un petit supplément, bien sûr, qu'on appelait l'intérêt.

— Vous vendez donc de l'argent en réalisant des profits ! plaisanta-t-elle.

Il en fut amusé car il n'avait encore jamais envisagé la chose sous cet angle, mais elle avait parfaitement raison. Il prêtait une certaine somme et en recevait en échange une supérieure, c'était aussi simple que ça.

— Et où trouvez-vous tout cet argent ? demanda-t-elle.

— Il n'y en a pas tant que ça, répondit-il. Le plus gros du capital est à l'extérieur, sous forme d'hypothèques ou d'actions. Ne vous imaginez pas que ma cave est remplie de tonneaux d'or.

— Non ? Oh, quel dommage ! s'exclama-t-elle.

— J'ai en réalité décidé d'investir une partie de notre fortune en peintures, expliqua-t-il. À la fois par amour de l'art et parce que ces œuvres pourraient acquérir une valeur que l'or n'aura jamais.

Cette idée choqua Kitty. Il voulait donc acheter des tableaux pour les revendre à un prix plus élevé. C'était une pratique barbare. On ne vendait pas ses amis.

— Je ne vendrais jamais un tableau auquel vous tenez, chère mademoiselle Katharina, lui assura-t-il. Au contraire, je vous l'offrirais !

Elle gloussa et répliqua que, dans ce cas, plusieurs murs de ses salles resteraient nus car elle tenait à un grand nombre de tableaux. Il déclara solennellement qu'il lui en donnait sa parole.

— À vrai dire, je ne saurais où exposer toutes ces œuvres, dit-elle avec un soupir. Mon appartement à Montmartre est bien trop petit et tous les murs de la villa sont décorés.

— Je suis certain qu'une solution se présentera, dit-il. Je peux déjà vous promettre une chose : je serai toujours là pour vous.

Tout en prononçant ces paroles, il se pencha vers elle, et sa dernière phrase devait avoir une grande importance à ses yeux, car il la formula lentement et avec un accent particulier. Cet entretien pesa soudain à Kitty.

— Oh, je vous en suis très reconnaissante, répondit-elle avec une certaine réserve.

Elle inclina poliment la tête avant de se consacrer aux fruits exotiques disposés sur son assiette. Tous étaient exquis : de l'orange sucrée, de l'ananas, une grenade d'un rouge sombre, des figues d'un violet sourd et même l'intérieur blanc et fibreux d'une noix de coco. Elle sentit sur elle le regard scrutateur du jeune homme. Peut-être n'avait-elle pas entendu ce qu'il lui disait ? Peut-être était-ce mieux ainsi, car elle n'avait pas le courage d'entendre les confessions intimes d'un Alfons Bräuer.

Au moment de régler, il laissa un généreux pourboire qui l'impressionna, car à cet égard, Gérard comme son propre père étaient d'une mesquinerie gênante. Elle marcha ensuite à son bras sur le boulevard pour se rendre rue Vignon. Elle appréciait qu'il soit toujours disposé à s'arrêter avec elle devant chaque vitrine et à bavarder avec elle sur les articles exposés. Tout paraissait l'intéresser, y compris les chapeaux, les sacs, les gants pour dames et les mouchoirs de dentelle. Il examinait les livres et les antiquités très attentivement et faisait des commentaires sur de petits tableaux exposés au milieu de toutes sortes de vases et de chiffons. Tout ce qu'il disait lui paraissait avisé.

— Vous n'achèteriez sans doute jamais un objet uniquement parce qu'il est joli et parce que vous avez un coup de cœur pour lui, plaisanta-t-elle.

— Certainement pas pour moi-même, mais si cet objet pouvait faire plaisir à quelqu'un d'autre, je n'hésiterais pas…

— Vous avez bon cœur, Alfons, lui dit-elle avec espièglerie, et il rougit.

— Pas du tout, je suis banquier, protesta-t-il. Si j'offre quelque chose, c'est pour en profiter ensuite. En l'occurrence, il ne s'agit pas d'argent, mais de… d'affinités.

Mon Dieu, quelle horreur, même s'il n'avait fait que plaisanter ! Cette idée força Kitty à envisager le monde sous un angle très différent. Donner et prendre, acheter et revendre, gagner et perdre… on pouvait donc se montrer aussi calculateur… L'existence devenait alors une partie d'échecs où l'on calculait chaque mouvement et devinait les pensées de l'adversaire pour en tirer avantage. C'était vraiment affreux ! Si on la contraignait à vivre ainsi, elle en mourrait.

La galerie Kahnweiler lui était familière car elle s'y était souvent rendue avec Gérard. On y trouvait les œuvres de jeunes artistes novateurs et audacieux. Certains noms, comme ceux de Picasso, Braque ou Modigliani, sautaient aux yeux parce qu'on avait vu leurs tableaux dans des expositions. D'autres étaient de parfaits inconnus, mais leurs œuvres n'avaient pas moins impressionné Kitty que celles de leurs célèbres confrères. Malheureusement, Gérard s'était conduit en petit-bourgeois étriqué : il avait refusé d'acheter un seul tableau, prétendant ne pouvoir souffrir le propriétaire de la galerie, pour Dieu sait quelle raison. Avec ses cernes sombres et ses lèvres minces, Kahnweiler n'avait rien de séduisant et Kitty ne l'avait pas trouvé particulièrement aimable. Mais c'était un passionné d'art qui avait voué son existence aux artistes de Montmartre, et, aux yeux de Kitty, cette considération l'emportait sur le reste.

La galerie était plutôt exiguë et M. Kahnweiler ne se mettait guère en frais pour présenter ses tableaux de manière avantageuse. La vitrine exposait en tout et pour tout un chevalet vide. On y voyait aussi les fragments d'un miroir brisé sur du papier journal poussiéreux. La galerie ne comportait qu'un petit nombre de salles. Certains tableaux étaient exposés sur les murs tandis que d'autres gisaient face contre terre, si bien qu'il fallait les soulever et les retourner pour les examiner. Kitty savait que d'autres œuvres étaient gardées dans des salles inaccessibles au public, comme des trésors. Le propriétaire ne les ouvrait qu'à des clients privilégiés. Ce jour-là, Kahnweiler était assis à une table avec quelques amis. Ils buvaient du café et mangeaient des biscuits en négociant fébrilement. Alfons ne put deviner qu'en partie le sujet de la conversation. Il s'agissait d'une exposition qui devait avoir lieu au Grand Palais. Ces hommes en guenilles étaient-ils bel et bien des peintres ? Ils observaient Kitty avec curiosité et jaugeaient Alfons sans aménité. Le prenaient-ils pour un spéculateur, quelqu'un qui achète à bas prix afin de revendre avec profit ? Eh bien, ils ne se trompaient nullement.

Sans se laisser intimider par leur visible antipathie, Alfons regarda calmement les tableaux, puis en examina quelques-uns de plus près, toujours en consultant Kitty. Il savait distinguer l'œuvre authentique de la poudre aux yeux, son jugement était pesé, mais sans appel. Non, ce tableau ne vaut pas grand-chose, il n'a rien de particulier, on en trouve de semblables à la douzaine, pouvait-il déclarer. En revanche, il faisait l'éloge d'œuvres que Kitty jugeait laides et les mettait de côté pour s'enquérir de leur prix. Il lui demanda ensuite si elle avait une préférence parmi les tableaux qu'il avait mis de côté, ou pour une œuvre qui lui tenait à cœur et que pour rien au monde il ne faudrait abandonner dans cette galerie. Il ajouta finalement quatre toiles à celles qu'il avait sélectionnées, puis affirma que Kitty avait un goût très sûr et qu'il aurait choisi les mêmes œuvres.

— Et peut-être aussi ce petit tableau ! s'exclama-t-elle soudain.

Elle tenait entre ses mains un nu féminin, l'un des trois tableaux de Luise Hofgartner. Il représentait une femme aux traits grossiers et à l'expression provocante qui dissimulait sa poitrine derrière un mouchoir à carreaux. Le traitement en était moderne, avec des couleurs claires et des traits accusés. L'arrière-plan était plat, sans la moindre profondeur, une surface rouge dont seul émergeait, sur la gauche, un triangle turquoise, peut-être l'extrémité d'un meuble, d'une porte, ou un personnage stylisé. Kitty réfléchit avant de se décider. Elle en voulait toujours à Marie, mais ce tableau lui plaisait. Et puis, et à cette pensée elle s'adoucit, peut-être ne resterait-elle pas fâchée avec Marie jusqu'à la fin des temps.

— *C'est magnifique, n'est-ce pas ?* demanda une voix féminine à côté d'elle. *Hélas, vous ne pouvez pas l'acheter.*

L'incompréhension de Kitty dut se lire sur son visage, car la jeune femme, visiblement une relation du propriétaire, poursuivit la conversation en allemand.

— Il est vendu, pour un cadeau de mariage… vous n'avez pas vu le billet ?

Kitty remarqua à cet instant le papier coincé entre le

cadre et la toile au dos du tableau. On y avait inscrit : *M. G. Duchamps, Lyon.*

— Il passera le prendre demain, expliqua la jeune femme.

Kitty regarda fixement le papier, mais les lettres dansèrent devant ses yeux.

— Vous avez dit : *un cadeau de mariage* ? demanda-t-elle.

— C'est ce qu'il a dit, mademoiselle.

Alfons l'avait rejointe pour examiner le petit tableau.

— Déjà vendu ? demanda-t-il avec regret. Quel dommage ! Il me plaît vraiment beaucoup. Qu'en dites-vous, mademoiselle Katharina ?

Elle ne répondit pas. Elle était comme absente.

— Mademoiselle Katharina ? insista-t-il.

— Je… je ne sais pas… bredouilla-t-elle sans rien comprendre à ce qu'elle disait.

— Vous sentez-vous mal ? Vous êtes toute pâle. Asseyez-vous donc. Je vais vous apporter un verre d'eau.

Elle sentit en effet ses genoux flageoler et se laissa choir sur une chaise. Il lui apporta de l'eau, lui demanda trois fois si elle allait mieux et ne s'intéressa de nouveau au tableau que lorsqu'elle eut déclaré qu'elle se sentait tout à fait remise.

— *Monsieur Kahnweiler ? Je m'intéresse à quelques peintures…*

— *Vous êtes français, monsieur ?*

— *Allemand.*

— *Dans ce cas, nous pouvons aussi bien négocier en allemand…*

Kitty n'entendit pour ainsi dire rien des négociations serrées qui suivirent. Elle demeura affaissée sur sa chaise dans un coin de la galerie, le regard perdu dans le vide. Il avait donc acheté un cadeau de mariage.

Pour sa fiancée, bien sûr. Pour Béatrice, qui comptait bien l'épouser. Avec quelle rapidité il s'était jeté dans ses bras et avait réintégré le giron familial… Et c'était ce tableau, dont il connaissait l'importance pour Kitty, qu'il offrirait à sa chère Béatrice en cadeau de mariage. Il le faisait par dépit, elle en était certaine, car en réalité il n'aimait qu'elle, Kitty, son ensorcelante petite fée, sa seule étoile, sa petite merveille…

Elle dut se maîtriser pour ne pas fondre en larmes. Tout était fini entre eux, et pour toujours. Mais il verrait ce qu'il récolterait quand, après avoir mené ce laideron de Béatrice à l'autel, il entrerait dans son lit. Je vous souhaite bien du plaisir, monsieur Duchamps…

Quand, au bout d'une heure de négociations, l'achat se fut soldé par un chèque et une poignée de main, Kitty s'était reprise. Elle félicita Alfons de son excellente idée de faire emballer et expédier les tableaux à Augsbourg par le train.

— Je vous aiderai à les accrocher, dit-elle. La lumière est cruciale dans l'exposition d'un tableau. S'il est mal éclairé, il perd beaucoup de son aura.

Le soir même, elle se réconcilia avec Paul et Marie, déclarant qu'elle voulait mettre fin à cette querelle stupide et vaine et qu'elle était navrée de tout ce qui était arrivé. Ils restèrent longuement attablés au Café Léon, à boire du vin tandis qu'elle parlait à tort et à travers. Alfons, débordant d'enthousiasme, se montra beaucoup plus loquace que d'habitude. Ni Kitty ni lui ne remarquèrent combien, en revanche, Marie et Paul parlaient peu. Kitty était fermement résolue à repartir pour Augsbourg au plus tôt. Elle ne révéla à personne la raison de ce revirement subit et aucun de ses compagnons ne la lui demanda, tant ils étaient heureux de sa décision.

Chapitre 43

Alicia avait peu et mal dormi, mais s'était levée comme d'habitude et avait pris son petit déjeuner avec son mari. Johann lui avait paru fermé. Plongé dans la lecture de son journal, il avait mangé le petit pain beurré qu'elle lui avait préparé sans remarquer qu'elle avait oublié la confiture.

— Est-ce que tout va bien à l'usine ? avait-elle demandé, tout en sachant qu'il n'aimait guère parler affaires avec elle.

— Certainement… Pourquoi me le demandes-tu ?

— Tu as l'air si dur, Johann. Je me fais du souci pour toi…

Il réagit avec colère, comme si elle le tracassait. Avait-elle donc oublié que Paul était absent pour une durée indéterminée ? Et songeait-elle aux dégâts que Kitty avait pu commettre ? Sa fille méritait-elle les sacrifices que sa famille faisait pour elle ? Non, certainement pas. Qu'elle souffre donc de la faim et du froid, elle apprécierait peut-être mieux ensuite tout ce qu'on accomplissait pour elle depuis dix-huit ans…

Alicia se tut afin de ne pas l'exaspérer davantage. Quand il prit congé d'elle par son rituel baiser sur le front, il s'appuya un bref instant sur son épaule, et le contact de la main glacée de Johann effraya Alicia. Avait-il pris froid ? Couvait-il une grippe ?

— Comment Hanna s'en tire-t-elle en cuisine ? demanda-t-il sur le seuil de la salle à manger.

Cette question surprit Alicia. En temps ordinaire, son mari ne s'intéressait guère aux affaires du personnel, mais sa conscience le tourmentait probablement : après tout, Hanna avait eu cet accident dans son usine. Sans doute était-ce pour cette raison qu'il avait si bien accueilli la proposition de Paul de l'engager comme fille de cuisine.

— Je vais me renseigner à ce sujet, Johann. Reviens-tu déjeuner ici ?

— Non, je ne pourrai pas aujourd'hui. À plus tard, Alicia !

Il était 8 heures. Le train arrivait à Paris à ce moment même. Pourvu qu'on retrouve Kitty en bonne santé et joyeuse, le reste était secondaire aux yeux d'Alicia. Si seulement ils pouvaient arriver avec elle à la villa afin qu'elle puisse serrer sa pauvre enfant dans ses bras…

Humbert fit son entrée dans la salle. Il apporta du café et débarrassa le couvert de monsieur le directeur. Il faisait preuve d'un zèle remarquable et se montrait très adroit en tout, mais ne pouvait remplacer Robert. Quel dommage que ce jeune homme intelligent et ambitieux soit parti ! Alicia en aurait volontiers fait son majordome. Mais, à l'heure qu'il était, il devait être en route pour le Nouveau Monde. Elle pria pour qu'il y soit heureux.

— Dites à Mlle Schmalzler de venir me voir, Humbert.

— Oui, madame.

Eleonore Schmalzler lui avait déclaré la veille au soir avec un soupir qu'il lui serait difficile de prendre soin de la villa à elle seule comme par le passé. Marie était absente et Augusta travaillait au ralenti, car ses jambes enflées la faisaient souffrir et elle ne pouvait plus se baisser.

— Vous trouverez certainement une solution à tout, ma chère Eleonore, avait répondu Alicia pour l'apaiser. Nous n'invitons du reste pour ainsi dire personne en ce moment.

Ce matin, la gouvernante paraissait émue. L'une de ses mèches s'était échappée de son chignon et son visage habituellement pâle était rose.

— Pardonnez-moi, madame, mais j'aide Else à faire les chambres, expliqua-t-elle.

— Vous ? Et pourquoi pas Maria Jordan ?

La gouvernante expliqua avec un faible sourire que Maria Jordan était à la buanderie, où elle donnait des instructions à la lingère : cette femme avait irrémédiablement abîmé deux chemises et une robe de Madame lors de la dernière lessive.

Alicia avait assez d'expérience pour interpréter le sourire de la Schmalzler. Maria Jordan avait probablement refusé de faire le travail d'une bonne. Elle poussa un léger soupir. Comme l'absence de Marie se faisait sentir… Elle était toujours disponible quand on avait besoin d'elle et toujours joyeuse.

— Comment la petite Hanna s'en tire-t-elle ? s'enquit-elle.

Les nouvelles n'étaient pas très bonnes dans l'ensemble. La fillette allait à l'école le matin et ne passait que quelques heures à la villa l'après-midi. Sa mère avait insisté pour qu'elle rentre dormir à la maison, ce qui, de l'avis de la gouvernante, n'était pas une bonne idée. Il était vrai que son bras droit était encore raide, mais elle manquait d'ambition et de zèle. Elle restait les bras ballants le plus clair de son temps et on pouvait compter sur les doigts d'une main les travaux dont elle était capable. En revanche, elle avait toujours faim et dévorait tout ce qu'on lui servait.

— Ma foi, c'est encore une enfant, déclara Alicia. Nous devons nous montrer patients avec elle.

La Schmalzler ne paraissait pas de cet avis, mais elle ne fit aucun commentaire. Comme Hanna semblait très attachée à Marie, peut-être cette dernière parviendrait-elle à en faire une fille de cuisine convenable.

La porte s'ouvrit et Elisabeth entra juste à temps, car Alicia allait lui envoyer la gouvernante pour la prier de descendre. À la vue du visage joyeux de sa fille ce matin-là, Alicia renonça à la réprimander, du moins en présence de la gouvernante.

— Bonjour, Maman, bonjour, mademoiselle Schmalzler ! Comme vous paraissez fraîche et gaie aujourd'hui ! Et quelle journée magnifique ! Un vrai matin de printemps !

Elisabeth embrassa sa mère sur la joue, s'assit à la table, déplia sa serviette et saisit la cafetière.

— Je crois que ce sera tout pour l'instant, mademoiselle Schmalzler, déclara Alicia. Et dites de ma part à Maria Jordan qu'elle doit vous aider à faire les chambres.

— Oui, madame.

La gouvernante inclina la tête avec une reconnaissance visible, puis referma sans bruit la porte de la salle à manger.

— Veux-tu encore une tasse de café, Maman ? demanda Lisa.

Elle tenait à la main la cafetière en porcelaine de Saxe ornée de fleurs, un cadeau de mariage des parents d'Alicia que Johann avait finalement dû payer, comme tant d'autres objets de la villa.

— Une demi-tasse seulement, Lisa. Je suis très nerveuse ce matin, tu sais bien pourquoi…

— Tu veux dire à cause de Kitty ? Bah, elle reviendra à coup sûr. Papa a bien raison de dire qu'on fait beaucoup trop d'histoires à son sujet.

Alicia ajouta de la crème et un peu de sucre dans son café. La froideur, pour ne pas dire le manque de cœur d'Elisabeth la choqua. Cela dit, les deux sœurs avaient toujours été comme le jour et la nuit.

— Il en va ainsi avec les enfants qu'on a perdus, répondit-elle avec un soupir qui en appelait à la compréhension de sa fille. Plus ils nous donnent de souci, plus nous les aimons désespérément. Les mères sont ainsi, Lisa. Quand tu seras mère à ton tour, tu comprendras cela.

Elisabeth décapita son œuf à la coque sans donner le moins du monde l'impression d'être émue par les paroles de sa mère. Mais elle était jolie ce matin-là. Sa robe de chambre ample sans excès la faisait paraître plus mince et le bleu du tissu était en harmonie avec celui de ses yeux. Le modèle de ce peignoir avait naturellement été dessiné par Marie. Mais ce n'était pas seulement une affaire de parure. Elisabeth rayonnait de contentement.

— Il est déjà plus de 9 heures, fit observer Alicia après avoir consulté la pendule. Que peuvent-ils bien faire en ce moment ?

— Tu veux dire Paul et sa suite ? persifla Elisabeth en salant le blanc de la tête de son œuf. Ils doivent être épuisés par ce long voyage. Ils ont dû louer deux chambres d'hôtel pour s'offrir une petite sieste…

Alicia dévisagea sa fille, frappée de stupeur. Elisabeth parlait-elle sérieusement ? Alicia était persuadée que Paul s'était précipité chez Kitty en descendant du train. Mais il était vrai qu'ils avaient voyagé de nuit…

— Deux chambres d'hôtel ? répéta-t-elle.

Elisabeth haussa les sourcils tout en savourant son œuf.

— Bien sûr, répondit-elle. Une pour Paul et Marie, l'autre pour Alfons Bräuer et Kitty…

— Elisabeth !

— Oui, Maman ?

Elisabeth ressembla soudain à sa cœur cadette : un petit lutin espiègle riant de voir sa mère tomber dans le piège. Alicia s'éclaircit la gorge, agacée, et but une gorgée de café.

— C'était une plaisanterie tout à fait déplacée, Lisa !

— Pardon, Maman. Mais je crois que nous pouvons nous fier à Paul pour ramener Kitty saine et sauve…

— Naturellement, répondit Alicia. Cela ne fait aucun doute. Je suis seulement nerveuse parce que je ne peux rien faire d'autre qu'attendre, tu comprends ?

Elisabeth acquiesça d'un air compréhensif, tapota ses lèvres de sa serviette et se versa une deuxième tasse de café. Selon elle, cette histoire aurait au moins appris à Kitty à distinguer un charlatan d'un honnête homme. Elle avait une chance inouïe qu'Alfons Bräuer veuille encore d'elle malgré ses frasques.

— Eh bien, reprit Alicia avec un sourire, si tout se passe comme nous le souhaitons, peut-être qu'on annoncera bientôt des fiançailles à la maison…

Elisabeth reposa sa tasse d'un geste résolu.

— Au point où nous en sommes, Maman, dit-elle en s'adossant à sa chaise, je dois t'annoncer une nouvelle qui te réjouira sûrement.

Alicia, qui s'apprêtait à se plonger dans le journal que Johann avait laissé sur la table, dressa l'oreille.

— Vraiment ? Eh bien, je t'écoute, répondit-elle.

Elisabeth jouait avec un pendentif, une pierre bleue dont son père lui avait fait cadeau et qu'elle portait souvent depuis peu. Elle leva les yeux et adressa à sa mère un sourire contraint.

— Il y a quelques semaines, j'ai rencontré chez mon amie Dorothea l'une de nos vieilles connaissances, continua-t-elle. Te souviens-tu du lieutenant von Hagemann ?

Alicia blêmit. Elle se souvenait naturellement de cet homme, mais bien à contrecœur. Après avoir fait la cour à Elisabeth, il avait soudain voulu épouser Kitty, et il y avait désormais plusieurs mois qu'on était sans nouvelles de lui.

— Le lieutenant von Hagemann n'est pas une fréquentation que tu devrais cultiver, Lisa.

Elisabeth se récria contre ces préventions. Von Hagemann était au fond un homme d'honneur, bien qu'un peu trop impulsif dans ses émotions, ce qui plaidait pour sa franchise. Elle avait certes été durement éprouvée quand il avait contre toute attente fait la cour à sa sœur, mais après ces retrouvailles, ils avaient eu de longues conversations et il lui avait avoué le remords et la honte qu'il ressentait au sujet de sa conduite envers elle. Et il fallait reconnaître à sa décharge qu'il n'avait pas été le seul à succomber aux charmes de Kitty.

— De longues conversations ? répéta Alicia, horrifiée. Où et quand ? Chez Dorothea ?

— C'est vraiment typique de toi, Maman. De tout ce que je viens de te raconter, tu n'as retenu que mes conversations avec le lieutenant von Hagemann. Très bien : nous nous sommes vus chez Dorothea et nous sommes souvent sortis dans son automobile, car il m'a donné des leçons de conduite.

Cette révélation atterra Alicia. Sa fille si bien élevée était montée en voiture avec un homme et ils étaient selon toute probabilité restés seuls pendant ces sorties. Dieu du ciel, on les avait certainement vus et reconnus !

— Maman, calme-toi : hier, le lieutenant von Hagemann m'a demandée en mariage.

Alicia accueillit cette nouvelle sans enthousiasme. Une demande en mariage était certes une garantie de sérieux, mais de la part de ce von Hagemann…

— Il vous demande la permission de venir vous faire sa demande dimanche à 3 heures, conclut Lisa.

— Tu as donc accepté ?

— Oui, Maman.

Alicia ferma les yeux un instant. Pourquoi s'inquiétait-elle tant, au juste ? Un être jeune pouvait commettre une erreur, à condition de se reprendre et de retrouver le droit chemin. C'était précisément ce que Kitty ferait à son retour à la villa. Pourquoi ne pas accorder également cette chance à Klaus von Hagemann ?

— L'aimes-tu, Lisa ?

Lisa le reconnut avec un sourire. Maintenant qu'il s'était déclaré et qu'ils allaient s'unir pour la vie, elle pouvait enfin l'avouer. Oui, elle l'aimait. Depuis qu'elle l'avait rencontré lors de son premier bal chez les Manzinger, elle ne l'avait jamais oublié.

— Nous avons tous deux traversé de dures épreuves, Maman, mais notre union n'en sera que plus solide et authentique, déclara-t-elle.

Alicia la serra dans ses bras, lui souhaitant tout le bonheur du monde. Elle affirma que l'amour était le plus grand miracle dont Dieu ait fait présent à l'humanité, qu'elle-même s'était mariée par amour et ne l'avait jamais regretté.

— Je te remercie, Maman. Oui, je suis heureuse… je crois que je n'ai encore jamais été si heureuse de ma vie !

Profondément émue, Alicia berça sa fille sanglotant de joie comme si elle était encore une petite fille. Tout s'arrangerait pour sa famille, le Seigneur veillait sur elle et sur sa maison…

Un cri jaillit du rez-de-chaussée, le cri d'une personne en proie à d'effroyables douleurs.

— Mon Dieu, qu'est-ce que c'est ? bredouilla Alicia bouleversée.

On aurait cru qu'un accident avait eu lieu en cuisine. Elisabeth raconta que la cuisinière de son amie Sophie Jäger s'était récemment tranché deux doigts en découpant un rôti.

— Ne raconte pas des choses pareilles, Lisa ! Quelque chose sera tout simplement tomb…

Le cri horrible reprit, s'acheva dans un râle, recommença, enfla et se mua en une plainte déchirante. La porte de la salle à manger s'ouvrit brutalement et Humbert surgit. Il se retenait au montant pour ne pas tomber, il était livide et il avait plaqué une main sur sa bouche.

— Humbert, mon Dieu, que se passe-t-il en bas ? s'écria Alicia.

Il suffoquait en émettant des sons indistincts. Il mit un instant à se ressaisir et à parler normalement. Elles virent entre-temps Else et la Schmalzler dévaler l'escalier pour se précipiter au rez-de-chaussée.

— Cette femme… sur le sol de la cuisine, les jupes relevées… du sang partout… Je… je me sens affreusement mal… bafouilla le valet.

— De qui parlez-vous, Humbert ? La Brunnenmayer a-t-elle eu un accident ? Ou la petite Hanna ? Mais parlez donc !

Alicia sentit la main de sa fille sur son bras.

— Je crois que c'est Augusta, Maman. Son enfant est en train de naître.

Alicia la regarda, horrifiée. Comment avait-elle pu ne pas y penser alors qu'elle-même avait eu trois enfants ?

— C'est bien cela, Humbert ?

Il hocha la tête, se plia en deux, puis se rua vers l'escalier de service, où elles l'entendirent vomir.

— Dieu tout-puissant, gémit Alicia. Qui enverrons-nous prévenir la sage-femme ? Else… ou Gustav ? Ah, si seulement Robert était encore parmi nous…

Elisabeth, qui gardait un calme surprenant, assura à sa mère qu'elle n'avait aucun besoin de s'inquiéter. Mlle Schmalzler se chargerait de tout. Elle avait probablement envoyé Else chez la sage-femme. Pourtant, Alicia ne retrouvait pas son calme. Suivie de sa fille qui bougonnait, elle descendit en hâte dans l'entrée, où elles faillirent se heurter à Maria Jordan. La femme de chambre sortait de la buanderie et se dirigeait vers la cuisine, une corbeille de draps blancs dans les bras.

— Ce sont de vieux draps, madame, déclara-t-elle. Nous voulions en faire des torchons pour la cuisine, mais nous en avons besoin pour Augusta. Quelle malchance… Elle s'est mise à crier tout à coup…

Alicia lui demanda si la sage-femme avait été prévenue.

— Gustav est parti la chercher, madame. Quelle peur nous avons eue ! Elle a crié comme si on l'embrochait, elle s'est recroquevillée et laissée choir au beau milieu de la cuisine. Imaginez un peu, madame… La cuisinière venait de paner les côtes de veau et la petite Hanna… non, ce n'est vraiment pas un spectacle pour une enfant !

Mais allez-y, Maria ! l'interrompit Elisabeth. On a sûrement grand besoin de ces draps à la cuisine. Avez-vous de l'eau bouillante ? Et un bandage ombilical pour le bébé ?

Les connaissances de sa fille stupéfièrent Alicia. Les

jeunes filles d'aujourd'hui apprenaient au pensionnat une foule de choses dont il n'était jamais question de son temps : l'hygiène corporelle, les soins aux nourrissons, et même la culture physique. Si les progrès continuaient à être si rapides, ses petites-filles apprendraient tout sur la nuit de noces… Que Dieu les en préserve !

— Nous ne pouvons rien faire pour l'instant, Lisa, dit-elle. Remontons à l'étage. Je ne veux pas rester trop loin du bureau de ton père, car Paul nous téléphonera peut-être de Paris.

Elisabeth leva les yeux au ciel, puis répondit qu'il était beaucoup trop tôt et que Paul ne téléphonerait probablement pas avant le lendemain.

Les cris avaient cessé, à leur grand soulagement, même s'il était difficile de savoir si ce silence était de bon augure.

— Peut-être s'est-elle évanouie, murmura Lisa tandis qu'elles montaient lentement l'escalier. Ou peut-être s'est-elle vidée de son sang.

— Elisabeth !

On sonna à la porte et Else accourut pour ouvrir. Gustav se précipita dans l'entrée, suivi d'une grosse femme d'âge mûr.

— Calmez-vous, jeune homme, votre enfant ne va pas se sauver, grommela-t-elle.

— Ce n'est pas mon enfant !

— Alors je ne comprends pas pourquoi vous me bousculez ainsi !

Un instant plus tard, on entendit un curieux gargouillement, puis une sorte de coassement qui devint plus fort et plus énergique : le cri indigné d'un nouveau-né.

— Jésus, Marie, ça n'devrait pas être permis d'aller si vite !

Alicia et Elisabeth étaient restées dans l'escalier pour écouter ce bruit insolite.

— C'est plutôt plaintif, commenta Elisabeth en fronçant le nez. Comme étranglé. Pas du tout la voix d'un nourrisson.

— C'est parce qu'il vient juste de naître, répondit Alicia avec un sourire.

Elles durent s'écarter devant Gustav, qui portait la jeune mère dans l'escalier. Else les suivit avec une cruche d'eau bouillante et une pile de torchons. Elle était surexcitée et parlait sans interruption.

— Pardon, madame, mais nous ne pouvons pas prendre l'escalier de service, il est trop étroit car Gustav doit porter Augusta. Quelle frayeur nous avons eue ! C'est allé si vite, et hop ! La tête du bébé était déjà dehors ! La sage-femme n'a eu qu'à tirer les jambes. Quel beau bébé dodu ! C'est une fille, une jolie petite fille. La sage-femme lui donne son bain et nous la coucherons ensuite dans le petit lit qu'Augusta lui a fabriqué avec un vieil édredon et une caisse.

Rouge comme un homard et les yeux brillants, Augusta appuyait sa tête épuisée contre la poitrine puissante de Gustav.

— Une petite fille, reprit Alicia, et un flot de bonheur l'envahit. Une petite fille en bonne santé et pleine de vie ! Oh, Lisa, voyons-y un bon présage !

Chapitre 44

Paul avait pourtant cru connaître assez bien sa petite sœur, mais il devait admettre qu'il s'était trompé. Kitty avait opéré un revirement complet et stupéfiant : plus rien ne subsistait de la petite personne butée et récalcitrante qu'il avait retrouvée à Montmartre trois jours auparavant. C'était à présent une aimable jeune femme qui était assise dans le compartiment avec eux, bavardait joyeusement et semblait se réjouir de rentrer au pays. Rien dans son comportement ne rappelait que, tout récemment encore, elle avait voulu vivre de sa peinture à Montmartre, et même la mode parisienne n'était plus qu'un souvenir. Kitty portait un tailleur lie-de-vin que leur mère avait mis dans sa valise avec un ravissant petit chapeau orné de fleurettes et d'un voile rose évanescent.

Paul était sûr que Kitty saurait jouer ce nouveau rôle de manière convaincante pour leur mère, mais que leur père, en revanche, ne se laisserait pas impressionner. Il prendrait certainement des mesures qui ne plairaient nullement à sa fille, et il s'y tiendrait malgré son amour pour elle, ou justement parce qu'il l'aimait.

On avait loué deux compartiments couchettes pour le trajet du retour : il devrait donc partager le sien avec Alfons, tandis que Kitty dormirait avec Marie. Paul aurait aimé savoir ce qu'elles se raconteraient, ce que Kitty confierait à son amie intime, et si Marie révélerait à sa sœur ce qu'elle lui avait dissimulé. Mais c'était peu probable : Marie était moins communicative que Kitty. L'existence lui avait appris à garder ses soucis et ses espoirs pour elle.

Alfons n'était pas particulièrement loquace non plus. Il avait acheté une quantité de tableaux et il estimait apparemment avoir fait une bonne affaire. Paul n'en était pas tout à fait convaincu. Si le jeune homme s'était fié aux conseils de Kitty, ces tableaux acquerraient de la valeur dans cent ans au plus tôt.

— Comment s'est passée ta journée avec Kitty ? demanda-t-il avec curiosité quand ils furent étendus sur leurs couchettes.

Alfons abaissa le journal qu'il lisait et ôta ses lunettes. Il réfléchit un instant avant de répondre en cherchant ses mots.

— C'était une belle journée, pas de doute. Une journée riche en émotions et en moments heureux. Ta sœur est un papillon ensorcelant, Paul, et je ne voudrais pour rien au monde la blesser en l'attrapant, si tu vois ce que je veux dire.

— Je crois que oui, répondit Paul avec un sourire. Tu penses donc toujours à l'épouser ?

— Plus que jamais, mon cher Paul. Mais je dois lui laisser du temps. Elle doit d'abord reprendre ses esprits et surmonter la peur qu'elle a éprouvée. Je compte l'aider de mon mieux en restant à son côté. Et, oui, j'espère qu'elle se rapprochera de moi tôt ou tard…

Paul inspira à fond et garda le silence. Il songeait à ce que Marie lui avait dit : *Kitty aimait encore ce Français. Finirait-elle par l'oublier ? Peut-être. Mais se tournerait-elle pour autant vers Alfons ?* Paul en doutait.

Alfons sourit dans le vague en faisant bruire les feuilles de son journal.

— Il y a au fond d'elle une enfant effrayée, reprit-il. Une petite fille qui essaie de donner le change à travers mille rôles différents : la princesse altière, la femme pleine d'assurance, le clown, l'artiste et Dieu sait quoi encore. Mais le seul homme capable de la comprendre sera celui qui verra la fillette effrayée derrière tous ces masques et la prendra dans ses bras.

Amen, pensa Paul. *Quel brave et aimable garçon ! Espérons qu'elle ne le décevra pas.*

— Puis-je à mon tour te poser une question très personnelle ? demanda Alfons.

— Pourquoi pas ?

— Se pourrait-il que tu éprouves un sentiment pour cette jolie Marie ?

Ce fut au tour de Paul de bien réfléchir afin de ne pas en dire trop.

— Je suppose que ça crève les yeux ? Oui, je le reconnais, répondit-il.

Le visage d'Alfons exprima la contrariété. Il remit ses lunettes et reprit son journal.

— Je trouve que ce serait dommage pour cette jeune fille, mais naturellement cela ne me regarde en rien, dit-il.

— Bonne nuit.

Ce commentaire d'Alfons avait mis Paul en colère, mais comme il n'avait aucune envie de lui révéler ses véritables sentiments pour Marie, il éteignit sa veilleuse et remonta sa couverture sous son menton. Le voyage serait long et la journée du lendemain fatigante.

VI

MAI 1914

Chapitre 45

Le retour de Kitty à la villa ressembla au dénouement d'une pièce de théâtre. Telle une héroïne revenant de contrées inconnues, elle salua les domestiques accourus dans l'entrée. Dieu du ciel, tous savaient pourtant qu'elle s'était enfuie avec un homme ! Le personnel avait certainement son opinion sur cette histoire. Mais Kitty ne montra ni l'ombre d'un remords ni la moindre honte. Elle rit et bavarda avec chacun, salua Humbert qu'on lui présentait et frappa dans ses mains, ravie, quand on lui apprit qu'Augusta avait eu une petite fille l'avant-veille.

— Où est-elle ? Je veux la voir ! s'écria-t-elle.

Augusta surgit de la cuisine, le nourrisson dans les bras. Elle était encore grosse, mais paraissait bien remise de son accouchement.

— Regarde donc, Marie ! s'exclama Kitty, débordant d'enthousiasme. N'est-elle pas adorable ? Ses petits doigts, sa petite bouche, ses minuscules oreilles… Dire que tout ça deviendra un véritable être humain…

— Tous mes vœux de bonheur, Augusta, dit Marie. A-t-elle déjà un prénom ?

— Elle s'appelle Elisabeth.

— Elisabeth ? s'étonna Kitty avec une pointe de

jalousie. Quel beau nom ! Je suppose que ma sœur sera sa marraine ?

— Elle me l'a promis, mademoiselle.

Alicia attendait en haut de l'escalier, ne tenant plus en place au salon. Quelles retrouvailles ! Paul fut soulagé qu'Alfons Bräuer ait pris congé d'eux à la gare. Ces effusions, ces larmes et ces confessions entre mère et fille devaient être réservées au cercle familial le plus étroit.

— Quelle joie de te revoir parmi nous !

Paul fut surpris de voir Elisabeth si affectueuse avec sa sœur : elle la serra contre elle et affirma qu'elle lui avait terriblement manqué. Comme c'était bon d'être de nouveau au complet…

— Paul… mais où es-tu ? appela Kitty. Mon petit Paul ! C'est grâce à toi que je suis ici. Et à Marie. Où est-elle passée ?

Marie s'occupait déjà des bagages. Elle avait monté les valises et les sacs à l'étage avec Humbert et commencé à les défaire. Paul y songeait avec des sentiments mêlés. Il n'aimait pas la voir traîner ces lourdes charges, mais après tout c'était elle qui en avait décidé ainsi.

Un peu plus tard, il se retrouva assis avec Kitty, Elisabeth et sa mère dans la salle à manger, où on leur avait servi un copieux petit déjeuner. Ils écoutaient les idylliques récits de voyage de la jeune femme.

— Paris est une ville de rêve, Maman… Il faut absolument que nous y allions ensemble. Toi aussi, Lisa. Le Louvre à lui seul justifie le voyage. Mais c'est surtout cette atmosphère de capitale, la mode, les magasins, les gens de tous les pays du monde. Bien sûr, on y voit aussi des Français…

— Téléphone donc à l'usine pour prévenir ton père que Kitty est de retour, Paul, demanda Alicia.

Il se dirigea docilement vers le bureau de son père, où il composa son numéro à l'usine.

— Paul ? Depuis quand es-tu de retour ?

La voix de son père était tendue. De nouvelles machines étaient-elles tombées en panne ?

— Depuis une demi-heure, Père, répondit-il. Kitty est avec nous. Elle prend son petit déjeuner avec Lisa et Maman. Aimerais-tu…

— Viens à l'usine dès que tu peux, le coupa Johann Melzer. J'ai besoin de toi. Et dis à Alicia que je ne rentrerai pas déjeuner.

Paul entendit un déclic : son père avait raccroché. C'était typique de lui. Pas un mot sur le retour de Kitty. Pas le moindre bonjour, rien. Pauvre Katharina… Un orage paternel carabiné s'amoncelait au-dessus de sa tête. Une formation forcée de sténodactylo, de puéricultrice ou d'infirmière était probablement ce qu'il lui réservait de plus anodin. Ou peut-être l'exilerait-il chez tante Helene et oncle Gabriel, ou en Poméranie, au domaine de tante Elvira et d'oncle Rudolf.

Quand Paul revint dans la salle à manger, il trouva les deux sœurs tendrement enlacées et apprit que Klaus von Hagemann avait fait à Elisabeth la demande en mariage si longtemps attendue. Kitty s'en déclara extraordinairement heureuse et soulagée, car elle avait toujours eu mauvaise conscience à ce sujet. Elle jura sur ce qu'elle avait de plus sacré qu'elle n'avait jamais éprouvé le moindre sentiment pour Klaus von Hagemann, et Elisabeth affirma qu'elle n'en avait jamais douté.

— Il y a eu tant de terribles malentendus entre nous, Lisa !

— Dieu sait que tu as raison, Kitty, mais c'est fini maintenant…

— Et bien fini ! Sais-tu déjà ce que tu porteras pour tes fiançailles ? Ta robe bleue ou la robe vert foncé ?

— Mais non, Marie va m'en dessiner une nouvelle. Maman et moi avons déjà acheté le tissu.

Les deux sœurs montèrent dans la chambre d'Elisabeth, où se trouvaient le tissu et une dentelle légère comme un souffle. Quand la porte de la salle à manger se fut refermée derrière elles, Paul et Alicia gardèrent un instant le silence.

— Il fera sa demande officielle dimanche, annonça enfin Alicia avant de finir sa tasse de café.

Elle ne semblait pas se réjouir immodérément de ces fiançailles.

Paul devina que ce mariage déplaisait à son père. Il n'aimait pas le titre de noblesse de von Hagemann, et le marié n'apporterait guère plus que son rang d'officier dans la corbeille de noces. Mais, avant tout, Johann ne pardonnait pas au jeune homme son manque d'égards envers Elisabeth. Après la fuite de Kitty, on était resté sans nouvelles des von Hagemann. Ils avaient cessé toutes relations avec les Melzer, comme tant d'autres prétendus amis. Paul les soupçonnait d'avoir eu vent des projets de mariage d'Alfons. La banque Bräuer comptait se lier à l'industrie textile Melzer. Il se pouvait fort bien que cette rumeur ait incité le lieutenant à prendre sur lui et à considérer de nouveau Elisabeth comme un bon parti. Mais peut-être en allait-il tout autrement. Il ne fallait pas toujours croire les gens capables seulement du pire.

Peut-être von Hagemann avait-il réfléchi et compris qu'Elisabeth était la femme de sa vie.

La femme de sa vie…

— Il y a quelque chose que je voulais te demander depuis longtemps, Maman, dit-il. Que sais-tu au juste sur Marie ?

Alicia regarda son fils, à la fois surprise et légèrement inquiète de sa curiosité.

— Pourquoi tiens-tu à le savoir ?

Il lui parla de la photographie montrant la mère de Marie au côté de Jakob Burkard.

— Jakob Burkard ? En es-tu sûr, Paul ? C'est vraiment étrange…

Johann avait raconté à sa femme que Marie était la fille illégitime de l'un de ses employés. De la mère de Marie, il avait seulement dit qu'elle avait mené une vie dissolue. C'était une artiste, ou du moins se considérait-elle comme telle. Mais, comme le père de Marie avait été un employé compétent, Johann avait voulu garder un œil sur sa fille. C'était pourquoi, en septembre dernier, il avait proposé à Alicia d'engager Marie comme fille de cuisine.

— T'a-t-il dit le nom de cet employé ? demanda Paul.

Alicia poussa un soupir. Elle l'avait oublié. Marie portait le nom de Hofgartner, mais c'était certainement celui de sa mère.

— Oui, elle s'appelait Luise Hofgartner et elle était artiste peintre, dit Paul. Que sais-tu de Jakob Burkard ? N'était-il pas l'associé de Père ?

— Pourquoi choisis-tu ce jour pour déterrer ces vieilles histoires, Paul ? demanda Alicia, contrariée. Kitty est de retour et Augusta vient d'avoir une merveilleuse petite fille. Nous devrions seulement nous réjouir.

— S'il te plaît, Maman, raconte, la cajola-t-il en lui prenant les mains. Ou bien y aurait-il quelque chose que je ne suis pas censé savoir ?

— Quelles bêtises !

Elle avait vu Jakob Burkard quelques fois au début de son mariage. C'était un homme de taille moyenne et très mince, aux yeux sombres et rêveurs. Elle croyait se rappeler qu'il était originaire du Tyrol. Il était fils de modestes fermiers. De nature timide, il se montrait plutôt mal à l'aise en société. Il détonnait parmi les invités et Alicia avait été assez soulagée de ne plus le voir.

— Mais c'était, paraît-il, un ingénieur extraordinairement doué, objecta Paul. Sinon, Père ne l'aurait jamais pris pour associé.

Bien entendu, concéda Alicia. Son père et Jakob Burkard avaient même fondé l'usine ensemble. Burkard avait été responsable des machines ; son père, lui, s'était chargé des affaires.

— Mais, au fil des ans, Burkard est devenu de plus en plus difficile, reprit-elle. Je ne sais pas au juste ce qui s'est passé entre eux, mais Johann était de plus en plus furieux contre lui.

Un jour, ils avaient eu une violente querelle, et Burkard était parti vivre quelque temps à l'étranger.

— En France ?

Alicia n'en savait rien. À son retour, il était malade.

— Il avait toujours bu, déclara-t-elle avec regret, et son foie ne s'en est probablement jamais remis. Le malheureux en est mort.

— N'a-t-il laissé aucun enfant ?

— On a raconté qu'il avait une fille. J'ai entendu les dames de l'œuvre de bienfaisance en parler.

— S'il a effectivement une fille, même illégitime, elle est bien son héritière ?

Alicia le regarda avec étonnement. Son héritière ? Mais qu'aurait-il donc laissé en héritage ?

— Eh bien, ses parts dans l'usine.

Alicia secoua la tête avec un sourire. Croyait-il donc que son père aurait laissé l'œuvre de sa vie aux mains d'un alcoolique ? Non, à l'époque, il lui avait racheté ses parts depuis longtemps. Mais l'argent coulait comme de l'eau entre les doigts de ce malheureux Burkard, qui avait gaspillé une partie de cet argent en inventions inutiles, et le reste en eau-de-vie.

— Il… il ne lui restait donc plus rien à sa mort ?

— Plus aucune part dans l'usine Melzer, en tout cas, répondit Alicia avec un sourire. Es-tu satisfait maintenant ?

Paul acquiesça et la remercia. Il lui expliqua qu'il devait à présent rejoindre son père à l'usine et n'était pas sûr de pouvoir rentrer pour le déjeuner.

— Paul ?

Il se retourna, la main sur la poignée de la porte.

— Oui, Maman ?

— N'ennuie pas ton père avec ces vieilles histoires, je t'en prie. Il n'aime pas en parler et a déjà assez de soucis en ce moment.

— Bien sûr, Maman. À plus tard…

Il entendit dans le couloir les voix excitées et joyeuses de ses sœurs, qui parlaient de la robe de fiançailles. La voix de Marie s'élevait aussi par moments, une voix calme, aimable et résolue. Il en ressentit une profonde amertume, de plus en plus convaincu qu'il n'y aurait pas pour lui d'autre femme qu'elle : il l'aimait et elle était faite pour lui. Bon sang, il avait pourtant demandé sa main, mais cette petite personne têtue l'avait froidement éconduit. Croyait-elle qu'il avait été facile pour lui d'ignorer les conventions et de lui avouer son amour ? Depuis leur querelle à Paris, elle le traitait avec une politesse distante, et ses regards étaient empreints de refus, voire hostiles. Le mépris dans lequel elle le tenait lui était douloureux. Pire, l'idée l'obsédait qu'elle s'était tout simplement jouée de lui. S'était-il trompé sur son compte ? Non, impossible. Son cœur lui disait qu'elle l'aimait.

Dehors tombait une pluie dense de mai, mais Paul n'en décida pas moins de se rendre à l'usine à pied. Un brouillard blanc planait entre les vieux arbres du parc, tulipes et narcisses se courbaient dans les parterres sous l'impétuosité des rafales de pluie, et leurs pétales tombaient sur les myosotis et pensées multicolores. Une odeur chaude et féconde montait des prés, se mêlant à celle des feuilles pourrissantes et de la terre mouillée. La nature se renouvelait avec vigueur, la mort laissant place à la naissance. Les bourgeons éclataient, feuilles et graines poussaient par milliers. Paul avait toujours aimé cette saison. Il inspira profondément ce parfum de vie renaissante et sentit monter en lui un espoir joyeux et rempli d'ardeur.

Chapitre 46

— Comme des rats, commenta la cuisinière en se versant une tasse de café. Ils ont quitté le navire qui sombrait comme des rats, mais maintenant qu'il est de nouveau à flot ils ressortent de leur trou.

Marie savait ce qu'elle entendait par là, mais la petite Hanna regarda les placards de la cuisine et demanda avec inquiétude s'il y avait des rats dedans.

— Pour sûr, grommela la cuisinière. L'un d'eux est assis au salon rouge avec les maîtres et lisse ses moustaches, les autres sont invités à dîner jeudi.

Au salon rouge, le lieutenant von Hagemann faisait officiellement sa demande en mariage. Humbert avait apporté du café et des biscuits légers. Il avait attendu encore un moment dans le couloir, au cas où les maîtres auraient souhaité quelque chose de plus, avant de rejoindre les autres employés en cuisine. Il avait un faible pour la cuisinière bourrue et se rangeait systématiquement à son avis. La Brunnenmayer, qui avait élevé trois garçons, aimait bien ce curieux jeune homme.

— J'ai entendu le lieutenant dire : « J'ai profondément blessé votre fille, mais elle m'a pardonné », déclara Humbert en imitant la voix et les gestes du lieutenant de manière si grotesque que tous éclatèrent de rire.

Le lieutenant avait tenu un discours terriblement pompeux, poursuivit-il. À l'en croire, il avait vécu plusieurs mois dans la contrition, et un seul espoir l'avait soutenu durant cette épreuve.

— Que Mademoiselle le prendrait en pitié ? gloussa Augusta.

— Non, répondit Humbert en prenant un air sombre et tourmenté. Qu'une guerre éclaterait afin qu'il puisse recouvrer son honneur sur le champ de bataille.

— Il en fait vraiment trop, commenta Marie en hochant la tête. Comment peut-il croire que Monsieur va gober ses boniments ?

— Monsieur le directeur et M. Paul n'ont fait aucun commentaire, mais Madame et Mesdemoiselles pleuraient d'attendrissement, répondit Humbert, hilare.

Maria Jordan poussa un long soupir. Elle avait consulté les cartes la veille au soir et savait désormais que ce mariage serait malheureux. Cette pauvre Mlle Elisabeth faisait pitié.

— Pourquoi ? intervint Augusta. Elle ne pourra s'en prendre qu'à elle-même. Elle a voulu à toute force l'épouser. Un homme pareil, je ne l'aurais pas touché du bout des doigts !

Gustav entra dans la cuisine à cet instant. Il portait ses bottes de jardinage et ses mains étaient noires de terre car il venait de mettre des géraniums en caisse. À la fureur de la cuisinière, il les lava à l'évier et les essuya avec un torchon blanc. Quand elle le lui arracha, il ne fit qu'en sourire. Il s'assit ensuite sur le banc, juste à côté de la caisse de bois rembourrée d'édredon dans laquelle dormait la petite Elisabeth, et la contempla aussi tendrement que si elle avait été sa fille.

— Tu veux du café, Gustav ? lui demanda Augusta avec une douceur inhabituelle dans la voix.

— Oui, avec plein de crème et de sucre !

Augusta lui remplit une tasse, la posa sur une soucoupe et y ajouta de son propre chef deux des biscuits que la cuisinière avait métamorphosés en petits-fours avec un peu de crème au beurre, des fruits saupoudrés de sucre et des amandes.

Gustav en enfourna un avec un large sourire.

— Et maintenant, bas les pattes, grommela la cuisinière. Les maîtres en redemanderont peut-être. Les doigts de ceux qui y toucheront encore feront connaissance avec ma cuillère en bois !

Humbert gloussa. Il n'aimait guère Augusta, et lorsqu'elle sortait ses seins opulents pour allaiter son bébé, il était comme pris de panique. Il n'aimait pas davantage le nourrisson.

Assise à côté de Hanna, Marie relisait les devoirs de la fillette dans son cahier d'écriture, soulignant au crayon les mots mal écrits. Hanna devait repérer les erreurs, puis réécrire les mots correctement.

— Tu es encore plus sévère que le maître d'école ! se plaignit la petite. Et mon bras me fait encore mal.

— C'est curieux, tu n'as jamais mal quand tu fais du calcul, lui fit observer Marie avec un sourire.

— Le calcul, c'est facile.

Hanna gardait l'allure d'un garçon avec les courtes boucles blondes repoussant sur son crâne, que l'on avait en partie rasé pour soigner sa blessure. Marie avait coupé le reste afin d'égaliser le tout, et affirmé à Hanna pour la consoler que ses cheveux repousseraient plus épais et plus beaux. Quand la fillette avait débuté en cuisine, elle avait reçu trois robes, deux tabliers, des chaussettes, du linge et des chaussures. Marie avait dû rétrécir les robes à la taille d'une mince fille de treize ans. Seules ses chaussures demeuraient trop grandes, si bien qu'elle traînait les pieds, et la cuisinière se plaignait qu'elle faisait plus de bruit que dix nègres en sabots.

L'une des sonnettes surmontant la porte de la cuisine tinta. C'était pour Humbert, qui reposa sa tasse de café et se dirigea vers l'escalier de service.

— Ils veulent encore des petits-fours, gloussa Augusta. Mademoiselle est pourtant assez potelée.

— Ta mauvaise langue finira par te jouer des tours, l'avertit Else.

— C'est vrai, quoi, elle est dodue comme une caille…

Quand Mlle Schmalzler entra dans la cuisine, Augusta s'interrompit, effrayée.

— Augusta et Else, les housses des coussins de la salle à manger sont sèches, il faut les remettre. Et il reste des couverts sales sur la table et des miettes sur le tapis.

Les deux bonnes se levèrent et sortirent en hâte. La pause de l'après-midi était terminée. Maria Jordan se leva à son tour et, décochant un regard triomphant à Marie, annonça qu'elle devait décorer deux chapeaux de Madame : parfaitement, c'était à elle et non à Marie que Madame avait confié ce travail.

— Ramasse ton cahier, petite, ordonna la cuisinière. Ici, ce n'est pas une école : on travaille. Sors-moi les pieds de cochon de la chambre froide, nous allons les mettre à mariner.

Marie monta lentement l'escalier de service pour retourner à la confection de la robe de fiançailles de Mademoiselle. Elle aimait coudre, et le coton léger d'un vert tendre était très joli, ne vous glissait pas entre les doigts et ne faisait pas de plis. Et cette occupation l'aidait à surmonter son chagrin. Elle souffrait profondément de sa querelle avec Paul, sans savoir comment se réconcilier avec lui. Elle ne pouvait pourtant pas lui dire combien elle l'aimait : cela n'aurait créé que de nouveaux malentendus. Mais il était vraiment dur de le voir passer devant elle avec un air indifférent, de sentir sur elle ses regards tristes ou furieux et de supporter ses remarques moqueuses. Ne savait-il donc pas que chacune de ses paroles lui perçait le cœur ? Se complaisait-il dans ce rôle d'amoureux éconduit qu'il jouait jour après jour ?

Kitty s'était également révélée légère et sans cœur. Quand, après leur soirée de réconciliation larmoyante, elle était retournée dormir dans le petit appartement de Kitty à Montmartre, Marie lui avait demandé ce qu'était devenu le dessin de sa mère. Kitty l'avait cherché partout en vain, et avait fini par avouer d'un air penaud qu'elle avait dû s'en servir par inadvertance pour alimenter le feu du poêle. Il faisait si froid la nuit que, dans le noir, elle avait dû mal voir ce qu'elle avait jeté au feu… Mais Marie ne devait pas s'inquiéter : elle lui achèterait un autre dessin de Luise Hofgartner. Sur ces bonnes paroles, elle s'était glissée dans son lit et endormie. Marie n'avait donc plus que la photographie de sa mère, qu'elle gardait dans le tiroir de sa commode entre trois mouchoirs dont Kitty lui avait fait cadeau. Quand elle était seule dans sa chambre, elle en sortait la photographie pour la contempler. C'était donc sa mère, cette femme jeune et joyeuse, mais elle lui faisait l'effet d'une inconnue. Les formes et les ombres pâlies du cliché ne révélaient rien de l'être humain qu'elle avait été. La belle artiste peintre qui avait aimé Jakob Burkard. La rebelle qui avait refusé de céder à Melzer les plans de son défunt mari. La mère aimante morte si jeune…

Mais à quoi bon savoir qui étaient ses parents ? Cela

ne changerait rien à son sort. Ses parents étaient morts, elle était seule au monde et sans soutien. Si elle avait eu pour deux sous d'intelligence, elle aurait cessé de remuer ces pensées et donné son congé pour en finir avec ce chagrin et ces espoirs inutiles. Être libre, tout quitter pour une vie nouvelle et insouciante… À Munich, peut-être. Ou à Rosenheim. Ou peut-être plus au nord ? Pourquoi pas à Hambourg, où de grands navires quittaient le port pour l'Océan ? Paul n'avait-il pas raconté que Robert s'était embarqué pour l'Amérique ? Quel courage il avait… Elle, au contraire, se montrait lâche, repoussant jour après jour son départ, incapable de se séparer de cette villa et de ses habitants. On aurait cru qu'une force secrète, un magnétisme l'y retenait.

— Marie ! Ma chère Marie !

À peine arrivée au deuxième étage, elle vit Kitty accourir vers elle, la voix plaintive. Misère, il y avait encore du chagrin d'amour dans l'air ! Katharina avait reçu la veille une lettre de Gérard Duchamps. Après l'avoir lue, elle avait paru voguer sur des nuages, déclarant que tout était arrangé, qu'elle nageait dans le bonheur et que son père comprendrait que tout était pour le mieux. Mais elle n'avait rien révélé à Marie du contenu de la lettre.

— Laisse ces stupides travaux de couture, la supplia Kitty, au bord des larmes. Viens dans ma chambre, il faut que tu me consoles. Oh, Marie, c'est vraiment affreux… Si seulement nous étions restées à Montmartre, dans notre petit nid sous les toits, chez Solange et Léon qui ont toujours été si gentils pour moi…

Elle éclata en sanglots et Marie se hâta de la prendre dans ses bras. Elle lui parla doucement, caressant son dos, ses cheveux, ses joues couvertes de larmes et lui murmurant des paroles apaisantes.

— Imagine un peu : Papa m'a défendu d'accepter la demande en mariage de Gérard. C'est monstrueux ! Au lieu de se réjouir que Gérard veuille m'épouser, il gâche tout. Dire que Gérard avait acheté mon cadeau de mariage… oui, c'était seulement un stupide malentendu. Il n'a jamais voulu épouser Béatrice : c'est pour moi qu'il a acheté ce tableau chez Kahnweiler…

Marie l'entraîna dans sa chambre et referma la porte, car cette fouineuse de Jordan sortait à l'instant de la buanderie.

— Mademoiselle Katharina, êtes-vous sûre que votre mariage avec Gérard Duchamps puisse être heureux alors qu'il se ferait contre le gré de sa famille ? Sa demande en mariage me paraît plutôt dictée par le désespoir…

Mais Kitty ne voulut rien entendre : non, Gérard l'aimait et elle aussi. Il l'aimait, même si à Montmartre les dissensions avec sa famille et l'incertitude quant à leurs moyens de subsistance l'avaient mis dans une humeur noire. Ah, il n'était pas toujours facile d'aimer, et peut-être l'amour était-il inconciliable avec le mariage…

— À peine le lieutenant est-il sorti du salon que Papa s'en est pris à moi, poursuivit Kitty. Heureusement que Lisa n'était pas là : elle aurait été trop contente. Mais elle avait raccompagné le lieutenant dans l'entrée. Oh, comme je l'envie ! Comme elle est heureuse… On annoncera ses fiançailles cet été, au cours d'une fête dans le jardin avec tous nos amis et toutes nos relations. Et je serai la seule à ne pas pouvoir y assister…

Elle se jeta sur le canapé bleu ciel et pleura à chaudes larmes. Marie garda le silence et écouta patiemment ses plaintes. Elle apprit enfin que, non content de s'opposer à son mariage avec Gérard Duchamps, Johann Melzer avait pris des mesures draconiennes à l'encontre de sa fille.

— Je devrai soit m'exiler chez l'oncle Rudolf en Poméranie, soit suivre une formation d'infirmière à la Croix-Rouge… moi qui ne supporte pas la vue du sang, Marie !

Il s'agissait en effet d'un rude coup. Marie croyait Melzer parfaitement capable de mettre à exécution ces menaces.

— Jamais je n'irai en Poméranie, déclara Kitty. Même si on me ligote pour me mettre dans le train. Je préfère encore me jeter à l'eau, ou prendre le petit pistolet dans le tiroir du bureau de Papa et me tirer une balle dans la tête.

— Mademoiselle Kitty ! Ne dites pas des choses pareilles, surtout en présence de votre mère.

— Maman n'est pas là. Oh, Marie, je ne sais plus quoi faire ! Maman ne peut pas m'aider, personne ne peut m'aider, tout le monde m'a abandonnée !

Marie réfléchit rapidement. Elle avait bien une idée, mais hésitait à lui en faire part. Peut-être n'en ressortirait-il rien de bon, ou peut-être au contraire le bonheur de Kitty était-il à portée de main…

— Pourquoi ne demandez-vous pas conseil à Alfons Bräuer ? lui dit-elle. Je le crois intelligent et énergique. Et il vous aime vraiment beaucoup, mademoiselle Kitty.

Katharina redressa la tête, repoussa les cheveux collés à ses joues et se moucha copieusement dans le petit mouchoir en dentelle que lui tendait Marie.

— Alfons ? demanda-t-elle d'une voix éraillée par les pleurs. Tu as raison, il est intelligent. Et à Paris, il m'a promis d'être là chaque fois que j'aurais besoin de lui.

Alfons était prévoyant, songea Marie. Il s'était douté que sa charmante Kitty serait en difficulté dès son retour à la villa.

— Tu es vraiment en or, Marie ! Alfons, bien sûr ! Il saura sûrement quoi faire. Je vais lui téléphoner dans le bureau de Papa.

Kitty se leva, se précipita dans le couloir, mais s'arrêta au haut de l'escalier pour faire signe à Marie de la rejoindre.

— Regarde si la voie est libre, lui dit-elle. Nous sommes dimanche et Papa n'est pas à l'usine.

Marie descendit l'escalier. À l'étage inférieur, elle croisa Else, qui sortait de la salle à manger, emportant les housses de coussins sales. Elle informa Marie que Madame et Mlle Elisabeth étaient sorties en automobile. Mademoiselle voulait montrer à sa mère qu'elle savait parfaitement conduire. Quant à Monsieur, il était parti à l'usine avec M. Paul : il y avait, semblait-il, encore des ennuis avec des machines.

Marie songea à Jakob Burkard, qui les avait construites. S'il avait été vivant, l'usine Melzer se serait mieux portée. Mais Johann Melzer ne possédait même pas les plans de construction. Pourquoi sa mère avait-elle refusé de les lui céder ?

Quand Else repartit vers l'escalier de service, Marie fit signe à Kitty qu'elle pouvait descendre.

— Tous sortis ! Quelle chance ! se réjouit-elle. J'espère qu'Elisabeth n'aura pas d'accident avec l'automobile. Dire que Maman est assise à côté d'elle… quelle imprudence !

Un instant plus tard, elle était assise devant le bureau, parfaitement à son aise. Elle décrocha le téléphone.

— Allô ? Allô ? Mademoiselle, je voudrais la communication avec la villa Bräuer, s'il vous plaît. Edgar Bräuer, le banquier. Oui, c'est sur Karlstrasse. Huit, huit, sept… Très bien, tu peux retourner coudre la robe d'Elisabeth, Marie.

Marie comprit que Kitty préférait s'entretenir avec Alfons sans témoins. Elle sortit, referma doucement la porte, derrière laquelle elle s'attarda un instant, non pour épier, mais pour recouvrer son calme. La voix de Kitty était presque aussi aiguë que celle d'une petite fille.

— Très dur est un euphémisme… Oui, vous pensez aussi que je ne devrais pas me rendre en Poméranie ? En aucun cas… C'est tout à fait juste… Peindre ? Non, impossible avec tous ces soucis… Ah, oui, ma sœur va se fiancer, avec Klaus von Hagemann… Parfaitement. Oui, elle est très heureuse… Moi ? Je meurs de chagrin… Vous ne pouvez imaginer combien je suis malheureuse, mon cher ami… Jeudi ? À dîner ? Ne pourriez-vous venir plus tôt ?… Oui, j'en serais très heureuse…

Marie s'éloigna lentement dans le couloir et remonta au deuxième étage par l'escalier de service. Son cœur battait toujours follement, mais elle était sûre d'avoir agi pour le mieux.

Chapitre 47

Melzer ouvrit brutalement la porte de l'atelier puis examina les machines. Vingt renvideuses alignées dans la lumière tombant du haut plafond de verre, toutes à l'arrêt. Un silence inquiétant et même menaçant pesait sur la vaste salle qui habituellement vibrait du vacarme des machines. Pas un seul ouvrier n'était venu faire d'heures supplémentaires.

La porte de l'atelier grinça dans le dos de Melzer. Huntzinger, son contremaître, l'avait suivi.

— Ils se sont mis en grève, monsieur le directeur, dit-il.

Melzer émit un râle étouffé. Dans sa fureur, il avait traversé au pas de charge la cour de l'atelier n° 1 de la filature. Ce qu'il avait redouté, mais refusé de croire, se réalisait.

— Qui ? hurla-t-il. Qui a osé monter mes ouvriers contre moi ?

Huntzinger recula et le directeur comprit que son contremaître, qui travaillait depuis trente ans dans son usine, en savait davantage qu'il l'aurait cru.

— Les gens de l'association ouvrière, monsieur le directeur, répondit-il. Ils ont raconté aux ouvriers qu'ils n'étaient pas tenus de faire des heures supplémentaires deux fois par semaine.

— Cinq de mes machines sont tombées en panne la semaine dernière, si bien que les ouvriers ont dû se croiser les bras, dit Melzer en réprimant sa colère.

— Oui, bien sûr, monsieur le directeur, mais les socialos disent que ça n'y change rien : ces gens sont venus travailler et ce n'est pas leur faute s'ils n'ont pas pu le faire.

Et c'est la mienne, peut-être ? pensa Melzer rageusement. *Qu'est-ce qu'ils croient ? Que je m'amuse à provoquer des pannes pour que mes ouvriers puissent paresser ?*

Toutefois, il connaissait le coupable, et sa haine contre cette harpie qui avait emporté les plans dans la tombe se raviva avec violence.

— Et puis quoi encore ? lança-t-il. Est-ce que les ouvriers du tissage et les teinturiers vont suivre le mouvement ? Dois-je fermer mon usine séance tenante ? Personne n'aura plus de travail, dans ce cas ! C'est ce qu'ils veulent ?

Pas du tout, répondit Huntzinger. Seuls les ouvriers de la filature s'étaient laissé monter le bourrichon par les fonctionnaires de l'association ouvrière. Et surtout les hommes, car les femmes et les filles voulaient reprendre le travail.

Melzer comprit alors que le bruit de la foule, aux portes de l'usine, n'était pas la rumeur habituelle des femmes venues réclamer l'argent à leur mari à la fin de la journée de paie. On avait formé un barrage pour interdire l'accès de l'usine à ceux qui souhaitaient travailler.

— Ils veulent une augmentation, monsieur le directeur. Ils affirment qu'une prime plus substantielle pour les heures supplémentaires ne serait que justice, et qu'il en va ainsi dans d'autres usines, à la filature mécanique d'Aumühle, par exemple.

Melzer toisa d'un œil méfiant son loyal contremaître qui, gêné, lissait sa moustache grise.

— On m'a demandé de tâter le terrain, monsieur le directeur, expliqua-t-il. Parce que c'est moi le plus ancien ici, et parce que j'ai connu M. Burkard, et d'autres encore qui ne sont plus parmi nous…

Le nom de Jakob Burkard réveilla la fureur de Melzer, ainsi qu'une douleur lancinante dans sa poitrine, qui heureusement cessa aussitôt.

— Ah ! Voilà donc d'où souffle le vent, Huntzinger : vous êtes le porte-parole de cette clique. Vous vous convertissez au socialisme sur vos vieux jours. Félicitations !

Huntzinger protesta qu'il n'avait rien à voir avec cette grève et que pour rien au monde il ne négligerait son travail. Il savait tout ce qu'il devait à monsieur le directeur : la petite maison et le jardin, tout lui venait de l'usine Melzer. Mais Max, son fils, lui avait demandé de parler à monsieur le directeur, et mieux valait que ce soit lui qu'un autre. Il s'adressait à monsieur le directeur avec les meilleures intentions. Après tout, il s'agissait d'une infime augmentation de salaire. Et peut-être aussi de la crèche, devenue trop petite, et où l'on avait besoin d'une puéricultrice supplémentaire… Mais on pouvait parler de cela calmement.

Voilà donc ce qu'ils avaient manigancé. Ici même, entre deux portes, devant les machines silencieuses, ce brave Huntzinger était censé lui arracher des concessions. Mais, si les ouvriers le croyaient vraiment capable de céder, ils rêvaient, ces dégonflés de socialos. C'était lui et lui seul qui décidait quand et pourquoi il accordait des augmentations. Une grève ! Depuis que son usine existait, il n'y avait encore jamais eu de grève parmi son personnel. Il fallait étouffer dans l'œuf ces innovations et rester inflexible. Si on cédait, on ne serait bientôt plus maître chez soi et on finirait par se faire voler jusqu'à sa chemise.

— Écoutez-moi bien, Huntzinger, dit-il au contremaître, qui attendait sa réponse la tête basse et le regard fuyant. Ceux qui ne se présenteront pas à l'usine ne toucheront pas un pfennig, c'est aussi simple que cela. Et tous ceux qui cesseront le travail sans motif valable seront renvoyés. Il y a assez d'ouvriers qui voudraient être embauchés dans mon usine.

Huntzinger s'abstint de tout commentaire. Dès le départ, il avait deviné l'issue de cet entretien : après tout, Melzer et lui se connaissaient depuis trente ans. Mais sa femme et son fils ne lui avaient pas laissé le choix. Son fils Max était rattacheur à la filature, et sa femme y avait longtemps travaillé comme garnisseuse. Ç'avait été une ouvrière consciencieuse, mais sa vue ayant baissé depuis peu, elle était à présent emballeuse, un emploi moins bien rémunéré. Quant à Max, il s'était davantage fait remarquer pour sa grande gueule et sa mauvaise conduite que pour la qualité de son travail. Il avait déjà reçu plusieurs avertissements et c'était grâce à son père qu'il n'avait pas été renvoyé.

Max Huntzinger avait probablement adhéré en secret à l'association ouvrière, mais il vivait encore chez ses parents, dans le quartier ouvrier de l'usine, où Melzer ne tolérait aucun socialiste. Les ivrognes, les voleurs et les membres des syndicats socialistes n'avaient rien à faire là-bas, comme le vieux Huntzinger le savait pertinemment.

Alors qu'il montait à son bureau, Melzer sentit de nouveau une douleur dans la poitrine. Il songea qu'il avait intérêt à ralentir : après tout, il n'avait plus vingt ans. À l'étage, les employés étaient partis, ce qui n'avait rien de surprenant puisqu'il était 6 h 30. Où était donc Paul ? Déjà de retour à la villa ? Melzer s'approcha de la fenêtre de son bureau et regarda le portail de l'usine. Ils étaient encore là : les femmes qui voulaient se rendre aux ateliers et les piquets de grève qui leur barraient le passage. Il fallait prévenir la police. Cela provoquerait un scandale qui ferait la une des journaux le lendemain, mais ses ouvriers pourraient faire leurs heures supplémentaires, ou en partie, car il faudrait remettre les machines en marche. Il poussa un juron : il avait déjà déboursé une jolie somme en réparations. Les tissus devaient partir par le train pour l'Angleterre le mercredi. Les ateliers de tissage travaillaient en continu et, à présent, voilà qu'on manquait de fil. Il y avait de quoi désespérer. Mais les ouvriers, eux, n'avaient pas de tels soucis : ils venaient à l'usine, faisaient leur travail et touchaient leur salaire. Pas de nuits blanches pour eux, ni l'angoisse que tout l'édifice ne s'effondre, ni la responsabilité de plusieurs centaines de personnes, ni de décisions cruciales à prendre. Mais, pour faire grève, réclamer plus sans travailler davantage, ça, ils s'y connaissaient !

Alors qu'il allait se détourner de la fenêtre, Melzer perçut un mouvement devant le portail de l'usine. Un tumulte, peut-être une bagarre, il distinguait mal ce qu'il en était, mais la foule des femmes affluait vers le portail pour se déverser dans l'enceinte de l'usine. Il lui sembla que les piquets de grève leur avaient cédé le passage. Des grévistes levaient le bras en pestant ici et là, sans toutefois faire rien de plus.

Melzer n'y tint plus. Il quitta l'étage désert, redescendit, s'avança dans la cour et saisit par le bras l'une des femmes qui se hâtaient vers les ateliers.

— Que se passe-t-il ? Où courez-vous ainsi ? demanda-t-il.

Elle était très jeune, pas plus de dix-huit ans, et sa frayeur face au redoutable directeur de l'usine se lisait sur son visage.

— Nous allons travailler, monsieur le directeur, répondit-elle. Et merci, merci du fond du cœur, mais je dois me dépêcher sinon je serai en retard…

Merci de quoi ? Il retourna dans l'entrée afin de laisser le passage à ceux qui voulaient travailler, et de les observer. Ils paraissaient soulagés, certains riaient même, seuls quelques-uns avaient un air craintif ou même contrit. Que diable s'était-il passé devant le portail ?

Quand la foule fut passée, il voulut aller interroger le portier, mais un groupe de quatre hommes parlant avec animation vint à sa rencontre, parmi lesquels son fils Paul. Les trois autres étaient des ouvriers de la filature. L'un d'eux était Max Huntzinger, un autre s'appelait Brunner ou Baumler, et le troisième, qui avait dépassé la cinquantaine, Joseph Mittelmeier. Il s'agissait selon toute probabilité des meneurs. Melzer marcha droit vers eux pour savoir quel jeu ils jouaient.

— Ne vous fâchez pas, monsieur le directeur, déclara Mittelmeier. Nous allons travailler comme d'habitude. Tout va bien.

— Tout va bien ? vociféra Melzer. Ce petit jeu aura des conséquences, vous pouvez y compter, Mittelmeier !

— Très bien, monsieur le directeur.

Les deux plus jeunes ouvriers ôtèrent leur casquette pour le saluer selon l'usage, comme s'ils venaient de le rencontrer dans la cour. Sans un mot, ils passèrent devant lui, puis disparurent dans l'un des ateliers.

— Monte avec moi, ordonna Melzer à son fils, le lieu étant mal choisi pour l'interroger.

Il était déjà assez gênant que Paul soit mieux informé que lui sur le cours des événements. Ils montèrent l'escalier en silence, et Melzer sentit à nouveau une douleur dans la poitrine. Il respirait avec difficulté et dut s'arrêter deux fois.

— Est-ce que tu te sens mal, Père ? lui demanda Paul. Ton visage est tout gris.

Le regard inquiet de son fils lui pesa. Melzer ne s'absentait jamais : même s'il avait la grippe il se traînait jusqu'à l'usine pour travailler. Il avait fondé cette entreprise et la dirigeait. Il n'avait le temps ni de se reposer ni de rester chez lui quand il était malade. Paul lui avança un fauteuil et sortit du placard la bouteille de cognac français.

— Qu'est-ce qui te prend ? grommela Melzer, agacé. Pourquoi me traites-tu comme un vieillard ?

Amusé, Paul posa deux verres sur le bureau et lui répondit qu'à un vieillard il aurait plutôt servi de la camomille.

— Tu as un sacré culot ! commenta son père.

Il s'assit, vida son verre d'une traite et se sentit immédiatement mieux ; le cognac était bon.

— Alors, que se passe-t-il ? As-tu négocié avec ces gars ? Leur as-tu fait des promesses ? lança Melzer.

Non, répondit Paul. Il était allé au portail parce qu'un ouvrier lui avait dit que quelque chose se tramait là-bas. Quand il avait repéré les meneurs, il les avait salués le plus aimablement du monde, ayant travaillé sur la même machine qu'eux à la filature quelques mois plus tôt.

— Nous avons bavardé un instant et je leur ai dit

que ça ne valait vraiment pas la peine de s'agiter autant pour quelques pfennigs. Ils m'ont servi des boniments qu'on a dû leur apprendre aux réunions de l'association ouvrière, et je les ai écoutés calmement. Et puis je leur ai promis de soutenir leur demande d'augmentation pour les heures supplémentaires.

Melzer était prêt à s'emporter, mais Paul affirma qu'il n'avait fait aucune concession – seulement une proposition : après tout, ce n'était pas lui qui dirigeait l'usine.

— Et ils ont gobé ça ?

— Pas tout de suite. Et pas entièrement. Mais les femmes et quelques hommes qui voulaient travailler se pressaient de plus en plus au portail, et on pouvait à peine les contenir. Et alors tout est allé très vite…

Melzer l'avait vu par lui-même. Il reprit un verre de cognac, sentit une agréable chaleur se répandre dans son corps et se détendit un peu. Il pouvait être fier de son fils : Paul s'était comporté avec courage dans ce guêpier, il avait négocié sans faire de promesses et obtenu la reprise du travail sans violence.

— Nous renverrons les meneurs, déclara Melzer. Il faut nous débarrasser de cette racaille une bonne fois pour toutes.

Paul fronça les sourcils. Il était certainement en désaccord avec son père, mais il garda ses pensées pour lui, ne souhaitant pas le contrarier alors qu'il venait de monter encore dans son estime. Du reste, il n'avait pas dit son dernier mot.

— Tu as vraiment fait du bon travail, Paul, reprit Melzer.

— Merci, Père.

Ils se turent un instant, remplirent encore leurs verres, trinquèrent et savourèrent cet instant d'estime réciproque. Paul déclara alors qu'il s'était attaché à cette usine au fil des mois et avait le sentiment très net d'y avoir trouvé sa vocation. Il voulait reprendre et poursuivre l'œuvre de son père, peut-être pour la léguer un jour à son propre fils.

Melzer en fut impressionné. Troublé par la rapide métamorphose de l'étudiant frivole en collaborateur digne de son estime, il s'avoua qu'envoyer Paul étudier le droit à Munich avait été une erreur de sa part. La théorie n'était pas son fort. Son fils était un homme de terrain et un bien meilleur négociateur que lui.

— Je serais très heureux de voir grandir mes petits-enfants dans notre villa, dit-il avec un sourire en faisant tourner son verre dans sa main. Leurs cris seraient plus agréables à entendre que les hurlements du bâtard d'Augusta.

Paul répondit dans un éclat de rire que, pour l'instant, c'était à Elisabeth de jouer. Si tout se passait comme prévu, le mariage aurait lieu l'an prochain et un premier enfant pourrait naître dès l'année suivante.

— Et toi ? demanda son père.

— Moi ? Je crois que je vais m'accorder encore un répit.

Melzer n'était pas de cet avis. Mieux valait se marier jeune. Tant que lui-même serait encore valide, Paul aurait un peu de temps à consacrer à sa jeune épouse et aux enfants à naître. Melzer savait de quoi il parlait, lui-même n'ayant pu profiter de ces années de liberté.

— Regarde autour de toi, mon garçon, dit-il. Les prétendantes ne manquent pas parmi les filles d'industriels. Ou que dirais-tu de la petite Tilly Bräuer, la sœur d'Alfons ? Elle est encore très jeune, mais elle promet. Cela dit, peut-être as-tu déjà fait ton choix ?

— Pas du tout, Père. Et je n'ai pas l'intention de me décider… pour l'instant, du moins.

Melzer dévisagea son fils et remarqua qu'il évitait son regard inquisiteur. Paul avait toujours été un piètre menteur. Ce qu'Elisabeth avait laissé entendre était donc vrai.

— Tu es tout à ton amourette avec Marie, c'est ça ? demanda-t-il.

Il avait mis droit dans le mille. Paul déclara avec feu qu'il ne s'agissait en rien d'une amourette. Marie était une jeune fille honnête et il ne tolérerait pas qu'on la soupçonne d'inconduite.

— Bon, bon, grommela Melzer. C'est donc une jeune fille honnête. Ça m'étonnerait quand même un peu. Mais elle est jolie et si tu veux jeter ta gourme avec elle, je n'y trouve rien à redire.

— Je te répète que ce n'est pas une amourette. Pas avec Marie. Et je te prie d'en tenir compte, Père !

Comme il s'échauffait ! Cette affaire semblait vraiment lui tenir à cœur. C'était fâcheux, mais ce jeune rêveur refuserait tout mariage raisonnable avant la fin de cette liaison. Bah, il ne pouvait s'en prendre qu'à lui-même : il avait engagé cette fille par charité et voilà comment elle l'en récompensait.

— Tu devrais faire plus attention, Paul, dit-il en s'efforçant d'adopter un ton paternel et bienveillant. Cette petite est née et a grandi dans des conditions difficiles : on ne peut pas vraiment lui faire confiance. En moins de temps qu'il n'en faut pour le dire, elle risque de te faire un enfant et tu te retrouveras pris au piège…

Cet effort bien intentionné pour avertir son fils fut un échec complet. Paul répondit sur un ton glacial qu'il était franchement surpris que son père en sache si peu sur Marie ; après tout, c'était la fille de son ancien associé, Jakob Burkard.

La frayeur de Melzer fut si violente que cette maudite

douleur à la poitrine revint. L'élancement s'était mué en un tiraillement sournois et persistant qui lui coupa le souffle.

— Qu'est-ce que tu racontes ? répondit-il quand il fut à nouveau capable de parler. Burkard est mort d'alcoolisme il y a vingt ans, et sans laisser d'enfant.

Paul savait-il à quoi s'en tenir ? Si oui, c'était probablement Marie qui le lui avait raconté. Tout cela à cause de ce maudit prêtre qui n'avait pas su tenir sa langue.

— Il avait une fille illégitime, affirma Paul sans s'émouvoir. C'est Maman qui me l'a dit.

Il avait de toute évidence mené son enquête. Alicia n'avait pas pu lui raconter grand-chose, contrairement à ce prêtre. Peut-être avait-il aussi interrogé quelques ouvriers parmi les plus anciens de l'usine. Et le jardinier, bien sûr : il devait savoir deux ou trois choses…

— Il est inutile de nous quereller à ce sujet, Père, reprit Paul. Le nom du père de Marie figure certainement sur le registre paroissial et sur celui de la municipalité…

Melzer ne put répondre immédiatement, le souvenir de Burkard pesant sur sa poitrine comme une pierre très lourde. Mais, dès qu'il recouvra la parole, sa fureur se déchaîna.

— Tu n'y trouveras que les mensonges que la Hofgartner a débités au prêtre ! hurla-t-il. Marie n'est pas la fille de Burkard !

Il vit Paul serrer les lèvres, gagné par la colère. Ce gamin était une vraie tête de mule. Les pensées se bousculaient dans l'esprit de Melzer et son sang battait à ses tempes. Que faire ? Comment faire face au malheur qui les menaçait ? Renvoyer Marie ! C'était la solution à tous leurs maux. Il lui donnerait de l'argent afin qu'elle parte pour une autre ville, assez loin pour que Paul ne puisse pas l'y rejoindre…

Paul se leva et annonça qu'il rentrait à la villa, où des invités les attendaient. Il repasserait plus tard à l'usine si nécessaire.

— Je poursuivrai mes recherches sur cette affaire, que cela te plaise ou non. Ne serait-ce que parce que Marie a le droit de savoir qui était son père, dit-il.

Melzer voulut réprimer sa fureur, mais elle fut plus forte que lui.

— Je ne tolérerai pas que tu fourres le nez dans ce qui ne te regarde pas ! lança-t-il. C'est compris ? Et je saurai t'en empêcher !

La porte claqua derrière Paul et Melzer entendit ses pas précipités dans l'antichambre, puis dans la cage d'escalier. Monsieur son fils le prenait de haut et claquait la porte. Il prétendait être adulte, mais se laissait embobiner par cette petite intrigante.

Si elle se montrait assez maligne pour tomber enceinte de lui, cela pourrait toujours se régler. Elle ne serait pas la première à qui cela arriverait. Melzer s'était levé pour observer la cour par la fenêtre. La nuit était tombée, mais dans l'éclairage électrique il vit son fils se diriger vers le portail. Il eut soudain la nausée et dut se rasseoir en hâte. Peut-être aurait-il dû boire moins de cognac. Son estomac se rebellait ces derniers temps. Quoi d'étonnant, du reste ? Kitty avait trahi sa famille pour s'enfuir avec un Français, Elisabeth voulait à tout prix épouser cette girouette à particule, et voilà que Paul, son fils, en qui il avait placé tant d'espoirs, faisait des siennes à son tour. Mieux aurait valu ne pas mettre d'enfants au monde, puisqu'ils n'apportaient que des chagrins.

On frappa à la porte du bureau. C'était l'un de ses

contremaîtres, venu lui annoncer que deux nouvelles machines de la filature étaient tombées en panne.

— J'arrive… répondit-il.

Il se sentait très lourd et, quand il se leva, péniblement, il fut pris de vertige. Dans l'escalier, il s'accrocha à la rampe de peur de tomber, se répétant que l'air frais lui ferait du bien. Saleté d'alcool… il ne le supportait plus comme autrefois.

Au milieu de la cour, sa douleur à la poitrine l'assaillit soudain. Il se recroquevilla sur lui-même, vomit puis tomba dans les ténèbres, en une chute sans fin…

— Monsieur le directeur ! cria une voix qui lui parut familière. Mon Dieu, monsieur le directeur… au secours !

C'était la voix de Max Huntzinger.

Chapitre 48

— Tu es beaucoup trop gentille, avait chuchoté Else à Marie alors qu'elles se rendaient dans l'entrée pour apporter chapeaux et manteaux aux invités. Ce n'est pas ton travail, Marie.

— Bah, si elle doit allaiter son bébé…

— Elle a toujours une excuse, siffla Else, en colère. Soit elle allaite, soit elle change sa couche, soit elle doit lui chanter une berceuse, soit elle a encore mal aux seins…

— Chut ! Les Bräuer et le lieutenant sont déjà là.

Elles firent une révérence aux invités et partirent en hâte chercher leurs vêtements. Comme c'était une chaude soirée de mai, on était venus en voiture découverte, les dames ne portaient que de légers cache-poussière, et les messieurs, des vestes et des chapeaux de paille. Edgar Bräuer et son épouse Gertrude, qui s'attardaient dans l'entrée avec Alicia, parlaient avec animation de la querelle dans la famille Wagner à Bayreuth. Isolde Wagner traînait son frère Siegfried devant les tribunaux pour avoir affirmé qu'elle était seulement sa demi-sœur : à l'en croire, son père n'était pas Richard Wagner, mais le premier époux de sa mère, Hans von Bülow, dont cette dernière avait divorcé.

Alfons Bräuer et Kitty se faisaient attendre, mais Elisabeth était arrivée entre-temps avec ses futurs beaux-parents. Marie alla chercher la veste et le chapeau de Christian von Hagemann tandis qu'Else apportait le cache-poussière et l'écharpe en soie de Riccarda von Hagemann.

— Marie, que fais-tu ici ? demanda une silhouette surgie de l'ombre de la garde-robe.

Elle se figea, le cœur battant.

— Mon travail, monsieur Melzer, répondit-elle.

— Non, ce n'est pas ton travail, dit-il, furieux. Où est Augusta ? Je ne veux pas que tu portes les manteaux de nos invités !

Elle ne répondit pas et s'éloigna, les vêtements sur le bras. Que croyait-il donc ? Ignorait-il combien il l'embarrassait en lui parlant ainsi ? Elle défaillait déjà de douleur et de regret à sa vue.

— Quel dommage que votre père n'ait pas eu le temps de se joindre à nous, déclara Gertrude Bräuer à Paul. À jeudi prochain chez nous, mon cher Paul. Nous nous réjouissons de vous revoir et notre Tilly sera rentrée du pensionnat.

Marie aida Mme Bräuer à passer son manteau et lui tendit la longue écharpe de soie qu'elle drapait autour de sa tête pour se protéger de la fraîcheur du vent nocturne.

— C'est merveilleux, répondit Paul avec un sourire. J'ai hâte de revoir Tilly. Elle doit avoir changé.

— Dieu oui, c'est maintenant une vraie demoiselle…

Pendant que Mme Bräuer entonnait l'éloge de sa fille, le regard de Paul se fixa sur Marie avec une expression de défi. Tiens-tu vraiment à ce que je fasse la cour à cette petite dinde ? disait ce regard. Si tu continues ainsi, j'y serai obligé.

Marie baissa les yeux et s'éloigna. Kitty était apparue

en haut de l'escalier avec Alfons Bräuer. On les aurait crus inséparables. Comme ils paraissaient bien s'entendre… Marie n'avait encore jamais vu Kitty parler à un homme avec une telle franchise et une telle confiance. Sans paraître le moins du monde amoureuse d'Alfons, elle donnait l'impression de se sentir en sécurité auprès de lui. Mais n'était-ce pas également de l'amour, un amour plus noble et meilleur que le désir charnel, cette force sournoise source de tant de chagrin ? Marie savait qu'il était tout à fait déplacé de pleurer en cet instant, mais quelques secondes durant les contours de l'entrée se brouillèrent devant ses yeux. Bien entendu, il en épouserait une autre, comme il se devait. Que faisait-elle encore à la villa ? Qu'était devenue sa dignité ? Pourquoi s'infligeait-elle cette souffrance ?

On sonna et Else courut ouvrir.

— Nous pourrons au moins souhaiter le bonjour à votre mari, dit Riccarda von Hagemann à Alicia.

Mais elle se trompait. Un ouvrier de l'usine se tenait sur le seuil, sa casquette à la main, intimidé face à tant de dames et de messieurs.

— Le… le… monsieur le directeur, bafouilla-t-il, si essoufflé qu'il fut incapable de poursuivre.

— Ressaisissez-vous, mon brave, lui ordonna Klaus von Hagemann, perdant patience. Un mot après l'autre. Reprenez depuis le début.

— Qu'est-il arrivé à mon mari ? demanda Alicia, qui avait accouru, saisie par un mauvais pressentiment. Quelque chose de grave ? Mais parlez donc !

— Monsieur le directeur Mel… Melzer… est à la… clinique…

— Mon Dieu !

On entraîna l'homme dans l'entrée, on fit cercle autour de lui et on le bombarda de questions. Il parvint enfin à raconter le peu qu'il savait. Max Huntzinger avait trouvé monsieur le directeur étendu de tout son long dans la cour de l'usine. Il était encore conscient et ressentait de violentes douleurs. Max Huntzinger et son père l'avaient porté jusqu'à son automobile, et Karl Suttner, qui savait conduire, l'avait emmené à la clinique.

— Paul, je t'en prie, conduis-moi là-bas, intervint Alicia avec un calme surprenant.

— Bien sûr, Maman, tout de suite ! Else, nos manteaux !

Alicia appela Marie et lui ordonna de prendre aussi le sien, car la jeune femme l'accompagnerait à la clinique. Une activité fébrile s'était emparée de tous. Elisabeth suivrait sa mère avec son fiancé, dans la voiture des von Hagemann. Kitty insista pour qu'Alfons Bräuer l'y conduise également. Edgar Bräuer téléphona à son majordome afin qu'il envoie deux de ses automobiles à la villa Melzer pour ramener les autres invités chez eux.

— Il est mort ? demanda la voix d'Augusta depuis l'entrée des quartiers des domestiques.

— Ferme ton clapet ! siffla la cuisinière.

— Que la Sainte Vierge nous assiste dans cette épreuve, dit la gouvernante. Puisse-t-elle sauver monsieur le directeur…

Marie n'en entendit pas davantage. Elle se précipita derrière Alicia sans prendre ni veste ni chapeau et, lui laissant la banquette arrière, prit place sur le siège avant au côté de Paul. Silencieux, le visage figé, ce dernier regardait droit devant lui les faisceaux lumineux des phares. Alicia se tut également pendant que la voiture roulait dans les rues sombres vers la ville.

Dans l'obscurité, le long bâtiment de la clinique avait l'allure d'une forteresse. Plusieurs de ses fenêtres étaient illuminées. Paul s'arrêta devant l'entrée pour laisser sa mère et Marie descendre de voiture, puis alla se garer un peu plus loin afin de laisser la place à l'automobile d'Alfons Bräuer. Kitty tremblait de tout son corps. Marie se précipita vers elle et passa un bras autour de ses épaules.

— C'est ma faute, gémit Kitty. Je l'ai tellement excédé qu'il en est tombé malade. Oh, Marie…

— Non, Kitty, personne n'est responsable d'un tel malheur, affirma Marie avec conviction. Cela arrive, voilà tout. Et nous ne pouvons que soutenir M. Melzer de notre mieux.

Kitty acquiesça et déclara que cela devait être vrai, puisque Alfons lui avait dit la même chose.

Un instant plus tard, ils entraient dans la clinique. À l'accueil de l'aile catholique, Paul demanda à l'infirmière où se trouvait M. Johann Melzer. Alfons avait rejoint Kitty, qui s'accrochait à son bras. Elisabeth apparut avec le lieutenant.

— Voilà ce qui est arrivé par ta faute, siffla-t-elle à sa sœur. À cause de ton maudit égoïsme ! Sais-tu ce qu'il a enduré quand tu t'es enfuie avec ton amant ? Si à cause de toi il…

— Elisabeth ! la coupa Alicia.

Elisabeth se tut et garda un silence rageur tandis que Kitty se réfugiait en sanglotant contre la poitrine d'Alfons.

— Mesdames, messieurs, je vous en prie ! Vous êtes dans une clinique ! les réprimanda l'infirmière à l'imposante cornette. M. Melzer a été admis il y a seulement une demi-heure. Vous devrez malheureusement patienter un peu.

Alicia insista néanmoins, déclarant qu'elle devait voir immédiatement son mari. Si elle ne pouvait être présente lors de la visite du médecin, elle voulait rester à son côté en attendant.

La pieuse infirmière se montra compréhensive, mais précisa qu'elle ne pouvait faire d'exception qu'en faveur de l'épouse. Mme Melzer devrait se rendre à l'étage et attendre devant le service des admissions qu'une infirmière ou un médecin la mène à son mari. Les autres visiteurs devraient patienter au rez-de-chaussée.

Il y avait quelques bancs dans l'entrée, mais Elisabeth et Kitty furent les seules à s'y asseoir. Les messieurs restèrent debout et Marie était trop nerveuse pour rester assise. Si elle ressentait peu de compassion envers Johann Melzer, elle avait de la peine pour Alicia et Kitty, et s'inquiétait surtout pour Paul. Tandis que les autres s'entretenaient à mi-voix, il arpentait la salle comme un lion en cage.

Le temps s'écoula très lentement. Kitty eut froid et Alfons posa sa veste sur ses épaules. Quand le lieutenant tenta d'intercéder pour voir M. Melzer, il se heurta au refus obstiné de la sœur responsable de l'accueil. Elisabeth restait seule sur un banc, la tête inclinée, et Marie se demanda si elle pleurait, sans pouvoir en être sûre.

L'horloge au-dessus de l'entrée indiquait minuit et demi quand une jeune infirmière arriva enfin et s'entretint à mi-voix avec la sœur préposée à l'accueil.

— Veuillez me suivre, mesdames et messieurs, dit-elle aux visiteurs. M. Melzer a pris un tranquillisant et il dort. Je vous prierai donc de ne pas lui parler et de ne le déranger sous aucun prétexte.

On se rendit au deuxième étage, les messieurs par l'escalier et les dames par l'ascenseur. La montée dans cette cabine métallique à cette heure de la nuit parut irréelle à Marie, et le long couloir faiblement éclairé lui fit l'effet d'un mauvais rêve. Les femmes furent soulagées de voir la porte de l'escalier s'ouvrir sur les trois hommes.

— Nous nous sommes pourtant dépêchés, mais vous avez été plus rapides, plaisanta Alfons.

Kitty lui adressa un pâle sourire et prit son bras. Le regard dont il l'enveloppa était si tendre que Marie dut détourner les yeux.

— Veuillez attendre un instant ! dit l'infirmière.

Ils s'arrêtèrent docilement devant l'une des portes tandis que l'infirmière entrait dans la chambre. On l'entendit parler à voix basse à quelqu'un. Était-ce à Alicia Melzer ? La porte s'ouvrit enfin, dévoilant le malade.

Johann Melzer était étendu sur le dos dans une posture rigide, les bras le long du corps, recouvert d'un drap blanc à partir de la poitrine. Son visage était étrangement gris et paraissait vieilli. Les douleurs endurées avaient laissé des traces. Si sa poitrine se soulevait régulièrement, le sommeil ne semblait lui procurer aucun répit, mais plutôt l'accabler de rêves pénibles. Alicia, assise à son chevet, paraissait calme.

— Il semble tellement changé, chuchota Kitty, angoissée.

Elisabeth contemplait le malade en silence, et Marie se demanda pourquoi son fiancé n'essayait pas au moins de la soutenir. Adossé au mur, Klaus von Hagemann observait son futur beau-père avec un dégoût visible. *Comme c'est étrange*, pensa Marie. *Il a peur d'un malade alors que le métier de soldat consiste à tuer.*

Elle sursauta quand la main de Paul effleura son épaule. Elle sentit sa proximité, son souffle tiède sur sa nuque, son besoin de réconfort, mais n'osa pas faire un geste.

L'infirmière leur annonça à mi-voix qu'ils devaient partir car le malade avait besoin de tranquillité. Von

Hagemann fut le premier à obéir. Les autres le suivirent. Kitty et Elisabeth furent les dernières à sortir. Les deux sœurs, qui venaient de se déchirer, s'étreignirent en sanglotant dans le couloir, et Elisabeth demanda pardon à Kitty.

Alicia ressortit un instant dans le couloir afin de leur communiquer le diagnostic du médecin. C'était une attaque, ou, en termes médicaux, un infarctus : un caillot avait obstrué les artères coronariennes, entravant l'accès du sang au cœur. Le traitement imposait deux semaines de repos complet.

— Je passerai au moins cette nuit à son côté et nous verrons demain, dit-elle. Si Dieu le veut et s'il n'a pas de nouvelle attaque, nous pourrons peut-être le ramener à la maison dans les jours qui viennent.

Personne ne pensa qu'il s'agissait d'une bonne idée, car Johann Melzer ne garderait certainement pas le lit chez lui, mais on s'abstint de tout commentaire. Elisabeth loua le courage de sa mère. Alicia avait en effet recouvré la maîtrise d'elle-même et distribuait des instructions comme un général en campagne.

— Elisabeth, si je ne suis pas rentrée demain, tu te chargeras du ménage avec Mlle Schmalzler.

— Oui, Maman.

— Kitty, tu recevras les visiteurs et tu annuleras les invitations pour les prochains jours.

— Oui, Maman.

— Paul, je te demande de diriger l'usine jusqu'au rétablissement de ton père.

Alicia regarda ses enfants et, malgré leur triste situation, son sourire leur insuffla du courage.

— À demain, mes chéris, dit-elle. C'est bon d'avoir ses enfants auprès de soi dans l'épreuve. Votre père sera fier de vous quand il sera guéri !

On s'embrassa et Kitty déclara que, puisque Maman montait la garde auprès de Papa, on pouvait dormir tranquille. Elisabeth ne dit rien, mais von Hagemann se risqua à passer un bras autour de ses épaules pendant qu'ils se dirigeaient vers l'ascenseur.

— Tu verras : il sera vite sur pied, Lisa, dit-il.

— Certainement.

Les couples remontèrent en voiture et Marie se retrouva tout naturellement dans celle que conduisait Paul. Il démarra et accéléra dans le sillage des deux autres automobiles.

— Me voilà directeur d'usine, constata-t-il avec amertume. Qui eût cru que j'aurais une promotion si rapide ?

— Ce n'est que temporaire, monsieur Melzer : votre père se rétablira.

Il ne répondit pas. Ils avaient passé la porte de Jakob et se dirigeaient vers la villa. Les réverbères étaient éteints depuis longtemps à cette heure de la nuit, mais on voyait briller sur la droite l'éclairage de la fabrique de machines, où l'on travaillait en continu. Quand ils franchirent l'un des petits ponts, ils virent l'eau du ruisseau scintiller comme des éclats de verre sur de la terre noire.

Marie regardait fixement les feux arrière de l'automobile conduite par Alfons. On discernait à côté de la sienne la silhouette de Kitty et, à la vivacité de ses gestes, on devinait qu'ils étaient en pleine conversation.

— Je suis vraiment navrée de ce qui est arrivé, déclara Marie, consciente de l'allure convenue de cette formule.

Un sourire amer se dessina sur le visage de Paul.

— Merci pour votre compassion, répondit-il ironiquement. Il est réconfortant de savoir que nos employés partagent nos joies et nos peines.

Cette phrase la blessa. Ils contournèrent en silence le massif de fleurs, et Paul arrêta la voiture devant l'entrée de service.

— Bonne nuit, monsieur Melzer…

Elle n'entendit pas sa réponse, s'il y en eut une, car il était déjà reparti vers le garage.

Chapitre 49

— Refermez la porte derrière moi, Jordan, et arrêtez ce boucan avec vos cintres.

Maria Jordan fusilla du regard l'infirmière en tablier blanc qui avait la haute main sur la villa depuis plus d'une semaine. Elle aurait été ravie de dire à cette mégère ce qu'elle pensait d'elle.

— Mais avec plaisir, sœur Ottilie, répondit la femme de chambre avec une douceur étudiée.

Trois jours après son hospitalisation, on avait ramené en ambulance Johann Melzer à la villa. Selon les instructions du médecin, il devrait garder le lit au moins deux semaines. Il fallait le nourrir, lui faire sa toilette, lui apporter le bassin et le faire boire dans une tasse à long bec. Comme aucune des employées ne se sentait capable d'administrer des soins aussi intimes et que Humbert avait pudiquement déclaré n'avoir jamais vu un homme nu, Alicia avait engagé la sœur Ottilie Süssmut par l'intermédiaire d'une agence.

Sœur Ottilie avait environ quarante ans. Ses cheveux blonds étaient sévèrement tirés sous sa coiffe blanche et elle portait un tablier immaculé sur sa robe bleu pâle. Elle exigeait une obéissance absolue à ses ordres, non seulement de la part du personnel de la villa, mais aussi de ses maîtres, la survie du malade dépendant de son savoir et de son expérience. Elle allait donc la tête haute, poussant devant elle son imposante poitrine étroitement corsetée.

Pour une fois, Maria Jordan n'était pas la seule à partager son propre avis : l'ensemble du personnel considérait sœur Ottilie comme un fléau qu'il faudrait hélas supporter un certain temps.

— À la voir jouer les Mère J'ordonne, on jurerait que c'est la maîtresse de maison, grommelait la cuisinière. Si ce n'était pour ce pauvre Monsieur, j'aurais déjà versé de la camomille bouillante sur ses pieds plats.

Hanna avait reçu une gifle d'Ottilie pour avoir laissé tomber une bûchette en allumant le feu dans la chambre du malade, et Madame n'avait même pas murmuré ! Hanna avait serré les dents, mais s'était ensuite réfugiée auprès de Marie et lui avait dit en pleurant qu'elle n'oserait plus jamais entrer dans la chambre du malade.

Même Eleonore Schmalzler reconnaissait son peu de sympathie pour l'infirmière.

— Si seulement l'état de Monsieur s'améliorait, mais il devient de plus en plus apathique, dit-elle avec inquiétude.

— Ça ne m'étonne pas, déclara la cuisinière. Qui peut guérir en se nourrissant seulement de bouillie d'avoine ? Une bonne escalope de veau avec du chou et de la salade de pommes de terre, voilà ce qui le remettrait sur pied.

— Et se faire tripoter par les doigts froids de cette infirmière, quelle horreur ! ajouta Humbert.

Il sursauta : le bébé d'Augusta hurlait. Sa mère étant dans la cour avec Else pour battre les tapis, Marie prit la petite dans son berceau et la promena dans la cuisine pour la calmer.

— En voilà une petite braillarde ! lui dit-elle tendrement. Ta Maman va venir…

— Silence, espèce de singe hurleur, sinon Ottilie la mégère t'emportera ! ricana Humbert. Faites taire ce bébé, le malade a besoin du calme complet ! ordonna-t-il en singeant l'infirmière.

Même la gouvernante ne put s'empêcher de rire : ce garçon était un imitateur-né. Mais elle se reprit aussitôt et lui rappela qu'il n'était pas aux variétés.

— Au vu de l'épreuve qui frappe la famille, ce comportement est pour le moins déplacé, le réprimanda-t-elle.

— Je vous demande pardon, mademoiselle Schmalzler.

Tous retournèrent à leur travail en silence. Marie emmena la petite Elisabeth pour la remettre à Augusta. La jeune mère s'assit sur l'herbe avec son enfant pour lui donner le sein en regardant paisiblement Else et Marie battre les tapis. Quelques minutes plus tard, une fenêtre s'ouvrit au deuxième étage et Madame se pencha pour regarder en contrebas.

— Marie ! Else ! Allez de l'autre côté ! Vous faites trop de bruit !

Marie laissa retomber sa tapette avec un soupir et s'essuya le front. Même Madame était aux ordres de la nouvelle maîtresse de la villa. Elles devraient traîner les tapis au nord et tout recommencer.

— Elle va bientôt nous interdire de manger parce que nous faisons trop de bruit en mâchant, se lamenta Augusta. Mais cette peau de vache, elle, a le droit de se goinfrer à la table des maîtres. Ottilie chérie est déjà de la famille… Bonsoir !

Marie se mit à rouler le lourd tapis du fumoir et Else vint l'aider. Elles le portèrent sur la petite pelouse au nord de la villa et le jetèrent sur la barre servant à le battre. À leur retour, Augusta était encore assise dans l'herbe et berçait son bébé rassasié, qui dormait paisiblement.

— Je vais la changer, annonça-t-elle.

Elle se leva et s'éloigna vers la villa.

— Je parie qu'elle reviendra quand on aura fini, bougonna Else. Pourquoi la laisses-tu faire, Marie ?

Marie répondit que ça l'amusait de traîner et de battre les tapis, car elle passait le reste de son temps assise devant la machine à coudre. Elle en avait des courbatures au dos, mais Mlle Elisabeth réclamait sans cesse de nouvelles finitions.

— Tu crois que nous allons célébrer ses fiançailles en juin ? demanda Else d'un air soucieux.

— Pourquoi pas ?

Marie reprit la tapette et disparut dans un nuage de poussière.

Au deuxième étage de la villa, Alicia était au chevet de son mari et lui faisait la lecture du journal. Le malade gisait les yeux fermés, le teint blafard et les joues creuses. Ses douleurs avaient presque disparu, mais tout désir de vivre semblait l'avoir quitté. Johann Melzer, qui pendant plus de trente ans n'avait vécu que pour son usine, où il avait parfois travaillé plus de seize heures par jour, se désintéressait du fil, des tissus et des motifs imprimés. Quand Paul avait tenté avec précaution de lui parler de la réparation de deux machines, il s'était tourné sur le flanc avec un gémissement. Sœur Ottilie était immédiatement intervenue pour chasser le jeune homme de la chambre et faire boire au malade de la valériane dans une infusion de camomille. Les articles du journal qu'Alicia lui lisait à mi-voix étaient soumis au contrôle sévère de l'infirmière. Au moindre mouvement du malade, dès qu'il levait la main ou que ses paupières frémissaient, ce qui arrivait souvent, elle priait poliment Madame d'interrompre sa lecture. Alicia était la seule personne que sœur Ottilie ménageait, car Madame avait le pouvoir de la renvoyer.

— *Le voleur qui, le 22 août 1911 au matin, avait dérobé le portrait de Monna Lisa au Louvre a été déclaré simple d'esprit, mais responsable de ses actes par les médecins experts. Le procureur portera donc plainte contre Vincenzo Peruggia...*

Alicia se tut et contempla le visage inerte de son époux. Entendait-il seulement ce qu'elle lui lisait ? Elle craignait parfois qu'il meure soudain, glissant du sommeil à l'inconscience, partant pour l'au-delà sans faire ses adieux aux siens. Ils avaient fêté leurs noces d'argent au printemps. Ils vivaient ensemble depuis vingt-six ans. Ils avaient connu des moments heureux, mais aussi bien des orages et de longues périodes pendant lesquelles ils avaient vécu côte à côte plutôt qu'ensemble. Alicia ne désirait rien tant que de dire à Johann combien elle l'avait aimé malgré tout, et combien elle regrettait chacune de leurs querelles. Mais elle hésitait à lui faire cet aveu, de crainte qu'il ne croie sa fin toute proche. La présence constante de l'infirmière la gênait aussi. Sœur Ottilie venait justement de se lever pour prendre le pouls du malade. Quand elle eut fini, elle haussa les sourcils d'un air pensif, mais fit signe à Alicia qu'elle l'autorisait à poursuivre sa lecture.

— *La Russie a convoqué trois classes de réservistes pour un entraînement de six semaines, à la grande inquiétude de la monarchie austro-hongroise. Cet entraînement semble le prélude d'une mobilisation complète de l'armée tsariste, qui a doublé de volume et compte désormais presque deux millions d'hommes...*

La porte s'ouvrit lentement et le visage pâle de Kitty apparut dans l'embrasure.

— Comment ça va ? chuchota-t-elle.

— Il dort, Kitty. Ne fais pas de bruit.

Elisabeth suivait sa sœur. Elles s'avancèrent dans la chambre sur la pointe des pieds.

— Pourquoi ne fait-il que dormir ? demanda Kitty avec un soupir. Il y a deux ou trois jours, on pouvait encore parler avec lui, mais maintenant il ne dit plus un mot...

— On lui a donné de la valériane pour qu'il puisse se reposer et guérir plus vite, Kitty.

Kitty fronça les sourcils et affirma qu'il vaudrait sûrement mieux lui raconter quelque chose de drôle pour le faire rire. Personne ne pouvait guérir en restant étendu et immobile à écouter la lecture d'articles ennuyeux.

— Papa ?

Elle s'approcha du lit et se pencha vers le malade. Sa respiration était laborieuse. Quand elle caressa doucement son front, ses paupières frémirent.

— Papa, j'ai décidé de faire une formation d'infirmière, murmura-t-elle. Je serai probablement la pire élève qui soit, car je sais maintenant que j'ai le don de tout gâcher.

Elisabeth s'approcha, jalouse et résolue à ne pas se laisser reléguer au second plan par sa sœur.

— As-tu envie que je te joue quelque chose au piano, Père ? demanda-t-elle. Du Mozart, peut-être ? Ou une opérette ?

Le malade toussa, puis ouvrit les yeux. Son regard était profondément changé. Autrefois vigilant et souvent sévère, il errait en tous sens comme si quelque chose le terrifiait.

— Papa ? dit Elisabeth, angoissée. Papa… c'est nous, Kitty et Lisa, tes filles…

Il remua les lèvres et murmura des paroles à peine audibles.

— Je dois maintenant vous prier de laisser le malade, intervint sœur Ottilie. Il ne doit surtout pas s'agiter.

Elisabeth obéit, mais Kitty se pencha vers son père pour tenter de comprendre ce qu'il marmonnait. On aurait dit « Marie » ou « Maria ». Comme c'était étrange… Il n'invoquait quand même pas la Vierge Marie ? Allait-il si mal ? Ou parlait-il de Marie, sa chère amie et sa confidente ?

— Avez-vous entendu, mademoiselle Katharina ? Si vous ne suivez pas mes instructions, je ne pourrai plus répondre de rien ! la tança sœur Ottilie.

Kitty prit tout son temps, saisit la main de son père et la caressa. Elle lui chuchota qu'elle reviendrait bientôt, se redressa lentement et rencontra le regard courroucé de l'infirmière.

— Fichez-moi un peu la paix ! lança-t-elle avec son plus charmant sourire avant de sortir, laissant à sa mère le soin de calmer l'infirmière.

— Je n'ai pas l'habitude d'être traitée ainsi, madame Melzer ! déclara la voix d'Ottilie, qu'on entendit sans difficulté à travers la porte.

— Nous sommes tous très tendus en ce moment, ma sœur. Veuillez pardonner à ma fille…

Kitty et Elisabeth échangèrent un regard et se mirent à glousser. Au milieu de tous ces soucis, de ces remords et de ces nuits blanches, c'était bon de pouvoir rire. Elles donnèrent libre cours à leur hilarité, adossées au mur et la main plaquée sur la bouche afin de ne pas mettre Alicia en colère.

— Quel dragon !

— Elle a sûrement du poil sur la poitrine.

— Et elle se rase tous les jours !

Elles se reprirent en voyant Augusta surgir de l'escalier de service avec un plateau sur lequel étaient posés une théière et petite assiette de biscottes. Une odeur de camomille envahit le couloir et Kitty, qui la détestait, s'éloigna vers sa chambre.

— As-tu un peu de temps ? lui demanda Elisabeth.

C'était plutôt inhabituel, car en général les deux sœurs s'évitaient. Elisabeth tenait le ménage pour aider sa mère et Kitty avait recommencé à peindre.

— Si tu veux… répondit Kitty, circonspecte.

Sa sœur voulait-elle lui faire des remontrances ? Depuis qu'Elisabeth s'entretenait chaque jour avec la gouvernante, elle inspectait minutieusement l'étage des domestiques, la cave et la buanderie. Or Kitty avait pris trois torchons dans la buanderie pour faire un collage.

— Je… j'ai quelques questions à te poser, bredouilla Elisabeth.

— Bon, mais fais vite, grommela Kitty, contrariée.

À son grand soulagement, Elisabeth n'eut même pas un regard pour les torchons effilochés que Kitty avait peints de plusieurs couleurs et collés sur une toile. Elle s'assit devant la coiffeuse, jeta un regard critique à son reflet dans le miroir et tira sur une boucle de sa coiffure.

— Allez, raconte, sœurette ! lança Katharina après avoir passé une blouse tachée de peinture.

Ella examina son œuvre et la jugea très prometteuse. Le tissu rouge déchiré était du plus bel effet sur cet arrière-plan clair.

— C'est… il s'agit de… marmonna Elisabeth en retournant un flacon de parfum entre ses mains.

— Oui ? demanda Kitty, déjà si absorbée par son travail qu'elle en avait presque oublié sa sœur.

Celle-ci inspira à fond, puis se jeta à l'eau.

— Il s'agit de mon fiancé, dit-elle.

— Le lieutenant ? demanda distraitement Kitty.

— Qui d'autre ?

Kitty rapprocha son chevalet de la fenêtre et commença à peindre de petites feuilles vertes, des herbes ployées et des fougères aux barbes légères. Fallait-il ajouter des oiseaux ? se demandait-elle.

— Et qu'a-t-il donc ? s'enquit-elle.

— Rien, répondit Elisabeth. Rien du tout. Il se montre parfaitement correct, aimable, réservé et respectueux.

Kitty peignit les oreilles pointues d'un chat et contempla son œuvre avec satisfaction.

— En quoi cela te gêne-t-il ? demanda-t-elle. Préférerais-tu qu'il te fasse des propositions enflammées, qu'il te couvre de baisers brûlants et qu'il essaie de s'introduire dans ta chambre ?

— Mais non, voyons ! protesta Elisabeth, indignée.

— Non, vraiment ? demanda Kitty avec un sourire ironique.

— Enfin, si, mais en restant respectueux, si tu vois ce que je veux dire. Il pourrait de temps en temps… se rapprocher de moi, je veux dire physiquement… me toucher. Sans ardeur, plutôt… tendrement.

Kitty peignit encore quelques feuilles sur la toile, mais n'avait plus de cœur à l'ouvrage. Pauvre Elisabeth… que pouvait-elle lui dire ?

— Vois-tu, Lisa, certains hommes doivent faire un violent effort sur eux-mêmes pour ne pas céder à la passion. Ils paraissent alors froids et distants alors qu'un feu les consume. Il suffirait peut-être du plus léger contact pour qu'il oublie tout et se jette sur toi…

Elisabeth fronça les sourcils. Cette explication ne lui parut guère convaincante. Klaus von Hagemann avait à deux reprises passé le bras autour de ses épaules, et regardé plusieurs fois son décolleté sans pour autant perdre la tête.

— Il se conduit ainsi par respect pour toi, Lisa. Tu es sa fiancée, celle qu'il va épouser. Tu seras vierge le jour de ton mariage et tu auras une vraie nuit de noces…

Kitty avait prononcé ces paroles presque sur un ton de regret. Elle-même n'aurait pas de nuit de noces, puisqu'elle n'était plus vierge. Elle avait misé sur l'amour et tout perdu.

— Tu comprends, Kitty, j'ai peur de mal m'y prendre, expliqua Elisabeth en choisissant ses mots. On nous prescrit de nous conduire en jeunes filles bien élevées et soumises, de ne jamais contredire l'homme, de nous en remettre entièrement à lui et Dieu sait quoi encore, mais on ne nous dit rien de tout ce qui compte vraiment…

Kitty reposa son pinceau dans le verre d'eau et s'essuya les mains avec un torchon. Elisabeth n'avait pas tort. On ne leur avait jamais parlé de ces choses ni au pensionnat ni ailleurs.

— J'ai besoin de ton aide, Kitty. Je t'en prie… je ne veux pas gâcher ma nuit de noces.

C'était Elisabeth tout craché. Elle avait passé sa vie à faire des reproches à sa sœur, elle s'était montrée blessante envers elle, elle s'était plainte du tort que sa cadette lui avait causé, et, maintenant, voilà qu'elle voulait profiter de son expérience. Kitty lui aurait volontiers répondu de s'adresser plutôt à Augusta, mais le désarroi de sa sœur l'émut.

— Que veux-tu savoir ?

Elisabeth dut rassembler son courage pour poser la question cruciale.

— Que se passe-t-il pendant la nuit de noces ?

Kitty haussa les épaules et répondit qu'elle l'ignorait : elle n'avait pas eu de nuit de noces, seulement d'ardentes nuits d'amour avec son bien-aimé, pendant lesquelles ils s'unissaient corps et âme…

Les yeux d'Elisabeth s'agrandirent. Elle paraissait au bord de l'affolement.

— Est-ce qu'on doit… se déshabiller ? demanda-t-elle.

— Ton mari s'en chargera.

— C'est lui qui me déshabillera ? Complètement ?

— Au moins le haut et le bas…

— Tu veux dire la tête et les pieds ?

— Bonté divine ! s'écria Kitty en portant les mains à ses cheveux comme pour les arracher. Tu n'es quand même pas si bête ! Il voudra toucher tes seins et aussi plus bas, ce qu'il y a entre tes jambes. C'est là qu'il voudra pénétrer.

Elisabeth ne pouvait croire ce qu'elle entendait. Enfant, elle avait saisi au vol quelques expressions affreusement obscènes en cuisine, mais seuls les domestiques se conduisaient ainsi, jamais les gens bien élevés…

— Mon Dieu, tu es encore plus ignorante que je l'étais, soupira Kitty. Tu te souviens des chevaux chez l'oncle Rudolf en Poméranie ? Quand nous étions tombées sur une fourmilière pendant un pique-nique ? Il y avait un étalon, tu te souviens ? Eh bien, la même chose arrive aux hommes.

Cette comparaison n'était pas faite pour rassurer Elisabeth. Des images affolantes surgirent de son imagination. Devant sa frayeur, Kitty se sentit obligée d'entrer un peu plus dans les détails.

— Tu sais à quoi ressemble un homme, sous ses vêtements, je veux dire ?

— Mais non !

Lisa ne lui facilitait vraiment pas la tâche. On aurait cru qu'elle faisait semblant d'être niaise. Elles avaient pourtant souvent pris leur bain avec Paul quand ils étaient petits.

— Il a au bas du ventre un machin pour uriner, précisa-t-elle.

— Ça, oui, je le sais. Tu m'as fait une de ces peurs avec ton étalon, Kitty ! J'ai cru que le... celui des hommes était aussi long...

— Il devient dur, gros et long, poursuivit Kitty sans ménagement, moins que chez un étalon, mais quand même...

Elisabeth blêmit. Et c'était avec ça qu'il allait... Mais ça ne marcherait jamais : c'était bien trop étroit en bas chez une femme. Et l'idée que son fiancé était fait comme un étalon l'horrifiait.

Kitty comprit enfin qu'elle avait abordé le sujet sous le mauvais angle. Si elle continuait, Elisabeth se barricaderait dans sa chambre le soir de ses noces.

— Écoute, Lisa, dit-elle en prenant une chaise pour s'asseoir à côté de sa sœur, la première fois, ça fait un peu mal, mais la deuxième, c'est merveilleux, et ensuite on voudrait que ça ne finisse jamais. On a l'impression de voler. C'est comme si deux êtres n'en formaient plus qu'un. On se caresse, on s'abandonne, on rit, on se blottit l'un contre l'autre, on brûle ensemble...

Elisabeth la regarda d'un air sceptique. Comment de

telles horreurs pouvaient-elles procurer des émotions si merveilleuses ?

— Tu verras bien, Lisa, conclut Kitty. C'est comme être au ciel. Et, maintenant que tu sais ce qui se passe, ce sera très facile pour toi même la première fois.

— Oui… murmura Elisabeth. Sûrement. Merci pour ton aide.

En réalité, elle aurait préféré ne rien savoir de ces choses, mais il était trop tard.

Chapitre 50

— C'était à la fois sombre et translucide, énonça Maria Jordan d'une voix sépulcrale. Devant la lampe électrique du couloir, cette chose s'est évanouie, mais elle s'est aussitôt reformée dans la pénombre.

— Mais à quoi ressemblait-elle ? s'enquit Augusta. À un homme ou à une femme ?

La cuisinière posa bruyamment un fait-tout rempli de soupe de pois sur la table de la cuisine et déclara qu'il n'y avait pas de fantômes à la villa.

— Mais ce n'est qu'un rêve, objecta Else.

— Tout songe est mensonge, énonça Humbert.

— Ceux de Maria Jordan se sont souvent réalisés, affirma Else.

— S'il vous plaît, dites à quoi cette chose ressemblait, l'implora Hanna, assise à la table devant son cahier d'écolière.

Elle devait écrire une composition sur l'empereur Guillaume II et sa famille, mais le rêve de Maria Jordan était bien plus captivant.

— C'était une forme sombre, ni homme ni femme. Une sinistre créature d'un autre monde condamnée à errer dans la villa jusqu'au jour où, ayant rempli sa mission, elle pourrait repartir dans son pays lointain…

— Probablement une mouche qui bourdonne dans les coins, dépose ses œufs et s'envole par la fenêtre, grommela la cuisinière.

— Chut ! l'interrompit Else, furieuse, en chassant de la main un essaim de mouches imaginaires. Et quelle est sa mission à la villa ?

Maria Jordan poussa un soupir, posa la main sur son front et ferma les yeux comme pour sonder sa mémoire.

— Il était question d'un fardeau, murmura-t-elle. D'un lourd fardeau que nous devions tous porter…

— La maladie de Monsieur, peut-être ? demanda Humbert.

— Mais il paraît qu'il va mieux…

La Jordan acquiesça, mais elle avançait à présent sur un terrain glissant car, si elle avait bien vu en rêve cette étrange créature, elle n'avait pas la moindre idée de sa signification. Elle savait seulement que ce rêve avait été pénible. Peut-être n'aurait-elle pas dû reprendre une portion de soupe de pois la veille au soir. La cuisinière avait décidé d'écouler les réserves de pois secs de l'an passé tant qu'ils étaient encore mangeables.

— Ce rêve signifie qu'un malheur nous frappera sous peu, répondit-elle après une pause. Cette année sera éprouvante pour la villa et tous ses habitants.

De telles prédictions étaient sans grands risques, car elles se réalisaient toujours sous une forme ou une autre. Et ce genre d'avertissement produisait toujours son effet. Les rêves de la Jordan lui conféraient un certain prestige auprès des autres domestiques. Si aucune de ses prédictions ne s'était encore réalisée pour Else, le prétendant à la main d'Augusta s'était manifesté. Elle épouserait Gustav et emménagerait avec son grand-père et lui dans la maisonnette du parc. Gustav voulait également adopter la petite Elisabeth, qui avait enfin été baptisée le dimanche précédent.

— Un spectre qui erre dans les couloirs sombres de la villa… murmura Else d'une voix sourde. Maintenant, je n'oserai plus aller aux toilettes la nuit. Se promène-t-il aussi au troisième étage, Maria ?

— Non, seulement au premier et au deuxième. Dans l'entrée aussi, mais toujours de nuit.

— C'est vraiment merveilleux, dit Humbert avec un large sourire. Alors que nous sommes enfin débarrassés de sœur Ottilie, nous nous retrouvons avec un spectre sur le dos. On se demande lequel des deux est préférable.

— Moi, je préfère le spectre, déclara Hanna en tendant la main vers la louche pour remplir son assiette.

— Veux-tu bien attendre ton tour, petite goinfre ! la tança Augusta en lui allongeant une tape sur les doigts. Le repas commence quand Mlle Schmalzler s'assied à table. Et Marie non plus n'est pas encore arrivée.

— Où est-elle, au fait ? demanda Humbert. Elle ne peut quand même pas rester rivée à la machine à coudre…

Maria Jordan émit un petit rire affecté. La femme de chambre était loin de passer ses journées devant la machine à coudre. Elle était souvent dans la chambre de Mlle Katharina, où elle dessinait. Et Madame l'appelait parfois pour causer avec elle.

— Bon sang, on croirait vraiment qu'elle est devenue quelqu'un ! s'exclama Augusta, les yeux levés au ciel. Dire qu'il y a quelques mois à peine elle était fille de cuisine et allait chercher du bois pour le poêle…

— Pour sûr, elle est vite montée en grade, commenta Else.

— Qui monte vite peut dégringoler tout aussi vite, fit observer Humbert.

— Et même encore plus vite, acquiesça Augusta avec un sourire, avant d'ajouter que Monsieur ne pouvait plus voir Marie en peinture.

Quand, voilà quelques jours, elle lui avait apporté du thé dans son bureau, il avait hurlé si fort qu'on l'entendait dans toute la villa. Et il avait sûrement une bonne raison de le faire…

— Et comment ! approuva Maria Jordan. Sait-on seulement ce qui s'est passé entre elle et M. Paul à Paris ? Ils ont eu deux nuits pour devenir intimes. Il a dû arriver quelque chose qui a déplu à Monsieur.

Cette supposition n'avait rien de nouveau, car tout le monde avait remarqué que M. Paul s'intéressait à Marie.

— Si c'est vrai, Marie me fait vraiment pitié, déclara la cuisinière d'un air renfrogné. Quand une fille aussi intelligente qu'elle s'abaisse ainsi, ça ne peut que mal finir.

Else haussa les épaules et reprit un morceau de pain blanc dans la corbeille.

— S'il s'est passé quelque chose entre eux, c'est de l'histoire ancienne, affirma-t-elle. Maintenant, M. Paul la regarde comme s'il voulait la mordre.

— C'est peut-être un mangeur d'hommes, gloussa Hanna.

— Si tu continues à dire des bêtises, tu vas t'en prendre une, la menaça la cuisinière.

Hanna se redressa, les mains croisées sur les genoux, comme on le lui avait appris, car la gouvernante entrait dans la cuisine.

— Bonjour à tous, dit aimablement Eleonore Schmalzler tandis que les domestiques se hâtaient de s'asseoir.

Gustav apparut avec son grand-père, et tous attendirent poliment qu'ils se soient lavé les mains pour se servir.

— Encore de la soupe de pois ? se plaignit Gustav.

— Estime-toi heureux de manger ma soupe ! s'insurgea la cuisinière. La cuisinière de monsieur le maire m'a offert vingt marks contre la recette, mais je ne la révélerai…

La sonnerie électrique résonna et Humbert reposa sa cuillère à soupe.

— C'est toujours aux repas, grommela-t-il. On dirait qu'ils ont décidé de me faire crever de faim…

— Nous te garderons une assiettée, persifla Augusta tandis qu'il se précipitait vers l'escalier de service.

Un instant plus tard, Humbert revint en courant, saisit Gustav par le bras et bredouilla qu'il devait le conduire immédiatement chez le Dr Greiner. Madame l'avait prévenu par téléphone, mais il ne pouvait se rendre à la villa dans sa voiture, qui était en réparation.

— Mais que s'est-il passé ? gémit Else. Je croyais que Monsieur allait mieux…

Humbert se tamponna le front avec un mouchoir blanc pendant que Gustav avalait en hâte le reste de sa soupe et la faisait suivre d'un morceau de pain.

— Il faudra aussi passer prendre le curé Leutwien au presbytère, ajouta Humbert d'une voix étouffée.

— Le prêtre ? demanda le vieux jardinier en portant la main à son oreille. S'il veut voir le prêtre, c'est grave. Il n'en a plus pour longtemps.

Paul avait téléphoné à Mlle Lüders pour lui dire qu'il rentrait à la villa. S'il y avait urgence, elle devrait le joindre là-bas. Il s'était rué vers sa voiture et avait engueulé le portier Grüber parce qu'il n'ouvrait pas le portail assez vite. Grüber l'avait regardé, effrayé, sans rien comprendre à l'attitude du jeune Melzer, toujours si aimable avec lui.

Paul poussa jusqu'à presque quatre-vingts à l'heure, laissant derrière lui un nuage de fumée. Comme la voiture était découverte, le vent de la course lui rafraîchissait le visage.

— Paul, il faut que tu viennes tout de suite, lui avait dit sa mère au téléphone d'une voix tremblante comme si elle allait fondre en larmes.

— Qu'est-il arrivé, au nom du ciel ?

— Ton père a voulu se tuer…

Il avait d'abord cru mal entendre, mais sa mère avait éclaté en sanglots et bredouillé quelques mots, parmi lesquels il avait saisi « pistolet dans le tiroir du secrétaire ».

— Calme-toi, Maman. J'arrive tout de suite, avait-il affirmé.

La villa paraissait paisible sous le soleil de midi. Des roses trémières saumon illuminaient l'entrée et le lilas était en fleur. Alors que Paul montait en courant les marches du porche, la porte s'ouvrit et Gustav vint à sa rencontre, suivi de Humbert.

— Monsieur, nous allons chercher le médecin, dit ce dernier, à bout de souffle. Et le curé. Monsieur votre père…

— Prenez la voiture.

Il lança les clefs à Gustav et poursuivit son chemin. Ils allaient chercher le prêtre… Il sentit un froid glacial l'envahir. Le prêtre. L'extrême-onction. La mort… Non, il ne pouvait pas mourir. On avait repris espoir quand, quelques jours plus tôt, il s'était assis dans son lit et avait réclamé quelque chose de consistant à manger. Il avait même fait quelques pas dans la chambre, s'était habillé et avait flanqué à la porte sœur Ottilie qui voulait lui imposer des prescriptions.

La gouvernante s'approcha de Paul avec une mine funèbre et l'informa que Madame était au premier étage dans le bureau de Monsieur. Il devrait se montrer courageux, car son père était dans un état effrayant. Si seulement le médecin arrivait enfin…

— Où est Marie ?

— Avec Madame dans le bureau. Ces demoiselles sont au salon rouge avec Maria Jordan, je crois. Leur mère ne leur a pas permis d'entrer dans le bureau.

Il entendit à peine ses derniers mots car il montait déjà au premier étage. Il s'arrêta devant la porte du bureau pour reprendre son souffle, puis frappa.

La porte s'entrouvrit et il vit le visage blême de Marie, dont les yeux sombres paraissaient très grands et veloutés. Il se calma aussitôt. Elle était là…

— N'ayez pas peur, monsieur. Nous l'avons étendu sur le canapé, lui dit-elle.

Elle referma la porte derrière lui et s'adossa au battant. Paul regarda fixement son père. Il était recroquevillé dans une étrange position sur les coussins brodés du canapé. Son visage était déformé, tout le côté gauche contracté, et son teint cireux. Paul dut prendre sur lui pour s'agenouiller et saisir sa main. Son pouls était à peine perceptible et très lent. Il vivait donc encore.

— Que s'est-il passé ? demanda Paul.

Il dut se tourner vers sa mère, assise dans le fauteuil du bureau, la tête renversée en arrière et les mains crispées sur les accoudoirs sculptés.

— Quoi qu'il arrive, je vous demande à tous deux de ne pas dire un mot de cet accident, dit-elle d'une voix épuisée.

Cet après-midi, Johann Melzer s'était montré particulièrement alerte. Il avait exigé de prendre un bain, après quoi il s'était habillé et avait pris son petit déjeuner. Il avait annoncé ensuite qu'il voulait parcourir quelques documents dans son bureau. Alicia avait craint qu'il ne se fatigue, mais il aurait été impossible de le faire renoncer à son projet.

— J'ai entendu vers midi un bruit rappelant la chute d'un objet, peut-être une chaise. J'ai alors eu un horrible pressentiment, poursuivit Alicia d'une voix sans timbre. Comme si Dieu m'avait envoyé un avertissement. Quand j'ai ouvert la porte, j'ai vu Johann debout devant son bureau, un pistolet braqué sur sa tempe. Je ne me souviens plus que vaguement de ce qui est arrivé ensuite. Nous avons lutté et il a essayé de me repousser, mais je serrais la main dans laquelle il tenait le pistolet et je n'ai pas lâché prise. Mais tout à coup…

Elle s'interrompit. Elle ne parvint à achever son récit que lentement et par bribes. Son mari s'était soudain affaissé, et son visage s'était contracté de manière effrayante. Dans son effroi, elle avait appelé Marie. Elles lui avaient pris l'arme qu'il serrait convulsivement dans sa main et l'avaient allongé sur le canapé.

— Il a dû avoir une attaque. La fatigue, la colère, la peur… mais qu'aurais-je pu faire d'autre ? Dis-le-moi, Paul, qu'aurais-je dû faire ? Je ne pouvais quand même pas le laisser mettre fin à ses jours !

— Tu as fait exactement ce qu'il fallait, Maman, dit-il fermement. J'aurais fait la même chose à ta place.

Il l'entoura de ses bras et lui parla doucement. Elle ne devait surtout pas se faire de reproches. Elle avait retenu son mari alors qu'il allait commettre un grave péché et il pouvait lui en être reconnaissant…

Ce dernier argument apaisa Alicia. Elle avait en effet

sauvé Johann, car mettre fin à la vie que Dieu nous avait donnée était en effet un péché.

On frappa à la porte et tous trois sursautèrent.

— C'est le médecin, madame. Et le curé, annonça la voix de Humbert.

— Où est le pistolet ? chuchota Paul à sa mère.

— Marie l'a remis dans le tiroir.

Paul acquiesça, puis échangea un regard avec Marie, postée près du seuil comme une gardienne. Elle était toujours là quand on avait besoin d'elle et elle agissait toujours avec calme et discernement. Tout allait bien.

— Entrez donc, messieurs…

Le curé Leutwien laissa le médecin passer en premier. Greiner était un petit homme mince portant des lunettes et une barbiche grise. Il salua tout le monde, exprima sa sympathie à Alicia, serra la main de Paul et ignora Marie, qui faisait de toute évidence partie de la domesticité. Il fit signe à Humbert, qui portait sa mallette noire de médecin, de la poser sur la table. Il l'ouvrit, dévoilant un fouillis d'instruments étincelants, de flacons bruns, de boîtes de toutes les couleurs, d'objets en caoutchouc rouge, de rouleaux de pansements et d'autres ustensiles parmi lesquels des forceps.

Il souleva adroitement l'une des paupières du patient, puis déboutonna sa chemise pour l'ausculter. Le curé était resté à côté de la porte. Les bras croisés devant la poitrine, il paraissait profondément ému.

— C'est sans aucun doute une attaque d'apoplexie, déclara Greiner en replaçant son stéthoscope dans sa mallette. Il faut le conduire à la clinique au plus vite afin de procéder à l'hémodilution. Depuis combien de temps est-il dans cet état ?

Alors qu'Alicia allait répondre, Johann Melzer remua. Il paraissait vouloir repousser le médecin.

— Non… pas de… clinique… articula-t-il. Le prêtre… Leutwien… faites venir le prêtre…

Le médecin, qui avait dû reculer, fit observer que c'était bon signe : dans la plupart des attaques de ce genre, le malade perdait complètement l'usage de la parole.

— Refermez votre mallette, docteur, mon tour est venu, dit aimablement Leutwien au médecin.

Celui-ci ne lui céda la place qu'avec des protestations, déclarant inacceptable de retarder le transport à la clinique, même pour un prêtre. Pour le bien du malade, il fallait l'hospitaliser même contre son gré.

— Mon mari a l'habitude que sa volonté soit respectée dans sa maison, docteur, intervint Alicia sur un ton résolu. Et ce n'est pas aujourd'hui que cela changera.

— Dans ce cas, je n'ai plus rien à faire ici, madame ! répondit le médecin.

Il referma sa mallette et s'inclina poliment devant Alicia. Paul eut droit à un signe de tête, et le prêtre, qui s'était assis au chevet de Johann Melzer, à un regard haineux.

À peine la porte se fut-elle refermée qu'on entendit la voix faible du malade, qui avait des difficultés à articuler. Ses ordres furent néanmoins clairs et audibles.

— Sortez… sortez tous. Seul le… curé doit rester. Je… je veux… me confesser.

Chapitre 51

— Maman, je t'en supplie, dis-nous ce qui est arrivé !

Kitty et Elisabeth se précipitèrent vers Alicia, qui venait d'entrer au salon avec Paul et Marie.

— A-t-il eu une nouvelle attaque ?

Elisabeth était livide et des larmes roulaient sur ses joues. On avait espéré que Papa guérirait mais, cruellement, c'était tout le contraire qui se produisait. Dire qu'elle avait encore prié pour lui ce dimanche…

— Il se confesse, répondit Alicia, et elle prit Elisabeth dans ses bras. Il faut avoir du courage, les filles. Dieu seul peut savoir s'il restera parmi nous ou s'il entrera dans l'éternité.

Kitty se jeta en sanglotant dans les bras de Marie. Elle ne pouvait croire que son père risquait de mourir. Il avait toujours été si solide, un vrai bourreau de travail, jamais fatigué… Qu'allaient-ils devenir sans lui ?

Paul, oppressé, regarda Marie réconforter sa sœur, lui chuchoter des paroles apaisantes à l'oreille et lui caresser les cheveux avec une infinie tendresse. Kitty avait bien de la chance d'avoir Marie auprès d'elle, de pouvoir la serrer dans ses bras et l'embrasser, Marie qui ne le traitait plus qu'avec une froide indifférence.

— Que va-t-il arriver maintenant ? gémissait Kitty. Pourquoi n'avons-nous pas le droit de le voir ?

— Le curé nous fera sûrement venir s'il veut nous voir, répondit Alicia, qui s'était ressaisie en présence de ses filles. D'ici là, nous devrons prendre patience.

On commanda du thé à Humbert. Le valet parut soulagé d'avoir quelque chose à faire. Il était blême, mais n'osait pas demander de nouvelles du malade.

Trois heures sonnèrent à la petite pendule de la cheminée. On parlait peu au salon. Kitty s'était souvenue que son père jouait à cache-cache avec ses enfants dans le parc quand ils étaient petits, le dimanche seulement, bien sûr. Mais, quand Elisabeth avait recommencé à sangloter, la conversation s'était interrompue. Humbert réapparut peu après trois heures et demie et annonça que Monsieur voulait voir son fils et Marie.

— Marie ?

La surprise fut générale et, pour certains, déplaisante.

— Moi ? bredouilla Marie. Tu es sûr d'avoir bien compris, Humbert ?

— C'est ce que le curé m'a dit et répété. Il veut voir M. Paul et Marie.

Alicia ferma les yeux un instant, comme s'il lui fallait surmonter une épreuve dont personne ne devait rien savoir. Elle s'était évidemment attendue à ce que son mari l'appelle…

— Vas-y, Marie, dit-elle. Et si c'est une erreur, nous saurons au moins de quoi il retourne.

Elle adressa un sourire à Paul pour l'encourager et se versa une tasse de thé. Des regards intrigués suivirent Marie, devant qui Paul s'était effacé.

Humbert leur ouvrit la porte en annonçant leur arrivée. Le curé était assis derrière le bureau. On avait adossé Johann Melzer à des coussins pour le redresser ;

il était presque assis. Il regarda les nouveaux arrivants comme s'il se tenait devant un tribunal.

— Asseyez-vous, leur ordonna-t-il.

Il semblait aller bien mieux qu'une heure auparavant. Son visage s'était détendu, seul son œil gauche et sa bouche étaient encore légèrement de travers, mais sa barbe grise dissimulait en partie son visage.

Ils s'assirent en silence sur les chaises qu'il leur désignait et attendirent. Marie avait croisé les mains sur ses genoux et sa poitrine se soulevait au rythme de sa respiration rapide. Paul dut résister au désir de la prendre dans ses bras comme s'il devait la protéger. Il se tenait très droit et paraissait pétrifié.

— Tout début est difficile, dit la voix de Leutwien, qui résonna comme une sommation.

Johann Melzer s'exécuta.

— Ce que j'ai à vous dire concerne Marie, commença-t-il, et il essuya le coin gauche de sa bouche avec un mouchoir. Marie Hofgartner, la fille de mon ancien associé Jakob Burkard.

Voilà, il l'avait dit. Il avait confessé son mensonge sans détour. Paul vit Marie rougir, ouvrir la bouche pour parler, mais Johann Melzer poursuivit sans en tenir compte.

— Paul, mon fils, je t'ai fait venir afin que tu saches tout, car je veux te raconter moi-même cette histoire. Tu pourras décider ensuite si tu veux me maudire ou me pardonner.

Paul se taisait, ne sachant que répondre. Qu'allait-il apprendre encore ? Son père avait pourtant avoué son mensonge. Melzer essuya encore le coin de sa bouche d'où coulait un filet de salive, avant de poursuivre.

— Quand, voilà plus de trente ans, j'ai rendu visite à Jakob Burkard dans la remise où il assemblait toutes sortes d'inventions, j'ai immédiatement compris que j'avais trouvé l'homme dont j'avais besoin. Il était de ceux qui, merveilleusement en phase avec leur époque, conçoivent les inventions techniques que le monde est prêt à accueillir. Il avait à vrai dire pas mal de trouvailles loufoques à son actif : il voulait par exemple fabriquer un téléphone portatif ! Mais il avait surtout dessiné les plans de métiers à filer et à tisser qu'il était également en mesure de construire. Que pourrais-je ajouter ? Nous nous sommes associés. Nous avons débuté modestement, car ni lui ni moi n'avions beaucoup d'argent. Mais je m'y entendais en affaires et Burkard a construit les machines dont nous avions besoin. La banque nous a accordé un prêt et, en peu de temps, notre entreprise a pris un essor inespéré. J'ai alors acheté le parc et fait transformer la maison de campagne en villa…

— Vous vous écartez du sujet, monsieur Melzer, l'interrompit le prêtre. Allez au fait !

Personne n'avait jamais osé réprimander ainsi Johann Melzer, mais il acquiesça sans murmure et en adressant un regard las à Leutwien.

— L'usine prospérait sous ma direction, mais Burkard devint bientôt un fardeau. Les affaires ne l'intéressaient pas et l'argent ne signifiait rien pour lui. C'était un technicien dans l'âme. Il passait tout son temps à ajuster les machines et à faire des projets d'amélioration alors que j'avais des commandes à honorer. En bref, deux ans après mon mariage, soit vers 1890, nous nous sommes brouillés et il a disparu d'Augsbourg du jour au lendemain. Au début, j'ai eu peur qu'il divulgue ses connaissances à la concurrence, mais il n'en a rien fait. Il a dilapidé son argent en voyages, en Angleterre, en Suède, puis en France. Il est revenu avec une femme, Luise Hofgartner, une artiste peintre qu'il avait connue à Montmartre, et ils ont emménagé dans un appartement de la ville basse. Ils comptaient vivre des revenus de l'usine : Burkard possédait après tout la moitié de l'entreprise, dont les profits étaient alors non négligeables, grâce à mon sens des affaires et à mon travail achar…

— Au fait, monsieur Melzer ! répéta le prêtre.

— J'en ai vite eu assez de lui, car il s'est mis à fabriquer toutes sortes d'inventions absurdes pour lesquelles il dépensait l'argent de l'entreprise. Moi, je pensais à l'usine que je devais protéger, l'usine qui était l'œuvre de toute ma vie. J'ai donc commencé à lui racheter ses parts.

Il fit une pause, s'essuya encore la bouche et demanda de l'eau. Paul remplit un verre et le lui tendit. Son père but laborieusement. De l'eau coulait sur le côté de sa bouche et mouillait sa chemise.

Quand il rendit le verre à Paul, sa main tremblait comme s'il tenait un objet très lourd.

— Je lui ai racheté ses parts pour une bouchée de pain, reprit-il d'une voix empâtée. Je savais depuis longtemps qu'il buvait et j'ai tiré avantage de cette faiblesse. Je lui ai servi du vin, puis de la bière. Il n'en fallait pas beaucoup pour l'enivrer. Il a signé sans le moindre soupçon tous les documents que je lui ai présentés. Luise Hofgartner, elle, avait deviné ce que je faisais et tenté de s'y opposer. Mais Burkard avait confiance en moi, il était incapable de croire que son associé et ami puisse se conduire comme un cupide escroc…

Paul eut l'impression d'être devant un abîme. Son père que, malgré toutes leurs dissensions, il avait toujours vénéré, avait ignoblement abusé de la confiance de son associé. Pire, il avait ruiné les parents de Marie. Paul n'osait plus regarder la jeune fille.

— Continuez ! ordonna le prêtre, impitoyable.

— Elle est tombée enceinte et elle a consenti à un mariage dans l'intérêt de l'enfant, alors qu'elle avait rapporté de son existence à Montmartre des convictions aberrantes sur l'amour libre et des insanités du même genre. J'ignorais à l'époque que la santé de Burkard s'était à ce point dégradée, mais il était si faible qu'un mariage civil était devenu impossible. Leutwien a célébré le mariage religieux chez lui et Burkard est mort quelques jours plus tard. J'étais effrayé et rempli de remords. J'ai payé les frais de son enterrement et j'ai même fait dresser une pierre tombale à son nom. J'ai également veillé sur sa femme en lui procurant des commandes rémunératrices auprès de mes relations. À la naissance de son enfant, je lui ai donné un peu d'argent pour qu'elle puisse se reposer.

Marie observait Johann Melzer avec la plus grande attention.

— Mais, plus tard, vous lui avez tout repris, dit-elle froidement. Parce que vous lui aviez réclamé je ne sais trop quels plans qu'elle a refusé de vous donner.

Il la regarda, stupéfait qu'elle connaisse l'existence de ces plans.

— Oui, au bout de quelques années, les machines de l'usine ont commencé à avoir des défaillances, et je me suis souvenu que Burkard avait envisagé des améliorations. Je me suis maudit de ne pas y avoir pensé de son vivant, car je suis sûr qu'il m'aurait remis ces plans. Mais sa femme s'y refusait. Alors que je lui procurais des commandes et payais son loyer, elle refusait de me remettre un seul de ces plans. Hors de moi, j'ai fait saisir tous ses biens et tous les meubles de sa chambre, mais elle refusait toujours de céder. Elle m'a même ri au nez, me disant que jamais je n'aurais ces plans, même si je vendais mon âme au diable.

— Elle avait toutes les raisons de refuser, déclara durement Marie. Elle savait ce que vous aviez fait à mon père.

Johann Melzer ne répondit pas et regarda Marie d'un œil morne.

— Alors j'ai cessé de veiller sur elle et j'ai médit d'elle auprès de mes relations, si bien qu'elle n'a plus reçu aucune commande. Je croyais pouvoir la faire plier ainsi, ne serait-ce que dans l'intérêt de son enfant, mais elle n'a jamais cédé. Elle a préféré dépérir et grelotter. Deux ans plus tard, elle a pris froid en hiver, car elle ne pouvait plus s'acheter de bois de chauffage. L'inflammation pulmonaire a dégénéré en tuberculose et elle en est morte.

Paul devinait les sentiments de Marie. Pétrifié de chagrin, il regardait fixement le sol. Si son père ne lui avait pas tout pris, la mère de Marie ne serait pas morte… Comment la jeune fille pourrait-elle pardonner aux siens ? À la même époque, ses sœurs et lui vivaient joyeusement dans le luxe de la villa, et les Melzer comptaient parmi les notables les plus respectés d'Augsbourg.

Johann Melzer était épuisé. Il parlait plus difficilement et commençait à bafouiller. Quand Leutwien l'avait emmené dans la ville basse, il s'était senti terrifié. Il n'avait pas pensé que Luise pourrait mourir. Il avait donc fait placer sa fille, la petite Marie, dans un orphelinat auquel il avait fait des dons généreux afin qu'on prenne soin d'elle.

— Marie… dit-il à la jeune fille avec un regard implorant. J'ai… j'ai avoué… toute… la vérité. J'ai commis un grave… péché… contre toi… et tes parents. Les feux de l'enfer… me tourmenteront. Peux-tu me… pardonner ?

Paul fut saisi de vertige. Qu'exigeait-il là de Marie ? Quelle grandeur d'âme devait posséder une jeune file pour pardonner un tel crime ?

Quand Marie répondit, sa voix était ferme et d'une froideur inusitée.

— Priez pour que Dieu vous pardonne, monsieur Melzer. Moi, jamais je ne le pourrai !

Chapitre 52

— Marie !

Elle s'était levée d'un bond et précipitée hors du bureau. Paul voulut la suivre, mais Leutwien le retint.

— Laissez-la, Paul, dit-il. Elle doit d'abord se faire à ce qu'elle vient d'entendre.

— Mais je ne peux pas la laisser seule !

Le prêtre secoua la tête et refusa de lâcher le bras de Paul.

— Occupez-vous plutôt de vous-même, Paul, lui conseilla-t-il. Vous aussi, vous venez d'entendre une histoire à peine concevable, mais seul Dieu peut rendre la justice sur Terre. Nous autres pécheurs devons apprendre à pardonner.

Paul l'avait à peine écouté. Un sermon était la dernière chose dont il avait besoin à cet instant. Il se dégagea et se rua dans le couloir pour rattraper Marie, mais elle avait disparu. Il se précipita vers l'escalier de service, mais il était désert. Il entendit une porte claquer au troisième étage. Se cachait-elle dans sa chambre ?

— Marie ! Il faut que nous parlions. Je t'en prie, Marie ! appela-t-il.

Aucune réponse ne lui parvint du troisième, mais il perçut un mouvement dans le couloir derrière lui.

Sa mère et ses sœurs étaient sorties du salon, dans l'angoisse d'un nouveau malheur.

— Paul ! Que se passe-t-il ? Je t'en supplie, dis-le-nous… nous mourons d'inquiétude…

Il renonça à monter au troisième. Les maîtres n'avaient rien à faire à l'étage des employés. Et il ne pouvait en aucun cas rejoindre Marie dans sa chambre.

— Ce n'est rien de grave, Maman, éluda-t-il. Papa va mieux. Tu peux aller le retrouver.

— Mais pourquoi Marie s'est-elle sauvée ainsi ?

Paul réfléchit à toute vitesse avant de répondre. Il ne pouvait leur révéler la vérité, car les aveux de son père s'adressaient seulement à Marie et à lui-même.

— Père a révélé à Marie qu'elle était la fille de son ancien associé Jakob Burkard, dit-il.

— C'est donc ça, murmura Alicia. La pauvre fille doit être bouleversée.

— Certes, approuva Paul, soulagé de voir sa mère se contenter de cette explication, mais Kitty ne l'entendit malheureusement pas de cette oreille.

— Mais… mais voyons, c'est merveilleux, Paul ! s'écria-t-elle. Ce Burkard n'était-il pas inventeur ou quelque chose de ce genre ? Mon Dieu, Marie a un inventeur pour Père ! Mais pourquoi ne le lui a-t-on révélé que maintenant ?

— Pourquoi Père a-t-il fait tant de cachotteries à ce sujet ? ajouta Elisabeth. Était-ce donc si crucial, pour qu'il l'ait fait appeler à son chevet ?

Paul n'avait aucune envie de s'empêtrer dans de nouveaux mensonges. Il s'en tira en affirmant tout simplement qu'il n'en savait rien.

— Tout cela me paraît vraiment étrange, déclara Elisabeth à haute et intelligible voix en regardant son frère d'un œil méfiant. Je parie que tu nous caches quelque chose, Paul…

Il ne répondit pas, afin d'éviter une querelle. Alicia était entre-temps entrée dans le bureau, où on l'entendit parler avec le curé. Kitty la suivit, soulagée d'apprendre que son père allait mieux.

— Voyons, Papa, l'entendit-il dire sur un ton de reproche. Si le médecin a dit que tu devais aller à la clinique, il faut l'écouter. Maman a parfaitement raison : il faut qu'on t'y emmène tout de suite. Nous voulons tous que tu guérisses, mon petit Papa.

— Elle peut toujours rêver, fit observer Elisabeth. Quand Papa ne veut pas, il est inutile d'insister.

Le téléphone sonna et Paul maudit en lui-même l'usine et tout ce qui la concernait. Il voulait retrouver Marie pour lui dire combien les aveux de son père l'avaient bouleversé, qu'il éprouvait les mêmes sentiments qu'elle et ne comprenait que trop bien sa colère. Et qu'il était prêt à faire n'importe quoi pour réparer le mal commis par son père…

— Paul ! C'est Mlle Lüders, de l'usine. Elle tient absolument à te parler.

— J'arrive…

La Lüders était sens dessus dessous. Deux métiers à tisser étaient tombés en panne parce que le fil cassait sans arrêt. Alfons Dintel, du service de l'impression, avait signalé que la teinture bleue était presque épuisée et qu'un client important était arrivé sans crier gare. C'était un M. Grundeis de Brême qui souhaitait s'informer des nouveaux motifs. Il avait réservé une chambre à l'hôtel des Trois Carottes et espérait pouvoir passer la soirée en bonne compagnie.

Paul aurait volontiers dit à la secrétaire d'aller au diable avec fil, teinture et visiteur, mais il sentit sur lui le regard de son père, qui suivait sa conversation téléphonique. Il n'était ni dans son intérêt ni dans celui de Marie d'envoyer tout bouler.

— Dites à M. Grundeis que je le rejoins dans dix minutes, répondit-il. Servez-lui la collation habituelle en attendant.

— C'est fait, monsieur Melzer. Est-ce que tout va bien chez vous ? Nous nous faisons du souci, Mlle Hoffmann et moi…

— Vous n'avez aucune raison de vous inquiéter, chère mademoiselle Lüders. J'arrive dans un instant.

Il avait eu du mal à garder son habituel ton insouciant. Que lui avait dit sa mère ? Il fallait se montrer courageux. Mais il ne s'était encore jamais senti si faible et si désemparé.

— Je dois me rendre à l'usine pour quelques affaires à régler, annonça-t-il, et il crut lire un faible sourire sur le visage de son père.

Alicia se réjouit moins. Elle avait espéré que Paul pourrait convaincre son père de suivre la recommandation du médecin.

— Occupez-vous de Marie, s'il vous plaît, reprit-il. Elle est bouleversée et elle a besoin de réconfort.

— Si tu y tiens tant, j'enverrai Else lui demander si elle a besoin de quoi que ce soit, répondit sa mère, mais ces bonnes paroles n'apaisèrent nullement Paul.

— Qu'Else lui dise que j'aimerais lui parler ce soir. C'est très important, Maman, insista-t-il.

Cette insistance surprit non seulement Alicia, mais aussi Elisabeth, qui fronça les sourcils et déclara qu'en cet instant il y avait plus urgent qu'une conversation avec une femme de chambre. Kitty, en revanche, esquissa un sourire espiègle peu approprié au sérieux de la situation.

— Dis-moi donc, mon petit Paul, y aurait-il entre toi

et Marie quelque chose que nous ignorerions encore ? demanda-t-elle.

— Plus tard… répondit-il avant de sortir.

Alors qu'il se dirigeait vers l'escalier de service, il entendit les exclamations horrifiées de sa mère.

— Sainte Vierge, il ne peut quand même pas être sérieux !

— Je crois que si, Maman : il est fou amoureux d'elle.

Else revint avec la réponse de Marie : elle s'était mise au lit. On estima qu'après les émotions qu'elle avait éprouvées elle avait bien droit à un peu de repos. Alicia était restée au chevet de son mari et, comme la conversation entre les époux prenait un tour très intime, leurs filles se sentirent de trop. Quand le prêtre prit congé, elles le raccompagnèrent jusqu'à l'entrée de la villa. Elles l'interrogèrent sur ce qui s'était passé dans le bureau, mais il évita adroitement de répondre, parlant beaucoup mais révélant peu, et finit par invoquer le secret de la confession.

— Votre père a fait preuve d'un courage extraordinaire en ce jour, mesdemoiselles, leur dit-il. Vous pouvez être fières de lui. Et, maintenant, je dois prendre congé de vous car je dois dire la messe du soir.

Quand il fut sorti, Elisabeth déclara que toute cette histoire était de plus en plus mystérieuse et Kitty l'approuva.

— Tu crois que Paul et Marie ont déjà… ? dit-elle d'un air pensif.

— Chut ! l'interrompit Elisabeth. *Pas devant les domestiques !* ajouta-t-elle en français, car Humbert était à côté du monte-charge, sur lequel il prenait de quoi dresser le couvert pour le dîner.

Kitty réfléchit un instant. Paul et Marie, son frère bien-aimé et sa meilleure amie… c'était merveilleux !

— Est-ce que tu crois que Marie est encore dans sa chambre ? demanda-t-elle.

— Probablement pas, supputa Elisabeth. Elle est sûrement remise de ses émotions.

— Alors elle est peut-être dans la salle de couture…

Mais Marie n'était ni là-bas ni dans la chambre de Kitty. Et pas davantage à la buanderie, où elles découvrirent Eleonore Schmalzler, qui comptait les mouchoirs en coton blanc et les nouait par demi-douzaines d'un ruban bleu clair.

— Comme c'est étrange : il manque trois torchons blancs, dit-elle avec un sourire aux deux sœurs. Sauriez-vous par hasard où ils se trouvent ?

Kitty sentit le regard de sa sœur l'effleurer. Elisabeth et elle-même répondirent de leur air le plus innocent qu'elles n'en avaient pas la moindre idée.

— Auriez-vous vu Marie, mademoiselle Schmalzler ?

— Elle doit être dans sa chambre, mademoiselle. J'ai entendu dire qu'elle se reposait parce qu'elle était souffrante.

— Envoyez-la-moi avant le dîner si possible, ordonna Kitty.

— Oui, mademoiselle. Puis-je vous demander comment se porte votre père ? Nous sommes très inquiets à son sujet.

— Il va mieux. Maman est auprès de lui.

— Dieu veuille qu'il se rétablisse bientôt !

— Merci, mademoiselle. Nous l'espérons aussi.

Les deux sœurs regagnèrent leur chambre pour se changer comme d'habitude avant le dîner. Kitty venait de passer sa robe de soie bleu sombre à col marin blanc et s'efforçait de nouer la ceinture avec chic quand Maria Jordan frappa à sa porte.

— Je suis prête, mademoiselle Jordan, répondit-elle. Vous pouvez passer dans la chambre de Maman.

La Jordan pinça les lèvres. Elle souffrait de chaque rebuffade, mais ne faisait qu'aggraver son cas en se montrant envahissante.

— Pardonnez-moi, mais il s'agit de Marie, insista-t-elle. Il semblerait qu'elle soit partie…

Kitty laissa choir la ceinture et dévisagea la Jordan, atterrée. La femme de chambre dissimulait mal sa satisfaction du départ de sa rivale.

— Partie ? bredouilla Kitty. Que voulez-vous dire ?

Maria Jordan lui raconta qu'on avait cherché Marie en vain. Mlle Schmalzler avait demandé à Maria Jordan de jeter un coup d'œil dans la chambre qu'elle partageait avec la jeune fille.

— Quand je suis entrée, je n'ai rien remarqué. La chambre était en ordre, les lits faits, l'armoire fermée. Mais quand j'ai voulu prendre un mouchoir dans la commode avant de redescendre, j'ai découvert que le tiroir de Marie était vide.

Elle avait emporté quelques robes, du linge, des bas et des chaussures, mais laissé tout ce qui appartenait à la maison : trois robes, deux chemises, une veste longue et…

— Elle s'est enfuie, l'interrompit Kitty au désespoir. Elle est partie sans même me dire adieu. Oh, mon Dieu, il faut la retrouver ! Où peut-elle bien être allée ? Où logera-t-elle ? Que faites-vous donc plantée là, mademoiselle Jordan ? Prévenez ma sœur et ma mère. Il faut dire à Gustav de sortir la voiture pour aller prévenir Paul à l'usine… Comment a-t-elle pu me faire cela ? Ma petite Marie ! Ma plus chère amie…

La Jordan s'était évidemment attendue à ce que cette nouvelle jette la consternation, mais n'avait pas prévu une réaction si violente. Elle fit la moue, si bien qu'une multitude de rides minuscules apparurent autour de sa bouche, puis redescendit porter la nouvelle à Madame.

Alicia et Elisabeth étaient déjà à table. Madame garda son sang-froid en apprenant la nouvelle et quand Mlle Elisabeth déclara que c'était sans doute mieux ainsi, elle l'approuva.

— Marie est une fille intelligente. Elle a compris que le moment était venu de chercher une nouvelle place, dit Madame. C'est vraiment dommage qu'elle soit partie ainsi, mais elle me manquera.

— Comme femme de chambre, elle est irremplaçable, affirma Elisabeth. Ses esquisses de robes étaient merveilleuses… et même ses chapeaux ! Je suis bien contente qu'elle ait fini ma robe de fiançailles avant de partir.

— Surtout n'en dites rien à Monsieur, Maria, recommanda Madame à la femme de chambre. Il ne doit surtout pas s'agiter. Mlle Schmalzler devra veiller à ce que le personnel se montre discret.

— Oui, madame.

Maria Jordan esquissa une courbette et se hâta de descendre en cuisine pour répandre la nouvelle. Monsieur avait certainement mis un terme définitif à cette amourette entre Marie et M. Paul. Il avait dû les appeler à son chevet et faire acte d'autorité. Marie en avait visiblement tiré les conséquences : elle avait filé à l'anglaise.

— Faut-il prévenir Paul, Maman ? demanda Elisabeth en dépliant sa serviette.

— Il l'apprendra bien assez tôt, décida Alicia. Tu as entendu ce qu'il a dit : il doit voir un client important. Il ne faut donc pas le déranger.

— Mais où est passée Kitty ?

Alicia poussa un soupir, puis se servit un peu de langue de bœuf et une tranche de saucisse de foie. Toutes ces émotions et ces angoisses lui avaient coupé l'appétit, mais elle devait manger pour garder des forces. Elisabeth, elle, n'avait aucun besoin de se forcer car, malheureusement pour elle, elle avait toujours faim. Enfant, ses plats préférés étaient déjà les gâteaux à la crème, le pâté de viande et la poitrine d'oie.

— Humbert, dites à Augusta de prévenir Mlle Katharina que le dîner est servi, ordonna Madame.

Humbert tendit élégamment à Elisabeth l'assiette de viande froide et attendit qu'elle se soit servie.

— Pardonnez-moi, madame, répondit-il à Alicia, mais Gustav vient de conduire Mlle Katharina à l'usine.

Alicia et Elisabeth se regardèrent, horrifiées.

— Merci, Humbert. Vous pouvez retourner en cuisine : nous nous servirons nous-mêmes, dit Madame.

Elle attendit que le valet ait quitté la salle pour donner libre cours à sa colère. Ces libertés que Kitty prenait étaient vraiment inconcevables ! Elle faisait dans leur dos tout ce qui lui chantait.

— C'était prévisible, fit remarquer Elisabeth. Et ça n'a rien de nouveau : Kitty est têtue comme une mule et incroyablement égoïste. Pourquoi est-elle encore là, au fait ? Elle devait pourtant commencer une formation d'infirmière, non ?

Alicia repoussa son assiette, car son estomac protestait.

— La maladie de ton père a retardé l'exécution de ce projet, expliqua-t-elle. Et Alfons Bräuer m'a priée de parler à ton père : il compte demander la main de Kitty.

Elisabeth reprit des forces avec une belle portion de saucisse de foie, à laquelle elle ajouta l'un des petits cornichons que la Brunnenmayer faisait si admirablement mariner dans du vinaigre.

— Pauvre diable, commenta-t-elle. J'espère qu'il sait ce qui l'attend.

Elle comprit tout de suite qu'elle était allée trop loin.

Alicia la foudroya du regard et riposta qu'elle n'avait aucun droit de rabaisser sa sœur, et encore moins quand il s'agissait de son mariage. Alfons Bräuer serait un gendre plus que bienvenu dans la famille.

— Si j'ai bien compris, mon fiancé sera de toute évidence moins bienvenu que lui… répondit Elisabeth, blessée.

Alicia poussa un long soupir. Cette journée avait été vraiment exécrable, et le pire était qu'il restait encore la soirée à passer.

Paul et Kitty réapparurent moins d'une demi-heure plus tard, à bout de souffle et fébriles. Paul interrogea la gouvernante, envoya Kitty dans la chambre de Marie à la recherche d'indices et se précipita au premier étage pour accabler sa mère et sa sœur de reproches. Il ne trouva qu'Elisabeth au salon rouge : Papa avait fait appeler Maman pour avoir une autre conversation personnelle avec elle.

— Moi, il ne veut visiblement pas me voir, fit-elle remarquer, vexée. Kitty non plus, d'ailleurs. Et si tu crois que nous sommes les bonnes de ta chère Marie, tu te trompes. Elle s'est sauvée et a fort bien fait.

Paul écumait de rage. Il répondit qu'il avait honte d'avoir une sœur aussi froide et sans cœur. Marie était seulement bonne à coudre ses robes, mais en tant qu'être humain elle lui était parfaitement indifférente. Quoi d'étonnant que Papa refuse de la voir ? C'en fut trop pour Elisabeth, qui éclata en sanglots. Elle savait bien que personne ne l'aimait dans cette famille, qu'elle avait toujours été la cinquième roue du carrosse, mais elle avait toujours espéré que Papa au moins…

Alicia entra au salon et referma la porte en hâte.

— Que se passe-t-il donc ? Elisabeth, ressaisis-toi, je t'en prie. Paul… Papa veut te parler.

Mais Paul n'était pas disposé à se soumettre au diktat maternel. Papa voulait lui parler ? Ça pouvait toujours attendre. Pourquoi personne n'avait-il respecté sa demande ? Il avait pourtant clairement demandé qu'on prenne soin de Marie pendant qu'il serait à l'usine. Comment avait-elle pu s'éclipser à l'insu de tous ?

Alicia s'était attendue à des reproches, mais pas à cette virulence. Elle répliqua que ce qui était fait était fait et qu'on ne pouvait hélas rien y changer. Elle était néanmoins certaine que Marie reviendrait à la villa en temps voulu. C'était une fille intelligente qui avait bon caractère de surcroît.

Elisabeth regarda sa mère, bouche bée. Chacun savait que Paul était le petit chéri de Maman, mais il ne fallait tout de même pas exagérer…

— Je t'en prie, Paul, va voir ton père… Il t'attend, insista Alicia.

— Bon, mais un instant seulement : j'ai à faire ! grommela son fils.

— Et, surtout, ne lui dis pas que Marie est partie…

— Bon, bon…

Johann Melzer était toujours dans la même position sur le canapé, adossé à une pile de coussins sous une couverture de laine moelleuse. Il paraissait épuisé, mais son regard figé et absent avait disparu. Paul avait même l'impression qu'il se sentait soulagé. Peut-être sa confession l'avait-elle apaisé, mais en faisant ces aveux il avait chargé sa famille d'un lourd fardeau.

— J'ai peu de temps, Père, dit-il. M. Grundeis, de Brême, m'attend aux Trois Carottes.

Johann Melzer acquiesça, mais désigna assez clairement la chaise sur laquelle Alicia avait été assise peu de temps auparavant.

— J'ai également raconté cette histoire à ta mère,

commença-t-il. Elle a réagi avec sang-froid et m'a assuré qu'elle m'aimerait encore malgré tout. Je lui ai demandé de tout révéler aux filles.

Il se tut et respira laborieusement, comme si une pierre pesait de nouveau sur sa poitrine. Il avait longtemps hésité avant de prendre cette décision. Il était pénible pour un père d'avoir honte devant ses filles, mais il avait fini par comprendre qu'elles apprendraient la vérité tôt ou tard.

Paul se taisait, mais s'agitait sur sa chaise. Que son père fasse donc ses aveux, lui-même avait d'autres préoccupations. Il fallait demander au vieux jardinier s'il avait vu Marie. Gustav, qui travaillait dans la serre à l'arrière de la villa, n'avait rien remarqué du départ de la jeune fille.

— Est-ce que tu m'écoutes, Paul ?

Il sursauta. Bien entendu, il écoutait son père.

— Te souviens-tu de notre conversation d'il y a trois semaines ?

Il ne s'en souvenait que trop. Il avait eu de violents remords d'avoir exaspéré son père, mais depuis sa confession, ses remords avaient nettement diminué.

— J'ai été injuste envers toi, Paul. Je t'ai menti parce que je ne voulais pas reconnaître ma culpabilité, mais Dieu m'en a puni et je me remets entre Ses mains.

Johann Melzer essaya de se redresser, et Paul se leva en hâte pour le soutenir.

— Laisse-moi… souffla son père. Je veux le faire seul. Je dois le faire seul.

Il parvint de fait à s'asseoir et resta légèrement penché en avant, le souffle court, mais visiblement content de lui-même.

— Je devrai peut-être comparaître bientôt devant le Juge suprême, Paul, reprit-il d'une voix entrecoupée. Et je suis en bien mauvaise posture. Veux-tu m'aider ?

— Si je le peux…

Johann Melzer hocha la tête d'un air satisfait et attendit que Paul ait redressé les coussins dans son dos pour reprendre la parole.

— Dis-moi ce qu'il en est entre toi et Marie. Est-ce une amourette sans conséquence ou un sentiment plus sérieux ?

Cette question prit Paul au dépourvu. Il se demanda où son père voulait en venir. Trois semaines auparavant, il lui avait parlé de manière répugnante de « jeter sa gourme », l'avertissant que Marie risquait de lui « faire un enfant ». Mais sa maladie l'avait changé.

— C'est bien plus sérieux, avoua Paul.

Sa réponse parut enchanter son père. Il voulut savoir depuis combien de temps cette histoire durait et si Marie attendait un enfant. Paul dut réprimer sa colère : que signifiaient toutes ces questions ?

— Tu ne me croiras peut-être pas, mais je n'ai encore jamais touché Marie, répondit-il. Ce n'est pas le genre de fille à céder si facilement à un homme. Elle est bien trop intelligente et trop fière pour cela.

Johann Melzer se mit à tousser. Il eut de nouveau besoin d'un peu d'eau et dut attendre un moment pour reprendre son souffle.

— Tu ne l'as jamais touchée ? Comment ça ? Si mes souvenirs sont bons, tu te montrais moins réservé autrefois.

Paul dut le reconnaître, mais avec Marie c'était différent. Il n'aurait pu expliquer pourquoi. Peut-être était-ce une question de respect. Et d'amour.

— D'amour, répéta Johann Melzer. Et elle ? Est-elle amoureuse de toi ou lui es-tu parfaitement indifférent ?

— Je l'ignore, répondit Paul. Je crois qu'à une époque elle a eu un sentiment pour moi, mais ensuite…

— Ensuite ?

Paul hésita à s'ouvrir entièrement à son père, de crainte de trop l'agiter, mais il éprouvait le besoin impérieux de parler de son amour.

— Ensuite, c'était fini avant même d'avoir commencé, dit-il. Je lui ai demandé sa main, mais elle a refusé en déclarant qu'un jeune monsieur ne pouvait épouser une femme de chambre.

Une cascade de râles l'interrompit. Effrayé, il se leva pour alerter le médecin, mais son père lui fit signe de se rasseoir.

— Tu… lui… as… demandé… sa main ? articula son père. C'est merveilleux ! Et… elle a… refusé ?

Paul comprit que son père riait. Il se gaussait de lui parce que Marie, la femme de chambre, l'avait éconduit. Ma foi, si ça pouvait l'amuser, tant mieux.

— Écoute, Paul, reprit son père en le prenant par l'épaule. Elle me plaît, ta Marie. Qu'elle t'aime ou non, je veux que tu l'épouses.

Melzer se laissa retomber sur ses coussins et ferma les yeux, épuisé. Paul regarda fixement son père, se demandant s'il avait perdu la tête.

— Comprends-moi bien, murmura le malade. C'est ma seule chance d'obtenir le pardon. Tu répareras ainsi le mal que j'ai fait. Parle avec elle, je t'en conjure…

Paul le lui promit – que pouvait-il faire d'autre ? Il lui fallait à présent retrouver Marie, même s'il devait errer toute la nuit dans Augsbourg. À l'idée qu'elle était peut-être montée dans un train et partie très loin, il se sentait défaillir.

Chapitre 53

Le soleil du matin frémissait à travers les frondaisons des bouleaux et des érables. Ses rayons tombaient parfois sur une dalle funéraire, faisant scintiller les fragments de quartz. Des oiseaux voletaient entre les arbres, sautillaient sur les parterres de fleurs et se perchaient sans façon sur le bras tendu d'un ange de pierre. À cette heure matinale, l'atmosphère du cimetière Hermann d'Augsbourg était gaie et sereine. Pas un soupir, pas une larme ne troublait la paix des morts. Seuls des rouges-gorges, des moineaux et des mésanges gazouillaient et leur chant était un rappel de la vie et de son activité.

— C'est là.

Leutwien désigna une petite tombe à un croisement, à demi dissimulée entre les imposants caveaux des familles patriciennes d'Augsbourg. Marie s'approcha lentement, contempla la dalle de marbre rectangulaire, les trois balsamines, la touffe de myosotis et les vrilles de lierre qui ceignaient la pierre grise. Les caractères noircis par les intempéries étaient à peine lisibles :

ICI REPOSE DANS LA PAIX DE DIEU
JAKOB BURKARD
INGÉNIEUR
NÉ LE 28/02/1857, MORT LE 29/01/1895

Son père… Elle ne l'avait pas connu, mais elle pouvait au moins contempler sa tombe. C'était infiniment triste et bienfaisant à la fois. Tout était redevenu cohérent, les questions et les doutes étaient balayés. Elle savait qui était son père et où il avait trouvé le repos éternel. Alors qu'elle pleurait doucement, elle sentit son chagrin se dénouer.

Leutwien resta silencieux à côté d'elle et la laissa pleurer sans tenter de la consoler. Quand enfin elle se pencha sur la tombe pour y déposer quelques-unes des roses qu'elle avait apportées, il reprit la parole.

— M. Melzer a versé chaque année une contribution à l'administration du cimetière. Comme tu peux le voir, la tombe est bien entretenue, dit-il.

Marie disposa sans répondre les roses devant la pierre tombale. M. Melzer s'était certes montré généreux, ici comme pour l'orphelinat. Il en avait du reste les moyens. Mais avait-il mené la fille de Jakob Burkard devant la tombe de son père ? Au contraire, il avait fait son possible pour l'en éloigner.

— Je sais que cela compte peu, reprit Leutwien, qui avait correctement interprété son silence, mais c'est la preuve que sa conscience le tourmentait malgré tout. Il aimait ton père et sa mort l'a profondément bouleversé.

Marie ne ressentit aucune compassion envers Johann Melzer. Il avait avoué la vérité uniquement parce qu'il croyait sa fin proche et redoutait la damnation éternelle. Leutwien l'avait probablement incité à cette confession, le sommant de la faire devant son fils et Marie pour expier ses fautes.

La jeune fille avait compris que le prêtre n'avait pas agi uniquement dans le souci de la justice divine, mais également pour celle des hommes. C'était la raison pour laquelle, dans son désarroi, elle s'était adressée à lui. Il lui avait donné asile dans l'une des minuscules mansardes du presbytère afin qu'elle puisse réfléchir en paix et recouvrer ses esprits. Elle y était restée deux jours et deux nuits. Seule la gouvernante du curé frappait de temps en temps à sa porte pour annoncer sur un ton bourru qu'elle lui apportait à manger. C'était une étrange créature, brusque et rébarbative, mais elle apportait consciencieusement trois fois par jour à Marie un plateau généreusement rempli.

— Seigneur, accorde au défunt le repos éternel et récompense ses bonnes œuvres le jour du Jugement quand les justes ressusciteront en Jésus-Christ. Amen.

Marie s'était relevée et était restée les mains jointes pendant que Leutwien priait pour son père, qu'il avait enterré là dix-neuf ans plus tôt.

— Et ma mère ? demanda-t-elle. Est-elle également enterrée ici ?

— Oui, mais un peu plus loin.

Ils repartirent au milieu des splendides tombeaux semblables à des temples ou à des autels, ornés d'angelots et de nymphes endeuillées. Ne prétendait-on pas que tous les hommes étaient égaux devant la mort ? Il semblait pourtant que, même après elle, un fossé subsistait entre un édile fortuné et un simple artisan.

Ils passèrent devant l'église Saint-Michel. Devant le portail à voûte blanc du cimetière, deux vieilles femmes s'entretenaient à voix basse. Chacune portait un panier rempli de fleurs et des outils de jardinage. Sur le rebord d'une fontaine en pierre se pressaient des moineaux assoiffés. Un écureuil fila sur le chemin comme une flèche brun-rouge et monta prestement le long d'un tronc de bouleau. Le prêtre s'arrêta dans l'herbe à côté du mur du cimetière. Là, pas de tombes soigneusement entretenues, ni marbre ni parterres de fleurs. Seulement, à côté du mur blanchi à la chaux, quelques pierres tombales de taille modeste, nues pour la plupart, et sur lesquelles on lisait un seul nom.

Marie en eut le souffle coupé. Melzer n'avait pas acheté de pierre tombale pour sa mère. Un emplacement dans le carré réservé aux pauvres avait dû amplement suffire à ses yeux.

— C'est la blanche là-bas, la cinquième à partir de la gauche, lui dit Leutwien.

Il s'agissait d'une pierre gravée d'un bas-relief à peine discernable car elle était dans l'ombre et couverte de mousse. Marie ramassa un bout de branche pour la gratter. La silhouette d'une femme vêtue d'une robe à plis descendant au genou lui apparut. Elle rappela à Marie les sculptures sur bois qu'elle avait vues dans la chambre de la ville basse. Elle semblait lutter comme elles pour se dégager de la matière. Elle levait les bras comme pour fuir, mais restait prisonnière de la pierre.

— Son nom figure plus bas, ajouta Leutwien. La pierre s'est enfoncée dans la terre au fil du temps.

Les caractères étaient maladroitement gravés, comme si un novice avait manié le marteau et le burin. On lisait : LUISE HOFGARTNER, et rien de plus. Ni date ni citation biblique.

— Je venais la voir de temps en temps dans la ville basse, reprit Leutwien. Elle n'aimait pas les prêtres, mais était toujours disposée à parler peinture. Je lui ai procuré par deux fois une commande, mais en vain, car elle refusait d'illustrer des thèmes bibliques. C'était une nature fière et rebelle. Peut-être cette pierre tombale lui aurait-elle plu. Reposer dans un pré, sous une pierre qu'elle avait elle-même gravée… Ce n'est pas à elle qu'on aurait pu imposer une bordure en marbre…

Marie se leva et alla chercher de l'eau. À l'aide de son mouchoir trempé dans l'eau, elle nettoya de son mieux la dalle de la terre et de la mousse qui la recouvraient. La pierre pâle était noircie et semblait avoir absorbé toute l'humidité, mais à présent qu'elle était nettoyée, peut-être pourrait-elle sécher et retrouver sa couleur d'origine. Marie déposa ses dernières roses sur la pierre, et Leutwien prononça une prière pour la défunte.

— Elle m'en aurait peut-être voulu de son vivant, dit-il avec un sourire. Mais je crois qu'elle est maintenant plus calme et qu'elle a gagné en sagesse. Elle comprendra sûrement que j'ai prononcé ces paroles aussi pour toi, Marie.

— Je vous remercie, monsieur le curé.

La jeune fille lava son mouchoir à la fontaine. L'eau scintillait au soleil et ruisselait des deux becs en fonte en jets étincelants. Les moineaux n'avaient pas peur de Marie et s'approchaient d'elle en sautillant, peut-être dans l'espoir qu'elle s'assiérait sur le rebord de la fontaine pour partager un bout de pain avec eux. De la gare toute proche parvenait le sifflement strident d'une locomotive.

— Que vas-tu faire maintenant, Marie ?

Leutwien était à côté d'elle devant la fontaine. Il avait ôté ses lunettes pour les nettoyer à l'aide d'un minuscule mouchoir. Il paraissait satisfait, mais somnolent. Comme il prenait de l'âge, la messe du matin le fatiguait de plus en plus et il avait l'habitude de se reposer ensuite. Ce jour-là, pourtant, il avait renoncé à sa sieste pour accéder au souhait de Marie.

— Il faut que je lui donne de mes nouvelles, dit soudain la jeune fille, davantage pour elle-même que pour Leutwien. C'était mal de ma part de me sauver sans rien dire.

— De vos nouvelles ? demanda le curé comme s'il n'avait pas compris ce qu'elle venait de dire.

— Oui, de mes nouvelles. Je pourrais peut-être lui écrire une lettre.

— Une lettre, murmura-t-il. Oui, c'est une bonne idée de tout mettre noir sur blanc.

— Je pourrais aussi téléphoner à l'usine, supputa Marie. Du bureau de poste.

Leutwien affirma que cette idée était bien meilleure que la première. Oui, un appel téléphonique était direct. On pouvait s'expliquer, éviter des malentendus, prodiguer du réconfort, prêter serment et même faire une déclaration… Le téléphone était une grandiose invention des temps modernes. On pourrait même bientôt se confesser par téléphone.

Marie le regarda, dubitative, avant de comprendre qu'il plaisantait.

— Que me conseillez-vous de faire, monsieur le curé ? demanda-t-elle.

Il haussa les sourcils et feignit de réfléchir alors qu'il connaissait depuis longtemps la réponse.

— Tu t'es sauvée sans prendre congé. Ne conviendrait-il donc pas que tu te présentes en personne pour, disons… donner quelques explications ?

Marie acquiesça. Il avait raison, bien sûr. Il aurait été lâche de se dissimuler derrière une lettre ou un appareil téléphonique. Tout le monde à la villa serait furieux de sa disparition, de Madame et Mlle Elisabeth à la petite Hanna, à laquelle elle devait manquer. Et Kitty ! Elle serait sûrement hors d'elle.

Et Paul… Le plus dur serait de se présenter devant lui. Elle avait froidement rejeté la supplication de son père. Une fureur implacable et, du moins le croyait-elle, juste, s'était emparée d'elle. Pas de pardon pour celui qui avait trompé son père et causé la misère, puis la mort de sa mère. Elle n'éprouvait aucune pitié pour lui, mais redoutait d'avoir profondément déçu Paul en réagissant de cette manière. Pourquoi ne pouvait-elle se montrer douce et docile comme on l'attendait d'une femme ? Pourquoi ne pouvait-elle pardonner au pécheur repentant ? C'était sans aucun doute l'héritage de sa mère qui s'était manifesté ce jour-là. Luise Hofgartner n'avait pas plus qu'elle pardonné à Melzer.

— Le monde appartient aux audacieux ! déclara Leutwien. Et cela vaut aussi pour les jeunes filles, ajouta-t-il avec un sourire.

Marie poussa un profond soupir et franchit derrière le curé le portail blanc du cimetière. La ville s'était éveillée entre-temps. Un tramway fila devant eux. Les automobiles et les voitures à cheval remplissaient les rues de leur vacarme. Ils durent se plaquer contre un mur pour laisser passer la charrette du laitier. Le calme revint seulement dans la ruelle des Franciscains bordée de grands arbres. Le bulbe vert du clocher de l'église Saint-Maximilien surgissait par intervalles de leur feuillage.

— Je vais maintenant m'offrir une sieste d'une demi-heure, annonça Leutwien quand ils furent devant le presbytère. Je te souhaite bonne chance, Marie. Ou, pour être plus précis : que Dieu soit avec toi.

Elle avait pensé rentrer avec lui au presbytère afin de s'octroyer un bref sursis, mais elle comprit qu'elle devait partir sans plus tarder. Elle aurait une demi-heure de répit en marchant lentement.

— Je vous remercie de tout ce que vous avez fait pour moi, monsieur le curé, dit-elle. Je ne l'oublierai jamais.

Il la salua d'un signe de tête avant de refermer la porte. Marie traversa lentement la place de l'église et se dirigea vers la porte de Jakob. Elle franchit plusieurs ponts enjambant des affluents du Lech[1]. La ville basse aux étroites ruelles et aux minuscules maisons lui parut soudain familière et en sécurité entre les anciens remparts, un quartier pauvre mais sûr qui s'était étendu au fil des siècles. Mais, au-delà de la porte de Jakob, les usines dressaient leurs cheminées fumantes vers le ciel, noircissaient l'eau limpide des ruisseaux, et, dans leurs cours, on chargeait sans relâche des marchandises sur des véhicules qui les acheminaient vers la gare de fret la plus proche.

Comme elle gardait un souvenir net de sa première journée à la villa ! À l'époque, tout était encore inconnu pour elle : le vaste parc, le grand édifice en briques et surtout ses habitants. Les employés qui y vivaient selon un ordre immuable et les maîtres qui lui inspiraient une crainte respectueuse.

Elle s'arrêta devant le portail du parc. L'allée menant à la villa était bordée de platanes dont le feuillage vert vif formait en cette saison une voûte dense. L'édifice en briques rougeoyait entre les arbres. Sur le parterre, devant l'entrée, s'épanouissaient des œillets d'Inde, des pensées multicolores et des myosotis d'un bleu vif. Tous ceux qui passaient devant le parc devaient éprouver le désir lancinant de suivre l'allée jusqu'à la belle maison qui apparaissait au loin.

Il y a moins d'un an que j'ai vu ce lieu pour la première

1. Le Lech est un affluent du Danube. *(N.d.T.)*

fois, pensa Marie. *Et peut-être est-ce aujourd'hui pour la dernière fois.*

— Marie ! appela une voix toute proche.

C'était le vieux jardinier, qui enduisait le tronc d'un platane de résine liquide. Elle s'arrêta et lui rendit son salut, soulagée de son accueil amical. En voilà au moins un qui ne lui en voulait pas.

— C'est bien que tu sois revenue, ma fille, dit-il en remuant la résine du pot avec le pinceau afin qu'elle ne se fige pas.

— Oui, répondit-elle, embarrassée. Il était temps…

Ne sachant que dire de plus, elle poursuivit son chemin. Une automobile garée devant la villa démarra et s'approcha d'elle en pétaradant. Elle reconnut au volant Gustav coiffé de la casquette du chauffeur, et le salua de la main. L'arrière de la voiture était vide, ce qui l'intrigua. Elle s'arrêta juste devant le massif de fleurs pour inspirer à fond. En octobre, cette automobile l'avait frôlée et Paul, qui était assis dedans, l'avait regardée avec curiosité. Ç'avait été leur première rencontre, le début de leur amour. Et maintenant ?

Courage, se dit-elle. *Je ne m'abaisserai pas et je ne mentirai pas, même par amour. Surtout pas par amour, car il n'en résulterait que du malheur.*

Alors qu'elle allait frapper à l'une des portes de service, le large portail sous le porche à colonnes s'ouvrit.

Augusta apparut sur le seuil. Elle portait une robe noire, un tablier blanc et une coiffe soigneusement fixée sur ses cheveux. Son visage rond était tout rose d'excitation.

— Te voilà enfin ! s'exclama-t-elle. Mon Dieu, on peut dire que nous t'avons attendue ! Entre vite, tout le monde se fait une joie de te revoir. Oh, mais maintenant je dois te dire « vous » et t'appeler « madame »…

Marie resta figée sur place. Cette pauvre Augusta délirait-elle ? Elle avait de fait le visage tout rouge.

— Marie ! appela une voix derrière la bonne. Marie, petite récalcitrante, petite coquine ! Je te giflerais avec plaisir ! Comment as-tu pu me faire une chose pareille ? Mais parle ! Oh, Marie, comme je suis heureuse que tu sois revenue !

C'était Kitty. Marie entra, monta les marches en courant et arriva juste à temps pour la rattraper, sinon, dans son agitation, Kitty serait tombée dans l'escalier.

— Kitty, bredouilla Marie. Mademoiselle Katharina… Calmez-vous, je vous en prie. Je suis navrée de vous avoir fait cela, mais je ne pouvais agir autrement…

Kitty la serra dans ses bras en sanglotant et trempa sa veste de larmes. Tout le monde avait compris et personne ne lui en voulait, dit-elle à Marie.

— Papa nous a tout raconté, Marie. Oh, c'est vraiment honteux, et au début j'ai refusé d'y croire… comme il a été méchant ! Pourtant ç'avait été en même temps notre père qui nous aimait et qui jouait avec nous dans le parc… Oh, Marie, nous devons réparer tout le mal qui t'a été fait…

Marie ne sut que répondre à ce flot de paroles. Johann Melzer avait apparemment tout révélé à ses filles et sa femme. Se repentait-il donc sincèrement ? Eh bien, il avait intérêt à ne pas trop compter sur sa clémence…

Tous les employés s'étaient rassemblés dans l'entrée, y compris les deux blanchisseuses qui ne venaient qu'une fois par semaine.

— Sois la bienvenue parmi nous, Marie, déclara solennellement la gouvernante, et elle lui tendit la main. J'ai su dès le début que tu n'étais pas la première venue…

— Mademoiselle Schmalzler… je voulais… bredouilla Marie, gênée, mais elle ne put achever.

— Eh bien, ce n'est pas trop tôt ! Je voulais t'embrasser, ma fille, lança la cuisinière avec un large sourire. Fuir son bonheur, ce serait vraiment trop bête !

Humbert garda le silence mais, pour une raison mystérieuse, il rayonnait, et le visage de vieille fille d'Else ruisselait de larmes de joie. Même Maria Jordan parvint à sourire aimablement.

— Je savais bien qu'elle reviendrait, jacassait joyeusement Else. Le prêtre l'avait dit et c'est ce qui est arrivé…

Marie dressa l'oreille. Tout s'expliquait : Leutwien avait parlé !

— Monte, Marie, la pressa Kitty, impatiente. Laissez-la donc passer. Ne voyez-vous pas que nous voulons monter ? Pourquoi restez-vous plantés là ? On dirait que l'empereur est venu en visite, lança-t-elle entre rires et larmes, et elle saisit Marie par le bras, puis l'entraîna dans l'escalier. Maman est dans tous ses états parce que Papa a dit qu'il espérait bien que Paul et toi vous marierez, poursuivit-elle. Ma petite Marie, je peux encore à peine croire que tu deviendras ma belle-sœur…

Marie la laissa parler car personne ne pouvait la faire taire quand elle était lancée. Ce qu'elle racontait ne pouvait être vrai : Johann Melzer avait formellement interdit à Paul ces projets de mariage. Aurait-il changé d'avis ? Non, ç'aurait été pousser le repentir un peu loin. Il était bien plus vraisemblable que Kitty ait pris ses désirs pour la réalité, ce qui était fréquent.

— Cette dinde d'Elisabeth est partie tôt ce matin en excursion avec von Hagemann et deux amies, poursuivit Kitty. Figure-toi qu'il doit rejoindre son régiment la semaine prochaine et qu'il n'aura plus aucun congé d'ici là… Nous devrons donc avancer la fête de fiançailles. Maman est là et elle veut te voir tout de suite.

Alors qu'elle allait ouvrir la porte du salon rouge, elle s'immobilisa et se retourna.

— Tu es déjà rentré ?

Paul se tenait sur le palier, encore essoufflé de sa course, la veste ouverte et la cravate dénouée.

— Bon sang, je n'aurais jamais cru que Gustav te ramènerait si vite, lança Kitty, agacée. Maintenant, tu voudras avoir Marie pour toi seul.

Il les regarda d'un air hésitant, s'efforçant de déchiffrer l'expression de Marie.

— Oui, je le voudrais, dit-il à mi-voix, mais je ne sais pas si Marie le veut aussi.

— Bien sûr que si, sinon elle ne serait pas revenue, qu'est-ce que tu crois ? rétorqua Kitty, et elle poussa un soupir. Très bien, allez-y. Disputez-vous, battez-vous, réconciliez-vous. T'avais-je dit qu'Alfons m'a demandée en mariage, Marie ? Je ne sais trop que répondre, mais je crois que je vais dire oui…

Elle parut attendre l'avis de Marie, puis comprit que la jeune fille n'avait rien entendu, car elle contemplait Paul.

— Oui, je crois que nous devrions parler, Paul, déclara-t-elle.

Soulagé, il désigna la porte de la bibliothèque.

— Alors entre, s'il te plaît, dit-il.

Marie avait toujours aimé la bibliothèque, même si elle avait rarement eu l'occasion de s'y tenir. Sur les hauts rayons sculptés aux colonnes de bois torsadées s'alignaient d'innombrables volumes reliés en cuir de couleur. La pièce donnait sur un jardin d'hiver où s'épanouissaient des plantes exotiques en pots et en caisses, une vraie forêt vierge où l'on pouvait passer des heures à lire assis dans un fauteuil en rotin.

Paul était resté immobile sur le seuil. Elle sentit sa main se poser légèrement sur son épaule tandis qu'elle passait devant lui et frissonna à son contact. Elle allait devoir rassembler tout son sang-froid pour résister à l'attirance qu'elle éprouvait pour lui.

— Nous avons passé de durs moments, Marie, dit-il. J'ai vraiment eu peur de t'avoir perdue pour toujours.

Perdue ? L'avait-il jamais possédée ? Elle se tourna vers lui et son cœur s'affola quand elle rencontra son regard brûlant de désir.

— Pardonne-moi, Paul. J'ai été lâche et je me suis enfuie. Le curé Leutwien ne vous a-t-il pas dit où je m'étais réfugiée ?

Il lui adressa un sourire qui était comme un reflet de son ingénuité d'antan. Oui, Leutwien leur avait confié sous le sceau du secret qu'elle avait emménagé au presbytère. Mais il le leur avait révélé seulement au soir du lendemain, alors que Paul avait déjà fouillé la moitié d'Augsbourg pour la retrouver, redoutant qu'elle n'ait quitté la ville.

— Qu'aurais-tu fait dans ce cas ? demanda-t-elle.

Il hocha la tête et répondit qu'il se serait probablement jeté dans le Lech.

— Eh bien, heureusement que je suis rentrée à temps, dit-elle avec un sourire. Dis-moi, ce que Kitty m'a raconté est-il vrai ?

— Que veux-tu dire ?

— Que ton père aurait changé d'avis à notre sujet, répondit-elle, surmontant sa peur de dire une bêtise et son embarras, mais elle devait en avoir le cœur net.

— Oui, c'est vrai, Marie. Il m'a même imploré de te

demander en mariage, parce qu'il espère ainsi obtenir le pardon de sa faute.

— Le pardon… répéta Marie à mi-voix, et elle recula d'un pas.

Le moment décisif était venu. Elle devait être franche envers lui et envers elle-même. Pas de mensonges, car on ne pouvait fonder un amour sur un mensonge.

— Paul, je suis navrée, mais malgré tout mon amour pour toi, je ne pourrai jamais lui pardonner.

C'en fut trop pour lui. Il la saisit aux épaules et l'attira contre lui. Que racontait-elle donc ? Il serait le dernier à exiger d'elle ce pardon. Il comprenait trop bien sa colère : lui-même avait été rempli de fureur et de honte quand il avait entendu la confession de son père.

— Il t'a dépouillée de tes biens, dit-il. La moitié de l'usine appartenait à ton père et il l'a rachetée frauduleusement…

— Oh, l'usine ! s'exclama-t-elle avec colère. Cette stupide usine et votre stupide argent me sont parfaitement indifférents, mais s'il ne lui avait pas tout pris, ma mère ne serait pas morte. Je ne pourrai jamais le lui pardonner et je le haïrai aussi longtemps que je vivrai !

Il laissa retomber ses bras et la regarda d'un air si malheureux qu'elle réprima sa fureur. Était-il nécessaire de se montrer si dure envers lui, de le faire souffrir pour les méfaits de son père ?

— Je n'exigerai jamais que tu pardonnes à mon père, Marie, murmura-t-il. Mais j'ai peur que le passé ne jette son ombre sur notre amour. Nous ne devons pas le permettre.

— Mais que faire ? demanda-t-elle tristement. Dois-je t'épouser parce que ton père en a décidé ainsi ?

— Non ! s'écria-t-il, furieux à son tour. Peu importe ce que mon père a décidé : je t'épouserais même sans son consentement. Mais à présent je n'ose même plus te demander si tu veux bien devenir ma femme.

— Pourquoi ?

Il leva les bras au ciel, puis les laissa retomber.

— Parce que je ne sais même pas si tu veux encore de moi, répondit-il.

Elle contempla son visage tourmenté et la tendresse la submergea. Elle eut soudain l'impression d'être liée à lui depuis longtemps, bien plus longtemps qu'une existence humaine, avant même la naissance de l'univers. Puisqu'il en était ainsi, une seule réponse était possible, car tout le reste n'aurait été que mensonge.

— Si, répondit-elle avec un sourire, remplie d'amour mais avec une pointe d'espièglerie. Si, je veux bien de toi. Beaucoup, même. Et pour toujours.

VII

JUIN 1914

Chapitre 54

Il avait plu pendant la nuit et Alicia demanda avec un peu d'inquiétude si les chemins du parc ne risquaient pas d'être détrempés ou glissants, mais le jardinier la rassura. Le parc avait depuis longtemps séché au soleil du matin. Il restait seulement quelques flaques devant la villa, mais il avait dit à son petit-fils de les combler de sable et de gravier.

— Dans ce cas, nous pourrons tenter notre chance ! déclara Madame.

Johann Melzer s'était remis à une vitesse surprenante, en quelques jours à peine. Il mangeait de nouveau avec appétit, lisait le journal et passait la matinée dans son bureau. Il avait accepté sans un mot que le pistolet disparaisse du tiroir du bureau en noyer. Il passait ses soirées avec Paul au fumoir pour s'informer des affaires de l'usine en buvant un verre de vin rouge. La boîte à cigares restait fermée : le médecin lui avait recommandé de renoncer à au moins l'un de ses vices, or il préférait le vin rouge au tabac.

Alicia suivait attentivement sa convalescence. Pour la première fois depuis vingt-six ans, elle avait son mari pour elle toute la journée, et cette situation nouvelle était bénéfique à leur mariage. Ils parlaient d'un certain nombre de choses qu'ils avaient passées sous silence jusque-là, des malentendus étaient dissipés, des frustrations apaisées. Ils comprenaient surtout que le lien qui les unissait était plus étroit qu'ils ne l'avaient cru.

— L'amour est un bien grand mot, lui avait déclaré Johann. Je n'ai certainement jamais été un mari affectueux ni même démonstratif, mais tu es comme ma main droite : je n'ai pas besoin de me répéter chaque jour combien il est merveilleux de la posséder, mais qu'on essaie de venir me la prendre…

Ce jour-là, Alicia avait décidé d'entreprendre une première sortie dans le parc. Le médecin jugeait indispensable que le malade prenne l'air et se donne du mouvement. On pourrait également, dans quelques semaines, faire un séjour en bord de mer : la Baltique et non la mer du Nord, jugée trop rude. Peut-être à Rügen, le séjour le plus confortable pour de telles villégiatures.

— Tu passes ton temps à demander conseil à ce médecin, grommela Johann. Il est sûrement furieux que je me remette sans être passé par sa stupide clinique.

Alicia rit, car elle pouvait de nouveau rire de bon cœur comme au temps de sa jeunesse.

— Oui, ça l'a vraiment surpris, répondit-elle.

Coiffé d'un chapeau de paille et appuyé sur la canne de son défunt beau-père, Melzer descendit l'escalier. Il avait renvoyé avec impatience Humbert, qu'Alicia avait chargé de l'aider. Le croyait-on trop vieux pour descendre un escalier seul ?

Le soleil de juin scintillait dans le feuillage des ormes et nimbait d'une lumière argentée les pelouses du parc dont les frêles cyprès se dressaient, droits comme des traits noirs. Le vent printanier en avait malmené plus d'un, arrachant des branches ou brisant de hautes cimes, mais ils faisaient vaillamment front et de jeunes rameaux poussaient sur leurs troncs.

Melzer se résolut à prendre le bras de sa femme, ayant du mal à avancer seul sur le gravier glissant. Mais, comme il ne voulait pas décevoir Alicia, il marcha plus vite qu'elle.

— On jouera une pièce de théâtre pour la fête, lui dit-elle. On construit une scène derrière la maison. J'espère que le beau temps sera de la partie. Kitty et Marie ont peint des décors magnifiques.

Elle parlait de la fête qu'on donnerait dans le parc le surlendemain. Il y aurait plus de cent invités, ce qui coûterait gros, mais comme Melzer aurait le bonheur de célébrer les fiançailles de ses trois enfants à la fois, la dépense en valait la peine. Oui, tous les trois : Kitty aussi avait trouvé l'élu de son cœur, et un excellent parti qui plus est, la petite diablesse. Elle échapperait ainsi aux études d'infirmière, son fiancé redoutant qu'elle ne soit contaminée par les malades à l'hôpital.

— Mais ça va très bien, on dirait ? demanda Alicia tout en soutenant son mari sans faillir dès qu'il faisait un pas de travers ou titubait.

— À merveille, grommela-t-il. Le centenaire prend l'air au bras de sa fille.

Elle gloussa, puis lui proposa d'aller jusqu'au grand cèdre, d'où l'on pourrait voir la maisonnette du jardinier où Augusta emménagerait sous peu avec son enfant. Gustav et elle s'étaient mariés sans tambour ni trompette. Else et la cuisinière avaient été leurs témoins.

Melzer déclara plaisamment qu'il comprenait enfin pourquoi il n'y avait eu que du rôti froid le dimanche, presque tout le personnel ayant assisté aux noces.

— On se sent vieux comme Hérode quand on voit ça, avoua-t-il en s'arrêtant pour reprendre son souffle.

On se fiance, on se marie et on fait son nid de tous côtés. Nous sommes littéralement cernés par les candidats au mariage. Il ne manquerait plus que Humbert se fiance avec la petite Hanna.

— Ça ne risque pas d'arriver, commenta Alicia. Regarde comme la maison est jolie avec cette nouvelle couche de peinture claire. On dirait même qu'on a mis de nouveaux encadrements aux fenêtres et des volets en bois.

Johann Melzer cilla, ébloui par le soleil, et repartit vers le vieux cèdre qui étendait loin sa ramure. De fait, la maisonnette, une ancienne remise à outils, était devenue un vrai petit bijou.

— Else a raconté qu'Augusta avait acheté des meubles neufs : un lit pour la petite, un canapé en peluche, des rideaux de velours et même un nouveau fourneau, reprit Alicia. Toutes les économies du grand-père vont y passer.

Johann Melzer haussa les épaules. Il doutait que le vieux ait pu mettre grand-chose de côté. Il donnait presque tout son argent à ses enfants, qui venaient le voir de temps à autre pour lui en réclamer. Comme chez les Melzer : des quémandeurs qu'il fallait entretenir et dont il était impossible de se débarrasser.

— Enfin, le vieux Bliefert est tout heureux d'avoir à nouveau un peu d'animation dans sa cabane, poursuivit Alicia. Ça va, Johann ? Nous ferions mieux de revenir maintenant : c'est largement suffisant pour une première sortie.

Il tapota du bout de sa canne le tronc gris et crevassé du cèdre avant de faire demi-tour au côté d'Alicia. De là, on voyait l'arrière de la villa, qui donnait sur une terrasse débouchant sur un jardin à la française et un bassin rond orné d'une fontaine. La scène avait été dressée devant ce bassin, une scène en planches que Humbert et Gustav avaient clouées sur des tréteaux. On en apportait d'autres pour soutenir les décors. Les coups de marteau résonnaient dans le parc.

— Il faudra également transporter le piano jusque-là, ajouta Alicia avec un soupir. Les amies d'Elisabeth ont décidé de jouer quelques extraits du *Songe d'une nuit d'été* et de *Lysistrata*, l'opérette de Paul Lincke.

— Lysistrata, murmura-t-il. N'était-ce pas la reine des Amazones ?

Non, répondit Alicia avec un léger sourire, il pensait peut-être à l'amazone Penthésilée. Lysistrata, elle, avait incité les femmes à se refuser à leurs maris tant qu'ils ne mettraient pas fin à la guerre.

— Ah oui, une mégère pacifiste comme la Suttner[1], plaisanta-t-il.

Il tenta de discerner dans le lointain la fumée de la cheminée de son usine. La paix était à son avis une excellente chose et l'on ne pouvait qu'espérer qu'elle durerait, assura-t-il. Mais, par les temps qui couraient, c'était loin d'être sûr : il suffisait d'écouter les discours arrogants de l'empereur.

— Tu as sûrement raison, Johann, déclara Alicia avec un sourire, mais qui veut vraiment la guerre ? Quel être doué de raison pourrait croire qu'une guerre profitera à l'humanité ?

Il se tut. Parler de guerre avec les femmes ne rimait à rien ; elles n'entendaient rien à la politique et se laissaient guider par leur sacro-sainte intuition.

1. Bertha von Suttner, née en 1843, fut une militante pacifiste autrichienne, lauréate du prix Nobel de la paix en 1905. Elle mourut le 21 juin 1914, moins d'une semaine avant l'attentat de Sarajevo. *(N.d.T.)*

— Regarde là-bas… je crois que c'est Marie, et voilà Kitty, reprit Alicia. Elles veulent essayer les décors. Regarde un peu… on dirait un temple grec.

Marie… pensa-t-il, et son antipathie pour elle se réveilla. Bon, c'était la fille de Burkard et elle méritait de devenir propriétaire de la moitié de l'usine. Elle épouserait son fils et, un jour, elle prendrait la tête du ménage à la villa. Ce n'était que justice : la fille de Burkard récupérerait ce que lui-même avait volé à son père. À présent Burkard et lui étaient quittes.

— Je suis vraiment heureuse que Marie devienne notre belle-fille, déclara pensivement Alicia. Il y a longtemps que je me suis attachée à elle. C'est une fille intelligente et réfléchie qui a toujours su se tenir.

Johann Melzer acquiesça. Oui, ça l'avait également frappé le jour de Noël, quand elle était venue chercher son cadeau. Son aversion resurgit toutefois et il ne fit rien pour la réprimer. Intelligente et réfléchie ! Elle avait surtout l'arrogance de sa mère. Avec quel plaisir Luise Hofgartner aurait assisté à la scène dans le bureau, quand il s'était humilié devant sa fille et que cette petite personne avait osé lui lancer que jamais elle ne lui pardonnerait ! Elle avait frappé un homme à terre. Maintenant qu'il se rétablissait, il regrettait ses aveux. Était-il vraiment nécessaire de les avoir faits devant sa famille ? N'aurait-il pas suffi de révéler la vérité à Marie ? Ou seulement une partie de la vérité à sa famille ? Mais ce petit malin de Leutwien avait profité de son angoisse face à la mort pour le pousser à dévoiler ce qu'il aurait préféré emporter dans la tombe.

Cela dit, ce qui était fait était fait. On avait décidé d'éloigner Marie de la villa, car il aurait été inconvenant qu'elle vive sous le même toit que son fiancé. Les gens cancaneraient déjà assez sans qu'on leur fournisse ce prétexte supplémentaire. Alfons Bräuer était venu à leur secours en proposant d'héberger Marie chez ses parents en ville. Kitty avait insisté pour lui donner des robes, des chapeaux et Dieu savait quoi encore, si bien que la fille illégitime de la Hofgartner avait emménagé chez les Bräuer dans un équipage de grande dame. Ce drôle d'Alfons Bräuer avait serré la main de Paul en le félicitant de son choix : il n'aurait su trouver meilleure épouse dans tout Augsbourg et sa région.

— Qu'en penses-tu, Johann ? demanda Alicia. Ne vaudrait-il pas mieux célébrer les mariages à l'automne plutôt qu'au printemps prochain ? Elisabeth y tient absolument et je préférerais également avancer la date…

— Elisabeth ? Est-elle si pressée de passer la corde au cou de son lieutenant ? Aurait-elle peur que ce beau spécimen à particule lui file encore entre les doigts ?

Alicia secoua la tête avec réprobation. Comment pouvait-il se montrer si méchant alors qu'Elisabeth souffrait tant d'être dépourvue de la grâce et de la légèreté de Kitty ?

— Mais elle possède à revendre ce que tu appelles de la raison, dit-il pour l'apaiser.

— Oui, c'est certain, reconnut Alicia avec un sourire. Tu sais, Johann, je pense aussi que plus tôt ils convoleront, plus tôt nous aurons des petits-enfants. J'ai tellement envie d'entendre à nouveau des voix d'enfant dans la villa… Ne sont-elles pas le signe que la vie continue ?

— Oui, répondit-il, ému, et il lui pressa tendrement le bras. Tu as raison, Alicia. Des petits-enfants, et avant tout des petits-fils, afin que l'œuvre de ma vie reste dans la famille.

Il n'en demeurait pas moins résolu à reprendre bientôt

les commandes et à ne les laisser à son fils que le plus tard possible.

— Rentrons, dit-il en désignant l'entrée du bout de sa canne. J'ai un peu froid et mes jambes se fatiguent.

Il dut s'asseoir dans l'entrée. Malgré ses protestations, Alicia appela Gustav et Humbert afin qu'ils le transportent dans l'escalier sur sa chaise.

— Pas dans ma chambre, fulmina-t-il. Dans la bibliothèque. Qu'on m'apporte le journal et un bon café. Le prochain qui m'apporte encore de la camomille, je la lui jette à la figure !

Tous les tapis de la bibliothèque étaient roulés et les plantes en pots du jardin d'hiver regroupées au milieu de la pièce. Else et Hanna nettoyaient les vitres à la lessive additionnée de glycérine pour faire briller le verre. Une liste à la main, Elisabeth évaluait le nombre d'invités qu'on pourrait accueillir dans cette pièce si le temps se gâtait.

— On y sera vraiment à l'étroit, Maman, dit-elle. Trente personnes au plus pourraient y tenir. Et le bureau est bien trop petit pour le buffet…

— Ne te tracasse pas, Lisa, la rassura sa mère. Il ne pleuvra pas, sinon ma cheville raide me le dirait.

— J'espère qu'elle ne se trompe pas, soupira Elisabeth. Crois-tu que cinq extras suffiront ?

— J'en suis certaine, Lisa. Et il y a Humbert. Augusta et Else serviront au buffet. Maria Jordan prendra soin des cadeaux et aidera à servir le punch. Mlle Schmalzler a-t-elle parlé à Bliefert des ornements floraux de la table et de l'entrée ?

Augusta fit irruption dans la salle, tout essoufflée, apportant un tapis d'escalier qu'on venait de battre et un seau de lessive.

— Mademoiselle, un messager a remis cela pour vous, dit-elle à Elisabeth.

Elle jeta le tapis à terre, posa le seau et tira de son corsage une lettre qu'elle y avait dissimulée.

— Une lettre de votre fiancé, précisa-t-elle d'une voix suave.

Elisabeth la lui arracha.

— La prochaine fois, mets-la dans ton tablier ou remets-la à Humbert, glapit-elle.

— Je vous demande pardon, mademoiselle.

Johann Melzer ordonna énergiquement qu'on le mène à sa chambre. Cette bibliothèque était un vrai champ de bataille : quand les femmes se mettaient en tête de tout récurer, on pouvait s'attendre au pire.

— Voyons, Johann, c'est ce que nous faisons toujours pour les grandes occasions, lui dit Alicia sur un ton apaisant. Tu ne l'avais pas encore remarqué parce que d'habitude tu es à l'usine à cette heure.

Elisabeth brûlait de lire la lettre, mais il était exclu qu'elle le fasse dans ce désordre.

— Je monte un instant dans ma chambre, Maman, annonça-t-elle.

— Mais bien sûr, ma chérie. Prends tout ton temps. Je vais m'occuper des fleurs. Ah, voilà Marie…

Elisabeth referma soigneusement la porte de sa chambre et se précipita vers la fenêtre pour regarder dans le jardin. Kitty et Marie étaient fort occupées à consolider les décors : pas de dérangement à craindre de ce côté. Elle examina la lettre, qui paraissait parfaitement normale – adresse, expéditeur, timbre : rien à signaler. Elle portait le tampon postal de Munich, où le régiment était stationné pour le moment. Pourquoi lui écrivait-il quelques jours seulement avant leurs fiançailles ? Les mains tremblantes, elle déchira l'enveloppe en s'attendant au pire.

Ma chérie,

C'est avec la plus grande joie que je vois approcher le jour de nos fiançailles. Ce sera le début d'une mise à l'épreuve – que j'espère la plus courte possible – qui nous permettra d'apprendre à mieux nous connaître et au cours de laquelle je suis sûr que notre inclination réciproque se consolidera.

Malgré ma joie et mon impatience, je dois avouer que je suis préoccupé par une nouvelle que je viens d'apprendre par un camarade d'Augsbourg. Peut-être n'est-ce qu'une rumeur sans fondement, mais je préfère t'en parler à cœur ouvert. S'il se confirme que ton frère Paul envisage d'épouser une femme de chambre, je crains fort pour la paix familiale indispensable à notre union. Mes parents ne montreraient aucune indulgence pour une telle mésalliance, et d'autant moins que ta sœur Katharina a déjà provoqué un scandale en société. J'espère vraiment m'être trompé au sujet de cette nouvelle et te demande par avance pardon pour cette lettre.

Je t'embrasse de tout mon cœur, ma chérie, et j'ai hâte d'être au jour de nos fiançailles.

À toi pour toujours,

Klaus von Hagemann

Le cœur battant, Elisabeth reposa la feuille et s'efforça de recouvrer son calme. Cette lettre ne l'avait surprise qu'à moitié, du reste. Au fond, Klaus avait entièrement raison : Paul manquait de la plus élémentaire considération en commettant une telle mésalliance et en la célébrant en même temps que ses fiançailles avec Klaus. Kitty, elle aussi, aurait pu choisir un autre jour pour fêter les siennes. Mais c'était typique de leurs parents : une seule fête, pour réduire les dépenses et épargner du travail aux domestiques. Lisa se laissa tomber sur son petit canapé et relut la lettre. Exprimait-elle une menace ? Était-il résolu à rompre avec elle au cas où Paul épouserait Marie ?

… je crains fort pour la paix familiale indispensable à notre union…

Était-ce une menace voilée de rupture ? Elle sentit l'angoisse l'envahir. Elle avait tant lutté pour le conquérir… Leur amour ne devait à aucun prix prendre fin à cause de cette lamentable histoire, à cause d'une femme de chambre, quand bien même elle serait la fille de l'ingénieur qui avait construit les machines de l'usine de son père. Était-ce sa faute à elle si son père s'était autrefois mal conduit envers son associé ? Mais oui, bien entendu : ce serait encore et toujours à elle de pâtir des manigances de sa famille.

Elle ne le tolérerait à aucun prix quand son bonheur, l'amour de sa vie étaient en jeu. Heureusement, elle avait dissimulé à sa famille un tout petit détail.

Chapitre 55

— Et c'est pour une pareille broutille que tu es venue me déranger dans mon travail ?

Paul l'avait fait attendre dix bonnes minutes dans l'antichambre, à boire du café dans le cliquetis des machines des deux secrétaires. Ces demoiselles tapaient si vite qu'il était impossible de suivre les mouvements de leurs doigts. Voilà de quel sort leur père avait menacé ses filles. Quelle existence ingrate et monotone que de taper des lettres pour les autres !

— Je voulais te parler seul à seul, ce qui est impossible à la villa parce que tu es toujours avec ta fiancée.

Comme elle s'y était attendue, Paul réagit plutôt mal. Il aurait pourtant dû s'estimer heureux d'être prévenu avant ses fiançailles.

— Puisque cela te gêne tant que j'aime Marie, répondit-il, furieux, en jetant son coupe-papier sur une pile de documents, laisse-moi te dire que ton fiancé ne me plaît guère, mais que je n'irais jamais répandre des rumeurs malveillantes sur son compte.

Elle se leva de la chaise inconfortable qu'il lui avait offerte. La graine était semée, il ne restait plus qu'à la laisser pousser en espérant qu'elle grandirait vite.

— Mon cher Paul, ça ne me dérange nullement que

tu sois amoureux, dit-elle avec douceur. C'est un sentiment merveilleux dont j'espère que tu ne seras jamais désabusé. J'accepte bien entendu Marie comme belle-sœur : tu sais l'estime que j'ai pour elle.

— Dans ce cas, je ne vois pas l'intérêt de poursuivre cette conversation, la coupa-t-il. Je suis du reste très occupé et te demanderai donc de…

— Mais bien sûr, s'empressa-t-elle de répondre. Je ne voudrais pas te faire perdre ton temps. Je considère simplement de mon devoir de t'informer afin de ne pas entendre de reproches plus tard. Je suis par ailleurs persuadée que cette affaire s'éclaircira pour ta plus grande satisfaction.

— Mille mercis, ma chère sœur, et bien le bonjour !

Quand elle sortit de la pièce, elle avait dans la démarche un peu de l'arrogance de Kitty. Mais ce qui chez Kitty n'était que grâce juvénile ressemblait chez elle au dandinement d'une jeune éléphante. Oui, c'était méchant, mais elle l'avait bien mérité, la sale petite garce.

Paul s'efforça de se concentrer sur la correspondance avec l'entreprise du Venezuela, mais la scène devant *À l'Arbre vert* resurgit soudain de sa mémoire. Quand il lui avait demandé ce qu'elle faisait là, Marie avait répondu qu'elle cherchait une amie. Il avait eu l'impression qu'elle ne lui disait pas la vérité, mais il n'avait pas insisté car, à l'époque, elle n'était pour lui qu'une employée, la fille de cuisine : en quoi ce qu'elle faisait et les gens qu'elle voyait pendant ses jours de congé le regardait-il ?

Mais, maintenant, ça le regardait plutôt deux fois qu'une. Un homme était venu à la villa et avait demandé à la voir, une épave qui puait l'alcool et avait terrifié Humbert. Et cet individu avait eu le front de s'introduire dans la chambre de Marie, ce qui signifiait qu'il connaissait bien la maison.

Il chassa rageusement les pensées qui le tourmentaient, les scènes que son imagination lui dépeignait, car c'était justement ce qu'Elisabeth escomptait. Jalousie, méfiance, querelle avec Marie à la veille de leurs fiançailles : non, il ne ferait pas ce plaisir à sa sœur.

Il se replongea résolument dans la lettre d'une maison de commerce allemande qui avait son siège au Venezuela.

Les motifs floraux en particulier nous ont enchantés. Nous espérons donc que nous pourrons convenir d'un prix avantageux pour une commande plus importante.

La liste de la commande et les prix se brouillèrent devant ses yeux. Marie n'était certainement coupable de rien, mais il devait jouer franc-jeu avec elle, lui poser ses questions et entendre ses réponses. Il lui parlerait le soir même, après le dîner et avant que Gustav ne la reconduise chez les Bräuer.

Cette résolution l'apaisa et il put de nouveau se consacrer à son travail. Il avait seulement un mauvais pressentiment, lancinant comme les premiers symptômes d'une maladie.

À son retour chez lui, une pluie fine tombait. Plusieurs automobiles et deux voitures à cheval étaient garées devant la porte. On répétait la pièce dans l'entrée encombrée des décors qu'on avait démontés et transportés là pour les protéger de la pluie. Un jeune homme qu'il ne connaissait pas jouait du piano et quelques amies d'Elisabeth chantaient à pleine voix : « Lucioles, petites lucioles, brillez doucement… »

Sur le seuil de la cuisine, la Brunnenmayer et Maria Jordan se balançaient au rythme de la musique. Kitty se précipita vers Paul et lui chuchota fébrilement que cette cochonnerie de pluie avait gâché la répétition, mais qu'au besoin on remonterait la scène dans l'entrée.

— Regarde les décors que Marie et moi avons peints : ne sont-ils pas splendides ?

— Magnifiques, sœurette. Sais-tu où est Marie ?

Kitty fit la moue en déclarant qu'il n'avait plus d'yeux que pour elle.

— Allez, dis-le-moi, insista-t-il, impatient.

— Bon, bon – quand il est question d'amour, je ne suis pas rancunière. Marie est en haut avec Maman, pour faire les dernières retouches à sa robe. Papa nous attend à la salle à manger et il passera un savon au premier venu. Plus il se rétablit, plus il devient impossible…

Au grand soulagement de Paul, deux des chanteuses se précipitèrent vers Kitty pour lui demander de faire déplacer le piano, qu'on n'entendait pas assez bien à leur avis. Paul se faufila entre les décors et les jeunes filles surexcitées, distribua des compliments, déclara la musique et les chants ravissants et s'enfuit dans l'escalier. Au premier étage, il croisa Humbert. Les joues du valet étaient rouges et ses lèvres pincées.

— Monsieur est à la salle à manger et il a commencé à dîner, annonça-t-il à Paul.

— Y a-t-il quelqu'un avec lui ?

Humbert répondit que non. Monsieur supportait très mal les préparatifs des festivités, qui le rendaient nerveux.

— Bah, il prendra du bon temps après-demain, répondit Paul en lui tapotant l'épaule.

— Mais certainement, monsieur.

Quand Humbert repartit vers l'escalier pour prier ces demoiselles de se rendre à la salle à manger, Paul comprit que c'était lui qui avait essuyé la colère paternelle.

— Marie !

Elle arrivait justement par l'escalier et se jeta dans ses bras. Il la serra contre lui et l'embrassa sur le front, puis sur la bouche.

— Lâche-moi, Paul : si quelqu'un nous voyait…

— Nous sommes fiancés, ma chérie.

— Seulement à partir d'après-demain, rétorqua-t-elle, mais sans plus résister.

Pourquoi ne pas le lui dire dès maintenant ? pensa-t-il. Nous en aurons fini plus tôt avec cette histoire idiote et plus rien ne viendra assombrir cette soirée.

— Entre dans le bureau, Marie, dit-il. J'ai deux mots à te dire.

Elle se défendit avec énergie : elle savait trop bien que ces deux mots se mueraient en actes qu'elle ne pouvait pas encore lui permettre, même quand ils seraient fiancés.

— Je te jure de ne pas te toucher, déclara-t-il.

— Tu as bien dit : deux mots ?

— Une question, en fait.

Convaincue de sa bonne foi, elle le précéda sans protester, s'arrêta au milieu de la pièce et le regarda refermer la porte. Une lueur d'inquiétude passa dans ses yeux sombres.

— Alors ? l'interrogea-t-elle.

Il se sentit gêné à l'idée qu'elle se moquerait probablement de lui. Tout cela n'était à coup sûr qu'une invention sournoise d'Elisabeth et il devrait probablement faire des excuses à Marie. Mais il voulait lui parler sans détour.

— On m'a raconté une étrange histoire, quelque chose qu'il m'est impossible de te dissimuler, Marie… commença-t-il.

Elle l'écouta calmement jusqu'au bout, puis secoua

la tête, stupéfaite, et déclara n'y rien comprendre. Elle ne connaissait pas cet individu et espérait bien que ce n'était pas un voleur. En avait-on informé Maria Jordan ?

— Certainement, répondit Paul, mais elle ne le connaissait pas non plus. C'est seulement que… J'ai pensé…

Elle le regarda, les yeux agrandis par la surprise. Des yeux noirs et brillants dans lesquels il crut voir son propre reflet.

— Allons, parle, ordonna-t-elle. Dis-moi ce qui te tracasse.

Il inspira à fond, lui adressa un sourire gêné et se lança.

— Je me suis souvenu qu'autrefois tu avais cherché une amie dans la ville basse. T'en souviens-tu ? C'était le jour de notre rencontre devant *À l'Arbre vert*.

— Comment pourrais-je l'oublier ? Tu m'as secourue et puis tu m'as raccompagnée jusqu'à la porte de Jakob…

Ils se contemplèrent en silence, repris par le souvenir de cette première et timide rencontre qui avait vu naître leur attirance l'un pour l'autre.

— C'est sûrement stupide de ma part, reprit-il, mais j'ai pensé que cet homme était peut-être une relation de ton amie.

— C'est donc ça ! s'exclama-t-elle avec un sourire espiègle. Tu croyais que je recevais des visites secrètes, que la fille de cuisine avait un amoureux dans la ville basse ?

Oui, c'était ce qu'il avait supposé et ça l'avait mis en colère, car il pensait qu'elle méritait mieux qu'un pauvre ivrogne, voire une existence louche.

— Tu étais donc jaloux ? gloussa-t-elle.

— Oui, je dois bien l'avouer !

— Voilà qui me plaît beaucoup, mon chéri !

— Mais oui, moque-toi de moi !

Elle éclata de rire, lui prit la main et la posa sur sa joue.

— Il faudra donc que tu écoutes ma confession, mon cher, reprit-elle. Ta petite Marie est une fieffée menteuse, car elle n'a pas d'amie dans la ville basse, mais ne te tourmente pas pour autant.

Il lui assura qu'il lui faisait confiance, mais qu'il était curieux de savoir ce qu'elle était allée faire là-bas.

— Tu ne le savais donc pas ? s'exclama-t-elle. Ma mère a habité au-dessus d'*À l'Arbre vert*. Je l'ai découvert par hasard et je voulais en savoir plus.

Non, il n'en avait rien su, mais il aurait pu le deviner. Son père lui avait dit que Burkard et Luise Hofgartner avaient vécu à Augsbourg.

— Peut-être même que cette maison nous appartient, ajouta-t-il. Mon père en a acheté quelques-unes dans la ville basse, il y a plusieurs années.

Elle le regarda, stupéfaite. Pourquoi aurait-il acheté cette maison ? Croyait-il peut-être que sa mère avait caché les plans qu'il convoitait dans un mur ou sous le parquet ?

— Tu es vraiment sûr qu'il a acheté cette maison, Paul ? demanda-t-elle.

Il réfléchit, les sourcils froncés. Ça ne remontait pas à si loin. Il se souvenait que son père envisageait d'acheter plusieurs maisons dans la ville basse pour les raser et faire construire un entrepôt ou un magasin sur leur emplacement.

— À l'époque, je finissais le lycée… Attends un peu… il garde tous les contrats de vente ici. Dans les dossiers qui sont sur cette étagère derrière son bureau.

Marie répondit que ce n'était pas urgent au point de fouiller dans les dossiers de son père plutôt que de lui en parler. Elle comptait du reste s'entretenir avec lui de l'héritage de sa mère, ces bustes en marbre et ces sculptures sur bois que la vieille Mme Deubel avait gardés dans sa chambre. Mais Paul examinait déjà des dossiers. Maintenant qu'il était l'associé de son père, qu'il avait dirigé l'usine plusieurs semaines en prenant toutes les décisions, il avait quand même le droit de se renseigner sur les biens immobiliers de la famille, en particulier ceux qui concernaient sa future femme, déclara-t-il.

— Tiens, ça doit être ça…

Il se leva, attrapa sur l'étagère une pile de dossiers qu'il tint en équilibre sur sa paume et s'approcha du bureau.

— Pousse un peu cette carafe, Marie. Nous allons exa… ah… ah…

La poussière dont les dossiers étaient couverts le fit éternuer violemment. Il essaya de rattraper les dossiers mais, telle une nuée de corbeaux, ils s'abattirent sur le bureau. Certains s'ouvrirent, déversant leur contenu. L'un d'eux renversa la carafe en cristal qui tomba et vola en éclats.

— Bon sang de bonsoir, marmonna Paul, penaud.

— Nous voilà bien ! chuchota Marie.

Et ce fut à ce moment-là qu'on frappa à la porte.

— Paul ? Marie ? Venez donc dîner. Votre père s'impatiente.

C'était la voix d'Alicia qui, par discrétion, ne voulait pas entrer. Elle ignorait ce que ces deux-là fabriquaient, mais elle n'avait aucune envie de jouer le rôle du chaperon. Après tout, son fils était en âge de savoir ce qu'il faisait.

— Nous arrivons tout de suite, Maman.

Ils se regardèrent comme deux enfants venant de commettre une grosse bêtise. Il faudrait plusieurs heures pour trier et ranger les papiers qui jonchaient le sol et le bureau, sans parler de ceux qui étaient détrempés et semés d'éclats de verre.

— Quel dommage pour ce beau bureau, Paul… Regarde, l'eau coule dans les tiroirs par cette fissure !

Paul ouvrit en hâte les tiroirs, mais ils restaient secs, sans doute parce qu'ils étaient bien plus courts que le plateau.

— Il doit y avoir un compartiment secret à l'arrière, supputa-t-il, et il s'accroupit pour examiner le meuble de plus près.

— Attention, Paul, tu marches sur les papiers…

Mais Paul se moquait des papiers en cet instant. L'eau filtrait en effet par une fissure du plateau, mais disparaissait ensuite. Il ôta les tiroirs et les déposa sur le canapé. Ils étaient entièrement secs.

— Passe-moi les allumettes, demanda-t-il à Marie.

Elle avait à son tour compris que ce vieux meuble devait avoir un compartiment secret. Paul éclaira l'intérieur du bureau à l'emplacement des tiroirs. La paroi arrière était en plaqué et parfaitement sèche. Quand il la tapota, elle rendit un son creux.

— Il s'ouvre peut-être de l'autre côté, fit observer Marie, et elle contourna le bureau.

— Fais attention aux éclats de verre !

— Regarde, Paul, on peut soulever l'arrière ! Aide moi… aïe !

— Je te l'avais bien dit ! Tiens, prends mon mouchoir !

La fièvre de la chasse au trésor s'était emparée d'eux. Marie enveloppa son doigt écorché dans le mouchoir, puis souleva sa jupe pour essuyer avec son jupon l'eau et les éclats de verre de son côté du bureau.

— Tu ne m'en avais encore jamais montré autant, ma chérie, lança-t-il. Tu veux bien recommencer ?

— Tais-toi ! Attends, je vais essayer avec le coupe-papier. Ça coince et l'eau fait gonfler le bois. Attention… doucement : le bois va se déformer…

— Non, ce sont mes doigts qui vont éclater, se plaignit Paul.

— Pourvu que ton père n'entre pas maintenant…

— Chut ! Fais levier avec le coupe-papier, et maintenant allons-y en même temps…

La paroi s'ébranla, s'ouvrit vers le haut et, quand ils l'eurent ôtée, ils en découvrirent une seconde derrière. Également en plaqué, elle était pourvue de charnières sur le côté gauche et d'une serrure sur le côté droit. De l'eau gouttait sur le tapis.

— Quelle plaie ! s'exclama Paul, déçu. Sans clef, nous sommes bien avancés ! À moins de forcer la serrure…

— Une clef… murmura Marie.

La voix joyeuse de Kitty, puis celle d'Elisabeth, leur parvinrent du couloir.

— Mais oui, nous arrivons, mon petit Papa ! Nous as-tu laissé quelque chose ou devrons-nous tous mourir de faim ?

— Mais où sont passés Paul et Marie ?

— C'est vrai, où peuvent-ils bien se cacher, nos tourtereaux ? Regarde donc dans le salon rouge.

— Ils n'y sont pas…

Paul poussa un soupir excédé. Il aurait été trop beau de pouvoir ouvrir ce compartiment secret, mais ça n'en était pas moins une sacrée découverte.

— Mais que fais-tu ?

— Tourne-toi. On ne regarde pas une jeune fille se déshabiller !

Il n'y comprenait plus rien. Pourquoi sa chère et tendre Marie ouvrait-elle sa chemise ? Comptait-elle se déshabiller au milieu de ce désordre, alors que quelqu'un pouvait entrer à tout moment ?

— Tiens : essayons avec ça, dit-elle en tirant de son corset une minuscule clef en argent qu'elle portait au cou sur une chaîne.

Combien de secrets lui cachait-elle encore ?

— Elle entre dans la serrure, mais pas moyen de la faire tourner. Attends, si, la serrure doit être un peu rouillée. Là !

Une gerbe d'eau jaillit, suivie d'une cascade de rouleaux de papier. Des papiers épais ou minces, certains enveloppés dans du papier sulfurisé brun, d'autres seulement noués d'une ficelle…

— C'est… Ce sont…

— Les plans des machines que ton père désirait tant s'approprier, acheva Marie à mi-voix. Ce bureau devait appartenir à ma mère. Ton père s'est assis au-dessus de ces plans pendant des années sans jamais s'en douter.

Chapitre 56

Ce ne fut pas une mince affaire d'imposer le silence aux invités afin que le directeur Melzer puisse faire son discours. En dépit de toutes les appréhensions, la journée était radieuse. La terrasse et le parc de la villa étaient couverts de canapés et de fauteuils, de caisses de fleurs, de kiosques à boissons et de parasols multicolores entre lesquels les invités flânaient. On se rencontrait, on s'attardait par petits groupes pour échanger des politesses et des commérages, les dames dans leurs nouvelles robes d'été et les messieurs en complet clair et chapeau de paille. Ceux qui avaient envie de jouer au croquet, un jeu qui faisait fureur en Grande-Bretagne et avait également trouvé des adeptes ici, pouvaient le faire sur un pré où se trouvaient également toutes sortes de jeux pour les enfants. Une puéricultrice de l'usine engagée en extra gardait les petits, et plusieurs invités avaient amené leur bonne d'enfants.

— Mes chers amis…

La plupart des invités s'étaient installés sur la terrasse. On avait apporté des chaises pour les plus âgés et les plus jeunes s'étaient perchés sur la balustrade en pierre pour mieux voir. Un peu plus loin, le rideau de velours de la scène de théâtre s'agitait dans la fébrilité des derniers préparatifs.

— Mes chers amis, c'est une joie pour moi de vous recevoir ici…

La voix de Melzer, encore un peu faible, se raffermit. Il était presque redevenu le vieux patriarche d'autrefois, même si tout le monde avait remarqué qu'il avait beaucoup maigri. Son visage surtout gardait encore des traces de la maladie dont il venait à peine de se rétablir.

— … le Ciel se montre clément envers nous, ce qui tient certainement à ce que notre traditionnelle réception d'été est cette année placée sous le signe de l'amour et de la félicité conjugale…

Alicia fit signe à Humbert de se tenir prêt à avancer discrètement pour l'orateur une chaise que le valet avait ingénieusement camouflée sous un arrangement floral. La terrasse disparaissait presque sous les fleurs, presque tous les invités ayant apporté un bouquet. Certains habitués des réceptions d'été, parmi lesquels le maire et plusieurs édiles, s'étaient excusés en invoquant des vacances, des maladies ou d'autres engagements. Les fiançailles du jeune Melzer avec une ancienne femme de chambre en indisposaient certains, qui avaient préféré ne pas se compromettre dans cette société.

— Le mariage est un voyage au long cours…

Des rires polis résonnèrent. Quelques messieurs d'âge mûr s'amusèrent franchement. Les dames levèrent les yeux au ciel, où un vol de tourterelles décrivait des cercles dans l'azur.

— *Que ceux qui se lient pour toujours s'assurent donc/ Que leurs cœurs battent à l'unisson./*

L'illusion est brève, le regret long, cita l'orateur, qui s'interrompit car il avait oublié la suite du poème.

— Il a bien raison, déclara la grand-mère d'Alfons

Bräuer, assise dans un fauteuil en rotin juste en face du directeur. Ma mère disait toujours : « L'argent tu dépenseras, mais le mari te restera. »

— Je t'en prie, Grand-maman, tu déranges l'orateur, intervint Alfons, qui avait rougi.

— À mon âge, on peut bien dire ce qu'on pense, répliqua la vieille dame. Je ne pourrai plus le faire quand je mangerai les pissenlits par la racine.

Elle avait fait son entrée à la villa dans une robe de mousseline mauve et coiffée d'un chapeau orné de plumes de héron.

— Ce que Schiller a voulu nous dire dans ses vers immortels paraîtra peut-être incompréhensible ou absurde aux plus âgés d'entre nous, reprit Melzer. De notre temps, nos parents choisissaient pour nous celui ou celle que nous allions épouser, soupesant en leur âme et conscience le bonheur qui résulterait de cette union. Mes beaux-parents ont fait ainsi et je ne garde pas le meilleur souvenir des regards critiques qui pesaient sur moi lors de ma première visite dans un domaine de Poméranie…

Quelques rires s'élevèrent dans l'assistance. Presque tous les hommes mariés comprirent fort bien ce que Melzer avait ressenti. Bon sang, non, elle n'avait rien de plaisant, cette première entrevue avec les parents de votre promise qui jaugeaient vos sentiments, et avant tout votre rang social, vos origines et votre compte en banque…

Du pré où se déroulait la partie de croquet parvenaient des clameurs enfantines : en l'absence des jeunes gens, quelques garçons s'étaient emparés de maillets et de balles pour jouer à leur manière.

— Mais ce qui compte vraiment dans un mariage, c'est l'attachement et l'amour de deux êtres qui se soutiennent mutuellement jusque dans la vieillesse. Ni l'argent, ni les biens terrestres, ni le rang social ne peuvent créer cette harmonie. C'est un don du ciel et un bonheur sans pareil, c'est pourquoi je suis heureux que mes enfants aient écouté leur cœur…

Quel hypocrite, songea Marie, amusée. Quelques semaines plus tôt, il parlait encore de mésalliance et voulait interdire à Paul de l'épouser. Mais il s'était passé bien des choses depuis : peut-être que Johann Melzer était sincère après tout. Il avait passé la nuit à examiner les plans de construction des machines et, le lendemain, exultant, il avait clamé que Burkard était un génie. Ces inventions que pendant des années Melzer avait déclarées farfelues étaient devenues du jour au lendemain la solution à tous ses problèmes. On pourrait enfin perfectionner les machines. Il avait décidé de mettre ses ingénieurs au travail dès le lendemain et, malgré les protestations de sa famille, il s'était fait conduire à l'usine la veille des festivités. Il était revenu le soir gris de fatigue mais ravi, et il avait annoncé que tout s'arrangeait pour le mieux puisque son fils allait épouser la fille de Burkard. Marie doutait que la bonne humeur de son futur beau-père persiste, mais elle avait depuis longtemps admis que ce n'était pas quelqu'un de facile à vivre.

— J'ai donc la joie d'annoncer à l'honorable assistance les fiançailles de mes trois enfants…

Kitty crut voir le visage de Marie s'assombrir et serra discrètement la main de son amie. Comme Marie était jolie… Elles avaient dessiné ensemble le modèle de sa robe de soie indienne d'un rouge sombre. Elle était longue et ajustée pour souligner la taille mince de la jeune fille, avec des basques en mousseline légère qui lui arrivaient au genou et voletaient au vent comme des ailes de papillon. Kitty avait insisté pour porter le même modèle en rose pâle, sa couleur préférée. Elles étaient comme deux sœurs tandis qu'Elisabeth, dans sa robe d'indienne bleu ciel, faisait figure de cousine éloignée. Paul avait montré à Kitty son cadeau de fiançailles pour Marie, un anneau en or serti d'un rubis. Elle avait même dû l'essayer, car ses doigts avaient la même taille que ceux de Marie. Alfons lui offrirait certainement un diamant, car il avait parlé de « symbole d'amour éternel ». Elle n'aimait pourtant pas l'éclat froid et transparent des diamants, qui avaient besoin de lumière pour chatoyer. Kitty se demanda si elle souhaitait vraiment être unie à Alfons par un « amour éternel » et décida que non – du moins, pas comme Alfons le désirait. Mais elle aurait été incapable de se passer de lui. Il la conseillait, la consolait et la réconfortait quand elle était triste. Il était toujours à son côté et, surtout, il avait de l'amitié pour sa chère Marie. Il avait été le seul à féliciter Paul de son choix. Oui, elle avait besoin d'Alfons car il était à la fois un ami, un frère et un père pour elle.

— Nous lèverons donc trois fois nos verres pour boire à la santé des fiancés, poursuivit l'orateur. À mon fils Paul et à Marie Hofgartner, à ma fille Katharina et à son fiancé Alfons Bräuer, et enfin, mais les derniers seront les premiers, à ma fille Elisabeth et au lieutenant Klaus von Hagemann…

Il me nomme en dernier comme de bien entendu, pensa Elisabeth avec dépit. Le fils en premier, Kitty ensuite comme toujours, et moi juste avant de baisser le rideau. Mais elle s'apaisa quand elle sentit sur elle les regards envieux de ses amies. Klaus von Hagemann n'avait pas mis sa menace à exécution et était arrivé à l'heure. Il était impressionnant dans son uniforme de parade, sa tunique bleue à épaulettes et écharpe, et son casque à la main. Il avait amené quelques camarades, parmi lesquels un certain Ernst von Klippstein, un Prussien accompagné de sa jeune épouse. Tous deux avaient présenté leurs vœux à Elisabeth et cordialement invité les fiancés à leur rendre visite dans leur domaine quelque part dans le Brandebourg. Mais ils ne répondraient pas à cette invitation, d'abord parce que Elisabeth n'aimait pas cette Adele von Klippstein, ensuite parce que Klaus n'aurait pas de vacances avant longtemps. Von Klippstein était ravi de partir enfin se battre. L'héritier du trône austro-hongrois avait été assassiné la veille à Sarajevo, et tous les journaux ne parlaient plus que de cet événement. Encore un coup de ces Serbes, décidément incapables de se tenir tranquilles. Papa avait dit un jour que toutes les calamités venaient de l'est. Mais von Klippstein avait affirmé que ce serait un jeu d'enfant. On commencerait par prendre Paris pour que les Français nous fichent la paix et on irait ensuite prêter main-forte à notre allié austro-hongrois contre Sarajevo. Et, si les Russes voulaient s'en mêler, on les écraserait. Tout ce qui comptait, c'était l'abstention de l'Angleterre. Mais l'empereur était pratiquement certain qu'elle ne partirait pas en guerre contre le petit-fils de la grande Victoria. « Les liens du sang sont plus forts que tout », répétait-il volontiers.

— C'est plutôt gênant, ma chérie, chuchota Klaus von Hagemann à l'oreille d'Elisabeth, mais cela ne doit pas nous gâcher cette journée.

Il faisait allusion à Paul, qui s'était levé pour prononcer quelques paroles devant l'assistance.

— C'est un jour triomphal pour ma fiancée et pour moi-même, déclara-t-il en prenant la main de Marie. Marie, je proclame devant cette assistance qu'à mes yeux aucune femme n'est plus belle et plus digne que toi de devenir mon épouse. Je t'ai aimée dès le premier jour et je t'aimerai jusqu'au dernier. Prends donc cet anneau, symbole de notre union, que je t'offre solennellement et avec joie…

Ces paroles émurent extraordinairement l'assistance. Un murmure la parcourut, on versa des larmes d'attendrissement et on entendit des remarques indignées et impertinentes. La foule se pressa pour regarder le cadeau de fiançailles et quelqu'un déclara à mi-voix qu'un rubis était une pierre bien coûteuse pour une femme de chambre.

On dut rappeler l'assistance au calme afin qu'Alfons Bräuer et le lieutenant von Hagemann puissent à leur tour prononcer quelques paroles et offrir leur bague de fiançailles. Alors tout le monde se rua sur les fiancés pour les féliciter, leur transmettre le bonjour de personnes absentes, et surtout pour examiner de près les cadeaux et en estimer la valeur. Kitty avait sans conteste remporté la palme, car Alfons lui avait offert comme prévu un anneau d'or blanc serti d'un diamant qui rutilait comme un feu d'artifice.

— Nous en avons fini avec la partie officielle des festivités, nous pouvons donc passer aux divertissements, commenta Johann Melzer avec soulagement.

Il s'était rassis après son discours et ne s'était pas relevé quand on était venu le féliciter. Il avait réclamé un verre de punch et prié Alicia de lui apporter quelques friandises du buffet. Il regarda la pièce de théâtre depuis la terrasse et déclara à Edgar Bräuer qui se tenait à côté de lui que le choix de Shakespeare était parfait pour la circonstance. On aurait en revanche pu se passer de ce chant d'opérette dont le thème était pour le moins incongru.

— *Lysistrata* ? intervint Riccarda von Hagemann.

C'est en effet une opérette bien osée : une grève de l'amour riche en péripéties, si j'ai bien compris…

— Une telle grève est contre l'ordre naturel, déclara son époux. Nous autres hommes sommes tout simplement nés pour combattre, tandis que vous autres femmes, pardon, mesdames, êtes faites pour l'amour.

Cette plaisanterie fut saluée par des rires, parmi lesquels celui de Riccarda, qui était suraigu.

Marie allait de groupe en groupe au côté de Paul. Ils devaient soutenir un véritable assaut d'amabilités, de politesses, de questions curieuses, de remarques ironiques et, ici et là, se heurter à une froide désapprobation. Kitty et Alfons se joignirent à eux un peu plus tard et Marie admira le naturel de Kitty. Mais Katharina était née à la villa et y avait grandi en tant que fille d'une famille d'industriels respectée ; elle n'éprouvait aucun respect pour les titres et les décorations, et les regards perçants des dames âgées la faisaient seulement rire.

— Qu'elles jacassent tout leur soûl sur notre compte si elles n'ont rien de mieux à faire, les pauvres, chuchota-t-elle à Marie. Viens, allons reprendre des forces au buffet avant qu'il ne reste plus de canapés au saumon et de sorbet au citron.

Marie devait mobiliser toute son énergie pour dissimuler combien les regards méprisants et les remarques à double sens la blessaient. Paul la protégeait de son mieux et Alfons se révéla un ami secourable. Dès qu'il surgissait, on lui faisait des compliments, on lui souriait, on racontait des histoires amusantes pour se présenter à lui sous son jour le plus favorable. Mais Marie avait vite compris que ces égards s'adressaient tout autant, sinon plus, à son père, le banquier et l'indispensable bailleur de fonds de nombreux invités.

— Le monsieur là-bas s'appelle Hermann Kochendorf, lui expliqua Kitty en dégustant un sorbet au citron. C'est un bonhomme répugnant qui a plus de quarante ans, une fortune et un siège au conseil municipal. Son voisin est l'avocat Grünling, laid comme un pou mais qui se prend pour un apollon. Et, là-bas, voilà le médecin Greiner, qui voulait à toute force envoyer Papa à la clinique, mais il s'est cassé les dents. Et le Dr Schleicher, chez qui Maman me traînait parce que j'avais des insomnies… Tu ne veux pas de ce sorbet, Marie ? Il est délicieux. Dépêche-toi d'en prendre avant qu'il ne reste même plus de glace à la framboise.

Marie avait le vertige. Peut-être n'aurait-elle pas dû prendre de punch. Elle n'avait pas l'habitude de boire de l'alcool. Quelle journée ! Elle n'avait jusqu'ici assisté à ce genre de festivités qu'en tant qu'employée de maison. On était alors débordé de travail pour satisfaire les invités et on n'allait se coucher que très tard et éreinté. Elle avait toujours cru que ces festivités étaient un plaisir sans mélange pour les maîtres, puisqu'ils ne travaillaient pas, mais il n'en était rien : elle se sentait complètement épuisée.

— Excuse-moi, Kitty, je reviens tout de suite, murmura-t-elle.

Elle traversa l'entrée pour aller vérifier sa coiffure dans l'un des miroirs mis à la disposition des dames, mais les sièges étaient tous occupés. Et elle n'avait guère envie de faire irruption dans les conversations de ces dames, qui à son arrivée se turent, lui souriant poliment, puis changeant de sujet. À vrai dire, elle ne voulait ni remettre de l'ordre dans sa coiffure ni s'asperger de parfum, mais simplement s'accorder quelques minutes de repos. Comme elle se sentait bien autrefois à la cuisine avec les domestiques ! Bien sûr, ils avaient des dissensions comme les maîtres, mais la cuisine, avec l'imposant fourneau sur lequel trônait la cafetière bleue et sa place à la longue table réservée aux domestiques, était vite devenue un foyer pour Marie. Elle se décida, ouvrit la porte menant au quartier des domestiques et entra dans la cuisine. Elle y trouva le chaos typique des jours de fête. La longue table était couverte de saladiers et de plats contenant des mets finis ou en cours de préparation, des pots et des casseroles fumaient sur le fourneau et sur l'ensemble régnait la cuisinière essoufflée, bourrue, la coiffe de travers sur ses cheveux gris.

— Qu'attendez-vous, bande de tire-au-flanc ? gronda-t-elle sans se retourner. Au temps où Robert servait encore ici, il vous aurait fait marcher, c'est moi qui vous le dis !

Quand elle se retourna et découvrit Marie au lieu des extras, elle lâcha sa spatule et posa les mains sur ses hanches généreuses.

— Mademoiselle Marie ! s'exclama-t-elle, mi-indignée, mi-souriante. La cuisine est réservée au personnel. Les maîtres n'ont rien à faire là !

Humbert, qui emportait des assiettes de gâteaux aux noix et de chocolats aux amandes pour le buffet, s'arrêta, interloqué à sa vue. Hanna entra au même instant avec un plateau chargé de verres et d'assiettes sales.

— Marie ! s'écria-t-elle, rayonnante. Oh, Marie, tu me manques terriblement !

— Silence ! la tança la cuisinière. À partir de maintenant, tu l'appelleras mademoiselle Marie. Notre Marie est désormais la jeune maîtresse de la villa !

Un accent de fierté avait vibré dans sa voix quand elle avait prononcé cette dernière phrase. « Notre Marie »… Il était si bon de sentir cet attachement après les regards critiques et malveillants de la bonne société…

— Je me moque de n'avoir rien à faire ici, dit-elle

avec un sourire. Même si je suis devenue mademoiselle, je viendrai vous voir en cuisine pour être sûre que tout va bien.

— Mais pas pour me dire comment je dois faire mon travail, protesta la cuisinière.

— Je ne l'ai jamais fait et ne le ferai jamais.

— Alors ça ira !

Marie dut faire un pas de côté pour laisser passer Humbert et comprit alors qu'elle gênait les employés dans leur travail. Else et deux extras emportèrent des lanternes et des flambeaux pour les allumer dans le parc envahi par le crépuscule, afin de parer la fin de la soirée d'une aura romantique. Les musiciens arrivèrent et Alicia leur désigna l'angle de la terrasse où ils pourraient jouer pour le bal. Marie décida d'aller se reposer dans la chambre de Kitty avant de se soumettre à cette nouvelle épreuve. Kitty lui avait fait répéter les principales danses de salon, surtout la valse, que Marie dansait sans peine, la polka et le galop. Kitty avait affirmé qu'elle n'avait aucun souci à se faire, car la terrasse n'était pas assez spacieuse pour des danses à figures comme la française[1], et encore moins la contredanse.

À son grand soulagement, le calme régnait au deuxième étage. Seules quelques jeunes femmes s'attardaient dans les salles de bains, des amies d'Elisabeth pour la plupart. Encore surexcitées, elles se répandaient en commentaires sur la réussite de la représentation théâtrale. Alors que Marie allait se glisser dans la chambre de Kitty, elle entendit une voix d'homme familière.

— Quelqu'un d'autre le sait-il ?

C'était Klaus von Hagemann. Que faisait-il là-haut dans la buanderie ?

1. La française était une contredanse du XIXe siècle. *(N.d.T.)*

Marie savait qu'il était tout à fait inconvenant d'épier une conversation qui ne vous regardait en rien, mais elle resta figée dans le couloir. N'était-ce pas la voix d'Augusta qu'elle entendait à présent ?

— Personne ne le sait, sauf Gustav. J'étais bien obligée de le lui dire.

— Et pourquoi donc ?

Von Hagemann paraissait nerveux. Il avait beau baisser la voix, on l'entendait très distinctement.

— Parce que c'est mon mari et que je n'ai pas de secret pour lui. Et parce que si je ne le lui avais pas dit, il se serait demandé d'où venait cet argent…

— Je veillerai à ce qu'il tienne sa langue. Je ne veux surtout pas de scandale.

— Quel scandale ? Si ça s'ébruitait, c'est nous qui paierions les pots cassés. Et nous avons bien besoin de cet argent.

Marie entendit un chapelet de jurons.

— Si ç'avait été un garçon, je l'aurais pris avec moi, mais une fille…

— Une fille, ça me va très bien. Et des garçons, Gustav m'en fera toujours assez…

Incroyable… cette petite garce recevait donc du fiancé d'Elisabeth une pension pour son enfant ? Marie se hâta d'entrer dans la chambre de Kitty et de refermer la porte, ne voulant pour rien au monde que le lieutenant la surprenne dans le couloir.

S'il lui verse une pension, il doit avoir une bonne raison de le faire, pensa-t-elle. Augusta n'avait donc pas eu une liaison seulement avec Robert, elle avait également ouvert la porte de sa chambre au lieutenant. Était-ce la raison pour laquelle elle avait baptisé sa fille Elisabeth et demandé à la sœur de Paul d'être sa marraine ? Quelle malveillance de sa part… Comme si elle avait voulu se venger de Dieu savait quoi.

On frappa à la porte de la chambre. Marie sursauta, effrayée à l'idée que von Hagemann ait remarqué sa présence, mais c'était Paul.

— Je me demandais où tu étais passée, ma chérie, lui dit-il sur un ton inquiet. Tout le monde te réclame.

— Tout le monde, vraiment ?

Il passa un bras autour de ses épaules et l'entraîna vers la fenêtre. Dans le crépuscule, les lumières des lanternes et des flambeaux métamorphosaient le parc en un paysage enchanté de conte de fées. Les arbres vénérables projetaient des ombres grotesques, de minuscules flammes multicolores dansaient sur les prés où erraient de mystérieuses créatures, enfants jouant à cache-cache ou amoureux déjouant la surveillance de leurs parents. On entendait au loin les accords de l'orchestre qui jouait une valse d'opérette. Marie sentit le bras de Paul enlacer sa taille.

— Cette première danse sera seulement pour toi et moi, Marie, lui chuchota-t-il à l'oreille. Pour nous seuls, sans tous ces regards qui nous épieront.

Elle s'abandonna contre lui et ils ne firent plus qu'un avec la musique.

— Je sais combien c'est difficile pour toi, ma chérie, dit-il à voix basse. Mais je suis à ton côté et je te défendrai toujours. Nous nous en sortirons ensemble, fais-moi confiance.

— Il y a longtemps que je te fais confiance, Paul, répondit-elle, et elle ferma les yeux. Il l'avait soutenue devant tous ces invités arrogants.

Il était son destin, l'amour de sa vie. Rien ne pourrait jamais les séparer, ils resteraient unis envers et contre tout. Que pouvait-donc contre eux cette ridicule société ? Ils dansaient étroitement enlacés, s'abandonnant à la musique, savourant la douceur d'être si proches. Les cercles qu'ils décrivaient diminuèrent peu à peu et finalement ils restèrent immobiles, soudés dans un baiser qui leur fit oublier tout le reste.

— Allons-y, chuchota Marie quand ils se séparèrent.

Ils sortirent de la chambre et descendirent l'escalier en se tenant par la main.

FSC
www.fsc.org
MIXTE
Papier issu de
sources responsables
FSC® C003309

10/18, une marque d'Univers Poche,
est un éditeur qui s'engage pour
la préservation de l'environnement
et qui utilise du papier fabriqué à partir
de bois provenant de forêts gérées
de manière responsable.

10/18 – 92 avenue de France, 75013 PARIS

Imprimé en France par CPI

N° d'impression : 3043539
X07804/01